MOBY DICK I

HERMAN
MELVILLE

白鲸

[美] 赫尔曼·麦尔维尔　著

张子宏　苏丹　译

北方文艺出版社

图书在版编目（CIP）数据

白鲸 / (美) 赫尔曼·麦尔维尔著；张子宏, 苏丹
译. -- 哈尔滨：北方文艺出版社, 2024. 9. -- ISBN
978-7-5317-6287-4

Ⅰ. I712.44

中国国家版本馆CIP数据核字第2024WP5937号

白 鲸
BAI JING

作 者 / [美]赫尔曼·麦尔维尔　　　　译 注 / 张子宏　苏 丹
责任编辑 / 常 青　　　　　　　　　策划编辑 / 石 婷
出版统筹 / 罗婷婷　庄本婷　　　　　装帧设计 / 创研设

出版发行 / 北方文艺出版社　　　　　邮 编 / 150008
发行电话 / （0451）86825533　　　　经 销 / 新华书店
地 址 / 哈尔滨市南岗区宣庆小区1号楼　网 址 / www.bfwy.com
印 刷 / 三河市天润建兴印务有限公司　开 本 / 880mm×1230mm　1/32
字 数 / 450千　　　　　　　　　　　印 张 / 19.5
版 次 / 2024 年9月第1版　　　　　　印 次 / 2024 年9月第1次印刷

书 号 / ISBN 978-7-5317-6287-4　　　定 价 / 98.00 元（全二册）

In token of my admiration for his genius,
this book is inscribed to Nathaniel Hawthorne

谨以此书献给纳撒尼尔·霍桑，
以表示对其才华的钦佩。

词　源

（材料由某文法学校一位患肺病去世的助理教员提供。）

这位脸色苍白的助理教员——衣破、心劳、体弱、脑竭；此刻他犹如在我眼前。他总是用一块罕见的手绢为他那些旧辞典和语法书掸灰，那手绢上颇有嘲弄意味地印有五彩缤纷的万国旗。他爱掸他那些旧文法书；这样一来，总要叫他不期而然地想到自己也难免要死亡。

"当你着手去教别人，教他们应该怎样用自己的语言称呼鲸鱼时，往往出于无知而把 H 这个字母漏掉了，而这个字母恰恰是这个词的全部意义所在，少了这个字母，你教这个词就教错了。"

——哈克鲁特

鲸。瑞典文和丹麦文为 hval。这种动物以其周身呈圆筒状或圆滚而得名；因为在丹麦文里，hvalt 就是弓形或穹隆形的意思。

——《韦氏辞典》

鲸。更直接地来源于荷兰文和德文的 Wallen；古代英语 Walw-ian，滚动、打滚的意思。

——《理查逊辞典》

תן，希伯来文

Χητος　希腊文

CETUS　拉丁文

WHCEL　古代英语

HVALT　丹麦文

WAL　荷兰文

HWAL　瑞典文

WHALE　冰岛文

WHALE　英文

BALEINE　法文

BALLENA　西班牙文

PEKEE—NUEE—NUEE　斐济语①

PEHEE—NUEE—NUEE　埃罗曼戈安语②

---

① 斐济现为南太平洋上的一个岛国。
② 西南太平洋上的一个火山岛。

摘 录

（由某图书馆初级管理员提供。）

　　这是一个纯粹的辛勤的钻研者和穷书蠹式的可怜的初级管理员，似乎翻遍了世界各地的图书馆和马路书摊，将任何书中所能找到的以任何观点提到大鲸的文字，不论是在神圣的还是亵渎的书本中，都摘录了下来。因此，请阁下务必不要把摘录中这些杂乱无章凑在一起的有关鲸的文字，不管它们看起来怎样具有权威性，当作真正可靠的鲸类学的著作看待，完全不是这么回事。一般说来，对古代一些作家及下述这些诗人来说，在此处摘引的这些文字之所以弥足珍贵或饶有趣味，只是因为我们可以从中知道，包括我们自己的国家和我们自己这一代在内，它们随意说过、想过、想象过和歌颂过的这种大海兽的一个粗略的概貌。

　　作为你的注释者，我在这里恭喜你了，你这可怜的初级管理员。你属于那种没有希望的、浅薄的族类，世界上任何美酒都暖不热你们这类人的心，对你们来说，就连淡雪利酒①也嫌太凶了；不过，也有人有时乐意跟你们坐在一起诉诉衷肠，跟你们一同掉几滴眼泪；跟你们一起苦中作乐、酒酣耳热、无所不谈，虽然有点忧伤，却不完全是不愉快的——算了吧，你们这些无名之辈！因为不管你们如何花更大的力气取悦于世，这世道照样永远不会向你们道一声"抱歉"！但愿我能把汉普顿宫②和杜依勒利宫③给你们腾出来住！不过，你们还是咽

---

① 原产于西班牙西南部的琥珀色葡萄酒。
② 献给英王亨利八世的宫殿，现一部分为落魄贵族所住，一部分供游人游览。
③ 法国亨利二世王后的宫室。

下眼泪，赶紧一心一意爬到最高的桅上去；因为那些先你们而去的朋友正把养尊处优的天使长米迦勒、迦百列及拉斐尔撵出七重天去，好腾出地方来等你们光临。你们就在这里一起碰撞破碎的心吧——而在那里，你们相互碰撞的将是不碎的酒杯！

上帝造就出大鲸。

——《圣经·旧约·创世记》

大鲸使它们行的路发光，令人以为深渊如同白发。

——《圣经·旧约·约伯记》

耶和华安排一条大鲸吞了约拿。

——《圣经·旧约·约拿书》

那里有船行走，有你所造的鲸鱼嬉戏在其中。

——《圣经·旧约·诗篇》

到那日，耶和华必用他刚硬有力的大刀处罚那蹿来的蛇一般的鲸鱼；即使是那曲行的蛇一般的大鲸，和东海中的蛟龙也要受死。

——《圣经·旧约·以赛亚书》

而且，凡是落到这怪物的无底深渊似的大嘴里，不管是走兽、船艇或者石头，它那恶臭的大食管一概照单全收，吞进它那无底洞似的大肚子里。

——霍兰译普卢塔克的《伦理学》

印度洋产有许多种世上最大的鱼，其中叫作Balane的鲸，其体积大达四亩地。

——霍兰所译《普利尼》①

我们刚刚出海两天，就在太阳刚要上升时，看到许多鲸和其他大海兽。大鲸中有一条其大无比……它大张着嘴朝我们游来，在四周掀起波涛，把海水搅成一片泡沫。

——图克译卢奇安的《真实的历史》

他到这个国家来，另一个目的是想猎捕马面鲸。因为它的牙非常贵重，他带了一些去呈贡国王。……最好的大鲸，他是在本国捕捉到的；其中有些长达四十八码；或五十码的。他说，他们六个人两天里打到了六十条大鲸。

——阿尔弗来特王口述，奥特笔录，公890年

一切东西，不管是动物还是船只，一进入这种巨兽（大鲸）可怕的深渊似的大嘴，立刻就被吞没，而天生的鱼饵白杨鱼落到了里面却平安无事，还在里面休息睡觉。

——蒙田：《为雷蒙·塞邦辩护》

咱们逃吧，逃吧！那要不是伟大的先知摩西在耐心的约伯的传记中所形容的大海兽，就让魔鬼抓了我去。

——拉伯雷

这条大鲸的肝可以装满两车。

——斯托：《年鉴》

---

① 抄自理查森辞典《鲸鱼》所引英国翻译家斐尔蒙霍兰所译的普利尼的《博物学》。

大海兽搅得海洋像沸滚的大锅一样。

——培根勋爵译的《诗篇》

摸摸大鲸那巨大的身躯，我们至今还是说不出个所以然来。它们长得非常肥，从一条大鲸身上提炼出的油，其数量之多，令人难以置信。

——培根勋爵：《生死史》

鲸脑油是医治内伤的特效秘方。

——《亨利国王》

很像条大鲸。

——《哈姆雷特》

没有哪种医术能治好他的病，
谁用卑劣的短箭的一头扎进他的胸膛，
让他辗转反侧，痛苦万分，
他该回去找那个伤他的人，
犹如受伤的大鲸飞速穿过海洋来到岸边。

——《仙后》

如大鲸一样庞大，它那巨大的身躯一动弹，就会使平静的海洋沸腾起来。

——威廉·戴夫南特爵士[①]：《冈迪伯特》序

鲸脑油究竟是什么东西，人们弄不清楚也情有可原，因为

---

① 英国诗人，剧作家。

博学的霍斯曼在他花了三十年心血写成的著作中已经明明白
白地说：一无所知。

——托马斯·布朗爵士[①]：《鲸脑油与抹香鲸》

犹如斯宾塞笔下的塔卢斯拿着新式的连枷，
鲸鱼那笨重的尾巴随时致人死命。
它腰间携带着击中的标枪，
背上露出枪尖。

——沃勒[②]：《夏岛之战》

用心计创造出来的那个巨大的利维坦[③]，称为教会国家或
市民国家（拉丁文为Civitas）——只不过是个人造的人。

——霍布斯[④]：《利维坦》开头第一句

傻瓜曼索尔嚼也不嚼就把它吞了下去，仿佛它是大鲸嘴里
的一尾小鱼。

——《天路历程》

大海兽利维坦，
上帝最大的创造物
在大洋的潮流中洄游。

——《失乐园》[⑤]

利维坦，最大的生物，伸展在一片汪洋之中，

---

① 英国医生，作家。
② 美国诗人。
③ 大海怪、大鲸的音译。
④ 英国政治哲学家，本句引自其著作《利维坦》引言第五句。
⑤ 见英国诗人和政论家约翰·弥尔顿的《失乐园》第1部。

它沉睡时像海岬，

洄游时则像活动的陆地，

它的鳃吸进一个大海，

一吐气又喷出一个大海。

——《失乐园》①

那些在海中游弋的大鲸，身体外面是无尽的水，身体里面
是无尽的油。

——富勒：《俗国与圣国》

紧紧埋伏在海岬后面，

大鲸在守候猎物，

它们不去追逐，只一举吞下，

误闯进了那大张的嘴的小鱼群。

——屈莱顿：《奇异的年代》

趁鲸尸漂浮在船尾，人们砍下它的头，然后用小艇把头拖
着走，尽量把它往岸边拖拢，可是在水深达十二三英尺处就搁
浅了。

——托马斯·埃奇：《十次航行斯匹次卑尔根记》，收入珀

切斯编《游记》

他们沿途看到许多大鲸在海中嬉戏，肆无忌惮地从生来就
长在肩上的管口往外喷出水花。

——托·赫伯特爵士：《亚非航行记》，收入

哈里斯·科尔编《游记》

---

① 见《失乐园》第7部。

他们在这里看到好大一群大鲸,数量之多使他们不得不小心翼翼地前进,唯恐他们的船会撞上它们。

——斯考顿:《第六次环游记》

我们从易北河起航,风向东北,船名"约拿在鲸腹号"。

有人说,那条大鲸张不开嘴,那只不过是无稽之谈。

水手们经常爬上桅顶,看是否能看到一条大鲸,因为第一个发现大鲸者可以得到一个金币作为奖赏。

人们对我说,在设得兰群岛附近捕到的一条大鲸,发现他肚子里有一桶以上的鲱鱼。

船上的一个标枪手告诉我,有一次他在斯匹次卑尔根捕到一条通身雪白的大鲸。

——《一六七一年格陵兰之行》,收入哈里斯·科尔编《游记选》

有几条大鲸闯上了这一带海岸(法弗[①])。一六五二年,有一条鲸鱼骨架长达八十英尺,(据说)它们除了大量的鲸油以外,光鲸须就重达五百磅。它的那张嘴相当于毕费仑花园的一扇大门。

——西鲍尔德:《法弗与金罗斯[②]》

我同意试试,看能否杀得了这种抹香鲸,因为我还没听说过有人杀死过这种大鲸,它是如此生性凶猛,行动迅速。

——理查德·斯特拉福德:《百慕大来信》,菲尔译,一六六八年

海里的大鲸,

听上帝的话。

---

① 旧为苏格兰东岸一郡名。

② 旧为苏格兰中部一郡名。

——《新英格兰小祷告书》

  我们也看到了许许多多的大鲸,在南方海洋看到的大鲸数量比在我们北方海洋看到的多得多,可以说,是一百比一。

——考利船长:《环球航行记》,一七二九年

  大鲸的呼吸总是带有一股难闻的气味,令人头晕脑涨。

——乌略亚:《南美航行记》

  对五十名精选的窈窕少女,
我们托以重任。
我们知道防范再严也难以制胜,
尽管裙衬鲸箍,手执鲸肋。

——《鬈发遭劫记》

  假如就身躯大小来比较陆上的动物和海里的动物的话,就会发现,相比之下,前者显得小得可怜。大鲸无疑是世界上最大的动物。

——哥尔斯密:《博物学》

  要是你想给小鱼们写个童话,你准会让它们像大鲸一样说话。

——哥尔斯密致约翰逊书

  午后,我们遥望远处,以为看到了一块岩石,结果却发现原来是条死鲸,它被几个亚洲人杀死后正被往岸上拖。这些亚洲人好像想躲在大鲸后面,不让我们看到。

—— 库克:《航行记》

他们轻易不敢攻击比较大的鲸。对其中某些鲸，他们非常害怕，甚至一到了海上都不敢提到它们的名字，他们的小艇装着牛马粪、石灰石、松木以及其他类似性质的东西，用来吓唬大鲸，使它们不至于靠小艇太近。

——乌诺·冯·托罗伊关于一七七二年本克斯与索兰德冰岛
之行的信札

南塔开特人所遇见的抹香鲸是一种既活跃又凶猛的动物，捕鲸人必须极其机灵和勇敢才能对付它们。

——托马斯·杰弗逊一七七八年就大鲸事
致法国外交部长的备忘录

请问阁下，人间有什么东西能与之匹敌？

——埃德蒙·伯克向议会介绍南塔开特捕鲸业情况

西班牙——一条搁浅在欧洲海岸上的大鲸。

——埃德蒙·伯克（出处不详）

国王的日常收入第十项，就是来自对王家鱼即大鲸和鲟享有的特权。据说这是由于国王保卫了海域，使之不受水陆盗贼侵犯之故。这两种鱼，无论搁浅在岸上还是在海滨捕到的，都是属于国王所有的财产。

——布莱克斯通

水手们当即围拢到玩弄生命的地方。
罗德蒙将带倒钩的标枪高举过头，
对准了它的脑袋一下一下往下扎。

——福尔克纳：《船难》

屋顶、教堂、尖塔，通明透亮。
火箭自行射向蓝天，
昙花般一现的火光
照遍寰宇。
水火争短长
海洋逐浪高
为了表达难以控制的喜悦
一条大鲸朝天喷水。

——库柏：《女王莅临伦敦》

一刀下去，十至十五加仑的血以极大的速度从心脏里喷出来。

——约翰·亨特：《解剖小鲸记》

大鲸主动脉的内径比伦敦桥喷水装置的主要水管还要粗，水管中哗哗流淌的水，就速度和势头而言，都赶不上从大鲸心脏里喷出的血。

——佩利：《神学》

鲸是哺乳类动物，没有后肢。

——尼维埃男爵

在南纬四十度一带，我们看到了抹香鲸，但到五月一日，才开始捕猎，到那时，海里举目皆是抹香鲸。

——科尔内特：《为扩展捕抹香鲸业之航行记》

各色各样的鱼类，

在我下面的自由世界里游呀，

滚呀，潜呀，在嬉戏，在追逐，在争斗，

这是语言难以描绘，水手们见所未见；

大至可怕的鲸，小至昆虫，

万千生物遍布海洋，

集结成浩浩荡荡的群体，有如浮动的岛屿，

它们受着神秘的本能的指引，

穿过那荒僻而杳无人迹、荒凉的水域，

尽管要遭到四面八方贪婪的敌人的袭击。

大鲸、鲨鱼和巨兽，武装起头部或嘴，

用剑、锯、螺旋形的角，或钩状的獠牙。

      ——蒙哥马利：《洪荒前的世界》

咿哟！赞美吧！咿哟！歌颂吧，

这鱼族之王。

在浩瀚的大西洋里，

没有比这更雄伟的鲸；

遨游在北极海里的

没有比它更壮硕的鱼。

      ——查尔斯·兰姆：《大鲸的胜利》

一六九〇年，有几个人在高山上观察大鲸在彼此喷水嬉戏，其中一人突然说："那——他指着大海——是片绿色的牧场，我们的儿女们和孙儿女们有一天会到那儿去谋生的。"

      ——奥贝德·梅西：《南塔开特史》

我给苏珊和我自己建了个小屋，用鲸颚骨架起个哥特式拱门。

—— 霍桑:《故事新编》

她到我这里来，说要为她的初恋情人定做一块纪念碑，四十年前,他在太平洋上因大鲸而死。

—— 霍桑:《故事新编》

"不，先生，那是条露脊鲸，"汤姆答道，"我看到它喷水；它喷出了两道彩虹，美丽的真是基督徒所高兴看到的。那家伙，真是只十足的油桶！"

—— 库柏:《领港员》

报纸送进来了，我们在《柏林公报》上看到，大鲸被搬上了柏林的舞台。

—— 爱克曼:《歌德谈话录》

"天哪，蔡斯先生，出了什么事啦？"我答道:"我们的船让一条大鲸撞穿了。"

——《南塔开特捕鲸船"埃塞克斯号"失事记》。该船在太平洋遭到一条大抹香鲸攻击，最终被毁。作者:该船大副，南塔开特人欧文·蔡斯，一八二一年，纽约出版。

一天晚上，一个水手坐在支桅索上，
风在呼啸；
苍白的月光时明时暗，
一条大鲸在海里遨游，
游过之处，闪着磷光。

—— 伊丽莎白·奥茨·史密斯

为了逮住这条大鲸，几只小艇放出去的捕鲸索总长达一万零四百四十码，将近六英里长。……

有时，大鲸把它力大无比的尾巴往空中一甩，仿佛抽了一鞭似的噼啪有声，响彻三四英里。

——斯哥斯比

在这轮新的攻击下，这条被激怒的大鲸痛得发狂，身子一个劲儿地翻滚；它升起了巨大无比的脑袋，张开大嘴，见到什么就咬什么；它对准小艇冲去，那些小艇被迫火速划开，有时候，艇破人亡。

这样一种很有趣，从商业观点看又很重要的动物（如抹香鲸），近年来，有无数观察者（其中许多是很有能力的）有很多很方便的机会对它们的习性进行观察，然而，他们对这种动物的习性竟完全不放在眼里，或者很少生出好奇心，这实在是一件令人非常惊奇的事。

——托马斯·比尔：《抹香鲸史》（一八三九年）

抹香鲸头尾都是可怕的武器，其攻击力较之露脊鲸或格陵兰鲸都要更强，而且更经常地喜欢进攻性地使用这些武器，进攻时显得极有心计、胆量和恶意，以致大家都认为，在已知的所有鲸类中，它们是猎捕时最危险的一种。

——弗雷德里克·德贝尔·贝内特：《环球捕鲸记》（一八四〇年）

十月十三日。"它在那边喷水啦。"桅顶上有人大声喊道。

"在什么地方？"船长问道。

"在背风面船头三个罗经点那儿，先生。"

"提起舵轮，稳住！"

"是,先生。"

"桅顶上的人呵,喂!这会儿可看得见那大鲸?"

"看得见,看得见,先生!一大群抹香鲸哩!在那儿喷水!还跃出水面哩!"

"大声喊!不停地喊!"

"是,是,先生!它在喷水啦!在那儿——在那儿——在那儿喷水——喷水——喷!"

"离船有多远?"

"两英里半。"

"乖乖!这么近!通知大家上来!"

——J. 罗斯·布朗:《捕鲸巡航铜版画集》(一八四六年)

我们在这里要讲的那次可怕的交易就发生在这条属于南塔开特岛的捕鲸船——"环球号"上。

——幸存者莱伊和赫西口述"环球号"哗变经过,一八二八年

有一回,一条被他打伤的大鲸追击他,他用鱼枪挡住了它的攻击;可是,过了一会儿,这只愤怒的巨兽向小艇冲来,他和同伴们在看到这个攻击时已无法躲避,赶紧跳入水中,才幸免于难。

——《泰尔曼和贝内特的传道日志》

南塔开特本身,韦伯斯特先生说,是个有关国家利益的十分显著独特的地方。约有八九千人口住在这个岛上,靠海为生,从事最大胆最艰苦的行业,每年为国家增加大量财富。

——一八二八年丹尼尔·韦伯斯特就请求在南塔开特建设防波堤一事在美国参议院上所作演说的报告

大鲸直扑在他身上，大概当场就把他压死了。

　　——亨利·T. 奇弗牧师：《大鲸和它的捕手》即《普雷布尔船长返航途中搜集到的捕鲸冒险故事及捕鲸人传记》

"你哪怕是弄出一丁点儿声音来，"塞缪尔回答说，"我就送你进地狱。"

　　——《反叛者塞缪尔·康斯托克传》，其弟威廉·康斯托克作。《捕鲸船环球号记》另一版本

荷兰人和英国人之所以往北方海洋航行，是想可能的话，发现一条通往印度的航线，虽然他们的主要目的没有达到，却发现了大鲸的栖息地。

　　——麦卡洛克：《商业辞典》

这些事情是相辅相成的；球弹回来，是为了再弹出去；一旦发现了大鲸的栖息地，捕鲸人似乎就间接地发现了那条神秘的西北航线的新线索。

　　——引自未发表的某作品

在海上遇到一艘捕鲸船，仅凭它的外貌，你也不能不为之一愣。这种船低帆慢驶，桅顶上配备有瞭望人，聚精会神地扫视四下一片汪洋，那光景截然不同于一般正常航行的船。

　　——《美国探险船队远征记：海流与捕鲸》

伦敦郊区和别处的行人，也许还能想起曾经看到地上笔直竖起的弧形大骨头，或是作为通道的拱门，或是作客厅中凹室的入口，也许有人会告诉他们，这都是大鲸的肋骨。

　　——《赴北冰洋捕鲸的故事》

等这些小艇追击大鲸回来后，艇上的白人才发现他们的大船已经被船员中那些野蛮人残酷地霸占了。

——捕鲸船荷波麦克号失而复得的报导

众所周知，（美国的）捕鲸船的船员乘船出海而能够返航的，始终是为数寥寥。

——《捕鲸船巡游记》

突然，一个大块头从水里冒出来，笔直地射向空中。原来那是条大鲸。

——《米里亚姆·科芬》或名《捕鲸者》

那条大鲸肯定给标枪投中了；可是你想想看，只靠一根绳子缚着一匹野性未驯的强健小狗的尾巴，怎么能制伏得了它。

——《捕鲸记》

有一回，我看到两条大鲸，可能是一雄一雌，一前一后慢慢地游着，距岸不到一石之遥（火地岛）。岸上是一株枝叶扶疏的山毛榉树。

——达尔文：《博物学家航行记》

"倒划！"大副大喊道，因为他刚转过头来就看到一条抹香鲸大张着嘴迫近了小艇艇首，眼看就会艇毁人亡——"倒划，拼命倒划！"

——《杀鲸者沃顿》

大声喝彩吧，我的孩子，永远不要灰心，

勇敢的标枪手正在打大鲸!

——南塔开特歌谣

啊,罕见的老鲸,生活在狂风暴雨中,
将要回它大海的家,
它是强权的巨人,而强权就是公理,
就是无边无际的大海之王。

——大鲸之歌

目　录

第一章 幻影重重

叫我以实玛利① 吧。几年以前——别管它究竟是多少年——我口袋里没有几个钱，或者说根本就没有钱，岸上又没有什么特别让我感兴趣的事，因此我想，还不如去海上散散心，见识一下水上世界。这未尝不是一种令我消愁解闷、调节血液流通的方式。每逢我发现自己终日绷紧了嘴角，每逢我觉得自己的心情像是阴雨潮湿的十一月天，每逢我发现自己不由自主地驻足在棺材店门前，或者碰上哪家出殡就跟在后面，特别是当我的忧郁症压得我喘不过气来，非得靠道德准则和很强的自我约束力才不致存心到街上把人家的帽子一顶顶打飞——这时，我认为非得尽快出海不可了。出海总比照自己的脑袋来一枪强。当年伽图② 拔剑一抹，以哲学家的姿态冷静地结果了自己；如今我却悄然上了船。这并没有什么可奇怪的。人们只不过不知道：几乎所有的人，或早或晚都会在不同程度上对海洋产生跟我几近相同的感情的。

设想你现在置身在曼哈顿岛城，四面码头环绕，如珊瑚礁环绕西印度小岛一般——商业的浪潮从四面八方而来将它包围。左右两边

---

① 以实玛利是《圣经·旧约·创世记》中亚伯拉罕和侍女夏甲所生的儿子，取名以实玛利（即上帝听见了你的苦情），后来亚伯拉罕的妻子也生了个儿子，以实玛利母子便被赶出家门。作者为本文的主人公取名以实玛利，也隐喻自己遭遇坎坷，受社会的不公平待遇。

② 指小伽图（公元前 95—公元前 46），罗马保守的元老院贵族党领袖。内战中与庞培联合作战，战败后他以身殉国。据说，他在自刎前曾读柏拉图的《对话录》中有关苏格拉底死前的言谈篇章数小时。

的街道都通向水边。城的最南端是炮台^①，海浪冲洗着宏伟的防波堤，凉风习习，而几个钟头前，那儿连海浪和风的踪影都不见呢。瞧，那边有多少观赏海景的人！

一个风和日丽的星期天下午，绕着城走一圈。从柯利亚斯·胡克出发，到柯恩梯斯·斯立甫，再从那里经过白厅^②往北。你能看到些什么呢？全城周围仿佛哨兵林立，成千上万的人站在那里，一声不响，沉醉在海景里，有的靠在木桩上，有的坐在码头外端，有的越过中国船只的舷墙^③眺望远方，有的高高地爬在索具上，仿佛想更好地把大海欣赏一番。然而，这些都是在岸上的人，他们一个星期有六天被关在板条灰面的屋子里——或被缚在柜台前，或被钉在凳子上，或铆在写字台边。为什么会是这个样子？绿野田地都没了吗？他们到这里干什么来啦？

可是，你瞧！更多的人上这儿来了，直奔水边，好像决意要跳水似的。真怪！他们好像不到陆地的尽头就不能心满意足；在那边仓库的浓荫下闲逛一番还不够。不，他们非要挨着水边，只要不掉下海去就行。他们就那么站在那里——站了几英里路长——或许有几十英里。他们都是内陆人，来自大街小巷，东西南北。然而，他们都聚集到一起来了。请告诉我，是不是那些安在船上的指南针的磁力把他们吸引到了这里？

再比方说，你是在乡下；在一个湖沼遍布的高原。你信步走去，十有八九会走进一条溪谷，在溪流的水潭边停住脚步。真是鬼使神差。就像一个最心不在焉的人，或者是一个沉思到不能自拔的人，你叫他站起来，随意走动，他准会把你领到一个有水的地方去，万无一失。要是你在美洲大沙漠里口渴难当，而碰巧你的商队里又有一位玄学家，你不妨做做这个实验。一点不假，正如谁都知道的，沉思和水总是结

---

① 1693年为英国驻军所建，后改为公园，面积约二十英亩。

② 英国纽约州华盛顿郡的一个小镇，是作者早年十分熟悉的地区。

③ 甲板以上的船舷。中国的船头大多画有龙睛，也许因此吸引了观众。

合在一起的。

这里有一个画家。他想给你画幅遍地浓荫、幽静如梦、极富浪漫色彩的萨科流域① 风景画。画里最主要的因素是什么？挺拔的树，一株株还全是空心的，仿佛里面藏着个隐士和一副十字架；草地和牛羊；远处的小屋上升起了袅袅的炊烟。遥远的树林深处，一条迂回曲折的小径伸向满身青翠的层峦叠嶂。然而，尽管这幅画迷人至极，尽管这株松树把声声叹息像松针似的抖落在牧羊人头上，但是如果牧羊人的眼睛没有盯在他面前那道富有魔力的溪流上，这种精心构思便都会白费。到六月里的大草原上去走走吧，当你在绵延百里、深得没膝的卷丹草中一步步往前迈时，美中不足的是什么呢？——水——那儿一滴水都没有！如果尼亚加拉不是大瀑布而是一道沙泉，你还会不远千里去那里观赏一番吗？为什么田纳西州一个穷诗人②，在突然得到两大把银子后，会头痛究竟是买一件急需的上衣好呢，还是徒步旅行去罗卡韦海滩③好？为什么几乎每一个身心健壮的小伙子迟早都会渴望出海呢？为什么当你有生以来头一次登上一艘海轮，头一次听到人家告诉你，你和你的船现在都已经见不着陆地时，你心头会感到一种神秘的颤动呢？为什么古代波斯人把大海奉若神明呢？为什么希腊人专门设立一位海神，作为主神朱庇特的亲兄弟呢？这一切肯定不是毫无意义的。而那西萨斯的传说④，含意就更深了，美少年那西萨斯⑤因为抓不着自己映在清泉中的影子而苦恼，终至投水自溺。同样的，我们也能在江河湖海中看到自己的影子。这影子是生命无从捕捉的魅影，这就是一切问题的答案所在。

---

① 美国东北部缅因州内的一条河流。
② 作者大概是在调侃宾夕法尼亚州的徒步旅行诗人贝亚德·泰勒。
③ 在纽约市长岛西南角，是一个消暑胜地。
④ 希腊神话中河神的儿子那西萨斯因为拒绝了回声女神厄科的追求遭到惩罚，爱上了自己水中的倒影，终于自尽而死。
⑤ 希腊神话中的美男子，山林女神非常喜欢他，他却无动于衷，因此被惩罚在水里看自己的影子，他日渐憔悴，最终投水而死，变为水仙花。

话说回来，当我说每逢我感到视线有点模糊，肺部好像不适就想出海时，我的意思并不是说以一个乘客的身份去出海。因为作为乘客，你必须有个钱袋，而如果这个钱袋不是鼓鼓的，就等于是破布一块。此外，乘客还会晕船——变得爱争吵——晚上睡不着——一般说来，并没有多大乐趣——不，我绝不以乘客身份出海。另外，虽然我满称得上是名老练的水手，我也从不愿以船队司令、船长或者厨师的身份出海。我不求这些职务带来的荣耀，甘心把它们让给那些喜欢荣誉和名气的人。就我来说，不管什么样光荣体面的劳动、考验和磨难，我一概不想沾边。我连自己还照管不过来哩，更别说让我照管什么大船、三桅船、双桅船、纵帆船，等等之类。至于以厨师身份出海吧——我承认那也够光彩的，因为在船上，厨师也大小算个长官——不知怎的，我从来就不喜欢焙烤子鸡——虽然子鸡一旦烤好，牛油加得恰到好处，盐和胡椒也放得入味时，那样的美味，我会比谁都更加赞不绝口，即使还不到五体投地的程度，却也是敬礼有加的。正是由于古埃及人对烧朱鹭烤河马有一种盲目崇拜的偏爱，我们今天才能在他们那些大烤炉房似的金字塔里看到这些动物的木乃伊。

不。我一旦出海，便要当一名再普通不过的水手，站在桅杆的正前方，或者一头扎进水手舱，又或者高高地爬在最高的桅顶上。不错，他们会支使我干这干那，让我像五月里草地上的蚱蜢一般在桅桁上跳来跳去。一开头，这种情况是够不愉快的。它伤害人的自尊心，尤其是当你出身于名门望族，比如范·伦塞勒或伦道夫或哈狄卡纽特这样的家庭时，就更是如此。最叫人受不了的是，此刻你把手伸进柏油罐子里，而在此之前，你还是位祸福一隅的乡村教师，连牛高马大的孩子站在你面前都战战兢兢的。老实说，从小学教师到水手这种大起大落，简直令人有切肤之痛，非得受过像辛尼加[①]和禁欲主义者所受过的那种磨炼，你才能苦笑着忍受。不过，即使是这种大起大落，时间一

---

① 古罗马雄辩家、悲剧作家、哲学家，因遭政敌指控参与阴谋被逼自尽。

长,也就无所谓了。

就算有个脾气暴烈的老船长命令我拿把扫帚去打扫甲板,那又怎么样呢?我的意思是说,把这种羞辱放到《圣经·新约》的天平上去称一称,又能有多重?你以为天使长迦百列 ① 会因为我迅速而恭敬地执行了那个老家伙的命令而小看我吗?你倒说说看,谁不受人使唤?由此看来,不管那些老船长们怎么使唤我——如何把我推来搡去,我都可以自慰说这算不得什么;世界上的人无一例外都是这样或那样地受到同样的待遇——就是说,无论是从实体上还是从形而上观点看,都是如此;所以,这种普遍存在的欺凌人人有份,大家应该相互抚摸彼此的肩胛骨,心满意足才是。

再者,我之所以每次都以水手身份出海,是因为他们得为我的辛劳付酬,至于乘客,我从没听说他们给过一个子儿,相反,乘客还得自己掏钱给他们。你付钱给人家,跟人家付钱给你,这两者之间天差地别。付钱给人家这种行为也许是伊甸园里那两个偷禁果的遗留给我们后人最不好受的惩罚了。而从人家那里拿钱——世界上有什么能与之媲美?人们接过钱来时那种温文尔雅的举止实在不可思议,因为我们是那么真心实意地相信,金钱乃人间万恶之源,随你怎么说,有钱人绝对进不了天堂。啊!我们是多么欢欢喜喜地把自己送进地狱去啊!

最后,我之所以总是以水手身份出海,还为了船首楼甲板上那有益身心的劳作和纯净的空气。因为在这个世界上,逆风的时候永远多于风从船艄吹来的时候(这得以从不违反毕达哥拉斯的格言 ② 为前提),所以,待在后甲板③上的船长呼吸到的空气多半是船首楼甲板上水手们排泄出来的。他以为他先呼吸到这空气,其实不然。在许多别

---

① 基督教《圣经》和伊斯兰教《古兰经》上记载的向人类报告好消息的天使。
② 指船长大副常在船尾工作,易遭船头水手所放出的"臭气"之殃。这里是作者开的玩笑。
③ 上层甲板的后部,介于船尾与后桅间,多为船长和高级船员的活动场所。

的事情上，老百姓也大抵领先于他们的领袖们，而领袖们却极少觉察到这一点。但是，为什么我在作为商船水手多次出海之后，居然起了要到捕鲸船上去的念头了呢？这个问题，只有问命运之神手下的那个随时监视我、秘密跟踪我，又莫名其妙地左右我的隐身的警官才能得到答案。至于我这次偏偏上了捕鲸船，毫无疑问，那是老天爷早已拟定好的宏伟的节目单中一个微不足道的细节而已。它作为一个小过门或者独唱穿插在两个大型节目演出之间。我想，戏单上的这个部分肯定有点像下述的样子：

一个叫以实玛利的人出海捕鲸

虽然我说不上来为什么那些剧院经理，也就是命运之神，偏偏让我去充当出海捕鲸者这么个破角色，却选定旁人去演堂堂正正悲剧里的高贵角色，高雅喜剧里的轻松角色，和闹剧里的逗乐角色——虽然我说不上来其中的确切原因；然而，等我回想起当时种种情况，除了哄骗我上当，让我误以为这是出自我独立的自由意志和审慎的判断所作出的选择外，我想我现在也多少能看出一些当时通过各种伪装狡猾地摆在我面前的那些缘由和动机。

主要的动机首先在于大鲸①自身，一想起它来我就热血沸腾。这样一种可怕而又神秘的巨兽激起了我极大的好奇心。其次是大鲸那岛屿般的身躯翻腾其中的荒凉而辽阔的大海；还有与大鲸联系在一起的无从诉说、难以形容的危险；再加上巴塔哥尼亚②无尽的风光和声音，这一切都促我的愿望产生。对别人来说，这一切也许不能使之动心；可对我来说，遥远的事物总让我心痒难熬。我爱远航旁人不敢涉足的海洋，爱登上野蛮人居留的海岸。凡属美好的东西我不会视而不见；对怪异可怕的事物，我敏于觉察，而且善于与之相处——只要对方容许我与之交往——因为一个人既然待在一个地方，那么上策是与那里的人友好相处。

① 在捕鲸业中广泛流传的那条凶狠的大鲸，也就是本书中的莫比·迪克。
② 以前南美的南部地区，现都属于阿根廷南部，绝大部分是美洲第一大荒漠。

基于这些原因，这一次出海捕鲸航行是我求之不得的事。促使我作出这一决定的狂想，打开了神奇世界的大闸门，无尽的大鲸列队排成两行，缓缓地游进我的灵魂深处，而在游过无数对之后，一个仿佛戴着风帽的庞然大物突然出现，宛如一座雪山，跃在空中。

🐋 第二章　打点行囊

我往旧行李包里塞了一两件衬衣，往腋下一夹，便动身去合恩角①和太平洋。离开了我古老的故乡曼哈托②，我顺利地抵达了新贝德福③。那是十二月里的一个星期六的晚上。令我大为失望的是，驶向南塔开特④的小邮船已经开出，要去那儿，只有等到下星期一再说了。

凡是准备到捕鲸船上去吃苦受罪的新手们大多都先停留在新贝德福，再从这里登船出海。至于我，倒是不妨在此说明一下，我可没有这样的打算。我已经拿定主意，要出海就非得从南塔开特上船不可，因为与那古老又著名的小岛有关的种种事物无不给人一种美好、热闹的印象，使我感到特别可亲。再则，尽管新贝德福近来已逐渐垄断了捕鲸业，因此可怜的老南塔开特在这方面已远远落在它后面，然而，南塔开特却曾经是新贝德福伟大的先驱——它之于新贝德福犹如泰尔之于迦太基⑤——是美洲的第一条鲸鱼搁浅死亡后被拖上岸来的地方。那些红种人，那些土著捕鲸人，最初就是从南塔开特出发去追击这些大海兽的吗？第一只多帆单桅小船，装了不少从国外

---

① 在南美洲极南端。

② 即曼哈坦岛。

③ 位于美国马萨诸塞州东南方。

④ 马萨诸塞州的一个小岛，其捕鲸业一度达到鼎盛，后被新贝德福替代。

⑤ 迦太基有后来居上之意。

运回来的用于投掷鲸鱼的鹅卵石——众口相传就是这么说的——就是从那儿冒险出海，用投掷鹅卵石的方法测试鲸鱼是否已经近得能够到，以便人们及时从船首斜桁上投出标枪射向它们。

如今，我还得在新贝德福待上一个夜晚、一个白天，直到过完明天晚上才能乘船奔赴我那命中注定的港口。于是，我在上船之前的这一天两夜到哪儿去吃饭睡觉就成了当务之急。那是一个看来让人心神不宁的夜晚，不，简直是一个黑暗、阴沉的夜晚，刺骨的寒冷，冷冷清清。这地方我一个熟人都没有。我焦急地伸出手指摸了一下口袋，只摸出几块银币来——"所以，无论你去哪儿，以实玛利，"我扛着旅行袋站在一条荒凉的街道中间，这样对自己说，"你比较比较看吧，朝北是一片阴沉，朝南是一片黑暗——你可以凭你的聪明才智决定到哪儿去过夜，我亲爱的以实玛利，不过你一定要问问价钱，千万别太挑剔。"

走走停停，我走过了好几条街，经过那块"十字标枪"招牌门前——不过，那家旅店看来太贵、太豪华了，像是个寻欢作乐的地方。再往前走，"剑鱼客店"明亮的红色窗子里射出刺目的光来，似乎要把店前成堆的冰雪都融化了。此外，到处都凝固有十英寸厚的冰雪，冻成了一条坚硬的柏油路——我的脚站在这层凸出来的坚如燧石的路面上，真是累得够呛，因为我的靴跟在走过许多难走的路后，已经被磨得所剩无几，处于非常悲惨的境地了。"还是太贵、太豪华了。"我在这家客店前略微停了停，瞧了瞧投射在街道上的那片炫目的光，听了听里面叮当作响的碰杯的声音，心里不禁想道："还是往前走吧，以实玛利，你没听见吗？从这门前走开。你那双打补丁的靴子堵着人家的道呢。"于是乎我又往前走。这回我本能地顺着那条通往海边的街道走，因为在那边肯定会有最便宜的客店，纵使它不见得舒服。

多么阴沉的街道！两旁的房屋全笼罩在一片黑暗之中，零零落落地见到一点烛光，像是一支点燃的蜡烛在坟墓中四处流动似的。在晚上这个时刻，在一星期的最后一天，这个地段荒凉得跟没有住人一样。不过,没多大一会儿,我便来到一线朦胧的亮光前,那是从一座低矮的建筑里透出来的。那屋子的大门敞开,像在欢迎人进去。屋子不像是有人精心照料,倒像是专门建来供大众使用似的;于是,我就走了进去,头一脚就被门口的煤灰箱绊了一个跟头。"哈!"就在飞扬的煤灰差点让我窒息时,我心中想道,"这些灰烬难道是从那座被上帝毁灭了的城市蛾摩拉①飞来的吗?不过,不是有'十字标枪'和'剑鱼'在前吗?——那么,这家店子的招牌就该是'陷阱'了。"顾不了这么多,我爬起身来,听到里面有人大声说话,便继续往前走,推开了里边的第二道门。

门里的情景像是伟大的黑人议会在陀斐特②召开一般。足有一百张黑面孔从成排的座位上转过来看我;在他们的对面,一个黑人牧师正在讲坛上拍打一本书。原来这是座黑人教堂③;传道者讲的经文正是关于墨黑的幽暗④,以及在那里边人们哀哭悲号和咬牙痛悔的情景。"哈,以实玛利,"我一边往外退一边嘟囔道,"'陷阱'这块招牌上还得加上'招待恶劣'这几个字。"

我继续往前走,终于来到了离码头不远的一处昏黄的光亮前,还听到半空中有种凄凉的吱嘎声;抬头一瞧,看到门上挂着一块晃晃悠悠的招牌,上面用白漆画的、隐隐约约看得出是鲸鱼喷出的笔直射向高空的一股水雾柱子,下面写着"大鲸客店——彼得·咖芬⑤"。

棺材?——大鲸?——两者这么异乎寻常地联系在一起可不是什么好兆头,我心中暗想。不过,据说咖芬这个姓在南塔开特很常见,

① 见《圣经·旧约·创世记》第十八、十九章。
② 见《圣经·旧约·耶利米书》第七章三十二节:"他们在欣嫩子谷建筑陀斐特的丘坛,好在火中焚烧自己的儿女……"
③ 当时新贝德福的十四座教堂中至少有一座是黑人的。
④ 见《圣经·新约·犹大书》第六至十三章,这几处引的都是关于犹大国子民不听教导,肆意作恶受到上帝严惩的故事。
⑤ 咖芬与棺材一词的音译相同,本书主人公在下文中的一番"联想"即由此而发。

我猜想这个彼得准是那边过来的移民。由于灯光昏暗，这地方当时显得非常寂静。这要坍塌的小木屋本身就像是从某个火灾地区装车托运过来的，再加上这摇摇晃晃的招牌的吱嘎声，像是在诉说贫穷。我心想，我要找的便宜客店，看来非此莫属了，而且还准能在这里喝上最好的土咖啡。

这个地方真是有点古怪——一栋人字顶的旧房子，有一边像是瘫痪了，可怜巴巴地歪斜着。它坐落在一个险峻的四无遮拦的尖角上，一股叫"友拉革罗"①的狂风在这里不停地呼啸着，比当年刮坏可怜的使徒保罗乘坐的船的风暴还要来得凶猛。然而，对于任何一个待在房间里，双脚安闲地搁在壁炉架上烤火，等待烤暖了去睡觉的人来说，"友拉革罗"却是一股极其愉快的和风。"在判断这股叫作'友拉革罗'的狂风的问题上，"一位古代作家说——他的作品现存的孤本正好在我手里，"取决于你是从把冰冻隔绝于外的玻璃窗里往外瞧呢，还是从一个没有装玻璃因而里外都是冰冻的窗子往外瞧，而唯一的玻璃装配匠就是死神那家伙。瞧法不同，对'友拉革罗'的评价自然有天壤之别。"太正确了，当这段文字浮现在我的脑海里时我不禁想道——老古董呀，你说得真有道理。不错，我这双眼睛就是窗子，我这身体就是这栋房子。然而，非常遗憾的是人们没有把那些大大小小的裂缝堵上，也没有在裂缝里塞上一点棉花。不过，现在去作任何补救已经太迟了。这大千世界已经完工，已经封顶盖石，零砖碎瓦一百万年前就已经运走。可怜的拉撒路②躺在那里，头枕街沿石，冷得牙齿直打战，浑身发抖，把身上的破布片也抖掉了。他尽可以两耳塞上破布，嘴里衔个玉米芯子，可那也挡不住狂暴的"友拉革罗"。"友拉革罗"啊！穿紫袍的老财主③说（他以后还有一件颜色更深的袍子穿）："呸，

---

① 见《圣经·新约·使徒行传》第二十七章。
② 隐喻一般穷人。参见《圣经·新约·路加福音》第十六章。
③《圣经》上的老财主，生死极尽享乐，死后却受尽苦痛。见《新约·路加福音》第十六章第十九节。

呸！多棒的霜冻之夜；猎户星座多亮；北极光多美！让他们去神聊永远像暖房般的东方盛夏的气候去吧，我只享受用我自己的炭火给自己创造出一个夏天来的特权。"

可是，拉撒路又怎么想呢？他能将他那冻得青紫的双手伸向壮丽的北极光里去取暖吗？难道他不是宁愿待在苏门答腊，而不待在这里吗？难道他不更愿意舒舒服服地躺在赤道线上，甚或，老天爷在上，只要能避开所面临的严寒，哪怕是索性钻到地狱的火坑里都行。

如今，那个拉撒路竟然躺在老财主门前的街沿石上，这可比一座冰山漂移到摩鹿加群岛①的一个小岛前停住还要来得稀奇。然而，老财主本人，他也像俄国沙皇一样，住在叹息呻吟冻结而成的冰宫②里，而且身为戒酒协会的主席，他只喝孤儿们温热的眼泪。

不过，现在别这么哭哭啼啼地诉苦了，我们要去捕大鲸，以后哭的日子还多着哩。让我们刮掉靴子上凝结的冰，进去看看这个"大鲸"是个什么样的地方吧。

🐋 第三章　大鲸客店

一走进这人字顶的大鲸客店，便发现自己置身在一条装有老式护壁板、矮阔迂回的过道里，那条护壁板让人联想起报废不用的旧船的舷墙。在一边的护壁板上挂着一幅很大的油画，已经被烟熏得模糊不清了，在不均匀的交叉光线下看去，只有经过勤加研究，反复分析，再仔细询问各位街坊邻居查明画中周遭的事物，才能对这幅画的含意有所了解。这样大块大块莫名其妙的阴影和影子，乍一看，你会几

---

① 属于印度尼西亚。
② 据说从前沙皇在圣彼德堡每年要筑一个冰宫，里面灯火通明，供其冬季享乐。

乎以为是一个雄心勃勃的年轻画家力图在新英格兰逐巫案时期①勾勒出妖言惑众的混乱景象。可是在一再端详反复思考之后,特别是打开了过道后面的小窗户,你终于得出结论说,表现混乱现象这样的想法,尽管是想入非非,却也并不是完全没有根据的。

但是,最使人迷惑不解的是:在这幅画的中央,有一种说不上来是什么的泡沫,上面依稀浮着三根暗蓝色的垂直线条②,直线上面高悬着一团又长又软又怪又黑的东西。真是一幅泥泞、潮湿、黏糊糊的画,能叫神经过敏的人看了之后心烦意乱。然而,它却透露出一种无限的、只实现了一半的、难以想象的崇高意境,在它跟前一站就令人驻足不去,逼得你不由自主地立下誓来,非把这幅怪画的意思弄个明白不可。不时有一个突如其来却误导人的想法掠过心头——那是午夜狂风大作的黑海。——那是地、水、火、风③四大自然力之间的一场狠斗。——那是狂风扫过的荒野。——那是北国的冬景。——那是被冰封的时间之流的解冻。可是这些猜想最终都臣服于画中央那团令人心悸的东西。一旦把那东西弄明白了,其他的就都会迎刃而解。不过,且慢,那东西是不是有点像条大鱼?甚至就是那大海兽吗?

其实,作者的构思似乎就是这样的——这是我本人的最终推测,我跟一些长者就此画交谈过,因而也部分地综合了他们的意见。他画的是一艘在强飓风中挣扎绕过合恩角的船;这艘船业已半沉,只剩下三根光秃秃的桅杆在外面;一条被激怒的大鲸打算整个儿跃过这艘船,却眼见肚腹将会戳穿在这三根桅杆上。

过道对面的墙上整齐地挂满了具有异教色彩的奇形怪状的棍棒和枪矛。有的密密麻麻地布满了像锯齿一般闪光的牙齿;有的饰有一绺绺头发;有一支是镰刀形的,长长的大柄弯成半圆形,像是一个长

---

① 1691—1692 年发生在北美并株连了很多人的"逐巫案",它是美国历史上一次大的宗教迫害。

② 画的是一条大鲸跃出海面,落到三根桅杆顶上。

③ 四行,地、水、火、风,见英国十六世纪剧作家马洛的《浮士德博士》第一幕第三场。

胳臂的割草人在新刈过的草地上留下的扇形表面。你瞧着这东西便发抖，不知道是怎样穷凶极恶的人才能用这样大砍大劈的凶器来干收获死亡的事。夹杂在这些东西中间的是一些古老生锈的捕鲸用的长矛和标枪，全都已经损坏变形。其中有些还是赫赫有名的武器。这支如今弯得不成样子的捕鲸枪，五十年前内赛恩·斯温就曾用它在一天之内杀死过十五条大鲸。那支标枪——如今成了跟拔瓶塞的螺丝锥没什么两样的东西——它曾在爪哇海域投中一头鲸鱼，却当场让大鲸带着逃跑了，若干年后，这条大鲸在布朗可角①附近被擒杀，才取出了这支枪。原先那个标枪头是在鲸尾附近扎进去的，它在鱼体内像根针似的，足足跑了四十英尺，最后嵌在这条鲸弓起的背峰里。

穿过这条昏暗的过道，再通过那边一条低低的拱道——在过去这肯定是一条与各处火炉相通的总烟囱——就走进了这客店的堂屋。这是个更加昏暗的地方，头上是又低又笨重的横梁，脚下是旧得粗糙有裂纹的厚木板，踩在上面，让人几乎以为是踩在一只破船的底舱板上，特别是在这么一个狂风呼啸、这艘抛锚在拐角上的破旧的方舟②摇晃得非常厉害的夜晚。堂屋的一边摆着一张柜子模样的又长又矮的桌子，上面放满了破裂的玻璃器皿，装着从这个大千世界各个角落里搜集来的满是灰尘的稀罕物品。堂屋较远的一个角落里，突出来一个阴森森的小间——那是酒吧间——当初想布置成露脊鲸的头，只是粗糙了些。不管怎样，那儿竖着块巨大无比的拱形的鲸鱼下颌骨，阔得很，那宽度几乎可以通行一辆马车。小间里面是一些简陋的搁架，摆满了旧圆酒瓶，长颈瓶和其他瓶子；在这足以一口吞下一个人的鲸颚里，一个干瘪的小老头在忙个不停，活像是被诅咒的约拿③再世（别人也真是这样叫他），他看中了水手们的钱，把酒疯和死亡高价卖给他们。

---

① 或指秘鲁沿海的布朗可角。
② 指《圣经》中诺亚为避洪水而造的一只方舟。
③ 《圣经》中亚米太的儿子，希伯来的预言家，见《圣经·旧约·约拿书》。

最可恶的是他用来盛装毒汁的那些玻璃杯。从外表上看，它们确是一个个圆柱体——看里面，这些坏透了的圆鼓鼓的绿色玻璃杯越往下越小，成了个有厚实杯底的骗人的圆锥体。在这些犹如拦路抢劫的强盗似的酒杯外面还粗糙地刻有一些平行的线条。酒斟到这条线，只收你一个便士；到那条线，就加一个便士；以此类推，等斟满一杯——这种合恩角量器，你可以一口就喝掉一个先令。

一走进这堂屋，我发现有许多年轻水手围坐在一张桌子旁，在暗淡的灯光下欣赏各式各样的骨雕手工品①。我找到店老板，跟他说要个房间，回答是都满了——一张空床都没有。"不过，等一等，"他一拍脑门儿，又说，"你愿不愿意跟一个标枪手共用一张床？我看你是去捕鲸的，所以最好先习惯习惯这类事儿。"

我跟他说我从不喜欢两个人合睡一张床；要是非这样不可的话，那得看这个标枪手是个什么样的人。如果他（店老板）实在别无他法，而这标枪手又确实不讨人嫌，那在这么一个寒风呼啸的夜晚，与其再在这个陌生城市里瞎转悠找别处投宿，还不如跟个规规矩矩的人共用一张床睡一下算了。

"我也这么想来着。很好，坐吧。吃晚饭吗？——你要吃晚饭吗？晚饭马上就得。"

我在一张破旧的高背长靠椅上坐下，椅子上到处是小刀留下的乱刻乱画的痕迹，像炮台公园里的长凳一样。一个水手坐在这长靠椅的一端，一边想着心事，一边拿着大折刀还在往上面添花样。他低着头在两腿之间的空当上一个劲儿地刻着什么。看来他是想刻一艘扯着满帆的船，不过依我看，他的进展不大。

后来，我们中间有四五个人给叫到隔壁一间房子里去吃饭。那房子里冷得跟冰岛一样——根本没有生火——店老板说他生不起。只点了两支牛脂烛，各有一个裹尸布似的挡风罩围着，若明若灭。我们

---

① 作为消遣，水手们将鲸骨自制成各种小玩意儿。

只好把紧身短上衣①扣得严严的,用快被冻僵的手指把滚烫的茶捧到唇边。不过,饭菜倒很实惠——不仅有肉和土豆,还有汤团,天哪!晚饭有汤团!一个穿着绿色连披肩厚外套的小伙子像刚从饿牢里放出来似的,正用狼吞虎咽的办法对付那些汤团,吃相难看极了。

"小伙子,"店老板说,"你今天晚上肯定要做噩梦了。"

"老板,"我悄悄说,"这不是你说的那个标枪手吧?"

"不是,不是,"他说,那神情很有点可疑,"那个标枪手是个黑皮肤的家伙。他从不吃汤团,除了牛排,他什么都不吃。而且爱吃半生不熟的牛排。"

"见他的鬼去吧。"我说,"那个标枪手在哪儿?在这里吗?"

"他一会儿就来。"他回答道。

我不由得对这个"黑皮肤的"标枪手存了几分戒心。不管怎么着,我下定决心,要是我们非得睡在一起不可的话,他必须在我睡之前先脱掉衣服睡下。

吃过晚饭,他们又都回到酒吧间去了,我不知道干什么好,就决定做个旁观者,来打发这个晚上。

没多大会儿,就听到外面一阵喧闹声。店老板腾地站起来,嚷道:"那是'逆戟鲸号'上的水手。今天上午,我看到它在附近海面发信号;出海四年,今天满载而归。这下好啦,小伙子们;我们马上就可以听到斐济群岛最新的新闻啦。"

过道里响起了沉重的水手靴子声;门给猛地推开,一伙野性不改、样子邋遢的水手一拥而入。他们裹在毛茸茸的水手外套里,羊毛围巾捂住了头,全都打着补丁,破破烂烂,胡子上结了硬邦邦的冰凌,就像是一群从拉布拉多②来的熊。他们刚刚下船上岸,这是他们上岸后进的头一栋房子。难怪他们一进门便径直朝鲸嘴——酒吧间走去,在那里面忙乎的满面皱纹的小老头约拿,飞快地给他们每个人斟上

---

① 这里特指水手冬天穿的外衣。
② 魁北克附近的一个岛。

了满满的一杯。其中一个诉苦说得了重感冒，头痛得厉害，约拿一听，马上给他调了一杯杜松子酒加糖浆、黑糊糊好似沥青的饮剂，并赌咒发誓说，不管是伤风还是感冒，不管毛病已经拖了多久，不管是在拉布拉多沿海得的，还是在一座冰岛的顶风面得的，这是治一切伤风感冒的特效药，一服就灵。

一会儿，酒劲就冲上头来了。这是常有的事，连刚上岸酒量特大的水手都难免。于是，他们开始手舞足蹈，由着性子大吵大闹起来了。

然而，我注意到，其中有一个人有点与众不同，虽然他似乎并不想用自己清醒的面孔来破坏同船伙计们的好兴致，可总的来说，他没有掺和到他们的喧闹中去。这个人即刻引起了我的兴趣；既然海上诸神已经决定，他很快就要做我的同船伙计（虽然就本书内容而言，他只是我的同店宿伴），我冒昧在这里稍作介绍。他足足有六尺高，宽肩膀，胸膛像个潜水箱。我很少看到这样强壮的人。他的脸晒成了深褐色，衬得他的白牙亮得耀眼；在他那双眼睛深沉的阴影里，浮现着某些似乎并没有给他带来多少欢乐的回忆。一听他的口音就知道是个南方人，而从他顾长的身材看，我想他一定是弗吉尼亚州阿列根尼亚山脊上高大的山民。在他的伙伴们纵饮狂欢达到顶峰时，他却悄悄地溜走了，至此一直到他成为我同船出海的伙计之前，我都没有见着他。然而，他刚溜走几分钟，他的船友们就发现他不见了，看样子他跟他们很合得来，他们喊着"布金敦！布金敦！布金敦哪去了？"就争先恐后地冲出客店，去找他了。

这时是九点左右，经过这一阵狂欢之后，堂屋里似乎静得有点瘆人，我私自庆幸，自己刚好在这伙水手进来之前想到了一个小主意。

没人愿意两人共睡一张床。实际上，就算是自己的亲兄弟，你也很不乐意这样做。我不知道这是怎么回事，不过人们睡觉的时候总喜欢一人独处。如果在一个陌生城市的陌生客店里，跟一个一无所知的陌生人睡在一起，那你的反感就不知会增加多少倍了。天底下没有这样的道理——说什么我作为水手就低人一等，非得两个人睡一张床不可；正如岸上的单身国王是一个人睡一张床，海上的水手也是一个人睡的。不错，水手们都睡在一个舱里，可是他们各有各的吊床，各盖各的毯子，可以脱得精光地睡。

我越想到这个标枪手，就越不想跟他睡到一张床上去。他既是个标枪手，那么他的衬衣也好、羊毛衫（随季节而定）也好，只怕都不会太干净，质地肯定也不会很柔软。一想到这里，我就浑身起鸡皮疙瘩。再说，现在已经很晚了，正经的标枪手也该回来睡觉了。假如他半夜三更跌跌撞撞地闯进我的被窝里扑到我身上——我又怎么知道他是从哪个肮脏的被窝里钻出来的呢？

"老板！我改变主意了——我不跟那个标枪手睡了。我准备在这张长板凳上睡。"

"随你的便；对不起，我没法给您腾出一块桌布来做褥子，这椅子板又粗糙得要命。"——他一边摸摸凳面上高高低低的木节，"不过，等一下，骨雕佬；我在酒吧间里有个木匠用的刨子——我说，等一下，我会让你睡得舒服的。"说着，他就找来了刨子；他用他那条旧绸帕子掸掉凳上的灰尘后，就劲道十足地开始给我刨床了，一边还像只猩猩似的龇着牙笑。刨花左右纷飞，直到刨刀碰上一个推不动的节疤，卡住了。店老板差一点把手腕都扭伤了。我劝他，看在老天的份儿上，别再刨了——这张床已经够软的了，挺合适，反正不管怎么刨，一块松木板都不可能变成一块鸭绒垫子。于是，他又龇牙一笑，收拾起刨花，扔进堂屋中央的大炉子里，便忙他的事去了，扔下我一个人发呆。

这时，我量了量板凳，发现它比我还短一英尺；不过这倒可以搬张椅子接起来凑合一下。可是还窄了一英尺，而屋子里另外一条长椅又比这条刨完以后的高出约四英寸——所以没办法把它们拼起来睡。于是，我把头一条板凳靠室内唯一的一面空墙平行放着，板凳和墙之间稍稍留一点空隙，好勉强搁下我的背脊。可是，我很快就发觉从窗台下面嗖嗖吹进来一股冷风，因此这个打算根本就行不通，特别是从那扇摇摇晃晃的门缝隙里吹进来另一股冷风，跟窗台下袭来的这股碰个正着，并在我打算过夜的那块地方周围形成了一个一个的小旋风。

但愿魔鬼抓了那个标枪手去，我心中暗骂道。不过，且慢，难道我不能抢先一步到他的房里——从里面把门插上，跳上他的床就蒙头大睡，随他怎么使劲敲门都不给他开吗？这主意听上去似乎不坏；可是再一想，我就把这想法放弃了。因为谁知道第二天早晨会是什么样子，说不定我的头刚伸出房门，那个标枪手就正好等在门口，准备一拳把我揍倒呢！

我又朝周围瞧了瞧，看来除了和别人一起睡在同一张床上对付一晚之外，没有别的办法了，我开始回过头来想，也许归根结底是我对这个尚未谋面的标枪手怀有不应有的偏见。我想，还是再等一等吧，他肯定快回来了。那时我再仔细观察观察他，也许到头来我们会成为特好的睡伴——这可说不准。

可是，虽然其他的住客成单成双、三三两两地陆续回来睡觉，我那位标枪手却始终不见踪影。

"老板！"我说，"这是怎么回事——他老是回来的这么晚吗？"这时已经快十二点了。

店老板又咻咻地干笑起来，似乎有什么我所不知道的事情让他乐不可支。"不，"他回答道，"他是个不睡懒觉的人——睡得早，起得早——对啦，早起的鸟儿有虫吃，他就是那种鸟。——不过，今天晚上他出去兜卖东西了，我也不知道他究竟为什么这么晚还没回来，除非他没有能把他的脑袋卖掉。"

"没有把他的脑袋卖掉？——你在瞎编些什么来蒙我？"我登时火冒三丈，"老板，你是说，这个标枪手真的在这个神圣的星期六晚上，或者不如说是星期天早晨，在这个城市到处叫卖他的脑袋？"

"正是这个意思，"店老板说，"我还跟他说过这里卖不掉，市场上已经积压了。"

"积压什么了？"我大喝道。

"当然是脑袋喽;这世界上脑袋不是太多了吗?"

"老板,我跟你说明白,"我说得很平静,"你最好别瞎编这么一套鬼话来蒙我——我又不是三岁小孩。"

"可能不是,"他掏出一根火柴,把它削成牙签,"不过要是那个标枪手听到你在糟蹋他的脑袋,非把你揍扁了不可。"

"我要打破他的脑袋。"我一听店老板这些莫明其妙的胡说八道,不禁又大动肝火。

"它已经打破了。"他说。

"打破了,"我说——"打破了,真的吗?"

"肯定是真的,正因为这样才卖不出去,我想。"

"老板,"我像暴风雪中的赫克拉火山 ① 一般,压着满腔怒火,朝他走过去,——"老板,别削。咱们双方都把话说明白,现在就说明白。我上你的店里来,问你要张床睡;你告诉我只能给我半张床,另一半是留给一个标枪手的。而这个标枪手,我到现在还没见过面,你却一直跟我讲一些莫名其妙、令人恼火的鬼话,打算让我对你安排的和我同睡一张床的这个人产生厌恶感;而合睡一床的关系,老板,这可是人与人之间一种极端亲密、相互信赖的关系。我现在就要你老老实实讲出来,这个标枪手是谁,是个什么样的人,我跟他一起过夜会不会出问题。当然,首先得请你收回他卖脑袋的鬼话,要是真像你说的这样,那我认为这便再好不过地证明这个标枪手是个十足的疯子,而我是不打算跟个疯子睡到一张床上去的;而你,老兄,我说的是你,老板,你,老兄,明明知道,还极力骗我这么做,这就触犯了刑法,你要为此负法律责任的。"

"哇,"店老板长吸了一口气,说道,"你这个动不动张嘴就骂的家伙竟长篇大论讲起道理来了。不过,别激动,别激动,我跟你说的这个标枪手刚从南海一带来到这里, 他在那边买了一批用防腐药物保存

---

① 冰岛西南的一座火山,1845年曾爆发过一次。

完好的新西兰头颅（这是了不起的古董，你也知道），在这儿卖得只剩一个了，就这一个，他准备今天晚上去卖掉，因为明天是礼拜天，在大家都上教堂的日子，你却满街卖人头，这可不合适。上个礼拜天，他就要拿去卖的，用一根绳子串了四颗脑袋，活像一串洋葱似的，在他正准备出门的时候，我把他拦住了。"

这番说明解开了压在我心头的谜团，也证明了店老板并没有唬弄我的意思——不过，话又说回来：一个标枪手星期六晚上出去，深更半夜贩卖人头一直到安息日凌晨，去干食人生番干的勾当，叫我怎么能对他有好印象呢？

"老板，可以断定，那个标枪手是个危险分子。"

"他可是按时付房租的。"店主回答道，"不过说来也是，实在太晚了，你还是进被窝去吧——那张床挺不赖：我跟萨耳结婚那天晚上睡的就是那张床。两个人在上面随便折腾都有的是地方，那可是张了不得的大床。嗨，在换新床之前，萨耳还总把我们的沙姆和小约翰搁在我们脚后头。可是，有天夜里，我做梦，就在床上折腾了一阵，不知怎的，把沙姆给挤到了地板上，差点把他的胳膊都摔断了。打那以后，萨耳说这张床睡不得了。这边来，我马上给你照个亮。"边说，他边给我点燃了一支蜡烛，伸向我，给我领路。可是，我犹犹豫豫地站着；他猛一瞧角落里的钟，大喊道："我发誓，现在已经是礼拜天了——那个标枪手今晚不会回来了；他不知道在哪里过夜了——来吧，快点吧；你不来吗？"

我想了想，最后还是跟他上了楼，他把我带到一个冷得像冰窖的小房间里，里面果然有张巨大无比的床，大得几乎可以并肩睡下四个标枪手。

"好啦，"店老板把蜡烛往房中间一个破旧的船用柜子上一放，那柜子既当洗脸架又在房中间当桌子用，"好啦，这下舒舒服服睡一觉吧，晚安。"我正打量那张床，听到他说话便转过脸来，那时他已经不见了。

　　我掀开被罩，弯腰察看这张床。这床虽然不算太讲究，却也过得去。然后，我环视了一下房间；除了这张床和房中间那张桌子外，就看不到什么别的家具了。只有四面墙壁，外加一个粗糙的搁架，和一块糊了一层纸的隔火板，纸上画了一个人在捕鲸。火炉不用时，就用这个隔火板遮住。还有些东西跟这个房间毫无关系，其中有一张捆得很严实并被扔在角落里的吊床，还有一个海员用的大帆布袋，里面装着那个标枪手的全部衣服，毫无疑问，这包就代替了岸上用的衣箱了。在壁炉上面的架子上，还有一包奇形怪状的骨制鱼钩，靠着床头竖着一支长长的标枪。

　　但是，那搁在柜子上的是什么东西呢？我把它拿起来，凑近烛光看了看，摸摸闻闻，试遍了各式各样的办法，想得出个满意的结论。我看它除了像门口的大擦鞋棕垫，其他什么也不像。它的四周饰有一些叮当作响的小穗穗，有点像印第安人穿的鹿皮靴上染了色的豪猪刺。这垫子当中有个洞或者裂缝，就像你在南美洲看到的套头披风那样。可是，怎么会有一个大脑正常的标枪手套上块擦鞋垫子，把自己打扮成这个样子，大摇大摆地走在一个文明城市的街道上？我套上它试了试，它毛茸茸的，又特别厚，压在身上像镣铐般沉，感觉上还有点潮，好像这个神秘的标枪手在哪个下雨天穿过似的。我穿着它走到墙上嵌的一面破镜子跟前，啊，这副怪相我有生以来从没见过。我赶紧三下两下把它扒下来，由于动作太急了，连脖子都抽起筋来。

　　我在床边坐下，琢磨起这个卖人头的标枪手和他的擦鞋棕垫来。想了一阵之后，我站起身来，脱掉紧身短外衣，站在房中间出神。然后我又把上衣脱掉，只穿件衬衣又思量了一阵子。但是，因为我上半身脱得只剩内衣了，感觉全身发抖，想起店老板说的这么晚了，那个标枪手今晚根本不会回来的话，我不再犹豫，赶紧脱掉裤子和靴子，吹灭蜡烛，钻进被窝里，之后的一切就听天由命了。

　　那褥子里塞的是玉米核呢，还是陶瓷碎片，我说不上来。反正我翻过来，滚过去，好长时间睡不着。好不容易迷迷糊糊地打起盹儿来，正要进入梦乡的时候，突然听到过道里一阵沉重的脚步声，接着就从房门底下透进来一线亮光。

老天爷保佑我，我心想，肯定是那个标枪手，该死的人头贩子回来了。可是我还是一动不动地躺着，打定主意除非他先开口跟我说话，否则我一言不发。这时，那陌生人一手拿着蜡烛，一手拿着那个没卖掉的新西兰头颅，走进房来，一眼也没有朝床边瞧，就把蜡烛搁在离我老远的一个角落的地板上，动手解起我先前提到的那个大帆布袋上纠结的绳子来。我急于看到他的脸，可是他一心在解袋子上的绳子，并没有转向我这边。然而，等他解开了袋口转过身来——嗬，天哪，真可怕！这样一张脸！吓死人啦！那是一张黑里透出紫黄色的脸，到处贴满了略带黑色的大方块。不出我所料，他果然是个很可怕的合睡伙伴；他刚跟人家斗过殴，脸给人家划开了花，看他的样子，是刚从外科医生那儿来。这时，他碰巧把脸转过来，正对着烛光，就在那一瞬间，我看得清清楚楚，他脸上那些大方块根本不是贴的橡皮膏。那是些什么东西涂在脸上，开头我不明白；但是，很快我就想起点儿头绪来了。我想起一个白人讲的故事——也是个捕鲸者——他落在食人生番手里，被纹了脸。我得出结论，这个标枪手，在他多次远涉重洋的航行过程中，肯定也碰上过类似的险遇。不过，那又算得了什么呢！我想，那只不过是他的外表；一个老实人，不管有什么样的皮肤，都是老老实实的正派人，可是，他那可怕的肤色又是怎么回事呢，我是指撇开文过的方块不说，方块周围叫人毛骨悚然的那部分皮肤又是怎么回事。当然，那很可能是热带的太阳晒成的一种肤色，不过我从来没听说过炎热的太阳会把一个白人晒成紫黄色。不过我从来没有去过南海，也许那边的太阳会对皮肤产生这种特殊效果也说不定。就在我的这些想法闪电般地掠过心头时，这个标枪手一直没有注意到我的存在。他只顾忙他的，费了一番力气把袋子解开后，他就伸手在袋子里摸什么，一会儿就掏出一把北美印第安人用的轻便斧子似的东西，一个带毛的海豹皮钱包。他把这两样东西搁在房中间的柜子上，然后拿起那个新西兰头颅——一件叫人汗毛直竖的东西——塞进袋子里。接着他摘下帽子——一顶新海獭皮帽子——嗬，我差点儿惊得叫出声来。他头上没有头发——有几根也不值一提——只在脑门儿上留下一丛，编成结，立在前额上。这时他那颗透着紫色的秃头看上去活像个发了霉的骷髅。要不是这个陌生人正好站在我和房门之间，我会比狼吞虎咽下我的晚餐还要快地就冲出房间去。

尽管如此，我还想着能不能从窗口溜出去，可是这是二楼，窗口开在后墙上。我绝不是个胆小鬼，可怎么来看待这个卖人头的紫色魔头，我真是没了主意。无知是恐惧之母。这个陌生人实在处处都让我惊慌失措，狼狈不堪。我承认，这时我怕得要命，就像是深更半夜魔鬼亲自闯到我房间里来了一样。总之，当时我怕得连话都不敢跟他说，更别说要他就他身上那些令人不解的事作个满意的解答。

这时，他还在继续脱他的衣服，终于把胸脯和胳臂都露出来了。千真万确，他这部分盖在衣服下的肌肤上也像他的面孔一样布满了方块；他的背上也无处不是同样的黑方块；他好像参加了一场十七世纪欧洲的三十年战争[1]，上身到处是伤，刚刚逃了回来。尤有甚者，连他两条腿上都尽是斑点，仿佛一群墨绿色的小青蛙爬上了小棕榈树。现在已经很清楚了，他肯定是个什么可恶的野蛮人或诸如此类的家伙，搭上了一艘南海捕鲸船，就这样来到了这个文明国家。一想到这里，我就浑身发抖。还是个人头贩子——说不定卖的就是他亲兄弟的头。他也有可能会看中我的头——天啊！瞧瞧那把斧子！

可是现在没有时间发抖，因为这个野蛮人这时又在着手做一件吸引了我全部注意力的事，并且使我确信他是个异教徒。他走到先前搭在椅子上的那件带兜帽的短上衣，或者是斗篷，或者是厚外套跟前，在几个口袋里摸了一阵，最后掏出了一个奇形怪状的小偶像来。那偶像是驼背的，颜色就像刚生下三天的刚果婴儿。我想起那个用防

---

[1] 1618—1648年德国诸侯间分成新旧两教的内战，多数欧洲国家被卷入其中。

腐药物保存好的头颅，几乎要以为这个黑肤色的偶像也是用同样方法保存下来的真正的婴儿。后来看到它硬邦邦的，一点也不柔软，还像打磨光亮的黑檀木一样反光，我断定它肯定是个木偶，后来事实也证明如此。这时这野蛮人走到空壁炉跟前，挪开了那糊了一层纸的隔火板，把这个驼背小偶像像打保龄球用的瓶形木柱一般竖起在两个柴架中间。壁炉里的烟道壁和砖全都熏得乌黑，所以我觉得这个壁炉做他的刚果偶像的神龛或者小教堂倒是正合适。

这时，我极力眯起眼睛朝那个半隐半现的偶像望去，心里忐忑不安，不知道下一步会发生什么。只见他首先从斗篷口袋里掏出一捧刨花来，小心翼翼地放在那个偶像前面；然后在刨花上面放一小块船用饼干，用蜡烛火苗点着刨花，烧起一堆祭火。片刻之后，他许多次飞快地伸手到火中去抓饼干，又更快地缩了回来，反复多次之后（他的手指似乎因此烫得不轻），终于把饼干抓到手，然后他吹了吹饼干上的热气和灰，就毕恭毕敬地献给那个小黑人。可是，这个小鬼似乎一点也不稀罕这么干的食物，嘴唇一动也不动。这个膜拜者在做出这些举动时，喉咙里还发出一种奇怪的声音，似乎在用一种拙劣的歌唱方式做祈祷，又或者是在唱异教赞美诗之类的东西，这时他的脸极不自然地抽搐着。最后，他吹熄了火，很不礼貌地拎起那个小偶像，随手又塞进了斗篷口袋，就像一个猎人随手把一只死山鸡扔进袋子里一样漫不经心。

他这些怪异的举动越发让我感到不安，加之从一些明显的迹象看，他这些例行公事即将结束，马上就要跳到床上和我一起睡觉了，我想现在是时候了，趁着蜡烛还没有吹熄，赶紧把施在我身上这么久的妖法打破，要不就来不及了。

我正不知道说什么好，急得要命。哪知就在这点时间内，事情发生了变化。只见他从桌上拿起那把斧子，检查了一下斧刃那头，就把它凑到烛火跟前，嘴凑近斧柄，喷出大口大口的烟雾来。跟着，这个野蛮的生番就把蜡烛吹灭，嘴里咬着那把短柄斧，腾地跳上床来和我睡在一起。我脱口叫了出来，这时我已是不由自主了；他吃了一惊，对这突如其来的声音发出一阵哼哼声，随即伸手来摸我。

我结结巴巴地不知说了些什么，一边直躲他，翻身滚到了墙边，然后又求他，这时也顾不上他是什么来路了。我求他安静下来，让我起来重新把蜡烛点着。但是，他喉咙里咕噜作声的回答使我马上明白，他根本没听懂我的意思。

"该死的，你是谁？"——他终于说话了——"你不说，他妈的我宰了你。"他一边说，一边在黑暗中把可作烟斗用的点着了的斧子在我周围挥舞起来。

"老板，快来呀，彼得·咖芬！"我大声叫嚷，"老板！值班的！咖芬！天使们呀！救救我！"

"说！告诉我你是谁！要不，他妈的我宰了你！"那个生番又吼道，这时，那个烟斗斧在一轮吓人的挥舞之下，滚烫的烟灰撒落在我周围，弄得我担心自己的衬衫都要起火了。好在谢天谢地，这时老板拿着蜡烛进来了。我一跃下床，朝他跑过去。

"好啦，好啦，别怕，"他又咧着嘴笑，"我们的魁魁格不会伤你一根毫毛。"

"别跟我嬉皮笑脸的，"我喝道，"为什么你不早告诉我这个该死的标枪手是个食人生番？"

"我还以为你已经知道啦；——我不是跟你说了他在城里到处卖人头吗？——好啦，还是回到上床去睡吧。魁魁格，听着——你懂我，我懂你——这个人跟你一起睡——你明白？"

"我明白得很。"——魁魁格咕哝道，一边抽着烟斗，从床上坐起来。

"你上床来！"他又说，边拿他那烟斗斧对我示意，边把衣服扔到一边。他这么做时，不仅很有礼貌，还透着和蔼可亲。我站着不动，瞧了瞧他。尽管他满身都是纹的方块，总的来说，他看上去还是个干干净净、五官端正的生番。我心里自言自语，我这么大惊小怪干什么——这个人跟我一样，也是人：我有理由看见他害怕，他不也同样有理由怕我嘛。与其跟一个醉醺醺的基督徒睡，还不如跟一个头脑正常的生番睡哩。

"老板，"我说道，"叫他收起他那把斧子，或者烟斗，或者随便你怎么叫那玩意儿吧；总之叫他别抽了就是，那我就答应上床跟他一起睡了。我可不喜欢人家跟我睡觉的时候抽烟。那太危险了。再说，我又没有保火灾险。"

老板照样跟魁魁格说过后，他立刻照办，并且又很客气地打手势招呼我上床去——他自己尽量让到一边去，就好像是在说——我连你的腿都不会碰一下。

"晚安，老板，"我说道，"你可以走了。"

我上了床，有生以来还从来没有睡得这么香过。

🐋 第四章　被　单

第二天天亮时，我一醒来就发现魁魁格的胳膊非常亲昵地搁在我身上，要是让人看到一定会差点以为我就是他的妻子。被单是用零星碎布头拼凑的，尽是奇奇怪怪、五颜六色的小方块和三角形；而他这只刺了花的胳臂则布满了绵绵无尽的克里特迷宫①似的图案，没有两块花纹的色彩和明暗深浅相同——我想，这是因为在海上时，胳臂暴露在阳光下的时间不定，衬衫袖子随意卷起来的高度也不一样所致——他这条胳臂，嘿，看上去简直就是这床百衲被单的缩影。说实在的，我刚醒来时，看到这条胳臂大部分摊在被单上，二者的色彩融合无间，很难分清哪是胳臂，哪是被单；只因为感觉到身上有股重量

---

① 指希腊神话中由巧匠第达拉斯所造，用来囚禁人身牛头怪的克里特岛迷宫。

和压力,我才知道是魁魁格在抱着我,而不是被单裹在我身上。

当时我的感受很奇特。且让我慢慢道来。记得我小时候也有过颇为类似的经历;那究竟是确有其事还是一个梦,我至今仍然不能百分之百地断定。那情况是这样的:当时我正在玩什么玩得很起劲——我想是正要爬上烟囱吧,因为几天前我看到一个打扫烟囱的小孩这么做过;而那时我的继母,也不晓得为什么,老用鞭子抽我,或者不让我吃晚饭就叫我去睡觉——她抓住我的双腿把我从烟囱里拖出来,并打发我立即去睡觉,尽管那时才下午两点。那天是六月二十一日,在我们西半球是一年中白昼最长的日子。我很难过。可是毫无办法,我只好爬上三楼,走进我的小房间里去,尽可能慢地脱衣服,以消磨时间,末了一声长叹,便钻进了被子。

我躺在床上,闷闷不乐地想着,我要在整整十六个小时之后才能起来。在床上躺上十六个小时!想到这一点,我腰背就痛了。而且这时候还是大白天;阳光打窗口照进来,街上是轰隆隆的马车声,屋子里到处是欢声笑语。我越来越躺不下去——我终于爬起来,穿上衣服,脚上只穿着袜子,悄悄走下楼来,找到继母,一下子跪在她跟前,恳求她格外开恩,用拖鞋狠狠揍我一顿,以惩罚我的过错;或者,任何其他处罚都行,就是别罚我在床上躺这么长时间,让我受不了。但她不愧是世界上最慈爱、最有责任心的继母,我只好又回到我的小房间里去。我睁着眼睛躺了好几个钟头,当时的心情比我以往任何时候,甚至比后来我遭遇到最大的不幸时还要坏得多。后来我准是迷迷糊糊地打起瞌睡、做起噩梦来了;等我慢慢地慢慢地从瞌睡中醒来——仍半沉浸在梦境里——我睁开眼睛,原先阳光灿烂的房间现在裹在无边的黑暗中了。登时我感到浑身一震;什么也看不见,什么也听不到;只感觉到仿佛有一只异乎寻常的手搁在我的手上。我的胳臂搭在被单上,那只异乎寻常的手的主人,一个无名无姓、难以想象,又默不作声的人影或者幽灵似乎紧挨我的床边坐着。我躺在那里,仿佛躺了几个世纪,吓得灵魂出窍,不敢把手抽出来;然而我始终在想着,要是我的手稍稍动一下，那可怕的妖法就会不攻自破了。我不知道这种感觉最后是怎样从我脑海中消失的；但等我第二天早上醒来，我依然是心惊胆战地从头到尾记得这一切，那之后多少天，多少个星期，多少个月，我一直在白费力气地穷思冥想，想弄清这件事的真相。而且，一直到此时此刻，我还依然想就这一幻觉琢磨出个所以然来。

如今，撇开那种极大的恐惧不论，当时那只异乎寻常的手搁在我手上的感受，就其怪异性而言，跟我一觉醒来看到魁魁格那只异教徒的手紧抱着我时的感受非常相似。但昨晚上发生的一切，终于一幕幕都清清楚楚地在我脑海重现了。我躺着，想着自己当时的狼狈相。虽然我试图挪开他的胳膊——解开他那新郎似的搂抱——然而，尽管他睡着了，仍然将我抱得紧紧的，仿佛除了死神，谁也不能把我们这一对分开。这时我只想喊醒他——"魁魁格！"——可是他唯一的回答就是一串鼾声。于是，我翻了个身，觉得脖子像是套在马颈圈里似的；突然又觉得有点轻微的擦伤。我把被单掀开，便发现那野蛮人身边还搁着那把烟斗斧，像个尖嘴猴腮的婴儿一般。这处境还真够尴尬，我心想；大白天跟个食人生番和一把烟斗斧躺在一栋陌生屋子里的床上！"魁魁格！——你做做好事，魁魁格，醒醒吧！"最后，由于我这一通使劲挣扎，又反复地大声跟他说，告诉他这样成亲似的紧抱着一个同性很不像样，才总算听到他发出了一阵咕哝声，随即把胳臂抽了回去，像一条刚从水里上来的纽芬兰狗似的抖着身子，然后像只长矛般僵直地坐了起来，瞧着我，一边擦着眼睛，好像完全想不起来我怎么会在这里，不过他似乎慢慢清醒过来，隐隐约约地记起我来了。这时，我静静地躺着盯着他，已经不太担心害怕了，反倒专心致志地打量起这个极为古怪的家伙来。这时，他似乎终于认可了我的睡伴身份，接受了这一事实；于是，他跳下床来，用一种手势和声音让我明白：让他先穿衣服，然后他离开，把整个房间留给我，我再起床穿衣服。我心想：魁魁格呀，在这种情况下，这真是个极其文明的提议。不过，事实是，这些野蛮人天生就有一种为他人着想的意识，不管你怎么说，他们本质上讲究礼貌的程度令人赞叹不已。魁魁格在这方面特别值得称道，因为他待我彬彬有礼，非常体贴，而我对他却粗鲁之至，真是于心有愧；我在床上凝望着他，观察他穿着打扮的每一个动作，这时我的好奇心竟然完全胜过了我的教养。尽管如此，像魁魁格这样的人不是每天都见得到的，他和他的举止很值得格外关注。

他是从头上开始穿着打扮的，先戴上他那顶很高的獭皮帽，然后——那时还没有穿上裤子——四处找他的靴子。下一步，天哪，他竟然趴在地上，手里拎着靴子，头上戴着帽子——钻到床下面去了；接着便是一阵杂乱的剧烈喘气声和使劲声，我估计他是在玩命儿似的套靴子；虽然我从没听说过有哪条礼仪规则规定，穿靴子时不得让人瞧见。可是，你要明白，魁魁格是一种处于过渡期的生物——既不是毛虫，也不是蝴蝶。他的文明程度还只刚刚进化到以最奇特的方式来显示他的粗笨的地步。他受的教育还没有完成。他是个尚未毕业的学生。要不是他稍稍经了点教化，他很可能根本不会为穿靴子的事这么自找麻烦；反过来说，如果他不仍然是个野蛮人，他也决不会想到钻到床底下去穿靴子。最后，他爬了出来，帽子弄瘪了，皱巴巴地压在眉梢上，他一瘸一拐地在房里走动，发出吱吱嘎嘎的声响，好像还是不大习惯穿靴子，偏偏他那双又潮又皱的牛皮靴子——很可能又不是定做的——在这严寒的早晨初次穿出门，每走一步都觉得夹脚，让他很难受。

这时，我发现窗子上没有窗帘，街道又很窄，对面的房屋居高临下，可以把这房间里的一切看得清清楚楚，加之我又觉得魁魁格的姿态很不雅观：他只戴顶帽子，穿双靴子，身上几乎一丝不挂地在室内快步走动；我极力求他快一点穿着打扮什么的，特别是赶紧把裤子穿上。他照办了，就着手盥洗。在清晨这时候，一个文明人是会洗脸的；可让我大为惊异的是，魁魁格只洗了洗胸脯、胳臂和双手就算完事。然后他穿上背心，又从作洗脸架用的桌子上拿起一块硬肥皂在水里浸了浸，就开始往脸上涂抹肥皂泡沫。我盯着他，看他把刮脸刀藏在哪里，哎哟，他竟从床头抄起了那支捕鲸用的标枪，卸掉长长的木柄，从鞘里拔出枪头来，在靴子上来回蹭了几下，大步走到挂在墙上的那面破镜子跟前，使劲地刮起来，或者还不如说削起脸来了。我心想，魁魁格呀魁魁格，杀鸡哪用得上牛刀啊。不过，后来等我得知标枪头是用最好的钢打就的，并且那长长的笔直的枪刃又总是磨得格外锋利时，对他这种举动便不以为奇了。

他的其余的盥洗手续很快就完成了，于是，他穿上那件宽大的水手短上衣，心满意足地拿起标枪，像一个元帅握着权杖一般，昂首阔步走出了房间。

第五章　早　餐

我赶紧盥洗完毕后，下楼来到酒吧间里，愉快地和咧着嘴大笑的店老板打招呼。我对他并没有什么恶感，虽然在我的睡伴问题上，他跟我开了不少玩笑。

不管怎样，开怀大笑总是一件大好事，可惜的是，这样的大好事太难得了一点。所以，如果有谁能为大家带来笑料，让大家开怀一笑，那就请他千万不要退缩，不妨高高兴兴地装疯卖傻，让大家笑个够。一个人身上如果有足以让大家捧腹大笑的地方，那就可以肯定，他必定拥有比你想象的多得多的价值。

这时，酒吧间里挤满了住客，他们都是昨天晚上来投宿的，有些人我还没有来得及好好看一看。他们差不多都是捕鲸者；大副啦，二副啦，三副啦，船上的木匠啦，桶匠啦，铁匠啦，标枪手啦，看船的啦；满脸络腮胡子、棕色皮肤、肌肉结实；头发蓬乱、许久未剪、全都穿着水手短上衣代替早晨穿的长袍。

你一眼就看得出来，他们每个人上岸多长时间了。这个小伙子健康的双颊带着被太阳烤熟了的梨子一般的颜色，闻起来还带点麝香味；他肯定从印度洋航行归来，上岸还不到三天。坐在他旁边的那个人，肤色稍稍浅一点，可以说有点儿椴木^①味道。第三个人的脸色仍然留着热带的黄褐色，不过稍稍消退了一点；不用说，他肯定已经在岸上待了好几个星期。可是，有谁的脸颊像魁魁格的那样？那张脸上有各种颜色的线条，有点像安第斯山脉的西坡，齐整地显示出一条又一条对比鲜明的气候带。

"嗨，开饭啦！"这时老板叫起来，一边猛地把门推开，我们就都进去吃早饭。

人们常说，凡是见过世面的人，举止态度会显得从容不迫，与人相处会沉着冷静。不过，也未必都是如此。新英格兰的大旅行家莱迪亚德^②和苏格兰的大旅行家芒戈·帕克^③一进上流社会的厅堂，就会比谁都缺乏自信。但是，像莱迪亚德那样，仅仅只坐狗拉雪橇横穿过西伯利亚，或者像可怜的芒戈那样，全部的经历只是饿着肚子在非洲的黑人腹地里漫长而孤独地徒步跋涉——这种旅行，我看，可能不是一种获得上流社会的修养的最佳方式。再说，大体而言，这种事情总是随处可见的。

这些感想是在我们都挨着饭桌边坐下后突然产生的，因为当时我正准备听一些有趣的捕鲸故事；使我大为惊奇的是，他们几乎全都默不作声。不仅如此，一个个看去好像都还局促不安的样子。而这里坐的都是些什么人呢？不错，是一伙老练的水手，其中许多人曾经毫不怯场地在波涛汹涌的大海上跨到大鲸身上——大鲸对他们可是毫不留情的啊——眼都不眨地同它们搏斗，最终将它们杀死；然而，这会儿他们一起坐在桌边共进早餐时——职业相同，经历相似——却

---

① 产于东印度的硬木树种，木质坚硬，常用于制作上等橱柜等。
② 美国旅行家。
③ 苏格兰探险家。

腼腆地你看看我，我看看你，驯顺得像是青山州①里一群从未远走出过羊圈的绵羊一般。这些难为情的熊，这些羞怯的捕鲸勇士，居然是这副样子，真是奇观！

但是，说到魁魁格——嘿，他坐在他们当中——碰巧还是坐在首席；神情冷静得像冰柱一般。确实，他的出身和教养我无法恭维。他带着标枪来进早餐，毫无顾忌地把它当作刀叉来使用，在桌子上伸过去把牛排戳过来，使许多人当场就有头破血流的危险；这种胡来的行为连最钦佩他的人都没法为他辩护。可是这些事他却做得冷静自若，而谁都知道，在绝大多数人看来，任何事情只要做得冷静，便是做得文雅体面。

我不准备一一列举魁魁格的所有怪癖；比如：他如何不喝咖啡，不吃刚出炉的热肉卷啦，如何专心致志于半生不熟的牛排啦。够了，早餐吃完，他也和其他人一样，都走到堂屋里，点起他那只战斧烟斗，坐在那里安安静静地消化，一边抽着烟，头上还戴着那顶须臾不离的帽子，而这时我却走出门转悠去了。

第六章　街道所见

如果说，我为头一眼看到像魁魁格这样一个怪人出现在一座文明城市的上流社会中而不胜惊奇的话，那么，当我首次在大白天漫步在新贝德福的街道上时，这种惊奇感很快就烟消云散了。

在任何一个大海港靠近码头的通衢大街上，通常可以看到来自世界各地难以形容的稀奇古怪的人物。即使是在百老汇和费城的栗树街上，有时也会有从地中海来的水手和吃惊不小的太太小姐们擦

---

① 美国佛蒙特州的别名。

肩而过，伦敦的摄政王大街①对东印度水手和马来人来说也并不陌生；在孟买的阿波罗公园，精力旺盛的美国佬经常吓着了当地土著居民。但是，如果和新贝德福相比，利物浦的水街和伦敦的瓦坪②完全算不上什么。在水街和瓦坪，看到的只不过是水手；可是在新贝德福，你还会看到真正的食人生番、十足的野蛮人，站在街角上和人聊天；其中有许多还是赤身露体一丝不挂的。初来此地的人看了真会目瞪口呆。

不过，除了斐济人、东加托波亚尔人、埃罗曼哥亚人、邦南及亚人、柏莱及亚人，以及那些在街上摇摇晃晃的捕鲸者和司空见惯的地道的野蛮人以外，你还会在新贝德福街头看到别的更为奇怪、肯定更叫人发笑的景象。每个星期，都会有几十个佛蒙特州和新罕布什尔州的新手来到这个城市里，如饥似渴地想在捕鲸业中大捞一把，且显姓扬名。他们绝大部分都很年轻，体格健壮；过去都以伐木为生，现在想扔下斧头改拿捕鲸枪。其中有许多人绿③得就像是他们的家乡的青山地区一样。在有些事情上，他们会让你觉得像是刚生下来的婴儿。你瞧！那个神气十足的家伙拐过街角走来啦。他头戴獭皮帽，身穿燕尾服，腰束水手带，还佩带了一把带鞘的刀。嘿，这边又过来一个头戴防水帽、身披黑色毛皮大氅的家伙。

随便哪一个城里的阔大少都比不上一个乡下的阔大少——我说的是那种地地道道的乡巴佬阔大少——这号人物，一到三伏天就怕晒黑他那双手，会戴上鹿皮手套去割他那二亩地的草。要是当这么一位乡巴佬阔大少突然心血来潮，跑来从事伟大的捕鲸业，那只要他一到海港，你就等着瞧他的笑话吧。就拿他那身海上装备来说，他要人家在他的背心上钉上按扣，帆布裤子上缝上吊带。唉，可怜的乡巴佬！等暴风雨把你连人带按扣、吊带，一切的一切都一口气吞下时，

---

① 伦敦一条非常有名的大街。
② 利物浦和伦敦的水手区。
③ 有"新手"、"初出茅庐"的意思。

你那些吊带在头一阵呼啸而过的狂风中便通通会绷断。

可是，别以为这个著名的城市里只有标枪手、食人生番和乡巴佬供旅游者欣赏。完全不是这样。不过，新贝德福始终是个很奇妙的地方。要不是因为有了我们这些捕鲸者，这片土地也许至今仍像拉布拉多海岸一样荒僻。即使这样，它的部分边远地区仍贫瘠得足以吓人一跳。这个城市本身也许是整个新英格兰最宜于居住的地方。这是个富得流油的地方，一点也不假；不过不像迦南乐土①那样；这块土地还是个盛产玉米和美酒的地方。这儿的街道上并没有牛奶在奔流；到了春天，人家也不用新鲜鸡蛋来铺砌马路。然而，尽管是这样，在整个美洲没有哪个地方比得上新贝德福所拥有的贵族化的宅邸，华丽的公园和花园。它们都是从哪里来的？怎么会生根在这片一度是贫瘠的火山岩渣般的土地上？

只要你到那边那座高大的府第周围去瞧瞧当作标记的铁标枪，你的问题就有答案了。不错，所有这些富丽堂皇的住宅和花团锦簇的园亭都是来自大西洋、太平洋和印度洋。它们没有一件不是用标枪戳中，从海底一直拖到这里来的。请问，魔术家亚历山大②先生有这样的本事吗？

据说，在新贝德福，做父亲的拿鲸鱼给女儿做嫁妆，他的侄女们则每人能得到几条海豚。只有在新贝德福，你才能见到盛况空前的婚礼。因为，据说，每家每户都有鲸鱼油库，夜夜都可以满不在乎地点鲸鱼蜡烛点个通宵。

到了夏天，这城市更是迷人；到处是挺拔的枫树——长长的林荫道，一条条翠绿和金黄相间。八月里，美丽的七叶树枝繁叶茂，恰如一只只枝形烛架，呈尖细直立的圆锥状，矗立空中，向过路人献出一树

---

① 《圣经·创世记》中上帝赐予亚伯拉罕的宝地，也就是现在巴勒斯坦以西的地方。

② 十九世纪四十年代末在纽约的各个剧院及中国博物馆等地演出的德国魔术师。

繁花。人的创造力真是无所不能；它能在新贝德福的许多街区中，在造物主创造世界的最后一天里所丢弃的寸草不生的岩石上铺上艳丽夺目的花坛。

而新贝德福的女人，她们就像花园里盛开的玫瑰那样争奇斗艳。可是玫瑰花只在夏季才开；而她们脸上娇嫩的粉红色，却像七重天的阳光，一年四季都灿烂辉煌。除非在撒冷①，别处任何地方都看不到她们花一般的容貌。据说那儿的年轻姑娘吐气如兰，她们的水手情哥离岸老远就能闻到那股麝香气息，仿佛他们是驶近香气四溢的摩鹿加群岛②，而不是清教徒似的沙滩。

第七章　小教堂

这个新贝德福还有个捕鲸者的小教堂，那些即将出发去印度洋或太平洋的喜怒无常的捕鲸者很少有不到那里去做礼拜的。我当然不能错过。

上午首次到街上转悠了一圈回来之后，我又专为完成这项使命出去了。这时天气变得雾蒙蒙的，雨雪纷飞，已经不是原先凛冽的艳阳天了。我紧裹了一件用熊皮料子做的毛茸茸的短上衣，顶着顽强的暴风雪艰难地前进。一进教堂，便看到一小群零零散散的水手、水手的妻子和寡妇。教堂里四下无声，一片令人压抑的寂静，只有暴风雪的呼啸声时不时地打破这寂静。每一个默默无言的礼拜者似乎有意不和别人坐在一起，仿佛个人沉默的忧伤都是与世隔绝的，无法彼此沟通。牧师还没有来；这些零零散散如孤岛般的男女默不作声地坐着，目不转睛盯着几块镶着黑边，嵌在讲坛两边墙上的大理石石碑。

---

① 耶路撒冷的旧名。
② 新几内亚西北的摩鹿加群岛的别称。

其中三块上面有如下的字样,不过我不敢说记得一字不差:

纪　念

约翰·塔尔伯特

　　一八三六年十一月一日,死于巴塔哥尼亚海面寂寥岛附近,落海身亡,时年十八岁。

特立此碑作为纪念

他的姐姐

纪　念

罗伯特·朗,威利斯·埃勒里

内森·科勒门,沃尔特·坎尼

塞斯·梅西,塞缪尔·格莱格

"伊莱扎号"所属一小艇上全体船员

　　一八三九年十二月三十一日于太平洋滨海渔场为一大鲸连艇拽去失踪。

特立此碑作为纪念

他们幸免于难的船友

纪　念

故伊齐基尔·哈代船长

　　一八三三年八月三日于日本沿海在其小艇艇首为一抹香鲸所害。

特立此碑作为纪念

他的未亡人

我抖掉银装素裹的帽子和短上衣上的雨雪,靠门边坐了下来。令我大为吃惊的是,我一侧过脸来,竟发现魁魁格在我旁边。他为现场的肃穆气氛所感染,专注地瞧着这一切,脸上显出一股奇特的半信半疑、想探个究竟的神气。他似乎是在场的人中唯一注意到我进来的人;因为只有他不识字,因此他没有去看墙上那些冷冰冰的碑文。在这些来做礼拜的人当中,是不是有名字刻在石碑上的水手的家人亲属在内,这我可不知道;可是,捕鲸业中未经记载的意外事件不可胜数,从在场的几个妇女的神情上可以明显地看出,即使面容上没有显出无尽的哀思,我也敢肯定,在我面前聚集的这些妇女,一定被那些阴冷的石碑触动了心,未曾平复的旧创又在重新流血。

唉!那些有亲人长眠在青草下的人们;你们可以站在花丛中说——这儿,这儿长眠着我的亲人;你们怎么能理解郁结在这些妇女心头的悲伤。那些镶黑边的大理石墓碑下没有骨灰,有的只是无比悲惨的虚无!那些静寂不动的碑文令人多么绝望!那些字句似乎在啮蚀所有对主的信仰,它们带给人们多少空虚感和多少负情弃义,使葬身鱼腹连坟墓都没有的死者永远不能复活,这些石碑立在这里还不如立在象岛石窟①里。

死者是列在哪种数量统计簿里,为什么俗话说死人的嘴巴最紧,即使他们知道的秘密比古德温沙洲②还多!为什么人刚一离开人间去另一个世界,我们就在他的名字前面加上一个意义深长的"故"字,然而如果他只是乘船去了这个世界极其遥远的一个地方,我们却并不这样称呼他;为什么人寿保险公司要给未亡人付死亡赔偿金;整整六十个世纪前就已死去的古人亚当却得了什么永恒的不能动弹的昏睡症,在苟延残喘死沉沉地昏睡;我们既然确信死者已经居住在难以形容的极乐世界中,可为什么无论我们怎么百般慰藉,仍然不能缓解心头的悲伤呢;为什么生者极力要使死者沉默;为什么只要风闻坟墓

———————————
① 印度孟买港内的一座小岛上的石窟,供奉印度教三个主神之一的湿婆。
② 靠近伦敦泰晤士河入海口的沙洲,当年船只多有失事者。

中略有响动便会全城惊惶。这一切都并不是没有含义的。

可是，信仰就像豺狼，是靠在坟墓间觅食为生的，即使从那些死者的疑问中它也能获得至关紧要的希望。

在起程赴南塔开特的前夜，在那个阴沉压抑的日子里，在暗淡的光线下，我是怀着怎样的心情看那些大理石碑的呀，当我读那些先我而去的捕鲸者的命运时，心头是什么滋味，那是用不着说的了。是呀，以实玛利，你可能会落得一个同样的命运。但是，不知怎的，我的情绪竟又高涨起来了。使我快活的诱因似乎就是快要上船了，获得提升的大好时机——是呀，即使是一只破艇，也将使我遐迩闻名，永垂不朽。是的，捕鲸这个行业总是要死人的——一眨眼工夫，一个人便连祷文都没有便被推入了永恒。不过，那又怎样呢？我认为我们对生死的理解大错特错。我认为人们此时此地称之为我的影子的才是我真正的本体。在看待精神方面的种种上，我们实在太像是在水中观察太阳的牡蛎，把重重的水当成了稀薄的空气。依我看，我的躯壳只不过是我真正的本体的残渣。谁要我的躯壳，尽管拿去好了，实际上，那不是我。因此，为南塔开特之行三呼万岁吧；船破也好，身亡也好，我都不在意，因为我的灵魂，就是朱庇特亲自动手，也不能损其分毫。

第八章　讲坛种种

我坐下没有多久，便进来了一个上了年纪身子还挺结实的人；在他进来后，那扇被暴风雨猛烈撞击的门马上又砰地弹了回去，像是只为了欢迎他的到来而开。会众全都唰地掉过头来肃然起敬地瞧着他，这足以证明这个颇有气派的老人就是牧师了。不错，他就是著名的梅普尔神甫，捕鲸者都这样称呼他，在他们中间，他是位深受爱戴的人。他年轻时曾做过水手和标枪手，不过已经献身神职多年了。我见到他时，他已经跨入历尽沧桑后的冬天，但身体健康，老当益壮；他到了这样的高龄似乎仍正在焕发着二度青春，因为他所有的皱褶纹路中都透出某种类似鲜花乍开的柔和光辉——春天的翠绿甚至在严冬二月积雪的覆盖下探出了头。以前说过这位梅普尔神甫身世的人，头一次见到他，无不对他产生极大的兴趣。他身上所表现出来的一般牧师不具备的某些特性，都和他过去出生入死的海上冒险生涯有着必然的联系。他进来时，我注意到他没有拿雨伞，他也肯定不是乘自己的马车来的，因为他的雨帽还在滴着融化了的雪水，他那件海员蓝色的粗呢大衣吃足了水，沉甸甸地好像要把他压得瘫到地板上去。然而，他把帽子、大衣和套鞋一一脱下，挂在邻近一个角落里的一小块空当里，换上法衣，穿得整整齐齐后，默默地向讲坛边走去。

跟大多数老式讲坛一样，这个讲坛很高，如果采用常规的梯子来登上这样一个高度，阶梯势必与地板成一个钝角，从而会使教堂本来就很小的空间大大缩减。于是，似乎是在梅普尔神甫的授意下，建筑师没有采用正规的梯子，而代之以一个垂直的侧梯，就像海上用来从小艇攀登上大船的那种梯子一样。一位捕鲸船船长的妻子给小教堂送来了一副用红绒线织成的漂亮的舷梯索作为梯子两边的扶手，加上梯子自身做得很好看，又全部染成了赤褐色，考虑到这个小教堂的状况，整个装置看上去非常协调，一点儿也不俗气。梅普尔神甫在梯脚下停了片刻，双手握住舷梯索上作装饰用的绳疙瘩，抬头望了一眼，然后用一种真正水手式的却又不失牧师身份的灵巧，手换手地攀登梯级，仿佛在登上他当年那只船的大桅楼一般。

这侧梯的垂直部分，跟通常那种摇荡的舷侧梯一样，是用绳索裹上布做成的，只有梯级用的是木板，所以在每一级都有个节头。我头一眼看到这个讲坛时，就看出这些节头尽管用在船上很方便，用在这里却似乎是多余的。但是我没有料到，梅普尔神甫在登上讲坛后，竟慢慢转过身来，俯身讲坛外，慢条斯理地把这侧梯一级一级地拉上去，直到把整个侧梯收上去放在讲坛里为止，使他一个人高踞于那固若金汤的小小魁北克中。

我思考了一阵子，却始终未能充分理解他这样做的用意。梅普尔神甫在真诚和圣洁上素享盛誉，我不可能怀疑他是靠在舞台上玩弄阴谋诡计来谋取名气的。不，我心想，他之所以这样做肯定有大道理；而且，这肯定是什么非肉眼所能窥见的东西的象征。那么，难道他是想用这种肉体上和人们隔离开来的举动来表示他在精神上也暂时割断了外在世界的种种牵扯和纠葛？是的，当精神食粮备足了之后，这个传达主的旨意让世人心中重新充满欢乐的讲坛，对于上帝忠诚的信徒来说，我想不外乎一个自给自足的堡垒——就像一座险峻的艾伦勃莱茨坦①，铜墙铁壁之中还有一口永不枯竭的水井。

但是，这侧梯还不是教堂里唯一借鉴牧师以往的海上生活的奇特之处。在讲坛两边的大理石纪念碑之间的墙上挂着一幅大油画作为背景：一艘船正顶着罕见的狂风暴雨奋勇前进，想摆脱下风岸的巉岩峭壁和滔天白浪。但是，在雨沫横飞和乌云翻滚之上，却涌现一片小岛似的阳光，托出一张天使的脸；这张光辉的脸发出一束光，远远地落在颠簸不已的船的甲板上，有点像镶在"胜利号"甲板上纳尔逊②中弹倒下处作为纪念的那块银牌。那位天使似乎在说："啊，多么了不起的船呀。冲呀，冲吧，你这条了不起的船，勇敢地把住舵；你瞧！阳光正穿出云层；乌云在散开——静谧的湛蓝的晴空就要出现在眼前了。"

除了这道侧梯和这幅油画带有浓厚的海上情调外，讲坛本身也并非没有大海的味道。讲坛正面嵌的那块木板就像是又陡又阔的船头，《圣经》就放在那块突出的涡卷形木板上，那是仿照一条船那提琴头似的铁喙③做的。

---

① 德国著名要塞，在科布林士对面的高冈上。
② 荷拉序·纳尔逊，杰出的英国海军将领。1805年在与法国西班牙联合舰队的特拉法尔加战役中，战死在"胜利号"上。
③ 古代战舰为了冲破敌舰，在船头装上铁喙。

还有什么能比这更富有含义吗？——因为讲坛历来处于这尘世的最前列；其余的一切都跟在后面；讲坛领导着整个世界。从那里首先可以远远地看到象征上帝的怒气的暴风雨。而相当于船头的讲坛正首当其冲。上帝的风，不论好坏，也是首先在这里被祈求转为催动舟船的顺风。不错，这世界就是一艘扬帆远航的船，没有哪次航行是没有风险的；讲坛就是它的船头。

第九章 讲 道

梅普尔神甫直起身来，用一种谦逊的长者的柔和声调吩咐分散的人群聚拢来。"右舷通道的请向左舷靠——左舷通道的，向右舷靠！大家都往船身中部靠拢！往船身中部靠拢！"

长凳之间响起了一阵笨重的水手靴低沉的嘈杂声，和较为轻巧的女鞋滑动声，然后一切重归于寂静。所有的目光都汇集到了传道者身上。

他稍停了停；然后跪在讲坛前头，把他那双棕色的大手交叉抱在胸前，闭目仰首，极其虔诚地做起祷告来，像是跪在海底做祷告一般。

做完祷告后，他就拖着庄严的长音——这长音就像一条在海上大雾中失事的船上响起的钟声一般——他用这种声调朗诵起如下的赞美诗；但朗诵到最后一节时，他却态度一变，放开了嗓门，用洪亮的充满欢乐的声调冲口而出——

> 大鲸的肋骨和威力，
> 陷我于无边的黑暗，
> 神光普照的波涛滚滚而过，
> 将我高高托起，重重抛进毁灭之都。

我看到地狱张开血盆大口，

里面是无尽的痛苦悲伤；

唯身历者始知道——

啊，我正深陷绝望之渊。

黑暗中，几乎失去信心，

我高声叫喊主。

他附耳倾听我的申诉——

大鲸不再将我囚禁。

宛如乘坐灿烂的海豚星，

他飞速赶来拯救；

我看到救主的脸庞。

一如闪电，庄严、夺目。

我的歌将永远记载，

那可怕，那快乐的时刻；

我把荣耀归于我主，

归于万能、仁慈的主。

　　差不多所有的人都一起唱起了这首赞美诗，歌声嘹亮，盖过了暴风雨的呼啸声。稍稍静默了一下之后，这位传道者慢慢翻着《圣经》，最后，他把手放在要讲的那一页上，说："亲爱的船友们，请看《约拿书》第一章的最后一节——'耶和华安排一条大鱼吞了约拿'。①

　　"船友们，这卷书，总共只有四章——四股纱——是这本缆索似的圣书里最小的组成部分之一。然而约拿沉入深海中的线触及了多么深的灵魂啊！这位先知给我们带来多么意义深远的教益啊！鱼腹里的颂歌又是多么高尚！多么像汹涌澎湃的巨浪，喧闹壮丽！我们感觉到洪水在我们头顶上翻腾。我们随约拿一起沉到了海底，四周

---

　　① 下文牧师所说的有关《圣经》的文字，译文都引自《圣经》汉译本。

尽是海草和烂泥。可是《约拿书》里的这一教训要告诉我们的是什么呢？船友们，这是一个双股头的教训；一股是针对我们这些有罪的人的，另一股则是针对我这个上帝的舵工的。作为罪人，这个教训是就我们全体而言的，因为它讲的是关于约拿的罪孽、冷漠、猛然醒悟的恐惧、迅速的报应、悔恨、祷告，最后获得解救及欢喜的故事。跟众人中所有的罪人一样，亚米太的这个儿子所犯的罪就是任性地违抗主的命令——我们现在别管那个命令是什么，也别管是怎样传达给他的——他认为那是一个难以执行的命令。但是，主要我们去做的一切事情都是难以办到的——要记住这一点——所以，他往往是命令我们，而不是极力劝服我们去做。而我们如果遵照主的旨意行事，我们就必须违背自己的意愿；这正是执行主的旨意令人感到困难的所有症结所在。

"约拿不仅犯下了违抗命令罪，他还企图想逃出主的掌握，从而犯了藐视罪。他以为一艘人类造的船就能把他送到主统治不到而只归人间的船长们统治的国度里去。他在约伯的一些码头躲躲藏藏，想找一艘去他施的船。这里也许隐藏着一个至今尚未被人发现的含义。根据普遍的说法，他施很可能就是现代的加的斯城①。有学问的人都这么认为。那么，请问船友们，加的斯城又在哪里呢？是在西班牙。在古代，大西洋还几乎不为人所知，约拿要去加的斯，大概是从约帕出发走的最远的水路。因为约帕就是现代的扎发，船友们，它位于地中海最东边，在叙利亚；而他施，或加的斯，则在约帕以西两千多英里的地方，正好出了直布罗陀海峡。所以，船友们，你们是不是看出来了，原来约拿想要从世界这一头跑到那一头来躲避主。这个可怜虫。啊！最可鄙最可笑了；他把帽子拉得低低的，眼睛不敢瞧人，躲躲藏藏，想要逃出主的手心；他在码头上鬼头鬼脑地转悠，一艘船一艘船地打听，像个十恶不赦的强盗，急于漂洋过海。他衣冠不整，慌慌张张，要

---

① 西班牙安达卢西亚地区加的斯省省会和主要海港，在加的斯湾的狭长半岛上。

是那时有警察，就凭他那副做贼心虚、似乎干了坏事的神态，只怕脚还没踏上甲板就给抓起来了。他明摆着是个逃犯！没有行李，没有帽盒，没有提包，也没有旅行袋——没有朋友陪他到码头来给他送行。最后，经过多方躲躲闪闪的打听，他总算发现一艘正在装最后一批货将要开往他施的船，于是他上了船，准备进舱去见船长，这时所有的水手都注意到这个陌生人贼眉鼠眼的样子，都停下来不装货了。约拿看出苗头不对，想装出从容自若的样子，可是他再怎么装也没用，再怎么堆起满脸的笑容也白搭。凭着敏锐的直觉，水手们断定这个人绝不是个好人。他们半真半假相互谈起了悄悄话：'杰克，这个人抢了寡妇的钱；''乔，你注意到没有，这是个犯重婚罪的；''小哈，我看他不是蛾摩拉古城越狱在逃的奸夫，就准是所多玛城漏网的杀人犯。'还有个水手跑到靠船的码头上，去看那张贴在柱子上的告示。告示上写着，悬赏五百金币通缉一名杀死父亲的凶手。告示上还附有形容该犯长相的文字。那水手边看告示，边将约拿和那告示上的图像作比较。这时，所有和他有同感的水手们围住了约拿，准备抓住他。约拿吓得直哆嗦，他虽然脸上装得若无其事，却更显得胆怯心虚。他矢口否认是怀疑对象，但越否认，就越引起怀疑。他索性装疯卖傻；后来水手们弄清他不是告示上通缉的那个人，就散开了，他就向舱里走去。

"'谁呀？'在写字台边忙着的船长嚷道，他正匆匆填写报关表格——'谁在那儿？'这么普普通通一声招呼竟把他吓破了胆！他当时想转身就逃。可是，他还是定了定神。'我想搭这艘船去他施；请问还要多久开船，先生？'船长明知来人就在面前，却始终在忙，一直没有抬头；这时一听到对方说话过分地谨慎小心，马上抬起头来警觉地打量他。'一涨潮就开船。'好一会儿，船长才慢条斯理地回答，一边还是全神贯注地瞧着他。'不能再早一点儿吗，先生？'——'对任何出门办正经事的旅客来说，这已经够早的了。'哈，约拿，这又是背后一刀。不过约拿马上引开了船长的注意。'我就搭这条船，'他说，——'船钱是多少？——我现在就给。'而确实在开船之前，他就给了船钱，上了船。这个特意记载在《约拿书》中，船友们，好像就怕人忽略了故事里的这一点。把上下文联系在一起看，这一笔也确实意味深长。

　　"你们看，船友们，这个船长很有眼力，罪犯只要露出点马脚，他就能觉察出来，可是他的利欲熏心却暴露出他的眼力只不过是一文不值。船友们啊，在这个世界上，罪犯只要留下买路钱，就可以到处通行无阻，连护照都不需要；而正派的人，要是一文不名，那就任何地方都进不去。这个船长在表态之前就准备先掂掂约拿钱袋的分量。他讨了三倍于普通的船价，而约拿也同意了。这一来，船长就知道了约拿肯定是个逃犯；但同时他又决定只要这个逃犯舍得花钱铺路，那自己就睁一只眼闭一只眼帮他逃走算了。然而等约拿讨好地掏出钱袋来时，十分警觉的船长仍不敢有丝毫大意。他把每一个金币都拿来敲过，看看有没有伪币。'没有假币，管它的呢。'他咕哝了一声。于是约拿就作为乘客给登记上了。'请指给我住的客舱，先生，'约拿说，'我一路上很累，需要睡一觉。''你看起来是很累了，'船长说，'你的房间就在那儿。'约拿进了客舱，想把门锁上，但锁眼里没有钥匙。船长在外面听到他在那里白费力气瞎摸，不禁独自低声笑了，一边咕咕哝哝说囚犯住的牢房只有从外面锁门，从来不允许从里面锁门之类。约拿连衣服也没有脱，也不顾满身尘土，就这样往睡铺上一躺，他发现这间小小的单人客舱顶棚低得几乎要贴着了他的前额。舱里闷得很，约拿直喘气。在这个低如洞穴，并位于船的吃水线之下的房间里，约拿这时有一种不祥的预感，仿佛感受到了鲸鱼将他吞在肚中最紧窄的下腹处那种喘不过气的滋味。

　　"他的舱里，一盏用螺丝拧在舱侧一根轴上的灯在轻轻地来回摆动；装上最后一批货物后，船被压得向码头一边倾斜，船舱和微微摇晃的灯，连带灯里的火焰，却始终保持相应的倾斜度；事实上，灯本身总是垂直的，因此，卧舱的倾斜显得更为明显。这灯使约拿大为惊慌，把他吓坏了；他躺在卧铺上，担惊受怕，两只眼睛在舱里骨碌碌转个不停。这个到目前为止一切顺利的逃犯觉得无论把眼神定在哪儿都没有安全感。可是那盏貌似倾斜实则垂直的灯却使他越来越害怕。地板、顶棚、舱侧全都错了位。'啊，我的良心也这样倒悬着哩！'他唉声叹气说，'它笔直朝上，就这样燃着；可是我的灵魂和外壳却全都扭曲变形了！'

"他像一个通宵纵酒狂欢后赶紧上床的人，脑袋仍在天旋地转，但仍清醒地感觉到良心在刺痛他，就像罗马赛马场上的马，冲刺得越快，那踢马刺扎在他身上就越深；他也像个癫痫发作的病人，在头晕目眩的极大痛苦中翻滚折腾，只求上帝让他早点离开这个世界；最后，在痛苦的旋涡中，他就像一个流血过多休克了的人一样，失去了知觉，因为他的伤口是在良心上，是没有什么药止得住的；所以，约拿在铺位上苦苦挣扎了一阵之后，这场超出他心灵负荷的古怪灾难终于使他精疲力竭地睡着了。

"这时，涨潮了；缆绳解开了，这艘没人前来送行的船离开了冷冷清清的码头，侧着身子向大海驶去。那艘船，船友们，是有案可查的第一艘走私船！走私品就是约拿。但是大海不答应，它拒绝承载这个邪恶的家伙。于是海上狂风大作，船眼看就要崩裂。水手长赶紧召集全体水手来减轻船的重量，箱子、大包、坛子都哗啦啦扔进了海里；但是风势不减，人们大喊大叫，船板上杂沓的脚步声在约拿的头顶上就像打雷一样；船上全乱了套，而这个可憎的约拿却还在底舱呼呼大睡。他看不到乌黑的天，翻腾的海，感觉不到摇摇晃晃的船体，也完全没有听到或者注意到那条大鲸正从远处猛冲过来，此刻甚至张着大口劈波斩浪紧紧追赶他。哎，船友们，约拿这时正在船底侧——就是我前边提到的卧舱的一个睡铺上酣睡。但是束手无策的船长来到他身前，朝他那睡死了的耳朵尖叫：'起来！你这下贱的东西，还在睡觉！'这凄厉的叫声把约拿从昏睡中惊醒，他摇摇晃晃地站了起来，跌跌撞撞地走到甲板上，抓住一根桅索，朝海面望去。就在这一刻，一个巨浪像头豹子跃过舷墙，直扑到他身上。接着一个一个巨浪打到船里，由于找不到迅速排水的出口，巨浪咆哮着在船头船尾涌来涌去。虽然船还没沉，但已经把水手们一个个淹得半死。而这时，从头顶上厚厚的乌云的一线缝隙里，银色的月亮露出了惊恐万状的脸盘，吓得目瞪口呆的约拿瞧见那船头耸立的斜桅猛地高高翘起，又狠狠地朝一片混乱的大海摔了下来，沉入那苦难的深渊。

"恐惧像巨浪，接二连三大叫大嚷地穿过他的灵魂。他那惊恐畏缩的样子已经清清楚楚地表明了他是主治下的逃亡者的身份。水手们注意到他，越来越多的人对他起了疑心，最后，为了彻底弄清事情的真相，他们决定请上苍来裁决，用掣签的办法看究竟是因谁的缘故使他们遭受这场特大暴风雨。掣签掣出了约拿。果真是他，他们怒不可遏，纷纷逼问约拿：'你到底是干什么的？你从哪里来？你是哪一国、哪一族的人？'不过，我的船友们，现在请注意约拿的态度。这些焦急如火的水手们仅仅问他是谁，从哪里来，而他除了一一回答了那些问题，还回答了一个他们不曾提出的问题，这不打自招的供认是主严厉的手迫使他作出的罢了。

"'我是希伯来人。'他说——接着又说——'我敬畏耶和华那创造沧海桑田的天神！'哦，约拿，你真的敬畏他吗？嗯，你当初也许真的敬畏过。于是，他就一五一十把整个情况和盘托出；水手们因此越来越害怕，但他们还是怜悯他。因为约拿太清楚逃亡的严重性了，所以他还不敢祈求上帝的宽恕。可怜的约拿痛哭流涕，求他们把他抬起来，抛到海中，因为他知道他们所遭受的这场大风是由他引起的；可是水手们不忍心这样做，他们想用别的办法来挽救这条船。但是，这一切都无济于事；愤怒的大风刮得更猛了，于是他们一只手伸向上空祈求上帝，另一只手无可奈何地抓着约拿。

"他们把约拿像铁锚一样抬起来，抛进海中。约拿沉了下去，随之东方油然浮出了一片宁静，登时风平浪静。约拿把大风也一道带走了，留下一片平滑如镜的海。约拿陷入了一片无人控制的动乱的漩涡中，根本没注意到自己什么时候像下锅似的掉进了张开了的正在等

着他的嘴里；那鲸鱼咧嘴龇牙．于是，约拿在鱼腹中祷告耶和华。且
让我们来看看他祈求些什么，好从中吸取一个重大的教训。且说约拿
虽然罪孽深重，但他并不哭哭啼啼求耶和华直接解救他。他觉得这可
怕的惩罚是他罪有应得。他心甘情愿听凭主的处置。尽管他身心均痛
苦万分，他仍旧仰望着主的圣殿。做到了这一点，他就心满意足。船友
们，他这是出自内心的真诚的忏悔；不是吵吵闹闹地要求宽恕，而是
对所得的惩罚表示心悦诚服的感激之情。他这一举动使主高兴到何
等地步，从他终于从大海和鱼腹中得救就可以看出来了。船友们，我
向你们讲约拿的事，不是要你们去重蹈他犯罪的覆辙，而是让他给你
们树起一个忏悔的典范。首先是不要犯罪；但万一犯了罪，记住，千万
要像约拿那样忏悔。"

这位传道者在说这些话时，屋子外面疾风劲雨尖厉的呼啸声似
乎给他增添了新的威势。当他在描述约拿在暴风雨的海中的时候，好
像自己也给颠簸得摇来摆去。他宽厚的胸腔似乎随着巨浪在起伏；他
挥舞的双臂仿佛是自然界两大元素风和水在混战；而从他黝黑的额
角发出的隆隆雷声，从他眼睛中射出的闪电，都使他那些纯朴的听众
带着一种他们从未感受过的敬畏看待他。

在他再一次默默地翻着《圣经》时，他的神情缓和下来了。最后，
他闭上眼睛，一动不动地站着，像在和上帝交谈，又像在沉思。

但是，他重又俯向听众，低垂着头，露出一副深切的又极有男子
气的谦恭神情，说了下面这番话：

"船友们，上帝只搁了一只手在你们身上，可是压了两只手在我
身上。我凭着我愚钝的悟性和肤浅的理解向你们宣讲了约拿告诫所
有犯罪者的教训；因为是对所有犯罪者而说的，所以这个教训也是
对你们而言的，尤其是对我，因为我犯的罪比你们谁犯的都大。如果
我能从这个桅顶上下来，坐到你们中间，像你们一样地听讲，同时让
你们中间的某个人对我宣讲约拿作为主的舵工教给我的另一个更为
可怕的教训，我会有多么高兴啊。约拿，作为神意选定的舵工——先

知，或者说，真理的代言人，受主的嘱托去向邪恶的尼尼微人灌输那些不受欢迎的真理，却唯恐引起尼尼微人的敌意而怕得要死，拒不执行使命，想从约帕乘船去他施以逃避职责，逃避主。但是主无所不在；他永远也到不了他施。像我们看到的那样，上帝安排了一条大鲸袭击他，把他一口吞到活地狱里，阵阵疾风把他拖到了'大海深处'，那儿急转的漩涡把他吸下万丈深渊，'海草缠绕他的头'，无边无际的灾难的海水淹没了他。然而，当大鲸躺在海底的时候，那是任何测锤都够不着的深处——'地狱的最底端'，主听到了这个在鱼腹中忏悔的先知的祷告。于是，主吩咐鱼；那鱼就一跃而起，从冰冷刺骨漆黑的大海深处冲向温暖宜人的太阳、充满欢乐的天空和大地，'把约拿吐在旱地上'；当耶和华第二次给约拿指令时；约拿尽管已遍体鳞伤，精疲力竭，两只贝壳样的耳朵里还回响着大海所特有的各种声音——依然执行了万能的主的吩咐。是什么吩咐呢，船友们？当面向虚伪宣告真理！这就是主的吩咐。

"船友们，这就是那另一个教训；愿天降灾给疏忽了主的指令的舵工；愿天降灾给抵挡不住诱惑，放弃了宣告福音之职责的人！愿天降灾给那个往海上泼油以平息上帝特意掀起的风浪的人！愿天降灾给那个只求博得他人欢心而不求他人存畏惧之心的人！愿天降灾给那个把名声看得重于德行的人！愿天降灾给那落井下石的人！愿天降灾给那执意弄虚作假，哪怕是出于无奈的人！还有，愿天降灾给那个如大舵工保罗所说的传福音给别人，自己反被弃绝了的人！"

他低下头，默然不语片刻，旋又抬头面向听众，眼中透露着一种非常欢愉的喜悦，同时无比虔诚地大声说："但是，船友们啊，每一种悲伤的反面必定有一种喜悦。而且，悲伤有底，喜悦无顶。主樯的高度不是远远超出内龙骨的深度吗？喜悦——一种至高的内在的喜悦，归于那敢于在现世傲慢的诸神和当权者面前挺身而出、坚定不移的人，归于那个在这卑鄙奸诈的世界之船下沉时还能用强壮的胳膊支撑自己的人，归于那个为了真理绝不让步，并把所有的罪恶，即使是在议员和法官的庇护下也要通通揭露出来，全部杀死、烧死、消灭光的人。喜悦——最高的喜悦归于那个不承认任何法律和君王，只承认耶和华，只笃信天国、只效忠于上天的人。喜悦归于那个连喧嚣鼓噪的群众之海的狂波巨澜也丝毫不能撼摇他那久经考验的龙骨的人。而永恒的喜悦和愉快将归于那个在临终时还能以最后一息说——'啊，我的父啊！——我认识您的存在主要是因为您的威力——无论是入地狱或进天国，我这就走了'的人。我想成为您的仆人，而不是成为这个世界，或者我自己的仆人。不过，这也不值一提。永恒只应归于您；如果一个人竟想活得比他的上帝还长，那他算什么呢？"

他不再说下去了，只缓缓地挥手表示祝福，然后双手掩住脸，长跪不起，一直到听众都散了，他还一个人留在那里。

第十章　心腹之交

我从小教堂回到大鲸客店后，发现只有魁魁格一个人在店里；他是在传道者为大家祝福之前的一些时候离开教堂的。他坐在壁炉前的一条凳子上，双脚搁在炉边，一手拿着他那个小黑人偶像，凑到面前，聚精会神地盯着它的脸，用一把大折刀轻轻削它的鼻子，一边怪声怪气地自顾自哼着一种异教徒的曲调。

但是，他一看到我进来了，就收起了偶像；随即走到桌子跟前拿起一本大书，又坐回到凳子上，把书放在膝上，开始很有规律地数起书页来；每五十页——大概是——就停一会儿，茫然地瞧瞧四周，发出一声表示惊奇的拖长的口哨声。然后，又开始数下一个五十页；每次似乎都是从一开始，好像他最多只能数到五十。而仅仅是因为看到一下子有这么多个五十，他对于页数之多表示出大为诧异的表情。

我坐在那里饶有兴趣地观察他。尽管他是个野人，满脸怕人的伤疤——至少我不觉得讨厌——他的容貌有一种令人看上去觉得可亲的东西。人的灵魂是无法掩藏的。透过他浑身可怕的刺花，我想我看到了许多迹象，足以表明他有一颗淳朴诚实的心；在他那双深沉的大眼睛里，那股炯炯的黑光和勇猛的神气，似乎表征出他是一个敢于抵敌无数恶魔的人物。此外，在这个异教徒身上有着某种高贵的气质，即使他的粗野也不能有损它分毫。他看去好像一辈子从来没有卑躬屈膝过，也从来没有受人恩惠布施过。究竟是不是因为他剃光了头，他的前额才更为自在、显著地突出，才比不剃光头显得更为宽阔饱满，这我就不敢妄下断语了；但是，可以肯定的是，他的头，从颅相学的角度来看，是百里挑一。听起来似乎很荒谬，可是它确实让我想到华盛顿将军的头，就是最常见的那座半身塑像上的。魁魁格的头，从眉毛往上，也同样有一个有规则地逐渐后缩的斜坡，眉毛也龇出好长，就像树木丛生的两个长长的海岬。魁魁格就是一个生番化了的乔治·华盛顿。

我这么细细端详他时，也有点儿像是装着在瞧窗外的暴风雪，他根本就没有注意到我的存在，连瞧都没瞧我一眼；他似乎是全神贯注在数那本奇书的页数。想到昨天晚上我们俩还亲密地睡在一起，特别是早晨醒来时他的一只胳臂亲热地搂着我，我觉得他此刻的冷淡很令人费解。不过野蛮人都是怪人，不能一概而论，有时候你还真不知道该怎样看待他们才好。一开头他们令你望而生畏；他们那种沉着而淳朴的全神贯注的神态似乎出自一种苏格拉底式的智慧。我还注意到魁魁格从不和客店里的其他水手打交道，即便有，也很少。他从不主动接近别人，似乎无意于扩大自己的生活圈子。这一切使我觉得分外古怪；可是，再一想，其中似乎有某种近乎称得上是崇高的东西存在。这么一个人，离家大概有二万英里之遥，那是说，如果取道合恩角的话——那是他唯一的回家之路——独自一人置身于陌生的环境中间，好像一下子给扔到木星上似的；然而他似乎非常之自在，仍然保持极度的宁静；满足于以自己为伴，总是一人独处，始终不失自己的身份。看来还很有点高雅的哲学味道；毫无疑问，他从来没听说过世界上还有哲学这么个东西，不过，也许，要做真正的哲学家，我们这些凡夫俗子也许不应该意识到自己在这般生活，这般追求。我一听到某某人自称为哲学家，就能断定，他像个消化不良的老太太，一定"把自己的消化器官破坏了"。

当我坐在这间冷冷清清的房间里时，炉火低燃，开头一阵烧得很旺，把房间烧暖以后，就不再那么旺得炽人，只觉得身上暖暖和和的，再往后就只剩下余烬上的红光了；窗外暗下来了，黄昏的阴影如幽灵在窗前逼近，朝里窥视我们这静默的一对；外边暴风雪呼呼的吼声令人越发地敬畏；我开始有一种很奇怪的感觉，感到我的内心有什么东西在融化。我碎裂的心和愤怒至极的手不再想反抗这个虎狼的世界。这个使人安心的野蛮人已经改变了它。他坐在那里，淡漠地看待一切，就是这份淡漠表明一种人品，里面没有潜伏文明世界的虚伪和不露声色的欺诈。尽管他野性十足，样貌也不好看；可我却开始感到自己被他身上一种神秘的力量吸引住了。而这种如此吸引我的东西也正是许多人所避之唯恐不及的。既然已经看透文明人的亲切友好只不过是空洞的表面文章，我想，不妨和这个异教徒交个朋友。我把凳子挪到他身边，做了些友好的手势和暗示，一边想尽一切办法和他交谈。开头他根本没有觉察到这些企图接近他的行为；但是等我提到他头天晚上的热情相待时，他马上领会了，并用手势问我晚上是不是还和他睡一张床。我告诉他是；他听了似乎很高兴，也许还有点儿得意。

于是我们一起翻那本大书。我尽力向他解释这本书的用处以及书中不多的几幅插图的意思。就这样我很快引起了他的兴趣。我们进而又费力地聊起我们在这名城里所见到的形形色色。随后我提出两个人一起抽袋烟，他就拿出烟袋和斧头烟斗，一声不响地递给我。于是我们就那样坐着，你一口我一口地抽起那只野气十足的烟斗来，并且有规律地在两个人之间递来递去。

如果说这个异教徒的心里本对我还有什么隔膜的话，那么，愉快友好地抽上这阵子烟之后，他心底的冰块就全融化了，我们成了非常要好的朋友。我很喜欢他，他似乎也很自然地发自内心地喜欢我；抽过烟后，他把前额贴着我的前额，揽着我的腰说，从今以后我们就算结婚了，按他家乡的话说，意思就是，从今以后，我们就是知心朋友了；如果有必要，他甘愿为我去死。这话若是出自我的同胞之口，这种突如其来的友情之火未免显得太欠考虑，太难令人相信了；但是，出自一个淳朴的野蛮人之口，这种老经验就不管用了。

吃过晚饭，我们又聊了会儿，抽了几袋烟，就一道回到我们俩的房间里去。他把那个用防腐药物保存好的人头送给了我；又掏出他的大烟袋来，把手伸到烟草下面摸了一会儿，拿出三十来个银币，摊在桌子上，一丝不苟地分成两等份，把其中一份推到我这边，并说那是我的了。我正要婉言推辞，可还没来得及开口，他就已经把银币全倒进了我的裤子口袋里。我只好收下。然后他开始做晚祷告，他拿出那只偶像，挪开那块糊了层纸的隔火板。从他某些手势和迹象来看，他似乎很希望我跟他一起做；但是去凑合他会有什么结果，我是非常清楚的，我颇为犯难：万一他真的邀我一起做，我是同意呢还是不同意。

我是个虔诚的基督徒，在正经八百的长老会的关怀下出生长大。我怎么能跟个野蛮的偶像崇拜者一起参拜他那块木头呢？但是，崇拜是什么呢？以实玛利呀，我想，你现在是不是以为那个号令天地——异教徒等等一律包括在内——宽宏大量的主会妒忌一块无足轻重的黑木头吗？绝不可能！但是，崇拜究竟是什么呢？——执行上帝的旨意——那就是崇拜。但上帝的旨意又是什么呢？——以欲汝之同胞施于汝者施于汝之同胞——那就是上帝的旨意，那么，魁魁格就是我的同胞。那我希望这个魁魁格如何对待我呢？不用说，一定是要他跟我一起做长老会独有的崇拜仪式。因此同样地，我就得跟他一起做他的那一套；因此，我就得成为一个偶像崇拜者。于是我点燃刨花，帮着立起那清清白白的小偶像，和魁魁格一起把烤煳了的硬饼干献给它，对着它拜了两三次，吻吻它的鼻子。做完这一切之后，我们就脱衣上床，自觉对自己、对他人都心安理得，无所愧疚。不过，在入睡之前，我们又聊了一会儿。

这到底是怎么回事，我也不知道；可朋友之间推心置腹地交流，除了床上枕头边，没有更合适的地方了。据说，丈夫和妻子就是在床上互相敞开心扉，有的老两口子还经常躺着一起回忆往事，一直聊到天亮。那么，魁魁格和我，宛如情投意合的一对，就正是这样躺着度我们心灵的蜜月。

第十一章　竟夜长谈

我们俩就这样躺着，聊聊睡睡，睡睡聊聊，魁魁格还不时亲热地把他那双刺花的棕色腿搁在我的腿上，过一会儿又挪开；我们之间的关系是如此亲密，自由而且随便；后来，由于聊天聊得太起劲了，以至于睡意全无。虽然那时离天亮还早，我们都想起床了。

是的，我们已经完全醒了；老这么躺着，时间一长就觉得很累，于是，不知不觉，我们一点儿一点儿地竟整个儿坐起来了，衣服裹得紧紧的，人靠着床头，四条腿尽量蜷起，两个鼻子各自伏在膝盖上，就像搁在暖床用的长柄炭盆上；我们觉得这样暖和又舒服，特别是因为室外很冷就更觉如此；确实也因为我们没有被褥，屋子里又没有生炉子的缘故。我们之所以感到暖和舒服，还有一个更重要的原因，那就是，要真正享受到身体的温度，就必须使身体的某一小部分受点冻，因为在这个世界上本无所谓质量，只有通过对比才知道事物的好坏。事物总是因其相互联系而存在。如果你自吹全身无一处不舒服，而且已经舒服了很长时间，那人们就不会再认为你全身舒服了。但是，如果像魁魁格和我这样坐在床上，鼻子尖和头顶略有寒意，那么，就整体而言，你会有一种非常舒服的实实在在的温暖感。因此，卧室里绝不应该生火，那是有钱人花钱受罪的一种方式。为了达到这种享受的顶峰，只需一床毯子把你和你的那份舒适跟外面的冷空气隔开来就行了。那时候你躺在那儿，就像是冰冷的水晶宫中一星温暖的火花。

我们就这样蜷缩着坐了一阵，我突然心血来潮，想要睁开眼睛；因为我只要是躺在床上，不管是白天还是晚上，也不管是睡着了还是没睡着，我总是把眼睛闭上，以便集中精神享受躺在床上的安逸。因为除非你把眼睛闭上，否则永远不能确切地感受到自我；好像黑暗才是我们的本质得以存在的一个不可或缺的因素，虽然我们的躯壳更喜欢光明。等到我一睁开眼睛，从我自己制造的愉快的黑暗里走出来，进入半夜十二点黑灯瞎火所强加于我的影影绰绰地幽暗世界中，我有一种不快的反感。我毫不反对魁魁格提的建议：既然我们已经毫无睡意，也许最好还是点盏灯；再说他也很想点燃他的斧头烟斗安安静静地抽几袋烟。就么着吧，虽然头天晚上我对他在床上抽烟还非常厌恶，但是你看，一旦感情在其中起了作用，我们固执的偏见会变得多么富有弹性。这时我最喜欢的就是魁魁格在我身边抽烟了，哪怕是在床上，因为这时他似乎在充分享受一种恬静的家庭之乐。我也不再过分地关心店主的火险单了。我所关心的只是和一位真正的朋友共抽一支烟斗，共盖一床毯子那种浓浓的、相互高度信任的愉快感觉。我们肩上披着两件毛茸茸的外套，斧头烟斗在我俩手中递来递去，慢慢地在我们头上升起了一层华盖似的蓝色烟雾，在新点燃的灯的照映下清晰可见。

究竟是不是烟雾缭绕的华盖把这个野蛮人带到了非常遥远的地方，我可说不上；不过，这时他谈起了他的故乡；我由于急于想了解他的过去，便要求他谈下去。他欣然同意了。虽然那时他的话有不少我还听不懂，但随着我对他的那种语不成句的表达方式逐渐熟悉了，我已经能从他的自述中把他的过去勾勒出一个大致的轮廓了。

第十二章　身世概述

　　魁魁格是罗科伏柯人，那是个远在西南方的岛屿，在任何地图上都找不到它；凡属理想的地方，地图上都是找不到的。

　　还是个很小很小的小野人时，魁魁格腰上围一块草席，在老家的森林地里到处乱跑，屁股后面紧跟着一群见草就啃的山羊，好像他也是一棵嫩绿的树苗似的；早在个那时候，魁魁格雄心勃勃的灵魂深处就已经潜伏着一种强烈的愿望，想到见识－－下文明世界本身，而不光只是去看看一两个捕鲸好手。他父亲是个大酋长，是个国王；他叔叔是个祭司长；在母系方面，他夸耀说，他的姨娘全是战无不胜的勇士们的妻子。他的血管里流着高贵的血——王者才有的素质；可惜这素质被他在未受到良好教育的青少年时期所养成的生番习性给损坏了。

　　一条萨格港①的船开到了他父亲治下的海湾里，魁魁格想乘这条船去文明世界。但是船上的水手已经满员，故而拒绝了他的请求；连他父亲国王的全部权势也不起作用。但是魁魁格发誓非去不可。他知道船离岛后要经过一个海峡，便一个人划了一只独木舟，先划到那个遥远的海峡等着。那海峡一边是珊瑚礁，一边是块狭长的低地，上面红树丛生，延伸到水中。他把独木舟藏在树丛里，头朝海面，自己坐在船尾，桨低低地握在手中；等那条船一过来，他便驾着独木舟疾如闪电地冲出去，够到船边；脚往后一蹬，把独木舟踢翻沉没；攀着大船的锚链往上爬，一个翻身便四肢摊开地躺在甲板上，随手死死地抓住一

――――――――――
　　①　纽约东南方的萨符克郡的一个小村，在1840—1860年间是一个捕鲸大港。

个环螺栓,发誓哪怕有人想把他砍成碎块他也绝不松手。

船长威胁要把他扔下海,还在他那赤裸裸的肘腕上架了一柄弯刀,这些都无济于事,魁魁格不愧是国王的儿子,毫不畏缩。他那种不顾一切的大无畏精神以及想看看文明世界的狂热愿望打动了船长,船长终于发了慈悲心,松了口,告诉他可以在船上安身。但是这个年轻英俊的野蛮人——这个海上的威尔斯王子 ① 却从没有进过船长的舱。人们把他安插在水手中间,让他做一名捕鲸手。但是,像沙皇彼得 ② 甘愿在国外的造船厂里干体力活一样,魁魁格对似乎让他有失身份的低贱的活儿丝毫没有不屑为之的意思,只要让他获得启蒙他愚昧的同胞的力量,他就太高兴了。因为在内心里——他是这么跟我说的——有一种深切的愿望和一个长远的打算在激励他,那就是学习文明人的技艺,好使他的人民生活得比现在更幸福一些,更重要的是,让他们比现在更优秀一些。但是,唉!捕鲸者的所作所为很快就使他明白,即使是文明人也可能既可怜又可鄙,甚至比他父亲治下的那些野蛮人还要来得厉害。最后,他终于抵达了萨格港,他亲眼看到水手们在那里干了些什么;随后继续航行来到南塔开特,又看到他们怎样花天酒地,可怜的魁魁格认为一切完全绝望了,断了学本事的念头。他心想,这个邪恶的世界没有一处是干净的;我还是一辈子做个异教徒吧。

因此,虽然他生活在这些文明人中间,跟他们穿一样的服装,学着讲他们那莫名其妙的语言,在心灵深处他还是原先那个偶像崇拜者。虽然他离开老家已经有些时候了,举止依旧古里古怪。

我婉转地问他,是不是打算回去,继承王位;因为他最后提到,离家时他父亲已经年迈体衰了,现在可能已经去世。他的回答是目前还没有这个打算;说完又补充了一句,他担心的是,文明社会的影响,

---

① 英国皇太子的称号。
② 俄国的彼得大帝,他曾在1698年周游欧洲各国,并在英国和荷兰的造船厂做过工。

或者不如说文明人的影响，已经使他不适合于登上那在他之前已经有三十位异教徒国王登上过的圣洁的宝座。不过，没过多大会儿，他又说，他会回去的——到他认为自己已经又受了一次洗礼的时候。然而目前，他打算乘船到处走走，四海为家，痛痛快快干一些年轻人干的事情。他们已经把他培养成个标枪手，这支有倒钩的武器现在就充当他的权杖了。

关于他未来的动向，我问他近期有何打算。他说还是出海，干老行当。听他这一说，我告诉他我的计划也是捕鲸，打算从南塔开特出海，因为那是敢于冒险的捕鲸手登船出海最吉利的港口。他当即决定陪我去那个岛，同上一条船，同值一个班，同划一只小艇，同吃一样的伙食，总之，和我有福同享，有祸同当；他紧紧握着我的双手，准备勇敢地去水陆两个世界闯荡一番。这一切我都欣然同意，因为现在我不仅很喜欢他，也因为他是一个经验丰富的标枪手，对我这样一个只在商船上做过水手，只熟悉海上生活却对捕鲸的奥秘却一无所知的人，一定会很有帮助。

最后一袋烟抽完时，他的故事也讲完了。魁魁格拥抱了我，把前额抵着我的前额，随后吹熄灯，我们各自翻身朝着一边，很快便都睡着了。

🐋 第十三章　独轮车

第二天上午，我把那个用防腐药物保存好的人头处理给一个理发师作人头模特儿以后，便把我和同伴的账结了，不过，用的是同伴的钱。笑容满面的老板，还有那些房客，对我和魁魁格之间突如其来的友谊似乎都觉得非常有趣——特别是因为头天我进店时老板向我编的关于他的荒唐不稽的故事曾使我如此惊慌，而如今他却和我形影不离。

我们俩借了一辆独轮车，装上我们的全部家当，包括我自己那寒碜的旅行袋，魁魁格的大帆布袋和吊铺，推着离开客店，朝停泊在码头上的南塔开特"摩斯号"小纵帆邮船走去。我们一路走去，人们都目不转睛地看着我们；主要不是瞧魁魁格——因为在街上，像他这样的野人经常看到，已经不以为奇了——而是瞧他和我这么亲密地走在一起。可是，我们根本不予理睬，只顾轮流推着小车赶路。魁魁格不时停下来，整一下标枪头的护套。我问他为什么把这么个累赘的东西带上岸来，是不是所有的捕鲸船都不置办自己的标枪。他回答说基本上备了，不过他特别钟爱自己的标枪，因为是用纯钢打的，在多次生死搏斗中经受过考验，深深刺进了鲸鱼的心脏，总之，正像内地许多收麦工和割草工一样，他们到农民的草场上去干活总带着自己的大镰刀——虽然没有人要求他们自带工具——尽管这样，魁魁格还是有他个人的理由，宁愿用自己的标枪。

他从我手里接过独轮车后，给我讲了一个他头—次见到这种小车时有趣的故事。那是在萨格港。他的船主借给他一辆独轮手推车，让他装上那口沉重的箱子推到他住宿的地方去。怎样正确使用这种小车，他装得挺在行，实则一窍不通——他先把箱子搁上，捆得牢牢的，然后把小车扛上肩，大步走上码头。"咳，"我说道，"魁魁格呀魁魁格，你应该聪明些才是。他们不笑话你吗？"

听我这么一说，他又跟我讲了另外一个故事。事情好像是，他所在的那个罗科伏柯岛上的居民在举行婚礼时，要把没有长熟的椰子芳香的汁液挤到一个像大酒钵的染了色的大葫芦里，然后把这个大酒钵放在一块摆酒席的缏编垫子上，作为最引人注目的装饰品。有一次，一条大商船刚好在魁魁格的妹妹——刚满九周岁的美丽小公主——举行婚礼的时候停靠在罗科伏柯岛，船长——根据众人的说法，是一位很气派又注重礼节的绅士，至少就一位船长来说是如此——被邀请出席宴会。这时，所有的客人都已聚集在新娘的小竹屋里，这位船长正步走了进去，被安排在贵宾席上落座，坐在祭司长和国王——魁魁格的父亲中间，面前就是那个大酒钵。做过感恩祷告后——那些人也跟我们一样，做饭前祷告——不过，他们和我们的做法不一样，我们总是俯下头来瞧着自己的盘子，而他们则相反，学鸭子的样，抬头仰望佳肴美味的伟大恩赐者——好啦，做过感恩祷告后，祭司长便用岛上最古老的仪式来开席，那就是：在轮流饮用大酒钵中赐福的椰汁之前，先把他已经圣化的并能使人圣化的手指在大酒钵里浸一浸。那位船长考虑到自己的座位紧挨着祭司长，看到他这样的举动——寻思身为一船之主，明明又是坐在一个小岛之王的上首，特别是又是在国王自己家里——于是他从容地在大酒钵里洗起手来——我想他准是拿大酒钵当作餐桌上的大洗指碗了。"呸，"魁魁格说，"你认为这下子会怎样？——我们的人啊，笑得前仰后合！"

后来，我们登上了那条小纵帆船，付了船费，安顿好行李。船升起了帆，平稳地朝阿库希奈河下游驶去。河的一侧是新贝德福一层高过一层的街道，街道上冰封的树木在晴空中闪着寒光。城市的各个码头上，一大堆一大堆木桶像大小山头堆积着，而那些浪游世界的捕鲸船终于沉默下来，安全地停靠在一起；而从另一些船上则传来了木匠、桶匠干活儿的声音，还夹杂有火炉熔化沥青的声音，这一切都象征着新的巡航即将开始；往往是一个危险而漫长的航行刚刚结束，第二个接着又开始；而第二个一结束，第三个马上又开始，如此循环不息，永无止境。尘世间的一切俗务，就是这样无尽无休，难忍难受。

船进入到更为宽阔的水域，凉爽的清风沁人心脾；小"摩斯号"船头激起高高的浪花，就像一匹小马驹在喷响鼻。仿佛在说，我嗅着那剽悍的气息多么痛快！——我将大路的泥土远远抛在后面！——那盖满了奴性的脚印和蹄痕的公路，使我不由得转向大海，赞赏它那不让任何痕迹留下的博大宽宏。

站在船头，面对这泡沫飞溅的喷泉，魁魁格似乎和我一样，陶醉得脚步跟跄了。他黝黑的鼻孔胀开了；他锉得尖尖的牙齿露出来了。

我们飞呀，飞呀，飞驶在海面上，离岸越来越远；"摩斯号"乘风疾驰，向大海致敬，时而俯伏，低头，像奴隶在苏丹面前那么恭顺。它一倾斜，我们就跟着冲向一边；每股绳索都绷得像钢丝一样发出铮铮声；两根高大的桅杆都吹歪了，像陆龙卷下的美人蕉一般。我们站在乘风破浪的船首斜桅旁，欣赏这令人头晕目眩的剧烈摇摆的场面，以至于有一阵子根本没注意到其他乘客投来的嘲笑的眼光，这群傻头傻脑的家伙，看到两个结伴同行的人居然这么合得来，觉得简直不可思议；好像白人总是比受了白人洗礼的黑人高出一头似的。不过，那群人中间的确有几个呆子，有几个乡巴佬。从他们那种初见世面的样子看，你可以断定他们还没有脱离稚气。魁魁格发现一个乳臭未干的家伙在他背后学他的样子，这家伙活该倒霉了，我想。这个身强力壮的野蛮人扔下标枪，双手一提就把他提了起来，以惊人的熟练和力气，将他整个儿抛向空中，刚等他翻了半个筋斗，就轻轻地在他屁股上一拍，把他拨正。那家伙吓得喊破了嗓子，落下来竟双脚着地。这时魁魁格转过身来，理都不理他，点着他那斧头烟斗，递给我吸一口。

"船长！船长！"那傻货跑到船长面前高声喊叫，"船长，船长，你看这魔鬼。"

"喂，你，老兄，"瘦得像块船板船长一边嚷道，一边神气十足地朝魁魁格大步走来，"你那样做究竟是什么意思？你不知道这样会把那家伙弄死吗？"

"他说什么？"魁魁格朝我稍稍转过身来问道。

"他说，你差点儿弄死了那个人。"我指着那个还在发抖的乡巴佬回答道。

"弄死他，"魁魁格叫起来，刺了花的脸扭成个怪模样，满脸不屑的神气，"哦，他只是顶小的鱼；魁魁格不杀这么小小鱼；魁魁格杀大鲸！"

"喂，听着，"船长大喝道，"要是你还在船上这么胡来，我会杀了你，你这个生番；你留点神。"

然而就在这时，船上出现了紧急情况，倒是船长自己得好好留神啦。由于风力过猛，主帆脱离了风帆，这时候，那只巨大的帆杠便飞快地左右来回横扫，整个后甲板都在它扫荡范围之内。那个被魁魁格很不客气地整了一下的可怜虫就被扫到海里去了；这时所有的水手都慌成了一团；谁要想抓住那根帆杠让它停下，那简直是疯了。那帆杠几乎在一秒钟之内就可以从左到右又从右到左扫一个来回，而且随时都有崩成碎片的可能。谁也没有干什么，事实上谁也干不了什么，只能干着急；甲板上的人一窝蜂全都朝船头跑过去，站在那里盯着那根帆杠，好像它是条发怒的鲸鱼张开的下颚。正当大家都不知如何是好时，魁魁格灵敏地双膝着地，顶着头上来回疾扫的帆杠爬过去，唰的一下抓住一根绳索，把一头拴死在舷墙上，正当那帆杠在他头上掠过时，把另一头像扔套索一样扔出去，绳头一下把它缠住，再猛地一扯，那根圆木就给套住了，大家全都得救啦。纵帆船又在风中跑起来了，正当水手们忙着放下船尾小艇时，魁魁格却光着膀子，在船边纵身一跳，划出一道优美的长长的弧线。约莫有三分多钟，魁魁格像条狗似的游着，长长的胳臂直向正前方甩去，两个结实的肩膀交替地在冰冷的水花中显露出来。我瞧着这个顶天立地的男子汉，但没见救上什么人来。那个乡巴佬已经沉下去了。这时魁魁格从水里笔直蹿了出来，露出上身，朝四周扫了一眼，好像是瞧瞧究竟是怎么回事，然后一个猛子扎下去不见了。几分钟以后他又浮上来了，一条胳膊划着水，另一条夹着个没了命的人形。那只小艇很快就下去把他们拉了上来。可怜的乡巴佬居然被救活了。大家都交口称赞魁魁格是见义勇为的英雄；船长也向他道歉，求他宽恕。从那以后，我就像船底上的藤壶跟住了他，而且是一直跟到他最后一次纵身入海再也没有上来那一天为止。

　　世界上有过这样呆笨的行动吗？他似乎根本没有想到应该得到

溺水者救援会的奖章①。他只要求给他拿点水——淡水——来把身上的海水洗掉就行；洗完之后，他又穿上干衣服，点燃烟斗，靠在舷墙上，眼色柔和地瞧着周围的人，似乎在对自己说："普天之下，就是一个共同的、合股的世界。我们野蛮人应该帮助这些文明人。"

第十四章　南塔开特

一路上再没有发生什么值得一提的事了；我们一帆风顺、平平安安地抵达了南塔开特。

南塔开特！拿出你的地图来好好看一看。你会看到它处在这世界上一个什么样的真正的角落；看到它怎样独自待在那儿，远离海岸，比厄梯斯通灯塔②还要孤单。你看——它只不过是一个小山丘，一胳膊肘大的沙地；整个海滩平平的一望无余。那儿的沙子多得很，你要是用它做吸墨纸，包你二十年也用不完。有些爱开玩笑的人会跟你说：他们得在沙滩上种杂草，因为杂草在这儿不会自然生长；他们从加拿大进口蓟草；油桶漏了，他们得漂洋过海去弄塞子；在南塔开特，人们要是拿几块普通木头，其珍贵程度可以和耶稣遇难的十字架碎片在罗马人心目中的地位相比拟；那儿的人在家门前种植毒蕈，好在天气热时躲在蕈荫下乘凉；在南塔开特，一根青草就顶得上一个绿洲了，要是走上一天能看到三根青草，那就算是见识了一个大草原了；那儿的人穿流沙鞋，有点像拉伯兰人③的雪靴；南塔开特被大海封锁、围绕，没一条路和外界相通，完全成了一个孤岛，以致有时候甚至能

----

① 1774年创于英国，专用做营救投水者，发给救生者金钱，奖章等。
② 位于英国普利茅斯西南康瓦尔海岸十四里外的艾迪斯东小岛上的灯塔。
③ 北欧的一个民族，分布在挪威、瑞典、芬兰和俄罗斯西北部科拉半岛的寒带地区。

在当地人的桌子椅子上发现黏附着的蛤贝，就像黏附在海龟背上似的。但是，所有这些夸大其词的说法也无非只表明南塔开特与伊利诺伊州截然不同而已。

现在再来听听历来传说红种人最初是怎样来到这个岛上定居的吧。据说很久很久以前，一只老鹰突然袭击新英格兰海岸，攫走了一个印第安婴孩。父母大声哭喊，眼看着孩子在辽阔的海面上消失不见了。他们决定朝那个方向追下去。他们俩乘独木舟出发，经过一段艰险的航行，发现了这个岛，在岛上他们找到了一个空空的象牙骨盒——里面是那可怜的印第安婴孩的骨骸。

这些南塔开特人，生长在沙滩上，到海上谋生，这又有什么可奇怪的呢！最初，他们只是在沙滩上抓些螃蟹圆蛤之类；后来胆子大了，就带着网涉水去捕鲭鱼；经验多了，他们就划船到更远的地方去捕鳕鱼；最后就出动大队巨型船只去闯荡普天下的海洋了。不断地作环球旅行，准备进军白令海峡[1]了；并且一年四季跟海洋中自大洪水时代幸存下来的精力最旺盛、最骇人的生物斗争不止！那喜马拉雅山一般的古盐海乳齿象，它们自己也感觉不到全身有着倒海移山的威力，它们惊慌时比进行凶猛无畏的攻击时更叫人魂飞魄散！

就是这样，这些赤身裸体的南塔开特人，这些海上隐士，从他们海中的小蚁丘出发，一个个像亚历山大大帝一样，侵占并征服了普天下的水域，瓜分了大西洋、太平洋和印度洋，就像三股海盗势力瓜分了波兰一样[2]。让美国把墨西哥的领土并入得克萨斯州，让加拿大吞了古巴；让英国人挤满整个印度，把他们的火烧旗在阳光下挂出来；地球上三分之二的地盘是南塔开特人的。因为海洋是他们的，归他们所有，犹如君主之拥有他自己的皇土；其他水手仅仅有通行权而已。商船只不过是可伸缩的桥梁；兵舰只不过是浮动的碉堡；甚至海盗船和私掠船，虽然也像拦路强盗一样行劫海上，但也只掠夺别的船，它

---

① 亚洲西伯利亚东北部和北美阿拉斯加之间的太平洋上的一个海峡。

② 波兰曾在1772、1793、1795年分别被俄罗斯、普鲁士和奥地利瓜分。

们自己犹如小片的陆地，它们掠夺的也是别的小片陆地，而从来没有想过要打深不可测的大海本身的主意。只有南塔开特人，居住在海上，繁衍在海上；只有他们，照《圣经》上的说法，是单独坐船下海的，把大海当作他们的专用农场，来回耕耘。那里是他们的家，那里有他们的事业，这种事业不是诺亚时代的大洪水所妨碍得了的，虽然在中国，这样一场大水能毁掉几百万人的生命①。他们生活在海上，犹如草原松鸡生活在大草原上；他们出没于惊涛骇浪之中，他们攀登海浪，一如追捕小羚羊的猎人攀登阿尔卑斯山。经年累月，他们不知有陆地，因此有朝一日他们终于登上了岸，闻到陆地的气息，仿佛觉得到了另一个世界，比地球人登上月球还不习惯。以海为家的海鸥，每当夕阳西下就收拢翅膀，在波浪的轻轻抚慰下入睡；同样，夜幕降下时，南塔开特人在四顾茫茫的大海中落下帆，躺下来休息，一群群海象和鲸鱼就在他们的枕头下面奔驰。

第十五章　美味杂烩

夜色已深，等小"摩斯号"找妥地方抛锚停靠时，魁魁格和我才上了岸；因为当天什么正事也办不成了，所以我们只能找个地方吃饭睡觉去。大鲸客店的老板曾经向我们推荐过他表弟荷西亚·胡赛开的炼锅客店，说那是全南塔开特最干净的客店之一，而且还向我们保证老表荷西亚（他是这样称呼他的）做的杂烩很有名气。总而言之，他的意思再明白不过，除了去炼锅②客店尝尝那里的家常饭菜，不可能有什么更好的选择了。他告诉我们的路线是：顺着右手边的一个黄色仓库往前走，等看到左手边出现一所白色教堂时，就往左拐，顺着教堂继

---

① 指中国曾发生过一些水灾。
② 捕鲸船用来炼鲸脂的大锅，这里指客店的名称。

续往前走,到了街角,拐个三十四五度①的弯,再靠右走,向我们碰到的头一个人打听炼锅客店在哪里。他介绍的这曲里拐弯的走法一开头可把我们给弄糊涂了,特别是在起点问题上,因为魁魁格坚持说黄色仓库——我们出发的第一个点——肯定是在左手边,而我则理解大鲸客店老板说的是右边。不管怎样,经过我们在黑暗中旋来旋去地瞎摸索了一阵,又不时敲开老百姓的门问路后,我们终于到了一个似乎不会有错的地方了。

那是一栋古老的房子,门前竖着一根旧中桅,桅顶横木上挂着两口漆成黑色的其大无比的木锅,来回打秋千似的摆动。横木上的角有一边给锯掉了,因此这旧中桅看去就像个绞架。也许我当时对这样的印象有些神经过敏,可是我在瞪着这个绞架时仍不由得隐隐约约感到不安。我一打量剩下的那两个角,脖子便感到一阵疼挛:是的,剩下两个角,一个吊魁魁格,另一个吊我。这可不是什么好兆头,我心想。我到的第一个捕鲸港,住的客店的老板就姓咖芬(棺材);捕鲸人教堂里的墓碑又都瞪着我;而这里又来了个绞架!还有一对特大号的黑锅!难道这对大锅是在拐弯抹角地暗示跟灼热的地狱有关的事情么?

这时,出来了一个女人,我这才回过神来。这个女的,满脸雀斑,黄头发,穿一件黄色睡衣,站在走廊里一盏摇曳的灯下面。那灯是暗红的,很像一只受伤的眼睛。女人正像放连珠炮似的起劲骂着一个穿紫色绒衬衣的男人。

"快给我滚蛋,"她对那男的说,"免得我来收拾你!"

"来吧,魁魁格。"我说,"没错。那准是胡赛太太。"

果然是她。荷西亚·胡赛先生不在家,由十分能干的胡赛太太处理他店内的全部事务。她听我们说要吃晚饭,并且住一晚,就暂时没有再骂下去,把我们领到一个小房间里,让我们在一张刚刚用过餐

---

① 航海术语,一点等于十一度十五分。

还没有来得及收拾的桌边坐下，转过身来问我们："是要蛤蜊还是鳕鱼？"

"鳕鱼怎么个吃法，太太？"我很客气地问。

"蛤蜊还是鳕鱼？"她又重复了一遍。

"蛤蜊做晚餐？一个冷蛤蜊，你是这个意思吗，胡赛太太？大冷天里招待我们吃这个菜太黏糊糊也太冷了一点吧，你说呢，胡赛太太？"

可是，由于胡赛太太急急忙忙地要继续去骂那个站在门口等她叫骂的、身穿紫绒衬衣的男人，我的话她似乎只听到"蛤蜊"这个词儿，就匆匆地朝通向厨房的一扇敞开的门走去，吆喝了一声："两份蛤蜊。"就不见人了。

"魁魁格，"我说，"你说我们能不能两人合吃一份蛤蜊当晚饭？"

然而，从厨房里逸出来的那股又暖又香的蒸气打消了我们垂头丧气的想法。热气腾腾的杂烩一端上来，这个谜就令人愉快地解开了。哪，亲爱的朋友！请侧耳倾听。它是用榛子般大小、鲜嫩多汁的小蛤蜊和捣碎了的船用饼干及切成小片的咸肉拌匀而成，外面浇上一层黄油，再撒上胡椒粉和盐，熬得又香又浓。经过大冷天的一番旅途劳顿后，我们本来就已经胃口大开，特别是魁魁格，看到他最喜爱的海味摆在眼前，再加上这杂烩的味道实在太好，我们犹如风卷残云一般，很快就把它干掉了。我往椅背上靠了一会儿，想起胡赛太太说的要蛤蜊还是鳕鱼的话，我心想不妨做个小小的试验。于是我起身走到厨房门口，一字一顿地说："鳕鱼。"说完又返身坐下。不大会儿，那股香喷喷的蒸气又飘过来了，不过细辨起来香味却不太一样，随即一份精致的鳕鱼杂烩摆在了我们面前。

我们又吃了起来；当我们的勺子在碗里频繁地往返之际，我暗自思忖，这东西对脑袋瓜子是不是会有影响？俗话中不是有个形容人愚钝的说法,叫长着一颗杂烩脑袋①的人吗?"哎呀,慢点,魁魁格,你碗里那不是条活鳝鱼?你的标枪在哪儿呢?"

天下最腥的地方莫过于炼锅客店啦,它确实名不虚传;因为它那大锅总在那里煮杂烩。早餐是杂烩,中餐是杂烩,晚餐还是杂烩,吃得你生怕衣服上都会钻出鱼骨头来。屋前好大一片地方都铺满了蛤蜊壳。胡赛太太戴的是一条打磨光亮的鳕鱼椎骨项链,荷西亚·胡赛的账本是用最上乘的陈年鲨鱼皮装订的。就连这里的牛奶,也有一股鱼腥味。开头我怎么也弄不清是什么原因,后来有一天早晨我偶然沿着沙滩在几条渔船中间散步,看到荷西亚的花斑乳牛在大嚼鱼杂碎,而且,千真万确,它在沙滩上走时每只蹄子都踩在剁下来的鳕鱼头上,看起来就像穿着趿跟鞋似的,我这才恍然大悟。

吃过晚饭,胡赛太太给了我们一盏灯,并交代好了我们去客房最近的路;可是,当魁魁格准备在我前头跨上楼梯的时候,这位太太却伸出手来要他把标枪给她;她不许把标枪带进客房。"为什么不行?"我问道,"每个真正的捕鲸手都是枕着标枪睡觉——你这里为什么不行?""因为那样太危险。"她说,"小斯梯格斯航海不利回来后,来到这里。他出海四年半,只带回来三桶鱼肚肠,就死在我一楼后面一间客店里,腰里插着他自己的标枪;打那以后,我就不许在客夜里过夜的客人带这种危险的武器到房里去。所以,魁魁格先生(她已经知道他的名字了),我一定要拿了你这支铁器,替你保管到明天早上再还给你。对了,明天早上的杂烩;你们是要是蛤蜊还是鳕鱼,呢?"

"两样都要,"我回答道,"再给我们来两条熏青鱼,换换花样。"

---

① 跟中国人说"一脑袋糨糊"差不多。

～ 第十六章 船

　　我们躺在床上安排第二天的计划。但是让我大为吃惊而且非常关心的是，魁魁格毫不含糊地告诉我，他已经一再问过约约——他那尊小黑偶像的名字——约约跟他说了两三次，并且在各个方面都执意坚持这一点，即我们两人不要一起到港口里那些捕鲸船中去，不要一起去挑选船只；约约很认真地吩咐说，挑选船只的事应交给我一个人去办，这是约约对我们的一片好意；并且为了帮助我们，已经挑好了一条船，我，以实玛利，会万无一失地上这条船，但我要做的一切都纯属偶然似的；而且我还必须马上就上那条船去做水手，暂时不去管魁魁格。

　　我还忘了提一句，魁魁格在很多事情上非常相信约约卓越的判断力和惊人的预见力，他对约约很尊敬，把它看作一尊很有本事的神，这尊神总的来看也许心地非常善良，但它那些仁慈的意图并不是回回都能应验的。

　　如今，魁魁格的这个计划，或者还不如说约约的计划，也就是关于我们挑选船只的事；我一点儿都不喜欢。我原来满指望能依赖魁魁格的聪明才智来选定一条最适于保证我们生命财产安全的船。但是既然随我怎样规劝都无法使魁魁格回心转意，我只得应承下来；随即就准备打起精神，尽快把这桩小小的麻烦解决。第二天一早，我留下魁魁格，关起门来让他和约约一起待在我们那间小客房里——因为那天好像是个什么大斋日或者斋月，或者是魁魁格和约约禁食、禁欲、祈祷的日子；究竟这斋日是怎么回事，我始终没弄明白，因为，我虽然专心钻研过好几次，却总也掌握不了他那些仪式和三十九条戒律①——那就让魁魁格吹着他的斧头烟斗禁食，让约约在献给它的刨花之火上取暖去吧。我出发到码头去，转悠了老半天，没有目标地问了好多人，终于打听到有三条船——"魔闸号""珍馐号"和"裴廓德号"，准备作一次为期三年的航行。"魔闸"的出处我不知道；"珍馐"明显得很；至于"裴廓德"②，你肯定记得，是马萨诸塞州印第安人一个很有名的部落，如今已经和古代的米提亚人③一样灭绝了。我仔细张望了一下"魔闸号"，又跳上"珍馐号"；最后上了"裴廓德号"，四下里打量了一会儿，终于拿定主意，这就是我们所要的船。

据我所知，也许你们当年见到过许多古老的船——方头的横帆船；巨大的日本舢板；黄油箱似的帆桨两用的快艇，等等；但我敢说，你绝没有见过"裴廓德号"这样罕见的旧船。它是一种老式船，如果你想形容它，那就是它相当小；像一只带爪子的脚，式样很老。由于长年累月在四大洋中饱经风雨侵蚀，霜雪摧残，它那古老的船体已经褪色发黑，像一个远征过埃及和西伯利亚的法国掷弹兵。它那年事已高的船头像是长了胡须一般令人肃然起敬。它那些桅杆——是后来在日本海岸某处砍来的，原先的那些被一场暴风吹到海里去了——僵硬地挺立着，就像科隆纳三位老国王④的背脊骨，它的旧甲板已经破旧不堪，仿佛是起了皱纹，就像是坎特伯利大教堂里为纪念贝克特⑤大主教在他被刺倒下的地方铺下的那块供朝圣者膜拜的石板。但是在这些老古董上面还增加了一些新奇的玩意儿，它们无不与它从事了半个多世纪的艰险事业有关。老船长皮勒，原先是多年的大副，后

---

① 英格兰教会在1563年制定的正式戒律，共有39条。

② 原为美国康涅狄克州的一个印第安族，骁勇异常，欧洲移民来到美洲后将其杀戮过半，在1630年，英国掠夺他们的土地之战中遭到的杀戮更甚。

③ 与波斯人有血缘关系的印欧人种之一。

④ 这三位国王的遗骨在十二世纪从康斯坦丁堡迁至科隆，安放在科隆大教堂唱诗班房一个神龛中的银质颅骨匣内。

⑤ 托马斯·贝克特（1118—1170）曾任英格兰亨利二世的枢密大臣，后任坎特伯利大教堂主教，接收罗马教廷的纲领和法律，在教士犯罪判刑问题上与亨利政见不一，被宫廷骑士长杀死。

来有了自己的船并任船长,现在是个退休的水手,也是"裴廓德号"的主要股东之一——就是这个皮勒老头,在他担任大副期间,曾在这船原有的奇形怪状上花过不少工夫,用一种奇特的材料和设计,把船身里里外外,镶嵌装修,另有了一种古雅别致的味道,除了海盗头子索基尔·黑克雕刻的圆盾或床架之外,没有任何物件可与其古怪度相媲美。这条船打扮得像一个脖子上挂着沉重象牙饰物的野蛮的埃塞俄比亚皇帝。船上战利品随处可见。它就像一个食人生番,用敌人的骸骨装饰自己。它那没有嵌木板的敞着的舷墙像个延长的下颚,上面到处插着抹香鲸尖锐的长牙当作钉子,牢牢系上充当船身肌腱的旧麻绳。那些麻绳并不是绕在陆地出产的低劣木板上,而是巧妙地穿过用海兽之牙①制成的滑轮。它们不屑与至关重要的舵轮为伍,却闹着玩似的给舵柄当点缀;可那舵柄则是用捕鲸船世代相传的敌人的整块狭长的下颌骨精雕细刻而成。舵手在暴风雨中把着那只舵柄稳住船时,就像鞑靼人勒紧他暴烈的坐骑下颚叫它停住一样。它是一条高贵的船,可不知怎的又是一条非常忧郁的船!凡是高贵的东西都不免叫人心里有这种感觉。

　　这时,我朝后甲板瞧去,想找个管事的,好向他自荐当水手,加入这次出海。最初一个人也没有看见;可是我不由得注意到主桅后面一点支起了一个样子挺古怪的帐篷,或者说棚屋更合适些。那似乎是在进港后才临时支起来的。它呈圆锥形,约十英尺高,由取自露脊鲸颚中、上部位厚石板似的大块又长又黑的软骨搭成。这些厚石板在甲板上用带子围成一个圈,大头朝下,相互倚靠,越往上靠得越拢,结成一个毛丛丛的尖顶,蓬松的须毛来回摆动。就像是古代某个波托沃塔米②酋长的头顶髻。帐篷面向船头开了个三角形的出入口,因此船前方的一切动静,住在里面的人可以一览无遗。

　　后来,我总算看到了一个人,半隐半现在那所古怪的棚屋里,样

---

① 指鲸鱼牙齿。
② 印第安人种之一。

子像是个管事的；可是那时正是中午，船上的活儿都已经暂时停下来了，那个人也暂时卸下了当家的重担，正享受片刻的休息。他坐在一条老式的橡木椅上，上面弯弯曲曲地刻满了稀奇古怪的图案；椅子的底座很大很结实，也是用建造那棚屋的软骨拼成的。

我所见的这个上了岁数的人，外表并没有什么太特别的地方；他棕色皮肤，肌肉结实，跟许多老水手一样，身上穿着按照公谊会教徒式样裁做的蓝色粗呢外衣，袖子卷得高高的；唯一引人注意的是他眼睛周围非常微小的皱纹交织成了一张几乎难以觉察的细网，那细微的皱纹肯定是由于长期在风下航行眼睛总顶风观察所致——因为这样一来，眼睛周围的肌肉势必像个钱袋一样收拢来。这种眼周的皱纹做出怒容来倒是效果颇佳。

"您是'裴廓德号'的船长吗？"我走近帐篷门问道。

"就算是吧，你找他有什么事？"他回答道。

"我想来当水手。"

"你想，是吗？我看你不是南塔开特人——曾经在烟囱船（汽轮）上待过吗？"

"没有，先生，从来没有过。"

"我敢说，你对捕鲸这一行一窍不通，对不？"

"是一窍不通，先生；但是我肯定很快学会。我曾经在商船上当水手跑过好几趟，我想——"

"商船水手顶个屁。别跟我说那些废话。看到那条腿了吗？——要是你再跟我扯什么商船水手，我要叫你那条腿从屁股那里搬家。商船水手，真是！看来你还觉得自己当过几天商船水手挺了不起。不过，算了吧！伙计，你怎么想起要去捕鲸的，呃？——看来有点儿问题，是不是，呃？——没当过海盗吧，当过吗？你刚抢光了你的船长吧，是不是？——你不会一出海就谋害船上的长官们吧？"

我严正声明自己清清白白，绝不会干这种勾当。我看得出来尽管这是他半开玩笑的话，但这个老水手，作为一个孤岛上的朴实的南塔开特人，倒是有满脑子岛民的偏见，除了科德角人或维因耶德人①，对所有的外地人大概都不大信任。

"可是你怎么想起要去捕鲸的呢？在我考虑要不要雇用你之前，我得把这一点弄明白。"

"那好，先生，我想去看看捕鲸是怎么回事。我想去见识见识这个世界。"

"想去看看捕鲸是怎么回事，呃？你见过亚哈②船长吗？"

"亚哈船长是谁，先生？"

"哦，哦，我早知道你没见过。亚哈船长就是这条船的船长。"

"这么说，是我弄错了。我还以为我是在跟船长本人说话哩。"

"你是在跟皮勒船长说话——你是在和他说话，小伙子。'裴廓德号'这次出海，准备工作归我和比尔达③船长负责，我们两个负责供应它所需要的一切，包括水手在内。我们俩都是船的股东和代理人。可是，我要说的是，要是你真像你说的那样想知道捕鲸是怎么回事，那我还可以在你打定主意要当水手之前让你多少知道一点那是怎么回事。去瞧瞧亚哈船长，小伙子，你就会发现他只有一条腿。"

"您这是什么意思，先生？还有一条腿是给鲸鱼搞掉的吗？"

"给鲸鱼搞掉了！小伙子，你靠近一点：那是给那条曾经弄碎过一条小船的穷凶极恶的抹香鲸吞掉了，嚼得嘎嘣嘎嘣响，一阵子就整个儿嚼光了——唉，唉！"

我被他说话的样子吓着了，但他最后那两声感叹中出自内心的悲痛也使我颇为感动，不过，我还是很镇定地说："您所说的肯定是真的，先生；可是我怎么会知道那条鲸就格外凶猛呢，虽然我确实满可

---

① 科德角位于美国东北部马萨诸塞州东南，维因耶德离科德角不远。这两个小岛与南塔开特的人在十八、十九世纪以从事捕鲸和渔业闻名。

② 《圣经》中，以色列王亚哈和他的妻子做了上帝认为是恶的事，不信上帝而信原始宗教，于是上帝通知手下的先知除去了他们。

③ 这个名字见于《圣经·旧约·约伯记》。约伯为人正直，却备受磨难。当约伯痛苦之极时，他的三个好友来安慰他，其中就有比尔达。

以从那一事故的简单事实中作出那样的推论。"

"喂,喂,小伙子,你还嫩得很,你说可对;你倒没有说什么冒充内行的话。不错,你说你出过海,这是实话吧?"

"先生,"我说,"我想我跟您说过我出过四趟海,是在商——"

"别再提那个!记住关于商船水手我说过些什么—— 别惹火我——我不爱听这个。不过,让咱们把话都说明白。捕鲸是怎么回事,我已经给你提了个醒了,你是不是还想干?"

"想干,先生。"

"很好。那么,你敢不敢对准一条活鲸的喉咙甩一标枪,然后人朝它扑过去?回答我,快点!"

"我敢,先生,非这样做不可的话,我敢;那就是说,到了不是鱼死就是我死的时候,我敢;这种情况,我想不会发生。"

"好极了。你再听着,你是不仅要去亲自体验一下捕鲸是怎么回事,还想去见识见识世界,对吗?你刚才是不是这么说的?我想是的。那好,就请往前走,到船头迎风的地方去瞧瞧,然后再回来告诉我看见了些什么。"

我愣了一下,这个奇怪的要求搞得我有点糊涂了,不知道这要求究竟应该怎样理解,是说说玩的还是正经的。可是皮勒船长眉头一皱,脸一板,吓得我赶紧照办。

我走上前去,朝船头上风头瞧过去,只见这下了锚随潮水摆动的船现在正斜对着辽阔的海洋。眼前一望无际,但非常单调而严峻,让人不敢逼视,连一点点变化都看不出。

"好啦,说吧,有什么可报告的?"我一回来,皮勒就问。

"没有什么,"我回答道——"尽是水;不过视野很开阔,要起风暴了,我想。"

"那么,你现在是不是还想见识见识这个世界呢?你是不是想绕过合恩角多看看它呢,呃?难道你站在这个地方就不能见识世界吗?"

　　我有点儿犹豫，但是捕鲸我是非去不可的，我决心去；而"裴廓德号"不比任何别的船差——我认为它比哪条船都强——我把这些想法都告诉了皮勒。他看到我如此坚决，便表示同意雇用我。

　　"那么，你不如就马上签约吧。"他接着说，"跟我来。"说着，他起身领我下甲板，来到舱里。

　　坐在船尾肋板上的是一个在我看来很不寻常很令人吃惊的人物。他就是比尔达船长。他和皮勒船长是这条船最大的两个股东；在这些港口，其他股份则分属于一群领年金的老年人、寡妇、失去父亲的孩子，以及受大法官监护的未成年人，他们每人拥有的股份价值不过相当于船上一小段船骨，或一英尺船板，或一两根钉子。南塔开特人有了钱就投资在捕鲸船上，正如你把钱投资在国家批准、红利可观的股票上一样。

　　这个比尔达跟皮勒一样，实际上也跟另外好多南塔开特人一样，是个公谊会教徒，这个支派是最先来到这个岛安居下来的；一直到今天，岛上的居民都还在很大程度上保留公谊会的特点，只不过由于后来五方杂处，多多少少有了一些反常的改变。因为即使在公谊会教徒中，也有一些残暴的水手和捕鲸手。他们是好斗的公谊会教徒；是有仇必报的公谊会教徒。

　　所以在他们中间就有这样的人，他们按《圣经》上的名字命名——这在岛上是稀松平常的事——并从小就养成了用"您"这种庄重而引人注目的公谊会用语称呼别人的习惯；后来在他们大胆勇猛充满无穷无尽的冒险生活里，奇妙地结合进了这些不因年龄增长而消失的特点，从而形成一种猛打猛冲浑身是胆的性格，足以成为一个斯堪的纳维亚海员或一个充满诗人气质的罗马异教徒。而当这些东西和一个志在四方、善于思考、天生神力的人结合起来，再加上他在遥远的海洋上和在此处从未见过的北方星座下所度过的那些漫长值班之夜的寂寥和孤独，这个人便走上了无视传统、独立思考的路；同时又从大自然纯洁、无私、坦诚的胸怀得到它一切温柔的或粗犷的印象，并主要由此(不过也靠了种种偶然的机会)学会了一种豪放遒劲、自视极高的语言——这个人便成了一个杰出人物——一个为崇高的悲剧而生的壮丽人物。从戏剧角度来看，即使是由于出身或环境等种种原因，使他在性格深处有一种近似任性支配他人的病态心理，那也无损于他的为人。因为所有伟大人物的悲剧均系某种病态心理所致。千万记住这一点，雄心勃勃的年轻人啊，世人的伟大都只不过是精神上的病态。不过迄今为止，我们还不曾和这样一个人打过交道，我们要打交道的基本上是另一种人，但这种人，如果真是特别的话，那也不过反映了公谊会教徒的另外一面，再加上独特的环境影响而已。

比尔达船长跟皮勒船长一样，也是个生活富裕、退休了的捕鲸手。不同的是，皮勒船长对于所谓的大事满不在乎，并且说实在的，确实把这些大事看作是小而又小的事——比尔达船长则不仅原先就接受过公谊会最严格的南塔开特教派教旨的教育，后来还经历了一切海上生活，看见过合恩角周围岛上许多赤身裸体的淳朴居民——这一切都丝毫没有影响这个土生土长的公谊会教徒，连外表也没有多大改变。尽管他具有这种无隙可乘的不变性，可敬的皮勒船长身上那种平平常常的首尾一贯性他却有所欠缺。虽然，由于良心的责备，他不肯拿起武器去对付来自陆地上的侵略者，他自己却毫无节制地侵略了大西洋和太平洋；他虽然坚决反对人类自相残杀，自己却穿上紧身短上衣泼洒过大桶大桶的鲸血。至于到了一生中沉思默想的晚年，虔诚的比尔达怎样在他的回忆中向自己交代这些事情以求得内心的平静，这我就不得而知了；不过他好像不太在乎，很可能他早就得出了这样一个明智的结论，即一个人的宗教信仰是一码事，这个实际的世界却是另一码事。在这个世界上是将本图利的。他从小住棚屋，从一个穿着单调得不能再单调的黄褐色短打的船长小厮爬到一个穿着敞胸大坎肩的标枪手；从标枪手爬到船老大，然后是大副，船长，最后成为船老板；如上所述，比尔达，已经结束了他冒险的海上生涯，在六十岁这个夕阳无限好的年龄整个儿从动荡的生活中退了下来，安安静静地享用他出力挣来的钱,度他的余年。

说来遗憾,比尔达如今名声在外,人们称他是无可救药的老守财奴,在出海的日子里,他是个心肠铁硬、脾气暴躁的工头。在南塔开特,人们跟我说一个听起来很像是非常离奇的故事,说他率领那条旧船"卡脱古号"一上岸,他的船员大部分就直接被抬进医院,一个个筋疲力尽,软弱无力。作为一个虔诚的人,特别是作为一个公谊会教徒,说得客气一点,他的心肠一定相当硬。然而,他们说他从不骂他的水手,但不知怎的,他却能迫使他们在极恶劣的条件下一个人顶几个人地为他卖苦力。他当大副时,只要他把那双黄褐色的眼睛狠狠地一瞪你,你就会六神无主,赶紧抓起一件什么工具——一把斧头或者一只绕绳铁杵,发疯似的干活,干什么都行,反正得干。偷懒耍滑在他面前通通销声匿迹。他自身就再好不过地体现了那种功利主义的性格。他身材瘦长,没有一点多余的肉,没有累赘的胡须,他下巴上只有稀疏几根软软的绒毛,就像他那阔边帽磨得只剩下不多几撮绒毛一样。

我跟着皮勒船长下了甲板走进舱房的时候,看到坐在船尾肋板上的就是这样一个人物。舱里并不宽敞;比尔达老头身板笔挺地坐在那里,他的坐姿向来如此,从不倚着靠着,以免磨坏他的长大衣的下摆。他的阔边帽搁在旁边;双腿僵硬地交叉着;黄褐色的罩衫上的扣子一直扣到下巴;眼镜架在鼻子上,似乎在聚精会神地读一本很沉闷的书。

"比尔达,"皮勒船长喊道,"又在看那本书了,比尔达,呃?据我所知,你看这些圣书已经看了三十年啦。你到底研究到哪儿啦,比尔达?"

仿佛已经听惯了他的老船友这种不敬之词了,比尔达对他一点也不理会,只是安静地抬起头来,一看到我,便用询问的眼光望着他。

"他说要到我们船上来干活,比尔达。"皮勒说,"他想当水手。"

"你想吗?"比尔达语调空洞地说,同时朝我转过身来。

"想。"我无意之间也用公谊会的习惯用法回答。他是个非常热诚的公谊会教徒。

"你觉得他怎么样，比尔达？"皮勒问道。

"他行。"比尔达说，边看了看我，然后他又接着喃喃地念起了书，声音颇为清晰。

我觉得他是我所见过的最古怪的老教徒，特别是和皮勒相比。他的朋友兼老伙伴皮勒似乎是个性格非常暴躁的人。可是我什么也没说，只是很机警地打量四周：皮勒这时打开一口箱子，拿出船上的契约，把鹅毛笔和墨水放到面前，在一张小桌边坐下。"是时候了，"我心里开始琢磨，"我得替自己定下上船出海的条件。"我已经打听到干捕鲸这一行是不发工资的；所有的人手，包括船长在内，都按利润分成所谓之分红，也叫份子；红利的多少则是参照各人在船上所任职务的重要程度按一定的比例而定。我也知道自己在捕鲸这一行中是个新手，分到的红利不会很多；可是考虑到我已经过惯了海上生活，能掌握船的航向，会捻接一根断了的绳索等等所有的船活，我想根据我所打听到的情况，他们至少应该给我第二百七十五号份子——也就是说，是这趟航行纯收入的二百七十五分之一，不管最后折算出来是多少。虽然这二百七十五分之一的红利，人们称它为长红，不过总比没有强。要是这趟出海运气好，挣的钱差不多能购买新衣来替换出海穿的旧衣。更不用说在船上白吃三年牛肉，白住三年了，这些都不用我花一个子儿的。

可能有人会认为：这个穷办法很难积攒大的家业——一点也不错，这实在是个穷办法，不过我从来没想过要发大财，只要能让我投宿在这家挂着"雷云"这块讨厌招牌的客店时有饭吃，有床睡，那我就太知足了。总的来说，我觉得二百七十五分之一的红利是比较合理的，不过说起来我到底是个膀大腰圆的汉子，要是他们给我二百分之一，我也不会觉得过分。

话虽如此，但是，对于接受一份慷慨的红利却有一桩使我稍觉狐疑的事情：还在岸上时，我就听到有关皮勒船长和他那位令人莫明其妙的老友比尔达两人的一些情况；说因为他们两人是"裴廓德号"的主要股东，所以，其他零散的小股东便把船务管理几乎全交给了他们两人，也许这吝啬的比尔达老头在雇用人手方面有很大的发言权也说不定，特别是现在我又看到他在船上，挺自在地坐在船长舱里读《圣经》，就像坐在自己家里一样。这时，皮勒正在白费劲地用他的大折刀修理鹅毛笔，却怎么也修不好。眼前的事与比尔达也很有利害关系。令我大为吃惊的是，这老头却始终没有理会我们，只自顾自继续咕咕哝哝念他的书："不要为自己在地上积攒①财宝，地上有虫子——"

"好啦，比尔达船长，"皮勒打断他说，"你怎么说，我们该给这个小伙子多少红利？"

"你比我懂得多，"回答的声音半死不活，"我看七百七十七分之一不算太多吧，是不是？——'地上有虫子咬，能锈坏，只要积攒②——'"

积攒，哼！我心里想，我就这么个红利！七百七十七分之一！好啊，比老头，你是咬紧牙关不让我在这个地上积攒许多红利，地上有虫子咬，能锈坏。那确实是个超级长红；这个数字倒是够大的，乍一听或许真骗得了陆地上的人，但只要稍微动动脑子就会发现，七百七十七这个数字虽然相当大，但一把它变成分母，你就会看出，嘿，七百七十七分之一红利比七百七十七块金币要少好多；当时我就是这么想的。

"咳，见你的鬼，比尔达，"皮勒嚷道，"你这不是在蒙骗人家吗！他怎么也不止拿这一点儿。"

"七百七十七分之一。"比尔达又重复了一遍。眼皮都没有抬一下；又继续咕哝咕哝——"'因为你的财宝在那里，你的心也在那里。'"

"我要把他的名字写上，准备给他写三百分之一，"皮勒说，"你听到没有，比尔达！三百分之一的红利，喂。"

---

① "积攒"这个词和上面的"红利"是同一个英文单词，在这里有讥讽的意义。
② 这句话紧接着他前面念的那一句，也是语义双关。

比尔达放下书，郑重其事地朝他转过身去说，"皮勒船长，你为人慷慨，但你必须考虑你对此船及其他股东承担的义务——其中有许多是孤儿寡妇呀——如果我们给这个小伙子的劳动报酬过于丰厚，那就无异于夺走了那些寡妇和那些孤儿嘴里的面包。七百七十七分之一，皮勒船长。"

"好你个比尔达！"皮勒大吼一声，一跃而起，在舱里四下走动，脚下船板嘎吱嘎吱直响。"你这该死的，比尔达船长，在这些问题上我要是照你的话办，那我的良心早就重得拖都拖不动了，早就重得能把那绕合恩角航行的最大的船都压沉了。"

"皮勒船长，"比尔达坚定不移地说，"你的良心也许能吃十英寸水或者十英寸水，那我说不准；不过由于你仍然是个不肯悔改的人，皮勒船长，我十分担心你的良心穿了孔；只怕你到头来会一直沉到火坑里去，皮勒船长。"

"火坑！火坑！你侮辱我，嗬，叫人忍无可忍，你侮辱我。骂人家注定了非下地狱不可，这可是给人家的奇耻大辱。又是挨锚钩，又是下火坑，纯粹放屁！比尔达，有本事你再说一遍，惹起我的火来，我会——我会——是的，我会把一头山羊连毛带角一口活吞下去。滚出去，你这个虚伪无耻、面目可憎、呆头呆脑的家伙——马上给我滚！"

皮勒大发雷霆，朝比尔达猛冲过去，可是比尔达惊人的敏捷，身子一歪一斜躲开了。

"裴廓德号"两位主要股东兼负责人之间的这场大吵吓了我一跳，看来这条船的东家中有问题，船只是暂时归他们负责，我便有了五成心思想要放弃上这条船的打算。我退到舱门旁边给比尔达让出一条路，因为我看出来他急于要躲开盛怒之下的皮勒。但是使我大为吃惊的是他竟安安静静地在肋板上坐了下来，似乎丝毫没有避开的意思。看来他对这不知悔改的皮勒和他那一套已经习以为常了。至于皮勒，把满腔怒火像刚才这样子发泄一通之后，似乎没有剩下什么了，他也坐了下来，安静得像一只绵羊。只不过身子微微有点抽搐，好像激动尚未全消。"哟,"他终于吹了一声口哨——"风暴已经过去了,我想。比尔达,你过去磨起标枪来一向精得很,请你修修那支笔,好吗?我的大折刀得上磨石了。好样儿的,谢谢你,比尔达。那么,小伙子,你叫以实玛利,你刚才是不是这么说的?好啦,以实玛利,给你写下来啦,三百分之一的红利。"

"皮勒船长,"我说,"我还有个朋友也想当水手——我明天把他带来行吗?"

"行,"皮勒说,"把他带来,让我们看看。"

"他要多少红利?"比尔达哼着说,他本来已一头埋在书本里了,这时眼睛又抬了起来。

"啊,这个你别管,比尔达,"皮勒说,"他捕过鲸吗?"他转过脸来朝我问道。

"他杀死的鲸我数都数不过来,皮勒船长。"

"好,那你带他来吧。"

签过约后,我就走了。毫无疑问,我一清早已经做了一件不差的事了。"裴廓德号"也正是约约看中的那条带魁魁格和我远航合恩角的船。

可是没有走出多远,我就想起那位将与我一起远航的并直接吩咐我干活的船长还没有见到;不过,事实上有很多时候,一条捕鲸船要一切就绪,所有人员都已上船之后,船长才会出现来发号施令;这是因为,船在海上的时间往往拖得很长,其间返航靠岸休整的时间又非常之短,船长要是有家或者其他脱不了身的要事之类,船回港后的事宜及下次出海前的准备工作他都不管,而是交给船主去处理,直到整装待发的那一天。不过在义无反顾地把你的一切都交到他手里之先去瞧瞧他是个什么样儿总没有坏处。于是我转过身来走到皮勒船长跟前,问他我能不能见一见亚哈船长。

"你找亚哈船长干什么?没有你的事了,我们已经雇用你了。"

"是呀,不过我想见见他。"

"不过，我想你现在见不着他。我也不太清楚他是怎么回事；他现在整天闷在家里；说是得了什么病吧，看脸色又不像。事实上，他没有病；不过，不，他也并不健康。总之，小伙子，他经常不肯见我，所以我怕他也不会见你。这位亚哈船长是个怪人——有些人是这么看的——不过他也是个好人。啊，你会很喜欢他的；不要怕，不要怕。他是个不信神又像神的杰出人物，这位亚哈船长；他不怎么说话；不过他一旦说起话来，你最好好好听着。你听好了，我有话在先；亚哈与众不同，他上过不止一家大学，也在食人生番中间待过，比海浪还要深奥的稀罕事他也司空见惯、习以为常了，他那支可怕的标枪收拾过比大鲸还要有力还要不可思议的敌人。他那标枪！哈！在我们整个岛上就数他那支最锋利，百发百中！啊！他可不是比尔达船长，他也不是皮勒船长；他是亚哈，小伙子；而古代的亚哈，你知道，那是个戴着王冠的国王呢！

"而且是个心狠手辣的王。这个邪恶的王被杀以后，那些狗，它们不是都去舔他的血吗？"[1]

"过来——到这边来，这边来。"皮勒说，眼睛里闪出一股意味深长的神情，简直要把我吓呆了，"你听着，小伙子；在'裴廓德号'上那千万说不得。到哪儿都别说这个。亚哈船长，这个名字不是他自己起的。那是他那精神恍惚的寡母（在他还只有十二个月的时候就去世了）一时心血来潮冒出的一个愚蠢无知的怪念头。可那住在格黑德[2]的老婆子提斯蒂格却说这个名字将会证明是未卜先知的一着。而其他像这老太婆一样的蠢货也许也会跟你这么说。我想警告你，那是瞎话。我很了解亚哈船长。多年前我做他的大副跟他一起出过海；我了解他的为人——一个好人——不是那种像比尔达那样虔诚的好人，而是个嘴里骂骂咧咧又不信神的好人——有点像我——只不过

---

① 亚哈与犹太王约沙法作战，被射死，战车上清洗下来的血，狗都去舔。见《旧约·列王纪上》第22章。

② 马萨诸塞州东南的一个旅游胜地，当时是一个渔村。

比我强得多就是了。嗯，嗯，我知道他从来都不是很快活的样子；在归航的时候，我知道他有过一阵子失魂落魄；但是正如任何人都可以看到的，那是因为他的那条被咬掉的腿的流血的残肢痛得太厉害所致。我也知道，自从上次航行那条可诅咒的鲸咬掉他一条腿以后，他情绪就变坏了——喜怒无常到了极点，有时甚至蛮不讲理；不过这一切都会过去的。咱们干脆一次讲清楚，你只管放心，小伙子，跟一个情绪不好的好船长出海要比跟一个笑呵呵的坏船长出海强。好啦，再见啦——也别因为他碰巧有了这么个邪恶的名字就错怪了亚哈船长。再说，老弟，他还有个妻子——结婚以来还不到三个航程——一个挺可爱挺照顾他的姑娘。你想一想看，亏得有这个可爱的姑娘，这老头还有了个孩子哩：你还能认为亚哈船长坏透了，无可救药了吗？不，不，小伙子；尽管他身子残了，情绪不好，他还是很有人性的！"

回去的路上，我心事重重；我偶然得知的有关亚哈船长的情况，使我的心里隐隐约约有一种难以名状的痛苦感觉。不知怎的，当时我很同情他，为他难过，但究竟为了什么我可说不上，想必是因为他那么不幸丢了一条腿的缘故吧。然而同时我对他又有一种奇怪的敬畏。不过确切地说，这种我无法形容的敬畏又不是敬畏，我也不知道它到底是种什么感觉。可是我感觉到它；而它又并不使我想要躲开它；虽然对他身上那种好像很神秘的东西我感到很不耐烦，毕竟当时我对他的情况知道得太少了。然而我的心思终究被转到了其他方面的事情上去了，于是面目模糊的亚哈就暂时从我的脑海里消失了。

第十七章　如此斋戒

由于魁魁格的斋戒或者说是禁食和禁欲要持续一整天，天黑以前我不打算去打扰他；因为我十分尊重别人的宗教义务，不管他的信仰有多可笑；即使是一群蚂蚁在膜拜一只毒菌，或者在我们地球的某些地区，其他一些生物以一种在别的星球上决无前例的奴颜婢膝姿态跪拜在死去的地主的遗体前，仅仅因为在已死的地主名下还拥有巨额地产并以他的名义出租，我心里都丝毫没有瞧不起的意思。

依我说，我们这些虔诚的长老会基督徒对待这类事情应该宽宏大量，不要因为其他生灵、异教徒在这些问题上有些怪诞想法而妄以为自己不知比他们高明到哪里去了。眼前就有个魁魁格，他对斋约和斋戒确实持有一种荒谬透顶的观点——可是那又怎么样呢？魁魁格自认为知道他在干些什么，我想；所以他显得很心安理得；那就让他那样好了。我们再怎么跟他争辩也没有用的；随他去。我们大家——长老会教徒也好，异教徒也好——上帝对我们不分彼此，一样怜惜，因为我们由于各种缘故全都碰得头破血流，需要好好医治。

到了傍晚，我想他所有的功课和仪式肯定都做完了，于是我上楼去敲他的房门；可是没人应。我想开门，可门从里面插上了。"魁魁格。"我贴着钥匙孔轻轻地喊，——里面鸦雀无声。"喂，魁魁格！你为什么不说话？是我——以实玛利。"但是仍然是一片寂静。我不免担心起来，这么长时间都没有动静；我怕他可能中了风。我从钥匙孔往里瞧，偏偏那门洞又是对着一个偏僻的房角，钥匙孔里瞧见的只是房间左边一个弯弯的角落，能看到的只有床尾竖板的一部分和一线墙壁，别无其他。让我吃惊的是我看到了靠墙立着的魁魁格的标枪木杆。头天晚上，客店老板娘在我们上楼时明明已经把那支标枪拿走了的。这就怪了，我想；但是不管怎么样，现在标枪立在那里，而他绝少不带着它就出门的，那他肯定还在房间里，这不可能有错。

"魁魁格！——魁魁格！"——毫无动静。肯定出了什么事。中风！我死命地想把撞破那扇门，可怎么也撞不开。我赶紧下楼，向我碰到的头一个人——一个正在收拾房间的女仆急急忙忙说了我的怀疑。"是呀！是呀！"她嚷了起来，"我想一定出了什么事。早饭以后我去收拾床铺，门就是锁着的，一只老鼠的声音都听不见；从那时候起一直是那样，一点儿响动都没有。我还以为你们两个都出去了，为了防人拿走你们的行李，就锁了门。是呀！是呀！太太！——老板娘！出人命啦！胡赛太太！有人中风啦！"——她边嚷边朝厨房跑，我紧跟在她后面。

胡赛太太很快就出来了，一手拿个芥末罐，一手拿个醋瓶，她正在拾掇那些调味瓶，嘴里骂着她手下那个黑人小厮。

"柴房！我喊道，"怎么走？看在上帝的份儿上，快跑，去拿个什么东西来撬门——斧子！——斧子！——他中了风；没错！"——我一边这么大声喊着，一边却又像没头苍蝇似的空手冲上楼梯。这时，胡赛太太把芥末罐和醋瓶子插进她正在整理的调味品架子里，朝我发话了。

"你怎么啦，小伙子？"

"拿斧子来！看在上帝份儿上，快去找大夫，是个大夫就好，我来撬门！"

"喂，"老板娘说，急忙放下醋瓶，腾出一只手来，"喂，你是说要撬开我的一扇门？"她一把抓住我的胳臂。"你怎么回事？你怎么回事，船伙计？"

我尽可能平静而迅速地把整个事情说给她听。她下意识地用芥末罐轻拍着半边鼻子，默想了一会儿，就叫喊起来——"是的！我把标枪放在那里以后就没有去看过。"她跑到楼梯下面一个小房间前，朝里一瞧，就跑来告诉我魁魁格的标枪不见了。"他自杀了，"她喊道，"真倒霉。又一个斯梯格斯——又一条床单完蛋啦——上帝怜悯他的穷母亲吧！——这会把我的屋子给毁了。那可怜的小伙子有心上人吗？那姑娘在哪里？——喂，贝蒂，到漆匠斯纳尔斯那里去一下，要他给我漆块牌子，写上——此处不准自杀，客厅不许抽烟——这样就把两件事一起解决了。自杀？愿上帝宽恕他的鬼魂吧！那是什么声音？你，小伙子，住手！"

她随即跑上楼来，正好在我又准备撞门时拦住了我。

"不行；我不允许你这么撞，会把我的房子给糟蹋的。去叫个锁匠来，离这里大约一英里处有一个。不过，等一下！"她把手伸进口袋，"这儿有一把钥匙，我想能开这门；咱们试试看。"于是她把钥匙插进锁眼里一转，锁打开了。可是，唉！魁魁格把门插上了，还是开不开。

"只好撞开了。"我说，往后退一点儿，铆足了劲，正要使劲撞过去时，老板娘又一把抓住了我，说我不该破坏她的房子。可是我挣脱了她，对准目标，整个身子猛地一下撞了过去。

一声巨响，门打开了。门把手砰地撞在墙上，泥灰一直溅到天花板上。哟，天哪！原来魁魁格就坐在房间正中央，沉着冷静，屏神敛息，盘着腿，约约就在他头顶上。他目不斜视，像尊雕像般坐着，没有一点生命的迹象。

"魁魁格，"我走到他跟前说，"魁魁格，你怎么啦？"

"他以前并不总是整天坐着，对吗？"老板娘说。

但是，不管我们怎么说，他就是一言不发；我真想把他推倒，让他换个姿势，因为他看起来很难受，既不自然，也不舒服，几乎叫人受不了，特别是很可能他已经这样子坐了八个或者十个小时以上，而且一顿饭都没有吃。

"胡赛太太，"我说，"不论如何，他还活着；如果您不介意的话，请让我们俩单独待一会儿吧，我一个人会把这件怪事弄明白的。"

老板娘一走，我就关上门，极力劝他坐到椅子上，可是白搭。他就那么坐着；由我说尽了好话，哄他骗他，他就是纹丝不动，一言不发，甚至于瞧都不瞧我一眼，就像房子里根本没有我这个人一样。

我想，是不是他斋戒时非得这样子呢？莫非他老家岛上的人都这样盘着腿斋戒吗？肯定是这样；是的，这肯定是他的宗教仪式的一部分；既然如此，就让他这么坐着吧；毫无疑问，迟早他会起身的。他不可能老这么待着，好在他的斋戒一年才一次，而且我不相信它来得那么准时。

我下楼去吃晚饭。有些水手刚刚作了一次他们称之为"葡萄干布丁"的航行（就是乘纵帆船或横帆双桅船的短期捕鲸航行，只限于在赤道以北的大西洋范围内）归来，正滔滔不绝讲他们的见闻，我坐着听了好久；快到十一点的时候，我又上楼想去睡觉，心想这个时候魁魁格的斋戒肯定已经收场了。可是不然，他还在我当初看到的地方，连一英寸都没有挪动。我开始有点烦了；这么头上顶块木头，盘着腿坐在冰冷的房间里，一坐就是一整天又半个晚上，实在是无聊而又无理性。

"看在老天面上，魁魁格，起来活动活动，吃点东西。要不，你会饿得晕过去的；会送了自己的命的，魁魁格。"可是他依然一声不吭。

实在拿他毫无办法，于是我决定上床睡觉。毫无疑问，要不了多久，他也会上床睡的。不过在上床之前，我把我那件厚重的熊皮外套给他披上；因为那个晚上冷得厉害，而他又只穿了件普通的短上衣。上床后好长时间，我辗转反侧，却始终没有一丝睡意。我吹熄了蜡烛；可是一想到魁魁格——离我不到四英尺——孤零零地不舒服地坐在冷冰冰的黑暗里，就让我觉得很不好受。想想看，一个完全清醒的异教徒在房间里盘腿坐着，做他那枯燥无味又莫明其妙的斋戒功课，而你整夜就睡在那个房间里！那是什么滋味！

不过最后我到底还是睡着了，一觉睡到天亮；醒来睁眼一看床那边，他还坐在那里，好像用螺丝拧在地板上了似的。但当第一线阳光刚照进窗口，他就起身了，关节僵硬，嘎嘎作响，神情却很愉快，他一跛一跛地走向我的床，把他的前额紧贴我的额头，说他的斋戒结束了。

唉，我在前面说过，我不反对任何人的宗教信仰，不管它是怎样一种宗教信仰，只要他不因为别人不和他持同样的宗教信仰就伤害或侮辱别人就行。可是当一个人的宗教信仰变得过于狂热对自己纯粹是一种折磨的时候，同时，使得我们这个地球成了一个住起来很不舒服的客店时，我想那就到了把那个人拉到一边和他就这个问题好好理论一番的时候了。

我现在就是这样对付魁魁格。"魁魁格,"我说,"上床吧,躺下来,听我跟你说。"于是我就长篇大论起来,从原始宗教的兴起和发展一直说到现代的各种宗教,其间我又苦口婆心地向他说明这些大斋日啦,九月斋啦,以及在冰冷沉闷的房间里长时间的盘腿打坐啦,都是毫无意义的蠢事,对健康有害,对灵魂无益;总之,明显地违背了卫生规律和常识。我也跟他说,他这个野人在别的事情上都很通情达理、识见超群,可是却对这种荒唐可笑的斋戒糊涂得很,让我非常痛心。此外,我也极力说服他,禁食会搞垮身体,从而也会搞垮精神;而一切源自禁食的思想都必然是有气无力的。这就是为什么大多数患消化不良症的笃信宗教的人对来世都抱有如此消沉的观点的道理。总而言之,魁魁格——这时我说得有点离题了,地狱这个观念最初是来源于一个没有消化的苹果馅饼而产生出来的一种心象,此后,通过斋戒所培育出来的代代相传的消化不良症就永久存在了。

于是我问魁魁格他自己是不是也曾有过消化不良的时候;我把这概念说得非常清楚,以便于他领会。他说没有,仅仅在一次难忘的场合有过。他的父王打了一个大胜仗,到了午后两点钟左右,就有五十个敌人被杀了,在当天黄昏,这五十个人全部被煮熟吃掉了。

"别说了,魁魁格,"我听了浑身发抖,"行了行了。"因为不用他再往下说我也知道结论了。我碰到过一个曾经到过那个海岛的水手,他对我说,那地方,每次打了一场大胜仗后,照例总是在得胜者的院子或园子里将所有被杀死的敌人来个全烧全烤;然后将他们一个个放在大木盘里,嘴里塞些欧芹菜,周围搁上面包果和椰子,做成像烩肉饭一样的东西。然后带着胜利者的问候遍送亲朋好友,好像这些礼物就是一只只圣诞火鸡似的。

尽管我费尽唇舌,却并不认为我关于宗教的那些话给魁魁格留下了多少印象。因为,首先,他似乎对这个重大的话题很迟钝,当然,从他自己的观点来考虑也许不是这样;其次,我说的他听懂的不到三分之一,虽然我把意思表达得简单明白;末了,他肯定自认为关于真正的宗教他懂得比我多。他用一种居高临下的带着关怀与怜悯的神情瞧着我，好像他觉得我这么聪明的一个小伙子居然如此无可救药地醉心于虔诚地宣扬异端邪说，实在可惜。

后来我们终于起床穿好衣服；魁魁格放开肚子，早餐大吃特吃了一顿各式各样的杂烩，结果是，尽管他斋戒禁食一整天，老板娘依然赚了不少钱。之后，我们出了门，一路上用大比目鱼骨刺剔着牙，消消停停地走着上"裴廓德号"去了。

第十八章　画　押

正当魁魁格像往常一样带着他的标枪，我们朝码头的尽头"裴廓德号"走去时，皮勒船长从他那棚屋里用粗哑的嗓门大声跟我们打招呼，说他没想到我的朋友是个生番，并进一步宣布生番不得上船，除非事先拿出有关证件来给他看。

"你这是什么意思，皮勒船长？"我说，随即跳上舷墙，我的同伴则留在码头上。

"我的意思是，"他回答道，"他必须出示证件。"

"不错，"比尔达船长从棚屋里探出头来，在皮勒背后瓮声瓮气地说，"他必须出示改变信仰的证件。这小魔王，"他又转过脸来朝魁魁格说，"你现在跟任何一个基督教堂有联系吗？"

"当然有联系喽，"我说，"他是第一公理会的教友。"应该在这里说明一下，有许多在南塔开特船上干活的文了身的野人最后都改信了基督教。

"第一公理会，"比尔达嚷道，"什么？就是在德脱罗诺米·科尔曼执事的教堂里做礼拜的？"他边这么说着，边取出眼镜，用一块黄色的大花绸手绢擦了擦，然后很仔细地戴上，从小房子里走出来，直挺挺地靠在舷墙上，仔细地打量了魁魁格好久。

"他做会友有多长时间了？"他转过脸来问我，"我看不太长，小伙子。"

"不错，"皮勒说，"而且他还没有正式受过洗礼呢，要不然，他脸上该不会显得这么毫无神气吧。"

"现在，老老实实告诉我，"比尔达说，"这个没教养的家伙是德脱罗诺米执事宣道会的正式教友吗？我每个主日都在那里，可从来没看见他上那里去过。"

"关于德脱罗诺米执事或者他的宣道会我一无所知，"我说，"我所知道的是这个魁魁格生来就是第一公理会教友。他本人就是个执事，一点儿也不会错。"

"小伙子，"比尔达很严厉地说，"你跟我开什么玩笑——你给我说清楚，你这家伙。你说的是哪一个教会？回答我。"

我觉得自己已经给逼得走投无路了，只得说："我说的是，先生，古老的天主教派，就是你和我，和那边的法勒船长，还有这边的魁魁格，我们大家，普天之下所有的人全都归属的那个教派，是全世界都敬仰的那个伟大而永存的第一公理会；我们大家都归属于这个教派；只不过我们中间有些人存在一些与这伟大信仰毫不相干的古怪念头而已；在这个信仰下，我们大家是手携手的。"

"捻接，你该说手捻接手。"皮勒走上前来喊道，"小伙子，看来你还是到船上来当牧师更合适，而不是当水手；讲道讲得这么好，我从来没听到过。别说德脱罗诺米执事——就是梅普尔神甫也讲不了这么好，而谁都认为神甫是个大人物。上船吧，上船；别管它什么证件不证件。喂，告诉那个廓霍格——你怎么叫他来着？告诉廓霍格上来吧。天哪，他有一支多好的标枪！看来像是好钢打的；而且他还很会使的样子。喂，廓霍格，嗯，你叫什么就是什么，你在捕鲸小艇头上站过吗？你可曾射中过大鲸？"

魁魁格一言不发，野里野气地一纵身，上了舷墙，又从舷墙上跳到了一艘吊在船侧的捕鲸小艇的艇头上；然后左膝绷直，标枪平举，做出投射的姿势，如此这般地喊道：

"船长，你看到前面水上一小滴柏油蜡似的东西了吗？看见了吗？好，就当它是鲸鱼的一只眼睛好了！"于是瞄得准准的，他嗖地掷出标枪，那铁家伙正好从比尔达的阔边帽上飞过，又干净利落地越过船甲板，正落在远在视线之外的那滴闪闪烁烁的柏油上，把它打得无影无踪。

"看，"魁魁格沉着地拉绳子收回标枪，说，"那要是鲸鱼的眼睛，哼，那条鲸鱼就死定了。"

"快，比尔达，"皮勒对他的合伙人说，后者因为标枪贴着脑袋飞过，吓得有点儿失魂落魄，身子向舱门口缩去，"快点，哎呀，你这比尔达，快把船上的合同拿来。我们一定要把海奇霍格[1]，就是说廓霍格，安排在我们的一只小艇上。你听着，廓霍格，我们打算给你九十分之一的红利，这可比历来南塔开特的任何一个标枪手拿的都多。"

于是我们走进舱里，令我大喜过望的是魁魁格被录用了，和我同在一条船上干活。

等预备工作准备妥当之后，皮勒拿出合同只等签字了，他对我说，"我想，那个廓霍格不会写字，是不是？喂，廓霍格，我说去它的！你是签名还是画押？"

已经经历过两三次同样场面的魁魁格，听到这个问题丝毫没有不好意思的样子，而是拿起递过来的笔，仿照他手臂上刺的古怪的花纹，在合同上该他签名的地方画下一个一模一样的古怪圆形图案；由于皮勒船长一口咬定，把魁魁格叫成廓霍格，所以合同大致就成了下面这个样子：

　　廓霍格

　　他的∞画押[2]

---

① 刺猬一词的音译，说明此时皮勒已经急不择言，想把魁魁格雇用上船了。

② 美国插图画家罗克韦尔肯特在此处用一个无穷大的符号代替作者说的圆形

在这段时间里,比尔达船长一直坐在那里瞪着眼,很认真地打量魁魁格,后来终于很庄重地站起来,在他那阔下摆的黄褐色外套的大口袋里摸了一阵,掏出一摞小册子来,挑了一本标题叫《末日到临》或叫《刻不容缓》的,放到魁魁格双手里,然后双手紧紧握住魁魁格的双手和那本小册子,认真地瞧着他的眼睛说:"小魔王啊,我必须对你尽到责任;我是这条船的大股东,自然关心全体船员的灵魂;我最担心的就是你仍死抱住你那异教徒的一套不放,我恳求你,不要永远做魔鬼的奴隶。摈弃偶像崇拜和可怕的魔鬼;趁神谴尚未来临,赶紧回头;我说,照看好自己吧,啊,上帝啊!远远地避开那火坑吧!"

比尔达老头的语言里还保留着一些水手的语言,和《圣经》词汇、家乡土话杂乱地搅和在一起。

"打住你的话头,打住,比尔达,别毁了我们的标枪手。"皮勒嚷道,"虔诚的标枪手绝对成不了好标枪手——他会丢了那股子鲨鱼劲儿;一个标枪手要是不像鲨鱼一样贪婪残忍,那他就一文不值。还记得纳特·斯凡因吗?他就是个例子,他曾经是全南塔开特和维因耶德最勇敢的捕鲸艇杀手,入了会之后,就再也没有出息了。他老为他那有愧的灵魂提心吊胆,以致看到大鲸就退缩不前,就赶紧避开,生怕出意外,怕万一船沉了会去见海神。"

"皮勒!皮勒!"比尔达一边抬起眼睛又扬起双手,一边说道,"你我都曾经历过许多危险的时刻,你皮勒又不是不知道害怕死亡是怎么回事,你怎么还用这种罪孽深重的借口来胡说八道。你这是违背了你自己的良心。你老实说,那一回,这艘'裴廓德号'在日本海面碰上台风,三根桅杆掉到海里,当时你是亚哈船长的大副,难道那时你没有想到死亡,没有想到最后的审判吗?"

"听听他说的,你们听听他这会儿是怎么说的,"皮勒叫道,从船舱的一头大步跨到另一头,双手深深插进口袋——"你们大家都来听

图案,耐人寻味。

听他说的。想想看！在我们认为船随时都可能下沉的时候！这时会想到死亡和最后审判吗？在三根桅杆声如雷鸣不停地撞击着船身的时候，在海浪前后夹击打得我们一身浪花的时候，会想到死亡和最后审判吗？不，那时候没有工夫去想死亡。亚哈船长和我当时想的只是活命，是如何把全体船员都救出来——如何支起应急桅杆，如何设法驶到最近的港口去；那就是我当时所想的。"

比尔达没有再说了，只是扣上大衣领扣，大步走上甲板，我们跟着他走。他在甲板上立定了，安闲地看着几个帆工在船腰修补中桅帆。他不时弯腰捡起一块布片，或者一个涂过柏油的麻绳头，这些东西他要是不捡，说不定就成了垃圾了。

第十九章　预言家

"船友们，那条船雇用了你们吗？"

魁魁格和我刚离开"裴廓德号"，正往回溜达，各自想着心事，突然一个陌生人停在我们面前，硕大的食指平指着"裴廓德号"，向我们提出了上面那个问题。他穿得很寒碜，一件褪色短上衣，一条打补丁的裤子，脖子上围了块破黑手帕。天花留下的麻子从四面八方汇总到他的脸上，使得他的脸犹如经过激流冲刷之后干涸的河床，沟沟坎坎，纵横交错。

"你们当上那只船的水手啦？"他重问了一句。

"你说的是'裴廓德号'，我想。"我说，故意跟他多磨一儿，好仔细观察他。

"嗯，'裴廓德号'——就是那边那条船。"他说，同时抬起他的整条胳臂，然后很快又笔直地伸出去，尖尖的食指像按上的刺刀，直接指向目标。

"是的,"我说,"我们刚刚签了合同。"

"合同上涉及你们的灵魂了吗?"

"涉及什么?"

"哦,也许你们根本就没有灵魂。"他说得很快,"不过没有也不要紧,我知道好多人都没有——祝他们万事如意;而他们没有灵魂也确实安逸些。灵魂这玩意儿有点像四轮马车的第五个轮子。"

"伙计,你在那里叽里咕噜些什么?"我问道。

"不过,他有足够多的灵魂,足以弥补其他人在这方面的缺陷。"这个陌生人脱口而出,还特别强调了那个"他"字。

"魁魁格,"我说,"咱们走,这家伙不知是从哪里跑出来的,他在讲什么东西,说哪一个人,我们都不清楚。"

"站住!"那陌生人喝道,"你说的一点不假——你们没有见过老雷公吧,见过吗?"

"哪一个是老雷公?"我问道,一下子又被他那疯里疯气一本正经的神态吸引住,走不动了。

"亚哈船长。"

"什么!就是我们那条'裴廓德号'的船长?"

"嗯,我们老水手中间,有些人就是这么叫他的。你们没有见过他吧,是不是?"

"没有,我们还没有见过。他们说他病了,不过正在复原,不久就会痊愈。"

"不久就会痊愈!"陌生人笑起来了,是那种装腔作势又带着嘲弄意味的笑,"听着,如果亚哈船长痊愈了,那我的这条左臂也就痊愈了,不早不晚。"

"你知道他什么情况?"

"关于他,他们跟你们谈了些什么情况?说说看!"

"他们跟我们说的不多;只听说他捕鲸是个好手,对待船员是个好船长。"

"那是真的，那是真的——是的，这两条是千真万确。不过，他一下命令，你一定得雷厉风行。他抬腿就吼，吼完就走——人家就是这么说亚哈船长的。可是，好久以前在合恩角附近发生的那件事，他像死了一样整整躺了三天三夜；那件事他们一点都没有提吗？他在圣塔 ① 圣殿前和那个西班牙人的那场殊死搏斗，一点儿都没有听说，呃？一点儿也没有听说他往里吐痰的那个银葫芦 ②？他们也一点儿没有提到他如何应了预言，在上次航行中丧失了一条腿。所有这些事以及别的什么事你们一点儿都没有听说，呃？是的，我想你们没有。你们怎么会听说？有谁知道这些事？我想并不是所有的南塔开特人都知道。不过，无论如何，也许你们听说过那腿的事，他怎么丢掉那条腿的；我敢说，你们一定听说过。哦，是的，那事几乎谁都知道——我的意思是谁都知道他只有一条腿；谁都知道另一条腿给一条抹香鲸搞掉了。"

"喂，朋友，"我说，"我不知道你唠唠叨叨说的什么，我也不大在乎；因为在我看来，你脑子肯定出了点问题。不过，要是你说的亚哈船长，是那边那条'裴廓德号'的船长，那我可以告诉你，关于他丢腿的事我全清楚。"

"全清楚，呃——你肯定？——全清楚？"

"非常肯定。"

那个叫花子似的陌生人用手指指着"裴廓德号"，眼睛盯着，这样一动不动地站了一会儿，像是陷入了噩梦似的沉思中；然后，微微一惊，转过脸来对我们说："你们被雇用了，是不是？名字已经写在合同上了？好啦，好啦，签就签了，要来的终归要来；话又说回来，也许到头来不会怎样。不管怎么样，一切都已经定下来了，这都是老天爷安排的；我琢磨着，总得有水手跟他一起去，是这些人去，还是另外一些人去，反正都一样，上帝怜悯他们吧！早安，船友们，早安；愿冥冥上

---

① 秘鲁的一个港口，捕鲸船绕过合恩角后到达的第一个太平洋港口。

② 圣餐用的高脚银酒杯。

苍保佑你们;很对不起,我耽误你们啦。"

"喂,朋友,"我说,"你要是有什么重大事情要告诉我们,就说出来;不过,要是你只想捉弄我们,那你就找错了对象;我要说的就是这些。"

"说得好,我很喜欢人家这样直截了当地说话;他需要的正是你们——你们这种人。早安,船友们,早安!啊!你到了那里,请告诉他们我已经决定不成为他们中间的一员。"

"嗳,老伙计,你那样捉弄不了我们。一个人要装得好像知道个什么了不得的秘密,那是世界上顶顶容易的事了。"

"早上好,船友们,早上好。"

"早上是好,"我说,"走吧,魁魁格,别理这疯子。不过,且慢,请告诉我你的名字,好吗?"

"以利亚①。"

以利亚!我想了想,我们就走开了,两人按各自的方式对这个衣着褴褛的老水手评论了一番,最后我们一致认为,他不过是个企图吓唬人的招摇撞骗的家伙。但是我们走了也许还没有到一百码,正要拐弯时,我偶然回头一瞧,没想到以利亚竟跟在我们后面,虽然是远远地有一段距离。不知怎的,一看到他我的心就惊了一下。我也没对魁魁格说他在后面跟着,而是和我的同伴继续往前走,心里想倒要看看他是不是也跟着我们拐弯。他还真跟着拐了;看来他是在跟踪我们,可是究竟有什么意图我怎么也想不出。这种情况,再加上他那含含糊糊、半隐半露、云遮雾罩的一席话,不由得使我生出种种隐约模糊的猜想和担心,而这些无不牵扯到"裴廓德号",还有亚哈船长,以及他失掉的那条腿,还有合恩角的突然发病,那银葫芦及前一天我离开"裴廓德号"时皮勒船长所说的有关他的话,还有老太婆提斯蒂格的

---

① 见《圣经·旧约·列王纪下》,希伯来先知以利亚曾痛斥国王埃哈伯"出卖了自己,行耶和华眼中看为恶的事……"作者借用《圣经》中以利亚与亚哈的关系,来写书中的以利亚与亚哈的关系。

预言，我们已经签约的这趟航行，以及许许多多其他一时还看不清的事情。

我决心弄清楚这个衣着褴褛的以利亚是不是真的在跟踪我们，有了这个打算后，我和魁魁格特意穿过马路，到了对面后再往回走。可是以利亚却一直往前走过去了，似乎没有注意到我们。这使我松了一口气；同时再一次暗自断定，在我看来这也是终审判决，他不过是个招摇撞骗的家伙。

第二十章　全体出动

过了一两天，"裴廓德号"上一片繁忙。不仅旧帆在抓紧修补，新帆也运上船来了，还有一匹匹的帆布，一盘盘的索具；总之，一切都表明出海前的准备工作在迅速接近尾声。皮勒船长几乎从不上岸，而是整天坐在棚屋里密切注视着那些水手；比尔达则到各家铺子去采购供应品；那些雇来装货和整理索具的人都要忙到很晚才能结束。

就在魁魁格签约的第二天，凡是这条船上的水手投宿的客店都收到了通知：他们的行李必须在天黑前送上船去，因为谁也不知道什么时候开船。所以，魁魁格和我把行李运上船后，还是决定，只要船不开就一直在岸上过夜。看来他们在这种情况下往往通知得过早，结果船又过了好几天才起航。不过这也不足为奇；在"裴廓德号"一切就绪之前，有好多事情要做，不知有多少事情要考虑到。

谁都知道，好大一堆东西——床啦、平底锅啦、刀叉啦、铲子钳子啦、餐巾啦，以至于核桃夹子啦等等，全是居家过日子所必备的。捕鲸完全一样，因为它非得在辽阔的海洋上居家过日子达三年之久不可，远离食品杂货店、小贩、医生、面包店和钱庄。商船虽然也有同样的问题，但和捕鲸船比，程度上大不一样。且不说捕鲸船航程极长、捕鲸专有的设备种类繁多，而要在那些常去的偏僻港口补充设备根本不可能，你还必须记住，捕鲸船是所有船只中面临风险最大、最容易出各类事故的船，特别是决定捕鲸成败绝不可少的专用设备最容易遭到毁坏和损失。所以，必须准备好备用的小艇、圆木、绳索和标枪等等，除了备用船长和备用捕鲸船之外，几乎一切都要有备用品。

我们到达这个海岛后的这段时间内，"裴廓德号"最重头的物资储备已接近完成，包括牛肉、面包、淡水、燃料、铁箍和桶板等。不过，就如前面提到的，各式各样大大小小的零星物品又陆续被送到船上来，花了一段时间。

干取运工作的主要是比尔达的姐姐，一位非常果断、不知疲倦且心地善良的瘦弱老太太。她似乎下定决心，只要她力所能及，就要保证"裴廓德号"一旦到了海上之后绝不发现缺了任何东西。她一会儿给伙房拿来一坛子泡菜，一会儿把鹅毛笔送到大副的办公桌上，供他记航海日志，再一会儿又会拿来一卷绒布供背部害风湿的人护腰。从来没有一个女人比她更配得上叫慈善这个名字了，人人都叫她慈善大婶。这位菩萨心肠的慈善大婶就像是仁爱会的修女，到处忙个不停，随时准备全身心地使船上的人获得平安、舒适和安慰；这条船和她挚爱的弟弟有关，她自己也投资了几十块辛苦积攒下的银圆作为船股。

然而这位心地极好的公理会女教友却吓了我一跳。最后一天她上船来时竟然一手拿一把长柄油勺，一手拿一支更长的捕鲸枪。至于比尔达本人也好，皮勒船长也好，忙劲儿一点也不比她逊色。拿比尔达说，他随身带着一张所需物品的长长的单子，每送到一件，他就在单子上所记该物品的名字下作个记号。皮勒则不时从他那鲸骨窝棚里走出来，不是朝在舱口下干活的人吼叫，就是朝桅顶上装配索具的人吼叫，末了又吼着回窝棚去。

在准备工作忙碌进行的这些日子里，魁魁格和我经常到船上去看看。每去一次，我就问亚哈船长身体怎么样了，准备什么时候到船上来。对这些问题，他们的回答总是他现在一天比一天好，随时都可能上船；这期间，皮勒和比尔达两位船长，就尽可以筹备出海前所需做的一切事宜了。如果要我说句痛快话，我心里其实很明白，在没有见到亚哈船长之前，我并非全心全意想做这么长时间的一次航行。要知道船一旦驶向无边无际的大海，他就是说一不二的独裁者。但有时候就是这样，只要你已经陷进去了，哪怕你怀疑这事有点不对头，你也会不知不觉百般粉饰化解这种怀疑。我就是这种情况。于是我什么都没有说，也尽量什么都不去想。

最后终于宣布了第二天起航的时间。于是第二天早晨，魁魁格和我很早就离开了客店。

第二十一章　上　船

我们走近码头时还不到六点，东方还笼罩在一片灰蒙蒙的薄雾中。

"要是我没看错的话，有几个水手在那前头跑，"我对魁魁格说，"不可能是影子；我想，太阳一出来，船就要开啦，快走！"

"站住！"猛听到一声喊，喊的人随着就到了我们背后，两手搭在我俩肩膀上，然后挤到我俩中间，身子稍稍前倾地站住，在蒙眬的曙光中，先仔细瞧了瞧魁魁格，然后又瞧瞧我。原来是以利亚。

"上船吗？"

"请你把手挪开。"我说。

"喂，"魁魁格说，一抖身子，"走开！"

"那么，不上船了？"

"不错，我们要上船了，"我说，"可那关你什么事？你知不知道，以利亚先生，我认为你有点儿不太礼貌？"

"不、不、不，我倒不觉得。"以利亚说，用一种非常费解的眼神很慢、很奇特地望望我，又望望魁魁格。

"以利亚，"我说，"请你离开我们吧。我们还要去印度洋和大西洋，最好别耽误我们。"

"是这样吗？你们是，早饭以前就回来？"

"他疯了，魁魁格。"我说，"走吧。"

"喂！"我们刚走了几步，站着没动的以利亚又冲我们喊了一声。

"别埋他，"我说，"魁魁格，走。"

但是他又悄悄地跟了上来，突然一拍我的肩膀说："你刚才有没有看到有几个人朝那条船走去？"

这个单刀直入实实在在的问题让我一愣，我回答说："是的，我想我是看见了四五个人，可是很模糊，摸不准是不是人。"

"很模糊，很模糊，"以利亚说，"早上好。"

我们又跟他分开了，可是他又悄悄地跟了上来，碰碰我的肩膀说："看看现在还能不能找着他们，好吗？"

"找着谁？"

"早上好！早上好！"他回答道，又走开了。"啊！我本想警告你们——不过不要紧，不要紧——反正都是自家人——今天早晨霜很重，是不是？再见。我想得有一段时间见不到你们啦；再见面恐怕就是在大陪审团面前了。"说完这些疯疯癫癫的话，他终于离开了，当时我对他这种极端无礼的举动百思不得其解。

我们终于上了"裴廓德号"，发现船上非常寂静，没有一个人走动。舱门从里反锁上了；货舱口都上了盖，杂乱地堆放着索具。往前走到水手舱，我们发现那滑动的舱口开着，露出灯光。我们走下去，只看到一个上了年纪的索匠裹着件破烂的粗呢上衣直挺挺地躺在两个箱子上，脸朝下，埋在交叉的双臂里，睡得香极了。

"我们刚才看到的那些水手呢，魁魁格，他们到哪里去呢？"我满腹怀疑地瞧着熟睡中的老索匠说道。不过，这时我没头没脑提到的现象,魁魁格在码头上似乎根本就没有注意到;要不是以利亚那个无法解释的问题,我准会以为是自己刚才看花了眼。不过,我还是把这事搁下了;又指着那个在睡觉的人对魁魁格开玩笑地暗示说,我们不妨挺直身子像他一样在他身边坐下。魁魁格把手放在那个睡着了人的屁股上按了按,好像是摸摸看够不够软和;然后,二话不说,一屁股坐在上面。

“我的天,魁魁格,别坐到那上面。”我说。

“啊,很好的一个座位,”魁魁格说道,“我老家的坐法,不会伤着他的脸。”

“脸?!”我说,“你管那个叫脸?那倒是一张一团和气的脸;可是你瞧他呼吸得好困难,简直是在一吞一吐;下来吧,魁魁格,你太重了,会压坏那可怜家伙的脸。下来,魁魁格!听着,他很快就会把你给颠下来。真怪,他居然没有醒。”

魁魁格挪动身子,就在那人的脑袋边坐下,点燃了斧头烟斗。我坐在那人脚边。我们把烟斗在那人身上不断递过来递过去。这时,在我的追问下,魁魁格断断续续、结结巴巴地告诉我,在他那个海岛上,由于没有各种长短沙发,于是国王、酋长和其他头面人物一般都把一些下等人养肥了,拿来当有绒垫的椅子坐;同时为了把屋子布置得很舒适,你只需买上十来个懒汉,把他们散放在窗间墙边和凹壁里就行了。此外,这对外出旅行也很方便,比那种可以折叠成手杖的庭园坐椅要好得多;必要时,一个酋长会把他的侍从叫过来,要他在一棵亭亭如盖的大树下充当一张长沙发,也可能是在一块潮湿的沼泽地上。

魁魁格跟我讲这些事情时,每次从我手里接过斧头烟斗,总要把斧头那一面在那睡着的人头上比画两下。

“那是干什么,魁魁格?”

“很容易,杀掉他;啊!很容易!”

他沉浸在有关烟斗斧头漫无边际的回忆中,听起来这东西有两大用途,斧子这头用来砍碎敌人的脑袋,而烟斗那头则用来抚慰自己的灵魂。这时那个睡觉的老索匠突然引起了我们的注意。由于浓浓的烟雾这时已经充满了这狭小的舱房，这人开始有了反应。他先是呼吸时咕哝咕哝作响，然后鼻子似乎感到不太通畅，接着翻了一两个身，终于坐了起来，揉揉眼睛。

"喂，"他终于出声了，"你们这两个抽烟的是什么人？"

"是船上的水手，"我回答道，"什么时候开船？"

"哦，哦，你们是这条船上的，是吗？今天开。船长昨晚上了船。"

"哪个船长？——亚哈？"

"除了他还有谁，真是。"

我正想再问他有关亚哈的情况，突然听到甲板上响起了杂乱的声音。

"喂！斯达巴克起床了。"那索匠说，"他是个精力旺盛的大副，是个好人，一个虔诚的人，现在大家都动起来啦，我也得干活去了。"边说着，他边往甲板上走。我们随后跟着。

这时已是云开雾散的日出时分。不大一会儿，水手三三两两陆续上了船；索匠们忙开了；大副、二副、三副也都很忙；岸上还有几个人正在把最后一批各式各样的东西搬上船来。这期间，亚哈船长一直待在船长舱里，没有露面。

第二十二章　愉快的圣诞节

终于，将近晌午时分，索匠们最后一批离开了船，"裴廓德号"起锚离开了码头，一贯体贴人的慈善大婶带来了她最后的礼物——给她妹夫和二副斯塔布各一顶睡帽，给管理员一本备用《圣经》，然后坐捕鲸小艇离开了——这之后，两位船长，皮勒和比尔达，从舱里出来，皮勒转过身来对大副说：

"现在，斯达巴克先生，一切都安排妥当了吧？亚哈船长已经准备妥当——我刚才和他谈过了——再不要岸上送什么东西上来了吧，呃？好，那就叫所有的水手过来，在船尾这里集合——该死的家伙！"

"再忙也用不着骂娘，皮勒，"比尔达说，"你去吧，斯达巴克老弟，照我们的吩咐行事。"

这是怎么回事！眼见船就要起航了，皮勒船长和比尔达船长却还在后甲板上指手画脚，发号施令，好像他们将是海上的联合司令，一如船停靠在港口时那样。而亚哈船长，则至今还没有看见他的影子；只听他们说他在船长舱里。不过，话说回来，让船起动，并顺利行驶到海上，这些事儿都不是非要他在场不可。实际上，那根本就不是他的分内职责，那是领港的事；同时因为他还没有完全恢复——他们是这么说的——所以，他就待在舱里。所有这一切看来都是很自然的；特别是在商船上，许多船长在起锚以后好长时间都不在甲板上露面，而是待在船长舱里，跟他们岸上的亲朋饮酒告别，一直到他们最后和领港一起离船为止。

不过，已经没有多少时间来考虑这个问题，因为皮勒船长这时非常活跃。训话和下令似乎主要由他独揽，比尔达不大参与。

"都到船尾这儿来，你们这些兔崽子，"看到水手们还在主桅旁磨磨蹭蹭，他嚷起来，"斯达巴克先生，把他们都撵到船尾来。"

"把那边的帐篷拆掉！"——是第二道命令。我前面已经提到，这鲸骨大帐篷只是在船进港以后才搭起来；在"裴廓德号"上，三十年来，谁都知道下令拆帐篷是起锚之后的第一件事。

"卷绞盘！给我上！"——这是第三道命令，水手们赶紧使劲转起那水推杆来。

到了眼下这出海时分，领港总是站在船头部位。而这个比尔达，除了其他职务外，还是南塔开特领了执照的领港，皮勒也一样——大家怀疑他之所以要做领港，是为了给他有股份的船只节省一笔领港费，因为他从不为别的船领航——比尔达，嘿，这时正在船头全神贯注地看着那只越来越近的铁锚，隔三间四还唱上几句沉闷的赞美诗，为绞车前的水手鼓劲。而水手们却都放开了嗓门，真心实意地合唱着关于布布巷风化区①姑娘们的歌儿。然而，两三天前，比尔达还跟他们说过，不准在船上唱亵渎神圣的歌，特别是在船启动的时候；而他的姐姐慈善大婶则在每个水手的铺位上放了一本瓦茨②的圣海精选手册。

这时，皮勒船长在船尾照料，只见他暴跳如雷，破口大骂，骂得难听极了。我还真有点怕锚还没起来船倒给他弄沉了。想到刚要开始航行就碰上这么个魔鬼做领港，今后我们两个不知要冒多少风险，我不由得住了手，往杠子上一靠，并要魁魁格也住手。然而我又自我安慰，心想也许可以指靠虔诚的比尔达得救，尽管他曾经只同意给我七百七十七分之一的红利，正出神时，我突然觉得屁股上给人狠狠地捅了一下，回过头来一瞧，不禁大惊失色，那幽灵般的皮勒船长正从我身边把他的一条腿缩回去哩。这是我挨的第一脚。

"在商船上也是这么起锚的吗？"他大吼道，"绞呀，你这蠢货；给我使劲绞！你们为什么不绞，喂，你们大家——绞呀，廓霍格！使劲绞，你这红胡子的！绞那里，戴无边帽的！使劲呀，那穿绿裤子的！绞呀，喂，你们大家，把吃奶的力都使出来！"他一边嚷着，一边绕着绞盘走，东一下西一下由着性子踢人。比尔达则继续领着大家唱赞美诗。我心想，皮勒船长今天肯定喝了酒。

锚终于绞上来了，帆也升起了，我们便出海了。那是个短促寒冷的圣诞节。当短短的北方冬日消失在黑夜中时，船只已几乎进入了冬天的大海，滴水成冰的浪沫使我们陷入冰封之中，犹如披上了一身光亮的盔甲。舷墙上一长排一长排的冰齿在月光下闪闪发亮，巨大的弯弯的冰凌像巨象的长牙从船首垂了下来。

---

①　英国利物浦港的一个水手光顾的污秽、淫荡、犯罪率高的风化区。

②　埃塞克·瓦茨于1719年出版的《依新约圣经行文仿作的大卫王赞美诗》。

瘦长的比尔达，作为领港，带领人值第一班。当这条古老的船深深扎进碧绿的海面时，整条船蒙上了一层寒霜，在狂风呼啸，索具咯咯作响的声音中，不时可以听到比尔达沉着镇静的歌声：

> 滔天的洪水尽头是芬芳的田野，
>
> 一望翠绿玉立亭亭。
>
> 宛如犹太人眼中的古迦南①。
>
> 约旦河滚滚奔流其间。

这美妙的歌词在当时听来真是比任何时候都更悦耳动听。它们充满了希望与憧憬。尽管狂暴的大西洋上冬夜寒冷难当，尽管我双脚湿漉漉，上衣湿淋淋，但当时我似乎觉得，前面有很多可以躲避风雨的快乐天地；草原和林中空地永远是那样充满生机，一到春天便是一片新绿，无人践踏，不会枯萎，繁密茂盛一直到盛夏。

终于我们驶出了海面很远，不再需要这两个领港了。那条一直跟着我们的结实的小帆船开始靠到我们的船边来。

看到皮勒和比尔达，特别是比尔达船长，在这个时候竟然大动感情，很令人好奇但并非感到不愉快。因为他们还不愿意离船；非常不愿意就此离开一条航程如此漫长而又危险的船——要航行到合恩角和好望角两个多风暴的海角以外去；要知道他在这条船上投资了好几千块辛辛苦苦赚来的银圆；这条船的船长，一位和他年纪相当的老朋友，又将担着极大风险和无情的鲸鱼打交道。比尔达不愿意去向一项从各方面来说都使他感到兴味无穷的事业告别——可怜的比尔达老头有很长时间都恋恋不忍离去，他焦虑地在甲板上踱来踱去，一会儿又跑下船长舱去说句告别的话，一会儿又回到甲板上来，望望上风头，望望那一望无际的水面，望望那远得看不见的东方大陆，望望陆

---

① 迦南为古圣地，在现巴勒斯坦的地方。

地、望望上空、望望左边右边，每一处都望到了又哪儿都没有望到。最后，他机械地把一根绳子绕在栓子上，哆哆嗦嗦地抓住皮勒的手，举起一只灯笼，站了一会儿，满怀豪情地凝视着他的脸，好像在说："只好这样，皮勒老弟，我能挺住；真的，我能挺住。"

至于皮勒，他对待这件事却像个哲学家一样；但是他再怎么想得开，那灯笼靠近他的脸时，也能看见泪水在他的眼眶里闪烁。他也不只一次舱里、甲板跑上跑下——一会儿在舱里说上一句，一会儿又跟大副斯达巴克说上一句。

最后他终于用一种送君千里终须一别的果断口气对他的伙伴说："比尔达船长，老船友，咱们得走啦。放下主桅下桁！小船，喂！准备靠拢，咳！小心，小心！比尔达，老伙计，说再见吧。祝你好运，斯达巴克——祝你好运，斯塔布先生——祝你好运，弗拉斯克先生——再见啦，祝你们大伙好运——三年后的今天，我会在南塔开特老家准备好一顿热气腾腾的晚饭等待你们。好哇，走啦！"

"愿上帝保佑你们，它的圣灵永远守护你们，朋友们。"比尔达老头几乎是前言不搭后语地念叨，"希望你们遇上好天气，这样，亚哈船长很快就可以在你们中间走动啦——他缺的就是好太阳，你们会走过热带，旅途上好太阳会有的是。你们几位副手，捕鲸时要小心。你们几位标枪手，没有必要不要拿小艇去冒险；上等白杉木板今年内足足上涨了百分之三。也别忘了做祷告。斯达巴克先生，提醒那个桶匠别浪费了备用的桶板。哦！缝帆针都搁在那个绿色橱柜里！主日里别捕得太多，朋友们；可是也别错过了好机会呀，那是等于拒收上天的佳礼啊。那个糖浆桶得留点神，斯塔布先生；我记得有点漏。船要是停靠海岛，弗拉斯克先生，注意别去乱搞女人。再见，再见啦！别让乳酪在货舱里搁得太久，斯达巴克先生，会坏的。黄油要省着点吃——两毛钱一磅哩，再提醒你一句，要是——"

"得啦，得啦，比尔达船长；别没完没了——走吧！"皮勒随即催他翻过船舷，于是两人双双落进了小船。

大船和小船分开了。寒冷潮湿的夜风在两者之间穿过。一只尖叫的海鸥在头上盘旋。两条船都颠簸得很厉害。我们发出了三声抑郁的呼喊后,就像命中注定似的盲目冲进了寂寥的大西洋。

第二十三章　下风岸

几章前,我曾提到有个叫布金敦的小伙子,一个刚上岸的高个子水手,是在新贝德福的一家客店里碰到的。

在那个冷得令人直哆嗦的冬天,"裴廓德号"迎着冰冷的恶浪一头扎进波涛的时候,我发现掌舵的竟是布金敦!仲冬时他刚结束一趟为期四年的危险航程上岸,居然毫不休息地奔向另一趟仍充满风险的航程。我对他既同情,又敬畏。陆地对他来说好像烫脚似的。世界上最令人惊奇的事情往往是难以表达的;最深切的思念不会写在墓志铭上;这短短的一章就是布金敦没有墓碑的坟墓。我只想说一句,他的处境就像一条风雨飘摇的船,正艰难地顺下风岸行驶。港口倒很愿意援助的;港口是慈悲为怀的;进了港口,便是安全、舒适、融融炉火、晚饭、暖和的毛毯、朋友,这一切对于我们人来说都是亲切美好的。然而在那样的暴风中,港口、陆地便成了船只最大的威胁;它必须拒绝一切款待;只要稍微碰一下陆地,哪怕只是龙骨被轻轻擦一下,整个船身都会颤抖不已。它必须扯起满帆远离海岸;在离岸的同时,还必须抗拒那会送它回家乡的风。它再一次去寻找那风急浪高的海上的一片汪洋;为了避难反而孤独无助地自投险境;它唯一的朋友反而成了它不共戴天的死敌!

现在,你明白了吗,布金敦?你似乎多少看清了一点那难以忍受的真理;一切深刻认真的思考都只不过是灵魂无畏的拼搏以求保持它海阔天空的独立性;而天地间最狂暴的风则勾结在一起一心要把它抛到那貌似忠诚、奴性十足的海岸上。

不过，正因为最高的真理仅仅存在于广阔无垠中，犹如上帝般无所不在，变幻不定，因此，在那呼啸的无垠中死去远远胜过屈辱地奔向下风头，即使下风头可以活命。因为谁愿意像一条虫似的怯懦地爬上岸去？那太可怕了！难道所有这些殊死的斗争真是那么白费力气？鼓起勇气来，鼓起勇气来，啊，布金敦！咬紧牙关挺住吧，你这备受尊崇的人！冲出危险的浪花，跃上你完美的顶峰！

第二十四章　辩护人

由于魁魁格和我现在正式干上了捕鲸这个行当，也由于这个行当不知怎的在陆地居民看来是种既不风雅也不体面的职业，所以，我万分急切地想要说服你们，陆地上的居民们，这样看待我们这些捕鲸人是不公平的。

首先，一个不容讳言的事实是，捕鲸这个行当在一般人看来不能和所谓的自由职业相提并论。如果把一个陌生人引进大城市任何一个五花八门的社交团体，比方说，把他作为一个标枪手介绍给大家，也只会稍微提高一点儿常人对他的长处的看法；但如果他仿照海军官员，也在名片上印上他职业的简称字母 S.W.F.（抹香鲸猎捕业的英文缩写），人家就会认为这种做法过于狂妄自大、可笑之至了。

毫无疑问，世人之所以拒绝给我们捕鲸人以应有的礼遇，一个主要的理由是：他们认为我们的职业说到底也只不过是屠宰业的一种；凡是积极从事这一行当的人们都会被说得一无是处。我们是屠夫，那不假。但是，世人无不乐于尊崇的所有陆海军司令也都是屠夫，而且是最最嗜血成性的屠夫。至于说到我们这个行业的污秽之处，我马上可以提供你某些至今罕为人知的事实，它们，总的来说，将无可辩驳地将捕鲸船列为我们这个干净的地球上最干净的事物之一。再说，即使上述指责所言不虚，试问又有哪条捕鲸船杂乱无章的甲板比得上那陈尸遍地、恶臭难扬的战场？而从那种战场上归来的士兵，太太小姐们还给他们敬酒，热情地赞颂他们哩。如果那种以风险论英雄的想法大大提高了公众对于士兵职业的评价，那我可以跟你打赌，许多曾满不在乎地走上炮台的老兵猛一看到抹香鲸那在他头上刮起一股旋风的巨大尾巴，准会吓得飞快退缩。因为人类所能理解的恐怖怎能同上帝的奇观和恐怖二者合而为一的东西相比呢？

不过，虽然世人瞧不起我们捕鲸人，他们却在不知不觉间对我们表示了最大的敬意；而且，简直是十二分地崇拜！因为差不多点燃在世界各地的所有大小灯烛，与点燃在神龛前的巨蜡一样，都在赞美我们。

不妨再让我们从其他角度来看看捕鲸业，用各式各样的天平来掂掂它的分量，看看我们捕鲸人究竟是些什么样的人，又曾经干过些什么。

为什么在德·威特时代①的荷兰曾经任命将军来指挥捕鲸舰队？为什么法国的路易十六自己掏腰包到敦刻尔克装备捕鲸船，并从我们南塔开特岛聘请好几十户人家去敦刻尔克落户？为什么英国在一七五〇至一七八八年之间给捕鲸人员的奖金高达一百万镑以上呢？最后一点，我们美国现在的捕鲸人数超过世界上所有其他有组织的捕鲸人的总和，这又是怎么回事？捕鲸船队的船只数目高达七百艘，配备的人员达一万八千人，每年耗费达四百万美元，处于服役期的船只总值达二千万美元，每年运回我们港口的收获高达七百万美元？如果在捕鲸业中没有某种很有威力的东西，又哪来的这一切？

不过这连一半都不到；请再往下看。

———————————

① 荷兰政治家，致力于发展工商业。

　　我不客气地断言，任何一个以全世界为己任的哲学家无论如何也无法指出在过去六十年中有任何非暴力的力量对全世界所起的作用，超过了不可一世的捕鲸业。捕鲸业总是这样那样地引发了许多重大事件，这些又大大影响随后发生的事情，因此满可以把捕鲸业比作那位埃及母亲①，她那下一代还在腹中没有出世，就又孕育了再下一代。要把所有这些事件分门别类一一写下来，那会是一件永远写不完的白费力气的工作。让我们在这里简单地列举几件吧。多少年来，捕鲸船成为发现地球上最遥远，最罕为人知的地方的开路先锋。它远征过没有海图、并且连库克和温哥华②都没有去过的海洋和群岛。欧美的兵舰今天之所以能平安地停泊在一度为野蛮人所有的港口里，是应该向捕鲸船鸣炮致敬的，是捕鲸船最先给他们引的路，也是捕鲸船首先在他们和野蛮人之间作了沟通。他们尽可以随意歌颂他们远征探险的英雄，那许多位库克和许多位克鲁生斯丹恩③；不过要我说，数以十计不为人知的来自南塔开特的船长，和你们的库克你们的克鲁生斯丹恩同样伟大，甚至还要伟大得多。因为他们曾孤立无援、赤手空拳地，在隶属于异教徒的、鲨鱼出没的海域上，在海图上没有记载的、荆棘丛生的海岛旁，和前所未见的怪异与恐怖作战。而率领大队船只、配备有毛瑟枪的库克们，不见得有勇气挺身去试试。所有那些在以往的南海航行中被大肆宣扬的东西；在我们英勇的南塔开特人一生中不过是平常之事，温哥华专门拿出两三章来写的冒险事迹，在这些人眼中，连船上普通的航海日志中都不值得落下一笔。这世道啊！这世道啊！

　　在捕鲸船绕过合恩角进行作业之前，欧洲与太平洋沿岸那一长列富饶的西班牙诸省之间，除了殖民性质的商业之外，没有商业往

---

　　① 指埃及神话中埃西斯和奥西里斯的母亲。

　　② 詹姆斯·库克船长曾在十八世纪七十年代探测太平洋，乔治·温哥华曾随库克进行第二次、第三次太平洋航行，并将美洲西北部海岸画成地图。

　　③ 俄国海军将军，曾指挥一支考察队勘测太平洋。

来，除了殖民性质的交流之外，没有其他交往。是捕鲸船率先打破了西班牙王朝对于那些殖民地刻意防范的独霸政策，接触到那些殖民地。要是有足够的篇幅，我可以很清楚地说明，那些捕鲸船是如何最终把秘鲁、智利和玻利维亚从早期西班牙的枷锁下解救出来，并在这些地区永久建立了民主制度。

澳大利亚相当于地球另一边的伟大的美洲，它就是由捕鲸船交付给文明世界的。在一个荷兰人歪打正着①发现它之后，其他船只都把那一带海岸当作疫病流行的蛮荒之地而长期远远地躲开；只有捕鲸船在那里停留。捕鲸船才是现在那强大的殖民地的母亲。此外，头一批移民在澳大利亚定居的初期，多次依靠在那一海域偶然抛锚的捕鲸船施舍的饼干才免于饿死。玻利尼西亚②无数的小岛也有过同样的情况，因而在贸易上给予捕鲸船很多优惠，这就为传教士和商人开辟了道路，捕鲸船还有不少把初期的传教士送上头一批目的地的事例。如果说日本这个关门上锁的岛国最终也变得好客起来，那完全得归功于捕鲸船，因为捕鲸船已经来到它的大门口。

但是，假如在所有这些事实面前，你仍然声称，从美学观点上说，捕鲸业丝毫不能引起任何值得赞美的联想，那我就准备拿起长矛跟你斗上五十回，每次准杀得你丢盔卸甲，败下阵来。

你会说，没有哪位著名的作家写过大鲸，也没有哪位著名的编年史家记载过捕鲸业。

没有哪位著名的作家写过大鲸，也没有哪位著名的编年史家记载过捕鲸业吗？那有关我们的大海兽的头一篇报道是谁写的？不是伟大的约伯吗！关于捕鲸航行的头一篇记事又是谁写的？此人非别人，乃是赫赫有名的艾尔弗雷德大帝③亲自执笔把当时的挪威探险家

①　1606 年荷兰船长威廉·扬茨将"裘夫肯号"开到约克角半岛西岸，据说他是最先看到澳洲海岸的人。
②　大洋洲在太平洋中部三大岛屿群之一。
③　英国国王，曾在其著作中插入一段挪威捕鲸人口述捕鲸情景的情节。

沃瑟①所说的记下来的吗！又是谁在议会里对我们致以热情洋溢的颂词？不是埃德蒙·伯克②又会是谁！

这都一点也不假，可是话说回来，捕鲸人本身到底都是些可怜虫；他们出身贫贱。

他们出身贫贱吗？在这一点上他们有胜过皇室出身的东西。本杰明·富兰克林的祖母玛丽·莫雷耳嫁到了福尔杰家，南塔开特一个老殖民世家，这家人以后好几代都是捕鲸船上的标枪手，都是高贵的本杰明③的亲戚。今天，他们还在投掷带钩的铁标枪，从世界的这半边投到了那半边。

这也说得不错；不过不知怎的，大家都觉得捕鲸不值得人尊敬。

捕鲸业不值得人尊敬？捕鲸业是属于皇室的！根据英国有关的古老法规，鲸被定为"王家鱼种"④哩。

哦，那只不过是虚有其名！鲸鱼本身从来不登大雅之堂。

鲸鱼本身从来不登大雅之堂吗？一位罗马将军凯旋，在进入全世界的首都时，人们为他举行了一次盛大的凯旋仪式，在鼓钹喧天的行列中，一副从叙利亚沿海一路护送回来的大鲸骨骸不是最引人注目的东西吗？

既然你这么旁征博引，就算是这样；可是，不管你怎么说，捕鲸业没有什么真正的尊严可言。

没有真正的尊严可言吗？我们行业的尊严，可是连老天爷都承认的。鲸鱼座就是南天的一个星座！还有什么可说的！在沙皇面前你压低帽子，而对魁魁格你就脱帽致敬吧！再也不需要说什么了！我认识一个人，他一生中捕获过三百五十条鲸。我认为那个人比古代

---

① 九世纪挪威航海家。

② 英国政治家，作家。在一次就美国殖民地的演说中，他赞扬新英格兰的捕鲸人的功绩及捕鲸业所取得的进展。

③ 美国独立战争时期的政治家、科学家，他的祖母曾于1663年与其丈夫定居在南塔开特。

④ 英王爱德华二世在他的法令中宣布鲸鱼为一个王家鱼种。

那位夸耀攻下了三百五十座城池的大将更了不起。

至于我本人，万一有一天，在我身上发现了什么至今未被发现的可取之处，如果我在这个沉寂的世界里还配有一点我自问受之无愧的可以真正追求的声名，如果今后我能够做一点总的来说人人都想完成而不想半途而废的事情，如果在我死后，我的遗嘱执行人，说得更合适一点，我的债权人，在我的抽屉里找到了什么珍贵的手稿，那我要在这里预先把一切荣誉和光荣全归之于捕鲸业，因为捕鲸船便是我的耶鲁大学和哈佛大学。

第二十五章　附　言

为了维护捕鲸业的威严，我很乐意提出一些有根有据的事实。但是，一个辩护人，在摆出事实之后，对他所辩护的事业可能极有说服力而又言之成理的推测竟只字不提——这样一个辩护人，难道不该受到责备？

谁都知道，国王或女王举行加冕礼时，要为他们举行某种稀奇古怪的仪式，使他们为以后履行自己的职责受一次锻炼，这种情况就是现代也一样。有一种所谓盐缸式的仪式，也可能有一种调味瓶式的仪式。他们究竟怎样用盐的——谁知道呢？然而，我可以肯定的是，加冕时国王的脑袋是一丝不苟地抹上了油的，甚至抹得就像是一盆色拉。他们给国王的脑壳抹油的意图是不是像跟给机器抹油一样，好让脑壳内部运转得灵活些呢？这一庄严的皇家规矩大有可玩味之处，因为在日常生活中，一个人头发上抹油，并且抹得油香扑鼻，是让人瞧不起的。老实说，一个有脑子的人，除非是作为外敷用药，否则是不使用发油的，抹了油的，很可能是什么地方有块癞疤。要不，一般来说，这个人不可能有多大出息。

不过，这里唯一要考虑的事情是——加冕时用的是什么油？肯定不会是橄榄油，也不会是植物性发油、蓖麻油、熊油、普通鲸油，或者鱼肝油。那么，除了未经加工、未受污染的、在所有油中最纯净的抹香鲸油以外，还能有什么别的油呢？

想想看，你们这些忠诚的不列颠人！是我们捕鲸人供应你们的国王和女王加冕用的涂料呢！

🐋 第二十六章　骑士和随从（上）

"裴廓德号"的大副是斯达巴克，土生土长的南塔开特人，祖祖辈辈都是公理会会友。他身材修长，秉性热诚，虽然出生在冰天雪地的海滨城市，但似乎很能适应热带气候，他那一身肉硬得就像是烤过两次的饼干。即使把他运到东印度群岛，他身上的血也不会像瓶装艾尔酒一样变酸。他一定是出生在大旱闹饥荒期间，或者是在他的国家盛行的某个禁食日。他只经历过大约三十个干旱的夏季；那些个夏季把他烤得干干的，全身没有一点多余的肉。然而他的干瘦，似乎不是为焦虑烦忧所消损，也不像是身体有病的迹象，仅仅是整个人凝缩成了这个样子。他决不是病容满面；恰恰相反，他干净紧绷的皮肤非常贴身；紧裹在里面的是内在的健康和饱满的精力，像是一个复活过来的古埃及人。这个斯达巴克似乎准备好了要忍受未来漫长岁月的磨难，而且就像现在这样地忍受；因为不管是南极的冰雪还是赤道的太阳，他内部的生命力就像丝毫不受影响的航海时计，保证他在任何气候条件下都能应付自如。往他的眼睛深处瞧去，你仿佛可以看到仍滞留在那里的他一生中泰然身历的无数危难的影像。他坚定沉着，他的一生绝大部分是很有感染力的表明他的为人的行动的哑剧，而不是平平淡淡地由声音组成的篇章。然而，尽管他非常冷静坚毅，他身上的某些品质有时却影响更大，甚至在某些情况下几乎起了一边倒的作用。作为一个海员，他认真非凡，生来就对大自然怀有深深的崇敬，但长期生活在荒凉的海上那种孤独感便促使他变得非常迷信；不过他这种迷信，不知怎的，似乎与众不同，与其说是出于无知，不如说是来自智慧。他善于根据外部的兆头和内心的预感行事。如果说这些东西有时软化了他那焊铁般的灵魂的话，那他对他那远在家乡的年轻妻子和孩子的思念就更加柔化了他性格中原有的粗犷，使他更易于接受那些潜在的力量的影响。这些潜在的力量会让一些心地正直的人克制住那种拼命三郎似的冲动，这种冲动在捕鲸业非常危险又复杂多变的情况下表现得太常见了。"我绝不允许在我的小艇上有一个不怕大鲸的人。"斯达巴克说。他这话的意思似乎是说，最可靠、最有实效的勇气来自对所遭遇到的危险作出清醒正确的判断，不仅如此，一个完全无所畏惧的人比起胆小鬼来是更加危险的伙伴。

"对，对，"二副斯塔布说，"斯达巴克这个人，是捕鲸业中你能见到的最为小心谨慎的人啦。"不过，斯塔布心目中，或者差不多所有其他捕鲸人心目中的"小心谨慎"究竟是什么意思，我们很快就会明白的。

斯达巴克绝不是那种一味追求惊险刺激的十字军武士；他从不把勇敢看作一种内在的情操，而是一种对他有用，在碰到迫不得已的情形时，总能呼之即至的东西。此外，他也许认为在捕鲸这个行业中，勇敢是一条船上万分紧要的必备物品之一，就像牛肉和面包，是不能白白地浪费掉的。因此，他不喜欢在日落之后还放下小艇去追捕大鲸，也不赞成和一条过于顽抗的大鲸一直斗下去。因为，斯达巴克认为，我来到这凶险的海洋来捕杀大鲸为的是谋生，而不是来充当鲸鱼的食物让它们吃掉。斯达巴克清楚得很，成千上万的人就是这样给吞掉的。他的亲生父亲是怎么死的？在那深不可测的海洋里，他又到哪里去寻找他哥哥被撕碎的残肢断臂？

脑子里有了这样一些回忆，又如前面提到过的某种迷信，斯达巴克的胆量虽然还在，但确实到了无以复加的地步。不过，对于一个具备他这样素质的人，有他这样可怕的经历和回忆的人，这些东西居然没有在他身上引发一种因素潜伏下来，在适当的条件下，突破理智的控制，激发起他所有的勇敢，这不符合常情。不过，就算他很勇敢，那也主要只是一种见之于一些无所畏惧的人的那种勇敢，那种勇敢虽然通常能坚定不移地对抗海洋、风暴、大鲸，或者世界上任何非理性的恐怖力量，却抵挡不住那些属于精神上的更大的恐怖，因为那些恐怖有时会通过一个强有力的人暴怒之下的一皱眉、一板脸使你感到威胁。

但是，假如以下的叙述会通过实例把可怜的斯达巴克的大无畏精神贬得一钱不值，我真有点不忍心写下去；因为揭露灵魂中那种勇敢精神的崩溃实在是一件最让人难过而且最令人震惊的事情。人可能像联合证券公司或者国家一样极其可恶，世界上也会有恶棍、傻瓜、杀人犯，也有人有一张卑劣难看的枯槁的脸。但是我们理想中的人类，应该是非常高贵而又容光焕发，应该是雄伟堂皇而又光彩照人的生物，因此他要是有了不光彩的污点，他所有的同伴都会赶紧用他们最贵重的袍子把它掩盖好。我们在自己内心所感觉到的那种男子汉气概，深藏在我们内心的最深处，即使外在的性格都似乎消失之后，它仍然完整无损；因此，它对一个丧失了男子汉气概的人赤裸裸的形象感到泣血椎心。即使是最虔诚的人，看到这样一种可耻的景象，也免不了要责怪几句那不予制止的命星。但是我所说的这种令人肃然起敬的尊严，并不是帝王将相的那种尊严，而是大量存在于平民百姓中。你会看到它在挥镐抡锤的人的胳臂上发光。那种平民的尊严，从上帝那儿四面八方无边无际地辐射出去。他自己！伟大至尊的上帝！天下子民的中心和四周！他的无所不在，赐给了我们神圣的平等。

那么，如果今后我把高贵的品质（虽然并不明显）献给那些最卑贱的水手、叛教者和为人不齿者，如果我围绕他们编织出崇高的悲剧美，如果我甚至让他们中间最悲伤、最卑微的一员完善自我达到崇高的顶峰，如果我给那个工人的臂膀添上一抹灵光，如果我给他悲惨的日落铺上一片彩虹，那么，请别理睬凡人的批评，证明我没有做错吧，你公正的民主之神！你的仁爱已经犹如天幕将我们一视同仁地覆盖！请证明我没有做错吧，你伟大的博爱之神！你连那邪恶的罪犯班扬①，那脸色苍白、罕见的诗人都没有抛弃；你甚至用千锤百炼的纯金叶包扎了塞万提斯那穷老头的断臂；你还从卵石堆中捡起安德鲁·杰克逊②，把他扔上战马，并让他登上了比王位还高的宝座！你以有力的步伐走遍大地，不断地从你气概不凡的子民中挑选出最优秀的战士。请证明我没有做错吧，上帝！

第二十七章　骑士和随从（下）

斯塔布是二副，科德角人，因此，按照当地的习惯，人们都叫他科德角佬。他是个乐天派，胆子不小，但绝不逞英雄，危险当前，满不在乎，在追击鲸鱼的危急时刻，总是不辞劳苦，沉着镇定地忙个不停，就像个雇来干一年的刚出道的细木工。他脾气好，人随和，有点儿马虎，指挥他的捕鲸艇打起生死难卜的遭遇战来，就像举行晚宴似的，他的水手都是他请来的客人。他喜欢把他的小艇布置得舒舒服服的，就像一个驿站马车夫喜欢把他的车座弄得舒舒服服的一样。逼近大鲸时，在生死立见的决战中，他冷静潇洒地投出他那支无情的鱼枪，就像一个吹着口哨的补锅匠摆弄榔头一样。他能在鲸鱼就在贴近他的地方被激怒时，嘴里依然哼着家乡陈旧的小曲儿。对斯塔布来说，长期的海上生活已经使他习惯于把意味着死亡的鲸鱼的血盆大口看成了安

---

① 英国作家，《天路历程》的作者，曾因不肯放弃非国教的传道而入狱。
② 美国第七任总统。

乐椅。对死亡本身他是怎么想的，谁也说不上来。连他究竟是不是想到过死都是个问题。不过假如酒醉饭饱之余，他的思想还真的偶尔转到那方面去的话，那毫无疑问，他准像一个好水手那样，把它看成是一种叫值班人上桅顶的呼唤，去全力寻觅他只有在听到号令之后才能找到的东西。

在这个世界上，随处可见兢兢业业的小贩，背负重载，被压得直不起腰来，而斯塔布肩负着死亡的重担却能一路上走得轻松愉快，逍遥自在，无所畏惧，之所以能如此，也许还有什么别的东西在起作用，也许还有什么别的东西使他具有那种近乎离经叛道的半庄半谐的性格；那个东西一定就是他的烟斗。因为他那又短又黑的小烟斗，像他的鼻子一样，是他脸部的一个固有特征。他一早从床上爬起来，只要他的鼻子还在，你就会看到他的嘴里叼着烟斗。他随时准备好了一整排装好了烟丝的烟斗，插在床头一个伸手可及的架子上。他一上床，就一只一只地抽个遍，拿将灭的这一个点燃另一个，一直到架子上的烟斗全部抽完为止，然后又给所有的烟斗重新装上烟丝，以便接着再抽。斯塔布起床的第一件事，不是先套上裤子，而是先叼上烟斗。

我认为这样连续不断的抽烟至少是形成他那种独特气质的原因之一。因为谁都知道，这地面上的空气，无论是陆地上的还是海上的，都是从不计其数的死于不知名疾病的人的口中吐出来的，正如霍乱流行时，许多人在外面走动时都用一块有樟脑气味的手绢掩住嘴，斯塔布的烟气也许起了一种防止感染人间一切苦难的作用。

三副是弗拉斯克，蒂斯伯里人，那是在马撒的维因耶德。一个五短三粗脸色红润的小伙子，一讲到鲸鱼就爱和人争吵不休。不知怎的，他似乎认为这巨兽既冒犯了他个人，也冒犯了他祖辈，因此对他来说，只要碰上了鲸鱼就非得把它们干掉不可，这是一个荣誉攸关的问题。有关那巨兽威风凛凛的块头和神出鬼没的举止，他没有丝毫敬意；碰上它们时有可能面临危险的心态已经全然麻木，以致在他看来，这堪称海中一绝的大鲸只不过是一种放大了若干倍的老鼠，或者说水老鼠而已，只需稍微动动脑子，再花上一点时间和力气就可以把它给宰了烹了。他这种无知的、无意识的无所畏惧使他在和大鲸打交道时显得有点滑稽。他追击大鲸是为了寻开心，因而一趟为期三年远至合恩角的航程对他来说只不过是一件延续那么长时间的开心事罢了。正如木匠的钉子有粗细之分，人也可按此划分。小伙子弗拉斯克属于粗钉那一类，这类钉子造来就是为了要钉得紧、经得耐久。"裴廓德号"上的人都管他叫顶梁柱，因为从体型上说，他很像在北极捕鲸船上被称为顶梁柱的那种又短又方的木柱；这种木柱四周插上呈辐射状的桁木，用来支撑船身抗击海浪不断的猛烈冲击。

这三位副手——斯达巴克、斯塔布和弗拉斯克，都是船上举足轻重的人物。根据传统惯例，他们分别统率"裴廓德号"上的三条小艇。在亚哈船长很快就要组织起来的追鲸的大阵式下，这三位头目便成了联合船长。他们每人都有锋利的捕鲸枪，好比是枪骑兵中三个最突出的枪手，即使是在标枪手中间也数得着。

在这种闻名的捕鲸业中，每位副手或者头目就像中世纪的骑士那样，总是配有各自小艇上的舵手或标枪手作随从，这些人会在某些节骨眼儿上，即当原先那支枪在攻击中拧坏了或者弄弯了时，递上一支新的鱼枪；而且由于这两种人之间通常都有很亲密的友谊，所以如果我在这里写下哪些人是"裴廓德号"上的标枪手以及哪个标枪手跟随哪位头目，我想是完全应该的。

头一个要说的便是魁魁格，大副斯达巴克把他挑去作了自己的随从。不过魁魁格我们已经很熟悉了。

第二个便是塔希蒂格，是从格黑德（马撒维因耶德最西端的一个海岬）来的纯种印第安人。在格黑德至今还残留少数红种人，邻近的南塔开特海岛上许多最大胆的标枪手就是来自那里。在捕鲸业中，人们通常按他们的出生地叫他们格黑德佬。塔希蒂格有一头又长又细的黑发，高高的颧骨，以及对一个印第安人来说够黑够圆的眼睛——大得像是东方人的眼睛，炯炯有神得像是南极人的眼晴——这一切足以肯定他是那些自豪的武士猎手的纯种后代,他们为了搜索新英格兰大角麋鹿,手持弓箭,跑遍了本土的原始森林。但是塔希蒂格现在已经不再在山林中嗅着气味追寻野兽的踪迹,而是来到海上跟踪追击大鲸了;儿孙的百投百中的标枪毫不逊色地取代了先辈百发百中的神箭。只要看到他那蛇一般柔软的四肢上的茶色肌肉,你就几乎会相信一些早先来到这里的清教徒的迷信之说,并且很有可能半信半疑地认为这个野蛮的印第安人就是魔王的儿子。塔希蒂格是二副斯塔布的随从。

标枪手中数第三的是达格,一个黑如煤炭的巨人,是个黑种野蛮人,走起路来像狮子,活脱一个亚哈随鲁王①。他耳朵上挂着两个大金箍,水手们都管它们叫螺栓环,说可以把中桅帆的升降索拴在上面。达格年少时曾自动跑上停泊在他故乡一个荒凉海湾的一艘捕鲸船当水手。除了非洲、南塔开特以及捕鲸船最常去的异教徒港口外,再没有去过什么别的地方。虽然在一些雇人特别挑剔的船东的捕鲸船上过了好多年出生入死的捕鲸生活,他仍然保留了全部的野蛮习性。达格身体骨笔直得像只长颈鹿,不穿鞋还有六英尺五英寸高,在甲板上一走动,非常壮观。抬头一望他,便不由得你不敛气屏息;一个白人站在他面前就像是一面来到堡垒跟前请求停战的白旗。说来奇怪,这个有帝王之相的黑人,第二个亚哈随鲁王达格,竟是小个子弗拉斯克的随从。后者在前者旁边一站,简直就像是国际象棋的一个棋子。至于"裴廓德号"上其余的人,需要说明的是,在眼前美国捕鲸业中雇用的成千上万名水手当中,美国人还不到一半,不过几乎所有的头目全是美国人。在这一点上,美国捕鲸业的情况和美国陆军、海军、商船船队以及雇来修建美国运河和铁路的工程人员的情况是一样的。我之所以说一样,是因为在上述所有这些场合,土生土长的美国人总是从事大量脑力劳动,而世界上其他地方的人则大量从事体力劳动。捕鲸船

①《圣经》上的波斯国王。

上的水手很多来自亚速尔群岛 ①，从南塔开特出航的捕鲸船经常在这里停靠，好从那尽是码头的海岸上找些能吃苦耐劳的农民来当水手。同样，格陵兰岛的捕鲸船从赫尔或伦敦开出来，在设得兰群岛 ② 靠岸以补足所缺的人手，返航路过这里时，再让他们上岸回家。这究竟是怎么个情况，也说不清楚，不过，岛上的居民似乎都是最出色的捕鲸人的坯子。"裴廓德号"上的水手就差不多全是岛民，他们也是一些与世隔绝的人。我之所以这样称呼他们，不是说他们与大陆隔绝，而是说他们各自生活在自己的小天地里。不过现在，大家在同一条船上相依为命，这些与世隔绝者之间关系可好哩！一个来自天涯海角底层的代表团在"裴廓德号"上陪伴亚哈老头，要把人间的不平倾诉在那审判台前，结果却是没有多少人能从那法庭上生还。黑小子皮普——他就没有回来——哦，不！他是去而复返的。这来自亚拉巴马州的可怜孩子！你不久就会看到他在这命途多舛的"裴廓德号"的船楼上敲着手鼓。作为永生的前导，他经常被叫来在又高又宽敞的后甲板上和天使们一起同台合奏，在荣光中他的手鼓时而为懦夫打气，时而为英雄欢呼！

🐋 第二十八章　亚　哈

离开南塔开特好几天了，一直没有看到亚哈船长露面。三个副手定时轮流值班，看不到有什么异常现象，似乎他们是船上唯一的指挥者；只不过有时他们从船长室出来，下达的命令是如此突如其来，如此专横，人们才知道他们只不过是在替别人发号施令。是的，船上最大的头头和独裁者就在那里，虽然到目前为止，没有获准到船长室去

① 北大西洋中的群岛，属葡萄牙领土。
② 英国苏格兰的群岛。

的人还没有机会看到他。

每次我在舱里值完班来到甲板上时，总是立刻朝船尾凝神望去，看是不是有什么生面孔；因为我最初对这位知之甚少的船长所感到的那种隐隐约约的不安，此刻在四望皆水的人海中，近乎变成了精神上的躁动。有时，衣着褴褛的以利亚那些烦人的胡扯竟带着一种我前所未知的神秘力量涌上心头，就更加莫明其妙地让我坐立不安。我心情好的时候，对码头上那个古怪的预言者那些煞有介事的奇谈怪论总能一笑置之。现在却让我难以招架。不过，不管我忧虑也好，不安也好——姑且这么说吧——每当我一瞧自己的周围，就觉得这种感觉实在没有任何道理可言。因为，虽然那些标枪手以及绝大部分水手，比起我过去所熟悉的商船的温顺船员来，要野蛮得多，异教徒味儿重得多，也鱼龙混杂得多，我仍然把这种心情归之于——而且是完全正确地归之于——那种斯堪的纳维亚[1]的独特到了极点的职业，而我现在全身心投入的正是这个职业。不过，多亏船上三位主要头目，那三位副手的神态才真让人吃了定心丸似的，消除了那些没有多少根据的忧虑，令人满怀信心愉快地去应付航行中出现的各种情况。你想找比这三个人更好、更合适的人可不容易，他们既是头目又是水手，每人各有一套。而且他们三个还都是美国人，一个南塔开特的，一个维因耶德的，一个科德角的。由于我们出海的时候正当圣诞节，船一出港便驶入了冰寒刺骨的北极气候海域。幸亏我们一直是朝南航行。船一分一度往南纬移动，逐渐甩脱了那冷酷的冬天和难以忍受的气候。在这段过渡期间，有天早晨，天色不像平常那么阴霾，可也够灰暗阴沉的，船赶上了顺风，像撒气似的在水面一蹦一跳，以快得叫人揪心的速度在冲刺，我登上甲板去值午前班，眼睛刚朝船尾栏杆一瞄，便有所预感似的打了个冷战。眼前的现实越过心中的恐惧，亚哈船长赫然站在后甲板上。

---

① 可泛指一般航海，但此处可能是特指八至十世纪的北欧海盗。

他似乎没有什么病象，也不像是有病初愈，他看上去像是刚从火刑柱上解下来，大火舔遍全身把他的四肢都烧红了，但没有烧毁它们，也丝毫没有损坏他那上了岁数的粗壮结实的身体。他整个高大伟岸的身材似乎是用纯青铜浇铸成的，并且是在一个不能改动的模子里成型的，犹如意大利雕塑家切林尼①铸的宙斯之子柏修斯一样。从他的灰白色发丛中钻出来一条细长棍子般的青白色印痕，自上而下穿过他的晒成茶色的半边脸和脖子，然后隐没在衣服里。它就像是一道闪电劈在大树高大挺拔的树干上留下的那条垂直的裂缝；这道闪电没有伤及一根树枝，只是拔去了从树冠到树根之间的一道树皮，划出一道细沟，然后往地里一钻，消失得无影无踪。那大树还是枝青叶绿，生机盎然。那疤痕究竟是生来就有的，还是重创后愈合的伤疤，没人能肯定。在整个航程中，大家好像都有默契似的，很少有人或者根本就没人提及此事，三位副手更是守口如瓶。不过有一次，塔希蒂格的长辈，格黑德的一个印第安老水手却算命似的一口咬定亚哈是在满四十岁的时候才有了那样一道烙印的，并且不是和人打架而是在海上和风暴的一场搏斗中落下的。然而，这一荒唐的说法似乎被一个曼克斯默岛老头拐弯抹角的一番推论给否定了。这老头说起话来半死不活的，他以前从没离开过南塔开特，也从没见过这野性十足的亚哈。但是，古老的海上传说，再加上远古以来的迷信，使大家都认为这个老头有异乎常人的眼光。所以，当他说要是哪一天亚哈船长寿终正寝——这样的事不大可能发生，他又嘟哝道——那么，谁来给他做法事送终，谁就会发现死者身上从头到脚的这条印痕。他的这番话，没有哪个白人水手站出来认真反驳过。

亚哈那冷酷模样以及身上那道铅灰色的烙印，猛然看到让我非常震动，以致一开头竟没有注意到他那压倒一切的冷酷很大程度上是来自支撑着他半个身子的那条古怪的白色假腿。我早先就听人说

---

① 意大利金匠、雕塑家。

过，这条象牙色的腿是在海上用抹香鲸的牙骨打磨光滑后做成的。"哦，他的腿是在日本海面上断的，"有一次那个格黑德老印第安人说，"不过，就像他的船上断了一根桅杆一样，他不用返港修理就又换了一根。他有的是桅杆。"

他那奇特的姿势给我的印象很深。在"裴廓德号"后甲板的每一边，贴近中桅支桅索处，各钻有一个大约半寸的孔。他那条鲸骨腿就稳稳地插在那个钻孔里，一只胳臂抬起，抓住一根支桅索；站得笔直，眼睛从颠簸不已的船头笔直朝前望。在他那目不转睛、无所畏惧、直望前方的目光中，透露出一种说不完道不尽的毫不动摇的坚忍精神，和一种矢志不移毫不妥协的顽强意志。他一言不发，他手下的几个头目也默不作声，不过从他们最细微的动作和表情上明显地看得出来，他们惴惴不安地很不舒服地感觉到头头的目光时时注意着他们。不仅如此，不幸致残、心情郁闷的亚哈站在他们面前，脸上有一种备受折磨的神情。但在遭受重大创伤之后，他依然葆有王者般不可名状的凛然不可侵犯的尊严。

首次公开露面的视察后不久，他便又回到船长舱去了，不过自此以后，水手们每天都能见到他了；他或是站在那个钻孔里，或是坐在他自备的鲸骨小凳上，或是在甲板上慢慢走动。当天气变得不再那么阴沉，甚至还开始有点儿晴朗暖和的意味之后，他也就越来越不过隐居生活了。看来只要船一出海，使他如此深居简出的仅仅只是海上严冬的荒凉景象。随着时光流逝，他就差不多老是待在外面了。不过，到目前为止，尽管他说了一些话，做了一些大家都看在眼里的事，但在这终于有了阳光的甲板上，他就像一根多出来的桅杆，显得不必要。但是，"裴廓德号"现在还只是在赶路，还没有进入正式的巡弋阶段，所有需要督促的捕鲸准备工作，三个副手一般都能应付自如，所以眼下很少或者根本就没有什么事情需要惊动他，要他亲自出马，就这样，在那段时间里，他额头上重叠的云层暂时散了。云总是爱堆积在最高的山峰上的，自古以来都是如此。

不久，我们所碰到的这种愉快兴奋的、鸟啭莺啼的激动心弦的暖和天气，似乎也慢慢地挑动了他的心情了。因为当四月和五月这两个脸色红润、蹦蹦跳跳的少女又回到了那为严冬占领的树林子时，即便是枝干光秃、表层粗糙、惨遭雷击的老橡树也至少会抽出几根嫩绿的新芽来欢迎这两位满怀喜悦的来访者。亚哈对那如少女般嬉戏诱人的气氛终于也同样作出了一点儿反应，脸上不只一次展现了一丝花骨朵儿般的快意。这要是换了别人，那花骨朵儿早就绽了开来，笑容满面。

第二十九章　亚哈登场，斯塔布随后

又过了几天，"裴廓德号"已经把冰啦、冰山啦全甩在后面，正劈波斩浪地穿过春光明媚的基多①海域。在海上，春天似乎永远把守在热带那永恒的八月的门槛上。那些凉暖宜人、天高云淡、鸟语花香、流光溢彩的白昼，就像盛着波斯冰冻果汁的水晶高脚杯，堆满了——盖满了作玫瑰露香的雪花，又将雪碎成一片一片。那些星光灿烂、肃穆的夜晚仿佛是傲慢的贵妇人，身着缀满钻石的天鹅绒盛装，在家独自高傲地思念那在外东征西讨的爵爷，那头顶金盔的太阳！对于一个想睡觉的人，还真难在这如此迷人的白昼和如此诱人的夜晚之间作出抉择。但是那正当芳龄、魅力无穷的天气的魔力不仅赋予外部世界以新的魅力和效能，也使得内在的心灵失去了宁静，特别是当黄昏的静谧柔和到来的时分。于是，记忆把它的水晶球像纯净的冰一样射向杳无声息的薄暮的诸多形象。而所有这些难以捉摸的因素越来越在亚哈的身心上发挥作用。

---

① 厄瓜多尔首都。

人一上了年纪总难得入睡；仿佛越是上了年纪，越是同死神这样的东西不那么有关系似的。在船上那些指挥官中间，那些白胡子老头经常晚上起来，到夜幕笼罩下的甲板上去转转，亚哈也不例外。只不过近来他待在甲板上的时间似乎很长，以致严格说来，他多是从甲板上下去到舱里瞧上一眼，而不是从舱里上来到甲板上瞧一眼。"对像我这么个上了年纪的船长来说，"他经常喃喃自语道，"走下这狭小的舱口，到我那墓坑似的床铺上去，就像往自己的坟墓里走似的。"

所以，差不多每二十四小时，等夜班人员安排停当，留在甲板上的那伙人就为甲板下呼呼大睡的人放着哨，这时要是把一根绳索从船首楼上放下来，水手们不会像白天那样随手把它往地上一摔，而是小心翼翼地放到指定的地方，生怕一不小心吵醒了在睡觉的船友们；每当这种长时间的宁静开始出现时，那些默不作声的舵手们会习惯性地目不转睛地盯着船长舱舱口，不大一会儿，那老头就出现了，抓着铁栏杆，一步一跛地往上走。这时他很有点儿体贴入微的劲儿，从不到后甲板去巡视。因为对于三位非常疲倦的副手来说，要是在离他的鲸骨脚跟六英寸的范围之内休息，那他们耳边就只会回响着他那咚咚作响的噪音，就会尽做些鲨鱼把牙咬得嘎巴响的噩梦了。但是，有一次，正好赶上他情绪很坏，顾不上对大家的照顾，他迈着沉重的脚步从船尾栏杆到主桅来回走动时，怪脾气的二副斯塔布从舱里上来，用一种不大有把握、祈求的幽默口吻说，亚哈船长要是有兴致在船板上走走的话，没人能说个不字，不过也许可以想个什么办法把噪音消轻一点儿，接着又含含糊糊、吞吞吐吐地说了些什么弄团麻屑把那鲸骨脚跟包起来之类的话。唉！斯塔布，那时你未免太不了解亚哈了。

"你把我当作一颗炮弹吗，斯塔布？"亚哈说道，"否则你为什么要把我包起来？不过你爱怎么说就怎么说吧，我已经忘了。回到你那夜间的坟墓里去吧；那儿，像你这样的人都躺在裹尸布里睡觉，末了，把你也塞在一个裹尸布里拉倒——下去，狗东西，钻回你的狗窝里去吧。"

没想到这老头猛然之间这么盛气凌人，发作一通，斯塔布吃了一惊，气得一时说不出话来，过了一会儿才激动地说："我不习惯有人跟我这样说话，先生；请你口气放尊重些，先生。"

"住口！"亚哈牙咬得轧轧响，气冲冲地走开了，好像是怕一时控制不住自己做出一些冲动的事情来。

"不，先生，还没说完哩，"斯塔布鼓起勇气说，"别以为我好说话，我不会乖乖地让人叫我狗东西，先生。"

"那就多叫你几声驴子、骡子、野驴。滚，要不我宰了你！"

亚哈边说边朝他冲过去，脸上一副盛气凌人要动手的模样，吓得斯塔布不觉直往后退。

"以前我从来没有受过这样的气而不狠狠回敬的。"斯塔布发现自己正往舱口下走，不禁喃喃自语道，"真是怪事。站住，斯塔布。不知怎的，现在我还真不知道是回去揍他一顿呢，还是——还是怎么啦？——跪在这里给他祈祷？是呀，我当时心里就是这么个念头；那可是我有生以来头一次真正地做祈祷。真怪，怪极了；他也很古怪，嗯，这老家伙是我斯塔布航海以来碰到过的最古怪的人。看他向我扑过来的那股狠劲儿！——他那双眼睛简直要喷出火来似的！他难道疯了吗？不管怎么说他心里肯定有事，一块甲板折了，那准是上面压了重东西，两者是一个道理。如今一天二十四小时中，他躺在床上的时间不超过三小时；而那三小时他还没好好睡。那个绰号叫汤团的小厮有天早晨不是告诉过我，老头子吊床上的被子总是乱七八糟的，床单捅到了床脚那头，被罩滚得跟麻花差不多，枕头热得吓人，仿佛枕的不是脑袋而是一块烧得滚烫的砖头？一个一团火似的老头！我看他准是患上了岸上一些人所说的心病。据说那是种什么三叉神经痛——比牙痛还厉害。好啦，不说了，反正我也说不上那是什么玩意儿，但愿上帝保佑我别染上这毛病。他这人一身都是解不开的谜。汤团告诉我他怀疑老头子每天夜里都到后舱去，我真纳闷儿他到那里去干什么；为了什么？我倒真想知道。有人在那里跟他约会？那不挺怪吗,呃?不过,事情也难说得很,说不定那也是老花样了——还是打个盹儿吧,咳,真该死,一个人出生到这个世界上来,哪怕只是为了睡上一觉,那也值得。如今我既然想到了这一点,那也不妨提提。刚生下的婴儿做的头一件事就是睡觉,那也有点儿怪。咳,不过,细细一想,世界上无事不怪。不过,想事情是违背我的原则的。不动脑子,是我的第十一诫①;而能睡便睡,则是第十二诫——又转回来了不是。不过,那又怎么样呢?他不是叫我狗东西吗?活见鬼!他一个劲儿叫我驴子,还骡子、公驴、野驴的挂上一大串!他还不如索性踢我一脚哩。也许他真踢了也不一定,只是我没有注意到,当时他那杀气腾腾的模样不知怎么还真把我吓坏了。那鲸骨脚活像是根白骨,我究竟怎么啦?我连双脚都立不稳。惹翻那个老头还真够倒霉的。老天爷在上,我一定是在做梦,可是——怎么啦?怎么啦?怎么啦?——不过还是不要声张的好。这么着,还是回吊铺上去吧;到明天早上,再看大白天对这让人心烦的梦有什么办法吧。”

第三十章　烟　斗

斯塔布走开后,亚哈靠着舷墙站了一会儿,然后,按照他近来的习惯,叫一个值班水手到船长舱里去把他的鲸骨小凳拿来,还有烟斗。他凑近罗盘柜上的灯火点着烟斗,把小凳搁在迎风那一边的甲板上,就坐下来抽烟。

在古挪威时代,据传说,丹麦那些爱海的国王的宝座都是用北极鲸的大牙做的。看到亚哈坐在那只三脚鲸骨凳上,谁不会联想到它就象征着他的王位呢?亚哈就是甲板上的可汗,海上的王,大海

---

① 参看《圣经·旧约·出埃及记》。

兽的主子。

坐了好一阵子，浓浓的烟雾接连不断地从他嘴里喷出来，风一吹又扑到他脸上。"怎么回事？如今抽烟也不再消愁解闷了。"他终于拿掉烟斗自言自语，"啊，我的烟斗！要是连你都不起作用了，那我的日子就难过喽！我这是在无意识地受罪，而不是享受。唉，还一直蠢里蠢气地顶着风抽。还一口紧接一口地猛抽，就像一条垂死的鲸，它最后喷的水最猛，最容易伤人，我喷烟也是。我要这只烟斗还有什么用？这东西本来就是为心境宁静的人准备的，让柔和的白烟缭绕在柔和的白发上，而不是在像我这样蓬乱的铁灰色发绺上。我再也不抽了——"

他随手把还燃着的烟斗扔到海里。烟斗火在波浪里咝的一声就灭了。同一瞬间，大船冲过那只下沉的烟斗冒起的泡泡。亚哈戴着垂边帽，在甲板上蹒蹒跚跚地走来走去。

第三十一章　南柯一梦

隔天早晨，斯塔布看到弗拉斯克，便走了过去，说：

"昨儿晚上我做了个从来没做过的怪梦，顶梁柱。老头子那条鲸骨腿，你是知道的，哼，我梦见他用那条腿踢我。当我想还敬他一下的时候，天啊，我的小兄弟，我的腿踢飞啦。这下可好，一声疾呼！亚哈好像变成了一座金字塔，而我，就像个大傻瓜，照着金字塔踢个不停。但是，更奇怪的是，弗拉斯克——你也知道，所有的梦都是古怪的——就在我火冒三丈的时候，不知怎的我似乎在暗自思量，让亚哈踢一脚，也算不了太大的侮辱。'嗨，有什么好吵的？'我心里想，'那又不是条真腿，只不过是给条假腿踢了一下而已。'真腿踹一脚跟假腿踹一脚，这中间有天大的区别。这就是挨一拳比挨一棍要难受百倍的道理。真腿——那踢一下就是真侮辱，我的小兄弟。当我傻乎乎地一个劲儿踹那该死的金字塔，我一直在对自己说，'他那是什么腿，无非是一根棒棒而已——一根鲸骨棒。你说，这真是天大的矛盾。不错，'我心里想，'那一脚只不过是闹着玩的——实际上，他也只不过打了我一鲸骨棒——而不是卑鄙地踢了我一脚。再说，'我心里想，'你瞧一眼看看，嘿，那一头——就是腿下面的那一部分——那一头好小啊。要是一个大脚片子农民踢了我一脚，那就是一个天大的侮辱。可我受到的侮辱只不过是削得尖尖的那么一点末梢而已。'不过，弗拉斯克，接下来才是这个梦最可笑的地方了。当我一个劲儿猛踢那金字塔时，一条浑身獾毛的老雄性人鱼，驼着背，一把抓住我的肩膀，把我扳转身来。'你在干什么？'他说。去他的！老兄，我真吓坏了，这么一副面孔！不过，不知怎的，过了一会儿，我就缓过神来了。'我在干什么？'我终于开了口，'我倒想知道知道，那关你什么事，驼背先生？你想让我踢你一脚？'老天爷作证，弗拉斯克，我的话刚出口，他就转过来，屁股朝着我，弯下腰，拉起当布片子用的一团海草——你猜你看到了什么？——我的天，老兄，他屁股上插满了穿索针，针尖朝外。我转念一想说：'老伙计，我不打算踢你啦。''聪明的斯塔布。聪明的斯塔布……'他嘟嘟哝哝念个不停，活像一个从烟囱里出来的女巫在嚼着自己的牙龈。我看到他没完没了地念他那'聪明的斯塔布，聪明的斯塔布'，心想还不如继续踢那金字塔。可是，我刚刚抬起脚，他就大吼起来：'不许踢！''喂，'我说，'又有什么事，老伙计？''喂，听我说，'他说道，'咱们来辩论辩论这个侮辱问题。亚哈船长踢了你一脚，是不是？''是呀，他踢了我一脚，'我说，'就踢在这里。''好的，'他说，'他是用的鲸骨腿，是不是？''是的，是鲸骨腿。'我说。'那好，'他说，'聪明的斯塔布，你有什么可抱怨的呢？他踢你难道不是好心好意的吗？他用来踢你的可不是一般的松木假腿呀，对不对？对，你是给一个大人物踢了，而且用的是一条漂亮的鲸骨腿，斯塔布。那是天大的面子，我认为那是大大的曲子。听着，聪明的斯塔布。在古代英格兰，那些最了不起的侯爷们认为被女王打个耳光是最大的光荣，并因此被授予嘉德勋章；而你斯塔布也大可以夸耀一番，说你被亚哈老头踢了一脚，并因此成了个聪明人。记住我说的；尽管让他踢，把那看作是种光荣，千万不要还脚，因为你搞不赢的，聪明的斯塔布。你没有看到那座金字塔吗？'话一说完，他不知怎的就古里古怪地像游泳似的游到了空中。我打起鼾来；翻了个身，发现自己睡在吊床里！唉，你怎么看这个梦，弗拉斯克？"

"说不上来。不过，据我看似乎有点荒唐。"

"可能，可能。可是他让我当上了智者，弗拉斯克。你可看见亚哈站在那里，正斜望着船尾前边，你看到没有？你知道，弗拉斯克，你最好让那老头一个人待着；千万别跟他说话，不管他说什么，千万不要同他顶嘴。嘿！他在嚷嚷什么？听！"

"桅顶上的，嗨！注意观察，大家都睁大眼睛！这儿附近有大鲸！要是看到一条白色的，就给我憋足了劲儿叫！"

"你现在对那声叫喊怎么看，弗拉斯克？他喊得是不是有点儿怪，呃？一条白鲸——你注意到没有，老兄？你瞧——就要发生什么大事了。你就做好准备吧，弗拉斯克。亚哈有件非同寻常的心事，不过，别声张，他过来啦。"

🐟 第三十二章　鲸类学

我们已经一往无前地驶进了深海，而且很快就会迷失在见不到岸见不到港口的汪洋之中。在尚未迷失之前，在"裴廓德号"沾满海草的船身与大海兽盖满藤壶①的身躯并排奋进之前，不妨先来做好一件

---

①　海中甲壳类动物，常附着于岩石、船底或大型软体动物身上。

几乎是不可或缺的事：彻底了解下述有关大海兽的各种比较特殊的阐述和引喻。

我亟愿将大鲸主要的种类作个比较系统的说明。然而，这绝不是件轻而易举的工作。为了把这一团乱麻的各个组成部分分门别类，试尽了一切办法。请听近代那些最优秀的权威者是怎样说的。

"动物学的分支上，没有哪个的复杂程度可以和鲸类学这一支相比拟。"一八二〇年斯哥斯比船长①曾这样说过。

"即使我有这个能力，我也没有打算来研究一种行之有效的方法，将鲸类动物归类分科……在研究这种动物（抹香鲸）的历史学家中间存在着极大的分歧。"一八三九年，外科医生比尔②说。

"在深不可测的大海中不宜从事我们的研究工作。""有一道难以穿透的帷幕挡住了我们取得关于鲸类动物的知识。""一个布满荆棘的领域。""所有这些零零碎碎的表述仅起到折磨我们这些博物学家的作用而已。"

动物学和解剖学方面的泰斗如伟大的居维埃③、约翰·亨特④以及莱松⑤关于大鲸都是这么说的。不过，这方面真正的知识虽少，有关的著作却很多。鲸类学以及关于鲸鱼的科学在较小的程度上也是如此。有很多人或多或少写到过大鲸，其中有出名的，不出名的，有老的，新的，有陆上的，海上的。不妨列举几位：《圣经》的作者们、亚里士多德、普利尼、艾特罗万第、托马斯·布朗男爵、格斯纳、雷、林尼厄斯、隆德列修斯、威洛比、格林、阿蒂第、西鲍尔德、布里松、马登、拉塞配德、博纳太埃尔、德马雷斯、居维埃男爵、弗列达里克·居维埃、约翰·亨特、欧文、斯哥斯比、比尔、贝内特、罗斯·布朗、《米里亚姆·科

① 他曾在1803年至1822年间每年都去格陵兰。他绘制了格陵兰海岸的海图。
② 《抹香鲸博物志》的作者。
③ 法国动物学家。
④ 是一本谈鲸鱼解剖的书的作者。
⑤ 法国动物学家。

芬》的作者、奥耳姆斯特德、契弗牧师①。所有这些人所写的究竟有什么基本的概括性的意义,上引片段可见一斑。

在上列大鲸作者的名单中,只有那些名列欧文之后的人曾经看到过活鲸;而这些人中间只有一位曾经是真正的职业标枪手兼捕鲸人。我说的是斯哥斯比船长。在论弓头鲸又称露脊鲸这个科目上,他是现存的最高的权威。但是斯哥斯比对巨大的抹香鲸一无所知,也从没有就此说过只言片语。和抹香鲸相比,露脊鲸就几乎不值一提了。在这里不妨提醒一下,露脊鲸是海中王位的篡夺者。它甚至还算不上是鲸中最大的。然而,由于它长期以来优先享有的特权,而且距今大约七十年前,人们对抹香鲸一无所知,而且这种无知到今天仍然统治着除了少数几个科研角落以及捕鲸港以外的一切地方,于是露脊鲸这种假冒为王的行为就毫无破绽地站住脚了。把过去许多大诗人关于这大海兽的绝大部分引喻都找来看看,就可以肯定,在他们心目中,露脊鲸是毫无对手的海上君王。不过,发表一个新的公告的时候终于到来了,到张贴文告的查林十字架②上去看看吧:听着,普天之下的百姓——露脊鲸已经被废黜了——现在登基的是伟大的抹香鲸!

现存的书只有两本自称把抹香鲸刻画得栩栩如生,但其实说的和做的相去甚远。这两本书是比尔和贝内特写的;两人当时都是英国南海捕鲸队上的外科医生,并且两人都一丝不苟,诚实可靠。他们的书中关于抹香鲸的原始材料很少,不过就其仅有的材料说来,这些材料都是弥足珍贵的,虽然绝大部分限于科学描述。然而,无论是客观的描述还是主观的歌颂,至今在任何文献中都见不到抹香鲸的全貌。它的情况有别于其他已被捕获的大鲸,它的生活状况还没有任何文字记载。

---

① 这个名单中有些是世界名人,有些连不列颠百科全书也查不到。本书的评注人中不止一人指出作者开这样一张名单有哗众取宠之嫌,少了真正的科学研究意义。

② 英王爱德华一世为纪念其妻所立的十字架,英王室的公告均在此张贴。

如今大鲸急需进行通俗全面的分类，哪怕现在只拿出一个比较简单的大纲式的分类，再让后来的耕耘者去填满各个门类。由于眼下没有更合适的人自告奋勇来担任这一工作，我冒昧自荐，姑且一试。我不敢说能做得很完善，因为人世间的事情往往因为力求完善反而漏洞百出。我也不妄图对所有的鲸鱼种类作详尽的解剖式的描述，或者——至少在此——做过多的描述。我在这里给自己定下的目标仅仅是勾勒出鲸类学系统化的草图。我只管图纸设计，不管具体施工。

　　但这是一项费力不讨好的工作；绝非通常的邮局拣信员所能胜任。要摸到海底去跟踪它们，要用自己的双手去探索这世界最难以言说的内脏、肋骨甚至骨盆，这是一件很吓人的活儿。我有多大能耐，竟想去钩住这大海兽的鼻子！约伯所遭受的那场可怕的斥责就够吓坏我的了。"它（大海兽）岂肯与你立约？人指望捉拿它是徒然的！"[1]但是我跑了许多图书馆，航遍了各个海洋；我曾用这双看得见的手来和大鲸打交道。我是认真的：一定要试试。有些准备工作得先行安排。

　　第一，大鲸究竟是不是鱼，在某些方面这仍然是个众说纷纭的问题，这证实了鲸类学这门科学悬而未决有待确定是当务之急。林厄尼斯在他写于一七七七年的《自然之体系》一书中宣称："据此我把大鲸同鱼类区分开来。"但是，据我所知，一直到一八五〇年，鲨鱼和河鲱，青鳞鱼和鲱鱼，都没有按林厄尼斯明确的宣告行事，仍然和大海兽共海而居，分庭抗礼。

　　林厄尼斯之所以要开除大鲸的鱼籍，其理由如下："因为它们有拥有两个心室的温暖的心脏，有肺，眼皮可以活动，耳朵是内凹的，而且雌性还有乳房，雄性生殖器深入雌性生殖器（交配）并从乳房啄奶。从自然规律来说，当然区别于一般鱼类。"我把这些理由说给我的两个朋友西米恩·麦赛和查利·科芬听，想听听他俩的意见。他俩都是南塔开特人，是在某次航行中和我一起进餐的伙伴。他俩一致认为上述

---

　　① 见《圣经·旧约·约伯记》第四十一章。

理由都站不住脚。查利甚至很不客气地说那纯粹是胡说八道。

不妨把我的看法也亮出来。我自愿放弃一切争论，坚持老式立场，宣称大鲸是鱼，并请神圣的约拿来支持我①。这个最基本之点定下来之后，下一个问题就是，鲸体内有哪些不同于其他鱼类之处。林厄尼斯已经列举了如上那几条。简而言之，就是鲸有肺，并且血是热的；而所有其他的鱼则没有肺，血也是冷的。

第二，怎样根据鲸明显的外部特征来给它下个定义，以便一劳永逸地给它一个明确的标志？不妨说得简单一点，鲸就是一种会喷水、有水平鱼尾的鱼。这就说到了点子上，鲸鱼宛然在纸上了。这个定义虽然简短之至，却是反复思考的产物。海象也会喷水，在这一点上和鲸鱼很相像，但海象毕竟不是鱼，因为它是两栖的动物。但这一定义的第二点同第一点联系起来便更有说服力。几乎谁都肯定注意到了这一事实，即所有为陆地人所熟悉的鱼，尾部都不是平直的，而是垂直的，或者说是从上到下的。反之，在一切会喷水的鱼中，它们的尾巴，虽然形状可能相似，却都一定有一种平面的形态。

根据上述给鲸下的定义，对见多识广的南塔开特人视为大鲸同类的任何海族，我绝不把它们排斥在大海兽的亲属之外，而对权威人士迄今视为异类的任何鱼类，我也绝不把它们同大鲸扯到一块儿。②因此，所有体形较小的、会喷水的、尾部水平的鱼都应包括在鲸类学的这一大纲之内。然后，再就整个鲸群来个大的划分将其分为六个大类：

第一，根据体型大小，我把鲸基本划分为三部分（再细分为章），这样，鲸鱼不论体型大小，全包括在内。

（一）对开本型鲸；（二）八开本型鲸；（三）十二开本型鲸。

---

① 梅尔维尔当然是错的，鲸是海中的哺乳动物。

② 我知道称为鱼的拉马丁鱼和人鱼（南塔开特的科芬家族称之为石鲈和班豚鱼）迄今仍被许多博物学家划入鲸类，但因为石鲈是一种有腐臭味的下贱的鱼，主要潜伏在河口，以水草为生，特别是因为它们不会喷水，我认为它们不配划入鲸类，谨送给它们一本护照，让它们离开鲸类学王国。——原注。

我以抹香鲸代表对开本型，逆戟鲸代表八开本型，小鲸代表十二开本型。

　　对开本型，包括下列各章：（1）抹香鲸；（2）露脊鲸；（3）脊鳍鲸；（4）座头鲸；（5）剃刀鲸；（6）黄腹鲸。

　　第一部分（对开本型）第一章（抹香鲸）。——这种鲸，古代英格兰人含糊地称之为喇叭鲸、赘疣鲸和砧头鲸，现代法国人称之为"卡沙洛"，德国人称之为"波茨鱼"，还有一个长长的学名 Macrocephalus（疣猪属鲸）。它无疑是地球上块头最大的居民之一；所有的鲸中数它最难对付。在外观上它威风凛凛。最后一点，它的商业价值与其他同类相比高得无与伦比：因为只有从他身上可以取得鲸脑这一贵重物质。它所有的特征将在其他地方详加阐述。我现在主要谈的是它的名称。从语言学的角度来考虑，这是很荒谬的。几个世纪以前，人们对抹香鲸的固有特异之处几乎一无所知，它的油也只是偶尔从搁浅到沙滩上死去的鲸尸身上获得。那时候，鲸脑油似乎普遍被认为是取自当时英国人所知道的格陵兰鲸或露脊鲸。这也真够糊涂的。鲸脑油（Spermaceti）这个名称本身就是对露脊鲸一种颇能引人发笑的嘲弄，它的头一个音节（Sperm）[①]不已经在字面上就表明它是来自抹香鲸（Spermwhale）吗？那时候，鲸脑油非常稀罕，不是用来照明，而仅仅用作油膏和药剂。它只有在药房里才买得到，就像我们今天去药房买一盎司大黄一样。随着时间的推移，鲸脑油真正的性质逐渐为人们所知，而商人们之所以仍然保留它原来的名称，无疑是考虑到这个名称在表明它的稀罕性上具有非常特殊的意义，借以提高它的身价。因此，这个称呼最终必须授予那真正提供这种油的鲸，加在这种鱼的名称之前。

　　第一部分（对开本型）第二章（露脊鲸）。——由于它最早被人类捕获，在这一点上可以说它是大海怪中资格最老的。它提供众所周知

---

① 指精子、精液。

的商品鲸须，以及人们特地称之为"鲸油"的油，一种低档商品。在捕鲸人中间，它被不加区分地统称为：鲸、格陵兰鲸、黑鲸、大鲸、真鲸、露脊鲸。起的名字虽然如此之多，关于这个鲸族的身份却有点含混不清。那么我划入对开本型的第二类鲸究竟是什么样的鲸鱼呢？在英国博物学家眼中它是大须类鲸，英国捕鲸人称之为格陵兰鲸，法国捕鲸人称之为巴利安·奥第奈尔，瑞典人称之为格罗兰·沃尔鱼。它就是两百多年来荷兰人和英国人在北极海上捕获的那种鲸；就是美国捕鲸人在印度洋、巴西沿海、挪威西海岸以及他们称之为"露脊鲸巡游场"的世界其他各地所长期追捕的那种鲸。

有人居然说他能在英国人所说的格陵兰鲸和美国人所说的露脊鲸之间找出不同之处来，但他们对两者的所有重要特征的看法却又完全一致，并且提不出任何决定性的论据来支持二者截然不同的看法。正是由于根据最无定论的区别而无休止地一分再分，博物学史的某些部门才弄得如此复杂，令人头痛。我们将在别的地方阐述抹香鲸时再来较为详细地讨论露脊鲸。

第一部分（对开本型）第三章（脊鳍鲸）。——我把一种怪兽列入这一条目之下，这怪兽有脊鳍鲸、高喷鲸和长约翰鲸等不同名称，几乎在所有的海洋中都可以见到，是人们经常提到的一种鲸，它的远距离喷水常为横渡大西洋的纽约邮船上的乘客所津津乐道。长成后脊鳍鲸的体长和长须跟露脊鲸很相似，只是腰围小些，颜色浅些，近似橄榄色。它那巨大的嘴唇像根锚链，由一道道巨大的皱纹交错歪斜重叠而成。它最易识别的最大特点，即它那据以得名的鳍，常常最引人注目。它那鳍大约有三至四英尺长，直立在背部后半部分，呈三角形，顶部极为尖锐。即使这个家伙的其他部分一点也看不见，但经常可以清清楚楚地看到那孤立的鳍突出在水面上。当海面相当平静，稍稍有点涟漪时，这晷针似的鳍挺立着，影子投映在微波荡漾的海面上，那围绕着它的水圈让人觉得有点像日晕。在那只亚哈斯的日晕[①]上，日影经常往后退。脊鳍鲸不爱群居。它似乎不屑与同类为伍，就像有些人不喜欢人类一样。它很内向，总是独来独往，出人意料地在最偏僻、最凶险的海域的水面上露相。它那股直射空中的喷泉只有一支，就像是树立在荒野上的一根愤世嫉俗的长矛。它具有出奇的游水能力和速度，以人类现有的能力休想撵上它。这种巨兽像是被他的种族所逐出的不可征服的该隐[②]，背上那块鳍便是标记。脊鳍鲸，由于有长须，有时就和露脊鲸一道，在理论上归入所谓须鲸类，即有须的鲸类。关于这些所谓的须鲸，似乎有好多个品种，但大多罕为人知。阔鼻鲸、钩鼻鲸、矛头鲸、隆背鲸、低颚鲸和突嘴鲸，是捕鲸人为其中少数几种取的名字。

在此很有必要提醒一点，即不管"须鲸"这一名称在归纳某几类鲸上多么方便，但要是根据长须，或者驼峰，或者大鳍，或者牙齿，来对这种大海兽作个明确的分类，却是不可能的，尽管这些显著的部分或者特征，似乎比起其他任何个别的部分或体型特点更适于作为正规的鲸类学分类的依据。这怎么说呢？须知长须、驼峰、背鳍和牙齿这些东西所代表的特征是散见于各种各样的鲸，与它们的身体的其他更为重要部分的结构性质毫无关联。因此，抹香鲸和座头鲸各有驼峰一座，然而两者的相似之处仅此而已。再说，这种座头鲸和格陵兰鲸均有长须，而两者的相似之处也仅此而已。至于牙和鳍也是如此。上述其他特征均可按此类推。在不同种类的鲸之间，他们彼此形成毫无规律可循的组合；或者，要是把其中任何一类孤立起来看，它的独立存在也无规律可循，因而在这种基础上不可能形成一般的分类法。这种情况使所有的鲸类学家都一筹莫展。

---

① 见《圣经·旧约·以赛亚书》第三十八章。

② 见《圣经·旧约·创世记》第四章。亚当和夏娃有两个孩子，该隐和亚伯，该隐因为上帝接受了亚伯的贡物而没有选择他的，愤而杀死亚伯，于是上帝将他逐出定居地，并在他额头刺了记号。

　　但是，也许可以这样设想，至少在鲸的内部器官上，在它的结构上我们可以找到正确分类的依据。举个例子，在格陵兰鲸的结构上有什么东西比它的长须更引人注目？但是我们已经知道光根据它的长须是不可能将格陵兰鲸正确地分类的。可是假如你转而着眼于各种大海兽的内部，那你就会发现，对分类学家来说，其内部的特征比起那些业已列举的外部特征来，其利用价值还不到五十分之一。那么，还有什么别的办法吗？没有别的办法，只有从它的身躯，从它整个庞大的身躯着眼，大胆地按照这个方法来分类。这就是我们在这里采用的书目提要分类法；这是唯一可望有成的方法，因为只有这种方法才是切实可行的。现在继续往下说。

　　第一部分（对开本型）第四章（座头鲸）。——这种鲸常见于北美洲沿海一带。它经常在那一带被捕获并被拖进港口。它像个小贩似的背着个大包袱；你也可以称它为象鲸和城堡鲸。反正它的这个通用名称并不足以充分体现它的特色，把它和别的鲸区别开来，因为抹香鲸背上也有个驼峰，只不过小一点而已。它的油不太值钱。它也有须。它是所有的鲸中最爱嬉戏最快活的一种。一般说来它弄出来的那些五光十色的泡沫和浪花比别的鲸都多。

　　第一部分（对开本型）第五章（剃刀鲸）。除了它的名字外，这种鲸鲜为人知。我曾在离合恩角不远的海面上看到过它。它性格孤僻，捕鲸人和专家学者都抓不住它。虽然它绝不是胆小鬼，可它总是隐身水下，只以背部示人，其背部露出水面时呈长而尖的脊状。放过它吧。关于它我也就知道这么多，其他人也不会比我知道得更多。

　　第一部分（对开本型）第六章（黄腹鲸）。——也是一位性格孤僻的先生，腹部呈浅黄色，这无疑是它深潜时擦过炼狱的顶瓦时留下的。它绝少为人所见；我也只在南洋较偏僻的海面上看到过它。就连在南海，它出现时也总离我极远，远得难以考察它的面目。它从不被人追捕。你得当心它会把你几个绳厂的捕鲸索都给拖走。关于它的奇闻倒不少。再见吧，黄腹鲸！关于你的真实情况我再也说不出什么来了，即使是最老的南塔开特人也一样，无更多的话可说。

第一部分(对开本型)至此结束。现在开始第二部分(八开本型)。

八开本型①包括中等大小的鲸，目前可以列举出来的有:(1)逆戟鲸;(2)黑鲸;(3)一角鲸;(4)杀手鲸;(5)长尾鲸。

第二部分(八开本型)第一章(逆戟鲸)。——这种鲸，它那粗重响亮的呼吸声，或者不如说是吹气声，给陆上人提供了一条谚语②。它是出了名的深水居民，一般却并不把它列入鲸鱼一类。可是它却又具备这种大海兽所有的重大的特征，因此绝大多数博物学家已经承认它是鲸鱼的一种。它是那种中等身材的八开本型，体长约十五至二十五英尺不等，腰围尺寸与之相称。它喜群;虽然它油相当多，而且还是很好的照明用油，但从来没人把它看作正式的捕猎对象。有些捕鲸人认为，这种鲸一出现，便是宝贵的大抹香鲸前来的预兆。

第二部分(八开本型)第二章(黑鲸)。——对所有的鲸我都采用了捕鲸人所通用的名称，因为一般说来，这些都是最好的名字。至于遇上偶尔意义含糊或者词不达意的名字，我也会加以说明并建议换一个。关于黑鲸这一名称我就准备这么做，因为几乎所有的鲸鱼都是黑色的。所以，如果你愿意还是叫它鬣鲸吧。它的贪吃是出了名的，并且由于它嘴唇的内角向上翘的缘故，它脸上永远挂着靡菲斯特魔鬼般③的狞笑。这种鲸平均约十六至十八英尺长。在几乎所有不同纬度的海洋中都可以见到它。它游泳时，那钩状脊鳍很独特地露在外面，有点像罗马式的鹰钩鼻。抹香鲸捕猎者赶上找不到捕猎对象时，有时也捕杀鬣鲸，以便能持续供应船上廉价的照明用油——正如有些节

---

① 为什么这一部分的鲸不称为四开本型，道理很简单，因为这个级别的鲸，虽较前一级的鲸体形较小，其形状却是相同的，而书籍装订者手下的四开本，虽然比对开本要小，却没有按比例缩小以保持对开本的外形，而八开本则做到了这一点。

② 英语谚语中有To puff and blow like a grampus(又喷唾沫又吹气，咋咋呼呼像条逆戟鲸)的说法。

③ 参看歌德的《浮士德》，意为魔鬼。

俭的家庭主妇，碰上没有客人，又是独自一人在家时，就点有股气味的牛脂烛，而舍不得点有香味的蜡烛。这种鲸的脂肪层虽然很薄，但有些也能提炼出三十加仑以上的油来。

第二部分（八开本型）第三章（一角鲸），就是尖鼻鲸——这是又一种名称古怪的鲸，之所以如此命名，我想是由于它那独特的角一开始就被人误认为是个尖鼻子的缘故。这种鲸长约十六英尺，角的平均长度为五英尺，有的超过十英尺，甚至达到十五英尺。严格说来，它的角其实是一颗突出的獠牙，从牙床上笔直长出来，稍稍有点下弯。但这牙只长在左边，造成一种不良效果，使人觉得他有点儿像一个笨手笨脚的左撇子。这长矛似的牙质角或牙质矛究竟起什么作用，还很难说。它似乎不像箭鱼和长喙鱼把剑形喙拿来当武器用，虽然有些水手告诉我一角鲸拿它当耙使，用来翻掘海底寻找食物。查利·科芬说那是当冰锛用的，因为一角鲸在北极海里，一旦想升上水面，发现头上盖了一层冰，就拿角往上捅，就此破冰而出。不过你很难证实这两种猜测。我个人认为，不管一角鲸这只偏左的角真正派什么用场——不管是什么——它要是在阅读小册子时把它这角当裁纸刀使，那肯定是方便之至。我曾听人把这一角鲸叫作长牙鲸、带角鲸和独角鲸。在生物界的几乎所有领域中，它必然是独角现象的一个奇特的例子。我从某些隐居的古代作者的著作中得知这种海兽的角在古代被看作是一种上等的解毒剂，因此用它配制而成的这种药售价昂贵之极。人们也把它蒸馏成一种嗅盐，供贵妇人晕厥时用，正如雄鹿角之制成鹿茸一样。早先这角本身曾被视为珍奇之物。《黑字》[1]记载说马丁·弗罗比歇爵士[2]某次航行归来，那条出生入死的船在泰晤士河顺流而下时，贝斯女王[3]从格林尼治宫窗口朝他恩宠有加地挥了挥她那戴着钻戒

---

① 指哈克鲁伊特所著的《英国主要航行、航程与发现》，其中记录佛罗毕修的航海经过。

② 英国航海家。

③ 指伊丽莎白女王。

的手;书上说,"马丁爵士那次航行归来,屈膝敬献给女王陛下一支异乎寻常的一角鲸的长角,后来好长时间这支角一直挂在温莎宫里。"一位爱尔兰作家十分肯定地说,莱斯特伯爵①也曾屈膝敬献给女王陛下一只角,不过那只角是来自陆地上的一只独角兽。

一角鲸通身乳白色,点缀着圆形和椭圆形的黑斑,像一只非常好看的豹子。它的油非常高级,又清又纯,不过量很少,而它又很难捕获。它主要见于两极周围的海洋。

第二部分(八开本型)第四章(杀手鲸)。——关于这种鲸,南塔开特人准确掌握的情况很少,职业博物学家更是一无所知。从我远远看它的情况来看,它的大小跟逆戟鲸差不多。它非常凶猛——有点像斐济鱼。有时它咬住对开本型大鲸的嘴唇不放,像水蛭般吊在那里,那巨大有力的海兽急得要死也无可奈何。从没有人追捕它。我从未听说过它有怎样的油。给这种鲸取这么个名字并不太合适,理由是它的意思不明确。因为凡属生物,陆上的也好,海中的也好,无一例外全是杀手;波拿巴②家族和大鲨鱼全包括在内。

第二部分(八开本型)第五章(长尾鲸)。——这位先生以其尾巴闻名,它把尾巴当鞭子,用来抽击敌方。它登上对开本型大鲸的背,人家一游动,它就用尾巴鞭打它,好让自己前进。有些小学教师就是这样混日子的。它比杀手鲸更不为人所知。哪怕在无法可依的海洋上,二者均算得上是不法之徒。

第二部分(八开本型)就这样结束了。现在开始第三部分(十二开本型)。

十二开本型包括体型最小的鲸:(1)乌拉鲸;(2)海盗鲸;(3)白嘴鲸。③

那些没有专门研究过这个题材的人可能会觉得奇怪,怎么一般

---

① 伊丽莎白女王30年的宠臣,也是她多年的情人,据说被他的妻子毒死。
② 指波拿巴·拿破仑。
③ 这三种鲸的英文词都是海豚。

四英尺或五英尺的鱼居然也归到了鲸鱼门下——这个词儿，按照一般的理解，总是和巨大联系在一起。但是，根据我给鲸下的定义来看——即会喷水、尾平直的鱼皆为鲸，上述列入十二开本型的动物确实都是鲸。

第三部分（十二开本型）第一章（乌拉鲸）。——这是一种很普通的小鲸，几乎到处都可见到。它的大名是我取的；因为小鲸不止一种，必须有所区别。我之所以叫它乌拉鲸，是因为它们总是欢天喜地，成群结队地在浅滩间出游，在辽阔的大海上不断向空中跳跃，就像七月四日①人群向空中抛的帽子一样。它们一出现，总会引起水手们的欢呼。它们照例兴高采烈地在微波起伏的海上顶风而游。它们是喜欢在风前嬉闹的顽童。人们把它们的出现看作是幸运的预兆。你要是看到这些快快活活的小鲸而无动于衷不欢呼雀跃，那么，老天保佑你；你身上简直没有多少活力可言。一条吃好吃饱、脑满肠肥的乌拉鲸可以足足给你一加仑好油。而从它的口腔部位提炼出的那种纯净浅色的液体更是特别珍贵。宝石匠和钟表匠都离不了它。水手们把它滴在细磨石上。此外，小鲸肉也很好吃。你可能从没想到过小鲸也会喷水。事实上，它喷的水柱极为细小，不容易为人看清。不过下次你要是有机会的话，仔细观察观察它；你就会看到在你面前的是一条具体而微的大抹香鲸。

第三部分（十二开本型）第二章（海盗鲸）。它是一个十足的海盗，非常凶猛。据我所知，它只出没于太平洋。它比乌拉鲸稍稍大一点，但总的体态结构很接近。一触怒它，它会像鲨鱼一样吞掉你。有好几次我放下小艇去追它，但还没见过它被捕获过。

第三部分（十二开本型）第三章（白嘴鲸）。——这是小鲸中最大的一种，迄今还只在太平洋里发现过。至今只有捕鱼人才给他起了唯一的英文名称——露脊小鲸，那是因为它主要出现在那种对开本

---

① 美国国庆日。

型大鲸附近。在外形上它和乌拉鲸稍有不同，没有那么圆胖，腰围没有那么粗，说实在的，它长得干净利落，颇有绅士风度。它背上无鳍（大多数小鲸都有），有一条可爱的尾巴，一双淡褐色的多愁善感的印第安人眼睛。可是它的白嘴却造成了压倒一切的破坏性效果。虽然它的整个背部到两侧的鳍是一片深黑色，却有一条界线，像船身的吃水线一样清清楚楚地从头至尾将全身分为黑白分明的上下两部分。界线之上为黑色，之下为白色。白色覆盖它头的一部分和它整个嘴，这使他活像是刚刚从抢劫粗粉袋的犯罪现场逃脱似的。满嘴是面粉，那模样着实可恨！它的油跟一般小鲸没有多大差别。

这种系统的分类就到十二开本型为止，因为小鲸已经是鲸类中最小的了。以上所述，所有闻名的大海兽都已经到齐了，不过，还有一些难以确定、行踪诡秘、半属传说的鲸，我作为一名美国捕鲸人，也只是耳闻，未曾目睹。我准备用水手们的称呼——列举它们；因为这样一个名单对后世有志于完成鲸的调查的人可能会很有用处，我只不过是起了个头。如果今后下述任何一种鲸被捕获并作了记录，那就可以很容易地将之按体型大小归类：宽喙鲸、旧缆鲸、笨头鲸、南非鲸、领头鲸、大炮鲸、瘦鲸、铜皮鲸、大象鲸、冰山鲸、圆蛤鲸、蓝鲸等。根据冰岛、荷兰和古英格兰一些权威人士的著述还可以将那些尚不明确的、又有各种各样古怪名称的鲸，再列几张名单。但我认为那些名称都已经过时，故略而不提；并且我也不得不怀疑，那些名称只是徒有虚名，大谈其大海怪，却纯属捕风捉影。

最后一点：我一开头就说过，这个分类法不会在我手里一下子就告完备。诸位现在已经很清楚，我信守了我的诺言。不过，我现在就要把我这未完工的鲸类学分类草草撂下了，甚至于就像那未竣工的科隆大教堂[①]，起重机还架在未完成的塔顶上。一项宏伟的工程，头一

---

① 德国著名的科隆大教堂于1248年开工兴建，因故历经数百年而未完工，后又遭劫难，已完工部分被毁。1824年重新修建，1830年全部完工，至1880年才正式举行开幕典礼。

批建筑师可以开个小小的头，至于主体部分，更为困难的部分，总是留待后人去完成的。上帝总让我一事无成。这整卷分类学只不过是个草稿——不，只能说是草稿的草稿。啊，时间啊、精力啊、金钱啊、耐心啊！

第三十三章　斯培克辛德

说到捕鲸船上的头目，在此处写一写船上人员内部特有的情况似乎再好不过了，这种情况源于头目中标枪手阶级的存在，这个阶级自然是除了捕鲸船队外不为别的船舶所知的。

人们把标枪手这个职业看得异常重要，这一点从以下这个事实便可以看得很清楚。二百多年前，在古荷兰捕鲸业中，捕鲸船的指挥权原先并不是完全掌握在现在称为船长的人手中，而是由船长和一个叫作斯培克辛德的头目共同掌握。斯培克辛德这个词的字面意思是切割鲸膘的人。然而多少年来的习惯用法使它慢慢变成和首席标枪手同义。那时候，船长的职权仅限于指挥船只航行和一般管理；至于捕鲸以及与之有关的一切事情，则由斯培克辛德，即首席标枪手全权负责。在英国格陵兰捕鲸业中，古荷兰这个头目的职位，在错写成"斯培克西昂尼尔[①]"的头衔下仍然保留下来了，但他昔日的权限却大大削减了，如今他的级别不过是个高级标枪手而已，因此，他只是船长手下低而又低的一个下属。然而，一次捕鲸航行的成败与标枪手的表现大有关系，而且在美国捕鲸业中，由于他不仅是捕鲸小艇上一个举足轻重的头目，而且在某种情况下（捕鲸场上值夜），他要负责指挥全船甲板上的大小事宜，因此，根据海上最高的政治行为准则，名份

---

① 相当于一等标枪手，不过只负责剖鲸腹取鲸油。

上他应该和普通水手分开来住，在专业特长的优势上也应该和他们有所区别，虽然他总是被亲热地看作他们中间的一员。

如今，在海上，头目和水手的最主要区别就是：前者住船尾，后者住船首。因此，不管是在捕鲸船上也好，商船上也好，三位副手的宿舍和船长的在一起；同样，在大多数美国捕鲸船上，标枪手也住船尾，就是说，他们在船长舱里用餐，他们睡的地方可以和船长舱相通。

在整个漫长的南下捕鲸航行期间（那是自古至今人类所作的航行中历时最长的，比其他的要长得多得多），它所特有的风险，使得船上所有的人生死与共，休戚相关。这个集体的全体成员，无论职务高低，赚的钱靠的不是固定的工资，而是共同的运气，以及大家的警觉、勇猛和吃苦耐劳的工作。虽然这一切在某些情况下会导致纪律松弛，不如一般商船严格。然而不管这些捕鲸人多么像古老的美索不达米亚家族那样在好些方面沿袭古风住在一起，至少后甲板上那种礼仪烦琐的形式实际上仍然未放松，更没有废置。确实，在许多南塔开特捕鲸船上，你可以看到船长在后甲板上趾高气扬地走来走去，要尽了威风，那种神态连海军也未见得胜得过他们；不，耍威风还不够，他们还迫使你对他们诚惶诚恐，毕恭毕敬，好像他穿的是皇上的紫袍，而不是一身褴褛的海员蓝粗呢。

虽然"裴廓德号"那位阴沉的船长是最不喜欢摆出那副肤浅之至的派头的人，虽然他所苛求的仅仅是令出即行的服从，虽然他从不要求人家在踏上后甲板之前先脱掉鞋子，虽然有时候，由于和我行将细述的事件有关的特殊情况，或是出于谦虚，或是作为警告，或是什么别的原因，他用其他异乎寻常的口吻对他们说话，但即使是他亚哈船长，也绝不会不遵守海上种种至高无上的形式和习惯。

或许，人们最终会看出，他有时可以说是借这些形式和习惯作掩护，偶尔也利用它们假公济私。要不然，他头脑中某种唯我独尊的思想也不会那么放肆地表现出来；正是通过那些形式，这种唯我独尊的思想才化作一种不可抗拒的独裁行径。因为一个人无论怎么天生才智过人，也绝不可能就此化为实际的凌驾于他人之上的无上权威，除非他借助于某种外在形式的算计和防范，而这种算计和防范本身总是或多或少让人感到卑鄙可耻。正是这种情况使得帝国中上帝属意的真正优秀的子民永远登不上人间的竞选讲坛，而把普天之下最高的荣誉归于另一些人，那些人之所以实至名归，与其说是因为他们比平庸的普通大众确实优秀得多，还不如说是因为他们和极少数洁身自好、不屑钻营的精英相差得太远。当极端的政治迷信包围着这些真正的王孙时，大德行便在小事物中韬光养晦，以致在一些皇家的事例中权力居然交给了白痴似的低能儿。而那顶地理意义上的帝国的王冠一旦套上一颗至高无上的脑袋，比如尼古拉沙皇①，那么，平民百姓只有奴颜婢膝地匍匐在不敢仰视的至尊之前了。悲剧作家喜欢把那种凡夫俗子的不可一世的气概形容得大气磅礴、势吞山河，却忘了眼前提到的对他的策略来说至关重要的东西。

不过，我的亚哈船长却仍然完全以一副南塔开特人的凛然不可侵犯的神气和须发蓬松的样子闪现在我眼前。在这段涉及帝王的插话中，必须承认我只不过是在和一个像他这样的可怜的老捕鲸人打交道；因此，一切显示权势的服饰与鞍辔均与我无缘。亚哈啊！你身上将会显出的至大至刚之处定是得之于苍天，索之于深海，拟之于无形的长空！

🐋 第三十四章　船长餐桌

中午，那个叫汤团的小厮从船长舱舱口探出他那苍白的面包似的脸来，通知主人开饭了。他的主人这时坐在挂在船尾背风处的一只

---

① 沙皇尼古拉一世，在位期间是一个典型的独裁者，有"铁沙皇"之称。

小艇上，刚刚观察完太阳，正在一块光滑的大奖章似的平板上默默地计算着船只所在的纬度，那平板就搁在他那鲸骨腿上半部，是专门供他每天要完成的这项工作使用的。瞧他毫不理睬这声招呼的样子，你也许会以为阴沉的亚哈没有听见他的仆役的话。可是他却随即起身抓住后桅支桅索，翻身上了甲板，用一种平常的并不显得高兴的声音说了声："吃饭了，斯达巴克先生。"然后就消失在甲板上。

等到他的这位苏丹的脚步声一点儿也听不到了之后，第一酋长斯达巴克估计他已经在餐桌前落座，便一下子跳出了他的入定状态，在甲板上打了几个转身，郑重地瞧了瞧罗经柜，带着几分高兴地说："吃饭了，斯塔布先生。"随即就下舱去了。第二酋长在索具旁边转悠了一下，然后轻轻摇摇主转帆索，看看这根至关重要的绳索是否扣的牢靠，接着他唱起了重复过无数遍的老调，快快地说了句，"吃饭了，弗拉斯克先生。"便踩着前两位的步子也下去了。

可是这位第三酋长，这时看到只有他独自一人在后甲板上，似乎摆脱了某种奇怪的拘束，顿时感到浑身轻松自在。只见他朝前后左右心照不宣地使了个眼色，然后踢掉鞋子，突然就在苏丹的头顶上①跳起疾风般的却又无声无息的水手舞来；随手又把后桅楼当作衣帽架，巧妙地把帽子扔进里面，就载歌载舞地奔舱口而去。和其他一切程序正好相反，至少在逗留在甲板上的这段时间里，他以音乐舞蹈殿后。但是一到舱口要下舷梯时，他收住了脚步，整个儿换上了另一副面孔，于是，无拘无束兴高采烈的小个子弗拉斯克便扮成了贱民或者奴隶，来到了亚哈王跟前。

说起来，像下面这种情况，在海上那种最矫揉造作的习俗所培植的怪事中，还不是最不足为奇的；在甲板上众目睽睽之下，有些头目，一旦遇上颜面攸关的事情、气不打一处来的时候，也会表现的无所畏惧，不受威慑地对他们的总头头怒目相对，出口不逊；然而如果马上

① 指亚哈船长舱顶上的后甲板。

让这些头目下船长舱去进例行的午餐，总头头在餐桌上首一坐，他们十有八九却又立即变得满面春风、毫无抵触情绪，虽说不上赔礼道歉和低声下气。这种情况很令人惊奇，有时还让人觉得滑稽可笑。为什么会有这种突如其来的变化？这是一个问题吗？也许不是。既成其为巴比伦之王伯沙撒[①]；而且还谦恭有礼，并不盛气凌人，这其中必定有某种世俗的伟大存在。不过，谁要是在自己的餐桌上适当地拿出一副声势显赫、才智过人的派头来招呼客人，那他的权力和威信肯定无可争议，他的王者气派也会超过伯沙撒，因为伯沙撒毕竟不是最伟大的。谁只要请朋友吃过一顿饭，谁就尝到了做恺撒大帝的滋味。这是一种不可抵御的变出社交中的皇权的妖法。现在，如果在这种考虑之上再加上作为一船之长的无上权力，那么，根据推论，你就可以得知刚刚提到的那种海上生活奇特现象的缘由了。

亚哈就像白色的珊瑚滩上一只一声不响、满头鬃毛的海狮，盘踞在他镶着鲸骨的餐桌上首，周围是它那些好斗的但仍充满敬意的小海狮。每个头目都在等着轮到他的那份菜端上桌来的时刻。在亚哈面前，他们都像小孩一样；然而亚哈脸上似乎丝毫见不到盛气凌人的影子。大家的眼神不约而同又全神贯注地盯着老头子手中的餐刀，看他切割面前的主菜。我想他们准是怕玷污了这神圣的时刻，谁都一声不吭，连无关宏旨的天气都没人谈。绝对的鸦雀无声！等亚哈伸出他夹着一片牛肉的刀和叉，示意斯达巴克把盘子挪过去，大副就像接受施舍似的接过那块肉，然后斯斯文文地将它切成小块，要是偶尔餐刀碰着了盘子发出了一点儿声响，还会吓得身子一悚。他嚼起肉来不出一点声音，咽下去时也不敢粗心大意。这光景犹如法兰克福的加冕宴席上，德国皇帝郑重其事地和那七位选帝侯共进晚餐。因此不知怎的，在船长舱中进餐也同样庄严肃穆，谁都一言不发地吃着。虽然，亚哈老头并不禁止在饭桌上说话，只是他自己从不作声。因此，可以想象，

---

① 巴比伦国王拿沙尼度的长子，后继承王位，见《旧约·但以理书》第五章。

当一只老鼠突然在底舱里大吵大闹，这对噎住了的斯塔布是个多大的安慰。至于可怜的弗拉斯克，这年纪最小的儿子，是这个乏味的家庭宴席上的娃娃，他分到的是腌牛肉里的小腿骨，而他应得的不过是鸡爪子。对于弗拉斯克来说，要是自己敢于随意挑菜吃，往轻里说也无疑是犯了偷窃罪。要是他真的在这张餐桌上随意挑了菜的话，那毫无疑问，他再也别想在这个诚实无欺的世界上抬起头来了。尽管如此，说来奇怪，亚哈可从来没这么禁止过他。弗拉斯克要是真的这样做了的话，亚哈多半儿根本就不会注意到。弗拉斯克最不敢随意取用的是黄油。不知他是以为船老板不给他黄油吃是怕那东西会糊起他那张干净开朗的脸，还是他认为在这没有集市的大海上要航行这么久，黄油是有钱没处买，因此不是给他这样等而下之的小头目准备的呢；唉！不管他怎么想，弗拉斯克呀，反正黄油没他的份！

还有一点。弗拉斯克是最后一个下来用餐的，却是头一个起身离开餐桌的人。想想看！这样一来，为了抢时间，弗拉斯克这顿饭就只好三口两口硬塞下去。斯达巴克和斯塔布都比他先吃，而他们又有慢悠悠地离开餐桌的特权。要是偏又赶上斯塔布（他的级别比弗拉斯克也不过就高那么一点儿）胃口欠佳，显出就要搁下刀叉的样子，那弗拉斯克就只有赶紧加油，那天他会吃不上三口就得起身。因为要是斯塔布先于弗拉斯克回到甲板上去，那是违反海上生活神圣的惯例的。因此，弗拉斯克有一回私下里承认过，自从他荣升三副的那天起，他就或多或少地不知道吃饱饭是个什么滋味。因为他从没有吃饱过，一天到晚总是饿着肚子。弗拉斯克心想，我的肚子永远不会有安静和舒畅的时候了。我大小也是个头目，可是我多么想像过去当水手时那样待在船首楼里手里攥着块老牛肉啊。现在算是尝着升官的滋味了。名声好听全是假的。这生活多荒唐啊！再说，要是"裴廓德号"上随便哪个水手对弗拉斯克怀恨在心的话，他只需在吃饭时间到船尾去，在船长舱的天窗上偷偷地往里瞧一眼弗拉斯克，看他是如何呆若木鸡地坐在令人敬畏的亚哈船长面前的，便足够他出那口恶气了。

　　且说亚哈和他的三个副手组成了"裴廓德号"船长舱里的第一桌。待三个头目按照先到的后走这样一个顺序离开后，那脸色苍白的小厮便把帆布桌布收拾干净，或者还不如说匆匆整理了一下。于是，三个标枪手便被叫来就餐，他们是残羹剩饭的承袭人。他们把气派非凡的船长舱变成了下人的临时食堂。

　　和船长在座的餐桌上那一种令人难以忍受的拘束和无以名状的压抑气氛相比，标枪手这些下等人单独在一起则显得无拘无束，自由自在，彼此之间完全平等，毫无顾忌。这种近乎狂放的民主精神与前者形成了一种奇异的反差。他们的上司，三位副手吃饭时上下颚一张一合都生怕弄出一点声音来，这些标枪手却嚼得津津有味，吧唧吧唧直响，让人老远就能听见。他们吃起饭来像贵族老爷般旁若无人；他们填起肚子来就像在印度群岛的船只整天往上装香料似的。魁魁格和塔希蒂格的食量大得惊人，为了要填补上一顿饭消化后的空虚，脸色苍白的小厮汤团常常不得不端上一大块腌脊肉，就像从一条整牛身上挖下来的似的。汤团要是反应不够快，没有灵敏得像三级跳远似的赶紧张罗，塔希蒂格就会很欠绅士风度地照他背上甩过去一把叉子，像掷标枪似的，催他加快速度。有一次，达格心血来潮，要帮助汤团加强记忆力，就一拎起他的身子，将他的脑袋按在一个大空盘里，塔希蒂格则拿把餐刀，在他头上比画出一个圆圈，做出要剥他头皮的架势。这个脸像面包的小厮，破产的面包商和医院护士的后代，是个天生胆小怕事、动不动就浑身哆嗦的小家伙。由于一天到晚都看亚哈那令人害怕的阴沉的脸，还要定时应付这三个野人每天下来用餐时的胡搞一气，弄得他整天提心吊胆。通常是，把标枪手要的东西都端上来之后，他就赶紧躲到隔壁的食物贮藏室去，离他们的爪子远远的，不时还心有余悸地从贮藏室门上的百叶窗瞧瞧他们，等他们吃完饭走了以后才敢出来。

　　看到魁魁格高坐在塔希蒂格对面，锉得尖尖的牙齿和这印第安人的牙齿对比鲜明，还真有意思。达格打横坐在地板上，和他们成品字形，因为他要是坐在凳子上的话，他那有如扎彩灵车般的头便会碰着舱顶低矮的横梁；他那巨大的四肢一动，那低矮的舱身便会抖一抖，就跟船上装运了一头非洲大象一样。但尽管他是这样一个庞然大物，这个黑人却举止优雅，而且吃得非常有节制，甚至可以说是非常挑剔。这么魁梧、宽厚、宏伟的一个人吃得这么少，却能保持旺盛的精力，这简直不可思议。不过，毫无疑问，这个高贵的野人饱餐痛饮了天地间取之不尽的元气，他那翕张的鼻孔也吸进了宇宙间生命的精华。牛肉和面包是造就不了或者说哺育不出巨人来的。但是魁魁格呢，他吃喝起来嘴唇粗野地咂巴，发出极大极不文雅的吧唧吧唧声——难听极了——声音之大，使得抖个不停的汤团几乎要看看自己皮包骨的胳膊上是不是也留下了齿印。而每逢塔希蒂格大声喊他出来，要剔他的骨头，这傻乎乎的小厮吓得浑身大抖特抖，几乎把贮藏室周围挂着的那些陶器都给碰碎。这些标枪手都随身带着细磨石，用来磨标枪和其他武器，吃饭时，他们会故意拿出来磨餐刀。那刺耳的磨刀声更丝毫不会让可怜的汤团的神经片刻安宁下来。他怎能忘记，在岛上那些日子里，魁魁格会在吃喝玩乐时一不小心就参与了某些轻率的杀人大案。唉！汤团呀！一个要伺候食人生番的白人仆役的日子也真是不好过。他搭在胳臂上的不应该是餐巾，而应该是圆盾。不过，让他大为高兴的是，时间一过，这三位海上武士就会按时起身来离去。对他那想入非非、容易上当的耳朵来说，他们每走一步，那雄赳赳的四肢百骸，便会像摩尔人鞘中的弯刀，发出金属碰撞的叮当声。

但是，这些野蛮人虽然在船长舱里用餐，并且名义上也住在那里，可是他们好动不好静，因此除了吃饭时间以外，他们很少待在船长舱里，只是临睡觉之前，才经过那里到各自的房间去。

在这一件事情上，亚哈似乎跟美国大多数捕鲸船长意见一致，这些物以类聚的人物，都是很赞成这样·种意见，即倾向于认为船长舱应该纯粹属于船长，仅仅是出于礼貌才准许其他人任何时候都可以进来。所以，实际上，"裴廓德号"上的三位副手和标枪手说是住在船长舱里，其实是住在船长舱外。因为即使他们真进了船长舱，那也只不过像临街的门，一推，那门便进屋晃了一下，旋即又弹了回来，还是长期待在屋子外面。不过他们并不因此而有多大损失。船长舱里本来就没有什么友情；就人际关系来说，亚哈是难以接近的。在名义上，他也算是个基督徒，却仍然是个局外人。他生活在这世界上，就像是定居在密苏里州的最后一头凶猛的熊。等春天和夏天一过去，这只犹如林中野人洛冈①一般的熊，便钻到树洞里，舔着自己的脚掌度过冬天。亚哈也一样，在严峻凄凉的晚年，把自己的灵魂关在他空洞的躯干中，在郁郁寡欢、闷闷不乐中打发日子！

第三十五章　桅顶瞭望

我跟其他水手轮流值班，头一次，轮到我上桅顶瞭望的时候，正好赶上好天气。

在大多数美国捕鲸船上，几乎是船一离港，就安排了人到桅顶上瞭望，哪怕船离正式捕渔场还有一万五千里或更远的时候也是如此，在出航了三四年或者五年之后，在快要到家的返航途中，只要船上还有什么容器没有装满油——哪怕是还有一个空瓶子——桅顶值班就会继续安排到最后一刻。不等它的第三层帆在港内如林的帆樯中收起，便绝不放弃再捕一条大鲸的希望。

由于桅顶瞭望，不管是靠岸或是航行时，都是一件由来已久且很有意思的事，我们不妨在这里稍稍多说几句。据我看，最早的桅顶瞭望人是埃及人，因为我反复查证也没有发现有比他们更早的瞭望者。

---

① 印第安人的一位首长，曾与领地的白人友好相处，1774 年因全家被白人屠杀，对白人充满仇恨，愤而反抗。

虽然他们的先辈，巴别塔①的建造者们，肯定是想把他们的塔建成全亚洲或全非洲最高的桅顶；然而（在最后搁上桅顶杆之前），他们那根巍峨的大石桅可以说是被愤怒的上帝刮起的大风扫到海里去了，所以我们不能说巴别塔的建造者比埃及人早。而且，说埃及人是一个桅顶瞭望者的民族，这是以考古学家共同的看法为依据的，他们认为最早的金字塔就是为观测天象、研究天文学建造的：这一理论最有力的依据是，这些大建筑的四周全是独特的梯形结构；那些古代的天文学家便是踏着这些梯级、经过一段艰难漫长的路程登上塔顶，为发现了新星而大声叫喊，就像是现代船只上的瞭望者发现了一艘船或一条刚刚露头的大鲸一样。一个待在桅杆顶上的勇士的极好例子是圣斯泰利蒡斯②，那是古代一个著名的基督教隐士，在沙漠上给自己建立了一根高高的石柱，并在石柱顶上度过了自己整个后半生，所需的食物则用一只滑车从地上往上吊。这就是一位典型的不屈不挠的桅顶瞭望者。不管是起雾、打霜、落雨、下冰雹或雨夹雪，都不能把他赶下桅顶。他勇敢地面对一切，在桅顶上坚持到生命的最后一息。名副其实地死在自己的岗位上。至于现代的桅顶瞭望者则是一群死气沉沉的人，纯粹是些石人、铁人、铜人，虽然足能经受一场狂风，却完全不能胜任发现任何异常事物及时报告的这个任务。有个拿破仑，矗立在约一百五十英尺高的旺多姆圆柱③上，双臂交叉，也不在乎是谁在统治下界，是路易·菲利浦也好，路易·布朗也好，路易·魔鬼④也好，他都无所萦怀。伟大的华盛顿也高高挺立在巴尔的摩那高耸的大桅顶⑤上，脚下的大桅柱就像是大力神赫尔克里斯立的一根柱子，标志着凡人不可企及的人间壮丽的极限。钢炮起锚机底座上的海军大将纳尔

---

① 见《圣经·旧约·创世记》第十一章。古巴比伦未建成的通天塔。

② 叙利亚人圣西米翁。他在各种柱上生活了三十五年以上，而且每次换的柱子都比前一次高。

③ 指巴黎旺多姆广场上的拿破仑雕像。

④ 指法国第二共和国总统路易·拿破仑。

⑤ 指华盛顿雕像柱，它比英国的纳尔逊像柱和法国的拿破仑像柱都要高。

逊也屹立在特拉法加①广场的桅顶上，即使在伦敦烟雾弥天的时候，仍然在指示人们，此处隐藏着一位英雄人物，因为凡有烟处就必定有火。但是，伟大的华盛顿也好，拿破仑也好，纳尔逊也好，不管他们所注视的这个困扰不安的世界怎样狂热地祈求他们的谕示，他们对来自下界的呼声都充耳不闻；不过，我们不妨揣测，他们的魂灵可以透过未来的浓雾，照耀出那些必须绕过的浅滩和暗礁。

把陆地上的桅顶瞭望者和海上的桅顶瞭望者混为一谈。无论从哪方面说，都似乎不伦不类。可是实际不然。有一点可以看出二者完全可以相提并论。这一点，南塔开特唯一的历史学家奥贝德·麦西说得很清楚。可敬的奥贝德告诉我们，在捕鲸业初期，还没有定期开船出去干这营生的时候，南塔开特岛上的居民沿海岸立起高高的圆木，瞭望者便踏着钉在上面的楔子爬上去，有点像鸡上楼进埘一样。几年前，新西兰的海湾捕鲸人也采用了这个办法，他们一发现大鲸，便立即通知停靠在岸边万事俱备，随时待命出发的小艇。但是这种做法现在已经过时了；我们还是回到唯一的正经八百的桅顶，海上捕鲸船的桅顶上来吧。

那三个桅顶上从日出到日落都有人守望。水手们轮流值班（跟轮班掌舵一样），每两小时一换。在热带地域，赶上风平浪静的好天，在桅顶上值班最惬意不过了。而对一个充满梦幻、爱沉思冥想的人来说，那简直是一种莫大的享受。你往那儿一站，离寂静的甲板有一百英尺高，两腿叉开，好像那些桅杆是巨大的高跷，人踩在高跷上阔步行走在汪洋大海上，海中最大的巨兽像是在你脚下和两腿之间游泳，甚至就像是船只一度在横跨古罗兹岛港口入口处的著名的太阳神大雕像②的两腿之间驶出驶入一般。你往那儿一站，似乎迷失在连绵无

---

① 在伦敦，因纳尔逊在特拉法加角海战中获胜战死，所以在这里为他立像纪念。

② 罗兹岛港口有高达30米的太阳神大雕像，传说雕像的双腿站在两道防波堤中，形成港口的入口处，为世界七大奇迹之一。

尽的大海之中，一切都很平静，只有波涛汹涌翻腾。船像昏睡过去了
一样，懒洋洋地颠簸前行。和煦的海风催人欲醉。这一切好像要把你
融化在倦怠之中。大体说来，在这种热带捕鲸生活中，日子过得平淡
无比。你听不到任何消息，读不到任何报刊，那些把日常琐事加油加
醋故作惊人地渲染一番的报道也绝不会令你上当，产生不必要地激
动；你听不到国内的种种苦难，不用怕证券公司破产，股票下跌；你从
不用为下一顿饭吃什么而担心——因为你三年多的膳食都稳妥可靠
地贮藏在桶了里，而且你的菜单也是不变的。

　　一只南下的捕鲸船在长达三四年的航行中，一个在桅顶上值班
的人所花的时间零零碎碎加起来通常会有好几个月。最令人难受的
是，在你献出相当一部分有生之年的地方，竟然没有任何使生活稍稍
舒适一点或者有助于培植起一种如归之感的设施，诸如一张床铺、一
个吊床、一个烛台架、一个岗亭、一个讲道坛、一张躺椅，或者任何其
他能让人舒服地小憩片刻的小设备。在桅顶你最经常的栖息处是在
上桅顶上那叫作桅楼横木的两根平行细木棍上（几乎是捕鲸船所特
有的）。一个新手站在这上面，随着波涛起伏而颠簸，那种感觉就跟站
在公牛的两只角上一样，令人心惊胆战。一点不假，遇上比较凉快的
天气时，你可以把瞭望服当房子带上去。不过，严格说来，那件加厚的
瞭望服不能算作房子，它并不能比赤身裸体多起点房子的作用，正如
灵魂附着在肉体里，既不能在里面自由行动，也不能从里面出来，就
像一个无知的进香人想在冬天穿过冰雪覆盖的阿尔卑斯山一样，要
不招致送命的极大危险是不可能的。一件瞭望服与其说是一间房子，
还不如说是个封套，或者说是裹在你身上的另一层皮。你不能在体内
摆上一个搁架或者五斗柜，同样你也不可能把瞭望服变成一个舒适
的小房间。

　　关于这一切，最为遗憾的是，南下捕鲸船不像格陵兰捕鲸船，桅
顶上安装有称作"桅楼守望台"的那种令人羡慕的小帐篷式的讲道
坛，瞭望人待在里面可以抵御冰冷的大海上无情的气候变化之苦。斯

立特船长①写了一部标题叫《冰山中的一次航行:搜索格陵兰鲸,不意重新发现古格陵兰已湮灭无闻的冰岛殖民地》的炉边记事。在这部杰作中,斯立特船长就快船"格拉西尔号"上新发明的"桅楼守望台",为所有桅顶瞭望者作了一个引人入胜的详细介绍。他称它为"斯立特氏桅楼守望台"以纪念他自己。他作为这一新事物的原始发明者和专利人,丝毫没有那种可笑的假谦虚,认为既然我们可以用自己的名字来为自己的孩子命名(我们做父亲的总归是自己的孩子的原始发明者和专利人吧),那同样我们发明的任何其他东西自然也可以用我们自己的名字来命名。外形上,斯立特氏桅楼守望台有点像大酒桶或者大管子。上面是敞着的,侧面安了一个可移动的屏风,刮大风时可以给你的头部挡风。由于守望台是固定在桅顶上,你只能从它底部的一个小活门钻进去。在靠后这一面,或者说靠船尾这一面,有一张挺舒适的椅子,椅子下面是个小柜,可以放雨伞、毛围巾和外套。座位前面有个皮架,可以搁扩音筒、烟斗、望远镜和海上用的其他小物件。斯立特船长亲自登上他这个守望台瞭望时,据说他总是随身带着一支来复枪(也固定在皮架子上),一个火药筒和子弹,以便击杀在那一带海域成群出现却走散了的一角鲸以及到处游荡的一角鲸。由于海水的阻力,在甲板上很难射中它们,但是从高处往下射击,那就是另一回事了。他说得眉飞色舞,看来他之所以很有兴致地义务介绍一番桅楼守望台优越性的一切细节,是出于对自己得意之作的热爱。他把很多方面说得很详细,还就这个桅楼守望台所做的实验对我们作了很有科学性的描绘。他说他在守望台上备有一个小罗盘,目的在于克服所谓"局部引力"对所有罗盘磁铁所造成的误差;这种误差是由于甲板上有铁物在罗盘附近与之处于同一水平所引起的,而从"格拉西尔号"的情况来看,则得归因于船上水手中有太多累坏了以后改行的铁匠。但我认为,虽然这位船长对甲板上这种现象考虑得很周到,也很合乎

① 威廉·斯哥斯比的父亲,据说他是一个卓越的北极捕鲸人。

科学，然而，不管他对他那些"罗盘偏差"、"方位罗盘观测"以及"近似误差"说得如何头头是道，其实他自己知道得很清楚，他在这种高深的有关磁学的思考方面钻得并不深，以致那装得满满当当的、就在他守望台伸手够得到的地方的小套瓶并没有引起他的注意。虽然，总的说来，我非常敬佩，甚至热爱这位勇敢、正直、有学问的船长；然而，令我大为不满的是，这小套瓶肯定一直是他无比忠诚的伴侣和安慰者，而他居然对它绝口不提，只顾待在离桅杆顶不到二十来码高处的鸟巢中，戴着连指手套，包着头巾，研究数学问题。

不过，即使我们这些南下捕鲸人不像斯立特船长和格陵兰捕鲸人在高处有一个遮风挡雨的小间，然而我们大部分时间是在那些迷人的海域航行，我们所享受的大不相同的宁静足以抵消那方面吃的亏。就拿我来说，我就喜欢非常悠闲地攀上索具，在顶上歇一歇，和魁魁格或我碰上的任何一个刚下班的人聊上几句，然后再往上登一小段，一条腿懒散地搁在中桅帆桁上，观赏一番水上牧场的风光，最后才登上我的目的地。

且让我在这里说说心里话。我坦白地承认我值班实在很不像样。因为宇宙的大问题老在我脑子里转，我怎么能——既然独自一人处于这样一个极易浮想联翩的高处——我怎么能认真对待我的责任呢，这责任就是执行好一切捕鲸船上这一长期有效的命令："时刻警惕着，发现情况及时呼叫。"

也让我在这里真心实意地提醒你们，你们这些南塔开特的船老板们！千万别往你们那需要高度警惕性的捕鲸业中录用那些疏眉深目、爱作不合时宜的冥想的小伙子；那些头脑中装满了斐多[①]而不是鲍迪奇[②]来到船上找活干的人。嗨，千万要注意这种人。捕杀鲸鱼首先得发现鲸鱼；而这样一个眼窝深陷、年纪轻轻的柏拉图门徒会拖着你

---

① 希腊哲学家，苏格拉底的学生。
② 美国航海人和数学家，幼时酷爱数学，曾在船具商那里做实习生，靠苦学终有所成。

绕地球转上十个圈也不让你发上一品脱鲸脑油的财。这些警告绝不是多余的。因为时下许多罗曼蒂克、无病呻吟、心神恍惚的年轻人把捕鲸业看作世外桃源，他们对尘世的操心劳碌感到厌倦，一心想从柏油和鲸脂中寻找乐趣。恰尔德·哈罗德① 就曾多次栖身在一艘不走运的、一无所获的捕鲸船上，郁郁不乐地喊道：

　　汹涌翻腾吧，你深深的暗蓝色海洋，翻腾吧！

　　多少艘捕鲸船飞速掠过，往返徒劳。

　　这种船的船长们往往斥责那些心神恍惚的年轻哲学家，怪他们对捕鲸航行没有表现出足够的"兴趣"，言外之意在说他们已经不可救药、胸无大志，因为在他们内心深处，他们宁愿看不到大鲸。不过，再怎么说也白搭。那些年轻的柏拉图门徒总认为他们自己视力不佳。这样，就是把视神经绷得再紧又有什么用？他们把观剧望远镜落在家里了。

　　"咳，你这猴子，"一个标枪手对那些小伙子中的一个说，"我们巡航都快三年了，你还一条大鲸都没发现过。只要你上了桅顶，大鲸就跟鸡牙齿一般稀罕。"也许它们真是少得稀罕，也许极目望去，在远方地平线上鲸鱼多得成了堆；但是这个心不在焉的年轻人，他的思绪被波涛的韵律催了眠，不知不觉完全进入了一种像抽醉了大烟似的昏沉沉、茫茫然、一无所知的幻想境界，终于忘了身在何处，把脚底下神秘的海洋当作广蔽人类与自然的深蓝无底的灵魂的视觉形象；而那躲着他的半隐半现、一掠而过的美丽奇特的东西，那看不真切的形体逐渐显露、依稀可见的鳍，在他看来，只是川流不息充塞灵魂的那些无从捉摸的思想的化身。就这般迷迷糊糊的你的生命逐渐向其来源处消逝，扩散到无垠的时空，就像无神论者克兰默② 的骨灰抛撒空中，最终成为泥土的一部分一般。

---

　　① 拜伦《恰尔德·哈罗德游记》中的主人公。

　　② 英国坎特伯雷第一任新教大主教，英国宗教改革运动者，1556 年受火刑致死。

如今，你的身子已无生命可言，只是随着微微颠簸的船来回摆动而已。而船的颠簸来自大海；大海的起伏则来自上帝莫测高深的潮汐。但是当你如此这般睡去，如此这般入梦时，只要挪动你的手和脚一点点，只要抓牢什么的双手突然松开，你的本性便会被吓得回到现实中来。你就翱翔在笛卡儿①旋风之上了。而也许，某个夏天中午，天气晴朗，你像嗓子眼堵住了似的尖叫一声，从半空中掉进大海，永远也冒不了头了。你们这些泛神论者，可得多加小心啊！

第三十六章　后甲板

［亚哈上，随后全体上］

烟斗事件后不久，一天上午刚吃过早饭，亚哈像往常一样，打舱口舷梯登上甲板。大多数船长都爱在这个时间到甲板上散散步，就跟乡下绅士喜欢在早饭后到花园里转上两圈一样。

他照老规矩走了几个来回，不一会儿，船板上就响起了鲸骨腿从容的脚步声。那地方他来回走得多了，到处留下了一行行脚印特殊的凹痕，像地质石一般。你要是也仔细端详过他那垄沟起伏的前额，你也会在那儿看到更为奇特的脚印——他的一个不眠不休、永远在踱步的思想的脚印。

但是，在这一天，他额上那些垄沟似乎更深，就像他这天上午紧张不安的脚步留下了更深的凹痕一样。这天，亚哈整个儿沉浸在他的思想之中，从主桅到罗经柜一成不变地来回走着。你几乎可以看到，他每拐一个弯，他的思想也拐了一个弯，他每走一步，他的思想也走了一步；确实，他已经完全听任自己的思想支配自己，以致他外在的

---

① 法国数学家和哲学家。

行为举止似乎都是内在模式的翻版。

"弗拉斯克，你看出什么来没有？"斯塔布悄悄说，"他脑子里的小鸡正在啄壳呢。马上就要破壳而出了。"

时间在一分一秒地过去。亚哈时而把自己关在船长舱里，时而又在甲板上来回地走，脸上还是那副不达目的死不回头的神色。

当一天快要过去的时候。他突然在舷墙边站住，鲸骨腿插在钻孔里，一只手抓住支桅索，命令斯达巴克把全体人员都叫到船尾来。

"先生！"大副吃惊地说，因为除了特殊情况，船上很少甚至从来不下这样的命令。

"把全体人员都叫到船尾来。"亚哈又重复了一遍，"桅顶上的人，喂！下来！"

全体人员集合后，都带着一种好奇而又不免有些提心吊胆的神色瞧着他，因为他的脸看上去就像是暴风雨将临时地平线上风起云涌的样子。亚哈迅速瞧了一眼舷墙外面，目光又由近到远扫了一遍水手们，然后好像旁若无人似的在甲板上来回地走，脚步沉重。他低着头，半压低帽子，继续走来走去，毫不理会水手中间诧异的小声议论。斯塔布小心翼翼地压低了嗓门儿对弗拉斯克说，亚哈把他们召集拢来，肯定是叫他们来看他走路的本事。不过，这种情况并没有持续多大一会儿。亚哈猛地一戳停住脚步，大声嚷道：

"喂，你们要是看到了一头大鲸，会怎么办？"

"高声喊嘛！"大约有二十个声音冲动地齐声回答。

"好！"亚哈喊道，他没想到自己那突如其来的问题竟能如此吸引他们，并激起他们由衷的兴奋，语调里流露出极端的赞赏。

"下一步怎么做呢，弟兄们？"

"放下小艇追呀！"

"追到什么程度呢，弟兄们？"

"不是鲸死，就是艇破。"

这老头一次又一次听到这样大声地回答，脸上显出了越来越古怪和强烈的喜悦和赞许的神色。船员们则开始好奇地你看看我，我看看你，好像觉得这事太不可思议，怎么这么一些毫无意义的问题会弄得他们这么激动。

但是，当亚哈对他们说出下面一番话时，他们又变得迫不及待，跃跃欲试。亚哈那条鲸骨腿仍插在钻孔里，身子半转了过来，一只手举得高高地抓着支桅索，抓得紧紧的，几乎是使出全身力气，对他们说：

"你们全体桅顶值班人员以前都听我下过关于一条白鲸的命令。你们注意啦！瞧见这枚一两重的西班牙金币了吗？"——说着便对着太阳举起了一枚光灿灿的金币——"这一枚就值十六块大洋，弟兄们。看到了吗？斯达巴克先生，请把那边那个大木槌递给我。"

在大副去拿槌子的这段时间里，亚哈默不作声，只是慢慢地在外套下摆上擦着那枚金币，好像要把它擦得更亮一点似的，一边自顾自低声哼着什么曲子，那声音听起来格外地闷声闷气，也不知道哼些什么，似乎这就是他体内精力旺盛的生命之轮转动的嗡嗡声。

他从斯达巴克手里接过大木槌，朝主桅走去，一手举着木槌，一手亮着金币，高声说道："我的孩子们，你们中间，无论是谁，要是大声叫喊发现一条白脑袋、皱眉头、歪下巴的鲸鱼；你们中间，无论是谁，要是大声叫喊发现那条右边尾叶上有三个枪窟窿的白头大鲸——注意啦，你们中间，无论是谁，要是大声叫喊发现那条大鲸，他就可以得到这枚金币，小伙子们！"

"好啊！好啊！"水手们挥舞帽子，为亚哈把金币钉牢在桅杆上这一举动而大声欢呼。

"听好了，我说的可是条白鲸。"亚哈把大木槌往地上一扔，接着说，"一条白鲸。把眼睛都睁大了，弟兄们。特别注意那水泛白的地方。哪怕只看到一个水泡，也要大声喊叫。"

在甲板上集合后整个这段时间里，塔希蒂格、达格和魁魁格一直怀着比其他人更强烈的兴趣和好奇心在一旁观看，待听到皱额钩嘴的白头大鲸时，三人都吃了一惊，好像各自想起了什么难以忘怀的往事。

"亚哈船长，"塔希蒂格说，"你说的那条白鲸肯定就是有些人叫它莫比·迪克的那条。"

"莫比·迪克？亚哈喊道，"那你也知道这条大鲸喽，塔希？"

"它沉下水去以前，先生，是不是总要有点儿古怪地扇几下它的尾巴？"这格里特佬很慎重地问道。

"它喷起水来也很奇怪，水柱很粗，也很急，哪怕在抹香鲸里也是少见的，是不是，亚哈船长？"达格问道。

"它还幼（有）一、二、山（三）——啊！好多铁在它皮里，船长，"魁魁格不连贯地嚷道，"都宁（拧）成——宁（拧）成个——个——"个了半天找不着那个词儿，就把手像起瓶塞似的拧了一圈又一圈——"个——个——"

"螺丝锥！"亚哈嚷道，"是呀，魁魁格，刺在他身上的几支标枪全被拧得七歪八斜啦；对，达格，它喷出的水柱很粗，像一整捆麦子，也很白，就像我们南塔开特一年一度剪下的一大堆羊毛一样；是的，塔希蒂格，它那尾巴扇动起来就像一块撕破了的三角帆在狂风中翻飞一样。它是死神和魔鬼的化身！弟兄们，你们看见过的就是莫比·迪克——莫比·迪克——莫比·迪克！"

"亚哈船长，"斯达巴克说，他和斯塔布及弗拉斯克一样，始终用一种越来越惊奇的眼光瞧着他们的顶头上司，不过似乎终于想起了什么，多少解开了心中的疑团。"亚哈船长，我听说过莫比·迪克——莫非是莫比·迪克搞掉了你的腿？"

"谁跟你说的？"亚哈嚷道，然后停了停，"是的，斯达巴克；是的，我的弟兄们；是莫比·迪克弄断了我的腿；是莫比·迪克搞得我如今要靠这条假腿过日子。是的，是的，"他大声喊叫，一边野兽般凄厉地呜咽，就像一只被击中心脏的麋鹿在哀号。"是呀，是呀，是那该死的白鲸让我落了个残废；让我从此永远成了个装假腿的没用的水手！"然后他两臂一甩，痛心疾首地大喊，"是呀，是呀！我要追它追到好望角，追到合恩角，追到挪威西海岸的大漩涡，追到地狱里的火海，不逮住它绝不罢休。弟兄们，这就是雇你们上船来要干的活儿！一定要穷追不舍，它到哪儿追到哪儿，哪怕追到天涯海角，也要逼得它喷出黑血、尾巴停摆为止。怎么样，弟兄们，你们大伙还干不干？我看你们一个个都是好样儿的。"

"干，干！"标枪手和水手全都向这处于兴奋状态的老人拥过来，大声回答，"睁大眼睛留意那白鲸；握紧标枪对付莫比·迪克！"

"愿上帝保佑你们。"他说话已是一边呜咽，一边喊叫，"愿上帝保佑你们，弟兄们。小斯，多拿点酒来。可是你怎么板着个脸，斯达巴克先生？你不想追捕那条白鲸吗？对莫比·迪克不感兴趣？"

"我对它的歪下巴、对死神的血盆大口有兴趣。亚哈船长，要是它正好出现在我们执行任务的途中就行。可是我到这里来是来捕鲸的，不是来为我的头头报私仇的。就算你逮住了它，报了仇，你又能弄到多少桶油呢，亚哈船长？在我们南塔开特的市场上你赚不到多少钱。"

"南塔开特市场！去他的！不过，请你走近些，斯达巴克；你要的红利还低了一点。要是用金钱作衡量标准，按一个畿尼约四分之三英寸计，普天下的会计师都用畿尼环绕他们的大会计室即地球一圈，看需要多少畿尼来计算地球的价值的话，那么，我可以告诉你，我要报的这个仇远远超出这条大鲸的面值！"

"他在捶打自己的胸膛哩。"斯塔布悄悄说道，"那是为了什么？据我看，这听起来雷声大，其实雨点小。"

"向一头没有灵性的畜生报仇！"斯达巴克嚷道，"它袭击了你纯粹是出自最盲目的本能！简直是发疯！跟一个没有灵性的畜生发这么大火恐怕是亵渎神明的，亚哈船长。"

"你再给我听着——你这眼光短浅的家伙。一切肉眼看得见的东西，喂，都只不过是纸板做的假面具。但是，就每一件事来说——每一个活生生的行动，每一个不容置疑的行为——某种未知但是仍可理喻的东西在冥顽不灵的面具后面显出了它的本来面目。如果有人要戳穿，那就戳穿那假面具好了！囚犯除非打穿围墙，否则怎么能跑出来？对我来说，那白鲸就是那道围墙，一堵箍着我的围墙。有时我觉得外面什么也没有。可是我受够了。它使我不得安宁。它压着我。我在它身上看到隐藏着一种不可思议的歹毒意图的暴力。我恨的主要是那种让我觉得不可思议的东西；不管那白鲸是执行者还是主谋，我都要找它算清这笔账。别跟我说什么亵渎神明，老兄。即使是太阳侮辱了我，我也会对它不客气。因为太阳能那么干，我同样也能那么干；自从有所谓公平竞争以来，万物便相互戒备。但是，老兄，即使是公平竞争也控制不了我。那么，是谁控制我呢？真理是没有疆界的。别那么瞧着我！傻傻地瞅着我比恶狠狠地瞪着我还要难受！你看，你看，你的脸一阵红一阵白；我的脾气惹得你也来火了。不过，你听我说，斯达巴克，人在气头上说的话，说完了也就完了。有许多人说话激烈，并无恶意。我并不想惹你生气。算了吧。看哪！瞧那边那些土耳其人褐斑点点的脸——那是一幅幅太阳大手笔绘成的朝气蓬勃、栩栩如生的图画。那些异教徒豹子——谁也不在乎、谁也不礼拜的家伙，他们活着，追求着，却对他们所感觉到的灼热的生活不作任何解释！这就是水手，老兄，水手就是这样！在白鲸这个问题上，他们和亚哈不是完全一致吗？你瞧瞧斯塔布！他在乐！再瞧瞧那个智利人！他一想起这事就哼鼻子表示轻蔑。你这株东倒西歪的小树在席卷一切的飓风下是挺不起腰来的，斯达巴克！而那又会怎样呢？你考虑考虑吧。只不过是要你帮着对鲸鱼尾巴戳一枪罢了；对斯达巴克来说只不过是举手之劳。还有什么呢？在全体水手都在为这微不足道的狩猎磨刀霍霍的时候，南塔开特的第一支鱼枪，肯定不会退缩不前吧？哦！你很紧张；我看出来了！大浪在给你打气哩！说呀，说出来就行！——是呀，是呀！那么，你的沉默就是回答。(旁白)从我张大了的鼻孔里喷出来的，他已经吸进肺里去啦。斯达巴克现在站过来了；

除非背叛自己,他现在不会反对我了。"

"愿上帝保护我,——保护我们大家!"斯达巴克喃喃道。

但是当亚哈看到他的一番话征服了大副,得到了他的默认,而感到十分高兴时,根本没听到他那预兆性的祈祷;更没有听到底舱里低沉的笑声,也没有听到索具在风中那预兆性的嗖嗖抖动声,还有风帆仿佛心都沉下去后那空洞的拍打桅杆的噗噗声。这些声音他都没有听见,因为斯达巴克下垂的眼睛带着顽强的生命力重新亮起来了,舱底的笑声消失了,风在不停地吹,吹得帆鼓鼓的,船仍如先前一样颠簸着前进。啊,你们这些规劝和警告!既然来了,为什么又匆匆离去?但与其说你们是警告,不如说是预言,你们这些幽灵!然而,虽说有外部预言的成分,更多的却是自我对往事的验证。因为即使没有外力强迫我们,我们本身最内在的需求仍然会驱使我们不顾一切。

"拿酒来!拿酒来!"亚哈嚷道。

他接过灌满了的酒壶,朝标枪手们转过身来,命令他们亮出武器;然后让他们手持标枪,靠近绞盘在他面前站成一排。他的三个副手则拿着鱼枪站在他身旁。其余的船员站成一个圆圈围着他们。他站了一会儿,用锐利的目光打量每一个船员。而迎着他的是一双双狂热的眼睛,就像是大草原上狼群充血的眼睛瞧着它们的首领即将冲在前头率领它们追踪野牛一般。不过可惜呀!它率领它们一下子就掉进了印第安人暗设的陷阱。

"喝了往下传!"他嚷道,一边把装得满满的沉甸甸的酒壶递给最近的水手,"现在让水手们喝。挨个儿传,传吧!小口喝——慢慢咽,弟兄们;这酒像撒旦的蹄子,凶着哩。唔,唔,都管够。顺着圈子传。它叫你天旋地转,它叫你醉眼蒙眬。好极了。差不多喝光了。那边去,这边回。递给我——空了!弟兄们,你们就像是匆匆的岁月;这么充盈的生命就这样一口一口给喝个精光。小厮,再装满!"

"注意啦,我的勇士们,我把你们全体召集到这绞盘跟前,叫你们几位副手拿着鱼枪站在我身旁;你们几位标枪手则拿着武器站在那儿，而你们，健壮的水手们，绕着我围成一圈，这样，我可以在一定程度上恢复我的祖辈捕鲸人一个高尚的习俗。哟，弟兄们，你们就会看到——哈！小厮，这就回来啦？还真快。给我吧。嗨，这酒壶现在又灌满了，你不会是圣·维杜的小鬼①吧——走开，你这打冷战的家伙！"

"往前来，副手们！把你们的鱼枪正对着我交叉举着。好极了！让我摸摸那轴心②。"说着，他伸直胳臂一把抓住了平伸的呈辐射型的三支标枪闪着寒光的交叉点，接着猛地用力一拧，同时目光聚精会神地从斯达巴克扫到斯塔布，又从斯塔布扫到弗拉斯克。看来他很想凭借一种无以名之的内在意志力，把蓄积在自己生命的蓄电池中的火一样的激情灌输给他们。这三个副手在他那坚强有力、不动声色、神秘莫测的样子前退缩了。斯塔布和弗拉斯克的眼光从他身上移到了旁边；而本分的斯达巴克则低头瞧着脚下。

"这都没用！"亚哈嚷道，"不过，也许这样也好。因为你们仨哪怕只遭到一次这样强烈的电击，我自己身上的那种电，那东西就可能全部放出去了。或许这一下会把你们当场电死。或许你们并不需要它。把鱼枪放下吧！现在，你们三位副手，我指定你们仨去为我那三位异教徒亲人敬酒——那边那三位最可敬的绅士和贵族，我勇猛的标枪手。瞧不上这活儿？伟大的罗马教皇为乞丐洗脚时，还不是把自己的三重冕③当大口水罐使用？啊，我亲爱的主教们！你们的纡尊降贵会教你们勉为其难的。我不命令你们；你们会自愿去的。把标枪上的绳子割断，把枪杆拔出来，你们这几个标枪手！"

三个标枪手不声不响地执行了命令，这时就倒钩朝上地拿着那约莫三英寸长的枪头站在他面前。

"别让那锋利的钢尖戳着我了！把它们斜拿着；倒过来！你们不知道那高脚杯哪是底吗？把枪头插标枪的插口朝上！对啦，对啦。现

---

① 圣·维杜是一种痉挛性病症，病人消沉、易怒、情绪极不稳定。

② 这里意指亚哈让大副、二副、三副当面宣誓。

③ 八世纪时教皇所戴的冠。

在，你们几位敬酒的，上前去。那标枪头！你们拿过来；我斟酒时，拿
好啦！"他随即就慢慢地一个头目一个头目地走过去，拿着酒壶往那
些枪头插口里注满烈酒。

"现在，三对三，你们站好啦。举起这威力无比的圣餐杯吧！赐给
他们，你们这些人如今已成了这个永不分离的同盟中的成员了。哈，
斯达巴克！这盟已经结成啦！那表示许可的太阳正等着最后批准
哩。喝吧，你们这些标枪手们！喝呀，并且发誓，你们这些站在捕鲸小
艇头上殊死作战的人——杀死莫比·迪克！要是我们不追击莫比·迪
克，把它打死，上帝便会追击我们！"那三只安着倒钩的长长的高脚
钢杯举了起来，在一片呐喊、诅咒白鲸声中，杯中的烈酒也同时被吱
的一声一饮而尽。斯达巴克脸色发白，掉过头去，浑身直抖。再一次，
也是最后一次，那灌满了的酒壶又在狂热的船员中间传来递去。等亚
哈那只闲着的手朝他们一挥，他们就都散了；亚哈也回到了自己的船
长舱内。

第三十七章　夕阳西下

[船长舱;靠后窗;亚哈一人坐着,凝视窗外]

无论我驶到哪里,哪里就留下一道又白又浑的痕迹;苍白的海水,更加苍白的脸颊。心存嫉妒的大浪汹涌过来想淹没我的航迹;随它们去;反正我先驶过去了。

那边,满溢的高脚酒杯边,暖浪红似酒。金色的夕阳悬临大海。太阳有如潜水鸟——从中午就慢慢下潜——此时已沉落;我的灵魂却往上升!它已经厌倦于攀越那无尽的山峦。那么,是我戴的王冠①太重了吗?这顶伦巴第的铁冠②。然而,许多宝石把它打扮得灿烂辉煌。我,这个戴的人,倒看不到它四射的光芒,只隐隐约约觉得戴着它,让我眼花缭乱,头昏脑涨。它是铁的——我知道——不是金的。它已经裂开了——这我能感觉到。那锯齿状的边缘磨得我好疼。我的脑袋好像在跟硬邦邦的金属撞。是呀,我的头倒是个钢脑壳,就是在脑浆迸裂的恶战中也不需要戴上钢盔!

我的额头是不是在发热?啊!以往,日出东方会激励我上进,夕阳西下则令我感到镇静,如今再不是这样。这光亮很可爱,可是它并没有照亮我。一切可爱的事物都使我痛苦,因为我再也不能享受它们。我空有最高的悟性,却缺少低等的享受能力;真该死,我遭遇了最最微妙、最最恶毒的天谴!再见——再见![他挥挥手,离开了窗口。]

---

① 双关语,也指头盖,脑壳。
② 据说伦巴底王都戴金冠,之所以称铁冠,是因为金冠里有一个小铁箍,是由耶稣十字架上的一只铁钉制成的。

这应该不算什么太难的事。我想起码要找到一个很顽强的人。可是我这独齿轮跟他们那些大小轮子组装在一起，他们就转动起来了。或者，换个说法，他们就像许多蚁冢大小的火药堆排在我面前，而我呢，就是他们的火柴。啊，难哪！因为要点燃别人，火柴必须牺牲自己！凡是我敢于承担的，我就要去做；凡是我要去做的，我就一定做！他们以为我疯了——斯达巴克就这么想；其实我已成了恶魔，我是疯中之疯！只有彻底疯了的人才会平心静气地理解自己！预言说我会落个残疾；——还真的！我丢了一条腿。现在我预言，肢解我者我必肢解之。那么，就让我做个预言者兼执行人吧。这可是超出你们，你们伟大的众神过去的所作所为了。我笑你们、嗤你们，你们这些玩板球的，搞拳击的，你们这些如聋子柏克①和瞎子本第格②之类的拳师！我决不会像小学生一样对那些欺善怕恶的家伙说，别揍我，去找个个儿和你们相当的干去！是的，你把我打倒了，可是我又站起来了，而你却溜了，不见了。从你隐身的棉花包包后面站出来吧！我没有那么长射程的枪，够不着你。喂，亚哈向你致意哩；来瞧瞧你能不能叫我动摇。叫我动摇？你没有这份能耐，除非你销声匿迹！人们已经盯上你了。想动摇我？那条通向我既定目标的路已经铺上铁轨，我的灵魂就在那槽槽上飞奔。跨越原始峡谷，穿过崇山峻岭，钻进急流深处，我直朝目标奔去！这条铁路毫无障碍，毫不弯曲！

第三十八章　黄　昏

［斯达巴克靠着主桅］

我的灵魂遇到了比它强大的对手，而且是被一个疯子控制了！

① 英国1833年的拳击冠军，他的绰号是哑巴。
② 澳洲本第格地方的著名拳师，1839—1845年的锦标保持者。

真是令人难堪的讽刺，一个头脑健全的人竟然在这样一个战场上放下了武器！不过他打了好深一个钻孔，把我的理智消灭了个精光！我想我已经看到了不信神的结局，可是觉得自己偏偏又在帮他走上这个结局。我乐意也好，不乐意也好，一种不可名状的东西把我跟他绑在一起，用一根我无法切断的绳索拉着我。这可怕的老头！谁在控制他，——不错，对所有那些在他之上的人，他跟他们讲民主；可是，你瞧，他对他手下的人有多霸道！唉！我对我那可悲的职务看得很清楚——心存叛逆，行动上却服从；更糟糕的是，恨他，又有点可怜他！因为在他的眼神中我看出一种瘆人的苦痛，我要是赶上，也会一筹莫展。不过，还有希望。时光流逝，潮涨潮落，其间还大有回旋余地。那可恨的大鲸有辽阔的海洋供它游泳，正如小小的金鱼有个玻璃缸一样。他那悖逆上天的意图，上帝可能会搁置一边。我本应欢欣鼓舞，可我的心沉得像铅块，高兴不起来。我这口钟已经停摆了，我的心就是那控制一切的钟摆。我失去了开发条的钥匙，无法再使它重新摆动了。

　　[船首楼传来一阵狂欢声]

　　啊，上帝！跟这样一些绝少有教养、没有多少爱心的异教徒水手一起航行！这批不知在弱肉强食的大海边什么地方钻出来的狗崽子，那白鲸在他们眼中是半神半人。听，那失去理性的狂歌劲舞！船头是纵情欢乐！船尾却始终鸦雀无声！我觉得这如实反映了生活。一马当先地在闪亮的海面奔驰的是欢乐的势如破竹的船头，仅仅是为了拖着后面那位阴沉的亚哈，他一动不动地坐在船尾的船长舱里，沉思默想，脚底下是船迹中阴沉沉的水，再往前，尾波贪婪的汩汩声追逐着船头。那久久的狂闹令我毛骨悚然！安静下来吧！你们这些大呼小叫的狂欢者，值班守望去！啊，生命，在这样的时刻，灵魂感到沮丧，却又无能为力——犹如被硬塞给一些粗野幼稚的东西来消受——啊，生命！直到现在我才真正感受到了你面临的潜在威胁！可是受威胁的不是我！那恐怖已与我无干！我决心以出自人性的柔情来和你们斗一斗看，你这邪恶的难以捉摸的未来！你神圣的感化力啊，和我站到一起来，支持我，约束我吧！

第三十九章　前半夜班

前桅楼［斯塔布独白，边修理转帆索］

哈！哈！哈！哈！哼！清清我的嗓子！——这事儿我一直思考到了现在。而这几声哈哈，便是我思考的最终产物。为什么这样？因为哈哈一笑是对一切费解的事最聪明也是最容易的回答；而且不管以后发生什么事，总有一个自我安慰的良方——那万无一失的良方便是：一切都是命中注定的。他和斯达巴克的谈话我没有听全，不过尽管我眼神不济，斯达巴克当时的脸色跟我那天晚上所感觉的没有什么区别。不用说，那老头子也是憋得够呛。我看出来了，我知道，只要有点儿脑子，可以很容易地就预见出来——因为我一瞧他的脑壳就看出来了。不赖，斯塔布，聪明的斯塔布——这是我的头衔——好啦，斯塔布，那又怎么样呢，斯塔布？就这么个臭皮囊。将来一切会怎么样我不知道，但是不管将来发生什么事，我都会笑呵呵地挺身而上。你那些可恶的家伙竟都会逗乐讨好！我觉得挺滑稽。法拉！利腊，斯基腊①！我的心肝儿小雪梨这会儿在家里干什么？哭得跟泪人儿似的？——正在招待刚进港的标枪手，也许，花枝招展，快活得像快速帆船上的三角旗，我也一样——法拉！利腊，斯基腊！啊——

> 今晚我们将开怀畅饮，
> 去爱吧，短暂的欢乐

---

① 乐曲简谱符号。

犹如杯边浮起的泡沫

沾嘴就破灭。

多漂亮的诗节——谁在叫我？斯达巴克先生？是，先生——（旁
白）他是我的顶头上司，他也有他的顶头上司，要是我没有弄错的
话。——是，是，先生，就来，我手上的活儿完了就来——来啦。

第四十章 午夜，水手舱

标枪手们和水手们

　　［前帆升起，值夜班的或站，或逛，或倚，或躺，姿态各异，
全在合唱］

　　再见，再见，西班牙姑娘们！

　　再见，再见，西班牙姑娘们！

　　我们的船长已经下了命令。

南塔开特水手甲：

哦，伙伴们，别自作多情啦；那会影响消化的！我起个调，跟我
唱！

　　［他开始唱，众人跟上］

　　我们的船长站在甲板上，

　　小望远镜在手中，

　　眺望那些壮观的大鲸

　　在到处喷水。

　　哦，小桶在你们的小艇里，伙伴们，

　　站到转帆索旁去，

我们将捉住一条雄伟的大鲸,

倒着手拉吧,伙伴们!

要高高兴兴的,伙伴们,永远不要灰心!

我们的标枪手正在出击!

后甲板传来大副的声音:

击八下钟啦,喂,前边的!

南塔开特水平乙:

别唱啦! 击八下钟啦! 你听见没有——钟童? 快去敲八下,皮普! 你这黑小子! 让我来通知值班的。我这张嘴最适合干这个——大桶一般大。好啦,好啦,(把头俯向舱口),右舷的——班——啦,喂! 击八下钟啦,喂,下边的! 滚上来吧!

荷兰水手:

今儿个晚上睡得真香,老弟;这一晚真好睡。我看这多亏了我们老头子的酒;有的醉成了一团泥,有的却越唱越来劲。我们唱;他们睡——是呀,躺在那里,就像是舱底的大酒桶。现在又该他们啦! 喂,拿这铜唧筒好好儿给他们来几下。告诉他们别再做跟妞儿私会的美梦啦。告诉他们该复活啦,该吻别啦,该清醒清醒了。就这么着——就这样;吃阿姆斯特丹黄油是吃不坏你们的喉咙的。

法国水手:

嘘,伙伴们! 趁开到布兰克特湾停泊之前,咱们再来一两曲快三步。你们说怎么样? 换班的来啦。大家准备跳吧! 皮普,小皮普! 敲起你的手鼓吧!

皮普:

(绷着脸,还没睡醒)

手鼓不知道搁哪儿啦。

法国水手:

那你就敲肚皮,摇耳朵好了。跳吧,弟兄们。喂,只许高高兴兴。乌拉! 该死,你不跳吗? 好,现在排成一路纵队,马上就跳双曳步舞?

使劲跳吧！腿呀！腿呀！

冰岛水手：

我不喜欢你们这种舞池，老弟，弹性太大了。我跳惯了冰地板。对不起，扫了你们的兴；请原谅。

马耳他岛水手：

我也一样，请问姑娘们在哪里？只有傻瓜才会自个儿右手握着自己的左手，跟自己说：你好吗，舞伴呢？我非得有舞伴不可！

西西里水手：

对，要有舞伴和一块草地！——有了这两样那我才跟你们跳，而且，像蚱蜢一样跳！

长岛水手：

得啦，得啦，你们这些不知足的家伙。够可以的啦。到什么山上唱什么歌，喂。大家快去跳吧。啊！音乐响起来了；快去跳吧！

亚速尔群岛水手：

（走上舷梯，把手鼓扔上舱口）

给你手鼓，皮普；还有两根绞车系缆柱；上来吧！喂，伙伴们！

　　〔一半人随着手鼓起舞；有的到舱里去了；有的在一盘盘索具中间或躺或睡；咒骂声此起彼伏，好不热闹。〕

亚速尔群岛水手：

（在跳舞）

使劲打呀，皮普！使劲敲呀，钟童，拼命敲，重些，别歇气，快些，钟童！敲出火星来，把铃铛儿都敲碎！

皮普：

你是说钟？——又敲坏一个啦，完啦。是我把它敲坏的。

中国水手：

那你就咬紧牙齿乱敲一气吧；把自己变成一座宝塔①。

———————

① 宝塔通常四角都有风铃，此处也许意指变出许多铃铛来。

法国水手：

乐疯了！举起你的大铁环，皮普，让我从圈中蹿过去！三角帆扯破了！快跑吧！

塔希蒂格：

（静静地抽烟）

那是个白人，他管这叫乐子。哼！我才不费这个劲。

曼克斯岛老水手：

我不知道那些快活的小伙子有没有想到他们是在什么上面跳舞。我要在你们坟墓上跳舞，我要——那是你们的情妇在发狠时对你发出的最恶毒的威胁，那可比拐角处的顶头风还厉害得多。基督啊！关心关心这些乳臭未干、愣头愣脑的水手吧！好啦，好啦；多半这整个世界就像你们学者说的只是一场舞会，因此把它当作个舞厅也没有什么不对。跳吧，小伙子们，你们还年轻；我也年轻过哩。

南塔开特水手丙：

歇会儿吧！——哎呀，这比在风平浪静的海上划着小艇追大鲸还要累——给我们抽一口吧，塔希。

　　[他们停下来不跳了，三五成群地聚在一起。这时天空变黑——起风了]

东印度水手：

真的！伙伴们，得很快收帆啦。神圣的恒河涨水起风啦！你绷起了一张黑脸，湿婆神①！

马耳他岛水手：

（斜躺着，挥着帽子）

现在请海浪——雪的帽子来跳舞啦。它们的缨穗很快就会抖动起来。要是这些海浪全是女人，那我情愿淹死，永远跟她们在一起跳舞！她们那交叉的双臂下藏着熟得快要爆开的葡萄，她们在跳舞中

_____

① 印度神话中死亡之神。

挺起暖烘烘、喘呼呼的胸脯送过来的眼波——世上没有什么东西有这么甜蜜——天堂也可能比不上！

西西里水手：

（斜躺着）

别跟我说那个！你听着，小伙子——四肢勾搭快如闪电——腰肢柔软地扭动——时而卖弄风情——时而心慌意乱！嘴唇！胸脯！屁股！全都在摩擦：不断地接触又分开！可别去试那个味，你得注意，你会吃不消的。呃，该不会是些异教徒？（用胳膊肘捅了捅他。）

塔希提水手：

（斜躺在席子上）

万岁，我们那些舞女神圣的裸体！——希瓦[①]——他们跳的是希瓦呀！啊！举目是低低的帐篷和高高的棕榈树的塔希提！如今我仍然躺在你的席子上，只是下面不再是柔软的泥土。我看到人家在树林里把你编好，我的席子！头一天我把你从林子里拿出来时，你还是绿油油的，如今已经破旧干枯了。哎呀！你我都是不堪回首！要是就这样把它移植到那边的水土，那又会怎样呢？当山洪从皮罗希提的顶峰跃下，淹没村庄时，我能听到它的咆哮声吗？——那洪水，万马奔腾的洪水！起来吧，挺直腰杆，去迎接它！（一跃而起。）

葡萄牙水手：

汹涌的海浪多么凶地冲击着船身啊！准备收帆吧，伙伴们！风在乱刮一气，就像是刀枪剑戟在交锋，马上就要刺过来了。

丹麦水手：

噼啪，噼啪，老船呀！只要你还能噼啪一气，你就还挺得住！好得很！那边那大副可生怕你会出事。他的恐惧不亚于卡特盖特岛[②]要塞，那要塞修在那里用风暴冲击下的大炮和波罗的海对抗，而大炮上

---

① 当地一种祈求和平的祭奠舞蹈。

② 在丹麦的日德兰半岛之西、西兰岛之南以及瑞典之东的一个海峡，峡内有丹麦的三个岛。

海盐都结起了硬块！

南塔开特水手丁：

提醒你一声，他是接到了上司的命令的。我听见亚哈跟他说要他在任何时候都要坚决顶住暴风，有点像人们用手枪打开排水口一样——把船直冲过去！

英国水手：

该死，不过这老头确实了不起！没得说，我们是他手里的一些小卒子，去逮他要逮的鲸鱼！

全体水手：

对！对！

曼克斯岛老水手：

那三根松木桅抖得好厉害！松树是最过得硬的树，随便移栽到什么土壤上都能成活，而这里除了水手们身上那该死的泥土①外别的什么也没有。稳住，掌舵的！稳住。这种天气，勇敢的心在岸上也会打战，装了龙骨的船身也会碎裂。我们的船长是有胎记的；瞧瞧那边，伙伴们，天空中也有个胎记——你们看，样子多可怕，除此之外是一片漆黑。

达格：

那又怎么啦？谁怕黑就是怕我！我是从漆黑一片中挖掘出来的！

西班牙水手：

（旁白）他想吓唬咱们，哦！——旧恨还没有消哩。（挺身而前）嘿，标枪手，你们这群人无可否认是人类的黑暗面——而且是坏到极点的黑暗面。实事求是，请勿见怪。

达格：

（凶狠地）

---

① 《圣经》上说人是由泥土制成的，见《旧约·约伯记》第三十三章第六节。

胡说。

圣·约哥水手：

那个西班牙佬不是疯了就是喝醉了。不过，不可能是醉了，除非咱们老头儿的烈酒在他一个人身上发作的时间特别长。

南塔开特水手戊：

我看见什么啦——闪电？是的。

西班牙水手：

不是闪电，是达格在龇牙。

达格：

（跳起来）

给我闭嘴！矮冬瓜！白皮仔，胆小鬼！

西班牙水手：

（迎上去）

一刀捅了你！个子大，胆子小！

全体：

吵架啦！吵架啦！吵架啦！

塔希蒂格：

（喷了口烟）

地上在吵架，天上也在吵架——神和人——都爱吵架！哼！

贝尔法斯特水手：

吵架啦！干得好！天呀，吵架啦！你们就干吧！

英国水手：

谁也不要占便宜！夺掉那西班牙佬的刀子！赛拳吧，赛拳！

曼克斯岛水手：

各就各位，预备，按拳击赛要求。你瞧！宽敞得很。在那宽敞无比的场子里，该隐打死了亚伯。干得漂亮，干得好！不是吗？不对？那为什么上帝要给你安排场子？

从后甲板传来大副的声音：

升降索旁的人！紧紧抓住上帆！准备收缩中帆！

全体：

风暴来啦！风暴来啦！赶快,伙伴们！（他们散开了）

皮普：

（缩到绞车下面）

伙伴们？愿上帝照顾这样的伙伴们吧！喀里,喀喇！三角帆支索完啦！砰啪！天啊！趴下，皮普，顶上的帆桁又掉下来了！这比在树林里刮起旋风还可怕。末日到了！现在还有谁敢爬上树去摘栗子？不过，可是他们还是去啦，一个个骂骂咧咧的，而我还是待在这里没有去。愿他们前程远大；他们正在往天堂赶路。抓紧点！真见鬼，好大的风暴啊！但是，那边那些家伙比这风还要坏——他们是你的白风暴，他们。白风暴？是白鲸,嘘！嘘！他们刚才在这儿说的那些话我都听到了，还有那头白鲸——嘘！嘘！——他们只提到一次！而且只是在今天晚上——吓得我像我的手鼓一般浑身发抖——那个老头真是条蟒蛇，要他们宣誓去追捕它！你高高地在那片黑暗中什么的地方的伟大的白人上帝啊，怜悯怜悯趴在这里的这个小黑人吧；让他离那些没心没肺啥也不怕的人远些吧！

第四十一章　莫比·迪克

我,以实玛利,是这伙水手中的一员,我和他们一道大声喊叫,我的誓言已经同他们的融合在一起,而且因为我心里害怕,我喊得比谁都响亮,誓发得比谁都重都狠。我心里有一种强烈而神秘的同情感。亚哈那难以抑制的仇恨就像是我的仇恨一样。我恨不得多长两只耳朵,把关于那凶恶的怪物的事打听得一清二楚,我和其他人都发了誓,要以牙还牙,报仇雪恨。

前些时候，虽然只是隔三间四地，这条独来独往、离群索居的白鲸出没在捕抹香鲸的人最常去的那些偏僻海域。可是，并不是所有的渔人都知道有这么一条白鲸；看见它的人不少，认识它的却不多；至于那些认出了它又实地跟它交过手的就为数更少了。虽然捕鲸船数目巨大，但是它们杂乱无章地散布在整个海面上，而且有的还冒险地到偏远海域去捕猎，一连十几个月碰不上一艘船通点儿讯息是常事。此外，每艘船航期不固定，出航的次数又没有规律。这一切，再加上其他直接和间接的情况，有关莫比·迪克的消息报道便无法在分散全球的捕鲸船队中间传开来。这说法完全有可能。不过，话说回来，有好几条船曾经报告说，在某时某地碰上了一条巨大且凶恶的抹香鲸，那条鲸在对它的攻击者造成极大的损失后便逃得无影无踪。在有些人心目中那条大鲸就是莫比·迪克。这种假设未尝没有道理。然而近来，捕猎抹香鲸的船只遭到攻击对象极其凶狠、狡猾和歹毒的还击的事件屡见不鲜，因此，那些没有弄清对手而在偶然间糊里糊涂地败在莫比·迪克手下的捕鲸人，绝大多数也许宁愿把它所引起的非同一般的恐惧归于猎捕抹香鲸这个行业整体面临的危险，而不愿归于个别的原因。于是乎，基本上，亚哈和那条大鲸灾难性的遭遇至今犹被等闲视之。

至于先前听说过这头白鲸，后来又碰巧见过它的人，最初几乎没有一个不是非常勇敢、毫无畏惧地放下小艇就追，就像追其他抹香鲸一般。但是，在这样的攻击中他们终于大吃苦头——水手不仅拧了手腕子，扭了脚脖子，断了胳臂缺了腿，或者给吞食了肢体——甚至还有人断送了性命。那一而再、再而三的灾难性挫折所带来的恐惧全归于莫比·迪克一身，它极大地动摇了许多勇敢的捕鲸人的意志，而白鲸的故事终于从这些人嘴里传了开来。

各式各样不着边际的谣传将这种危及性命、死里逃生的遭遇描述的夸大失实，渲染得十分吓人。因为荒唐的谣言不仅会自然而然地从一切恐怖事件本身生发出来——就像朽木上会长出蕈子来一样，而且在海上生活中，只要稍有事实依据，荒唐的谣言便会比陆地生活中来得多得多。正是由于这一点，捕鲸业有时在传布谣言上，就离奇性和恐怖性而言，也超过了海上所有其他行业。因为捕鲸人作为整体而言不仅未能摆脱所有水手世代相传的无知与迷信，而且所有的水手无疑是海洋中最为直接地经历到海上令人胆战心惊的一切事物的人：他们不仅身临其境地目睹海中最伟大的奇观，还要和张着血盆大口的鲸鱼干上一场。而且在十分偏僻的海域，哪怕行驶了一千里，经过一千个港口，你也见不到一缕炊烟，受不到任何招待。在这样荒凉的海上，从事这样一个行业，捕鲸人势必为各种各样神秘的力量所包围，想象力便会孕育出许多耸人听闻的传说。

这就难怪关于白鲸那些业已过分夸大的谣传，一经在辽阔的海面上传布开来，便声势越发浩大，而且到了最后竟吸收了各种各样闪烁其词、令人毛骨悚然的暗示及尚未完全成形的认为它代表超自然力的说法，最终便赋予了莫比·迪克一种并非得自外界的新的恐怖。所以在许多场合它终于引起了莫大的恐慌，使得听说过那些谣传的捕鲸人中极少有人愿意去冒被它一口吞掉的危险。

不过也还有其他更为重要的实际因素在起作用。即使是在今天，有别于其他鲸类的抹香鲸早年便盛传的令人丧胆的威信，还没有从作为一个整体而言的捕鲸人心目中消失。今天有些捕鲸人在主动出击格陵兰鲸或露脊鲸时表现得非常机智勇敢，却由于或缺少这方面的经验，或唯恐力不胜任，或出于胆怯，而不敢与抹香鲸交手；不管怎样，有的是这样的捕鲸人，特别是那些不挂美国旗的船只上的其他各国的捕鲸人，从未和抹香鲸交过手。他们对鲸鱼唯一的了解还局限于早先以原始的方法在北海追捕过的那些不入流的鲸鱼。这些人坐在舱口，像小孩坐在炉边似的，又着迷又害怕地听着南海捕鲸那些耸人听闻的故事。真正想要真切了解抹香鲸这一超乎寻常的庞然大物的气势，莫过于站到截击它们的那些小艇头上。

现在业经证实的抹香鲸的力大无穷似乎在传说时代即已略见端

倪;有些博物学家——奥拉森和波佛尔森①——就写过抹香鲸不仅令海洋中任何其他生物望而生畏,而且难以置信地残暴到老想喝人血的地步。甚至晚近到居维叶时代,也仍然保留类似的印象,即便有出入也并不大。因为在他的《博物学》一书中,这位男爵本人就断言所有的鱼(鲨鱼也包括在内)一看见抹香鲸就"怕得要命","常常在逃窜中慌不择路,一头撞在岩石上当场毙命。"尽管捕鲸业中普遍的经验可能对诸如此类的报道有所修正,然而报道中所提到的极端可怖处,甚至于波佛尔森所说的喝人血这一点,在捕鲸业这一行业新老交替中,依然存活在捕鲸者的心中。

所以有不少捕鲸人被有关莫比·迪克的谣传和奇闻吓坏了,一提到它,便想起了早期猎捕抹香鲸业的那些日子,那时候很难劝动经验丰富的露脊鲸捕猎者投入和抹香鲸作战的大胆冒险中。这些人认为追捕其他大海兽也许还有希望,但是要去追击抹香鲸这样的鬼怪,拿标枪瞄准它,却不是凡人所能做到的。谁要去试,准是活得不耐烦了。在这一点上,很有些广为人知的文献可供查考。

尽管如此,还是有人置这一切于不顾,准备追捕莫比·迪克;还有更多的人,由于只偶然隐隐约约地听说过它,既未获悉任何一次灾难的异乎寻常的具体细节,也无随之而生的迷信说法,便勇气十足地摩拳擦掌,只要碰上了它就决不回避。

在有迷信思想的人心目中,一个和白鲸联系在一起的无稽说法认为,白鲸是无所不在的,它确实在两个地方同时出现过。

既然有这样一些非常轻信的人,这种迷信就决不会完全没有市场。正如海流的秘密,即使最有学识的专家一再探测,也始终没有揭开,抹香鲸藏身水中的许多方式,在很大程度上它的追踪者也无从知晓。由此便时不时地产生出一些想入非非、自相矛盾的猜测,特别是

---

① 他们在《冰岛日记》里写道:有一种鲸鱼"竟把整条船连同他的水手吞进嘴里,把船毁掉,把人一个个活活吃下肚去"。一旦尝到人肉的味道以后,它"会在原地等上整整一年指望再吃到人"。

弄不清它凭借的是哪种神秘的方法，怎么在下潜到极深处后，竟能以极大的速度转移到非常遥远的地方。

有一点为美、英捕鲸船所熟知，且为权威的斯哥斯比多年前记录在案，就是在太平洋极北海面捕获的大鲸，身上竟然带有格陵兰海上中的标枪钩。人们还发现有些大鲸所受的两次攻击相距的时日并不太多。因此，一经推算，有些捕鲸人便认为一直对人类构成问题的西北航线①，对大鲸来说，却从来不是个问题。所以，在现代人的切身体验中，关于古代葡萄牙内地斯特列洛山的奇迹（据说在山顶附近有一个湖，湖面上浮着好些船的碎片），以及更为奇妙的叙拉古②附近那阿列都沙喷泉的传说（人们认为喷泉的水是通过一条地下通道来自圣地③），这些荒唐无稽的说法与捕鲸人的亲身经历几乎完全吻合。

有些捕鲸人就是通过亲身经历被迫熟悉了诸如此类的奇迹，他们也知道白鲸在经受多次的猛攻之后仍旧安然无恙地逃走，因此他们的迷信又深了一层也就不足为怪了。他们宣称莫比·迪克不仅是无处不在，而且更是长生不死的（所谓长生不死，无非是时间上的无处不在）；他们认为尽管它身体两侧给插上了密如树林的标枪，它照样能安全地游走；要是真戳得它喷出浓浓的血来，这种景象也不过是一种苦肉计和障眼法而已，因为在几百里外毫无血迹的波涛中，你又可以再一次看到它那雪白的喷水。

但是撇开这些迷信的推测不论；光凭这怪物那肉眼可见的血肉之躯以及无与伦比的性格特点，也足以以异乎寻常的力量激发你的想象力。因为使它有别于其他抹香鲸的，与其说是它庞大的躯干，还不如说是在其他地方提到的——一个与众不同的有皱纹的雪白的额头，和一个高如金字塔的白色驼峰。这些才是它引人注目的特异之

---

① 由北大西洋通太平洋的航线，东起巴芬岛，西至波弗特海，长1450公里。

② 西西里岛东南部的一个地方。

③ 罗马诗人奥维德在《变形记》中曾记载过这个故事，不过喷泉的发源地在希腊。

处。根据这些标志，即使是在无边无际连海图都没有的海洋上，那些熟悉它的人老远就可以把它辨认出来。

它身体的其余部分密布着条纹、斑点，以及和全身同样颜色的大理石花纹，因而获得了白鲸这样一个独特的称号。要是在正午时分看到它掠过深蓝色的大海，它的身后会留下一道奶油似的泡沫状的乳白色轨迹，在强烈的阳光下闪耀着金色的光辉，这时你会觉得，这个称号，印证它那光彩照人的模样，是再贴切不过了。

这头鲸令人望而生畏的与其说是它那超乎寻常的庞大身躯，它那显眼的颜色，甚至它那畸形的下颚，还不如说是它那份无可比拟、极攻心计的狠毒。这是有确切的案例可查的。凌驾一切之上的是它那暗藏杀机的退却，这种退却比起一些其他动作来也许更令人闻风丧胆。因为，眼看它在捕鲸人欣喜欲狂的追击下惊恐万状地逃走，有好几次它竟突然掉过头来向追击者冲过去，不是把他们的小艇弄得粉碎，就是把他们气愤难消地赶回大船上去。

为了追击它已经搭上了几条命。虽然类似的惨剧在岸上很少传开，在捕鲸业中却绝非罕见。然而，在大多数情况下，这类事故似乎是白鲸极其恶毒的有预谋的暴行，以致它咬断了人家胳膊腿或者要了人家的命后，人家还不完全认为自己所受的罪是一种智力低下的生物造成的。

那么，当那些越发不顾一切的猎手，从被击打的小艇碎片和被撕裂的伙伴们半沉半浮的肢体中间，从大鲸在暴怒下喷出的白色浆液中间奋力游出，来到那仿佛在笑迎新生婴儿或新婚少妇的宁静而恼人的阳光下时，这种几乎叫人气得发狂的对比把他们心头的怒火给扇到什么程度，自然不言而喻。

一个船长周围的三只小艇都给撞破了，桨和人都掉在漩涡中打转，只有这个船长从碎裂的小艇头上抓起一把刀子，就像一个阿肯色州人在决斗中把刀刺向对方一般，朝大鲸猛扑过去，盲目地想用六英寸长的刀子刺进在水下六英尺处的鲸鱼的心脏。那位船长就是亚哈。

这时，莫比·迪克一下转过那镰刀状的下颚，从他身下扫过来，就像刈草机在田野里割掉一根青草一样，一下就把他一条腿吞掉了。就是缠头巾的土耳其人、雇来的威尼斯人或马来人，也不敢明目张胆地对他进行如此狠毒的袭击。难怪自从那次几乎丧命的遭遇之后，亚哈便对那大鲸怀着狂热的复仇心。而在他近乎发疯的精神病态中，这复仇之心便越发强烈，到后来，他不仅把所有肉体上的痛苦算在它的账上，而且把智力上和精神上所受的刺激也归咎于它。这大鲸在他面前游动就像是所有心怀恶念的力量的化身。那些思想深沉的人感觉到这些力量一直在腐蚀他们的内脏，直到他们剩下半颗心半拉肺苟延残喘为止。那种难以捉摸的恶念从一开始就存在，即使是现代基督徒也把半个世界归于它统治之下。它也是古代东方拜蛇教①将之雕成偶像敬畏膜拜的东西；亚哈却不像他们那样顶礼膜拜它，而是把这一概念精神错乱地转移到可憎的白鲸身上，不惜以自己断肢之躯坚决与它对抗。那一切格外激怒折磨人的事物，那一切引起困难危险的东西，一切带有恶意成分的真实，一切瓦解体力封闭大脑的玩意儿，一切在生活中和思想上对牛鬼蛇神的信奉，一切邪恶，等等，在气得发疯的亚哈看来，都明白无误地体现在莫比·迪克身上，因而对它进行攻击也就势在必行了。他把自从亚当以来所有人类普遍感到的愤怒和憎恨都集中在那大鲸白色的驼峰上；而他的胸腔就像是一门臼炮，把他沸腾的心当作炮弹发射出去。

要说他在断肢的那一瞬间就出现了这种偏执狂，那也不太可能。在他拿着刀子冲向那个怪物时，只不过是想发泄一下他个人那突如其来的狂热仇恨；当他被咬掉大腿的那一刻，他所感到的很可能只是肉体上一种难以忍受的疼痛，仅此而已。然而由于这次冲突，他被迫返航，一天又一天，一周又一周，长达好几个月时间，亚哈和难以忍受的疼痛一起直挺挺地躺在一张吊床上，在仲冬时节绕过那冷冷清清、

① 二世纪的一个诺斯替的教派，教徒将蛇作为神智的象征来崇拜。

寒风呼啸的巴达哥尼亚角，就在这时候，他那致残的身体和犹如刀割的灵魂二者所流的血才彼此融合在一起，这才使得他丧失了理智。之所以说是在那时候，是因为有一个事实可以加以证明，在返航途中，他已经精神错乱，隔三间四地说胡话了；并且他虽然断了一条腿，但是在这个埃及人身上潜藏着有如生龙活虎般的力气，而在昏迷状态中，这种力气越发大得惊人，以致在他躺在吊床上说胡话的时候，他的副手们也不得不把他牢牢捆住。他穿着疯子穿的紧身衣①，随着大风引起的剧烈晃动摇来摇去。等驶进气候好受些的纬度，船便扯起吃风较小的翼帆，驶过平静的热带海面，这时，老头的精神错乱也似乎和合恩角的汹涌波涛一同消逝了，他走出阴暗的房间，来到明亮舒适的甲板上，尽管脸色还很苍白，但坚定泰然，重又用平静的声调发号施令，他的副手们全都感谢上帝，这场可怕的疯狂总算是过去了；但即使是在这时，亚哈内心深处的胡言乱语还在继续。人的疯病常常表现得非常狡猾阴险。你以为已经痊愈了，它却很可能只是改形易貌以一种更难以捉摸的形式出现。亚哈那十足的疯狂并未消逝，而是向内心深处凝缩了，就像北方②巨人哈得逊河窄窄地却又是深不可测地流过高原的峡谷③，水势并未减退。正如在他的偏执狂处于收敛状态时，他那十足的疯狂一点儿也没有消失一样，在他十足的疯狂中，他那天生出众的智力也一点儿没有消失。以前那种起作用的力量，现在成了起作用的工具。打个比方说，他那特殊的疯狂向他展开猛攻并攻占了他通常健全的头脑，转而又将全部炮弹集中轰击那使其致疯的目标；要是这样一个不伦不类的比喻站得住的话，那么就目的来说，亚哈的力量非但丝毫没有丧失，而且反比以往大脑清醒时为达到一个合理目的的力量要大上一千倍。

这已经说得不少了。然而有关亚哈那更大、更阴暗、更深邃的一

---

① 专为束缚疯子用的紧身服装。

② 指经哈得逊湾来到美国的最早的北京人。

③ 位于纽约州东南部的卡茨基尔山脉。

部分还没有提到。但是要使大家明白那深奥的事物是徒劳的，而所有的真理又恰恰都是深奥的。从我们目前所在的这个尖顶的克吕尼宫①正中心盘旋而下吧——不管它多么壮丽堂皇，我们现在且扔下它。向古罗马那些宏伟的浴场走去吧，端坐在那里，在人的地上的奇异的高阁底下，是人的雄伟气魄的根，他的整个令人生畏的本质——埋藏在古代文物底下，安置在残破的躯干之上的一件古董！正是这样，众神们指着一个破碎的宝座来嘲弄那被俘的君王；他则很像一根雕有女人像的柱子，耐心地坐着，僵硬的前额上顶着年代久远的重叠的檐口。你们这些高傲而忧伤的灵魂，你们盘旋着走到那下面去吧！去问问那位高傲忧伤的君王！就像是一家人！是呀，他还真生下了你们，你们这些被放逐的年轻贵胄；只有从你们那严厉的祖先那里才能弄清你们年代久远的身份渊源。

如今，亚哈在他的心里已经多少感觉到了这一点，就是：我所有的手段都是神志清醒的产物，我的动机和目的则是神经错乱的产物。然而，没有能力去消灭或改变或回避这一事实。他也知道他早就对人掩饰这一点，在某种程度上现在仍有点这样。不过他这种掩饰只以他的觉察力为依据，与他的决心无关。尽管如此，他还是掩饰得很成功，以致当他迈着一条鲸骨腿上岸时，所有的南塔开特人都认为他是遭到一场可怕的灾难而深感悲伤。

关于他在海上那无可否认的精神错乱的传闻，也被普遍地归之于类似的原因。而从那以后，一直到这次开航，对于他始终阴晴不定的情绪，人们也归之于同样的原因。正因为他这样一些隐秘的症状，一贯以谨慎闻名的海岛上工于心计的人不但丝毫不以为他不再适合出海捕鲸，反而认为他更适合、更急于投入捕猎大鲸这样一个本来就需要满怀愤怒与狂热的行业。要是能找得着一个深印脑际如毒牙般冷酷无情、无法根除的念头啮咬心灵，烧灼皮肤的人，似乎是以标枪

① 在巴黎·一个古罗马皇宫的废墟上建起的15世纪的名宫，里面有古罗马式的华贵浴场。这里隐喻亚哈的高深莫测。

对付那可怕的海兽的最佳人选。即使这样的人由于种种原因被认为身体上已难以胜任这项工作，他仍然是鼓舞号召他的部下从事这种攻击的百里挑一的人选。但不管怎样，可以肯定的是，亚哈是带着满腔怒火和疯狂念头，一心要逮住白鲸而特意踏上这次航程的。他岸上的老搭档们要是对他的想法稍有觉察，准会吓得脸色惨白，并理所当然毫不犹豫地从这个恶魔手里把船夺过来！他们关注利益。这利益要以白花花的银圆来计算，而他却要豁出命去，专心致志的进行一次大胆的难以想象的复仇。

于是，这个满头白发不信神的老头就此发誓要驶遍天涯海角去追寻一条跟吞食约伯的那条鲸差不多的大鲸。他所率领的一群水手也主要是由混血的叛教者、漂泊无依的光棍和食人生番组成——这伙人在三位副手的直接领导之下，道德观念更加淡薄：斯达巴克仅凭独善其身的美德或正义感而力不胜任；斯塔布则漠不关心，鲁莽成性，整天嬉皮笑脸，遇事满不在乎，轻举妄动；弗拉斯克则平平庸庸，毫无可称道之处。这样一班水手，又配备这样几位副手，就像是冥冥中命运特意挑选出来协助他完成他那偏执狂的复仇大业。他们居然那么毫无保留地响应这老头的愤怒——他们的灵魂究竟中了什么邪，竟至于把他的仇恨当成自己的仇恨，把他的死敌白鲸当成他们的死敌。这一切究竟是怎么发生的——这白鲸又关他们什么事，或者他们下意识地模模糊糊地不知不觉地认为这白鲸也许是在海洋世界中浮游的大魔鬼——这一切，将是我以实玛利所难以弄清的。那个在我们每个人心中干活的地下矿工，他老是东挖一镐，西挖一镐，镐声闷在地下听不清楚，教人怎么知道他挖的坑道要把我们往什么地方引呢？又有谁不感到有一条不可抵御的胳膊在拉着他呢？有哪一条被大船拖着的小艇能停着不动呢？就我来说，我已经下定决心，对身处何时何地概不过问。不过当大家最终蜂拥而上攻击那条大鲸时，我在那畜生身上只能看到最致命的灾难。

第四十二章　大鲸之白

　　亚哈怎样看大鲸，前文已经提及。至于我有时怎样看它，则还未说过。

　　关于白鲸，除了在任何人的灵魂深处都难免引起某种惊慌的那些比较明显的原因外，还有另外一种想法，或者说一种相当模糊无以名之的恐惧，由于过分强烈而完全压倒了所有其他的感觉。然而它又这么神秘、这么难以言述，以至于很难把它说清楚。这就是它的浑身白色比任何别的东西都更让我害怕。但是白色怎么会令我害怕，我不能指望在这里解释清楚；然而我又必须加以解释，哪怕解释得比较模糊，没有什么条理。要不所有这些章节说不定就等于白费力气了。

　　虽然在自然界的许多物质上，白色显得优雅，能增加美感，比如大理石、日本山茶花和珍珠；虽然许多国家都以某种方式极力推崇这种颜色，甚至古代野蛮的庇古① 的君王们还把"白象之王"这一称号置于其他一切夸大其词的统治称号之上，而现代暹罗的国王们还把这种白色的四足兽作为王旗上的图案，汉诺威公国② 的国旗上唯一的图像就是一匹白色的战马，还有奥地利帝国，罗马帝国恺撒王朝的继承者，也指定这诸色之首的颜色为皇室的颜色；虽然白色的这种尊荣地位也适用于人类本身，便给了白种人高出诸有色人种的优越感；虽然，除此之外，白色甚至还用来表示愉快，在罗马人眼中，一块白色的石头就是一个欢乐日子的标志；在凡人的其他感情和象征上，白色被用来作为诸多感人的高贵事物的标志——诸如新娘的纯洁、老人的

① 缅甸东北部的一个城名，曾是孟王朝的国都。
② 德国北部汉诺威公国，建于十二世纪。

慈祥；美洲的红种人把赠送一条白色的贝壳串珠腰带当作最崇高的敬意；在许多地区，法官礼服上装饰的白貂皮象征正义女神的无上威严，乳白色的辇马显示国王和王后的王家气派；甚至在最尊严神秘的宗教仪式上，白色被视为神的圣洁和威力的象征，在波斯拜火教教徒眼中，一支白色的叉状火焰被认为是圣坛上最神圣之物，在希腊神话中，雪白的公牛被认定是伟大的主神朱庇特的化身；对高贵的易洛魁人[①]来说，把神圣的白狗作为仲冬的祭品一直是他们神学中最神圣的庆祝典礼，他们把这纯洁忠实的动物看作是他们所能派出的最纯洁的使者，向伟大的神一年一度表白他们自己的忠诚；一切基督教神父们都把穿在黑袍法衣下面的圣衣的一部分称为白麻布长袍或白色长紧身衣，这两个词都直接从意为白色的拉丁词派生而来；在一切讲究气派和排场的罗马教教义中，白色特地用在我主受难的圣餐礼上；在圣徒约翰的《启示录》中，白色长袍是给被赦免者穿的，二十四位长老穿着白色法衣站在伟大的白色宝座前，上帝则端坐其上，像羊毛一样白[②]；虽然这一切联想与所有愉快、光荣、庄严的事物相关联，在这种颜色的概念之最深处却总是隐藏着一种什么难以捉摸的东西，它在心灵中引起的惊慌的程度超过了鲜血那吓人的红色。

正是这种难以捉摸的性质，使白色这一概念一旦与比较亲切的联想脱钩，而与任何本身就很可怕的东西结合在一起时，就会把它引起的惊慌提升到极限。看一看那北极的白熊和热带的白鲨鱼，不正是它们那光滑的鳞片状的白色使得它们成为超乎寻常的可怕之物吗？正是那种可怕的白色赋予它们默不作声又虎视眈眈的容貌一种可恶的温良假象，使它们不但令人害怕，甚至更令人厌恶，所以一身黄毛黑色斑纹的老虎，哪怕张牙舞爪，也远不如遍体雪白的熊或鲨鱼来得可怕[③]。

---

① 北美洲印第安人中最强大的部落，有数十个氏族。

② 见《圣经·旧约·启示录》第四章第四节。

③ 提到北极熊，那些乐意对这一问题作进一步钻研的人可能会说，单是白色

请你想想信天翁吧，在这白色的幽灵随心所欲轻快地飞翔时，围绕着它的那些惊叹心情和灰色恐惧的云彩是从哪儿来的呢？最先施展那魔法的不是柯勒律治[①]，而是上帝伟大的我行我素的桂冠诗人大自然[②]。

不足以使得那种野兽如此令人害怕。因为，一加分析，可以说，它之所以令人备感害怕，仅仅是由于这种胡作非为凶猛成性的动物竟然有一身无比天真可爱的白色皮毛。因此，把这两种截然相反的感受搁到一块儿一分析，就会发现原来北极熊之所以如此吓人正是由于这种出人意料的对比：不是因为那种白色，人们也不至于那么害怕。至于白鲨，在它经常出没的浅水处看到它时，你会发现它身上那种安闲地悄悄游动的白色幽灵般的姿态与那北极四脚兽的姿态出人意料地吻合。这一特点在法国人给它起的名字上表现得最为突出。天主教给死者做弥撒时一开头总是说 Requiem etasnam（永久的安息），这里的 Requiem 指的是弥撒本身和任何一种哀乐。用来称呼这种鲨鱼，则是借喻它那种白色的死一般的悄无声息以及它那还没让你来得及感到疼痛便已死于非命的一贯作风。——原注

①　英国诗人，批评家，哲学家，他的长诗《老水手之歌》讲述了一个水手在船遇风暴时误杀信天翁以致全船遭难的故事，因此信天翁常被誉为招致灾难的鸟。

②　我还记得我有生以来头一次见到信天翁的情景。那是发生在靠近南极大风刮了好久的海面上。我从午前班下来，登上雾蒙蒙的甲板；一跨上主舱口就瞧见一个很有气派羽毛丰满的家伙，浑身雪白，长着一只罗马式的大钩嘴。它时而拱起它那巨大的、天使般的翅膀，好像要拥抱什么神圣的方舟似的。那翅膀神奇而有规律地颤动着。它并没有受伤，可它那叫声却像哭声，好像哪个君王的鬼魂在不可思议的灾难里的哭声。通过它那难以形容的怪异的眼睛，我觉得我窥见了上帝的秘密。我像亚伯拉罕站在天使跟前一样，赶紧鞠躬致敬；这个白颜色的家伙身子好白，翅膀好长，而在海洋上无尽的流放岁月中，对习俗和城镇那可怜的乱丝般的记忆在我脑中早已不复存在。我久久地凝望着那羽族中的神物，当时掠过我心头的诸般印象很难言传，只能意会。但我终于回过神来了；我转过身来问一个水手这是什么鸟。古尼，他答道。古尼！我从没听说过这个名字，简直难以想象岸上人对这个壮丽的家伙竟一无所知！从没听说过！晚些时候，我才知道古尼就是信天翁，那是水手们的叫法。所以柯勒律治那些狂热的诗句绝无可能跟我看到那只鸟在我们的甲板上时掠过我心头的神秘印象有任何联系。因为那时我既没有读过他那首诗，也不知道这鸟就是信天翁。不过，我这么一说，却正好间接地为这难得的诗和诗人扬了名。可是，我坚决认为，主要就是那神奇的鸟一身白色中隐藏着那符咒的秘密；由于用词不当而出现了一种叫作灰信天翁的鸟更证实了我所言不虚；这种鸟我经常见到，却从来没有见到这只南极鸟时这样的感受。但是这种神秘的家伙是怎样逮住的呢？别说悄悄话，听我道来；趁它在海上漂浮时，用一只带饵的钩和一根绳就行。后来船长要它做信使，在它脖子上系一块皮子制的牌牌，写上船当时所在的地点和时间，然后把它放了。但是，我敢肯定，

在我们西方的历史记载和印第安人的传说中，最有名的是大草原上的白驹；那是一匹体型优美的乳白色战马，眼睛大，脑袋小，胸脯平而直，在它那睥睨一切的高傲神态中有一种至高无上的威严，气派可与帝王相等。它是野马群拥戴的泽克西斯①。那时候那些野马的牧场仅以落基山脉和阿利根尼山脉为界。它像一团火焰，像那众望所归的星星每晚领着无数群星向西奔驰。它那如瀑布般闪闪发亮的鬃毛，如彗星长曳的尾巴，把它打扮得灿烂夺目，比金箔匠、银箔匠所能提供的更为华丽。它是那尚未堕落的西方世界一个最具帝王气派和天使神采的形象。在古代捕猎人眼中，它再现了原始时代的荣光。那时亚当昂首阔步有如一尊天神，挺胸无畏犹如这匹骏马。无论是在文武百官的前呼后拥下，率领无尽的部队川流不息地挺进在那广阔如整整一个俄亥俄州的大草原上，还是置身在它一望无际、埋头啃草的子民中间，这匹白驹总是疾驰而过地检阅它们，凉爽的乳白色衬托出热得发红的鼻孔。无论它以什么面目示人，在最勇敢的印第安人眼中，它总是他们无比敬畏的对象。根据这匹名马传奇似的记载，可以肯定，主要是它那超凡脱俗的白色才使它显得如此神圣；而这种神圣感虽然使人顶礼膜拜，却同时也不由得让人感到一种莫名的恐惧。

但是，这种白色虽然能赋予那匹白驹和信天翁以奇特的光荣，在另一些场合，它却完全失灵了。

白化病患者看着格外使人嫌恶，害怕，有时连他的亲友都躲着他！那就是他身上那种白色所表达的东西在作祟。白化病患者也跟别人一样五官四肢齐全——并没有什么实质上的缺陷——然而就是这全身皆白的外貌使他比最难看的畸形胎儿还要显得奇丑无比。为什么会这样？

在其他方面，大自然在最难以觉察地但恶意并不稍减地有所施

等这白色的鸟飞到那合着翅膀、神通广大、受人崇拜的小天使群里，那块原是为人类准备的牌牌会在天国里摘下！——原注。

① 波斯国王。

为时，也没有忘了录用恐怖事物的最高标志作为部属。南海那戴着铁护手的幽灵似的狂风，正是因为它掀起滔天白浪，才被称为白色风暴。在一些历史事件中，人类的阴谋诡计少不了这样一位有力的帮手。那忍无可忍、铤而走险的根特[1]白巾党人就是戴着他们团体雪白的蒙面标志，在集市上干掉了当地的最高行政长官；弗鲁瓦萨尔[2]在记载这一段历史时，写得多么有声有色啊！

在有些事情上，全人类世代相传的共同经验也为这种颜色的神秘性提供了例证。很难令人怀疑的是，死人脸上那格外令人可怖之处就是那滞留不去的大理石般的惨白色；这惨白色既是阴间惊愕失色的象征，又同样是阳间凡人心惊胆战的象征。而裹尸布那意味深长的颜色正是借用了死人脸上的惨白色。甚至在迷信里，我们也总给想象中的鬼魂披上雪白的披风；所有的鬼魂总是在乳白色的蒙蒙烟雾之中出现——这些恐怖事物固然使我们魂不附体，然而我们也不要忘记，那摇身一变而为巡回传教士的恐怖之王[3]跨的也是苍白色的坐骑。

因此，不管人们在其他心情下把白色视为多么伟大或仁慈的事物的象征，也没人能否认就白色最深刻的意象化的含意来看，它总会在人的心灵中招来一个异乎寻常的幽灵。

但是，虽然这一点大家都有同感，可究竟该作何解释？对它进行分析似乎又无从着手。那么，我们能不能通过引用某些例子——且让我们把白色所有引起恐惧的直接联想全部或大部暂时撇开，不过，尽管如此，我们还是发现它在对我们施展哪怕是很轻微的魔力，我们能不能因此碰上一种意想不到的线索引导我们找到它深藏不露的原因呢？

---

[1]　比利时东佛兰德省省会。

[2]　法国宫廷史官和诗人，著有四部年代史。

[3]　指《圣经·新约·启示录》中预示世界末日情景的四骑士当中的第四个骑士死亡。

且让我们试试看。不过，像这种事情。微妙之物得求助于微妙之道，没有想象力，要跟别人登堂入室是会不得其门的。虽然，毫无疑问，在这些即将提出的纯属想象性质的想法中，至少有一些是大多数人可能同意的，不过当时完全意识到这些想法的人或许寥寥无几，因而现在可能想不起来了。

为什么对一个就当代奇人怪事所知不多而又想象力平平的人，一提到圣灵降临周的司仪，在他的想象中就会出现一支冷冷清清、不言不语、垂头丧气地拖着步子、浑身落满新雪的长长的朝圣者行列？为什么对美国中部一个目不识丁、思想单纯的新教徒无意中提到白衣修士或白衣修女，他心里就会涌现一个没有眼睛的雕像？

再说，伦敦的白塔①，除了囚禁在此的武士和国王的传说（这并不能解释一切）以外，究竟是什么东西使它比其他一些历史建筑，它的邻居们——小监塔，甚至血塔②，更能激发一个没有出国旅行过的美国人的想象？而那些更雄伟的塔，如新罕布什尔州的白山脉，为什么一提到它的名称，那高大阴森的身影便在异样的心情下涌上心头，而一想到弗吉尼亚的蓝岭，便宛如进入柔和甜甜、不知身在何处的梦幻状态呢？还有，为什么不论在什么地方一提到白海，脑际便浮现鬼蜮横行的画面，令我们胆战心惊，相形之下，一提到黄海，则会想到海上那漫长、明亮、温和的下午和那最绚烂却又睡意蒙眬的傍晚，从而令我们心灵平静呢？或者，我们就挑一个完全脱离现实的例子，是为了耽于幻想的人说的例子，我们看中欧的古代童话，哈茨森林③里那个"苍白巨人"④那一成不变的苍白色身影在小树林中的草地上悄无声息地走动时——为什么比起布洛克斯伯⑤所有吵吵嚷嚷的小恶魔来

---

① 英国伦敦塔的主塔，建于威廉1066年政府英国之后，在国王亨利三世时刷白。

② 这两处塔都是伦敦白塔中的小塔。

③ 位于德国东部。

④ 哈茨森林里的恶魔。

⑤ 即布罗肯山，哈茨山脉的顶峰。

更让我们害怕?

完全不是地震后变成瓦砾场的大教堂后的痛定思痛，不是海浪对它疯狂的冲击，不是久旱不雨的天空片云皆无，不是满目遍地歪歪倒倒的尖塔、歪倒的盖顶石、歪斜的十字架（就像连碇泊其中的船队一起倾斜了的船坞），以及郊区街道倒塌的屋墙互相重叠，就像一副散乱的纸牌。欲哭无泪的利马之所以成为一座你所见过的最奇怪、最悲伤的城市，主要是因为利马戴上了白色的面纱。这白色加在它的悲伤之上便成了最大的恐怖。尽管这白色跟皮萨罗①一般古老，它却使得它覆盖之下的废墟永远保持了废墟原有的模样；排除了满地荒芜通常会长出蔓草的盎然绿意；弥漫在断垣残壁之上的是那种能使肢体的扭曲固定不变的中风病人的僵硬的苍白色。

我知道，一般人并不认为原来就可怕的事物变得更加可怕主要应归咎于白色。而一个缺乏想象力的人认为毫无可怕之处的那些表象，对另一个人来说，其可怕之处恰恰就在白色这个表象里，特别是当这个表象表现为任何完全近于沉默的或普遍存在的形式时更是如此。我之所以提出这两种说法或许可以用下述的例子来说明。

第一个例子，船要是在夜里靠近异国海岸，一个水手听到海浪扑岸的呼啸声便会惊醒过来，感到有点儿心惊肉跳，各种官能都处于百倍警觉状态；但是如果在完全同样的情况下，半夜里把他从吊床上叫起来，让他去看一看船在一片乳白色的海里航行的情景——仿佛从周围的崎岬冲出无数头白熊在他四周游动，那时他感到的就会是一种鸦雀噤声、毛骨悚然的恐惧了。那一片盖着裹尸布幽灵似的泛白的大海，对他来说，就像一个真正的幽灵一般令他心惊胆战。人家跟他百般解说也白搭，他心里还是没有底。这时为了躲开海岸，船要往下打舵背风，他的心也往下沉；一直等脚下重现碧蓝的海水，他才能定下心来。然而有哪个水手会跟你说："长官，触礁固然可怕，不过还比

---

① 弗朗西斯科·皮萨罗（1478—1541），秘鲁的发现者和征服者。

不上那可怕的白色,一见它我就会坐立不安。"

第二个例子,在秘鲁的土著印第安人眼中,那冰雪封顶的安第斯山脉已司空见惯,除了偶尔想到高处那么辽阔的地方竟然永远遭雪封冰冻的凄凉景象,以及不由自主地想到一旦一个人迷失在这样杳无人踪的荒野里会有多么可怕。西部林区的居民也一样,面对那积雪覆盖的辽阔草原,没有一棵树、一根树枝的影子来打破一直在昏睡状态中的白色世界,而无动于衷。可是水手看到南极海的景色就不是这样。在南极海,风霜冰雪不时施展最可怕的魔法。水手浑身发抖,极力挣扎,看不到五彩缤纷的希望,看不到缓解灾难的安慰,看到的似乎只是无边无际的墓地,一座座东倒西歪、冰封雪盖的墓碑和破碎的一根根十字架,都一齐向他狞笑。

但是,你这番关于白色的涂脂抹粉的话,我认为只不过是懦弱的灵魂竖起的一面白旗;以实玛利,你就向忧郁症投降了吧。

请告诉我,这匹健壮的小马驹,生长在佛蒙特州一个平静的山谷里,从未见过豺狼虎豹之类的猛兽——为什么在一个风和日丽的日子里,你只不过拿块新鲜的水牛皮围裙在它背后抖动抖动,看都不让它看见,只让它闻到一股野兽气味——它就会大吃一惊,喷鼻息,瞪眼睛,吓得发了疯似的一个劲儿刨地呢?在它那一片青绿的北方家园里,它从来没有被任何野兽角顶牙咬过,所以它闻到的这股奇怪的气味不可能让它回想起和以前危险的经历有任何联系的事情来;因此,关于千里之外的俄勒冈州的黑野牛,这匹新英格兰的小马又知道些什么呢?

但是你却可以从一个不会讲话的畜生身上看到那种辨认恶魔的本能。佛蒙特州与俄勒冈州相距数千英里,但这小马只要一闻到那股野性的气味,那猛抵狠斗的野牛群便宛如刹那间来到了这将被他们踩得稀烂的草原上被遗弃的野驹子身边。

这样,乳白色的大海低沉的澎湃声,漫山霜花凄恻的飒飒声,大草原上那一溜溜积雪孤寂的随风转移声,所有这一切对以实玛利来说,正如同那块水牛皮围裙的抖动之于那受惊的小马!

虽然,发出这样一些暗示的神秘征兆的事物究竟在哪里我也不知道,然而,对我和对于那小马一样,那些事物肯定存在于什么地方。虽然,从许多方面来看,我们看得见的这个世界的许多方面似乎是由爱构成的,但那些看不见的领域却是由恐惧构成的。

但是我们至今还没有解开这白色的魔法,还没有弄清为什么它对心灵有这么大的震撼力。而更奇怪也更可怕的是——嘿,正如我们已经看到的,白色既是精神方面的事物中最有意义的象征,也是上帝的遮纱;如事实所证明的,它还同时是一切事物中那种强化了的最令人类害怕的力量。

我们看到银河的白色深渊时,是不是可以说它以它的混沌难定来掩盖宇宙的空虚和无垠,并就此从背后捅我们一刀、令我们想到灭亡了呢?或者,从本质上说,白色与其说是一种颜色,还不如说是显而易见的无色,同时又是所有颜色的混合体,是不是基于这些理由,在一片茫茫雪景中就出现了一种充满涵意的无声的空白——一种令我们畏缩不前的五色而又众色具备的无神论呢?自然哲学家们的另一种理解认为,世上所有其他的颜色——一切庄严的或可爱的色彩——落日余晖下的天空和树林那可爱的色调,还有那披着金光艳艳的天鹅绒的蝴蝶,年轻姑娘们如蝴蝶般的脸蛋儿,所有这些都不过是精巧的欺骗,并不是事物的本质,只是从外面堆砌上去的;所以,普遍认为美得无以复加的大自然其实靠的只是涂脂抹粉,和妓女没有什么两样,她们精心打扮的外表所掩饰的,正是内部的收藏事故的坟场。想想这一看法,再进而想想那神乎其技的美容术,它拿出了调配的每一种颜色,拿出了伟大的光学原理,自身却永远保持白色或无色,如果不经中介而对物体发挥作用,它就会把自身的白色或无色加于一切物体之上,甚至包括郁金香和玫瑰花在内——仔细考虑了这一切之后,我们眼前这个瘫痪了的宇宙就成了麻风病人了。于是,像在拉普兰①的那些一意孤行的旅行者不肯戴有色的和变色的眼镜一样，这可怜的异教徒在凝望那大得覆盖了周围所有景物的白色裹尸布之后便双目失明了。而这白化了的大鲸便是这一切的象征。那么，你还会对那风风火火的追捕境遇感到奇怪吗？

第四十三章 听！

"嘘，你听见那声音了吗，卡巴科？"

那是中更②时分，月色很好。水手们站成一条线，从船腰处的一只大淡水桶延伸到船尾栏杆附近的一只日定量饮水桶处。他们就这样传递一只只小提桶把饮水桶装满。他们大多是站在后甲板禁区内，一个个小心翼翼，不说话，脚也不弄出声音来。小提桶在悄无声息中从一只手传递到另一只手里，只有风帆偶尔的拍击声和船在行驶中持续的嗡嗡声打破了深沉的寂静。

就是在这一片静谧当中，那个站得靠近后舱口叫阿基的水手对身边的一个裘勒人③悄悄说了上面那句话。

"嘘，你听见那声音了吗，卡巴科？"

"接桶，好吗，阿基？你说的是什么声音？"

"又响啦——在舱口下面——你没听见？——一声咳嗽——听起来像声咳嗽。"

"咳个屁！桶回来啦，快把那只空桶递过来。"

"又响啦——就在那里！——这回听起来好像是两三个人在睡梦中同时翻身。听！"

---

① 包括挪威、芬兰北部、瑞典和俄罗斯的科拉半岛的北欧极寒地区。
② 船上值夜班的班次，从午夜零点至四点，末更从四点至八点。
③ 中美洲的一种混血民族，一半是西班牙血统，一半是秘鲁印第安人血统。

"啊！得了吧，伙计，有完没完？那是你当晚饭吃下去的三块硬面包在你肚子里发胀翻身——不是什么别的。瞧着点儿桶子吧！"

"你爱怎么说都行，伙计；我的耳朵可尖得很。"

"是呀，你正是那号角色，你呀，哪怕离南塔开特五十英里远，连教友会老女教友织毛衣的声音都听得见。你正是那号角色，是不是？"

"你尽管拿我打哈哈；咱们等着瞧会出什么事。你听，卡巴科，后舱里一定躲的有什么人，至今还没有在甲板上露过面的。而且我觉得咱们那个老头子多少知道一些其中的内情。有一天值末更时，我听到斯塔布跟弗拉斯克说要出什么事。"

"啐，桶子。"

第四十四章　海　图

那天晚上，在水手们狂热地赞同亚哈船长的意图，随即又刮起了一场大风之后，你要是跟随船长走下去，进他的船长舱，准会看到他走到船尾肋板上的一个小柜跟前，从中拿出一大卷起皱的淡黄色海图，摊开在他面前那张用螺丝固定的桌子上。然后在桌子旁边坐下来，随目光所及全神贯注地研究起海图上的一条条航线和颜色深浅不同的一块块海域，用铅笔慢慢地但坚定地在空白处勾出几条新的航线。他不时翻翻案旁成堆的航海日志。那里边记载了许多不同船只在以往的多次航行中捕获或者发现抹香鲸的季节和地点。

就在他这样工作时，那用链子吊住悬在他头上的沉重的锡铁合铸的桅灯也随着船的晃动而不停地摇摆，时刻在变换角度的灯光和线条阴影也不停地投射在他刻满皱纹的前额上，到后来简直让人以为就在他自己用一支有形的铅笔在起皱的海图上标出一条条航线来时，另有一支无形的铅笔也在往他前额那刻得深深的海图上画上一条条航线。

不过，也并不是只有这天晚上亚哈才格外反常，一个人待在舱里独自琢磨海图。差不多每个晚上他都把海图拿出来，擦掉一些铅笔印，又画上一些新的。他正凭借四大洋的全部海图，打算从潮水与涡流的迷宫中走出一条路来，以便使他魂牵梦萦、日思夜想的那个念头得以更可靠地实现。

在任何一个不太熟悉这种大海兽生活习惯的人看来，要在这个星球无边无际的海洋中找到这一只特定的海兽，简直比登天还难。但是亚哈不这样看，他熟悉潮水的涨落和水流的方向，据此推算出抹香鲸的食物漂移情况，还可以回想起在特定的地点来捕猎它的靠得住的季节；至于捕猎最合适的时机以及最合适的渔场，他可以作出合理的几乎是万无一失的预测。

由于抹香鲸周期性地洄游到特定海域这一事实确实不容怀疑，因此许多捕鲸者都认为，如果全世界都能对抹香鲸进行一番仔细的观察和研究，如果整个捕鲸船队每一次航行的行程都可以做到周密部署，对航海日志都经过核对，就会发现抹香鲸的洄游正如成群的青鱼或大队的燕子的迁徙完全一样，都有固定的路线。基于这一提示，许多人曾经下过工夫想绘制出抹香鲸详细的洄游路线图[①]。

此外，抹香鲸从一个就食场转移到另一个就食场时，在一种万无一失的本能的指引下——还不如说，在上帝秘密情报的指引之下——准确得如人们所说的，大多能顺着人们所说的水脉游去；它自始至终在海洋里沿着一条既定的路线前进，准确得没有半点偏差，不管有多么精密的海图，从来没有哪条船在自己的航线上行驶时，能赶

---

① 以上所说很荣幸地为1851年4月16日华盛顿国家观测所的莫里上尉所发表的一份官方通报所证实。根据那份通报看，似乎洄游图即将绘成；部分图样已刊登在该通报中。"这张洄游图将海洋按经纬各五度划分为若干区，每一区又垂直划分为十二栏，代表十二个月。每区又拦腰画上三条线；一条线表示每月在每区所花的天数，另外两条线表示发现抹香鲸或露脊鲸的天数。"——原注。

上这么惊人的准确度的十分之一。虽然，在这些情况下，任何一条大鲸所循的方向像测量器的平行线一般直，虽然它前进的路线也严格限制在它那势所必然的笔直的航迹之内，然而谁也做不得主，水脉一般都有几里宽（时而更宽一些，时而窄一些，因为水脉时涨时缩）；不过它沿着这条阔阔的带子谨慎小心地游着时从没有超出捕鲸船桅顶瞭望人的视野。总之，在特定季节，在那个宽度内沿着那条路，你就可以很有把握地找到洄游的大鲸。

因此，亚哈不仅可以指望在具体的时间内、熟知的就食场伏击他的猎物，而且在横过就食场之间非常辽阔的海域时，他还可以神机妙算地安排好自己与对象相遇的地点和时间，这样在半路上也不会完全没有碰上的可能。

有种情况，乍看之下，似乎会干扰他那疯狂的但仍然是有条不紊的计划。但事实上，也许并非如此。虽然群居的抹香鲸有在一定的季节到特定的就食场去的习惯，然而一般来说，并不能据此就断定，今年经常出没在某一经纬度水域的一群鲸正好就是上一季度在那儿发现的同一群；尽管与这种说法相反的、独特的、不容置疑的例子确实有。一般说来，这种说法只在较小的范围内适用于成熟的、老龄的抹香鲸中间那些离群者和隐士。所以，即使莫比·迪克头一年在印度洋的叫作塞舌尔的就食场，或者日本海的火山湾给人发现，却并不能由此就断定说，下一年相应的季节，"裴廓德号"赶到上述两个地点中的任何一个去，就肯定可以在那里遇上它。对于其他一些他有时会出现的就食场来说，情况也会一样。可是所有这些看来只是它的暂时逗留地或不妨称之为海上客店，不是它的长期居所。在迄今为止所有谈到亚哈发现其目标可能性的片段中，只顺便提到了他赶在一个特定的时间到达特定的地点之前会有什么碰巧的、假定的、分外的前景；一旦赶在一个特定的时间到达了一个特定的地点，所有的可能性便都会成为或然性，而且亚哈一厢情愿地认为，每一个可能性可以变为或然性，也就是说，每一个或然性只要再往前一步便是必然性了。那个特定的时间和地点是跟一个术语——"赤道线上的当令季节"联在一起的。因为,其时其地,连着好几年,都定期地发现莫比·迪克在那片海域逗留一段时间,正如太阳,一年一度总要在黄道十二宫的任一宫中停留一段预知的时间一样。和莫比·迪克的生死搏斗也大多发生在那儿。那儿的波涛都把他的事迹当故事在讲。那儿也是这个偏执的老人萌发可怕的复仇动机的悲剧地点。但是亚哈既已冥思苦想、周密策划、时刻警惕、毫不迟疑地投入了这场猎捕,他就决不允许他将所有希望都寄托在上面所说的那个盖过一切的事实上,尽管那事实对他的希望是多么诱人;而在他不眠不休地要实现他的誓言的努力中,他决不肯就此安下心来等着那特定的时间到达特定的地点而耽误一切介乎其间的搜索。

如今,"裴廓德号"正是在赤道线的当令季节刚刚开始时从南塔开特出航的。这个时间,船长再怎么努力也不可能赶完这么远的航程,南下绕过合恩角,再南驶纬度六十度,及时抵达赤道附近的太平洋地区,在那一带巡游。因此,他必须等待来年的这一个季节。然而,"裴廓德号"的提前开航也许正是亚哈船长私下有意的选择,好造成眼前这样的局面。因为这么一来,他多了三百六十五个日夜的间歇。这段时间与其在岸上焦急地挨过,他宁可用来多方面地出击。要是碰巧这头白鲸在远离它定期前往的就食场的海洋里度假,在波斯湾,或者孟加拉湾,或者中国海,或者它的族类常去的其他海域,露出它那满是皱纹的前额呢。所以,除了地中海上强烈的东风、非洲和阿拉伯地方的干热风外,其他任何风,季节风也好、南美草原风也好、强烈的西北风、燥风、贸易风等,都可能把莫比·迪克刮到"裴廓德号"迂回曲折环航世界的大圈圈上来。

就算这一切都有可能,然而只要慎重冷静地考虑,即使不说这是个发疯的念头,似乎也相距不远。在辽阔无垠的海洋中,一条孤零零的大鲸,追捕它的人即使碰上了它,保准就能辨认出来,就像在君士坦丁堡熙熙攘攘的大街上认出一个白须垂胸的伊斯兰教法典说明官那么容易吗？诚然，莫比·迪克那与众不同的雪白的前额和雪白的驼峰是绝对错不了的。再说，亚哈经常细看海图，看到半夜过后，便往椅背上一靠，陷入沉思，一边这样喃喃自语："我没有认准它吗？认准了的，它跑得了吗？它那宽阔的鳍已经打穿了，像一只迷途羔羊的耳朵那样耷拉下来！"这时，他那疯狂的思想便会一路气喘吁吁地跑下去，一直跑得他筋疲力尽，头昏脑涨；他便到甲板上来透透气，想恢复恢复精力。啊，上帝！那个为一桩未遂的复仇愿望而耗尽心血的人在经受什么样的精神恍惚的折磨啊。他睡觉时还攥紧了拳头；醒来时发现自己的指甲抠在掌心里而鲜血淋漓。

　　白天，他脑子里转着急于复仇的念头，晚上便做非常累人、非常逼真的噩梦，常常从吊铺上惊起。那些念头在梦中改头换面地出现，相互疯狂地冲撞，在他灼热的脑子里辗转翻腾，直到他连心脏的跳动都成了一种难以忍受的痛苦。有时候这种精神上的折磨使他痛不欲生，他体内仿佛敞开了一个大裂口。从中喷射出叉状火焰和闪电，而下面可恶的厉鬼则向他招手让他跳到他们中间去。他体内的这个地狱在他脚下张开大口时，全船便会听到一声发狂似的惨叫，紧接着亚哈便会瞪着眼睛从他那单间卧舱里冲出来，就像床铺着了火急忙逃命似的。然而，这些表现也许并不表明他内在的弱点难以压抑，或者对自己的决定害怕起来了，而只不过是最清楚地说明了他内心痛苦的剧烈程度。因为，一到这种时候，疯狂的亚哈，这个处心积虑、毫不妥协、坚定不移的要捕杀白鲸的亚哈，这个上了吊铺的亚哈，不是对使他冲出吊铺这一举动负责的人。他永恒的、充满活力的本性或者他的灵魂才是这个举动内在的动因。睡着时，由于暂时和性格化的精神失去了联系（在平时，精神用灵魂作它外部的手段或动力），灵魂在那种狂暴的事物过分迫近时便自发地逃避，对于那狂暴的事物来说，灵魂此刻已经不再是个整体了。但是，由于精神只有和灵魂结合才能存在，所以，就亚哈的情况来说，他全部的思想和想象必然都已经从属于他那唯一的至高无上的目的；而那目的，则纯粹以它自身的坚决顽强，强使自己逆着天神和魔鬼而自行其是，成为一种独断专行的独立的存在。而且，当那与之结合在一起的一般的活力吓得发抖地逃避那不请自来、自生自长的状态时，这个目的却能顽强地挺住，并且斗志更旺。因此，从船长舱里冲出来的看来是亚哈这个人，其实只是个躯壳，那瞪着一双肉眼备受折磨的灵魂便暂时只不过是一种被抽空了的东西，一个没有形体的梦游者，一线自然光。确实是这样，不过没有可以加上色彩的东西，所以它本身只是一片空白。愿上帝帮助你吧，老人家，你的思想已经在你自身创造了另一个生物。他就这样以夜以继日紧张的思索成了一个普罗米修斯 ①。一只鹰终日在啄食他的肝脏。那只鹰就是他自己创造的那个生物。

🐋 第四十五章　宣誓为证

就本书中可称为记叙文的章节而论，特别是就间接描述抹香鲸的生活习惯中一两件十分有趣而奇特的细节而论，上一章的开头部分确是这部书的重要章节之一，然而其中的要点还需作进一步更为通俗的阐述，以便人们能充分理解，也便于消除那些对这整个题材一无所知的人对这一事件主要之点的真实性所持有的任何怀疑。

我不打算有条不紊地来做这部分工作，只求能通过个别引证我这个捕鲸人看来是切合实际且可靠的事例来达到预期的效果，那就很知足了；我认为从那些引证自会得出人们所需的结论。

第一，就我本人所知，有三次都是一条鲸在中了一标枪后仍能安然逃脱，而在经过一个时期之后（其中一例是三年）被同一个人再次

① 希腊神话中的普罗米修为人间盗取天火，被锁在悬崖上让兀鹰啄食他的肝脏。作者在此引用这个故事，说明亚哈疯狂的报复心成了啄食他的心的兀鹰，终于导致他与白鲸同归于尽的悲剧。

刺中送命；两支标枪从鲸身上拔出来，发现上面都有同样的私人暗记。在两支标枪的投掷时间相隔三年的那个实例中，我觉得还有些更值得一说的东西；那个前后两次投掷标枪的人，在那段长达三年的间歇期中，搭上一条去非洲的商船在那里上了岸，加入了一个探险队，深入腹地，在那里旅行了近两年之久，经常和毒蛇、野人、狮子、瘴气打交道，还有会在蛮荒腹地必然碰到的其他大大小小的危险。这期间，那条被他刺中的大鲸也一定在到处游逛，它肯定环游了世界三圈，也曾贴近非洲海岸游过。这个人和这条大鲸后来又碰上了，这个人最终干掉了这条鲸。这种类似的例子我个人就知道三个，其中两个是我亲眼所见；大鲸第二次被掷中后，我看到从死鲸身上拔出的两支标枪都分别刻有同一个记号。在那前后间隔三年的例子中，我碰巧前后两次都在那小艇上，后一次我在那鲸鱼的一只眼睛下面清楚地认出了三年前我就注意到的一个很特别的大黑痣。我说是三年，其实肯定不止三年。那么，这里就是三个我亲眼所见确有其事的例子；我还从许多人那里听到其他许多实例，那些实例的真实性也是无可置疑的。

　　第二，过去有几个很有名的例子，尽管岸上人可能对此一无所知，在捕鲸业中却是尽人皆晓。说的是大洋中有一种很特别的大鲸，任何人见过它一次之后，再隔好长时间，相距很远都能一眼把它认出来。这种鲸之所以这样显眼完全不是由于它有异于其他同类的体型特点；因为捕鲸人碰上任何一条鲸，不管它在这方面有什么特别之处，一旦把它捕杀了，熬成一种特别珍贵的油，它那与众不同之处也就跟着被消灭了。不，它特别显眼的原因是：根据捕鲸人多次冒生命危险的经验，这种鲸跟中世纪传奇中的一位英雄人物里纳尔多一样，自有一种令人毛骨悚然的代表凶险的威严，大多数捕鲸人对它畏惧之至，在海上一看见它在他们船边闲逛时，只触触雨帽敬个礼认识认识便心满意足地离开，不想跟它建立什么更亲密的交情。这点就像岸上的一些可怜虫，他们碰巧认识一位脾气暴躁的大人物，要是在街上看见他，只敢老远地不声张地向他致敬，从不敢冒昧进一步套近乎，生怕人家认为自己鲁莽无礼而当场训斥一通。

这些著名的大鲸不仅个个享有很高的知名度——而且，你满可以称之为名扬四海；它们不仅生前大大有名，死后也是船首楼里津津乐道的永恒的话题，而且还被认为是主持正义、享有特权、身份高贵的角色，完全可以与古波斯国王坎拜栖兹①或恺撒大帝媲美。难道不正是这样吗，蒂摩尔②的巨鲸汤姆啊！你这出名的大海兽，遍体鳞伤犹如冰山，不是长期藏身在以你的名字命名的东方海峡里，你喷的水往往从奥姆湾遍地棕榈的海滩都能望见，难道不是这样吗？新西兰的杰克啊！所有在这文身者的乐土附近驶过的巡洋舰不都挺怕你吗？难道不是这样吗？莫宽！你这日本海之王，人家说你那喷出的水柱在蓝天之上有时就像是一座屹立天空的白十字架？难道不是这样吗？唐·米格尔！你这智利的巨鲸，就像一只背上刻有神秘的古老文字的巨龟！用大白话说，这儿提到的这四条大鲸在鲸类学研究者的眼中就跟罗马将军梅厄里厄斯或罗马独裁者萨勒③在古典学者眼中一样有名。

不过，话还没有说完。新西兰的杰克和唐·米格尔，在一次次制造了各式捕鲸小艇船毁人亡的惨剧之后，在勇敢的捕鲸船船长们的搜索、有系统地穷追不舍之下终于消失了。那些船长怀着专门为了捕杀它们的目的而起锚出航，就像古代的巴特勒队长专门为了逮住印第安国王菲利浦手下的先锋武士，那个臭名昭彰、残忍成性的野人安那温而穿过内腊根塞森林一样。

我不知道在哪儿还能找到一个比这儿更好的地方，可以让我提出我觉得很重要的另外一两桩事情来，以便通过文字材料在各个方面来证实有关这头白鲸的整个故事的合理性，特别是它所造成的灾

---

① 公元前六世纪波斯阿契美尼德王朝国王。

② 马来群岛之一。

③ 罗马共和国后期的名将。

难方面。因为这是许多令人沮丧的实例之一，因为真理也会像谬误一样，需要充分有力的支持。岸上大多数人对于海上世界有些最平常、最明显的奇迹几乎一无所知，如果不多少提及捕鲸业中一些很简单的事实，包括历史上的和其他方面的，他们可能会把莫比·迪克讪笑为无稽之谈，甚或更糟也更可恶的是，讪笑它为一个可怕的难以忍受的寓言。

第一，大多数人虽然对庞大的捕鲸业一般性的危险有些模糊肤浅的认识，但对那些危险及危险发生的频繁并没有一个清晰而生动的概念。原因之一也许是，捕鲸业中实际的灾祸及死难人数在国内见报的历来不到五十分之一，何况即便见报也如过眼烟云，瞬息即忘。这会儿也许就有一个可怜的家伙在新几内亚海面给捕鲸索缠住了，正被一头巨大无比的海兽拖向海底——你以为这个可怜人的名字会出现在你第二天吃早餐时就读的报纸的讣告栏内吗？绝对不会。因为这儿与新几内亚之间的邮件往来毫无规律。事实上，你何时听到过直接或间接来自新几内亚的可称之为正规的新闻？然而，我可以告诉你，在我去太平洋的某次航程中，我们跟三十艘不同的船只交谈过。每艘船上都有一个被鲸鱼杀死的人，有的还不止一个，有三艘船的全部船员都遇了难。看在上帝份儿上，千万请你省着点儿灯油和蜡烛！你点的每一加仑鲸油，都有人至少为之付出了一滴鲜血。

第二，岸上的人对于大鲸作为力气很大的庞然大物这一点的确有某种不太明确的概念，但是我发现每逢我就大鲸这双重巨大的特点向他们举一个具体的例子时，他们便以为我在开玩笑而故意赞扬我的风趣。这时，我只好赌咒发誓，声明我跟摩西①一样，他在写埃及各种灾害的历史时不是开玩笑，我也一样没有开玩笑的心思。

不过幸亏我在这里探索的这个特殊论点，有完全不受我支配的事实为证。这个论点是：在有些情况下，抹香鲸力气特别大，很狡猾，

---

① 参看《圣经·旧约·出埃及记》。

也经过慎重考虑才蓄意行凶，好像事先就果断地想好了要撞破、彻底毁坏、弄沉一艘大船；而且，抹香鲸不止有威力和识见这样做，它已经这么干了。

第一次是在一八二○年，南塔开特的"埃塞克斯号"在波拉德船长的率领下，正在太平洋上巡游。有一天，这船上的人发现了鲸鱼所喷的水柱，便放下小艇去追捕一群抹香鲸。没多久，几条鲸便受了伤。突然之间，一条极大的鲸逃出小艇的包围，离开鲸群，直奔大船而来。它用前额撞击船体。这一下大船受创奇重，不到十分钟就下沉翻掉了。从此，连它的碎木板都没有看到一块。部分水手乘着小艇在风浪里漂流，经过一番极严酷的考验，才到了陆地。波拉德船长生还家乡后，又率领了另一艘船再度驶向太平洋，但是老天爷第二次让他的船在暗礁激浪下出了事，他的船再一次整个儿毁了，他当场发誓再也不出海。自那以后他就再没转过这念头。现在波拉德船长是南塔开特的一个居民。我见到过欧文·蔡斯，"埃塞克斯号"出事时他是大副。我看过他关于那一事故的明白忠实的记载，还和他儿子交谈过。所有这些追叙的事都是在惨剧发生的现场方圆几里之内进行的。①

----

① 下面是蔡斯原作的摘录："所有的事情似乎都向我证明我可以作出如下的结论，那条大鲸采取这样的行动绝不是偶然的；它对大船进行了两次攻击，中间间歇很短。两次攻击，从进攻方向来看，都是蓄意要使船只受到最严重的破坏，因为它是对着船头冲来，这样，这一冲击就是把两个物体的速度合在一起了；为了使冲撞取得最大的破坏效果，它作出这样精确的部署是完全必要的。它那模样可怕极了，显然是怀有极大的仇恨和愤怒。我们伤了它所在鲸群中的三个同伴，它就立即从鲸群里冲出来，好像完全被替伙伴复仇的愿望激怒了。"原作中又说："无论怎样，把整个情况一汇总，发生在我眼前的一切就在我脑子里产生了这样的印象：那大鲸显然经过周密考虑的破坏（当时还有许多其他的印象现在想不起来了），这一切都使我深信我的看法是正确的。"下面是他离开大船后，一个漆黑的夜里，在一只没有甲板的小艇上。几乎完全没有希望登上任何较为平坦的海岸时的回忆。"那漆黑的海洋和汹涌的波涛算不了什么；怕被可怕的暴风雨吞掉，怕触礁，以及为一切其他一般性的问题担心的想法，似乎都不值一提；我脑子里翻来覆去只是那破船的惨状和大鲸那复仇的凶相，一直到第二天天亮心里才好受一点。"在另一处——第四十五页，——他提到"这只野兽神秘而致命的攻击"。——原注

第二次，"联合号"，这也是一艘南塔开特的船，于一八〇七年在亚速尔群岛附近由于遭到类似的攻击而全船覆没，不过那次灾难的可靠详情我始终未曾见过，只不时偶尔听捕鲸人提及。

　　第三次，大约十八年或者二十年前，有位司令官率领一艘美国第一流的古式炮舰，碰巧在三维治群岛奥胡港^①的一艘南塔开特船上跟一群捕鲸船船长共进晚餐。话题转到大鲸身上，在场的行家们谈到大鲸的力气大得如何如何惊人，这位司令官对此深表怀疑。打个比方，他断然予以否定说，任何一条大鲸都奈何不了他那艘结实的炮舰，哪怕是教它漏出一酒杯底儿的水来都休想。真是豪言壮语；不过好戏马上就开场了。几个星期之后，这位司令官乘这艘坚不可摧的炮舰去瓦尔帕莱索^②，在半路上给一条威风凛凛的大鲸拦截，它有一点私事要向这位司令官请教片刻。这私事原来是给他的炮舰狠狠地来了一个迎头痛击，弄得他只好一面开动全部抽水机排水，一面直奔最近的港口，抛锚进行测船修理。我不是个迷信的人，可是我认为司令官和大鲸的这次会面是天意使然。塔苏斯的扫罗^③不是出于类似的恐惧而认罪，重新皈依耶和华吗？告诉你吧，抹香鲸绝不会容许人家拿它胡说八道。

　　我现在想请你们读读兰斯多尔夫的《航海记》中一桩很能说明问题的小小的事实，这事实对我这位作者尤其饶有兴味。顺便提一句，兰斯多尔夫这个人，你们一定听说过，他就是本世纪初俄国海军上将克鲁生斯丹恩率领的著名探险队的成员。兰斯多尔夫上校的《航海记》第十七章的开头是这样写的：

　　"到五月十三号，我们的船准备就绪，第二天就驶到了汪洋大海之上，向奥绰兹^④驶去。天气很好，只是特别冷，我们不得不穿上皮衣。

---

① 即现在的夏威夷群岛。
② 智利中部太平洋海岸的港口城市。
③ 参看《圣经·旧约·撒母耳记上》第十五章。
④ 西伯利亚港口。

一连几天都没有什么风,一直到十九号才猛然刮起一股强劲的西北风。一头比我们的船还要大的超常的大鲸几乎露出整个身子躺在水面上,可是直到这张着满帆的船快要撞到鱼身上之前,船上的人谁都没发现它,等发现时,船已经快冲到它背上,再来想法子让开已经来不及了。大难临头,迫在眉睫,此时这个其大无比的家伙躬着背,把我们的船拱出水面起码有三英尺高。桅杆摇晃,篷帆都落到了一起,我们这些在舱里的人立即全部窜到甲板上来,以为船准是触礁了。出乎意料的是,我们却看到这庞然大物严肃又大摇大摆地游走了。德富尔夫船长立刻下令开动全部抽水机,来检查船身在这次意外事故中有没有受到损伤。但十分幸运的是,我们发现船竟完好无损。"

这里提到的指挥这条船的德富尔夫船长是新英格兰人。他作为一个远涉重洋的船长在海上度过了漫长的极不寻常的冒险生涯之后,如今就住在波士顿附近的达彻斯特乡镇上。我有幸是他的侄子。我曾专门就那次在兰斯多尔夫道上的航行问过他。他一字一句都给我作了具体说明证实了他所记的每一个字。不过,这艘船并不大:它是西伯利亚沿海一带造的俄国船,我叔叔把自己从家乡驶出去的那条船廉价出让后买来的。

在那本豪气不可一世的老式冒险书——老前辈丹皮尔[1] 的一个老搭档莱昂内尔·韦斐[2] 的《航海记》中,充满了未加渲染的奇迹,其中我发现有一件小事和我刚刚引自兰斯多尔夫书中的那件事非常相似,我不由得要把它安插在这里以作为一个例证,要是有人嫌我上引的事例不足为凭的话。

莱昂内尔当时好像是在去"约翰·费迪南多"(这是他对现代的胡安·费尔南德斯群岛[3] 的叫法)途中。"在驶向该处的途中,"他写道,"大约是早上四点钟,我们已经离美国本土约四百五十英里,我们的

---

① 英国航海家,自小开始海上生活,到过和发现了许多地方。

② 英国强盗式探险家,1699年著有一本关于美洲海峡的航行记。

③ 智利西面的一群小岛。

船突然受到了剧烈的震动，震得我们的水手全都惊慌失措，不知身在何处，也不知如何是好；大家都以为死到临头。确实，那震动来得又突然又凶猛，我们都以为是触礁了。但是惊魂甫定之后，我们把测深锤放下去，哪知却没有够着底。……这突如其来的震动震得大炮都从炮架上跳了起来，好几个水手被震得跌出了吊铺。头枕着枪躺着的戴维斯船长给扔出了船长舱！"莱昂内尔接下去便把这一震动归罪于地震，声称就在差不多这个时候发生的一场大地震确曾在这片西班牙属土地上造成了极大的破坏。言下之意他的判断是不错的。可是那时正处于黎明前夜最黑的辰光，我看很可能是船底笔直撞在一条谁也没有看见的大鲸身上，才引起这场大震。

　　关于抹香鲸的力大无比的凶恶异常的情况，我满可以再多举几个从各种渠道得知的例子。据说它不止一次把攻击它的小艇撺回大船，而且追逐大船本身，在身中甲板上投来的多支标枪后久久不退。那艘英国船"普西·霍尔号"在这方面的经历简直可以写成小说。至于它的力气之大，据说有过不少这样的例子，在风平浪静的海里，用一根绳索扣住一头急游着的抹香鲸，绳的另一头从艇上转移到船上拴紧，那大鲸便拖着大船疾驶，就像一匹马拖着车子飞奔一样。再者，人们常常观察到，抹香鲸一旦中枪受伤之后，如果它来得及恢复的话，那它下一步的行动就往往不是出于盲目的愤怒，而是出于蓄意的周密的谋划，要不顾一切地毁灭追捕者；这样做也不乏显示其性格的迹象，一旦受到攻击，它往往张大了嘴，那种可怕的龇牙咧嘴状每次都要持续好几分钟。不过我现在只准备再举一个结论性的例证作最终的说明了；这个例证很值得注意，很有意义。从这个例证你就会看出，本书中最不可思议的事件不仅为当今一些明明白白的事实所证实，而且，这些怪事（像所有的怪事一样）都只不过是历史的重复；所以，我们无时不赞同所罗门的教诲——的确，日光之下，并无新事[①]。

---

　　① 见《圣经·旧约·传道书》第一章。

公元六世纪时，有个叫普罗科匹阿①的，是君士坦丁堡一个信基督教的治安法官，那时候是查士丁尼当皇帝，培利塞留②当将军。很多人都知道，普罗科匹阿著有当代历史，那是一部在各方面都非同凡响的著作。据最可靠的权威人士介绍，他是一位翔实可靠、不事夸张的历史学家，只有在个别细节上略有出入，而这一两处与我们将要提到的这件事毫无关系。

普罗科匹阿在他那本历史著作中提到，在他在君士坦丁堡任职期间，在毗邻的普罗蓬拉斯，或者叫作马尔马拉海，曾捕获一个巨大的海怪。五十多年来，这个海怪曾屡次在这一海域破坏船只。一桩在确凿历史中有记载的事实是无法轻易加以否定的，也没有理由加以否定。这海怪究竟属于哪一类，书中没有提到。不过，从它能破坏船只及其他理由来看，它必定是条大鲸，而且我认为很可能是条抹香鲸。我这就说说我的理由。长期以来我一直以为地中海及其相连的海里是从来没有抹香鲸出没的。就是现在，根据实际情况来看，我依然断定那些海不是，也许永远不会是抹香鲸惯常的群居地。但是近来进一步调查的结果证明，时至现代，地中海里有过出现抹香鲸的个别例子。从可靠的权威方面得知，一个叫戴维斯的英国海军舰长在巴巴利海岸发现过一具抹香鲸的骸骨。如今，既然一艘军舰能够轻易地穿过达达尼尔海峡，那么一条抹香鲸自然也可以走同样的路线，从地中海游到马尔马拉海。

就我所知，在马尔马拉海里，没有发现那种称为"小浮游生物"的特殊物质供露脊鲸食用。可是我完全有理由相信抹香鲸的食物——鱿鱼或者墨鱼——就潜伏在那个海的海底，因为在海面发现有这种大生物，不过绝不是这一类中最大的。如果你把所有这些说法好好集合起来稍加推断，你便会看得清楚，常人便可推断，普罗科

---

① 拜占庭历史学家，著有很多史书，其中《秘史》以写君士坦丁堡宫廷丑闻著称。

② 罗马晚期拜占庭的名将。

匹阿所说的那持续半个世纪屡次破坏罗马帝国船只的大海怪，十有八九是条抹香鲸。

第四十六章　心中猜想

　　亚哈的全部思想和行动始终以捕获莫比·迪克为最终目标，虽然这一目标像熊熊烈焰烧得他心力交瘁，似乎准备为这一欲望牺牲一切重大利益，然而，他很可能出于天性和长期的习惯，已和捕鲸人那种猛打猛冲的生活方式结下了不解之缘，要他完全放弃此行出海的附带任务简直是不可能的。或者万一不是这样的话，那可能有其他对他影响更大的动因。哪怕是考虑到他的偏执狂，就说他对白鲸的报复心可能在某种程度上扩大到了所有的抹香鲸，就说他杀抹香鲸杀得越多，那越往后他碰上最恨的那一条的可能性就越大，这种说法却又未免编派得太过分。但是，如果这样的假定确实是可加非议的，那么还可以另外提出许多值得考虑的事实来，这些原因即使跟他那高于一切的狂热愿望并不完全合拍，却绝非没有左右他的能力。

　　为了达到目的，亚哈必须使用各种工具；而天底下所有可供使用的工具中，人是最容易越轨闯祸的。比方说，他知道他对斯达巴克来说，尽管在某些方面很有威信，然而那种威信却不足以控制这个完全以精神为重的人，犹如单纯肉体上的优势并不等于智力上处于高人一筹的地位；因为对于纯粹精神化的人来说，智力只不过是一种肉体上的联系而已。因此亚哈只要对斯达巴克的大脑继续保持魅力，斯达巴克的肉体和受到强制的意志便都会听命于他。然而，尽管如此，他仍然明白这位大副在内心里是憎恶他那搜捕白鲸的计划的，而且只要能够，他恨不得自己能摆脱这个计划，甚至挫败它。可能还要好长一段时间之后才有望发现白鲸。在这期间，斯达巴克随时可能变本加厉地公开反抗他作为一船之长的领导，除非他能在日常事务上谨慎小心、相机行事地给他施加一些影响。除此之外，亚哈在涉及莫比·迪克问题上那种似疯非疯的心态，如今不只是表现在他聪明过人的判断力和机灵性上，而是更加值得注意地表现在预见上。他预见到在目前应该设法把自然而然地蒙在这一追捕行动上的那怪异的、想入非非的、亵渎神明的外衣去掉，而且必须把这次航行的十足可怖之处掩盖起来（因为很少有人受得了那种难以诉诸行动以求解脱的没完没了的冥思苦想），必须让他的副手和水手们在漫漫长夜值班时想些眼前的事情而不要去想莫比·迪克。因为无论这些野蛮的水手在他宣布搜捕白鲸的计划时欢呼得多么热烈，多么激动，这些来历不同想法各异的水手都或多或少有点反复无常，叫人无法放心——他们生活在户外多变的天气里，他就沾上了他变幻莫测的气息——一旦要他们去追逐一个渺茫难期的目的，不管他们怎样答应将来全力以赴，当务之急是在这段期间有可以让他们暂时分神的活儿以使他们劳逸结合，把身体养得棒棒的，等着做最后的冲刺。

　　亚哈也没有忽略另一件事情。人们在情绪激昂的时候往往把一切私心杂念置之度外，但是这种时刻转瞬即逝。亚哈认为，人生下来就有其永恒的固有品质，那就是卑劣。就算白鲸使我们这些野蛮的水手兴奋得全都跃跃欲试，甚至在野性大发的同时，还萌发了某种慷慨侠义的气质，然而，固然处于天性爱好，他们自愿追捕莫比·迪克，但也必须让他们世俗的日常欲望得到满足。因为即使是往日那些高歌猛进、富有骑士气概的十字军战士也不会心甘情愿地跋涉二千英里去为夺回圣地而战，他们照样顺便干些盗窃、小偷小摸的勾当，捎带假圣战之名大捞其他外快。如果真把他们约束在那一个富于浪漫色彩的最终目标上，只怕不知有多少人会厌恶地背过身去，早就溜之大吉。亚哈心想，我不能剥夺这些人对于金钱的一切希望——是呀，就是金钱。他们眼下也许不把金钱当回事，可是过上几个月，等他们看到不像有钱给他们的样子，那么，这个一声不响的金钱就会马上起来煽动他们造反,就会把亚哈这个船长赶下台。

此外出于切身利害,亚哈还有一个动机,那便是事先要有所预防。亚哈可能是一时冲动,以致也许有点过早地泄露了"裴廓德号"此次航行首要的但又是他个人的目的,现在他完全意识到了,这样一来,他就等于是间接地把自己暴露在假公济私这个不容置辩的指控之下。而他的水手们要是有意的话,完全有资格指控他。他们在道义上和法理上都可以百分之百地泰然地拒绝继续服从他的任何命令,甚至使用暴力夺去他的指挥权。哪怕是于他的假公济私略有微词的流言蜚语,以及日见加强的这样一种敢怒而不敢言状态可能带来的后果,必须使亚哈急于保护自己免受其害。不过,这种保护只能依靠他自己出众的大脑,他自己的心和手,再加上对他的水手可能受到的每一种哪怕是最细微的任何影响小心提防、密切注视。

基于所有这些考虑,以及其他一些过于零碎微妙也许不是在这里三言两语能说得清的理由,亚哈心里很清楚他必须在很大程度上忠于"裴廓德号"此次航行那不言而喻的名义上的目的,照着一切例常的规矩办事。不仅如此,还必须强迫自己在从事他这一行的日常事务中显示出他一如既往的强烈兴趣。

不管怎样,现在不时能听到他高声提醒那三个桅顶值班人,要他们小心瞭望,连发现一只海豚都要立即报告。这种高度警惕不久就见了效。

第四十七章　编缏人

那是一个多云闷热的下午,水手们或是懒洋洋地在甲板上四处溜达,或是出神地凝望着铅灰色的大海。魁魁格和我在不紧不慢地编织一种人家叫作剑垫的垫子,供固定在小艇上加强防护用。这时,整个场景非常安静柔和,然而不知怎的又有重要发生什么的感觉,空中似乎潜伏着一种让人想入非非的魔力,使得每个默不作声的水手仿佛都融入在无影无踪的自我之中了。

在忙着编织垫子的时候,我是魁魁格的随从或者说小厮。我用手作梭子,把纬绳不断地来回穿过长排的经绳。魁魁格侧身站着,不时用一把沉重的橡木剑在经绳之间滑动,一边懒洋洋地眺望着水面,一边漫不经心不假思索地把每根纬绳都绞在一起。这时,我只觉整条船整个海都进入了一种非常奇特的如梦如幻的境界,只不时为木剑钝重的断断续续的敲击声打破,好像这就是时间的织机①,我自己仿佛一只梭子,机械地在命运之神手下织呀织呀织个不停②。但机上的经绳是固定的,只能作往返不变的固定的摆动,而这种摆动足以使纬绳交叉通过和经绳混合起来绞成一股。这经绳好比是必然性。在这里,我心想,用我自己的手,投我自己的梭,把我自己的命运织进这些不能变更的经绳中。此时,魁魁格那把急促、冷漠的木剑,随着他的性子,或斜或曲或重或轻地敲击着纬绳。随着这不同的敲击,完工的织物在图案上便显出了相应的变化。我心想,这野蛮人手里的这柄木剑就这样决定了经绳和纬绳的形状和式样,这柄自在、冷漠的木剑,一定就是缘分——是呀,缘分,自由意志和必然性——一点儿也不矛盾——彼此交织在一起发挥作用。那象征必然性的笔直的经绳,绝不会偏离它终极的方向——它每一次来回的摆动实际上都只循着这一轨道运行;自由意志则仍然自由地在特定的绳线之间投梭;而缘分,虽然它的活动范围局限在象征必然性的直线之内,它的行动又有自由意志从旁干预,加以修正,虽然它这样受到必然性和自由意志二者的控制,最后又轮流支配两者,事情的成败就由它一锤定音。

我们正这样织呀织呀织个不停的时候,突然听到一声喊叫,那声音很怪,拖得好长,有板有眼地透出一种非人间的兴奋和神秘。我被

---

① 是英国作家托马斯·卡莱尔译歌德的《浮士德》中的英文用语的直译。
② 《旧约·约伯记》第七章第六节:"我的日子比梭更快,都消耗在无指望之中。"

吓了一跳，那自由意志的线团从我手中掉下。我站起身来，仰望云端，那声音就是从那儿像一面帆似的直落下来的。原来是那高高站在桅顶横木上的发狂的塔希蒂格。他的身子迫不及待地朝前探出，一只手像乐队指挥棒似的高高举着，一下接着一下急促地高声大叫。那声音简直就像是几百艘捕鲸船高栖空中的瞭望者同时发出来的，在那一瞬间也许整个海上都听见了。不过，这一行内很少有人能有这么大的肺活量，能把这一声由来已久的惯常的呼喊叫得像塔希蒂格这个印第安人这么惊人地富有抑扬顿挫和韵味。

他高高的在你头顶，仿佛飞翔似的半悬空中，那样狂热而急切地凝望着远方，你还真会以为他是个预言家或先知，看到了命运之神的影子，那狂热的喊声就是宣告她们的光临。

"它在喷水啦！瞧呀！瞧呀！瞧呀！它在喷水！它在喷水！"

"在哪个方向？"

"背风横前方，约莫两英里远的地方！一大群哩！"

即刻，全船都轰动了。

抹香鲸断断续续的喷起水来，像时钟走时一样地均匀、准确、可靠。捕鲸人就是据此才把它们从其他族类中分辨出来。

"它在甩尾巴啦！"这时，塔希蒂格又喊上了。跟着鲸群就不见了。

"快，小厮！"亚哈喊道，"看时间！看时间！"

汤团赶紧跑下去，瞄了一下表，就把准确的时间报告给亚哈。

船开始避开风，顺风缓缓行驶。塔希蒂格又报告说鲸群已经沉下去，朝下风头游去了。我们很有信心地盼着能马上再在船头正前方看到它们。因为抹香鲸玩的老花招就是，它头朝某个方向下潜，可是它隐身在水下后，突然兜转身来，迅速地朝相反的方向游走了——它这套欺骗伎俩现在行不通了。因为我们根本就不相信塔希蒂格所发现的鲸群受到了任何惊吓，或者知道我们就在它们附近。一个被选来当船上的瞭望者——是从那没有被派上小艇去的人中选的，这时已经把主桅上的那个印第安人替换了下来。前桅和后桅顶上的水手都下来了。索桶都已放在合适的地方。旋臂吊机都伸展开了。主桅下桁卸下了，三只小艇被送到船外海面之上，吊在空中打秋千，就像三只装着圣彼得草的篮子在悬岩上来回摆动。那些迫不及待的水手在舷墙外边一手抓住栏杆，一只脚踏在船舷上，准备起跳。看去酷似兵舰上一长排水兵正准备跳上敌舰去战斗。

但是，就在这个节骨眼上，猛听见一声大喊，大家的目光顿时从那条鲸身上收了转来。大伙全吃惊地瞪着脸色阴沉的亚哈，只见他给五个像是刚从空中现身的灰黑的幽灵团团围住。

第四十八章　初次放艇

那些幽灵，之所以这样叫是因为当时看去确实像幽灵，正在甲板的另一边飞快地走来走去，没有一点声息，他们迅速解开那只来回摆动的小艇的索具。那只小艇吊在后舷后部，被视为几只备用艇之一，虽然名义上叫它船长小艇。那个靠小艇艇头站着的幽灵又高又黑，一颗灿白的牙齿令人厌憎地突出在两片钢铁般的嘴唇外面。他像戴孝一般穿一件阴森森皱巴巴的黑棉布中式上衣，一条同样布料的宽大长裤。但是奇怪地高踞于这段黑檀木之上的却是一条白得发亮的头巾，包住了一盘再盘地堆在头上的乌黑的辫子。这个幽灵的几个伙伴，没有他那么黑，是马尼拉土人所特有的那种发亮的黄褐色皮肤；——这个种族以会一种阴险的妖术而恶名远扬。有些正派的白人水手认为他们是魔鬼主子雇来的海上细作和密使。这个主子的账房则设在别处。

然而正当船员们莫名其妙、怔怔地望着这些陌生人时，亚哈却对那个领头的头缠白布的老头喊道："都准备好了吗，费达拉？"

"准备好啦。"这回答像从嗓子眼里挤出来的。

"那就放下艇子,听见了吗?"他朝对面甲板大喊:"我说,那便放下艇子。"

他的声音像打雷一般。水手们顾不得惊骇,翻身跃过栏杆。滑轮在辘轳里飞转。一阵转动之后,三只小艇都落到了海里,激起一阵浪花。水手们以其他行业所没有的那种熟练而自然的骁勇姿态,像山羊一般从起伏的船边跳到下面几只摇摇晃晃的小艇上。

他们刚刚划出大船的背风面,第四只小艇就已绕过船尾,从上风头划过来了。人们顿时看见那五个陌生人在为亚哈划桨。亚哈笔直地站在船尾,朝斯达巴克、斯塔布和弗拉斯克大声招呼,要他们把艇子远远散开,好把一大片海面包围起来。可是,那三只小艇上的人全都盯住了那个黑不溜秋的费达拉和他的水手,没有听从命令。

"亚哈船长?"斯达巴克说。

"你们都散开去,"亚哈喊道,"用力划,四条船都用力划。你,弗拉斯克,多往下风头去一些。"

"是,是,长官。"这个小头目高兴地嚷道,手中的大舵桨划了一个圈。"往后扳!"他冲水手们喊,"嗨!——扳啊!——接着扳!它就在正前方喷水,伙伴们!——往后扳!千万别理那些黄脸皮的家伙,阿基。"

"哦,我才不在乎他们,先生。"阿基说,"我早就知道了。我不是说过听见后舱里有人吗?并且我也已经告诉了卡巴科?是不是,卡巴科?他们是些藏在船里的偷渡客,弗拉斯克先生。"

"划呀,划呀,好汉们;划呀,孩子们;划呀,我的小宝贝们。"斯塔布拉长腔调、哄孩子一般唉声叹气地对他的水手们说。水手中间有些人显得有点不自在。"你们为什么不使劲呀,伙计们?你们在瞧什么?那边小艇里的那些家伙?啧!他们不过是五个给我们来帮忙的人手——别管他们是从哪里来的——人手越多越好。好啦,划吧,使劲划;别理那些硫黄色的家伙——魔鬼也是好伙伴呀。好啦,好啦;

就这样嘛。这一下要成了可是到手一千镑；这一下要成了可是通吃呀！我的英雄们，为这一金杯抹香鲸油欢呼吧！欢呼三声吧，伙计们——好汉们！悠着点儿，悠着点儿；别急——别急。你们这些坏蛋，为什么不使劲呀？咬紧牙，你们这些狗东西！好，好，好，嗯；——悠着点，悠着点！对啦——对啦！入水要长要有劲。用力划呀，用力划！该死，让魔鬼把你们抓了去，你们这些臭无赖。你们都睡着了。别打呼噜，你们这些睡不够的家伙，划呀。划呀，行不行？划呀，好不好？划呀，劳驾行不行？看在鲍鱼和姜汁饼的分上也不行？划呀，铆足了劲儿划！划呀，哪怕把眼珠子都划出来！瞧！"他随手拔出腰带上的尖刀，"有种的都把刀拔出来，咬住刀叶子划。对啦——对啦。这才叫划哩；这才像个划的样子，好样儿的。让它飞起来——让它飞起来，我的心肝宝贝！让它飞起来，解索针！"

斯塔布对他的水手的那番开场白，这里已经详细介绍过了，因为他在对他们说话的时候，总爱用这种颇为特殊的方式，特别是在向他们反复灌输划船经的时候更是如此。可是你千万别根据以上他说教的样本就以为他真的对他的听众激情满腔，非常生气。完全不是这样；而这就是他主要的怪异之处。他说的话凶狠到了极点，而用的腔调却又像开玩笑又像发脾气，而他发火又似乎发得恰到好处，只不过使他的玩笑开得别有风趣，因此没有哪个桨手听了这种闻所未闻的咒语而不拼命划船的，而且偏偏就是为了这种逗乐儿才这么划的。再则，他自己自始至终都显得那样随便，那样懒散，那样吊儿郎当地掌着舵桨，那样大打呵欠——有时他会张大了嘴——以至于他的水手们只需瞧一眼这位呵欠连天的指挥官，就会感到一种强烈对比的力量，一个个像中了邪似的拼命干。而且，斯塔布是那号与众不同的幽默家，他的说笑逗趣有时候含糊得出奇，不知道他葫芦里卖的是什么药，以至于他的手下人都心存戒备，丝毫不敢马虎，觉得还是服从他的命令为好。

这时，斯达巴克按照亚哈的手势正从斯塔布的艇首斜掠过去。在两艇靠得很近的那一两分钟里,斯塔布向他的大副打了声招呼。

"斯达巴克先生! 是左舷的小艇咧。喂! 跟您说句话,好吗,先生! "

"说吧! "斯达巴克应道,身子却纹丝不动,仍然在坚决地但是小声地督促他的水手,他铁青着脸,打定主意绝不受斯塔布的影响。

"长官,你对那几个黄脸皮的家伙怎么看? "

"是开船之前想方设法溜上来的。("使劲,使劲,伙计们! "他小声地对他的水手说),然后又提高了嗓门儿说道:"这事儿真叫人糟心,斯塔布先生! (冲过去,冲过去呀,孩子们!)不过,不要紧,斯塔布先生,会有好结果的。叫你那些水手使劲划吧,管它哩。(拼命划呀,伙计们,拼命划呀!)前面有大桶大桶的鲸油在等着我们,斯塔布先生,你出海就是为的那个呀。(划呀,伙计们!)鲸油,鲸油,咱们玩命为的就是鲸油呀! 起码这是职责所在;尽了责也就得了利,两者是一码事啊! "

"是呀,是呀,我也是这么想。"两只小艇一分开,斯塔布就自言自语道,"我眼睛一瞟到他们,心里就是这么想的。是呀,难怪他老往后舱去,汤团早就怀疑了。他们就藏在那下面。归根结底是白鲸在作祟。好啦,好啦,事已至此,随它去! 这也是没办法的事! 好得很! 用劲划吧,伙计们! 今天还不是和白鲸打交道! 用劲划吧! "

且说正当大家在这样紧要关头,把小艇从甲板放下去的时候,却教大家先看到这些奇怪的陌生人,这怎能不在一些船员心里唤起一种来自迷信的恐惧,好在阿基当初恍惚中的发现,他们早有所闻,尽管当时大家并不真的相信,毕竟使他们对这一事件多少有了些心理准备。这就大大减轻了他们心中的惊讶。如今见到了这一切,再加上斯塔布在说到这些陌生人时那种沉着自信的态度,使得他们暂时不再去做什么疑神疑鬼的猜测了。虽然阴沉的亚哈在这个问题上的真正意图所在,从这些陌生人一露面开始就大有让人作各式各样漫无边际的猜想的余地。对于我来说,我不禁默默地回忆起了在南塔开特那天天蒙蒙亮时我所看到的溜上"裴廓德号"的那些神秘的影子，以及那些无法理解的以利亚所讲的谜一般的话。

此时，亚哈的小艇，在他的几位副手们听力所及的范围之外，已经顶风划到最靠外边的地方，仍然在其他小艇的前面；这一情况说明帮他划船的水手是多么有劲。他那些黄褐色的怪人似乎全身都是钢筋铁骨。他们像五把汽锤，一起一落既有规律又有分量地划着，每一个起落都使得小艇猛的往前一冲，就像一只卧式锅炉从一条密西西比河汽轮里冲出来一般。至于费达拉，只见他划着标枪手的桨，黑上衣甩在一旁，胸膛袒露，上身整个露在艇舷上面，衬着水面上时俯时仰的身影，轮廓格外鲜明。亚哈则坐在小艇的另一头，一只胳臂半向后举，像个击剑家似的好像借以维持身体平衡。只见他很沉着地掌着舵桨，一如在白鲸搞掉他一条腿以前上千次下小艇时的表现。突然他那只后伸的胳膊做了个很奇怪的动作便停住不动了，跟着小艇上的五支桨也同时竖了起来。连人带艇就这样在海上待着，一动不动。那在后头散开的三只小艇也都在半路上停住了。原来那群大鲸纷纷下潜，这样一来远处就看不到它们活动的迹象了，可是亚哈靠得近，还是看得见。

"各人看好自己的桨！"斯达巴克嚷道，"你，魁魁格，站起来！"

这野人一跃而起，异常灵巧地跳上艇头那三角形的平台上，笔直地站着，聚精会神地盯着刚才发现猎物的地方。在艇尾也有个高于舷齐的三角形平台。斯达巴克就站在上面，随着那一叶小舟的剧烈颠簸而沉着熟练地平衡自己，一声不响地注视着那一片广阔的蔚蓝色海面。

弗拉斯克的小艇离得不太远，也一动不动地待着。指挥官弗拉斯克满不在乎地站在艇尾的圆柱上。那是固定在龙骨上的一根粗柱子，高出艇尾平台约二英尺，是用来卷捕鲸索的。柱顶的面积比手掌心大不了多少。弗拉斯克站在这么一块地方，就像是栖止在一艘快沉没的船露出的桅顶上。这个小中柱人虽又矮又小，却充满了雄心壮志，因此脚下这弹丸之地是绝对满足不了他的胃口的。

"远处我一点儿也看不到；倒竖起一支桨，让我站上去看看。"

达格一听，就两手倒换着扶住艇舷稳住身子，迅速来到艇尾，然后挺直身子，献出双肩当作高高的台座。

"好得跟任何桅顶一个样，先生。你乐意站上来吗？"

"当然乐意，非常感谢，我的好朋友。只是要是你能再高五十英尺，那就更好啦。"

于是，这个巨人似的黑人叉开两腿，稳稳地抵住两边的船板，稍稍弯下腰来，摊开手掌托起弗拉斯克一只脚，然后把弗拉斯克一只手放到他插着羽毛的脑袋上，并嘱咐弗拉斯克往上跳，再加上自己巧妙地一抛，这小个子就稳稳地着陆在他双肩之上了。弗拉斯克就这样站在上面。达格还举起一只胳臂，在他胸前一挡，好让他有个依托，也借以稳住自己的身子。

一个捕鲸人甚至在小艇被罕见的任性胡来互相冲击的波浪弄到颠簸不已时也能保持身板笔直地站在艇中，这种令人叹服、习以为常、毫不自觉的特技，在一个新手眼中，任何时候都是一大奇观。更叫人稀奇的是在这种风急浪高的情况下还能栖止在望之令人头晕目眩的圆柱顶上。但是看到小个子弗拉斯克跨在巨人达格的肩头，那就更是奇中之奇；因为这个令人肃然起敬的黑人竟然从容沉着毫不在意地随着海浪汹涌起伏的节奏而晃动自己雄伟的身躯，丝毫不减他野蛮人的威严。在他那宽阔的背上，浅黄色头发的弗拉斯克活像一朵雪花。弗拉斯克骑在达格的肩上，但达格却显得更为高贵。虽然这个活泼好动、非常激动又扬扬自得的小个子弗拉斯克隔三间四不耐烦地在上面跺脚，这黑人昂然挺起的胸脯并没有因此多了一个起伏。这时我仿佛看到了苦难和浮华践踏在宽宏大量的大地上，而大地却并没有因此而改变它的潮汐和季节。

这时，二副斯塔布却并不急于朝远处眺望。鲸群也许是一如往常地做了一次下潜，并不是出于惊吓而紧急下潜到海底。斯塔布在这类情况下似乎总是按老习惯行事，决定用烟斗来打发这段磨人的等待时间。他从帽带上把烟斗抽出来。他总是把烟斗像一根羽毛似的斜插在那里。他装上烟丝，用拇指尖捺实。但是他刚刚在他那粗砂纸般的手上擦着火柴，他的标枪手塔希蒂格——他双眼像两颗一动不动的星星一直在盯着上风头——本来站得笔直的，这时突然一屁股坐在座位上，焦急万分地喊道："坐下，都坐下，快划！——它们就在那边！"

　　要是换上个陆地人，这时不要说大鲸，连一条青鱼影子都看不到。什么都没有，只有一片青白色的海水起了些骚动，阵阵薄薄的水雾散悬其上，向下风头弥漫开去，就像翻腾的白浪轰然激起的飞沫。四周的空气好像突然受了刺激而沸腾骚动起来了，就像是烧得通红的铁板周围的空气一般。在这时起时伏、翻滚回旋的气流下，一部分鲸鱼就在薄薄的一层水面之下泅游。它们喷出的阵阵水雾，是最先进入眼帘的迹象，这似乎是它们先行的信使和打前站的快马侍从。

　　这时四只小艇都向着那一块水空都在骚动的地方猛追过去。可是要追上似乎很不容易；它们不停地飞速移动，不断向前，就像是一团浑浊的泡沫被山上直泻而下的一道激流飞速带了下去。

　　"划呀，划呀，我的好伙伴们。"斯达巴克用一种尽可能低但非常有力的腔调对他的水手们说。他尖锐的目光凝视着船头正前方，简直就像是两只从不出错的罗盘指向同一个方向的两只指针。他没有对他的水手多说什么，他的水手也没有对他说什么。只有他那吓人的异样的低语声，时而是粗暴的命令，时而是柔声的恳求，间或打破了笼罩全艇的寂静。

　　大嗓门的小个子弗拉斯克可就大不一样了。"放开嗓子，说点儿什么，弟兄们。喊啦，划呀，我的棒小伙们！把我送上去，把我送到它们的黑背上去，伙伴们。只要你们做到这一点，我保证把我在马撒的维因耶德种植园签字画押送给你们，伙伴们。还搭上老婆和孩子。伙伴们，使劲送我上鱼背呀——把我送上去！天啊，天啊！我可真要发疯啦。瞧！瞧那片白色的水！"他一边这么嚷个不停，一边把帽子揪下来扔在地上，用脚一上一下地放肆踩，然后又把它拾起来。往海里远远一扔，最后竟蹿到艇艄去，活像一匹来自大草原的发狂的马驹，蹦起落下，跳个不停。

"你们看那家伙，"斯塔布像个哲学家似的冷静地拖着长音说，他就在弗兰斯克的艇子后不远处跟着，他那没点着的烟斗还听之任之地叼在嘴里，过了一会儿又说——"他又发作了，那个弗拉斯克。发作？是的，是说他发作了——这话一点也不过分——他是在让他的人跟他一起发作。打起精神来，打起精神来，机敏的小伙子们。晚饭吃布丁，知道吗？——就是要打起精神来。划呀，娃娃们——划呀，小伙子们，——划呀，大伙儿。可是你们东冲西撞瞎忙乎个什么呀？悠着点，悠着点，沉住气，伙计们。只管划，一个劲儿划，就行了。把你们的脊梁骨全崩断，把刀子在嘴里一咬两半就好啦。别着急——喂，你们干吗这么急，会把肝肺都爆出来的！"

至于那个不可思议的亚哈跟他那些黄褐色的水手说了些什么——这里最好一笔带过，因为你毕竟是生活在圣光普照的福音世界里。只有横行在海中没有信仰的鲨鱼才乐意听亚哈眉毛一拧、眼露凶光、嘴冒白沫、直扑猎物时说的那些话。

此时，四条小艇都疾驰猛冲而去。弗兰斯克一再郑重其事地提到"那条大鲸"，这是他对虚构出来的巨兽的叫法。他说那大鲸不断地用尾巴扫他的船头逗他——有时他绘声绘色，说得那么逼真，好像真有那么回事似的，害得他的一两个水手还真提心吊胆地回过头去瞧。可这是严格禁止的。因为桨手必须闭上眼睛，不许动脖子。在这种关键时刻，历来要求桨手五官之中只有耳朵，四肢之中只有胳臂，不许再有其他。

那真是令人十分惊奇和敬畏的奇观！那无所不能的大海滔天的波浪，就像木球场上巨大的木球冲击八面船舷时所发出的澎湃空洞的轰鸣；小艇给颠上浪尖刀锋、似乎即将被砍成两截时那一瞬间所感到的短暂的悬而未决的痛苦；往浪谷水底的陡然急降；抢占对面山头的拼搏；一个倒栽葱翻过山头如乘雪橇般的急滑——所有这一切，再加上艇上的指挥者和标枪手的喊叫声，桨手们浑身发抖的喘气声，以及那象牙色的"裴廓德号"，有如一只疯狂的母鸡在追它吓得尖叫的鸡雏似的，张着满帆冲向它的四只小艇这一奇观——这一切都是令人惊心动魄的。一个刚刚吻别妻子首次投入硝烟弥漫的战斗的新兵，一个刚到另一个世界碰到头一个陌生的幽灵的鬼魂，他们各自奇特而强烈的感受都远远赶不上那个首次划进围击抹香鲸那如施魔法、泡沫翻腾的包围圈的人的感受。

由于投在水面上暗褐色的云影越来越黑了，这场追击所搅起的白色浪花这时越来越清楚了。鲸鱼喷出的阵阵水雾不再抱成一团，而是忽左忽右到处乱射；鲸群似乎正在分散开来。四条小艇也随之拉开了距离。斯达巴克追赶着三条直向下风头游去的大鲸。我们的小艇升起了帆，乘着越来越大的风向前冲去。小艇这时像发了疯似的掠过水面，以至于背风面的桨手只有拼命加快划起来才勉强使桨不脱出桨架。

很快我们就冲进了一大片弥漫的水雾之中；大船和小艇全都看不见了。

"快划，伙计们。"斯达巴克低声说，一边把帆更往后拽，"在起大风之前我们还来得及干掉一条大鲸。看！白色水花又出现了！——靠过去！铆足劲儿划！"

一会儿工夫，就听到我们艇的两边接连两声大喊，看来那三只小艇已经在加速前进，准备动手了。但是那两声喊刚刚落音，斯达巴克就闪电般低声发出了一道命令："站起来！"魁魁格登时手握标枪一跃而起。

虽然没有一个桨手当时面临眼见得要到来的生死关头，然而他们一看到艇尾大副那紧张的表情，心里明白已经到了紧急时刻；他们也听到了巨大的翻滚声，就像是五十头大象在铺垫的干草上折腾一般。此时,我们的小艇仍在隆隆地穿过水雾,波浪在我们周围翻卷,发出嘶嘶声,好像无数狂怒的巨蟒昂起头来。

"那是它的驼峰。嗨,嗨,对准它投!"斯达巴克低声说。

小艇里飞出呼的一声短促的响声,那是魁魁格投出标枪的声音。于是,一下子一切全处于一团骚乱之中,艇尾遭到什么看不见的东西一推,艇头又像是触了礁;帆绷破了,落了下来;一股滚烫的水雾在近处冲天而起;我们下面有什么东西像地震似的滚动翻腾。艇上的人在狂风掀起的奶酪般黏糊糊的白色泡沫中颠簸得狼狈不堪,一个个全都闷得透不过气来。狂风、大鲸和标枪手全都搅成了一团;而那头大鲸仅仅受了点擦伤,跑掉了。

我们的小艇整个儿给淹没了,不过几乎没有什么损坏。我们在艇的四周游来游去,拾起漂浮的桨,把它们捆在艇舷上,又翻身上艇,连滚带爬地回到各自的位置。我们坐了下来,海水够到了膝部,把每片艇肋和艇板全都给淹没了,我们低头一瞧,这只淹而未沉的小艇就像是从海底朝我们长上来的一只珊瑚艇。

风越来越大,索性怒吼起来了;波涛汹涌腾跃,推出一个个圆盾,互相冲撞;狂风围住我们一个劲儿呼啸、噼噼啪啪地响,就像是草原上的熊熊烈焰。这场大火把我们卷进去了,却没有把我们烧死;我们是死神口中的幸存者!我们呼唤其他三条小艇;可在那样的大风暴中呼唤那些小艇,就跟对着烟囱朝火焰熊熊的炉子里吼叫一样。此时,随着夜幕的降临,那疾劲的飞沫、结索架和水雾都成了模糊一片,变得更加昏暗;大船连影子也看不见。汹涌的大海逼迫我们放弃了想保住小艇的念头。桨都派不上原先的用场了,现在只能作救命工具用。于是,斯达巴克割断了捆在防水火柴桶上的绳索,经过多次努力总算把灯罩里的蜡烛点着了,然后把它挂在一根信号旗杆①上,交给魁魁格,让他作为旗手,代表绝望中的希望。他就坐在那里,十足一个

---

① 一根绑有三角旗的木杆,用来插在死鲸身上。

失去信心的人的标志和象征,在绝望中聊尽人事地举着希望之火。

我们浑身湿透,冷得发抖,放弃了对大船和小艇的任何希望,到曙光初露才举目四顾。海上仍然弥漫着水雾,蜡烛烧尽了的空灯笼躺在艇底上了无生气。突然魁魁格一跃而起,把手搁到耳边作兜风状仔细倾听。我们都隐隐约约听到一阵吱嘎声,好像是一直给风暴吞没了的绳索和帆桁的声音。那声音越来越近;浓雾中隐隐现出一个轮廓模糊的巨物。我们都吓坏了,纷纷往海里跳,等到终于看清是大船时,它已经直冲到了我们跟前,相隔只有一个比船身长不了多少的距离了。

我们漂浮在波浪上,看到那只弃艇在大船船头的冲撞下,就像是直泻的山泉底下的一块木片,翻腾了一下就裂开了;于是庞大的船体在它上面驶过,等它从船尾钻出来随波浮沉时才又看到它。我们再次向它游去。波浪把我们冲得一头撞在小艇上。后来我们连人带艇给吊了起来,安全地上了大船。在大风刮过来之前,其他小艇已经放弃追击,及时返回了大船。大船本来已经对我们不抱任何希望了,不过还在继续巡游,看看是不是侥幸能发现些什么说明我们艇毁人亡的标志——一叶桨或者一根标枪柄。

第四十九章　贪婪的人

一个人如果把整个宇宙看作一个莫大的实际的玩笑(尽管他对这个大玩笑所含的机智只有模糊的认识),而且相当肯定:这玩笑开的不是别人,正是他自己,那么,在我们称之为生活的这无奇不有的大杂烩中就会有某些古里古怪的时刻和场合。不过,这没有什么好丧气的,似乎也没有什么值得反抗的。我们囫囵吞枣地咽下了一切事故、一切教条、一切信念、一切劝导、一切有形无形难以忍受的东西,不管它们多么棘手,多么疙疙瘩瘩难以下咽,就像一只消化力极强的鸵鸟把子弹和打火石都吞下肚一般。至于一些小困难、小麻烦、预料中的横祸、可能丢肢丧命的危险，所有这一切，甚至死亡本身，在我们看来，只不过是那看不见又不可理喻的老家伙心情愉快时狡猾而又不失善意地偷偷打你几下，腰眼上给你来几拳而已。一个人只有在极端困苦的时候才会为我所说的那种奇特的任性胡来的情绪所左右，而这正是他最认真地面对人生的时候，所以，以前对他来说可能是非常重要的事情，如今看来就只不过是这个大恶作剧的一部分而已。没有比捕鲸这一危险营生更能滋生这种得过且过的亡命徒式的乐天哲学了。现在我对"裴廓德号"的整个航行及这次航行志在必得的大白鲸就是持这种看法。

"魁魁格，"当他们把我最后一个拽上甲板，我还在抖掉外套上的水时，我就忍不住问，"魁魁格，我的好朋友，这种事经常发生吗？"他虽然也跟我一样浑身湿透，却并不怎么激动地告诉我，这种事确实经常发生。

"斯塔布先生，"我转过身来对这位大人物说，他的油布上衣扣得严严的，正在雨中若无其事地抽着烟斗，"斯塔布先生，我想你曾说过，你所见过的所有捕鲸人中间，要数我们的大副斯达巴克先生最小心谨慎不过。那么，我想，在风狂雾重的时候扯起满帆去突袭一条疾游的大鲸，这就算是捕鲸人小心谨慎的行为顶峰？"

"当然是。我就曾经在合恩角海面上，在大风里，从一艘漏水的大船上放下小艇去追击过大鲸。"

"弗拉斯克先生！"我又转过身朝站在身旁的小中柱说，"这些事情你是很有经验了，可我还是个新手。可不可以请你告诉我，弗拉斯克先生，要一个桨手玩命儿似的倒着向前划，往虎口里送，这是不是我们这个捕鲸业一条铁打的法律？"

"你不能少乱扯些吗？"弗拉斯克说，"不错，那是法律。我倒真想看到整个小艇的水手倒着划到大鲸跟前是个什么光景。哈，哈！要那样的话，大鲸也会对他们另眼相看，记住这一点！"

这样一来，对这整个事件，我就从三个亲身经历的证人那里得到了一份郑重的证词。因此，考虑到海上狂风、翻船以及随之而来的露宿海上是这种生活中经常发生的事；考虑到在追击大鲸最危急的生死关头我必须把自己的生命交到指挥小艇的人手里——而这个人在这种生死立判的时刻又常常是个急躁冒进、只知疯狂跺脚，恨不得把艇底都蹬穿的家伙；考虑到我们这只小艇所遭到的这场灾难主要得归咎于斯达巴克冒着狂风的袭击一味要把小艇往大鲸跟前赶；考虑到尽管如此，斯达巴克却还被认为是捕鲸业中出名的小心谨慎的人；考虑到我是这个格外谨慎的斯达巴克的小艇上的一员；最后还考虑到我卷进了这场涉及追捕白鲸的该死的勾当里；把这些考虑一归总，咳，我看我还是下舱去拟个遗嘱草稿来为妙。"魁魁格，"我说，"跟我来，我指定你做我的律师、遗嘱执行人和财产继承人。"

说来也许有点奇怪，在各色人等之中，水手们居然想起要立什么遗嘱，留什么遗言，但世界上确实没有什么人比他们更喜欢这项娱乐了。这已经是我在我的海上生活中第四次做这件事了。这一次在一切手续结束之后，我觉得浑身轻松；一块压在心上的石头终于被挪开了。再说，我今后所过的每一天就等于是拉撒路复活①以后所过的日子一样都是白捡来的；今后能多活多少个月或者多少个星期，随情况而定，反正都是额外收入了。我活过了自己的大限，我把我的死和葬珍藏在心头。举目四顾，我心情平静，怡然自得，像一个坐在舒适的家的围栏之内的问心无愧的幽魂。

"行啦，"我心里想，无意识地卷起了工作服的袖子，"就此一切置之度外，冷静地朝死亡和毁灭冲去吧。落在后面会给魔鬼抓去变成小鬼的②。"

---

① 见《圣经·新约·约翰福音》第十一章。
② 据说苏格兰学生在研究神意有了进步时，便集体奔进地下走廊，落在后面的会被恶鬼抓去做小鬼。

第五十章　亚哈的小艇和艇员费达拉

"谁想得到会有这种事，弗拉斯克！"斯塔布大声说，"我要是只有一条腿，你决不会看见我在小艇里，除非是要用我的木脚去堵排水孔。啊！他真是个了不起的老头！"

"我倒并不觉得那有什么好奇怪的，"弗拉斯克说，"要是他的那条腿是打臀部以下全给咬掉了的话，那自然是另一回事。那他就成了废人动弹不了啦。可是你知道他膝盖还在，膝盖以上保住了，多半儿是好好的。"

"这我可不知道，我的小兄弟；反正我从来没有看见他跪倒过。"

在捕鲸行业中，常常有这样的争论，一个船长冒着生命危险亲自去参加追击到底是否可取，因为船长的生命安全对保证航行的成功有至关重要的作用。这正如铁木儿的士兵经常为他们的统帅是否该置他自己最宝贵的生命于不顾去亲冒矢石而一个个争论得热泪盈眶一样。

但是，这问题发生在亚哈身上，就不可一概而论了。试想一个双腿健全的人，在危急的情况下走路都东摇西晃不利索了。而追击大鲸无时不会碰到极大极不寻常的困难，可以说每一分钟都危机四伏，在这种情况下，让一个残疾的人登上小艇参加追捕，是明智之举吗？一般说来，"裴廓德号"的股东们肯定会清楚地认为它不明智。

亚哈很清楚，他为了亲临现场指挥而在一般不会有大的意外的追击中登上小艇，这事他老家的那些股东朋友虽然不大在乎，然而让他真正分管一条小艇，而且还是船长专用小艇，作为正式指挥员亲自率领出击——特别是额外配备五个人作为他那条小艇的艇员，这样慷慨的念头他的老板们的脑袋里可从来没有过。正因如此,他没有向他们开口要求过增加五名水手,连有这一想法和打算都没有作过任何暗示。然而他在私下就这事自行采取了周密的布置。这一招水手们很少料到,直到卡巴科发现了秘密才知道,虽然也不是没有蛛丝马迹,船离港后不久,水手们就已经把小艇收拾妥帖,随时可投入使用;可随后不久,有人发现亚哈不时亲自忙着为一条被认为是备用的小艇做桨耳,甚至还很讲究地削木头小尖扦,那是在捕鲸索快放完时用来钉在艇头槽沟里用的。这一切大家都看在眼里,特别是他那么急于给艇底额外增加一副护垫,好像是让底部能更好地承受他那鲸骨腿尖端的重压。还有那大腿板,也有人叫防滑板,也明显地让他放心不下;他一丝不苟地给它整形,那是平放在艇头的一块横板,在投掷标枪或直接用标枪扎时用来顶住膝盖。大家都经常看到他站在那小艇里,那只孤零零的膝盖顶住防滑板上那半圆形的凹陷,拿一支木匠用的凿子这里抠进去一点,那里弄平一点。所有这些举动,嘿,当时就引起了大伙浓厚的兴趣和好奇心。不过,几乎我们每个人都以为亚哈这些细致周密的准备工作只是为了一个目的,即最后非逮住莫比·迪克不可;因为他早已透露了要亲自去猎捕那巨兽的意图。不过,尽管有这样的猜想,他们也根本没有想到哪条小艇的船员会分派到那条小艇上去。

如今,由于那几个样子吓人的幽灵般的水手的出现,什么怪事都一下子消散了;因为捕鲸船上新鲜事太多,很快就变得不新鲜了。再说,世界上总经常有那么一些来路不明、出生在陌生国度的家伙,从垃圾坑里钻出来,跑到这些行踪不定的亡命徒似的捕鲸船上来充当水手;而捕鲸船本身也经常从颠簸在海上的船板、破船碎片、桨叶、小艇、独木舟、被刮散的日本舢板等等上面收留这么一些稀奇古怪、无处可依的遇难者。甚至魔王本人都可能爬上船舷,走到船长舱里和船长聊聊,也决不会引起船头楼里什么压制不住的激动。

但不管怎样,可以肯定的是这几个鬼怪似的属下以后跟水手们相处的时候，不知怎的仍让人觉得好像有点与众不同。而且那个缠白头巾的费达拉始终是人们心头难解的谜。他是从什么地方来到捕鲸船这个彬彬有礼的小天地的？他究竟有什么缘分居然这么快就不可思议地和亚哈特殊的命运联系在一起，甚至还隐隐约约对他有某种影响，说不定他还有权决定他的命运哩？所有这些问题，没人知道。但是，有一点可以肯定，谁也不能对他采取一种视而不见的态度。他这样一个人，生活在温带地区温顺的文明人只有在梦里才会看到，而且只能依稀见到，看不真切；但是，他这样的人在一成不变的亚洲社会中经常可以见到，特别是在亚洲东边那些东方小岛上出现——那些与世隔绝、非常古老、严守祖宗法度的国家，在那些国家中，甚至到了现在还在精神上保留着不少远古时代的原始痕迹，仿佛对始祖的纪念仪式记忆犹新，所有的人都是他的后裔，可谁都不知道他来自何处，都不知上苍为什么要造出他们来。不过，根据《创世记》的记载，当时神的儿子们确曾娶人的女子为妻，魔鬼也曾和违反教规的犹太教教士一道沉迷于世俗的情欲之中。

第五十一章　神灵——喷水

许多个夜晚、许多个星期过去了，象牙色的"裴廓德号"缓缓巡游了四个水域，总是一帆风顺；每一个水域都有好几个渔场：亚速尔海面，佛得角海面，普拉特河①——由于在里奥·德·拉·普拉特河口处而得名，以及卡罗尔巡游场——位于圣海伦纳南边一个尚未有人提出所属要求的一个水域。

就在巡游最末一个水域时，一个明朗的月夜，波涛像银光闪闪的

---

① 在乌拉圭和阿根廷之间的河口。

卷轴滚滚而过，徐徐沸腾的浪花四下弥漫，宛如洒下一片银色的寂静，并不感到冷清。就在这么个寂静的夜晚，在离船头冲击出的白沫老远的前方可以看到一股喷出的银色的水柱，在月光映照下，显得分外地超凡脱俗，就像是一尊宝相庄严的神从海中冉冉升起。费达拉头一个发现了这股喷水。因为每逢这种月色皎洁的晚上，他总爱登上主桅顶，值上一个瞭望班，就像在大白天一样把远处看得清清楚楚。然而，尽管夜晚发现过成群的大鲸，敢于放下小艇去追捕的捕鲸人还是难得百里挑一。这就不难想象，当水手们看到这个东方老头在这种不寻常的时刻高栖于桅顶之上，他的包头布与月亮像一对伴侣出现在同一个天空，心里会有何感触。但是，他一连瞭望过几个晚上没喊过一声；在这一段时间的沉寂之后，突然听到他那毛骨悚然的声音，宣告月光下有一股银色的喷水，每一个躺下了的水手全惊得跳了起来，就像有个长翅膀的妖精飞到索具上在招呼这些人间的水手。"它在那儿喷水啦！"这声音让他们浑身那个抖啊，只怕比听到末日审判的号角声犹有过之。然而他们感到的与其说是害怕，倒不如说是喜悦。因为在这个时间虽然很不合适，但那一声喊叫却如此惊心动魄，让人兴奋不已，几乎使得船上每个人都禁不住跃跃欲试，想放下小艇去大干一场。

亚哈很快地一歪一冲在甲板上大步走着，命令升起上桅帆和最上桅帆，张开所有的翼帆。让船上最棒的水手去掌舵。于是，在每个桅顶都安排了人之后，这艘布置妥帖的船就开始乘风疾驰了。从船尾栏杆吹过来的那股奇怪的往上抬举的微风把所有的帆都吹得鼓鼓的，使轻快如飞的甲板似腾云驾雾一般。在船全速前进时，好像有两股作用于它的相互敌对的力量在斗争——一股要拉它直接上天，另一股却要拖它偏离航线，驶向水天相接的尽头。而那天晚上你要是注意到了亚哈的脸色，你就会看出在他身上也有两种不同的东西在交锋。他那条好腿走在甲板上每一步听来都生机勃勃，而那条鲸骨腿敲在甲板上每一记都像敲在棺材盖上。这老头就在生与死的路上来回走动。

但是，虽然船走得很快，虽然每一双眼睛都似箭一般急切地看准前方，可是那个晚上再也没见过那银色的水柱。每个水手都发誓说看见喷了一次水，却再也没有见着第二次。

就在大伙对这次午夜喷水差不多要淡忘了的时候，哪知道几天之后，又在那同一个万籁俱寂的时刻，桅顶上又喊起来了，大伙又看到它了。但是，等你刚张起帆去追赶，它却又一次消失得无影无踪，好像根本就没这回事似的。它这样逗了我们一个又一个晚上，后来也没人理睬了，可心里又觉得纳闷儿。那神秘的喷水出现的夜晚，或是皓月当空，或是星斗满天，并不一定；隔一整天，或者两天，或者三天之后又出现了；而且不知为什么，每一次重新出现时，跟我们的距离也拉得越来越远，这单鲸喷水似乎一直在引诱我们往前走。

有些水手，出于种族的古老迷信，发誓说，这无法接近的大鲸喷水不管在何时何地发现，不管时间是如何久远，也不管前后两次在经纬度上如何相距千里，都是由同一条鲸喷出来的，而且那条鲸就是莫比·迪克。这一说法与"裴廓德号"处处带有的神秘不可思议的色彩相一致。有一阵子，对这行踪不定的怪物一种特殊的恐惧感笼罩了全船，好像它是在心怀叵测地招呼我们一个劲儿往前走，以便有一天在最偏僻、最荒野的海面上猛然转身扑过来，最终把我们撕得粉碎。

这为时不长的惶恐不安，如此朦胧却又非常强烈，与云淡风轻的天气对比之下，产生了一种奇妙的效应，令人觉得这一派蔚蓝的暖和之下潜伏有一种邪恶的魅力。因为日复一日我们总是在温和得如此乏味、如此孤寂的海面上航行。似乎全部空间与我们此行的复仇使命都极不协调，似乎了无生气地流逝于我们这骨灰瓮般的船头之前。

不过，当我们转向东行时，从好望角吹来的风终于围着我们怒吼起来了。我们在那一片辽阔的波涛汹涌的海面上被高高地掀起，又狠狠地摔下；象牙状的"裴廓德号"一头扎进狂风中，疯狂地冲破黑浪，只见一片片白沫像银箔阵雨飞过船舷。于是，所有这种凄凉空虚的生活虽然都消失了，可是代之而来的却是比以前更为凄凉的景色。

在船头附近，水中一些奇形怪状的生物在我们面前窜来窜去；而在我们后边，大群古怪的海上大乌鸦密集地飞着。每天早晨，这种鸟一排排地栖息在我们的支索上，并且不管我们怎么吆喝，它们仍顽固地赖在支索上，好长时间不走，好像我们这船是艘漂流的空船，一件被遗弃了的东西，因此正好可以作它们这些无家可归的鸟儿的栖息处。而暗黑的大海则仍在一起一伏，一起一伏，始终无休地一起一伏，好像那浩瀚的浪潮就是它的良心，它那伟大的尘世的灵魂在为它长年累月酿成的罪恶和苦难而感到痛苦和悔恨。

好望角，人们是这样称呼你的吗？其实，还不如称你为暴风雨角①。因为以前我们一直把你这有名无实的静默信以为真，结果闯入了你这片苦海。在这里，有罪的人化为飞禽游鱼，似乎注定了终生要在这里游来游去，永远找不到避难所，或者终生要在这险恶的上空鼓翼奋飞，永远找不到陆地。但是，那个不时可以见到的孤零零的喷水，平静、雪白、不变，仍在把它夺目的喷泉射向天空，仍在前边招呼我们向前。

在这风浪交加的险恶处境下，亚哈虽然还在指挥这艘漫着水的船，却显得格外地阴郁沉默，比以往任何时候都更少和他的三个副手说话。在这种暴风雨的时刻，甲板和桅顶上均已作了部署，所以除了被动的等待就再没有什么可干的了。这时，船长和船员实际上都成了宿命论者。于是，亚哈把鲸骨腿插在插惯了的钻孔里，一手紧紧抓住支桅索，一站若干个钟头，死死地盯着上风头。这时只要偶尔扑来一阵夹着雨雪的大风，他的眼睫毛便几乎会给冻结在一起。恶浪不时扑上船头，爆炸开来。水手们站不住脚，都给赶到船腰，沿舵墙站成一线。为了不给扑上来的波浪冲走，每人都用一种一头系牢在栏杆上的单套结圈住腰部，就像在一根松了的腰带中荡来荡去。绝少有人说话；这艘沉默的船像是掌握在一群彩绘蜡塑的水手手里，日复一日

---

① 非洲的这个西南端在1847年葡萄牙探险家巴托罗缪·迪亚斯经过时称之为暴风雨角。

地在和喜怒无常、恶魔似的巨浪的拼搏中前进。到了夜里，全船仍然鸦雀无声，只听到大海的呼啸；水手们仍然默默地在单套结里摔来摔去。亚哈依然不言不语，迎着风涛站立。甚至看来体力不支很需要休息时他也不肯到吊铺上去躺一会儿。斯达巴克永远也忘不了有天晚上他见到的这位老人的神色。那天晚上他到船长舱里去瞧晴雨表，只见他闭着眼睛笔直地坐在他那固定在地板上的椅子里。他刚从外面进来不久，没有摘下的帽子和上衣上还缓缓滴着雨水和开始融化的冰水。在他身旁的桌子上放着一卷展开的前面提到过的潮流海图。他一手抓得紧紧的风雨灯还在摇晃。他的身子虽然笔直地挺着，头却往后仰，闭拢的眼睛正对着挂在天花板横梁上荡来荡去的舵位指示器上的指针①。

"真是位可怕的老头儿！"斯达巴克情不自禁地想到，"在这狂风中睡着了，可你的眼睛却对准了你的目标毫不放松。"

第五十二章　"信天翁号"

我们从好望角往东南方航行，来到遥远的克罗泽斯群岛海面。那是露脊鲸经常出没的巡游场。前面隐约出现了一艘帆船，名字就叫"信天翁号"。它慢慢地驶近时，我正在前桅顶高高的瞭望台清清楚楚地看到了对我这个远洋捕鲸业新手而言前所未见的景物——一艘捕鲸船，而且是久离家乡后在海上头一次看到。

波涛犹如漂布匠，把这艘船漂白得就像是一副头冲向海滩的海象骨架。这艘外形像鬼怪的船，船身四处是起了红锈的长槽，所有的桅桁和索具就像是挂满了白霜的粗树枝。它只张着较低的帆。桅顶上

---

①　舵位指示器——此处即船长舱内的罗盘仪。船长不用去看舵轮旁的罗盘，只需待在自己舱里就可以知道船的航向。——原注

的三个瞭望人，胡子都老长了，看了真叫人心里好难受。他们身上穿的似乎是兽皮，经受了近四年的海上巡游，已经破得不成样子，满是补丁。他们站在钉牢在桅杆上的铁环里，在无底的大海上颠荡摇晃。当他们的船慢慢驶近我们的船尾时，两艘船上的六个瞭望者虽然靠得很近，几乎可以从各自的桅顶跳到对方的桅顶上去，然而那三个愁眉苦脸的瞭望人，在他们的船驶过去时，却只温和地瞧着我们，一句话也没有跟我们的瞭望者说。我们却听到下面的后甲板上，发出了一阵招呼声。

"喂！伙计们！你们看到白鲸没有？"

但是，当那个倚在灰白色的船舷上的陌生船长，正待把喇叭筒举到嘴边去时，不知怎的喇叭竟掉到海里去了。这时风偏又刮得很猛，没有喇叭筒，他放开嗓子喊我们也听不见。此时，他的船仍在继续前进，两船的距离拉得越来越大。"裴廓德号"上的水手们初次听人提到白鲸的名字，便想尽各种不出声的办法向对方表示他们所观察到的不祥的喷水事件，亚哈却有一会儿工夫停住了脚步，好像要不是因为风大浪急不允许的话，很可能他会放下小艇到那条陌生船上去问个明白。好在他占了在上风头的光，再则看来这艘陌生船是艘南塔开特船，并且不久就要驶回家乡去，于是他又抓起喇叭筒高声招呼道——"喂！我是'裴廓德号'，准备绕地球一周！告诉他们把所有将来的信都捎到太平洋去！这一次要三年，三年后的今天，我们要是还没有到家的话，就要他们把信捎到——"

正在这时，两艘船的航道正好交叉起来了。于是，几天来一直在我们船边安静地游着的成群好玩的鱼，顿时按照它们自己独特的方式，好像鳍在发抖似的箭一般快速游开，跑到那艘陌生船的前后左右游去了。虽然在多次出航途中亚哈肯定见过类似现象，然而，对一个有偏执狂的人来说，最微不足道的小事也可以随心所欲地赋予深意。

"你们要躲开我，是吗？"亚哈遥望水中喃喃道。表面上这话似乎平平淡淡，语气里却流露出这神态失常的老人前所未有的、深深的、无可奈何的悲哀。这时，舵手一直在使船顶风行驶以减低速度，然而他却转过身来像一头老狮子似的，对舵手吼道："转舵迎风开！周游世界去！"

周游世界去！这一声喊的令人振奋自豪；可是游到什么地方去呢？只不过是经历无数艰难险阻又回到原来出发的地方，把我们幸而得以脱身的东西又从头经历一遍。

如果地球是一片望不到边的平原，那我们一直往东驶去，可以不断到达新的地方，看到的也会尽是比昔加那第群岛或所罗门王群岛[①]更美更奇的景色，那么，这航行还有个奔头。可是去寻求我们梦想的玄而又玄的东西，或者不辞劳苦地追击那迟早会浮上我们每人心头的魔影，竟至于满世界地追逐它，那么这样的目标不是领我们在迷宫中一无所获地打转，便是让我们半路上在大海中沉沦。

🐋 第五十三章　联欢会

亚哈之所以没有登上我们刚才说的那艘捕鲸船，表面上看来这是因为：从当时风浪的势头看马上会有大风暴。但是，即使不是这种情况，他也许还是不会到那艘船上去——从他在以后类似场合中他的所说所为来判断——假如确实如此，那就是说，在打招呼的过程中，他已经就他所提出的问题得到了一个否定的答复。因为，正如后来我所认识到的，他关心的不是跟什么不相识的船长来往，哪怕是五分钟都不干，除非他能提供一点他梦寐以求的情况。但是，不在这里说一说两条捕鲸船在远洋，特别是在同一个巡游水域相遇时在习俗上彼此如何相待。那么，以上这一切的估计怕是没有说到点子上了。

---

① 太平洋西南部的群岛，作者之所以在这里加上"王"字，是因为所罗门是以色列的王。

两个互不相识的人在穿过纽约州的派恩荒地，或者英国同样荒凉的赛利斯伯里平原 ① 时，碰巧在这样一个不好客的荒野之地相遇了，那么，这两个人，无论如何，总免不了要彼此打个招呼，停下来交谈几句，说不定还会一同坐下来歇一会儿。那么，要是两艘捕鲸船，在那有如无边无际的派恩荒地和赛利斯伯里平原的海洋上，在天涯海角——在荒凉的法宁之岛 ② 附近，或者在遥远的"国王的磨坊群岛"③ 周围，彼此望见了，不仅会相互招呼，而且还有更密切、更友好、更亲切的接触，这比陆地上两个行人的交往更不知要自然多少倍啊！而且，要是再加上两艘船属于同一个港口，双方的船长、头目以及不少的水手彼此都很熟悉，那就更是理所当然了。彼此之间会有说不完的家常话自然也是顺理成章的事了。

对于那离乡多年的船来说，这艘外航船说不定有家乡捎来的信。再不济，也肯定可以给它些报纸，比起它报夹上原有的那翻得又脏又破的报纸总要新个一年两年。作为一种礼节上的回报，那外洋船则会得到有关它可能准备去的巡游场最新的捕鲸情报，这对它来说自然至关重要。即使是两条同样离乡多年的捕鲸船，彼此在渔场遭遇了，多多少少也是如此。因为其中一条可能有第三条此时已经离开很远的船上转过来的信件；而其中有些信件的收信人可能就在它现在碰到的这艘船上。此外，两条船上的人还可以交换交换捕鲸讯息，可以畅心快意地聊一聊。因为作为水手，双方情感彼此相通，而且都干的是同一个营生，吃的苦一样，冒的风险相同，由此而来的特有的性情脾气也必然投合无间。

只要双方说的是同一语言，例如像美国人和英国人那样，那么，国籍不同也不会有多大影响。虽然，就英国人来说，他们的捕鲸船不

① 在英国尉尔特郡，是英国著名的开阔平坦地区之一。
② 夏威夷群岛以南的莱恩群岛中的一个岛，以发现者美国人法宁命名。
③ 国王的磨坊群岛(King＇s Mills)，乃作者对太平洋上Kingsmill Island的戏称，一般译为金氏米尔群岛。

多，这种两只船相遇的事不常有，即使真遇上了，彼此之间也常常有点忸怩之感，因为英国人历来比较拘谨。而美国佬呢，则希望自己能拘谨一点就好。再则，英国捕鲸人在美国捕鲸人面前有时会装出一副到过各国、见过大世面的优越神气，把有一股说不出的土气的瘦长的南塔开特人看作是一种海上庄稼汉。不过，美国佬在一天之内捕获的鲸比起英国人在十年之内捕获的还要多。从这一点来看，英国人究竟优越在哪里，实在很难说。好在对英国捕鲸者来说，这只是个无伤大雅的小毛病而已。南塔开特人对此并不十分计较；大概他们自己心里有数，知道自己也有一些毛病吧。

那么，由此我们就可以看出，在一切单独出航在海上的船只中，捕鲸船是最有理由注重交际的——事实上，它们也是这样。反过来，有些商船在大西洋中间相遇，却经常几乎连一句招呼都不打就擦身而过，在公海上相遇都假装没看见对方，就像百老汇大街上的两个花花公子，并且说不定还对彼此船上的装备吹毛求疵地挑剔个没完没了。至于两艘兵舰偶然在海上相遇，它们首先要来上一大套表面文章，打旗语啦，下舰旗啦，说不尽的令人发噱的繁文缛节中，根本看不出有多少发自内心的善意和手足般的友爱。说到贩奴船吧，咳，它们只顾兼程赶路，相遇了，彼此躲都躲不赢。至于海盗船，各肩的骷髅枯骨旗碰巧进入对方眼帘时，头一声招呼是"多少个骷髅？"——正如捕鲸船的招呼是"多少桶鲸油？"一旦这一问题得到答复，便马上分道扬镳，因为双方都是罪该万死的恶棍，对于彼此那副无法无天的相貌，实在不高兴多瞧一瞧。

还是看看那虔诚善良、诚实正派、不讲排场、殷勤好客、乐于交往、自由自在的捕鲸船吧！两艘捕鲸船在天气不赖的情况下相遇会有何举动呢？它们会来个"联欢会"。对其他船只来说，这个名称它们连听都未听说过。即使碰巧听到了，他们也只会加以嘲笑，又搬出有关"捕鲸佬"和"鲸油锅"的笑料来，以及喊叫几声诸如此类的并不难听的绰号而已。为什么商船、兵舰以及贩奴船上的水手，还有海盗，全都这么瞧不起捕鲸船？这是个难以回答的问题。因为，就海盗而言，我倒是很想知道他们那个买卖有什么特别光彩之处。不错，他们那买卖有时兴旺发达到了一个很不寻常的高度；可惜那只是在绞架上。再说，当一个人以那种独特的方式被高高挂起时，他那逾常的高度就少了一个与之相称的基础。因此，我敢断定，海盗在自吹比捕鲸人高出一头时，他那种自信并没有什么坚实的基础。

可"联欢会"究竟是什么东西呢？说不定你翻开字典，从上到下一行一行仔细地找，连食指都指点酸了还是找不到这个词儿。英国著名的词典编撰家约翰逊博士①的博学多闻尚未及于此。美国韦氏大辞典的编撰者诺亚·韦伯斯特②的方舟也装不下这个词。尽管如此，大约有一万五千货真价实的美国佬经常使用这个极富表现力的词。不用说，理应给它下个定义，而且应该收入辞典。且让我从专业角度来给它下一个定义。

联欢会（名词）——两艘（或两艘以上）捕鲸船之间的交际型聚会，一般在巡游场上举行。两艘相逢的捕鲸船彼此打过招呼后，两船的水手便进行互访。两位船长在这一段时间内聚在一艘船上，两位大副则待在另一艘船上。

这里还必须提到有关联谊会的另一个细节。各行各业都有小小的与众不同的细节之处，捕鲸业也不例外。当一艘海盗船、兵舰或者贩奴船的船长坐自己的艇子到处走时，他总是坐在艇尾一个很舒服、有时还搁有靠垫的座位上，并且经常亲自掌舵，漂亮的舵柄装饰着花哨鲜艳的彩绳丝带。但是捕鲸小艇艇尾上没有座位，压根儿没有那种沙发之类的东西，也根本没有舵柄。要是捕鲸船船长们坐在有滑轮的椅子里让人在海上推来推去，像患痛风的老郡长们坐在特制的椅子里一般，那才叫热闹哩。至于舵柄，捕鲸小艇上绝不容许有这类娘儿

---

① 英国诗人，散文作家，伟大的词典编撰者，他编撰的辞典于1755年出版。

② 美国辞典编撰家，他所编的《英语大词典》奠定了美国英语的地位。由于他名叫诺亚，因而作者把他的词典戏称为诺亚方舟。

们用的玩意儿。所以举行联欢会时，船上水手必须全体出席，小艇的舵手或标枪手也包括在内，而船长属下便是赴会的掌舵人，于是那无处可坐的船长一路上便只好像棵松树似的站着去会客。这时你常常会看到，这位站着的船长由于感到自己处于两条大船上的人的众目睽睽之下，为了维持尊严，双腿必须站得直挺挺的。可要做到这一点很不容易。因为在他背后，那支巨大的突出的舵桨不时撞击他的腰，身子前边的那支后桨则与之唱和似的使劲敲他的膝盖。因此，它处于前后夹攻之中，只有两边仗着两条伸直的腿还有活动的余地。可是只要小艇突然猛跳一下，他就很容易摔个仰面朝天，因为立脚点如果只有长度而没有宽度，那是绝对站不稳的。仅仅把两个柱子一字儿排开，你没法把它们竖起来。那么，在众目睽睽之下那就更不行。我是说，要是让人家看见这位叉开腿站着的船长稍稍借助于双手抓住什么东西来稳住自己的话，那就更不行。通常这位船长总是双手插在裤袋里，以显示他完全能轻松自如地控制自己。不过，这双手一般都很大很厚实，插在裤兜里起了个类似压舱石的作用。尽管如此，也发生过这样的情况，而且还确有其事：据说有船长在一两次特别紧张的时刻，比方说，突然刮来一阵大风——只好一把抓住身边桨手的头发，而且死也不放。

🐋 第五十四章 "动嗬号"① 的故事

[按在黄金客店所讲的复述]

好望角和它四周的水域很像个四通八达的十字路口，你在那儿见到的旅客比在任何其他地方遇见的都多。

① 动嗬（Town-Ho）是古代捕鲸者在桅顶上发现鲸时的喊叫声，至今仍为猎捕著名的卡利巴哥斯水龟的捕鲸船所沿用。——原注。

我们在大声招呼过"信天翁号"后不久，又碰上了另一艘返航的船"动嗬号"。这船上的水手几乎全是玻利尼西亚人。在随后举行的简短的联欢会上，他们向我们提供了有关莫比·迪克的准确可靠的信息。原来有些人对白鲸只有一般的兴趣，听了"动嗬号"讲的故事以后，这种兴趣被提高到了如醉如狂的程度。似乎故事本身隐约牵涉了白鲸成为对某些人执行某种神奇的所谓上帝的判决的化身，这一说法加上故事本身的一些特殊情节构成了不妨称之为后面要讲的悲剧的秘密部分，却从未传到亚哈船长和他三位副手耳中。因为这个故事的神秘部分连"动嗬号"船长本人都不知道。那是那艘船上三个结盟的水手的私有财产，其中一个把它透露给塔希蒂格时好像还要求他严格遵守天主教保密的禁令。可是第二天晚上塔希蒂格说梦话露了馅儿，同伴把他弄醒之后，他只好和盘托出。然而，这事给了"裴廓德号"那些知悉了内情的水手很大的震动，姑且这么说吧，也让他们感到很为难。于是他们决定严守秘密，所以从没有泄露到主桅以后的上层人物中间去。我现在把这条隐秘的线索和在船上公开讲说的故事正确地串联起来，讲一讲这桩怪事的全部经过，备作传世的记录。

　　这故事我在利马讲过一次。那是在某个圣徒节的晚上，我在黄金客店金碧辉煌的连拱长廊上跟一伙懒洋洋的西班牙朋友抽烟闲聊时讲的，自然讲得比较轻松幽默。这次我准备尽量保留原来的声调口吻。那次我那些文雅的骑士听众中有两位年轻的绅士——佩德罗和塞瓦斯蒂安——和我关系最为密切，因而他们不时提出一些问题，当时我也作了适当的答复。

　　"先生们，我将要向各位讲的这个故事，发生在我得知它之前两年左右。那时，'动嗬号'这艘南塔开特的捕抹香鲸船就在太平洋这一带巡游，离这个挺不赖的黄金客店也就是往西航行不多几天的路程。一天早晨，按照每天的例规，正用水泵打水时，发现从底舱抽出来的水比平常多。先生们，他们开头还以为是被一条剑鱼在船底捅了个窟窿。可是，那位船长却有自己的理由认为那地方有千载难逢的好机会在等着他，因而不愿离开。而且也根本不把那漏洞当回事，虽然在那相当恶劣的天气下，他们确实在底舱尽可能细地检查了一遍也没有找着那漏水的地方。于是，那艘船仍旧继续巡游，水手们也隔好久才悠闲地用水泵抽一次水。但是，并没有出现什么好运。又过了好些天，那漏洞不仅没有找着，还明显地扩大了。这一来，船长才感到事态严重，开始有点儿急了，赶紧扯起满帆离开那地方向群岛中最近的港口驶去，准备在那里翻过船身进行维修。

"虽然离那最近的港口路程不短，不过，只要不出大的意外，船长根本不担心他的船会在中途出事，因为他的抽水机都是一流的，而且抽水的人手定时间轮换，就算那漏洞扩大了一倍，手下的三十六个船员也能轻而易举地应付过去。事实上，差不多一路上都是刮的顺风，要不是因为那个维因耶德人拉德尼大副的粗暴专横惹恼了那个来自布法罗的大湖人、亡命徒斯蒂尔基尔特，而后者死命报复的话，'动嗬号'要太太平平、安然无恙地到达港口，可说是十拿九稳。

"'大湖人——布法罗①！请问，大湖人是什么，布法罗又是在哪里？'塞瓦斯蒂安从摇椅上铺的草席上站起身来问道。

"先生们，那是在我们的伊利湖东岸。不过——请您不要着急——也许你们马上就会什么都知道的。先生们，说到横帆双桅船和三桅船，几乎跟从你们古老的卡亚俄②驶往遥远的马尼拉的那种商船一般大，一样结实。这个大湖人，长在我们美国的内陆，四周都是陆地的区域，从小就受乡下那种一听说大海就容易想到海盗抢劫的观念熏陶。因为我们这个州的那些大淡水湖——伊利湖、安大略湖、休伦湖、苏必利尔湖和密执安湖要是合流在一起，便浩瀚如海洋，拥有许多大海最突出的特点，也像在海洋边缘地区一样，有各式各样的民族和风土人情。它们甚至像玻利尼西亚海一样，包含由许多风光旖旎的小岛构成的环形群岛。在沿湖的大部分地区，也像大西洋沿岸一样，

① 纽约州西部的一个较大城市，是伊利湖上的高港。
② 秘鲁重要的商业港口。

有两个显著不同的大民族，它们提供了一些从东方到我们许多淮州的领地的长长的海上通道。岸上炮台星罗棋布，阴沉沉的，还有高峙的马基诺海峡①悬崖峭壁上的大炮。它们曾听得海军舰队上排炮齐鸣赢得的胜利。它们也隔三间四地把湖滩让给未开化的野蛮人，他们那番茄酱似的红脸在毛皮小屋外闪亮。它们两边都有漫长的、古老的、尚无人踪的森林，里面那望之生畏的松树排列得密密麻麻，就像是哥特族王室的家谱。那些森林里也潜伏有非洲丛林的猛兽，和皮毛柔软光亮的动物，它们的毛皮出口给鞑靼皇帝做长袍。它们的水面映照出街道整齐的布法罗和克利夫兰城及文尼伯哥村的倒影。在这些大湖上既有装备齐全的商船，也有国家的全副武装的巡洋舰。有大轮船，也有山毛榉和独木舟。它们遭受朔风和摧折桅杆的强风的袭击，那风就像那鞭打海浪的风一样可怕。它们虽在大陆之中，却四面见不到陆地，因此照样发生船毁人亡的海难。它们在半夜里不知淹没过多少艘船，呼号求救的船员一个都不曾幸免。

"先生们，由此可见，斯蒂尔基尔特虽然是个内陆人，却出生在茫茫大海之上，受茫茫大海的抚育，比起任何一个大胆的水手来毫不逊色。至于拉德尼大副，虽然他也许从小就爱躺在南塔开特的孤寂的海滩上，是大海母亲哺育大的，虽然他后来长期在我们严酷的大西洋和你们沉思的太平洋上混，却很像刚刚来自鹿角柄猎刀之乡的一个边远森林地带的水手，报复心重，动不动就和人吵架。不过话说回来，这个南塔开特人并不是个坏人。而那个大湖人水手，确实脾气很坏，也可能是过于刚直倔强所致。只有尊重他的人格，顾全他最起码的体面，他的脾气才好一点。因为承认他同样是个人，即使是最卑贱的奴隶，也有这做人的权利。这样对待他，这个斯蒂尔基尔特才长期相安无事。不管怎样，迄今为止他一直没有出什么问题。但是拉德尼却是命中注定有此一劫，老天让他丧失了理性。而斯蒂尔基尔特呢——不

①　在密歇根州休伦湖中的马基诺岛上。

过,先生们,请稍安勿躁。

"且说'动嘶号'掉转船头朝最近的岛港驶去最多不超过一两天,那漏洞似乎扩大了一倍,不过还不算太严重,每天只要抽上个把钟头水就行了。诸位肯定知道,在像我们大西洋这样一个平稳文明的大洋上,对有些小商船的船长来说,哪怕是一路抽着水走完全程,他也毫不在乎。虽然,要是哪个安静、人人睡意蒙胧的夜晚,甲板上值班的长官刚好在这方面忘了自己的职责,那结果就大概是他和他的伙伴们永远也不会想起这件事了,因为大家都慢慢沉到海底去了。先生们,即使由此往西好远远远荒凉汹涌的海面上,也有好些船,即使航程相当长,也经常不把船上的抽水机全部开动起来;就是说,要是随时有比较平坦的海岸好靠船,或者不用走多远就有地方可以避难的话。只有当一条漏水的船在非常偏僻、见不到陆地的海面上时,它的船长才开始有点儿着急。

"'动嘶号'在很大程度就是采取这种态度。所以当第二次发现漏洞有扩大时,船上好几个人确实表现出有这么点儿担心,其中以大副拉德尼为最。他下令把上帆好好升起,重新用帆脚索扣好,尽量让它们多吃风。先生们,说起这位拉德尼,我认为,就他本人而言,正如任何你们随意能想象出的,不论在陆上还是在海上都是那种天不怕地不怕、头脑简单的人一样,在有关它自己姓名的问题上,他绝不是个胆小怕事处处小心谨慎的人。因此,当他对船的安全表现出这种关注时,有些水手就说无非因为他是本船的船东之一。那天晚上,他们用水泵抽水时,他们的脚背上不断涌过犹如山泉一般清澈的海水,他们之间偷偷说着一些俏皮的玩笑话。那水啊,先生们,汩汩地从水泵里出来,流过甲板,打船边的排水孔稳稳地喷射出去。

"说到这儿,各位都知道,在我们这个常规世界上——无论是海上也好,或其他地方也好,下面这种情况并非罕见:当一个人,身为领导,发现手下有人是条汉子,比自己各方面都强得多,他马上就会对他产生一种按捺不住的憎恶和怨恨;一有机会,他就要把那个屹立如宝塔的下级打翻在地，打得他片甲不留。先生们，即使这可能是我个人的看法，但不管怎样，斯蒂尔基尔特这家伙身材高大，仪表堂堂，长着一颗罗马人一般高贵的脑袋，一副飘垂的金色胡须，好比你们上任总督那打响鼻的战马鞍衣上的流苏。加上他的头脑、他的心、他的灵魂，一句话，要是他是查理曼的父亲的儿子的话，那他肯定会成为斯蒂尔基尔特·查理曼了，而大副拉德尼呢，却其貌不扬像条驴；而且还驴一样地鲁莽、固执、心狠。他不喜欢斯蒂尔基尔特，斯蒂尔基尔特也知道。

"这个大湖人在跟其他水手忙着抽水的时候，老远就看见这位大副走过来了，却装作没看见，还是若无其事地继续逗乐子开心。

"'喂，喂，快活的小伙子们，这漏出来的水可有味道啦。你们谁去拿只小酒杯来接点儿让咱们尝尝。天哪，简直好得可以装瓶卖啦！跟你们说吧，弟兄们，拉德尼这老小子的投资算是泡汤啦！他最好把他分内的船壳砍下来拖回家去算了。事实是，那条剑鱼干的活儿只是开了个头，它又带了一帮毁船的木工师傅回来了，像锯子鱼啦，锉刀鱼啦，什么鱼都有。这伙暴徒正在船底上乱砍乱剁干得正欢哩，我敢说，越干越在行。要是这阵子拉德尼那老小子在这里，我会劝他赶紧跳下海去把那些王八蛋轰走。它们是在毁他的家当呀，，我要这么告诉他。不过，这老家伙头脑简单——拉德尼他还是个美男子哩。伙伴们，听说他把剩下的钱全花在买镜子上了。不知道他肯不肯赏给我这个穷鬼一个他的鼻子的模型。'

"'你们都瞎了眼啦！干吗把水泵给停了？'拉德尼装作没听见，大吼道，'给我死命抽！'

"'是，是，先生。'斯蒂尔基尔特说道，手舞足蹈像只蟋蟀，'使把劲，伙伴们，使把劲，嘿！'于是水泵就像五十部救火车一样轰隆轰隆响开了。水手们甩掉帽子对此活毫不怠慢，不大工夫累得一个个呼呼直喘，可见大伙儿连吃奶的力气都使出来了。

"后来，这个大湖人终于随着大伙儿离开了水泵，上气不接下气地走到船头，在绞车上坐下；脸通红，眼睛里布满血丝，擦着大汗淋漓的额头。先生们，这个拉德尼真是鬼迷心窍了，人家已经筋疲力尽到这份儿上啦，他还偏要去招惹人家，这我实在不明白。可事情就是如此。这个大副憋了一肚子火在甲板上大步走来走去，命令斯蒂尔基尔特拿把扫帚来打扫船板，还要他拿把铲子把一头猪在甲板上乱跑一气后留下来的脏东西弄走。

"先生们，这打扫甲板嘛，在海上，本是每天傍晚都要做的日常工作，除了刮大风之外。据说这时候哪怕赶上船正在下沉也要把甲板打扫完。这个嘛，先生们，是海上雷打不动的规矩，也是水手们爱清洁的天性；有些水手在淹死之前还非得洗了脸才甘心。不过，在任何船只上，如果船上有小厮的话，这打扫甲板的活儿历来是小厮的事。再说，'动嘀号'上凡是身强力壮的都分了组，轮班抽水；而斯蒂尔基尔特由于身体最棒，总是被指定为一个组的组长；因此，理所当然与航海勤务尤关的杂务就不应该找他，也不应该找他组里的人。我之所以把这些细节摆出来无非是想让诸位能非常确切地了解这两人争吵的前因后果。

"不仅如此，这事还有更严重的一面：那道铲脏东西的命令就像是拉德尼照他脸上啐了一口唾沫，明摆着是要羞辱他。只要在捕鲸船当过水手，谁都明白这一点。大副一发出这道命令，大湖人就看出他的用意，并且肯定比别的人看得更透些。他一动不动地坐了一会儿，坚定地直瞧着大副充满敌意的眼睛，感觉到他那满腔怒火就像是一摆火药桶，引火索正在不声不响地朝着火药桶燃过去；当斯蒂尔基尔特本能地看出了这一切时，不知打哪儿钻出来一种反常的容忍之心，他不愿意去激起一个已经在生气的人更大的怒火——这是一种不想多事的矛盾心情，真正称得上勇士的人甚至在受了委屈时感受得最深——这种无以名之的阴影般的感情此刻正偷偷占据了斯蒂尔基尔特的心。

"因此，他还是用平常的声调，只是由于暂时的极度疲劳，声音有点嘶哑，回答说，打扫甲板不是他的事，他不会去干。接着，他根本没提铲子的事，指了指三个例行干打扫甲板的活儿的小伙子；这三个人没有被派去抽水，整天没怎么干活或者啥都没干。拉德尼见他这样，跟着就来了一句粗话，以极其蛮横粗暴的态度和毫无商量余地地把命令又重复了一遍，同时朝还在坐着的大湖人走过去，顺手从身边一只桶上抄起一个箍桶的榔头，举得高高的。

"这满头大汗的斯蒂尔基尔特本来就为刚刚抽水时那干了歇、歇了干的活儿弄得浑身发热，心头烦躁，尽管开头还有一种无法形容的自我克制心情，这时实在受不了大副那咄咄逼人的架势，不过，不知怎的他还是压下了心头的怒火，一声不吭，执拗得像生了根似的纹丝不动，等到那越发暴跳如雷的拉德尼终于把榔头都挥得离他鼻子不到几英寸远、怒气冲冲地喝令他执行命令时，他才坐不住了。

"斯蒂尔基尔特站起身来，绕着绞车慢慢地退让，并慢条斯理地再一次声明他绝不会去做。那个大副则威胁地举着木榔头一步一步跟上。斯蒂尔基尔特看到他的忍让丝毫不起作用，就用一只扭曲了的手做了个可怕的难以言传的手势，警告这个蠢得要死昏头昏脑的家伙就此罢手；可是毫无效果。两人就这样对峙着围着绞车转了二个圈；最后，这个大湖人觉得自已到了性子所能忍受的最大限度，忍无可忍了，于是决定不再后退，他在舱口处停住，对这个头头说道：

"'拉德尼先生，我绝不服从你的命令。把那榔头拿开。否则你要小心。'但是注定有此一劫的大副还是继续逼近站着不动的大湖人，那沉重的木榔头眼看离他的牙齿已经不到一英寸了，一边还破口大骂；斯蒂尔基尔特这时寸步不让，毫不畏缩的目光比首般地朝对方的眼睛扎过去，右手在背后握紧拳头，又悄悄挪到身前，告诉这位迫害他的人说，只要那榔头碰到他的脸颊，他（斯蒂尔基尔特）就要宰了他。可是老天爷已经点名要这蠢货的命了。说时迟，那时快，那木榔头刚擦着大湖人的脸，大副的下巴就给一拳打碎了，他扑倒在舱口处，嘴里像鲸喷水一般往外喷血。

"还没等叫喊声传到船尾，斯蒂尔基尔特已经在摇晃--根高高的桅顶的后支索。桅顶上值班瞭望的是他两个伙伴。他俩都当过运河船的水手。

"'运河船水手！'佩德罗先生嚷道，'我们在港口里看见过许多捕鲸船，可从没听说过什么运河船水手。对不起，他们是些什么人？'

"'运河船水手，先生，就是我们伊利大运河上①的船工。您一定听说过。'

"'没有，先生；我们这种沉闷、温暖、懒散到了极点、一代代传下来的土地上的人，对你们精力旺盛的北方知道得很少。'

"'是吗？那好，先生，请再给我满上。你们这种甜酒真好喝。我就暂且把我讲的故事搁一搁，先给你们说说我们这运河船水手是什么样的人。因为熟悉一点这方面的情况也许对你们听懂我的故事有所帮助。'

"先生们，有一条一年四季长流的河，全长三百六十英里，河上的生活犹如威尼斯般腐化，往往是无法无天的。这条河横贯纽约州，穿过大批人口稠密的城市和兴旺发达的村镇，穿过漫长、凄凉、杳无人烟的沼泽，和肥沃得无与伦比的耕地，经过台球室与酒吧间，穿过神圣的大森林，经过印第安河流上的罗马式拱桥，流经那些阳光普照和满地阴凉的地方；见过幸福的心和破碎的心，穿过有名的莫霍克②诸县所有对比鲜明的风景区，特别是经过成排雪白的教堂，教堂的尖顶几乎像是运河的里程碑。先生们，那才是你们真正的黄金海岸阿散蒂③地区。你们的异教徒在那儿呼啸来去；你哪儿都能见到他们，甚至就在你隔壁，就在教堂那长曳的阴影和暖和安全的背风处。正如人们常注意到的，由于一种奇特的命运，大都市的匪徒总是落脚在正义之庭——法庭四周，所以，先生们，上帝的罪人也大多聚集在最神圣的

___

① 美国历史上著名的运河。
② 在纽约州中部。
③ 今为非洲加纳的一部分，多山多林，土地肥沃，民性慓悍。

地方附近。

"'刚才走过去的是个修士吗?'佩德罗先生望着熙熙攘攘的广场,带着幽默的关注问道。

"'我们的北方朋友还算走运,伊萨贝拉夫人①的宗教裁判所在利马现在已经吃不开了。'塞瓦斯蒂安笑道,'接着说吧,先生。'

"'且慢!对不起!'这伙人中又一个喊道,'水手先生,刚才你说到那地区腐化的时候,照顾到了我们的面子,拿遥远的威尼斯来打比,而没有提眼下的利马,我只想代表我们全体利马人向你表示感谢。啊!请别又鞠躬又表示惊讶;你知道在这沿海一带流行一句俗语——"腐败得像利马"。这也正好证明了你所说的;教堂比台球桌还多,而且一年四季都是开着的,"腐败得像利马"。威尼斯也是如此。我到过那里。那神圣的传福音者圣马克②的圣城!——多米尼克圣徒③,净化净化它吧!干杯!谢谢。再给您满上;好,请您接着说吧。'

"先生们,运河船的水手真是放荡得又厉害又雅致,要是让他自己的志趣自由发展,他准可以成为一个挺不赖的戏角儿。他整天整天懒散地行船在两岸绿草如茵鲜花盛开的尼罗河上,像马克·安东尼④一样,公开和他红脸蛋儿的克莉奥佩特拉⑤调情,在甲板上晒太阳晒得大腿成了杏黄色。但是,一上岸,这种奶油小生味便一扫而空。他得意扬扬地装出绿林好汉的模样,头戴的阔边软呢帽配上鲜艳的缎带代表了他的气派。他行船经过村庄时,老是以笑脸迎人的淳朴村民看见他就害怕;他那黝黑的容貌和旁若无人的昂首阔步也让城里人见了直躲。我一度在他们的运河上流浪过,受过一个运河船水手很好的照顾。我衷心感谢他,很想有所报答。不过这往往是使用暴力的人个性中最可取的特点:济贫常常与劫富同样地坚决果断。总之,先生们,

---

① 西班牙女皇,这里指她做女皇时的宗教裁判所。
② 威尼斯著名的圣马克教堂的守护神。
③ 利马大教堂的守护者。
④ 古罗马三执政者之一,曾与埃及女王克莉奥佩特拉相爱。
⑤ 埃及女王,恺撒的情妇,恺撒死后又与安东尼相爱。

这种运河生活之野性难驯到什么程度从这一点得到了有力的证明，那就是捕鲸这个野行当中就有许多原是运河船水手的优秀毕业生，而除了悉尼人以外，再没有哪种人比起他们更不为捕鲸船船长所信任的了。不过这丝毫没有冲淡他们对捕鲸业的好奇心。对成千上万生长在大运河一带的农村青少年来说，大运河上的见习生活，就是在基督徒的麦田里太太平平地收割，和在最蛮荒的海里不顾一切地耕耘这两件事情间起了唯一的桥梁作用。

"'我明白啦！我明白啦！'佩德罗急不可耐地喊道，酒也泼洒在银白的领口褶边上，'用不着出门了！全世界就是个大利马。我原先还以为，哎呀，在你们那气候温和的北方，一代代人都像山冈一样又冷静又圣洁。——不过，还是言归正传吧。'

"先生们，我刚才是讲到那大湖人在摇晃后支索。他才摇了几下，三个副手和四个标枪手便把他团团围住，把他逼到了甲板上。但是，那两个运河船的水手像两颗砸向地球的扫帚星嗖地从桅顶滑下来，来凑这场热闹，他们要把他们的伙伴拉出来，弄到船首楼去。还有一些水手也帮他们一起拉，于是甲板上就扭成一团，哄闹开了；那个勇敢的船长站在安全圈外，手拿鱼枪，跳上跳下，要他的副手出手对付那个胆敢犯上作乱的坏蛋，尽快把他弄到后甲板去。他不时奔到推来搡去的人群边缘，用鱼枪拨开众人，想挤到中心，把他痛恨的对象一枪挑出来。可是斯蒂尔基尔特和他的那些亡命徒远不是对方所能轻易对付得了的。他们终于占领了船首楼甲板，赶紧滚动三四只大桶跟绞车排成一排，这些海上巴黎人①就筑起了街垒固守起来。

"'出来，你们这些强盗！'船长吼道。这时小斯给他送来两支手枪，他便一手拿着一支对他们进行威胁。'出来，你们这几个杀人不眨眼的东西！'

"斯蒂尔基尔特则跳到街垒上，在那里阔步走来走去，不顾那两

---

① 这里的巴黎人指1848年法国大革命时，推翻路易·菲利浦并建立公社的那些巴黎人。

支枪万一会出乱子；并且毫不含糊地告诉他，他的死就是所有水手掀起一场流血大哗变的信号。船长心里也生怕出现这样的局面，不免有所迟疑，最终放弃了动枪的念头，不过还是命令这些叛乱分子立即回去干活。

"'要是我们回去干活，你能答应不来碰我们吗？'他们的头头问道。

"'回去！回去！——我什么也不答应。——回去干活！你们选在这种时候停工，是想要弄沉这艘船吗？'他又一次举起了一支手枪。

"'弄沉这艘船？'斯蒂尔基尔特嚷道，'是呀，让它沉掉好了。除非你发誓不碰我们一根手指头，否则我们谁也不回去。你们说对吗，弟兄们？'他朝伙伴们转过脸来。回答他的是一阵热烈的欢呼。

"那个大湖人现在就在路障上巡逻着，一边眼睛始终盯着那个船长，一边又突然说出这样一些话来：'这不是我们的错。我们并不想这样。我跟他说了要他把榔头拿开。那是孩子们闹的玩意儿，他早该知道我是个什么样的人。我跟他说了不要去惹野牛。揍他那该死的下巴，我还打坏了一个手指哩。船首楼里不是还有剁肉的刀子吗，伙计们？看好那些木杆子，弟兄们。船长，真的，还是小心你自己吧，答应我的要求，别充好汉却当了傻子，把这事儿忘了，我们就回去。也得让我们过得去，我们都是你的水手。可我们并不想挨鞭子。'

"'回去！我什么也不答应；我说，回去干活儿！'

"'那你听着，'大湖人朝他挥动胳臂，大声嚷道，'我们这里这几个人是你雇来当水手出海巡游的，我就是其中一个，这你明白。你清楚得很，先生，只要船一抛锚，我们马上可以撒手不干。所以我们并不想闹事。这对我们没有好处，我们只想太太平平，相安无事。我们随时可以回去干活，可我们不准备挨鞭子。'

"'回去！'船长大吼道。

"斯蒂尔基尔特四下瞧了瞧，然后说：'我现在跟你挑明了吧，船长。我们才不会为了那个下贱的流氓杀了你，自己去上绞架。我们连碰都不会碰你，除非你先动手向我们进攻。但是在你说出你不拿鞭子抽我们之前，我们是什么活儿都不会干的。'

"'那你们就都给我待到水手舱里去。你们都下去，我要让你们待在那里，直到闲得受不了为止。你们都下去。'

"'咱们下不下？'这领头的朝他的同伴大喊道。大多数都不同意；可是，最后还是听从了斯蒂尔基尔特的话，在他之前先下到了那阴暗的去处，像熊一样嗷嗷叫着进了洞。

"当大湖人的光秃秃的头刚好齐船板的时候，船长和他那些下手就都跳上路障，飞快地扯过滑盖把舱口盖上。这一伙人死死地按住滑盖，一面大声喊叫小斯把升降口那把沉重的铜锁拿过来。船长把滑盖挪开一道缝儿，朝那缝隙低声说了些什么，又盖上，锁好——里面一共是十个人——甲板上还有二十多个人，至今为止一直是守中立的。

"所有的头目都睁大了眼睛守夜，船头船尾严密监视，特别是水手舱口和前舱口，因为怕这些叛乱者会把下边的隔舱打穿，打前舱口跑出来。但是一夜平安无事。整个冷冷清清的夜晚，那些留下来干活的水手拼命抽水，水泵克隆克隆的抽水声不时凄惨地在船上回响。

"天一亮，船长来到船头，敲敲甲板，要那些囚犯出来干活；可是他们在里面大嚷了一声，不肯出来。于是，吊了些水下去，又扔下去几块硬面包，船长又把滑盖锁上，钥匙搁口袋里，回后甲板去了。这样重复了三天，一天两遍。到了第四天早晨，在照例喊他们上来干活之后，只听到下面一阵乱哄哄的争吵声，接着是一阵脚步声，然后突然有四个人从舱里冒出头来，说他们愿意去干活。那舱底下又闷又臭，食物那么少，实在是饿得慌，也许还担心最后受处罚，迫使他们终于无条件投降。这一来，船长来劲了，又一再动员其余的人。可是斯蒂尔基尔特在下面朝他大嚷，叫他少说废话，赶紧回到船长舱去。到第五天早晨，又有三个造反的摆脱同伴们死命地拦阻冲了上来。现在下面只剩下三个人了。

"'还是干活去好些吧,呃？'船长冷酷地嘲讽道。

"'你再锁上,别啰唆!'斯蒂尔基尔特嚷道。

"'哦！好咧'船长说道,咔嗒一声,又锁上了。

"就在这个时候,先生们,斯蒂尔基尔特由于七个同盟者的叛变而感到非常愤怒,船长最后一次招呼时那嘲弄的语调又刺痛了他,再加上被长时间地囚禁在这个地狱般的黑窝里而气得发狂,便向那两个自始至终都和他一条心的运河船水手提出,等下次船长再来叫唤时就冲出去；各人都用锋利的剁肉刀(一种又长又沉、两端均有柄的月牙形弯刀)武装起来,见人就杀,从船首斜桁一直杀到船尾栏杆；如果可能,就不顾一切,占领这条船。他说,不管两人和他一起干与否,他反正一个人也要这么干。反正这是他待在这个窝里的最后一夜了。但是两个人对这个计划都不表示反对；他们发誓说他们一定参加,或者任何其他冒险的事,总之,除了投降以外,什么事他们都愿意干。而且,他们各人都坚持等往外冲的时间一到要头一个冲上甲板去。但是他们的头领坚决反对,坚决要自己先上,特别是因为两个伙伴互不相让,而两个人又不可能同时冲出去,因为梯子太窄,一次只能容纳一个人。到此,先生们,这两个恶棍的卑鄙行为就非见天日不可了。

"原来他们听了头头的铤而走险的计划以后,每人都在自己心底里突然有了一个看来是独一无二的鬼主意,就是：首先冲出去投降,虽然已经是十个人中的最后一批了,毕竟在最后一批的三个人中还是头一个；这样一来也许还能有一线希望得到宽大处理,不管机会有多小。但是当斯蒂尔基尔特表明他决心由他打头阵,领他们反到底时,他们又在一定程度上就各自预定的阴谋作了些微妙的调整,结合了新的卑鄙成分。半夜里,等他们的头领打瞌睡时,他们只三言两语就心灵沟通,一齐动手把这睡着了的人用绳索捆起来,又用绳索堵住他的嘴,然后尖声叫喊船长。

"船长心想怕是出了人命,似乎在黑地里闻到了血腥气,一边和全副武装的三个副手和标枪手们向水手舱冲去,在几分钟之内就将滑盖挪开。那个脚手被捆、仍在挣扎的暴民头领被他背信弃义的同伴推上了甲板。这两人一出来马上表功，说是他们把这个要杀人造反的人抓住的。但这三个人都被揪住脖领，像拖死牛似的在甲板上一路拖过去，并排捆在后樯索具上，像三片肉似的并排在那里一直吊到第二天早晨。'该死的东西'，船长嚷道，一边在他们面前踱来踱去，'你们这些连秃鹫都不会吃的东西，十足的恶棍！'

"天亮的时候，船长召集了全体人员，把反叛的人跟那些没有参加暴动的人给分开来，他告诉那些反叛的人说，他很想把他们通通抽一顿——他认为总的说来，他是会这么干的——他也应该这么干——赏罚分明；不过，眼下考虑到他们及早投降的分儿上，就申斥一顿算了，于是他把他们臭骂了一通。

"'但是对你们，你们这些作尸臭的恶棍，'他转过身来，对三个吊在索具上的人说，'对你们，我要把你们剁碎去炼鲸油。'他随手抓起一根绳子，用全身的力气朝那两个叛徒背上抽去，一直抽得他们喊不出声来，气息奄奄地头耷拉着歪到了一边，就像是图画上那两个钉在十字架上的强盗①。

"'抽你们把我手腕子都扭伤筋啦！'他终于嚷道，'不过绳子还有的是，你们这两个不肯投降的臭小子，饶不了你。把塞在他嘴里的东西拿掉，让咱们听听他还有什么可说的。'

"有一会儿，这个已经耗尽了力气的叛逆只是活动了一下撑得麻木了的上下颌骨，然后，痛苦地扭过头来，声音嘶哑地说，'我要说的是——你们听好了——要是你抽我，我就杀了你！'

"'你是这么说的吗？我倒要瞧瞧你能把我吓成什么样子。'船长拿起绳子，身子往后一仰，准备要抽。

"'最好别抽。'大湖人嘶哑地说。

"'我非抽不可。'——绳子又往后一甩，准备抽。

---

① 见《圣经·新约·路加福音》第二十三章，耶稣被钉在十字架上，有两个犯人一左一右被一同处死。

"这时，斯蒂尔基尔特嘶哑地说了句什么，除了船长，别人都没有听见，让大家大为惊奇的是，船长竟吓得往后陡然一退，在甲板上快步地踱了两三个来回，然后突然把绳子往地上一扔，说：'不抽他了——放了他——把他身子上的绳子解啦。你们听见没有？'

但是正当二副和三副急忙走过去执行命令时，一个头缠绷带脸色苍白的人拦住了他们——那就是大副拉德尼。他自从挨了那一拳之后一直躺在吊铺上；但那天早晨，听到了甲板上那一番闹腾，他就悄悄走出来，并一直在旁边观察着事态的发展。他的嘴巴现在没法说话，只是叽里咕噜了一阵子，大意是船长所不敢做的他倒想试试看，于是一把抢过绳子，大步走到被五花大绑的仇敌跟前。

"'你是个胆小鬼！'大湖人嘶哑地说。

"'不错，我就是这样，不过尝尝这个吧。'大副的绳鞭正要落下，又一句嘶哑的话让他高举的胳膊在空中停住不动了。他犹豫了一下，还是落了下来，说到做到，不理会斯蒂尔基尔特的威胁，管它会出什么事哩。然后，这三个人都被松了绑，大家也都回去干活去了。于是，在闷闷不乐的水手死气沉沉的操作下，铁制的抽水机又如先前一般克隆克隆地响了起来。

"那天天刚黑，一个值班的瞭望员从桅顶上下来，就听到水手舱里传来了一阵吵闹。接着那两个叛徒浑身发抖地跑了上来，堵住船长舱的门，说他们没法和其他水手合伙干活。劝也好，打也好，踢也好，他们怎么也不肯回去；为了救这两条命，只好按他们的要求将他们安置在船尾那狭窄的角落里。除此之外，船上很安静，再也没有出现什么暴动的迹象。恰恰相反，好像主要是在斯蒂尔基尔特的教唆，他们决定在船到港之前要服从所有的命令，保持全船百分之百的太平无事，只等船一到港，就来个集体离船。但为了要尽快结束这段航程，他们又一致通过了另一个决定，就是：即使发现了大鲸，也决不作声。因为尽管船在漏水，又有其他种种危险，'动嗬号'，还是照样安排了桅顶瞭望人。船长很想像刚进巡游场那样放下小艇去捕杀大鲸；大副拉德尼也时刻准备跳下铺位下小艇，带着他那缠着绷带的嘴巴去堵大鲸那象征死亡的嘴巴。

"虽然这大湖人说动了水手们采取这种消极对抗的行动，但是他自己对那个伤透了他的心的人如何报仇的打算却秘而不宣（至少要等事成之后）。他指的是大副拉德尼领的班；这个昏头昏脑的家伙好像非要找死不可似的，在索具吊打事件之后，他坚决不听船长明确的劝告，坚持继续晚上值班。斯蒂尔基尔特就根据这种情况及其他一两种情况，处心积虑地拟定他的复仇计划。

"一到晚上，拉德尼有一种不像是海员应有的习惯，他喜欢坐在后甲板的舷墙上，一只胳臂撑住吊在那儿高出船边一点儿的小艇的舷上。船上的人都知道，他这么坐着有时会打瞌睡。小艇与大船之间有相当大的空隙，空隙下面就是大海。斯蒂尔基尔特计算好了他的时间，发现他下一次值舵手班的时间是他被出卖后的第三天夜里两点。他就趁平常值班之余的空闲时间，在下面十分小心地编织起什么来。

"'你在那里干什么呀？'一个伙伴问他。

"'你说是在干什么？你说它像什么？'

"'像是旅行袋上的带子。可是，又不是很像，我看它有点儿怪怪的。'

"'是呀，是有点怪，'这大湖人说，拿在手里伸过胳臂一瞧，'不过我想它会管用。伙计，我的麻线不够用啦，——你有吗？'

"'船首楼里可是一点也没有了。'

"'那我就只好找拉德尼老头去要点来。'于是他站起身向船尾走去。

"'你该不是向他去苦苦寻求吧！'有个水手说道。

"'为什么不呢？你以为他不会对我做点好事吗？这归根结底是帮他自己的忙，伙计。'于是他走到大副那里，坦然地望着他，问他要点儿麻线补吊铺。麻线到手了，从此麻线也好，带子也好，都不见了；但第二天晚上，当他把紧身短上衣当枕头塞到吊铺里去时，却从上衣口袋里露出了半拉用编织得非常紧密的阿兜套上的铁球。二十四小时之后，他静悄悄地值那舵手的班——这舵的位置紧挨着那个哪怕已为他挖掘好坟头却还要打盹儿的家伙——致命的时刻就要到了；在斯蒂尔基尔特布心里早有了数，这个大副在他眼里早已经是头颅被砸碎、硬挺挺的有如一具死尸了。

"但是，先生们，一个笨蛋却把这个想要行凶的人从他计划好的流血事件中拯救了出来。他没有亲手去报仇，他的仇却十足地报了。出于一种神秘的天意，老天爷似乎亲自出面干预，把这个报仇者所要做的恶事，从他手里夺了过去，由上天自己亲手来做。

"第二天早晨，就在拂晓到日出之前，大家正在冲洗甲板的时候，一个蠢头蠢脑的特纳里符人站在舷侧测海水深度的链台上吊水，突然大叫起来：'它在那儿翻腾哪！它在那儿翻腾哪！'天哪，好大一条鲸！原来那是莫比·迪克。

"'莫比·迪克！'塞瓦斯蒂安先生嚷道，'天哪！水手先生，难道鲸也有名字吗？你叫谁莫比·迪克呀？'

"'叫一个很白、很出名、动不动就要人命可总逮不住的恶鲸，先生——不过，说来话长哪。'

"'那是怎么回事？怎么回事？'在场的年轻的西班牙人都拥了过来，嚷道。

"不，先生们，先生们——不，不！我现在不能详细讲。让我好好喘口气，先生们。

"'酒！酒！'佩德罗先生喊道，'瞧我们健壮的朋友都快晕过去了；——把他的空杯子满上！'

"不必，先生们；我歇一歇，就讲下去。——这时，先生们，就在五十码的距离里，船上突然看到了那条雪白的大鲸，水手们都忘记彼此间的不和睦了——在那个万分激动的时刻，那个特纳里符人不由自主、本能地提高嗓门冲向那怪物喊了出来，虽然在这之前一会儿，那三个心里有气，站在桅顶上的瞭望者已经清清楚楚地看见了。这时，船上大乱。'白鲸——白鲸！'船长啦，副手们啦，标枪手啦，全都放开嗓子大喊，个个都摩拳擦掌要擒住这如此有名、如此贵重的一条大鲸。有关白鲸的可怕传言丝毫也不能拦阻他们。水手们则跟在后面斜起眼睛瞧着这美得惊人的乳白色庞然大物，一边骂个不停。那庞然大物被地平线上光灿灿的太阳一照，在清晨湛蓝的大海里变换闪烁，宛如一块活的乳白色水晶体移动着，发出耀眼的光华。先生们，这一连串事件从头到尾都充满了难以捉摸的天意，仿佛在世界本身尚未绘制成图之前就已经绘出来了。那个叛乱者是大副小艇上的船老大，在迅速逼近一条鲸时他的职责是坐在大副身边，当拉德尼拿着鱼枪在艇头站起来，他就听候命令将捕鲸索或收或放。此外，四条小艇一起放下去的时候，大副总是带头划出去；当斯蒂尔基尔特奋力扳桨时，他高兴地喊叫得比谁都凶。猛划了一阵之后，标枪手把鱼枪牢牢地扎进了大鲸。拉德尼手执鱼枪，跳到艇头上。这人往往是一上小艇，就好像变成个狂暴的人。这时，他那透过绷带的喊声要求把他送上大鲸背上的最高处去。他的船老大就高高兴兴地把他曳上去，越曳越高，四周尽是一片叫人发眩的泡沫，把两种白色交混在一起。突然小艇好像撞上了暗礁，翻掉了，把站着的大副一下子颠了出去。当他掉在大鲸滑滑的背上时，小艇翻了过来，被浪涛冲到一边。拉德尼则给颠到了海里，落到了大鲸的那一边。他从浪花里挣扎出来。有一会儿透过迷蒙的水花还隐约可以看到他在拼命游动想躲开莫比·迪克的眼睛。可是那大鲸突然像大涡流似的霍地转过身子，一口咬住了那个泅水人，衔着他上身高高冲出了水面，然后又一头扎下去，潜到了水下。

"此时，在艇底初次遭到撞击时，这大湖人已经放松了捕鲸索，好让艇子往后退，摆脱那个旋涡；他一边冷静地观察，一边想自己的心事。但是，小艇突然被狠狠地往下一拽，他赶紧拿出小刀，割断捕鲸索，大鲸就跑掉了。然而游开一段时间后，莫比·迪克又冒了出来，他已经吞食了拉德尼，可它的牙齿上还残留着他的红色衬衣的碎片。四条小艇又一齐追过去；可那大鲸逃脱了他们的追击，最后消失得无影无踪。

"'动嘀号'总算及时赶到了港口——那是块没有文明人居住的蛮荒之地。一到那里，船上的人，除了五六个普通水手外，其余的全都跟着大湖人从容地不辞而别，到棕榈树中逍遥去了；后来据说是从野人手中夺到一只连体独木舟，驶到别的什么港口去了。

"那艘船现在只剩寥寥可数的几个人了，为了补漏，船长只好请求岛上的居民，帮他把船翻倒。但是，对这些不可靠的小工，这寥寥几个白人必须不分日夜保持不懈的警惕，活又非常非常累，结果等船修好可以再次出海时，他们已经一个个精疲力竭，船长不敢就此在人手严重不足的情况下起航。他和头目们一商量，决定把船停泊得尽量离岸远一点，在船头上架起他仅有的两门大炮，装好了弹药；船尾甲板上架好了毛瑟枪，并警告岛上居民不要靠近船只免遭危险；然后他带了一个水手挑了一只最好的小艇，顺风直驶五百英里外的塔希提，到那儿招雇补充人员。

"他们出发后的第四天，发现了一只大独木舟，好像是停靠在一个低低的小珊瑚岛上。他避开了它，可是那只独木舟却朝他直冲过来。随即就听到斯蒂尔基尔特的声音叫他顶风停下来，否则就要请他下水。船长亮出了手枪。大湖人两脚分开站在那只连体战舟的船头上，蔑视地哈哈大笑，警告他只要他的枪哪怕只咔嗒一声扣上扳机就要他死无葬身之地。

"'你要干什么？'船长嚷道。

"'你上哪儿去？干什么去？'斯蒂尔基尔特问道，'不许撒谎。'

"'我上塔希提去补充人手。'

"'很好。让我上你的船待一会儿——我不是来干架的。'说完他就从独木舟上跳入海里，向小艇游来；爬上小艇后，和船长面对面站着。

"'抱起你的两条胳膊，先生，仰起脑袋。好，我说一句，你就照着

说一句：我发誓，斯蒂尔基尔特一走开，我就把这只小艇拖到那边岛上，在那里待六天。如果不这样做，就让雷劈了我。'

"'好一位学究，'大湖人笑道，'再见，先生！'他又跳到水里，游回到同伴那里。

"斯蒂尔基尔特眼望着小艇被送到沙滩上，拖到一些椰子树跟前，才划着独木舟离开，并及时抵达了他自己的目的地——塔希提。到了那里，运气照顾了他，恰好有两艘要开往法国的船，而且天意注定，他们不多不少，正缺少这个水手所带来的这伙人的数目。他们上了船。从此，即使他们那位以前的船长想对他们进行法律上的报复，他们也已经永远领先了一步。

"那两艘法国船出发大约十天之后，那小艇赶来了。那船长不得不招雇了几个比较开化、多少对航海有些经验的塔希提人。他雇了当地一条双桅纵帆船，带着他们一道回到大船，看到一切均已就绪，就重新开始巡游。

"至于斯蒂尔基尔特如今在哪里，先生们，这谁也不知道，只是在南塔开特岛上，拉德尼的未亡人还在朝着大海盼望，然而大海是不肯把死者送回来的，仍然不断地梦见那条毁了他的可怕的白鲸……

"'你讲完了吗？'塞瓦斯蒂安先生很平静地问道。

"'讲完了，先生。'

"'那我请求你，你可不可以本着你自己的良心对我说，你的这个故事实际上是完全真实的？它实在太不可思议了！它的来源很可靠吗？这样问有点像是要追究似的，请你多包涵。'

"'那也请你多包涵我们大家，水手先生；因为我们都跟塞瓦斯蒂安先生有同样的想法。'那一伙人都嚷了起来，都很感兴趣。

"'先生们，黄金客店里有没有《圣经》？'

"'没有，'塞瓦斯蒂安先生答道，'不过我认识附近一位很受人尊敬的牧师，他会很快帮我找到一本。我去拿；不过，你想好了没有？这一来可就闹得太严重了。

"'能不能请你把那位牧师也请来呢,先生?'

"'只怕我们的水手朋友会冒犯了大主教,虽然现在利马没有宗教裁判所了,不存在对异教徒判火刑这一说。'那一伙子中间有人对另一个人说道,'咱们还是退出去,离月光照得分明的地方远些的好。我看大可不必这样做。'

"'请原谅我老给你添麻烦,塞瓦斯蒂安先生;不过我还想格外麻烦你找一部开本尽可能大的《福音书》来。'

"'这位就是牧师,他给你把《圣经》带来了。'塞瓦斯蒂安先生陪同一个高大严肃的人回来,庄重地介绍说。

"'让我脱帽致敬,尊敬的牧师。请您靠近灯光一点,把《圣经》捧在我面前,让我可以按着它。'

"那么,请上天作证,我以人格担保,先生们,我跟你们讲的这个故事,除个别细节也许稍有出入,其他内容全是真实的,因为我碰巧就在那条船上。我在那条船上做过水手,我认识那些水手。拉德尼死后我还见过斯蒂尔基尔特,并和他谈过话。"

第五十五章　关于大鲸荒谬的画像

过一会儿,我就要不用画布便向你们描绘出鲸真正的模样来。捕鲸人把捕到的鲸系在捕鲸船边,近得简直一脚就可以踩到它的脊背上去。我要把它描绘得跟捕鲸人此时眼中所见到的那纤毫毕露的躯体一样的逼真。因此,先提一提那些稀奇古怪想象出来的鲸鱼画像也许很有必要,因为甚至在今天,那些肖像画还在大言不惭地糊弄陆上人,让他们信以为真。现在也该是匡正视听,证明它们全是骗人之作的时候了。

所有那些欺世的肖像画,寻根溯源,可能主要来自最古老的印度、埃及及希腊的雕刻作品。因为在那一个富于创造发明但不免有任意发挥之嫌的时代，无论是在庙宇的大理石镶板、雕像的座石、盾牌、大奖章、奖杯以及钱币上，海豚都被画得如萨拉丁①的锁子甲一般大小，戴头盔的头颅都画得如圣乔治的头颅一般；自从那时以来，这同一种任意为之的风气始终流行不衰，不仅是在流传极广的鲸鱼画幅中是如此，连鲸鱼的许多科学画像中也是如此。

现存的最古老的据说是鲸鱼的画像，无论如何应该说是见之于印度象岛上闻名遐迩的岩穴庙宇中。婆罗门都认为，那个历史久远的庙宇中那些几乎看不到尽头的雕刻中，世上各行各业的人所能从事的职业，凡是能设想到的，都已在该行业真正出现之前不知多少年的时候就已表现出来了。那么，我们高尚的捕鲸业多少也在表现之列就丝毫不足为奇了。那穴塔内壁单独有一块地方发现有前面提到的印度鲸，是作为大海兽的形状来表现毗湿奴的化身而刻绘的，学名叫马兹·亚瓦达。虽则这个雕刻品是半人半鲸的形体，只有尾巴有点像鲸，可是，这一点点相象的地方还是个三不像。它看起来更像是一条蟒蛇尖细的尾巴，而不像是一条真正的鲸的威风凛凛宽大扁平的双叶尾。

可是你现在到老牌的美术馆去看看一位基督教的大画家所画的这种鱼就会发现，他也并不比远古时代的那位印度画家强多少。那就是意大利画家基多那幅柏修斯从海怪或鲸口中救出安德萝米达的画。基多是从哪里弄到那样一个四不像的怪物作原型的呢？英国画家霍格斯在他自己那幅《柏修斯突袭》②中画的是同一场面，也不见得有长进。他画笔下的那个怪物胖得出奇的躯体在水面上波动起伏，吃水还不到一英寸深。它背上有个像搁在大象背上那种座位似的东西，它的张得大大的长着象牙似的嘴巴有浪涛在那里翻滚，也许会被当作是泰晤士河通向伦敦塔的"叛徒之门"。再就是古苏格兰西鲍尔

---

① 中世纪埃及、叙利亚、也门和巴勒斯坦的苏丹，著名的穆斯林英雄。
② 英国大画家威廉·贺加斯所绘。

德笔下的《鲸鱼导言》[1]以及那吞了约拿的鲸，像古版《圣经》上的版画以及从前的小祷告书[2]中的插图所表现的那样。对这些图像又能说些什么呢？至于那图书装订人打印和烫印在许多新旧书籍的扉页和背面，像葛藤似的盘绕在正在下沉的锚杆上的鲸鱼，那倒是挺花哨然而纯属神怪性质的生物。我估摸着那是从古董花瓶上的图形描下来的[3]。虽然普世都将它定名为海豚，我却认为那个图书装订人心中想画的是鲸鱼，因为当这标徽初次采用时，心目中就是以鲸鱼为对象的。那是十五世纪左右，文艺复兴时代，意大利一个老出版商首次采用的；那时候，甚至一直到后来一个相当晚的时期。人们都把海豚当作这种大海兽的种类之一。

在一些古老书籍章头章尾的小插图及其他小花饰中，你经常能看到画成各种古怪形状的鲸，千姿百态的喷水、喷泉，有热的和冷的，有萨拉托加[4]的和巴登·巴登[5]的，全都从它那永不竭尽的脑袋汩汩地迸发出来。在《科学之进步》一书初版的扉页上，你也能看到一些奇形怪状的鲸。

不过，我们且撇开这些外行的大作，来看看那些出于内行之手，自命为严谨科学的画像。在老哈里斯[6]的《航行集》中就有几张鲸的插图，引自公元一六七一年荷兰人的一本关于航行的书，书名叫《乘弗里斯兰的彼得·彼得逊船长的"鲸腹约拿号"赴斯匹兹卑尔根捕鲸记》。插图之一画的是一群鲸鱼像一张张大木排似的浮在各冰岛之间，白熊在它们的背上来回奔跑。在另一幅插图中，把鲸尾画成垂直

---

① 罗伯特·西鲍尔德所著关于苏格兰自然史的著作，其中附有大量插图，并提到鲸，这里梅尔维尔可能指的是西鲍尔德的另一本书。

② 宗教改革前所用的小祷告书。

③ 指的是十五世纪九十年代意大利出版商阿尔都斯在威尼斯创立的阿尔连出版社在书籍封面和扉页上的驰名标徽。

④ 在美国纽约州，有著名温泉，避暑胜地。

⑤ 在德国，有世界闻名的矿泉疗养地。

⑥ 英国神学家，地志学者。

的,犯了天大的错误。

还有一本气魄很大的四开本书,是英国海军一个叫科尔内特的小军舰舰长写的,书名叫《为扩展抹香鲸业绕合恩角入南海航行记》。这本书中有一幅草图,据说是一幅"抹香鲸图,是根据一七九三年八月在墨西哥海岸捕杀、然后被吊放在甲板上的一条抹香鲸,按比例画成的"。我敢肯定,这位舰长是为他的水手着想才让人画了这幅精确的图画的。我想指出一点,这画上的鲸的一只眼睛,按照图上所附的比例尺来折算,要是长在一条充分发育成长的抹香鲸身上,那么,那条抹香鲸的眼睛就会有长达五英尺左右的弓形窗那么大。啊,我的好舰长啊,你何不索性让我们看到约拿从那只眼睛里探出头来向外张望呢!

就是那些为青少年打算,及其煞费苦心编撰出来的《博物学》也免不了出现同样重大的错误。请看看那部通俗作品《戈德史密斯的活的自然界》[①]。在一八〇七年伦敦版的节本中,有几幅鲸的插图,一幅是所谓"鲸",一幅是"独角鲸"。我并不想多嘴讨人嫌,不过那所谓的"鲸"实在太难看了,很像一头砍了四条腿的母猪;至于那"独角鲸",只看一眼就足以叫人大吃一惊,时至十九世纪的今天,居然敢在聪明伶俐的学生大众面前把这样的半鹰半马的有翅怪物说成是真正的独角鲸。

到了一八二五年,一个大博物学家伯纳德·哲尔曼,即拉塞佩德伯爵,出版了一本关于鲸的系统化的科学著作,其中有几幅不同种类的大海兽的图画。那些图画不仅全不正确,而且关于那幅神秘鲸或者格陵兰鲸(即露脊鲸)的图画,甚至连对这类鲸研究有素的斯哥斯比都说在自然界没有像这样的鱼。

但是,在这类错误中处于登峰造极地位的当推科学家弗里德里

---

① 戈德史密斯,爱尔兰作家,早期作品有《博物史》一类作品,这里指《地球和活自然界史》。

克·居维埃,即那位著名的男爵①的弟弟。他在一八三六年出版了一本《鲸博物学》,其中他画了一幅他称之为抹香鲸的图像。在把那幅图像拿给任何一个南塔开特人看之前,你最好先做好立刻逃离南塔开特的准备。一言以蔽之,弗里德里克·居维埃的抹香鲸并不是抹香鲸,而是个大南瓜。当然,他从没得到过出海捕鲸的美差(这种人难得有这样的好差事),可这幅画究竟是从哪儿来的呢,鬼才知道。也许他跟他在同一领域内的前辈科学家德马雷斯一样,借用一张中国画而犯了一个真正的为人诟病的错误。从许多画得奇形怪状的杯子碟子上我们可以知道,那些拿起画笔的中国人是些想象力多么丰富的人。

至于油漆招牌匠画的挂在大街上油商店铺门前的那些鲸,又该怎么说呢?它们一般都是英王理查三世②的鲸,有个单峰骆驼那样的背峰,极其凶残;一顿早餐要吃三四只水手馅儿饼,也就是满载着船员的捕鲸小艇。它们那畸形的身躯在红、蓝油漆的海洋里折腾。

不过,话说回来,这些五花八门的错误毕竟还是情有可原。请想想看!出自科学家们笔下的这些图画绝大多数是以搁浅在海滩上的鲸为蓝本的,而照着这些鲸鱼画出来的形状的准确程度,犹如画一幅龙骨断裂的失事船来再现它未受撞击前船体完整、桅桁挺立的雄姿一般,已无法体现出这种高贵动物本身不可一世的高傲气概。虽然大象可以站着让人给它画个全身像,活生生的大海兽却从来不会整个儿浮出水面让人给它画幅肖像画。只有在深不可测的大海中才能见到它充分展示它的威严和骄矜;它那庞大的身躯一浮上来,已经是在目所难及的远方,就像是一艘全速冲出的战舰;一旦把它弄出水面,人类永远也无法把它的整个身子吊在空中,而又保存它在汹涌的波涛中翻腾起伏的千姿百态。至于一条幼鲸与一条充分发育的理想中的大鲸在外形上具有完全可以凭推想得到的区别,就更不待说了。然而,即使是把一条乳臭未干的幼鲸吊上甲板,它的形态是那样奇特,

① 即前面提到过的乔治·居维叶,法国比较解剖学和古生物学的创建人。
② 英格兰国王,1483年篡夺王位,以强悍凶残见称,1485年阵亡。

就像一条大鳗一般滑溜、柔软、多种多样，要对它作出准确的描述，恐怕连魔鬼亲自出马也把握不住。

不过，也许人们认为，根据一条搁浅在沙滩上被捕杀的鲸的骨架，未必不能对它真正的形状得出一些准确的线索。这是完全不可能的。因为说来怪得出奇，根据大鲸的骨架你很难想象它大致的外形。虽然杰里米·边沁[1]的骨架像枝形烛架一样挂在他的指定遗嘱执行人之一的图书馆里，能正确地传达出一位脑门粗大的功利主义的老先生的形象，以及他所有其他的主要特征。然而从任何大海兽拼凑好的骨头上却别指望能推断出这类东西来，实际上，正如伟大的亨特[2]所说，鲸的光秃秃的骨架与富态厚实的活鲸的关系，犹如一只昆虫与当初密缠密裹包着它的蛹的关系一般。这个特征在头部表现得尤为突出，本书以后将在个别地方顺便提及。它也非常奇特地表现在它两侧的鳍上，鳍骨的结构与人手骨骼的结构几乎完全一样，只是它没有大拇指。它的鳍有四根正经八百的指骨，食指、中指、无名指和小指。但所有指骨都永远并居在共同的皮肉覆盖之下，就像人的手戴上连指手套一般。"不管鲸有时会怎样粗鲁地对待我们，"斯塔布有一次风趣地说，"你至少不可能公正地说：它跟我们打交道时还真从没忘了戴上连指手套。"

基于这种种原因，无论你怎样看它，你都只能得出这样的结论，即大鲸终归是世界上一种无法描绘于图画的动物。不错，也许这一幅图画比另一幅更贴近本相一点，但是没有一张可以在很大程度上代表它的确切本相。所以要想非常准确地知道它究竟是个什么模样毫无办法。想要对它活生生的外形得出哪怕是一个大致的概念，唯一的途径只有亲自去捕鲸。不过，那样一来，你就得冒被它弄得永久伤残

---

① 英国功利主义之父、哲学家，伦敦大学学院的创建人。他将自己的尸体赠给学院作解剖用，并嘱咐将遗骸的骨架穿上衣服，加上一个蜡制头颅交给学院保留。

② 英国解剖学家、外科医生。

或者沉入海底的极大危险。因此，我看你对这种大海兽的好奇心最好
还是不要吹毛求疵、过于挑剔。

第五十六章　错误较少的鲸画和真实的捕鲸场面画

　　说了那些荒唐的鲸鱼画像之后，我很想在这里谈谈古今某些书中有关鲸的更为荒谬的故事，特别是在普利尼[1]、珀切斯、哈克鲁特、哈里斯、居维埃等人的著作中。不过不谈这些也罢。

　　我只知道四本已经出版的描画大抹香鲸的略图的书籍，即科尔内特、哈里斯、弗里德里克·居维埃和比尔四人的。科尔内特和居维埃的在前一章中已经提到了。哈里斯[2]的比他俩的要强得多；但大体说来，比尔的又比前三者高出甚多，堪称第一。比尔所有关于抹香鲸的画都画得很好，只有第二章之首的那三条不同姿态的抹香鲸居中的那一条除外。他那幅捕鲸艇围攻抹香鲸群的卷首插图，虽然无疑是有意要激起一些空谈家对文明的怀疑，总的来说效果却是画得非常正确，而且活灵活现。罗斯·布朗有些画把抹香鲸的外形画得挺好，可惜雕刻得很糟糕。不过那也不是他的错。

　　关于露脊鲸，最好的略图得推斯哥斯比的，可惜画得太小，难以给人留下深刻的印象。他只画了一幅描绘捕鲸场面的画，这是个令人遗憾的不足之处，因为只有根据这样一些画，如果画得好的话，你才能得到一如活生生的捕鲸人眼中所见到的活生生的大鲸那样真实的形象。

　　不过，总的说来，迄今所见，画鲸和捕鲸场面画得最好的得数法国人的两幅大版画，虽然在某些细节上并非最为准确。这两幅版画都

---

　　[1]　古罗马作家。
　　[2]　英国海军画家。

制作得非常精美，都是以一个叫卡纳里的画像的油画为蓝本。它们分别表现攻击抹香鲸和露脊鲸的场面。第一幅版画描绘一条高贵的抹香鲸威风凛凛的姿势，它刚从大洋深处顶着小艇升起，脊背把惨遭失事、被撞成碎木板的小艇残骸拱到空中。小艇的艇头还有一部分保持完整。画面上把它处理成刚好平行地搁在巨兽的背脊上；只有那难以分秒计的转瞬工夫，你看到艇头上站着一个桨手，半裹在那鲸沸腾的喷水中，正处于仿佛要从悬崖峭壁上纵身跳下的动作。整个画面处理得真实动人，令人击节赞赏。半空的索桶在泛白的海上浮着；翻落水中的那些标枪的木杆在歪斜地摆动；惊恐万状的水手四散在大鲸周围极力挣扎，只剩头露出水面；而在黑云密布风雨大作的远处，那艘捕鲸大船正朝出事地点急扑过来。从解剖学角度看，这条大鲸的细节还存在大可斟酌之处。不过，随它去吧；因为，就是要了我的命，我也画不出这么好的一幅画来。

在第二幅版画上，一只小艇正向一条疾游的大露脊鲸盖满藤壶的侧腹靠拢。那鲸在海中翻滚它那糊满水草的黝黑的身躯，就像是从巴塔哥尼亚峭壁上滑落下来的一块满是苔藓的岩石。它喷出的水柱笔直、粗大，黑如煤烟；你从冒出如此多浓烟的烟囱中准会以为烟囱底下的大肚子里肯定正在煮一顿丰盛的晚餐。海鸟们在啄食小蟹、牡蛎以及海里其他的甜食和通心粉，这些东西，往往就聚积在露脊鲸肮脏不堪的背上。这时，那厚嘴唇的大海兽一直在往前冲，身后留下无数吨翻腾的白色凝乳般的浪花，弄得那纤细的小艇随着凝乳的汹涌翻腾而不停地摇晃，就像是与一艘远洋巨轮的明轮靠得太近的一叶扁舟。因此，画面上最突出的是一片难以压抑的厮斗；而背景呢，则是令人惊叹的艺术对比，风平浪静，海平如镜，无力动弹的大船帆篷全软绵绵地耷拉着，一条死鲸生气全无的庞大躯体就像是一座刚攻下的堡垒，它的喷水孔里插着一根标枪杆，上面懒洋洋地飘着一面标志攻占者的战旗。

这位叫卡纳里的画家是谁，是否已经作古，我都不知道。不过，我敢打赌,他若不是实地了解了他画的内容,便是受过富有经验的捕鲸人出色的指导。法国人真是描绘战斗场面的好手。不妨去仔细瞧瞧欧洲所有的名画,你在哪儿能找到像凡尔赛宫凯旋厅①里那样满满一画廊渗透了栩栩如生呼之欲出的动乱的画布? 在那里,观赏者会看得胆战心惊,在法兰西那一连串的大战中仓皇夺路而逃;在那里,每一剑都闪着北极光一般的寒光,而全副武装的帝王接连不断地疾驰而过,就像是一群头戴王冠的希腊神话中的半人半马的怪物在冲锋。卡纳里这两幅海战图未尝不可在那画廊里占有一席之地。

法国人之具有把握事物的生动逼真的天资,似乎特别表现在他们那些捕鲸场面的绘画和雕刻上。他们在捕鲸方面的经验还不到英国人的十分之一,更不到美国人的千分之一,然而他们却给那两个国家提供了唯一真正称得上传达了捕鲸神韵的完美的写生画。就大体而言,英美的捕鲸画匠似乎纯粹满足于机械地描绘事物的外形,比如鲸的毫无神韵可言的侧面;这种图,就艺术效果而言,跟金字塔的侧面速写画差不多。甚至于斯哥斯比,这位名副其实的捕露脊鲸专家,在给了我们一幅刻板的格陵兰鲸的全身像和三四幅独角鲸和小鲸精巧的微型画后,还拿出了一系列刻有捕鲸艇钩、砍肉刀和四爪锚的古典版画来供我们欣赏;并且还以李文霍克②研制显微镜的辛勤,提供了九十六幅放大的北极雪花晶体图供这个打着哆嗦的世界考察之用。我无意于贬损这位优秀的航海家(我始终尊他为前辈),但是雪花既然如此重要,他却没有在格陵兰的治安推事前为每一颗雪粒取得一份宣誓公证书,实在不能不说是一种疏忽。

除了卡纳里这两幅优秀的版画之外,另外还有两幅署名为"H. 杜兰"的法国人的版画也很值得注意。其中一幅虽然不太适合我们现在涉及的内容,却值得从其他方面说上两句。那是一幅太平洋小岛宁静的午景:一艘法国捕鲸船靠近小岛停泊,其时风平浪静,水手们正懒

---

① 凡尔赛宫南翼被法王路易·菲利浦改为陈列表现各次大战的油画的画廊。
② 十七世纪荷兰最著名的显微镜学家之一。

洋洋地往船上装淡水；松弛的篷帆和景深处棕榈树的长叶交织地低垂在无风的空中。这幅画表现了终日辛劳的捕鲸人一种难得一见的精神风貌——东方式的恬静。从这一点着眼，它的效果好极了。另一幅则大不相同了：一艘捕鲸船顶风停航在辽阔的大海上，旁边是一条露脊鲸，船正在靠近它，使劲曳着捕鲸索，像在靠拢码头似的。一条小艇正匆匆离开这忙碌的现场，去追击远处的鲸群。标枪和鱼枪都平放着备用。三个桨手正把桅杆支起在桅孔里。而突然间，海里一阵翻腾，那条小船便笔直地腾出了水面，就像一匹前脚腾空的马。大船上正升腾起一股熬炼鲸油的呛人的浓烟，跟密布在有许多铁工场的村镇上空的烟一般。在上风头，随着一阵狂风和暴雨，涌出一片乌云，仿佛要加速那些激昂的水手的动作似的。

第五十七章　五花八门的鲸，诸如画里的、牙雕的、木刻的、薄铁板做的、石化的、山脊象形的和星星上的

你到伦敦码头去时，可能在塔山上看见过一个跛腿乞丐（或者按水手们的说法，叫小锚），捧着一块画板，上面画着他丢掉一条腿的悲惨场面。画面上有三条鲸鱼和三只小艇；其中一只小艇（大概那条腿就是在这只小艇上丢掉的）正被最前面的一条大鲸一口咬碎。他们告诉我，这十年来，这个人一直捧着这块画板，向世人怀疑的眼光展示他的残肢。不过，为他辩白的时候现在终于来了。无论如何，他画上那三条鲸鱼也不见得比瓦平①公布过的那些鲸鱼更凶残；而他的残肢也

---

① 伦敦的一个区，在泰晤士河北岸。

跟你在西部开垦区能看到的树桩①一样不容怀疑。但是，这个可怜的捕鲸人虽然一天到晚、一年到头都立在树桩般的断枝上，却从未发表过一篇"树桩"②演说；他只是耷拉着头，忧伤地站着，默默地瞧着自己的残肢。

在整个太平洋，还有南塔开特，新贝得福和赛格港③，你都有机会看到一些捕鲸人自己刻绘的以鲸和捕鲸场面为题材的生动逼真的写生牙雕，刻在抹香鲸的牙齿上，或者用露脊鲸的骨头做成的妇女胸衣里的鲸骨架上，和其他类似的手工制品上。那是水手们在大洋上航行闲下来作为消遣时用粗糙的鲸骨精心雕刻出来的许多精巧玩意儿。有些水手还用小箱子装着牙科器械似的工具，专门用来干解闷的手工活儿。不过，一般来说，他们只用随身携带的大折刀来刻，用这把对水手来说几乎是万能的工具，他们可以凭想象力做出任何你所喜欢的东西来。

一个人若长期与基督教地区和文明社会脱离，就不可避免地会回到上帝最初给他安排的状态，即所谓野蛮状态。一个真正的捕鲸者就跟一个易洛魁部落的印第安人一样是十足的野蛮人。我自己就是个野蛮人，只效忠食人生番国王；而且我随时都准备反叛他。

说起来，野蛮人不胡来的时候，有一个特点，就是他能在辛勤劳作中出奇的耐心。一个古代夏威夷人的战棒或者扁平矛桨，上面雕满了复杂精巧的图案，这是跟一部拉丁文辞典并驾齐驱的人类坚持不懈精神的伟大战利品。因为，只用一片碎贝壳或一枚鲨鱼齿，就能完成一件巧夺天工的反复精细的镂空雕刻来，那要付出多少年月孜孜不倦的劳动啊。

夏威夷的野蛮人如此，白种水手野蛮人也一样。他能以同样惊人

---

① 树桩与残肢，在英文中均为同一个词：Stump。

② 美国早期选举时，只要有个大树桩，竞选政客便站上去大讲一通，俗称"树桩演说"。这里有一语双关之意。

③ 纽约州加德纳斯湾中长岛东端。

的耐心，同样的一枚鲨鱼齿，同样的一把不起眼的大折刀，给你刻出一件骨雕来，虽然不是专业水平，但其设计之紧凑复杂可以跟那个希腊野蛮人阿基里斯的盾牌媲美；而就其所充满的野性和新意来说，则比得上高尚的德国野蛮人艾柏特·丢勒①老头的版画。

木刻鲸，或者用小块黑色、高贵的南海战木木板削成的鲸侧面像，都经常可以在美国捕鲸船的水手舱里见到。有些木刻做得很精确。

在乡下一些老式人字形屋顶房子的大门上，你会看到朝大路开的大门上有倒挂着当门环用的铜制鲸鱼。要是赶上看门人昏昏欲睡，那铁砧般的鲸鱼脑袋用来敲门就最管用了。不过，这些负责敲门的鲸鱼极少称得上是鲸鱼的忠实代表。在一些老式教堂的尖顶上，你会看到有用薄铁板制的鲸，放在那里作风信标；不过，它们待的地方太高，而且简直可以说是贴着"请勿动手"的标签，你根本没法看得仔细，从而决定它们形似程度的高低。

在地球上一些贫瘠突兀的地区，那高高的裂开了的峭壁脚下，一堆堆怪模怪样的岩石散布在平地上，你常能从中发现一些像是鲸石化了的石像，半埋在青草中。那是一阵大风把它们刮到这片绿色波涛中来的。

再就是在崇山峻岭之间，旅行者不断处于古罗马圆形剧场似的群山环抱之中，一路之上不时能幸运地瞥见起伏的山脊所形成的轮廓分明的鲸侧面像。不过你首先得是个地道的捕鲸人才看得见这种景观。而且要是有一天你想再回到这一奇景中去的话，你必须得弄清楚是否回到了你原先立脚的那个经纬度交叉点上，因为当初观察山形所得只是一种偶然的巧合，要想再看到这样的山景就得完全凭运气了。就像是所罗门群岛，虽然那个系着轮状高褶领的门达纳②曾经

---

① 德国文艺复兴时期最伟大的油画和版画家，有"艺术王子"之称。
② 西班牙航海家，曾于1567年发现所罗门群岛，但并未到达那里。

到过那里，菲格拉①老头也记载过它，但它却像个乔装打扮的女人一般，要认出来，还得重新花番力气。

要是你心里有大鲸这个题目，兴之所至，往更高处去，你也不会失望的，仰望太空，你会在星斗满天的穹苍看到许多大鲸，还有追捕它们的小艇的踪迹，就像是心中尽想着战乱的东方民族在云中也能看到交锋的军队一样。就这样我在北极随着北极星的斗转星移一圈一圈地追击过鲸鱼，那灿烂的星斗最初为我勾勒出了轮廓分明的大鲸。而在南极灿烂的天空下，我登上了南船星座这艘船，一道去追击那远在水蛇星座和飞鱼星座最大范围以外的明亮的鲸星座。

用一只小巡洋舰的锚来做我的系索柱，用标枪的束杆来做我的马扎子，我就能够登上那条鲸，冲到最高的天空，去看看那传说中的上天和它所有的无数帐篷里，究竟是不是真的包藏有我肉眼所不能见的东西。

第五十八章 浮游生物

从克罗泽兹往东北方驶去，我们遇上了大片大片草原般的浮游生物，一种极小的黄色物质，那是露脊鲸的主要食料。朝我们四周望去，这种生物浮游起伏，不知绵延了多少英里。我们就像是航行在无边无际成熟了的金色麦地中。

第二天，就发现了大批的露脊鲸。它们似乎知道不用担心遭到像"裴廓德号"这样的捕抹香鲸船的攻击，正大张着嘴在那些浮游生物中懒洋洋地游动。那些浮游生物一粘在它们嘴里那奇妙的威尼斯式软百叶帘的边须上，就同从唇边流出的海水分开了。

---

① 西班牙诗人，著有《孟达纳的航行史》。

这些鲸像早晨的刈草人那样，并排慢慢地一起一落挥动它们的镰刀，在那又长又湿的长满青草的沼泽地上缓缓前进。恰好它们在游动时也发出一种割草似的怪声。在黄色的海面上，所过之处留下一片无穷无尽的刈过草后的蓝色长条①。

不过，纯粹是因为它们在吸食浮游生物时所发出的声音才让人联想到刈草人。如果从桅顶上一眼望去，尤其是在它们停下来，歇一会儿的时候，它们巨大的黑身躯，越看越像是一堆呆石块了。正如在印度的大狩猎区里，一个外来客在这大草原上远远地瞧见横躺着的大象，有时会以为是光秃秃的变黑了的土堆，而不知道是大象。同样，初次看到这种大海兽的人也往往如此。即使最后终于认出来了，它们那庞大的身躯也很难让人真的相信，长得这样臃肿的东西居然会像狗或马一样活动自如。

确实，在其他方面，你很难以看待陆上动物一样看待海底的生灵。尽管有些老博物学家一口咬定陆上所有的动物跟海中动物都是一样的，虽然从笼统的眼光来看，很可能真是这样；但是，一涉及各自的特点则又不然，比方说，海洋中有哪种鱼在秉性上能赶得上狗的聪明恋主？一般说来，只有那可恶的鲨鱼还有点类似。

但是，虽然陆上的人一般用一种难以言宣的厌恶感情来看待居住在海洋中的生物，认为海洋生物极其孤僻，极不友好；虽然我们知道海洋永远是个未知的领域，所以哥伦布才航遍无数未知的世界去发现他那一知半解的西方世界；虽然，肯定无疑地。人类最可怕的灾难自古以来就不分青红皂白地降临在千千万万到海上讨生活的人身上；虽然只需稍稍动动脑子就会知道，不管幼稚的人类如何大言不惭地夸耀自己的科学和技术，不管在一个称心如意的未来，科学和技术会有多大的进展，然而永远永远一直到世界的末日，海洋都会蔑视人

---

① 那部分海面，捕鲸人称之为"巴西浅滩"。但它之得名并不是像纽芬兰浅滩那样因为水浅易于测探之故，而是因为大量的浮游生物经常漂浮在这一带，看去很像个大牧场，这里也是经常追击露脊鲸的地区。——原注。

类,加害人类,把他们造的最壮丽、最结实的船只都弄得粉碎。人类正因为对这些感觉已习以为常,失去了原先对海洋所怀有的充分的敬畏感。

我们从书本上得知,第一艘浮泛在某个大洋上的船①,带着葡萄牙人的报复心②航行了世界一周。今天,这个大洋依旧汹涌翻腾,吞掉了上一年失事的船只。是呀,愚蠢的世人,诺亚的洪水还没有消退;它至今还占有这个美好的世界三分之二的地盘哩。

海洋与陆地究竟哪一点不同,以致在海洋上的奇迹到陆地上就不成其为奇迹了?当可拉和他那一伙人脚下的地开了口,把他们永远吞了下去时③,难以想象的灾难降临到了希伯来人身上;然而现代的太阳从来没有沉落过,倒是海洋以一模一样的方式把船只连同船员一块儿吞了下去。

但是,海洋不仅对与之漠不相关的人类是这样一个对头。对自己的子孙也是个魔鬼,比那个谋害自己客人的波斯主人还要坏④。它连自己繁殖的生物都不放过。就像是野性发作的母老虎在丛林中瞎折腾一气把自己的幼仔都压死了一般,海洋也会把力大无穷的大鲸冲去礁石上撞死,和失事船只的碎片陈尸一处。它毫无怜悯之心,除了它自己,任何力量也支配不了它。这唯我独尊的海洋,就像一匹失去了骑手的发狂的战马,呼呼地喷沫,打着响鼻,在地球上为所欲为。

想想大海的阴险吧,它如何让那些最可怕的生物在水下悄无声息地活动,绝大部分时间让它们藏而不露,别有用心地隐身在最可爱的蔚蓝的海水中。也想想那些暗藏杀机的最残酷的水族光彩迷人的外表,就像许多种鲨鱼打扮得分外漂亮一般。再想想大海里普遍存在

---

① 指《圣经·旧约·创世记》中所记载的大洪水和上帝命诺亚造方舟以避洪水的故事。

② 作者指的大概是葡萄牙当年从非洲的刚果和安哥拉贩运黑奴的买卖。

③ 见《圣经·旧约·民数记》第十六章。

④ 据希腊历史学家希罗多德《历史》第三卷,作者可能指古波斯统治者奥里奥底斯诱骗暴君波利克拉底斯来到宫中,把他处以极刑。

的同类相残的行为吧，它所有的生物都相互捕食，自开天辟地以来便始终进行着一场永无休止的战争。

想过这一切之后，再回过头来看看这青翠、温和而且无比柔顺的大地吧；把海洋和陆地二者搁一起掂量掂量，你不觉得和你自己身上某些东西有一种奇怪的相似之处吗？正如这惊心动魄的海洋包围了青葱的陆地一般，人类的心灵中也有个孤立的塔希提岛，岛上充满宁静与欢乐，只是被捉摸不透的生活中的恐惧重重围困住了。愿上帝保佑你！千万别离开那个小岛，一离开，你就再也回不去了！

第五十九章　大乌贼

"裴廓德号"吃力地慢慢驶过那片草原般的浮游生物后，仍保持东北航向，向爪哇岛驶去。和风轻轻推着船身前行。四周一片宁静。三根又高又尖的桅杆随着倦怠的微风轻轻摆动，像是平原上三棵柔软的棕榈树。而在月色皎洁的夜晚，每隔好长一段时间，仍然会看到那孤独的鲸鱼撩人的喷水。

但是，在一个天空一碧如洗的早晨，海面上分外寂静，然而并未伴之以一切停滞不动的平静；在水面上洒下的那一长条灿烂的反光，就像是一根金手指，指着大海，仿佛在嘱咐它要严守什么秘密；微微荡漾的波浪在悄悄絮语中缓缓地向前涌动；就在这分外寂静、目所能及的范围内，达格从主桅顶上看到了一个很怪异的生物。

远处，懒懒地冒出一大团白色的东西，越升越高，终于脱离了蔚蓝的海面，最后像刚从山冈上滑落的崩雪，在我们船头前闪闪发亮。这样亮了一会儿之后，它又慢慢下沉，后来就整个儿沉下去了。然后又冒出来，静静地放光。达格心想它看去不像是鲸，可会不会是莫比·迪克呢？这时这怪物又沉下去了，但等它再一次冒出来时，这黑人高声嚷了起来，声音之尖锐有如短剑一般，一下子把所有的人都从瞌睡中惊醒——"看啦，又出来啦！它跳出了水面！就在正前方！是白鲸，白鲸！"

水手们一听到这喊声，都冲到帆桁那儿，就像分群时的蜜蜂，你拥我挤地往花丛中飞一样。亚哈不顾酷热的阳光，光着头站在牙樯上，一只手直伸在背后，随时准备挥手向舵手发布命令，他目光急切地朝桅杆上达格那一动不动得直直的胳臂所指示的方向望去。

究竟是不是那股时隐时现的喷水逐渐起了作用，这才使得亚哈把那些温和悠闲的表象跟他要追捕的那条大鲸的初次见面联系起来的，还是他急切的心情让他忘乎所以？不管是哪种情况吧，反正他一看清确实有一团白色的东西，便立即作出强烈反应，下令放下小艇。

四只小艇很快就下了水，亚哈的那只打头，大家一阵风似的朝猎物划去。那团东西不久就下沉了，可是，就在我们把桨隔起，想等它再度出现的时候，哎哟，在它刚才下沉的地方，它又慢慢升了起来。这会儿我们几乎把莫比·迪克忘得干干净净，全都全神贯注地盯着神秘的海洋迄今为止向人类展示过的最大的奇观。那是一大团柔软的东西，长宽都达好几百米以上，闪耀着奶油色，摊浮在水面上，不知道有多少长长的胳臂从它身体的中心向四面八方辐射出去，时而蜷曲，时而扭结，活像是一窝南美蟒蛇，好像在盲目地抓任何它能够得着的倒霉的生物。看不见它有副什么面孔，或有什么正面；也无法想象它有什么感觉或者本能；它只是一个可怕的、无定形的、难得一见的活幽灵在波涛中起伏。

它发出一个低低的吮吸声之后，又慢慢消失在水里，斯达巴克仍然盯着它沉下去的地方那搅动的水面，狂叫道："我宁愿看见莫比·迪克，跟它干一场，也不愿看见你，你这白鬼！"

"那是什么东西，先生？"弗拉斯克问道。

"活的大乌贼，据说凡是看到它的捕鲸船没有几条能回到港口去讲述它的。"

MOBY DICK II

HERMAN
MELVILLE

白鲸

[美]赫尔曼·麦尔维尔 著

张子宏 苏丹 译

北方文艺出版社

亚哈什么也没说，让他的小艇掉过头，返回了大船，其他的小艇也默默地跟在后面回来了。

不管捕抹香鲸者看见这东西时有些什么迷信想法，有一点可以肯定的是，因为这东西非常罕见，所以一看见它，他们竟至认为是一种不祥之兆。正因为它非常罕见，所以虽然大家都异口同声地说它是海洋中最大的生物，然而由于难得一见对它真实的秉性和形状，哪怕是个最模糊的概念，能说上来的人只怕也寥寥无几；尽管如此，他们还是认为它是抹香鲸唯一的食料。因为其他的鲸都在水面上找食物，人从而能看到它们进食，抹香鲸却不知道是在水底下什么地方弄到它全部的食物；人们只能想当然地说它究竟吃些什么。有时候，它被追得太急了，会吐出一支支估摸是乌贼的残臂的东西来；其中有些长达二三十英尺。人们认为这些胳臂所属的怪物一般就是用它们来紧紧攀住海底不放；而抹香鲸不同于其他种类的鲸，可以用牙齿进攻这种大乌贼，并撕裂它。

这样看来，似乎有全部理由认为蓬托波丹主教[1]笔下所说的大克拉坎[2]原来就是大乌贼。这位主教描述大克拉坎的举止，如一会儿浮起，一会儿沉下，以及其他细节，都和大乌贼的情况颇为吻合。但是他认定它的躯体大得令人难以置信，这一点倒是得大打折扣。

根据某些听到过有关这里讲的这种神秘生灵的含糊其辞的传说的博物学家的看法，这生物应该归于墨鱼一类，就其外表的某些特征来说，倒也确实言之成理，只不过它是这一族类中的阿纳克[3]巨人。

---

① 挪威卑尔根的主教，著有《挪威博物史》。
② 传说在斯堪的纳维亚，尤其是在挪威海中出现的怪物。
③ 见《圣经·旧约·民数记》。

第六十章　捕鲸索

我得在这里谈谈那神奇的有时简直是可怕的捕鲸索，因为它与即将描述的捕鲸场面有关，同时也为了让读者更好地理解别处说到的一切类似场面。

原先捕鲸业上用的绳索是用最好的大麻制成的，上面喷上薄薄一层柏油，而不像处理一般绳索那样让它在柏油中渗透，因为，要是像平常那样使用柏油，固然能使大麻更为柔软，便于制绳，水手用起来也更方便。然而，捕鲸索必须盘紧，柏油一多，不仅会使绳索过于僵硬，到了必要时难以盘紧，而且正如大多数水手开始认识到的，一般来说，柏油尽管能使绳索大为紧缩和有光泽，却丝毫也增加不了它的耐久性和结实度。

近年来，在美国捕鲸业中，马尼拉绳索几乎已经完全取代了大麻制的捕鲸索。因为马尼拉索虽然没有大麻索那么耐用，却更结实、柔韧、有弹性。我还要补充一点的是（既然现在一切都讲究美感），马尼拉索也比大麻索好看得多，跟捕鲸艇更加相称。大麻索带黑色，有点像深肤色的印第安人；马尼拉索则看起来像个金发的高加索人。

若论粗细，捕鲸索只有三分之二寸粗。乍看之下，你准会认为它没有那么结实。经过试验，这由五十一股合编的捕鲸索每一股都能吊起一百二十磅重量的东西，所以整个捕鲸索的张力接近三吨。就长度而言，一般的捕鲸索大约都在一千二百英尺以上。它被一圈一圈盘紧放在船尾一个桶里，不过不是盘成蒸馏器上的蛇形管那样，而是盘成奶酪堆似的一层紧叠一层的"滑车轮"，或者说是一层一层螺旋形地往外盘，除了一个"芯子"以外没有任何空隙，或者说只在奶酪堆的中心留下一个细长的管状空心作轴心。因为绳索在往外跑时，稍有扭结，势必会把人的手、脚或整个身子都给绞掉，所以往桶里盘绳索时得非常小心。有些标枪手会花上几乎整个上午的时间干这个活儿，他们把绳索高高拎起，穿过一个滑车，朝桶里盘放，以此来避免任何可能出现的纠缠扭转。

在英国的捕鲸艇上放的是两个索桶，而不是一个；他们把这种绳子不住地绕进两只小桶。这样有它的好处；因为用两个桶，桶就小得多，在小艇里更便于安置，小艇也不会感到吃力。而美国小艇上的索桶则不然，直径将近三英尺，深度也相应增加，对于一只船板只有一英寸半厚的小艇来说未免有些不堪负担；因为捕鲸小艇的船底有如薄冰，一个重物要是分散开来，它倒还受得起，要是过于集中，那就难以承受了。美国索桶要是把那帆布漆盖咔嗒一声盖上，那小艇就像是载着一块其大无比的结婚蛋糕给大鲸送礼去了。

捕鲸索的两端都露在桶外。尾端打一个活结，尾部从桶底紧贴桶壁向上，耷拉在桶的外壁上，完全不与任何物件相连。尾端之所以非得如此处理基于两点：第一，好同邻近小艇上的曳鲸索系在一起，万一被击中的鲸下潜过深，就会把系在标枪上的整根索子带走。在这种情况下，那大鲸自然就像一大杯啤酒一样，在两艘艇子之间靠过来靠过去地移动，原来那只小艇则始终在一旁转悠，准备随时支援它的同伙。第二，这也是保证全艇共同安全必不可少的措施；因为如果把索尾系牢在小艇的任何部位，那么万一鲸鱼在几乎抽一袋烟的工夫就把索子拖光（它有时真会这样做），还继续下潜，那这只小艇就会大难临头，注定非跟着它被拖到海底去不可，那时嗓门儿再大的人也别想再叫它回来了。

放下小艇去追击之前，得先把捕鲸索的首端从索桶里拿出来，在艇尾的圆柱上绕一圈，再斜贴着每只桨柄或橹柄拉往艇头。这样，划的时候索子就会轻触桨手的手腕。捕鲸索也从交错坐在两边艇舷的水手中间通过，一直拉到尖尖的艇头那含铅的导缆钩或凹槽里，那里插着一个普通纬管大小的木栓或木签，使它不致滑脱。捕鲸索从导缆钩上略作花环状垂挂在艇头，然后再在艇内穿过；大约有六十英尺或者一百二十英尺长（称为桶索）盘绕在艇首索桶上，然后再顺艇舷往后艄去一点儿，这才接在那根连着标枪的短索子上。不过，在接上两者之前，那绞船索上还有许多非外人得知其详的准备工作要做好，这里就不一一赘述了。

捕鲸索就这样错综复杂地把整只小艇都绕住了，几乎打四面八方把这只小艇给纠缠住。所有的桨手都被裹在这张危险的索网里。在胆小的陆地人眼中，他们就像是印度的玩蛇艺人，让致命的毒蛇随心所欲地缠绕他们的四肢，作为有趣的装饰。任何一个血肉之躯的人头一次置身于这重索网之中，在下死命扳着桨的当儿，心里准想着标枪不知在哪一刻就会投出去，这可怕的索网就会像凌空劈下的闪电一般起作用；处在这种情况之下，没人不会浑身发抖，连骨髓都像颤悠悠的肉冻似的打战。然而，习惯——这个奇怪的东西！普天之下有什么是它不能办到的呢？——无比轻松的俏皮话，格外开心的欢笑，气死人的笑话，机灵出众的对答，这一切，你在你的餐桌上听不到，在那半英寸厚的白杉木捕鲸小艇上那些吊在刽子手的绞索上的水手中间倒能听到。你满可以说，小艇上的六个成员正朝死神的血盆大嘴划去，就像那六个卡勒斯市民[①]，每人脖子上都套着绞索，到英王爱德华三世跟前去请死。

这会儿，你也许不大会想到那些一再发生的捕鲸业的灾难——其中有极少数给偶然记载下来了——不是这个人，就是那个人，被捕鲸索甩出了小艇而丧了命。因为，当捕鲸索随标枪一扔出去，这时坐在小艇里，犹如置身在一部开足马力的蒸汽机的呼啸声中。每

---

① 根据法国诗人和宫廷史官让·傅华萨所著的《见闻录》所记：英法百年战争中，卡勒斯于 1346 年被英王爱德华攻占，爱德华声称，如该市市长和另五位当地名人出来就死，则全城可免遭涂炭。于是六人光着脚，颈上各套一根绞索，来到爱德华面前，王后菲力帕得知之后，出来说情，救了他们的命，罗丹为六人塑了铜像以作纪念。

一根杠杆，每一根轴，每一个轮子，都擦着你的身子飞转。而事实情况比这还要严重，因为你置身在这重重危险之中，不可能纹丝不动坐着，因为小艇像摇篮似的摇晃，根本不让你有些许准备就把你一会儿颠到这边，一会儿颠到那边；你只有拿出自我平衡的灵活劲儿来，思想与动作紧密配合，才不至于折腾得死去活来，沉沦到无所不照的太阳也照不透的地方去。

再者，因为一种深沉的静寂，虽然是暴风雨的明显的前奏和预兆，却也许比暴风雨本身更令人可畏，因为寂静是暴风雨的包装，它把暴风雨包藏在里面，就像那看来无害的来复枪里隐藏着致命的火药、弹丸和最后的爆炸一般，捕鲸索在真正发挥作用前不声不响地缠绕在桨手们身上，显示出优雅的安闲自在——这正是一件危险的活儿，较之任何其他方面更令人感到恐惧的东西。不过，说这么多干什么？我们大家都是生活在捕鲸索的绳套里。我们大家一生下来脖子上就套上了绞索；不过只有到了突如其来的生死关头，我们才意识到我们的生命一直处于暗藏的、难以捉摸的、永远存在的危险之中。你要是乐天知命，就算是坐在捕鲸小艇里，你也不会感到半点恐惧，就像晚上坐在自家火炉边，身旁是一把火钳，而不是一支标枪。

第六十一章　斯塔布杀死了一条大鲸

假如在斯达巴克看来，这妖怪般的大乌贼是个不祥之物，在魁魁格眼中就完全是另一回事了。

"你一看到这大乌贼，"这野人说，边在他那吊起的小艇头磨他的标枪，"跟着你很快就能看到抹香鲸啦。"

第二天，格外静寂而闷热。"裴廓德号"的水手因为没有什么特别的活要干，待在这空旷单调的大海上，一个个都抵挡不住睡意。因为我们当时正航行在印度洋海域的一片并不是捕鲸人所谓的有活可干的地方；就是说，在这一带看到齿鲸、海豚、飞鱼以及其他一些生长在忙碌又热闹得多的海域里的快活居民，比起善拉塔河或秘鲁附近一带海域来要少得多。

轮到我在前桅顶上值班了。我肩膀斜倚在最上面松弛的支桅索上，身子像着了魔似的懒洋洋地来回摆动。那种梦幻般的气氛简直令人无法抗拒，我神志模糊，终于失去了一切意识，神游九天去了。我的躯壳像钟摆一样，在最初使它动起来的那股力量消失之后，仍久久地继续摆动着。

我在神志完全模糊之前，已经注意到主桅和后桅顶上的两个水手都已经在打瞌睡。就这样，我们三个人都毫无生气地在桅顶上一无所知地晃动。我们在上面晃一下身子，下面坐着打盹儿的舵手就点一下头。波浪也在懒洋洋地躬身点头；整个似处于催眠状态的辽阔的海洋，由东往西一路点头过去。高高在上的太阳也一样。

突然，就在我阖拢的眼皮子下面似乎冒出了无数气泡；我双手像老虎钳一般抓住了支桅索；冥冥中好像有股神力保佑了我；我浑身一震，完全清醒过来了。嗬！就在离我们的下风头不到八十米的地方，一条巨大的抹香鲸正躺在海水中滚动，就像是一艘底朝天的快速战舰，它那阔大的背黑得发亮，在阳光下闪闪烁烁，像是一面镜子。只见它在波谷中懒洋洋地起伏，还不时安闲地喷出一股股水雾，活像一个发福的乡绅在暖和的午后抽烟斗。但是可怜的鲸呀，这是你抽的最后一斗烟啦。这时好像给个魔术师的短杖敲了一下似的，这昏昏欲睡的船上每一个睡着了的人猛一下都给惊醒了。就在这大鲸从从容容有规律地把闪亮的海水喷向空中时，有二十多个人从船的各处和桅顶上那三个人不约而同地高声喊起了那惯常的呼号。

"放下小艇！抢风行驶！"亚哈喊道。他按照他自己的命令，抢在舵手前面，猛地转舵背风。

水手们突如其来的喊叫声肯定惊动了那大鲸，它趁小艇还没有下去之前就已经堂而皇之地转过身来，朝下风头游去了，只是游得极其平稳从容，很少造成水波，让人以为它或许还没有受到惊动。亚哈下令不许划桨，不许大声说话。我们就像安大略的印第安人一般坐在艇舷上，迅速地但却静悄悄地用桨板划水前进，连悄悄扯起帆都不敢，生怕打破了寂静。哪知道，就在我们这样悄无声息地跟踪它追过去时，那大鲸把尾巴垂直地翘向空中足有四十英尺高，然后一个猛子，像一座大塔被吞没一般扎入水中不见了。

"它钻下去啦！"有人大喊道，紧跟着斯塔布就掏出了火柴把烟斗点着，因为现在容许大家喘口气了。那大鲸在水下待了好长一段时间又冒上来了，这次刚好出现在抽烟斗的斯塔布的小艇前面，离它比离其他任何小艇都近，斯塔布有指望好好露一手了。这时，很明显，那大鲸终于知道有人在追击它了，所以一切小心翼翼保持的寂静都用不着了。大家放下了桨板，浪花飞溅地划起桨来。斯塔布则还在抽着烟斗，一边鼓动他的水手发起进攻。

果不其然，那大鲸现在完全变了个样。它已经充分意识到自己处境危险，正准备"露头"，把头部斜着抬起在它自己喷出的那一大片稠密的泡沫中①。

"赶着它，赶着它，伙计们！别着急；有的是时间——不过要赶着它；像打雷似的赶着它，这就行了。"斯塔布大声喊叫，边喊边吐出了一口烟，"赶着它，喂；桨要扳的时间长，使足劲，塔希蒂格。赶着它，塔希，小伙子——吓晕它，大家都来；不过要冷静，沉住气，像一条黄瓜似的，别慌张——只是要没命似的赶它，把死尸从坟墓里笔直竖起来一样赶它就行，伙计们——这就行了。"

"唔——嗬！威——希！"那格黑特佬用这几声尖叫回答他，他

---

① 我们将在其他地方看到，抹香鲸巨大的头的内部全是由非常轻的物质构成的，虽然看上去头部占全身最大一块，却比身体其他部分轻得多。因为它能轻而易举地把头抬离水面，所以，它在全速前进时总是采取这种姿势。再则，它的头正面上半部很阔，下半部是尖细的破浪结构，一斜着抬起头来，就可以说登时从船头平阔垂直的呆笨的平底小船变为纽约港尖头的领港船。——原注。

把古代打仗的呐喊声喊得震天作响。这时，随着那个迫不及待的印第安人领头把桨使劲一划，这只紧张的小艇里每个桨手都不由自主地往前一扑。

不过，他那古怪的尖叫声也引发了其他小艇上的人同样古怪的尖叫声。"基——希！基——希！"达格大声叫嚷，身子在座位上前俯后仰拼命划桨，就像只在笼子里踱来踱去的老虎。

"卡——拉！库——路！"魁魁格吼叫着，嘴唇啧呀啧的，好像口里含有一大块长尾鳕肉。小艇就这样在划桨声和喊叫声中破浪前进。斯塔布仍待在艇前的位置上原地不动，继续激励他手下的人向前进击，嘴里不停地喷出烟来。他们像一伙亡命徒，拼命地划，丝毫不敢松懈，好不容易听到一声如逢大赦的叫喊——"站起来，塔希蒂格——给它一标枪！"标枪应声投出去了。"都往后退！"桨手们都倒划起来。这时，有什么热烘烘的东西、咝咝作声地掠过每人的手腕。是那根有魔力的捕鲸索。在这一刻之前，斯塔布不失时机地飞速将捕鲸索往艇尾圆柱上又额外绕了两圈。由于捕鲸索转得越来越快，圆柱上这时冒起了一股直烟，和他烟斗里不断冒出的烟雾交织在一起。当捕鲸索一圈圈绕过圆柱松出去时，也不断地擦过斯塔布的双手蹿出去，他手上的护套，两块填了棉絮的方帆布（在这种时候就套上），也一不小心磨断掉下来了。这样一来，他就像赤手空拳抓着敌人利剑的刀刃，刀锋割着肉而敌人又一直极力要把它从你的紧握中抽出来。

"把索子打湿！把索子打湿！"斯塔布朝负责索桶的桨手喊道（他就在索桶旁边坐着），那桨手一把抓下帽子，兜了一帽子海水[①]。又绕了几圈之后，捕鲸索已经到了再无可能的地步。这时，小艇就像一条浑身是鳍的鲨鱼箭一般穿过翻腾的海水。斯塔布和塔希蒂格两人调换了位置——在艇首和艇尾对换——在颠簸得那么厉害的情况下

---

① 为了表明这一举动的必要性，不妨在这里作点说明：在古代荷兰捕鲸业中，是用支拖把往滚动的捕鲸索上泼水；在许多其他的船只上，则专门备有长柄木勺或者水斗。不过，帽子自然是最方便的。——原注

做到这一点确实很不简单。

从这条不断抖动的曳鲸索在小艇上部绷过全艇这一点看，再从捕鲸索现在绷得比竖琴弦还要紧来看，你准会以为这小艇有两副龙骨——下面一副劈波斩浪，上面一副则腾云驾雾——因为这小艇正同时在空中和水面上猛冲。一道壁陡的小瀑布不停地泼溅在艇头上。艇尾的航迹是个不停地旋转的涡流。而小艇里只要有人稍微动一动，哪怕只弹弹小指头，这只颤动的、噼啪作响的小艇便会抽风似的倾斜，兜底朝天翻到海里去。他们就这样往前冲。每个人都拼命贴紧在各自的座位上，以防被抛到泡沫中去。而掌舵桨的高个子塔希蒂格则俯下身子，几乎把身子弯成了两半，以便使自己的重心尽可能低。他们像子弹出膛一般直往前冲，似乎已越过了整个大西洋和太平洋一直追到那大鲸终于多少放慢了逃跑的速度为止。

"收绳——收绳！"斯塔布朝桨手喊道。大家都朝那大鲸转过身来，把小艇往它那边划过去，而同时小艇还在被它拖着朝前走。很快小艇就靠近了大鲸的侧面。斯塔布用一个膝头牢牢地顶住粗陋的防滑木，把标枪一支又一支地投向那飞奔的大鲸。小艇则听从命令，时而后退，躲开大鲸那可怕的翻滚，时而又靠上去，投出另一轮标枪。

这时，这只巨兽的四周都涌出一片红色的潮水，好像水打山冈上流下来而汇成一条小溪流。它痛苦的身躯不是在海水中而是在血水中滚动。这红色的水像开了锅似的沸腾，吐着沫子，在小艇后面奔流翻腾好几百米长。斜阳照在这片殷红的血水上，反射到每个人脸上，把一个个面孔都染成红红的，看上去活像红种人。就在这同时，一股股白烟不断地从大鲸的喷水孔里痛苦地喷射出来，而大口大口的烟圈则呼哧呼哧地从小艇兴奋的指挥者嘴里吐了出来，因为他每投出去一枪，再拽回来时（枪杆上吊得有绳子），标枪都已经弯了，斯塔布把标枪搁在艇舷上迅速地几榔头敲直，再投出，扎到大鲸身上去，如此反复不停。

"使劲拉——使劲拉！"这时眼看大鲸越来越没了力气，翻腾得不那么厉害了，斯塔布就朝桨手喊道，"使劲拉索！——靠拢！"于是，小艇靠到了大鲸身边。斯塔布从艇首探出去老大一截身子，把锋利的长柄鱼枪慢慢地插进大鲸体内，不再拔出来，只是小心地在鱼身里绞了又绞，好像是在小心地用标枪摸索给大鲸吞下去的什么金表，又生怕在把它钩出来之前捅坏了。不过，他要找的金表却是大鲸最深处的生命所在——心脏。搅着搅着就捅中了；因为大鲸一下子从昏迷状态转入那种难以言传的所谓"剧烈抽搐"状态，它在血泊里可怖地打滚，把它自己蒙在那看不清楚、稀里糊涂、泡沫沸腾的浪花里。弄得处境危险的小艇赶紧倒退，漫无目的地挣扎了一阵，好不容易才从一片慌乱的朦胧中挣扎出来，回到了大白天的清新空气之中。

这时，这大鲸已经抽搐得不那么厉害了，又一次翻出了水面，辗转反侧，喷水孔痉挛地时而扩张，时而收缩，呼吸短促、咯咯作响、上气不接下气。最后，喷射出阵阵凝结的血，像红葡萄酒紫红的沉渣一般，射向为之变色的天空，然后落了下来，沿着它不再动弹的身躯流到大海之中。它的心脏炸裂了。

"它死啦，斯塔布先生。"达格说。

"死啦；两支烟斗都灭了！"于是斯塔布随手取出了含着的烟斗，把烟灰磕散在海里。然后，站了一会儿，沉思地望着被他弄死的巨大无比的尸体。

🐋 第六十二章　投　枪

就上一章的一件小事絮叨几句。

按照捕鲸业的传统，捕鲸小艇离开大船后，由指挥者或称杀鲸者充当临时掌舵人，由标枪手或是缚鲸者负责划前桨，一般称之为标枪桨手。至于朝大鲸投出第一枪的人，胳臂必须强壮有力；因为，在所谓

"长投"中，那沉重的铁家伙经常得扔出二十或三十英尺远。但是，不管这场追捕时间有多长，有多么费劲，标枪手照例还得竭尽全力扳他的桨。甚至可以说，他得给其他人树立一个力大无穷的榜样，不仅要表现在不知劳累地划桨上，还要表现在勇气十足的反复高声叫喊上；在全身肌肉绷得紧紧的快要脱骨的时候，还得以最大的音量不断高声叫喊——个中滋味只有亲身经历过的人才会知道。就我来说，我可做不到既劲头十足地大声喊叫，同时又不顾一切地拼命干活。那么，处在这种又要卖苦力又要大声叫喊的情况下，这累得要死的标枪手，背朝大鲸坐着，猛然之间听到那声激动人心的命令——"站起来，把枪投出去！"这时，他就得放下手中的桨，把它拴好，上半个身子转过来，从叉柱上抓起他的标枪，用仅剩的那点儿力气，把手上的利器投进那大鲸身体里去。难怪，就整个捕鲸船队来说，五十次投枪的好机会成功的不到十分之一；难怪那么多标枪手给人骂得狗血淋头，还要受降级处分；难怪有些标枪手还真的在艇上血管破裂而死；难怪有些捕抹香鲸船出海四年只弄了四桶鲸油回去；难怪对许多船老板来说，捕鲸是一宗赔本买卖，因为航行的成败全系于标枪手身上，要是你事先耗尽了他的力气，你怎么能指望在最需要他出力的时候他还有力可出呢！

再则，如果投枪投中了，那么紧咬关头又来了，那就是，大鲸开始逃跑，这时小艇的指挥员和标枪手马上就得冒着他俩自己和艇上其他人的生命危险，艇头艇尾地奔忙起来。他俩互换位置也是在这一刻；那个指挥员，也就是小艇的第一把手，得站到艇头他应该站的位置上去。

就这一点来说，不管别人和我的看法是否正好相反，我都不在乎，我可是觉得这种做法既愚蠢又没有必要。指挥员应该自始至终待在艇头；他应该既投标枪，又投鱼枪，谁都不该要求他去划船，除非是到了每个捕鲸人心里都有数的那种迫不得已的时候。我知道这样做多少会影响到追击的速度，然而根据不止一个国家捕鲸船长期以来的经验，我深信，捕鲸业中绝大部分的失利，决不是由于大鲸的快速，而大都是由于上述的标枪手精力疲惫所致。

因此，为了保证投枪能收到最大的效果，干这一行的标枪手应该是养精蓄锐，在一跃而起之前处于一身轻松的状态，而绝不是劳累之余去应付差事。

第六十三章　叉　柱

树干分岔；岔上分枝。同样，无数篇章是从小说丰富多彩的题材敷演出来的。

前一章提到的叉柱值得在这里单独说一说。那是一根大约两尺高、中间分叉、形态特别的柱子，垂直地插在靠近艇头的右舷墙上，为的是好搁标枪木柄的一头，光秃秃、有倒刺的另一头斜放着探出在艇首外面。因此，投枪者一伸手就可以拿到，他从支架上抓起标枪，就跟一个林区居民从墙上摘下来复枪一样方便。按照惯例，一个叉柱上通常架有两支标枪，分别称为头枪和二枪。

但是，这两支标枪都以各自的尾绳和捕鲸索相连，其目的在于：尽可能把两支标枪一支紧跟一支都投出去，投进同一条大鲸体内去，这样，在投中后往回拽时，万一一支拽出了鲸体，则还有一支留在体内。这是一种双保险的做法。但是，经常会出现这样的情况，大鲸在挨了第一枪后，便立即发狂似的猛蹿，这时，哪怕标枪手出手快如闪电，也无法再给它补上一枪。然而，由于这第二枪已经连在捕鲸索上，而捕鲸索这时正在飞快地放出去，因此，无论如何，必须抢先把这支二枪扔出小艇，什么办法什么地方都行，否则，全艇的人就会大祸临头。在这种情况下，总是被索子拉扯到海里；这个高难动作之所以稳妥可行，在绝大多数情况下是得力于艇首索桶上多余的索圈（见第六十章）。但是，这个在生死攸关的时刻临机应变的高难动作未始不包含着人命的最惨痛的事故的。

尤有甚者，你必须明白，二枪一扔到海里，马上就构成了晃荡着的锋利的威胁。它吊在水里，枪刃锋利，在小艇和大鲸左右胡蹦乱跳，或者把捕鲸索缠结在一起，或是把它们割断，引起围攻的小艇极度的不安。一般来说，只有在大鲸已经就擒、毙命之后才能把它收回。

因而，请想想看，当四只小艇全来对付一条格外强壮、活跃、狡猾的大鲸时，会是怎样一个场面。要知道，他们面对的是一条强壮、勇猛的大鲸，由于干这么一桩不要命的买卖随时可能发生的数不清的事故，在鲸鱼四周说不定同时晃荡着八支到十支没有着落的二枪。因为每只小艇都配备了几支标枪，系在捕鲸索上，以防枪万一没有投中而又收不回来。所有这些细节都如实地在这里做个交代，了解了这些以后，遇上以后描写的场面中好几个十分重要然而又很复杂的细节，读者便可以看明白了。

第六十四章　斯塔布的晚餐

斯塔布的这条大鲸是在离大船相当远的地方被杀死的。那天风平浪静。我们三只小艇前后连成一列，慢慢地把这战利品朝"裴廓德号"拖回来。这时，我们十八个人，三十六条胳臂，一百八十个手指，就在海上一个钟头又一个钟头没完没了地为这具一动不动任凭摆布的尸体忙开了。它似乎生了根似的，要好久才能挪动一点点。由此可见，我们所运的鲸鱼的体积有多大了。在中国那条叫衡河或者不管叫什么河的大运河上，四五个纤夫在羊肠小道上拖一艘重载的平底帆船一个钟头还能走上一英里哩；可是我们拖的这艘特大号货船却举步艰难，好像载的全是铅锭一般。

夜色降临了，只有"裴廓德号"主桅索具上错落挂起的三盏灯用微弱的昏黄灯光照着我们的路。直到快靠拢大船时，我们才看到亚哈把另外好几个灯笼中的一个放在舷墙上。他茫然地朝那待起吊的大鲸瞧了一会儿，就照例命令把它系在船边过夜，第二天再说。然后他把手中的灯笼交给一个水手，就径自回船长舱去了，当晚没有再露面，直到第二天早晨才出来。

虽然，在督战追击这条大鲸的事情上，亚哈还说得上表现出了往日的热情；然而这家伙一死，他的心里却似乎感到一丝不快，或者烦躁，或者失望，仿佛一见到这具尸体，他就想起莫比·迪克尚有待擒杀；因而其他的鲸哪怕有一千条吊上船来，他那伟大的偏执狂的计划却仍然是毫无进展。过了一会儿，从"裴廓德号"甲板上传来响声，以此来判断，你准会马上认为是水手们准备在海上抛锚了；因为他们把沉重的铁链在甲板上拖得叮当响，正哗啦哗啦往舷窗外抛。但是，那叮当作响的铁链要固定的并不是船，而是这具巨大的鲸尸。鱼头给绑在船尾，鱼尾绑在船头，黑色的身躯紧靠着船身，在黑乎乎的夜里，上空的桅桁和索具已经模糊难辨，船和鲸二者好像是套在一起的两头大公牛，一条躺下了，另一条仍然站着①。

闷闷不乐的亚哈一声不响，至少在甲板上他是这个样子。斯塔布，他的二副，则因一战告捷而满面红光，流露出一种罕见的但仍不失为和善近人的兴奋神色。他手忙脚乱，到处张罗，难得一回这样兴高采烈地忙个不停。连他的顶头上司，那沉着踏实的斯达巴克见了都

---

① 一点儿细节不妨在这里说说。要把鲸系在船边，一定要拴住它的尾巴，那是个最得力最可靠的办法；由于它的尾巴比重大，相对说来，这一部分比其他部分（两边的鳍除外）都要重，而且死鲸的尾巴仍然很柔软，因此就会沉到水下去；这样一来，你在小艇上就无法用手够着它的尾巴，铁链也就拴不上去。不过，这个困难给巧妙地克服了：用一根结实的细麻绳，靠外边的那一头拴上块浮木，中间拴一重物，另一头固定在大船上，再用一种灵巧的手法，让浮木在鲸体靠外的那一边浮起来，这样就把鲸兜住了，铁链也就容易兜上去；再把铁链沿鲸体滑动，最后牢牢地嵌住尾巴的最细处，就是尾巴那阔大的叶突或者说裂口的叉口处。——原注。

不声不响索性暂时把大小事务都交给他去处理。斯塔布之所以如此浑身是劲，还有个小小的附带原因，这原因很快就出人意料地显露出来了。原来斯塔布还是个很讲究吃喝的人；他颇有点儿热衷于大嚼鲸肉，把它当作美味佳肴来品尝。

"来块鲸排，来块鲸排，在我睡觉之前！你，达格，下水去，拣腰部那里割一块肉来！"

在这里说明一下，这些野蛮的捕鲸人，虽然并不根据那个伟大的军事准则，但遵守常规行事，就是不要求战败一方支付军费（至少在弄清航行收益之前不提出这样的要求），然而，你偶尔会在这些南塔开特人中间看到有人对斯塔布所指定的抹香鲸的那个特殊部位感兴趣。

约莫午夜时分，鲸排已经割下并且做好了。斯塔布在两盏鲸油灯下，腆着个大肚子，在绞盘旁狼吞虎咽地大嚼起他的鲸鱼晚餐来，好像绞车就是餐具柜一般。那天晚上，享受鲸肉宴的并不只是斯塔布一个。跟他一起大嚼的还有成千上万条鲨鱼，它们拥在死鲸周围啧啧有声地饱餐它的肥肉。少数几个在舱里床铺上睡觉的人经常给它们那尾巴敲打船体的刺耳的劈啪声惊醒。要知道鲨鱼和他们仅一板之隔，离他们的心脏只有几英寸远。要是贴紧舷侧一瞧，正好能隐约看到（就像刚刚听得那么真切那样）它们在阴森漆黑的海水里翻滚，一个翻身，仰面朝天，就剜下一坨人头大小圆圆的鲸肉来。鲨鱼这种特技动作简直令人叹为观止。在这样一个显然没有谁敢于来和它们争食的海面上，为什么偏要这样匀匀称称一口口地抠出鲸鱼肉来，却始终是宇宙中普遍存在的无法理解的问题之一。它们这样一口口留在鲸身上的咬印，比作木匠为装木螺丝而先打下的孔眼再合适不过了。

虽然在烟雾弥漫、充满恐怖与暴行的海战中，总会看到鲨鱼以一种渴望的眼光仰望着船甲板，就像一群饿狗围着正在分切红肉的桌子，随时准备吞下扔给它们的东西；虽然当那些勇敢的屠夫们正在围着甲板上的桌子，一个个拿起镀金带流苏的切肉刀，食人生番般互相分切对方身上的肉时，那些鲨鱼也在桌子底下用它们镶着珠宝的大嘴你抢我夺地啃那死人肉；虽然即使你把整个事儿倒过来看，还是这个样子，就是说，不分桌上桌下大家干的都是够吓人的鲨鱼式的勾当；虽然鲨鱼也是所有横渡大西洋的贩奴船忠实的随从，总是亦步亦趋地在前后左右伺候，赶上有个包裹要送到什么地方去，或者有个奴隶死了要好好埋葬，它们总随时效劳；虽然还可以举出一两个其他类似的有具体日期、地点和场合的例子，鲨鱼举行过最盛大的集会，热热闹闹地大吃大嚼过；然而除了在晚上围着一头靠海上的捕鲸船拴着的死鲸之外，很难设想有别的时间或者场合你会发现有这么多数不清的鲨鱼这么快活，这么热闹。如果你从没见过这种场面，那你应该对崇拜魔鬼一事是否妥当以及对安抚魔鬼这种权宜之计还是暂不作出决定为好。

不过，眼下斯塔布还没有注意到就在他身旁正大张宴席的鲨鱼的咀嚼声，犹如那些鲨鱼没有注意到他大快朵颐的嘴巴咂舌声一般。

"厨子，厨子！——那个弗里斯老头哪去了？"他终于喊了起来，一边将双腿叉得更开些，好像要拉开架势来更稳固地享用这顿晚餐，同时像扎鱼枪一般把叉子朝盘子戳过去，"厨子，你这厨子！——上这儿来，厨子！"

这老黑人，因为半夜三更被人从暖和的被窝里叫起来而满肚子不高兴，高一脚低一脚地从厨房里走了出来。跟许多老黑人一样，他的膝盖骨有点毛病，他没像保养炊锅那样保养它。这个大家称为弗里斯老头的黑人，挂着两根用铁箍凑合敲直了的火钳作拐杖，一步一跛拖着脚步走了过来。这黑檀木似的老头，吃力地走过来，为了表示听从斯塔布的吩咐，一动不动地立在斯塔布餐桌的对面；他双臂交叉在胸前，伏在他那根双棍拐杖上，把本来拱起的背向前倾，歪着头，好让那只听得清话的耳朵更好地发挥作用。

"厨子，"斯塔布说道，一边叉起一块还带血丝的鲸肉往嘴里塞，"你不觉得这鲸排煎得过头一点了吗？你在煎之前把肉排敲得太久了,吃起来有点糟啦。厨子;它本来很嫩。我不是老说,鲸排要做得好吃,就得有点嚼劲儿?瞧瞧那边那些鲨鱼,你没看见它们不是喜欢吃半生半熟的吗?它们吵得好凶啊!厨子,去跟它们说说,就说欢迎它们来吃,不过要斯文有节制一点,不过必须要保持安静。真该死,吵得我连自己的声音都听不见了。去,厨子,去传我的话。给,拿着这个灯笼去,"他随手从他的餐具柜上抓起一个,"好啦,去跟它们布一次道,开导开导它们!"

弗里斯满脸不快地接过灯笼,一跛一跛地走过甲板来到舷墙边;然后,一只手把灯笼放低了照着海面,好看清他的听众,另一只手则煞有介事地挥舞着火钳,身子从舷墙上探出老大一截,开始对鲨鱼含糊不清地说起来。斯塔布则轻手轻脚地溜到他背后,把他说的话听得一清二楚。

"同胞们:我奉命来跟你们说几句话,你们必须立刻停止这该死的吵吵嚷嚷。听见了没有?那嘴巴不要他妈的老吧唧吧唧的!斯塔布大人说让你们尽管吃,把该死的肚子吃撑了为止,堵到喉咙口都行,就是一点,看在上帝份儿上,一定不要他妈的大吵大闹!"

"厨子,"听到这儿,斯塔布插嘴了,跟着猛地一拍他的肩膀,"厨子,嗨,你他妈说话也不看场合,跟人家讲道,怎么能这么满嘴脏话?这可不是叫罪人信教的办法,厨子?"

"谁在说话?那你自己去开导它们好啦。"老头儿一肚子不痛快,转过身就想走。

"别,厨子;你继续说,继续说。"

"好吧,那我就说,各位深爱的同胞们。"

"对!"斯塔布赞许地嚷道,"好好劝劝它们,说些好听的试试。"于是弗里斯就继续说下去。

"你们都是十足的鲨鱼,生来就贪吃,不过我跟你们说,同胞们,贪嘴归贪嘴——你们那尾巴别他妈的噼里啪啦行不行!你们要老他妈的这么噼里啪啦,吧唧吧唧的,你们想想,人家听得下去吗?"

"厨子，"斯塔布一把揪住他的脖领，大声说，"不要老骂人家，跟它们和和气气地说。"

于是，讲道又正经八百地继续下去。

"各位同伴，你们的馋嘴贪吃，我也不想太责怪你们；那是天性，谁也没有法子改变。不过要管管自己那坏脾气，那才对头呀。你们都是鲨鱼，是魔鬼，那是肯定的；不过要是你们管住了你们那鲨鱼脾气，那你们就成了天使了，因为天使无非就是管得住自己的鲨鱼。那么，听我一句，弟兄们，吃那鲸鱼时尽量斯文一点。喂，别去抢邻居嘴里的鲸肉。你们中间又有谁有权吃那条鲸鱼呢？上帝作证，你们谁都没有权利；那条鲸是别人的。我知道你们中间有的嘴非常之大，比别的鲨鱼大得多；不过，嘴巴大并不等于肚子大，所以那些大嘴巴就不应该一个劲儿大口地吞，应该给那些小鲨鱼崽子咬下点碎肉来，它们夹在你们中间弄不到吃的。"

"讲得好，弗老头！"斯塔布大声赞许道，"这才合乎基督教义。讲下去。"

"跟它们讲破了嘴皮子也没用，斯塔布大人；这些该死的饿棍照样会不停地你抢我夺，互相撕打，一个字都不听。你管它们叫馋鬼，真没错，跟这些馋鬼是讲不通的，它们只顾添满肚子，而它们的肚子又是个无底洞。就算把肚子添满了，它们还是不会听你的；因为那时它们就游到海底，珊瑚礁上睡大觉去了，不管你说什么都听不见，永远永远听不见了。"

"说真格的，我的看法也差不多。那就算了，给它们作结尾的祈福吧，弗里斯。我也要回去吃我的晚餐。"

一听这话，弗里斯就朝暴徒般的鱼群伸出双手，提起他那尖嗓门儿，高声说：

"该死的同胞们！你们高兴吵就去吵翻天吧。你们那该死的肚子只管去添，胀破了活该——死了拉倒。"

"好啦，厨子，"斯塔布说，这时他又在绞车旁吃开了，"你还站到你先头站的地方去,就那儿,面对着我,好好注意听着。"

"听着呢。"弗里斯应道,就站在吩咐他站的地方,又支在他那把大火钳上,躬着背。

"好的,"斯塔布说,一边自在地吃着,"我们现在还是回到这块鲸排上来。我先问你,你多大年纪了,厨子?"

"那跟鲸排有什么相干?"这老黑人不耐烦地说。

"住嘴!你多大年纪了,厨子?"

"大约九十岁吧,人家说。"他苦着脸咕哝道。

"那你在这世界上快活了一百岁,厨子,竟还不知道怎样做鲸排?"话刚落音,他又飞快地往嘴里塞了一块肉,这块肉似乎成了下面问话的延续,"你是哪里出生的,厨子?"

"在舱口后面,去罗阿诺克岛的渡船上。"

"在渡船上出生的,也真少见。不过我是问你老家在哪里,厨子?"

"我不是说了在罗阿诺克那一带吗?"他有点火了地叫起来。

"不,你没有回答我的问题,厨子。不过,我可以告诉你干吗问你这个,厨子。你得回老家去,重新投胎;你连鲸排都还不会做哩。"

"谢天谢地,我要是再给你煎一块才是怪事。"他非常生气,狠狠地说,转过身来就走。

"回来,厨子;——来,把火钳给我;——你现在吃吃那块鲸排看,再告诉我你是不是认为鲸排就该这么个做法?嗨,吃吧,"——他把火钳朝他一伸——"吃吧,尝尝看。"

这老黑人用他干瘪瘪的嘴轻轻地把它呷呒了一会儿,嘟囔着说,"这是我尝过的最好的鲸排;很嫩,嫩得一咬满嘴油。"

"厨子,"斯塔布又摆起了架子,"你入了教会没有?"

"在开普敦曾经有一次去过教堂。"老头不高兴地回答道。

"唔,你一辈子还去过一次开普敦的教堂,那你想必总也听到过牧师把听众称作他亲爱的同胞,对吧,厨子!可是你却在这里,像刚才那样跟我撒这样一个弥天大谎，呃？"斯塔布说，"你想上哪里去，厨子？"

"我想立马上床去。"他咕哝道，边说边侧过了身子。

"站住！停下来！我说的是你死了以后想上哪里，厨子。这可是个非常重大的问题。好，这下你的回答是什么？"

"等这个黑老头死了以后，"这黑老头边想边说，这时他整个神态变了一个样，"他自己不会上哪儿去；不过会有个好心的天使来接他。"

"来接他？怎么个接法？来辆四匹马拉的大马车，像接以利亚一样？再说，接他到哪里去呢？"

"接到那上边去。"弗里斯把火钳笔直地高举过头，朝自己头上一指，就这样非常严肃地举着。

"唔，那么，你死了以后，是想上我们的大桅楼上去，是吗，厨子？可是，你知不知道爬得越高就越冷，你知不知道？你是说上大桅楼吗，呃？"

"我根本就没说想上那里。"弗里斯又绷着脸说。

"你说过上上头去的，是不是？你瞧瞧你自己，看看你那火钳指向什么地方。不过，也许你是想钻过大桅楼升降口爬到天国去吧，厨子，那办不到，办不到，厨子，你到不了那里，除非是走正道，顺着索具一圈一圈往上爬。谁都不想这么干，可是非这么做不可，要不你就去不成。好在我们现在谁都不在天堂里。放下你的火钳吧，厨子，听我的命令。听见了没有？我下令的时候，厨子，你得一只手拿着帽子，一只手搁在心口。什么！那是你的心吗，那个部位？——那是你的胃！往上！——对啦——现在搁对了地方。就搁在那里别动，注意听着。"

"注意听着啦。"这老黑人答应道，两只手也按要求的那样放着，还不住地扭动他那满是花白头发的脑袋，好像要把两只耳朵同时挪到前面来似的。

"好啦，厨子，你已经看到你煎的鲸排简直糟得不行，我只好尽快把它处理掉。这是你自己亲眼所见的，对吗？这一次就算了。至于下次，你再单给我煎鲸排端到我的专用餐桌——这绞车上来时，我告诉你该怎样做才不会做得过了头而白糟蹋材料。你一只手拿鲸排，另一只手夹起一块通红的炭，把鲸排稍微热一热；这么一弄以后，就把它搁到盘子里去。听清楚了吗？至于明天呢，厨子，明天我们割取鲸脂时，你一定要守在旁边，捡起那些鲸鱼鳍的尖子，把它们浸到泡菜水里。至于尾巴尖则拿去腌起来。就这样，现在你可以走啦。"

但是，弗里斯刚刚迈出三步，又被叫了回来。

"厨子，明天晚上值中更的时候给我弄个炸肉片当晚餐。听到了吗？好啦，去吧。——喂！站住！鞠个躬再走。——再停住，转身！明天早餐来个鱼丸——别忘了。"

"上帝啊！但愿是鲸鱼吃他，不是他吃鲸鱼才好。他要不是比鲨鱼大人更像鲨鱼，我就交大运啦！"这老头咕咕哝哝道出这几句话，一步一跛地回吊铺上睡觉去了。

🐋 第六十五章　鲸鱼做菜

你也许会说，这世上的人用鲸鱼油点灯还不够，还用鲸鱼肉做菜吃。而且像斯塔布这样的，在吃它的肉的时候，居然还用它自身的油来照明。这似乎太野蛮了，所以实有必要就其源流和内涵作一番探索。

据记载，三个世纪以前，抹香鲸的舌头在法国被视为难得的美味，价钱非常之高。亨利八世①时代，有个宫廷厨师因为发明了一种用来蘸烤齿鲸吃的美味酱汁而获得了一笔可观的奖赏。齿鲸，想必你还

---

① 英格兰都铎王朝的第二代国王。

记得，也是鲸的一种。确实，这种鲸，时至今日，仍被视为是一种美味。它的肉做成台球大小的鱼丸，配上各种作料和香料，味道跟海鳖丸或小牛肉丸不相上下。丹斐谟林[1]的老修士就很喜欢吃。国王还赐给他们一条大齿鲸。

事实上，如果鲸鱼不是那么大的话，至少捕鲸人都把它看作一道上等的菜；可是，当你坐下来，面前摆着一个一百尺长的肉馅儿饼，你会大倒胃口。如今只有像斯塔布这样毫无偏见的人才会吃上几口煮鲸肉。不过，因纽特人并不这么挑剔。我们都知道他们以大鲸为主食，还有罕见的陈年葡萄酒般的陈年上等鲸油。他们这位鼎鼎有名的医生叫左格兰达，还把鲸脂作为最有液汁、最营养的食物推荐给婴儿。这让我想起很久以前的几个英国人，他们被一艘捕鲸船偶然遗留在格陵兰——这些人有好几个月就完全是先试着吃鲸膘，然后又以榨过鲸油扔在岸上发了霉的碎鲸鱼肉片为食。丹麦捕鲸人称这种碎肉片为"鲸油渣"，确实非常像肉渣，因为它又焦黄又脆，闻起来有点像古代阿姆斯特丹妇女新炸的面包圈或油炸饼。这东西看上去很好吃，连最有自制力的生人见了都忍不住要伸手去拿一块尝尝。

其实，鲸肉之所以受到轻视，文明社会敬而远之，主要是因为它太肥腻。大鲸是海洋中的头号大公牛，太肥了就不很入味可口。瞧瞧它那背峰，要不是这么一座实心的肥肉金字塔，准会像北美犎牛的背峰一样成为美食（这是一种有名的珍馐）。可是就鲸蜡本身而言，尽管它既柔和又稠厚，却像是长到第三个月的椰肉一般透明、半冻、白色，然而要把它拿来作黄油代用品，却仍然嫌太油腻了。尽管如此，许多捕鲸人还是有办法把它融合在其他东西中，然后再吃。在夜晚漫长难熬的值班时间里，水手们就经常把硬面包放在大鲸油锅里炸一会儿。我曾用这办法做过多次美味的晚餐。

至于小抹香鲸，人们都把它的脑髓当作一道上等菜。用一把斧子

---

[1] 苏格兰法夫行政区丹斐谟林区首府，有一个11世纪建的大修道院。

把它的头盖骨砸开, 把那两块丰满的带白色的脑叶取出来（就像是两块大布丁一般）, 然后和上面粉, 煮成可口至极的糊糊, 味道有点像小牛脑, 很为一些美食家所称道; 谁都知道, 美食家中有些纨绔子弟就是因为常吃小牛脑, 久而久之他们自己居然也有了点儿脑子, 能分得清小牛脑和他们自己脑子了; 要做到这一点, 没有异乎寻常的鉴别力可不成。这就是看到一个纨绔子弟面对一盘聪明模样的小牛脑准备大嚼时总让人感到特别难过的道理。这小牛脑带一种 "布图, 汝亦如此乎①! " 的责备的神情瞧着这个花花公子。

陆地人似乎很不喜欢吃鲸肉。之所以如此, 也许并不完全是由于鲸肉太肥, 可能在一定程度上是由于前面提到的原因所致, 也就是, 不忍心食一只刚被杀死的海洋动物的肉, 更不忍心借着从它身上提炼的油而食其肉。不过, 毫无疑问, 头一个杀死一头牛的人总被认为是个谋杀犯, 也许会因此而被送上绞架; 要是把他交付给一群牛去审讯, 那么他肯定会被绞死; 要是谋杀犯理应处以极刑的话, 他当然也是罪有应得。请你在任一个星期六晚上, 到肉市上去一趟, 去看看那一群群活的双足动物目不转睛地打量那一长排一长排死了的四脚动物的情景吧。那情景难道不使食人生番感到愤愤不平吗? 食人生番? 谁又不是食人生番? 确实, 一个斐济人如果为了预防饥荒而将一个瘦削的传教士弄死腌在他的地窖里, 这倒还情有可原; 而你为了满足口腹之欲将一些鹅钉牢在地上喂养, 取出它们养肥了的肝脏做成鹅肝酱馅儿饼而大嚼, 在最后审判日到来时, 那个深谋远虑的斐济人比起你这个有教养有知识的美食家来将更会得到宽恕。

可是, 斯塔布, 他不就是用鲸油灯照着吃鲸肉, 是不是? 这不是杀了它还要侮辱它, 是不是? 再瞧瞧你的餐刀柄吧, 我的有教养、有知识正在吃烤牛排的美食家, 你瞧, 你那刀柄是用什么做的? ——还不就是用你正在吃的这头牛的同胞的骨头做的吗? 饱餐一顿肥鹅之

---

① 这是恺撒发现谋害他的人中也有他的至交布图（一译布鲁图斯）时说的一句话。见莎士比亚《裘力斯·恺撒》三幕一场。

后，你又是用什么东西在剔牙？就是这种家禽身上的羽毛。还有那个
"禁止虐待雄鹅协会"的秘书长又是用的什么鹅毛笔正经八百地写出
传单来的？该协会倡导只使用钢笔的决议才通过个把两个月哩。

第六十六章　大杀鲨鱼

　　在南海，捕鲸人往往经过长时间的辛苦作业，到了深夜才把一条
捕获的大鲸拖回到船边，按照惯例，并不马上就着手割取鲸脂。因为
这活非常吃力，不是很快就能搞完的，需要大家一齐动手。因此，习惯
上总是减帆落篷，在避风处缚起舵来，然后叫大家到舱里去睡觉。天
亮以前这段时间，只留下几个值锚更的人，就是说，四个人值两个小
时的班，两个人一小时，轮流上甲板去看看是否一切正常。
　　可是，有时候，特别是处于太平洋赤道线上时，这种安排根本就
行不通。因为围在鲸鱼尸体周围的鲨鱼简直不可胜数。如果听之任
之，一连六个钟头由着它们大嚼，那第二天早晨大概也就只剩下一具
骨架了。然而，在太平洋的其他大部分海域，鲨鱼并不像在赤道上那
么多，只要拿几把锋利的捕鲸铲在聚拢来的鲨鱼群中使劲搅动，可以
大大降低它们那种惊人的贪婪食欲。不过这种做法也有失灵的时候，
似乎反而会把它们挑弄得更为活跃。好在眼下，聚集在"裴廓德号"周
围的鲨鱼还没有出现这种情况；自然，话又说回来，没有见过这种情
景的人，那天晚上要是在船舷边看到了这一幕，恐怕会以为这个汪洋
大海就是一块奇大无比的圆奶酪，而那些鲨鱼就是蠕动其中的蛆。
　　尽管如此，斯塔布一吃完晚餐就派好了值夜班的人；等魁魁格和
一个船首楼的水手按照安排来到甲板上时，在鲨鱼中登时引起了不
小的骚动；因为他们一上甲板，就在船舷边挂起了割鲸脂的脚手架，
垂下了三个灯笼，长长的灯光投射在浑浊的海面上，这两个水手拿起

长柄捕鲸铲①，朝鲨鱼群猛戳起来，把这锋利的武器深深地捅进那似乎是它们唯一的要害所在——脑壳。不过，在它们极力挣扎乱成一团所搅起的重重泡沫中，这两个枪手并不是每一下都能击中目标。这一来就把这些敌人令人难以置信的非常凶残的另一面也暴露出来了。它们不仅恶毒地彼此咬得肚破肠流，还像可以扳弯的弓一样，蜷起身子来自己咬自己，直弄得那些内脏好像是被它们自己的嘴巴吞了一次又一次，再倒过来打咬破的伤口里排泄出来似的。这还不算。连这种动物的尸体和鬼魂都是碰不得的。因为在那种可以称之为独特的生命离开它们的躯体之后，它们的骨骼和关节里似乎还潜伏着一种为这类生物所共有的或归属众神的活力。为了剥它们的皮，有一头鲨鱼被杀死之后，吊到甲板上来，这时魁魁格伸手去把它那凶残的嘴合上时，竟差点儿被啃掉一只手。

"魁魁格才不在乎是哪个神造的鲨鱼，"这野人痛得上上下下地甩他的那只手，"管他是斐济神还是南塔开特神，反正造鲨鱼的奈（那）个神肯定是个该死的印第安人。"

第六十七章　割取鲸脂

猎捕鲸鱼是星期六晚上。第二天大家过的竟是这样一个安息日！由于职务上的原因，所有的捕鲸人原本就是不守安息日规矩的大师②。象牙色的"裴廓德号"变成了一个屠宰场；所有的水手全成了

---

① 用来割鲸脂的捕鲸铲是用最好的钢打造的，大小如人伸开的手掌，形状跟花园里用的铲子差不多；只是捕鲸铲的边缘是平的，上端比下端窄得多。这种武器平时都精心保养，十分锋利，临到用时偶尔还磨一磨，快得像剃刀一样。承口装有硬棍作柄，约二十至三十英尺长。——原注。

② 《圣经·旧约·利未记》第二十五章三—四节："……六年要耕种田地，也要修理葡萄园，收藏地的出产。第七年地要守圣安息，就是向耶和华守的安息，

屠夫。乍一看，准以为我们杀了一万头牛在祭海神。

最触目的是那巨大的割脂复滑车。它笨重的部件中包括一串通常漆成绿色的滑车。它很沉，一个人举不起来——得把这一大串葡萄扯上主桅楼，牢牢地捆在下桅顶上。那是甲板上最牢靠的地方。一根粗如大缆的索子一端迂回地穿过那一串复杂的滑车，拉到绞车上。复滑车最下面的一个大滑车就朝鲸垂下来，上面挂着一个约一百磅重的吊鲸膘的大钩。这时，大副斯达巴克和二副斯塔布站在船舷外的脚手架上，手执长铲，开始在鲸身两侧鳍的正中间割开一个洞，好把钩子插进去。洞割好之后，又在周围开了一道宽宽的半圆形的槽路。钩子插进洞里之后，水手们就发狂似的唱起了大合唱，然后把绞车围了个密不透风，开始干起来。登时，整个船身朝一边倾斜；船上的螺钉都松动了，就像霜冻天气下一所旧房子上那些钉头装饰一样。船身哆嗦，不停地颤动，受惊的桅顶也一个劲儿朝天空点头。绞车气喘吁吁地每转动一下，海浪也推波助澜地应和，船身便越发向大鲸倾斜。终于，听到一声吓人的清脆的断裂声，哗啦一声巨响，船身往上一颠，又弹了回来，脱离了大鲸，那得胜的滑车拖着拽下来的第一块半圆形鲸脂升了起来。原来鲸脂裹着鲸身，犹如橘皮包着橘子一般，所以把鲸脂从鱼身上剥下来，有时就恰如转着圈儿剥橘子皮一样。绞车上连续地发出的那股拉力使得大鲸在水中不断地翻滚，整片的鲸脂沿着大副斯达巴克和二副斯塔布同时持铲切开的那条称作"纵向切割"的槽路而剥离，大鲸便随着鲸脂的迅速剥离而被吊得越来越高，最后，它的上端都挨着主桅楼了。这时，绞车旁的水手罢了手。有一阵子，那滴血的鱼身在空中荡来荡去，好像从天而降似的，在场的人全都小心翼翼地躲避它，要不然，说不定它会啪地给他一个耳光，把他一个倒栽葱扔到海里。

这时，伫立在一旁的一个标枪手拿着一支叫作攻船刀的锋利的

___

不可耕种田地，也不可修理葡萄园。……"另美国大学，每七年让教授停止教学一年。

长兵刃走上前来，瞅准时机，熟练地在那荡来荡去的鱼身下端熟练地捅出了一个不小的洞。于是，另一部备用的大复滑车的钩子伸进了那个洞，把那块鲸脂抓住，为进行下一步做准备。这个手法高明的刀客警告所有人躲开，一边校准角度朝鱼身猛戳一刀，又斜着狠狠地划了几下，便把它整个儿切成了两段；较短的下半段还固定在钩上，上面一长条叫作"毛毯片"的半片却已是单独地在晃动，随时可以卸下来放到甲板上。这时，那些站在前面的转绞车的人又唱起歌来。当这部复滑车在剥离并扯起第二块鲸脂时，先前那一部却慢慢地松开了，第一块鲸脂就正好穿过下面的大舱口，掉进一间叫作鲸脂房的空无一物的会客室里。在这间昏暗的房子里，形状肤色各异的手一个劲儿灵敏地卷起那长长的毛毯片，仿佛它是一大团交织的蟒蛇。这活就这样进行下去。两部复滑车一上一下同时开动。大鲸和绞车二者都在转动，绞盘手们唱个不停。鲸脂房里的先生们卷个不停，两位副手一个劲儿在鲸身上切开槽路。大船也在竭尽全力。大伙则偶尔咒骂两声，借以缓和一下彼此之间都感受到的紧张情绪。

🐋 第六十八章　毛　毯

　　我曾经就鲸皮这个相当恼火的问题下过不少工夫。我曾经为了这个问题，跟海上那些经验丰富的捕鲸人，和陆上那些学问渊博的博物学家有过争论。我还是坚持我原先的看法；不过也仅仅是个人的看法而已。

　　问题是，鲸皮指的是什么，它生在什么部位？你们都已经知道鲸脂是什么东西了。这鲸脂有点像一种质地坚定、纹理细密的牛肉，不过更经嚼，更有弹性，更结实些，厚度是从八英寸或十英寸到十二英寸或十五英寸之间。

说任何生物的皮有这样的黏稠度和厚度，初听起来似乎有些荒诞不经，然而，就事论事，这样一个推论却不容置辩，因为除了那层鲸脂，你不可能从鲸身上揭起第二张细密的包着它全身的外皮来；而覆盖任何动物全身的那最外面的一层，如果具备适当的密度的话，不叫它皮又能叫它什么呢？确实，从一头不受一点伤的死鲸的身上，你可以用手捏起一层非常薄的透明的东西来，有点像最薄的白云母片，只是几乎柔软透明得像缎子；就是说，在它还保持湿润的时候是如此，一被晒干，它就不仅收缩，变厚，还发硬发脆。我有几小片这样晒干了的皮，用来做我那些鲸学书的书签。我曾经说过，这东西是透明的；把它搁到书页上，有时我还开心地觉得他们起到了一种放大作用，这也许只是我的幻觉。你也许会说，不管怎样，透过鲸自己的镜片来读有关鲸的书，总是件饶有兴味的事。不过，我在这里想说的是另一回事，我承认，那层很薄很薄、白云母片似的东西裹住了鲸的全身。不过，与其把那层东西看作这动物的皮，还不如把它看作是皮外之皮。因为这庞大的鲸所特有的皮，竟比新生婴儿的皮还要薄，还要嫩，那简直是荒谬绝顶，说不过去。不过。这一点先搁下。

现在假定鲸脂就是鲸皮，那么，以一条特大的抹香鲸为例，这张皮就能榨出一百桶油。如果再想一下，以数量论或不如说以重量论，这熬成的油只占这张皮的四分之三，而不是全部；也就是说，仅仅是它的皮这一部分就可产出这么一个湖的油；由此我们对这精力旺盛的家伙之庞大便多少有点印象了。按十桶合一吨计算，十吨仅仅占鲸皮纯重的四分之三。

在现实生活中，一条活的抹香鲸，在它所呈现的许多令人叹为观止的东西中，它的外表是其中绝非等闲的一处。它身上几乎无一例外地布满了无数呈四十五度角密密麻麻反复交叉的直线，有点像精美的意大利绒雕上的线条。可是，这些线条不像是刻在前面所说的白云母片般的物质上，倒像是印在那薄片似的东西下面透过来的，好像是直接刻在鲸身上似的。不仅如此。有些情况下，在悟性高、观察入微的人眼中，那些绒条，就像在真的版画中一样，而且提供了进一步悬想各种形象的余地。这都是些象形文字；要是你把金字塔内壁上那些神秘的符号都称为象形文字的话，那这个字眼用在这里就再合适不过了。我由于想到抹香鲸身上的象形文字，而特别叫我想到密西西比河上游河畔那个著名的象形文字的断崖上，那块刻有古印第安字体的石板，它给我的印象真是深刻。这大鲸身上的神秘线条，跟那些岩石上的神秘图样一样，至今无人辨认得出。提起这些印第安岩石；又让我想起另一件事。抹香鲸除了其外表显示的种种现象之外，它也常常在水面上露出背脊，特别是肋腹部分。由于经常和外界狠狠摩擦，它外貌上整齐的线条大部分给磨掉了，完全是一副不规则不整齐的样子，显得零乱无序。大概新英格兰沿海的那些岩石，据瑞典博物学家阿伽西猜想，那些岩石之所以带有严重擦伤的痕迹都是浮游冰山的撞击所致——大概那些岩石在这一点上和抹香鲸相似。在我看来，鲸身上的这样一些擦伤痕迹也可能是跟其他鲸相斗落下的；因为我常在巨大的成年雄性抹香鲸身上看到这种痕迹。

再就鲸皮或者鲸脂唠叨两句。前面已经交代过，那是一大片一大片从鲸身上剥下来的，人们称之为毛毯片。这名称，跟大多数航海用语一样，非常恰当而又含有深意，可谓神来之笔。因为包裹大鲸全身的鲸脂确实像是真正的毛毯或者床罩，说得更确切些，像是印第安人的套头披风，从头上套下去，把全身裹得严严实实。正因为鲸身上裹有这床舒适的毛毯，它才能够在各种气候、各种海洋、各种时间、各种潮汐中过得舒舒服服。比方说，在北极那些冰冷刺骨的海洋中，格陵兰鲸要是身上没有那件舒适的外套，它怎么能受得了呢？不错，其他的鱼类在那些极北的海洋中照样优哉游哉。可是，请注意，这些都是冷血无肺的鱼类，它们的肚子本身就是冰箱，它们只要借冰山避避风就感到暖和。正如寒冬的旅客在火盆前烤烤身子一样。而鲸，则和人类一样，既有肺，血也是热的。把它的血一冻住，它就完啦。而一定的体温对它犹如对人一样是不可或缺的，这个大怪物竟然能泡在北极海里，只露出嘴唇以呼吸空气而仍然扬扬自得，这不经过解释怎么能叫人不为之惊奇呐喊！在那种海域，水手要是掉下海去，有时若干个月后，会发现他们直挺挺地冻僵在白茫茫的大片冰块之中，犹如一只苍蝇粘在琥珀中一般。但更奇怪的是，实验证明，一头北极鲸的血液热度比婆罗洲黑人在夏天里的血还要热。

我深深感到，在鲸身上，我们看到了一种坚强独特的生命力之罕见的品质，坚墙厚壁之罕见的品质，以及胸怀博大之罕见的品质。啊！人们，赞美鲸，以鲸为榜样学习吧！你也能置身冰雪之中而仍然保持体温？你也能生活在这世界上而不为这世界所左右？置身赤道保持凉爽；身处北极保持血液的流动！啊！人们，你们要像圣彼得大教堂的大圆屋顶一样，要像大鲸一样，使自己的体温一年四季始终如一。

可是，这些美好的东西，讲授起来多么容易，要人家身体力行却是多么为难啊！建筑物中，像圣彼得大教堂那样有圆屋顶的能有几座！动物中，又有什么足以与鲸鱼的伟岸相提并论！

第六十九章　葬　礼

"收链！让尸体往后漂走。"

巨大的复滑车现在已经完成了任务。而被砍去了脑袋，剥去了鲸脂的白色鲸身像座大理石墓似的闪着光。这鲸尸虽然颜色变了，体积却看不出有什么收缩。它仍然跟原先一样庞大，它慢慢地漂开去，越漂越远。它周围的海水在贪得无厌的鲨鱼闹腾之下向四面泼溅。尖叫的鸟群在上空贪婪地穷追不舍，一张张利喙就像是一把把短剑，肆无忌惮地刺向鲸尸，像是进行侮辱。这无头的白色巨怪漂得离大船越来越远。它每漂上一段，就新跟上不少鲨鱼，闻讯而来的飞鸟也更多，二者都成几何级数递增，杀气腾腾的鼓噪声越来越高。从几乎是静止不动的大船上望去，好几个小时都可以看到这丑恶的场面。在晴朗柔和的蓝天下，在快活舒展的海面上，愉快的和风吹送着这巨大的死尸漂呀，漂呀，鲸尸最终消失在目力难穷的远方。

真是个够凄凉、够嘲弄的葬礼！空中的海鸟全都假仁假义地哀悼死者，海中的鲨鱼全都恪守礼仪地披麻戴孝。鲸生前要是真需要帮助的话，我只怕它们中间没有几位会到场；可是在为鲸举行葬礼的宴席上，它们却都虔诚地一拥而上。啊，死亡那可怕的贪婪啊！力大无穷的鲸也在劫难逃。

可是，事情尚未结束。尽管它的身躯遭到如此亵渎，它却还留着个复仇的鬼魂盘旋于尸体之上威吓生者。如果老远地偶然被一艘过于小心的兵舰或冒险的探险船发现它，因为距离太远看不清成群结队的鸟群，只看见雪白的庞然大物在阳光下漂浮，再加上朝它高高冲击起的白色浪花，船上的人们会用颤抖的手指把这已不会伤人的鲸尸记载在航海日志上——这一带附近发现鱼群、暗礁和危险物：留神！也许若干年以后，所有的船只到这个地方都依然会绕行，就像傻乎乎的羊群记得当初领头羊在此处一跃而过，于是在原地照旧跳了过去，可是当初是有一根杆子拦着，现在这里空空如也。这就是你们以先例为依据的法则！这就是你们传统的实用价值所在！这就是你们那原先就不曾脚踏实地现在已没有市场的古老信念仍然顽固地存在的真相！这就是正统！

由此可见，大鲸生前，它那庞大的身躯也许对它的敌人是真正的恐怖；死后，它的鬼魂尽管失去了威力，仍能在人间引起无休止的虚惊。

你相信鬼魂吗，我的朋友？除了考克巷的鬼之外，世界上还有好多别的鬼，比约翰逊博士[①]还要渊博得多的人也相信哩。

---

① 1762年，英国斯密斯菲尔德夺的考克巷闹鬼。约翰逊博士是英国十八世纪中叶的文坛泰斗，曾参与调查考克巷闹鬼一事，表示不信。

第七十章　狮身人面怪

应该做一点补充的是，在剥去大海兽全身的皮之前，先要砍去它的脑袋。且说这砍抹香鲸的头，可是一项需要通晓解剖学的技艺。对此富有经验的大鲸外科大夫深感自豪，而且自豪得颇有道理。

请想想看，鲸身上并没有个什么地方可以被称之为脖子；恰恰相反，它的脑袋和身子似乎直接连在一起，而那连接处却正好是它身上最粗的部位。也别忘记，砍头的外科医生必须悬空作业，距离他的解剖对象约八英尺或十英尺，而这对象又几乎整个儿隐蔽在浑浊、翻腾，并经常是汹涌澎湃的海水中。也请记住，在这种困难重重的情况下，他还得在它身上砍进去好几英尺深；同时因为是在水中开刀，切开的裂口时刻在收缩，你想往里面看上一眼很不容易，医生必须熟练地避开所有邻近的不该砍的部分，准确地紧靠着脊椎与头颅的交接点砍下去，将脊椎骨砍断，所以斯塔布吹嘘说他只需十分钟就可以砍下一条抹香鲸的头来，你能不觉得惊奇么？

鲸头砍下后，就被扔在船尾，用根大缆捆住，等鲸身剥光后再行处理。要是赶上条小鲸，在鲸身剥光后，就把鲸鱼脑袋吊上甲板来慢慢处理。可是，赶上是条成年的大鲸，就不能这么办了；因为抹香鲸的脑袋几乎占它整个身躯的三分之一，要把这么重的东西完全吊起来，即使动用船上巨大的复滑车，也犹如想用珠宝店里的戥子来称荷兰的谷仓一样太不相称。

"裴廓德号"捕获的这条鲸在被砍头剥膘之后，它的脑袋给吊在船的一侧——大约有一半露出水面，这样它就可以借助海水的浮力把它托起来。而吃力的大船则由于下主桅顶上一股巨大的下拉力而向鲸鱼脑袋这一边倾斜得很厉害。那一边的每一根桁臂都像起重机的长臂伸出在海上。血淋淋的鲸鱼脑袋吊在"裴廓德号"的腰部，就像是巨人荷洛弗思的头①挂在朱狄斯的腰带上一般。

等最后这件活干完已经是中午了，水手们都下到舱里去吃中饭。刚才还忙碌嘈杂的甲板现在已空无一人，悄无声息。四下里一片宁静，像一株无处不在的黄色的忘忧树②，正在海面上无声无息地展开它那巨大的叶子。

没隔多久，亚哈就从船长舱出来，独自来到这悄无声息的世界。他先在后甲板上转了几圈，就停下来，凝望着船舷外边，然后慢慢走到那一盘盘绳索中间，拿起斯塔布那把长柄铲子——在砍去鲸头后它仍搁在那里——捅进那半悬空吊着的鲸鱼脑袋中去，把另一头像支拐杖似的抵在胳肢窝下，就这么倚在长铲上站着，上半身探出船舱，全神贯注地盯住了鲸头。

这个黑色的脑袋，吊在那里，仿佛戴着个风帽，四下里是一片极其深沉的宁静，看去就像是沙漠里那狮身人面像的头。"说吧，你这颗大得无比的令人肃然起敬的脑袋，"亚哈喃喃道，"你虽然没有长大把胡须，可到处沾着苔藓，看去一片斑白；说吧，了不起的脑袋，把深藏在那里面的秘密告诉我们。在所有的潜水者中，你是潜得最深的。这时阳光正照着脑袋的上部，这是颗曾活动在世界的最底层的脑袋。在这最底层，有多少未经记录下的人和船只腐烂了，有多少没来得及吐露的希冀和指望化为乌有。这世界便是一艘舰船，千千万万溺死者的尸体做成了压舱物沉在那儿。在那可怕的水底王国里，却有你最亲切的家。你去过潜水钟或者潜水者从来没有去过的地方。你曾经躺在许多水手身旁，那是彻夜难眠的母亲甘愿舍身代之的地方。你看到过双双紧抱的情侣从熊熊大火的船上跳下大海，心贴心地沉没在汹涌

---

① 据《裴迪斯书》记载：犹太寡妇裴迪斯用计去杀死了亚述敌军营中主将荷洛弗思，并把他的头带回城中，使全城得以保全。

② 希腊神话中吃了忘忧树的果实会酣然入梦，忘却尘世的一切愁苦。

奔腾的波涛中；在上苍似乎有意背弃他们的当口，他们仍坚贞不渝。你也看到过被海盗杀害的大副半夜里从甲板上抛入大海；他掉进那午夜般黑沉沉的贪得无厌的大口好几个钟头了，那艘杀人越货的海盗船照样毫发无损地在航行——而突如其来的闪电却把邻船打得粉碎，它本可以把正直的丈夫送到那伸出了双臂，望穿秋水的人的怀里。脑袋啊，你见多识广，足以剖析休咎，足能教亚伯拉罕变成个异教徒，可你一言不发！"

"有船来啦。"从主桅上传来一声欣喜欲狂的喊声。

"哦？好哇，那真是喜事。"亚哈嚷道，猛然挺直身子，额上的愁云一扫而空。"在这个死气沉沉的寂静里听到这声振奋人心的叫喊，简直能叫人百病皆消。——船在哪里？"

"船头右舷三个罗经点①，先生。还给我们带来一股和风哩！"

"那就更棒了，伙计。但愿圣保罗待会儿也会跟着过来，给我了无生气的心境带来一股春风！造物主啊！人的灵魂啊！你那些异体同功的东西，可多么说不尽讲不完啊！一点也不必靠物质生活和刺激，精神上自有它的巧妙的复本。"

第七十一章　"耶罗波恩号②"的故事

那艘船跟和风齐头并进；只是风比船来得快些。不久"裴廓德号"就轻轻摇晃起来了。

不一会儿，从望远镜里可以看到那艘船上的小艇和配备了人的桅顶，原来它也是条捕鲸船。可是它远在上风处，飞快驶过，显然是在赶向另外哪个渔场。"裴廓德号"不可能赶上它。于是，打出信号，看它

① 一个点等于十一点二五度。
② 这条船以以色列十个部落的第一个统治者耶罗波恩命名。

有什么反应。

且在这里说明一下，美国捕鲸船队的船只也像海军的舰艇一样，都有代表本船的信号；这些信号及各自所属船只的名称都汇印在一本小册子里，每个船长人手一册。因此，捕鲸船船长在海洋上相遇，哪怕隔得相当远，也能很方便彼此辨认。

"裴廓德号"打出信号后，那艘陌生船终于也打出了自己的信号作为回答；原来那艘船是南塔开特的"耶罗波恩号"。它把帆桁跟桅杆扯成直角后，就疾驶过来，打横并排靠在"裴廓德号"的背风面一侧，放下一只小艇。小艇很快就驶近了。但是当水手们按照斯塔布的命令正在舷侧放下绳梯，好迎接来访的船长上船时，小艇上的陌生人却在艇尾摇手，表示完全不必这样做。原来"耶罗波恩号"上闹过一场恶性传染病，船长梅休怕传染给"裴廓德号"上的船员。虽然他和小艇上的水手都还没有传染上，而且两船相距在半个步枪射程之外，中间隔着不受侵蚀的滚滚波涛和猎猎清风，但这位船长还是认真地遵守陆上那种过于谨慎的检疫规定，断然谢绝与"裴廓德号"直接接触。

不过，这并不妨碍双方的信息交流。"耶罗波恩号"的小艇和"裴廓德号"之间保持有几码的距离，由于这时风已刮得很急，小艇的中主桅帆直往后鼓，有被冲开去的趋势，它不得不隔三间四划上几桨，以便跟"裴廓德号"保持平行。虽然有时确也冲来一阵大浪把小艇反而推到"裴廓德号"前面去了一些，不过很快又熟练地让它回到跟大船平行的位置上。双方的对话就在这种不时发生的诸如此类的干扰之下断断续续地进行；不过时不时也有另外一种性质很不相同的干扰。

在"耶罗波恩号"的小艇上摇桨的，有一个相貌颇为特别的水手，哪怕在那种各种人等应有尽有的野蛮的捕鲸业里，他也是个罕见的人。他身材短小，年纪不大，满脸雀斑，一头黄色浓发。身穿一件褪了色的胡桃色老式长外衣，过长的袖子卷到手腕处。眼睛里流露出深沉、凝滞、狂热的精神错乱的神色。

斯塔布刚一发现这个人，便大喊道："就是他！就是他！——他就是'动嗬号'上的人告诉我们的那个穿着上岸衣服的只会吹牛的胆小鬼！"斯塔布这里指的是前些时候，"裴廓德号"和"动嗬号"对话时谈及"耶罗波恩号"的一个奇怪的故事和它的一个水手。根据当时所讲的及后来得知的一些情况，那个胆小鬼好像一跤跌到了青云里，很奇妙地控制了"耶罗波恩号"上的每一个人。他的故事是这样的：

他本是在奈斯古威纳怪诞的震教派团体①里长大的，曾是其中的一个大预言家。在他们那些精神失常的秘密集会中，他有好几次从一扇活板门里跑了下来，却声称是由天上下来的，宣布马上就要打开放在他的贴胸口袋里的第七碗②。但是，据说那碗里装的不是火药，而是鸦片酊。他曾突萌奇想，以使徒自居，离开奈斯古威纳，来到南塔开特，凭着他那种疯头疯脑所特有的狡黠，装出一副通情达理、稳重可靠的模样，自愿做个生手后备船员，参加"耶罗波恩号"的捕鲸航行。他被雇用了；但是等船一出海刚见不着陆地，他的神经病就突然发作。他声称自己是迦百列天使长，并命令船长跳下海去。他发表了宣言，声称自己是海上诸岛的拯救者，大洋洲的代理监督③。他宣布这些事情时神态是多么的堂而皇之、一本正经——他的处于兴奋不眠状态的想象力的大胆发挥以及真正的神经错乱引起的不可思议的恐惧感，两者搅在一起在大多数愚昧的水手眼力赋予了这为迦百列以一种神圣不可侵犯的神态。他们都很怕他。然而，这样的人在船上实际上没有多大用处，尤其是他干活得趁他自己高兴，否则就不肯干，船长便怀疑他装神弄鬼，恨不得立刻让他滚蛋；不过，当众说是那个人自己要求在头一个方便的港口上岸。这位天使长立刻搬出上帝来威胁——如果这个如意算盘付诸实现，他就听任这船和全体水手彻底

① 英国十八世纪中叶教友会会员成立的一个教派。
② 七个碗盛的都是上帝的大怒，即七种灾难。第七碗为大地震。见《圣经·新约·启示录》第十五至十六章。
③ 英国国教在诉讼事务上协助大主教或主教的代理监督。

毁灭。水手中有不少他的信徒，他们集体跑到船长那里，说要是打发迦百列走路，他们一个都不会留下。船长只好放弃自己的计划。他们还要求不得虐待迦百列，说什么做什么都由他；这一来，迦百列在船上就为所欲为了。结果是，这位天使长简直或者根本就不把船长和三个副手放在眼里；船上发生传染病以后，他更是趾高气扬，声称这场瘟疫完全听命于他，能否止住，全看他高兴与否。那些水手大多是些可怜虫，对他卑躬屈膝，有些还曲意逢迎；他们遵从他的指示，有时像对神灵一样对他顶礼膜拜。这些事似乎很难令人置信，然而不管它们多么怪诞，却是千真万确的。读一部狂热信徒使，你会发现，这些信徒的自我欺骗固然已不可限量，但与他居然能欺骗迷惑如此之多的其他人的无限威力想比，还远远不如。不过，闲话少说，还是让我们回到"裴廓德号"上来吧。

"我不怕你们的传染病，朋友，"亚哈在舷墙边对站在艇尾的梅休船长说，"上船来吧。"

但这时迦百列跳起身来。

"想想得热病的后果吧：肤色变黄，胆汁增多！当心这种可怕的瘟疫！"

"迦百列，迦百列！"梅休船长嚷道，"你应该——"可这时一个大浪迎头打来把小艇冲出去老远，汹涌的波涛盖住了说话的声音。

"你看到过白鲸吗？"等小艇慢慢荡回来时，亚哈问道。

"想想，想想你的小艇吧，会给打碎下沉！当心那可怕的鲸鱼尾巴！"

"我再跟你说一遍，迦百列，你——"可是小艇仿佛被恶魔们拖着似的又一次冲向前去，好一阵子无法交谈。喧闹的波浪连绵不断地滚滚而过，这时而任性胡来的波涛一发作，便不是一起一伏，而是狂翻乱滚。同时，那颗挂在船边的抹香鲸头也颠簸得很厉害。人们看到迦百列似乎胆战心惊地瞄着它，全然不像个天使长的样子。

这阵干扰过去之后，梅休船长就讲起了有关莫比·迪克的一个悲惨的故事。然而，在讲的过程中，迦百列只要一听到它的名字，便从中打岔，那疯狂的大海好像也跟他一个鼻孔出气，为他推波助澜。

"话说'耶罗波恩号'离家后不久，在和一艘捕鲸船交谈时，船上的人就从人家那里确实可靠地得知有这么一条叫莫比·迪克的大鲸和它毁船伤人的事了。迦百列一字不漏地把这消息听入了耳，并且慎重警告船长，万一碰上这个巨兽，千万不要攻击它；他疯疯癫癫地胡言乱语一气，宣称白鲸正是震教上帝的化身；震教派已经收到了《圣经》等等。但是，一两年后，桅顶上的瞭望者清清楚楚地看见了莫比·迪克。大副梅赛火烧火燎的要跟它去干一仗。船长本人也乐得让大副得到这个机会。于是，梅赛不顾这位天使长事先的一切警告和恐吓，说服了五个水手登上他的小艇。他领着他们用桨推离大船；经过了许多辛苦和多次危险、失利的攻击之后，他们终于把一支标枪牢牢地扎进了大鲸。这时，迦百列登上了主桅顶，狂挥乱舞着一条胳臂，嘴里对那几个敢于攻击他的天神的造孽的家伙作出一个个很快要遭报应的预言。这时候，正当梅赛大副站在艇首，以他那个部族所特有的旺盛精力满不在乎地朝大鲸狂呼乱喊，并举起了鱼枪正想伺机投出时，嗬！海里突然冒出一个巨大的白影来，它的身子飞快地一扫，登时那几个桨手全吓呆了。紧接着，那倒霉的大副，刚才还生龙活虎一般，身子给一下子抛到了半空中，划了一个大弧，掉在约五十码外的海里。小艇丝毫无损，桨手们连毛发都没有伤到一根，可是，大副却再也没有上来了。

不妨在这里顺便说两句，在捕抹香鲸业所遭受的一切严重的意外事故中，以上这种情况可说是经常发生的。有时，除了那个送命的人以外，其余人毫无损伤；更常见的是，艇首给打掉了，或者指挥者站的用来顶住膝盖的那块粗板子，连人带板给撕下去了，其余部分却安然无恙。但最奇怪的是这种情况，不止一次找到遇难者的尸体之后，上面竟看不到半点伤痕。

这整个灾难，以及梅赛从空中落水的身形，大船上看得清清楚楚。迦百列一声撕心裂肺的尖叫——"是上帝让倒的碗哪！是上帝让倒的碗哪！"这一叫声使那些吓破了胆的水手停止追击。这个可怕的事件更加扩大了这位天使长的影响；因为他那些没有头脑的信徒都认为他早就预告过了。他就此成为船上一种使人有说不出的恐怖的人。

梅休刚把故事讲完，亚哈就刨根刨底地问白鲸的事，使这位陌生船长禁不住反问他是不是打算一有机会就去追捕白鲸，亚哈回答道："是呀。"话音刚落，迦百列马上又跳起身来，眼珠子瞪着这个老头，一根手指朝下指着，气鼓鼓地嚷道："你想想，想想那个亵渎神明的人——他死了，就在那下面！——别也落个同样的下场！"

亚哈不为所动地转过脸去，对梅休说："船长，我刚想起了我的信袋里有一封寄给你手下一个副手的信，要是我没记错的话。斯达巴克，到信袋里找一找。"

每艘捕鲸船出航时都捎有不少的邮件，这些信件能不能交到收信人手中，则决定于两条船是否能凑巧在海上碰面。因此，大部分信件永远到不了收信人手中；有一些则要耽误两三年甚至更长时间才能收到。

很快斯达巴克就拿着一封信回来了。那信因为长时间搁在舱里一个阴暗的橱柜里，而显得皱巴巴的，有股潮气，还有一层暗绿色的霉斑。递交这样一封信，信差也许是死神本人。

"认不出来吗？"亚哈嚷道，"给我，朋友。是呀，是呀，自己确实看不清楚。——这是什么？"在他仔细辨认的时候，斯达巴克拿起一根切割用的长长的铲柄，用小刀稍稍剖开柄端，好把信夹住，打算这样朝小艇伸过去，那样小艇就不必再朝大船靠拢了。

这时，亚哈拿着信，喃喃念道："哈——对啦，哈利先生——（是女人纤细的笔迹，——准是这人的老婆写的，我敢打赌）——哦——哈利·梅赛先生，'耶罗波恩号'。——嘿，信是给梅赛的，可他已经死啦！"

"可怜的家伙！可怜的家伙！还是他老婆写来的哩。"梅休叹息道，"不过还是由我收下吧。"

"哼，你自己好好收着吧。"迦百列朝亚哈嚷道，"反正你很快也会走上那条路的。"

"让这些咒人的话噎死你！"亚哈大喊，"梅休船长，还是请你接信吧。"他从斯达巴克手里把那封不祥的信拿过来，夹在柄端的缝里，朝小艇伸过去。而就在这时，所有桨手都有所期待地停止划桨，小艇稍稍朝大船船尾漂去；这样一来，仿佛鬼使神差，那封信忽然凑到迦百列那迫不及待的手跟前来了。他一把攫住，抓起小艇上的砍索刀，捅穿那封信，连刀带信扔回了大船。正好掉在亚哈脚边。然后，迦百列尖声大叫，要他的伙伴赶紧划桨，就这样这抗命不遵的小艇飞快地驶离了"裴廓德号"。

这段插曲过去之后，水手们又继续处理大鲸的外套①，可是，就这一荒唐的事件而论，它已经暗示出许多怪事来了。

第七十二章　猴　索

在割脿和处理一头鲸鱼这一乱糟糟的过程中，水手们总是奔前赶后地忙个不停。一会儿这里需要人手，一会儿那里又需要人手。到处都在忙着，因为在同一个时间里，各处都得把各种事情赶完。这个在努力描绘这一场面的人也忙得手不停笔。现在我们必须回过头来说说。前面已经提到，在鲸背上切割之前，得先要把鲸脿钩送到三位副手原先用铲子在鲸脊上扎开的窟窿里。但是，那么笨重的钩子怎么才能钩到那窟窿里去呢？这活是由我的密友魁魁格来完成的。作为

---

① 鲸皮。

标枪手，那是他职责内的事，他理所当然得下到那巨兽背上去执行这一特殊任务。而且，他得一直待在鲸背上，等整个剥皮手术做完了才能下来。各位须知，那条鲸，除了正在下手的部分外，几乎整个儿都浸在水里。因此，这个可怜的标枪手就在低于甲板约十英尺处，半个身子趴在鲸身上，半个身子泡在水里，不停地挣扎，因为他脚下的巨兽像一架水车似的总在转。在这种场合，魁魁格总是一身苏格兰高地人装束——一件衬衣，一双短袜——这身打扮，至少在我眼中，显得格外潇洒。谁要领略这番情景，我想这就是再好也没有的时机了吧。

我是这个野人的前桨手，也就是说，在他的小艇里划头桨（从前面数第二个位置上），我很高兴的是，我的职责是在他极其艰难地爬上死鲸背时，好好儿侍候他。你们想必见过大利风琴手，用一根长绳牵着只蹦蹦跳跳的猴儿四处卖艺。我也正是那样，用一根捕鲸业中的所谓猴索，拴在他腰部一根结实的帆布带子上，从壁陡的船舷边把他送到海面去。

这对我们俩来说，可真是一件既滑稽又危险的差事。因为，在往下讲之前，我必须说明的一点是，这根猴索两头都拴得牢牢的，一头拴在魁魁格的宽帆布带子上，一头拴在我的窄皮带上。所以我们俩在这一段时间中是有福同享，有难同当了。万一可怜的魁魁格沉了下去，再也上不来，那按照这一行的习俗，并为了个人名誉，我都决不能割断绳索，只能跟着被一块拽下水去。这样一来，一根细长的绳子就把我俩连在一起。魁魁格就是我连体的孪生兄弟，这一由麻绳结成的生死与共的情谊我是怎么也摆脱不了的了。

当时我也确实把处境想得太惨太玄了。在聚精会神地注视着他的动作时，我似乎清清楚楚地意识到我自己成了一个两人的合股公司的一部分，我的自由意志已经受到致命的创伤，也清楚地看到别人的差池或不幸很可能把无辜的我投入我本不应有份的灾难或死亡中去。因此，我看到这就是一种天意的中绝期，因为它那大公无私的公道从来没有做出如此不公平的处罚。然而，我又进一步想——在我不时猛拽他一下以免他给卡在死鲸与大船中间时——嘿，我这种处境跟每一个活着的人的处境其实一模一样；不同的是，在大多数的场合上，一切活着的人，都有一根缚住一大串人的暹罗索子。要是你的银行垮了，你也就跟着倒霉；要是药剂师给你错放了一味毒药，你就完了。不错，你也许会说，只要小心在意，就可能躲过生活中许许多多诸如此类的厄运。我小心在意地掌着魁魁格的猴索，可有时他猛一拉，劲一大，我就差点儿滑到海里去了。我非常清楚，随我怎么小心在意，我所能控制得了的也只是猴索的一头而已[①]。

我曾间接提及过，我常常要把魁魁格从死鲸和大船之间拽出来——因为二者都在不停地滚动摇摆，他随时会失足落下。可是他面临的危险还不仅于此。那些鲨鱼，虽然经过了昨晚的大屠杀，不仅没有把它们吓住，这时反而更精神勃勃，更活跃，因为那只尸体上郁积着的、如今已开始流出的血，把它们吸引住了——这些发疯的畜生就像蜂窝里的蜜蜂似的团团围住了死鲸。

而魁魁格就处在这些鲨鱼的包围之中；他常常跟跟跄跄地用脚把它们踢开。要不是它们都给死鲸吸引住了，这简直是难以置信的事；无所不食的鲨鱼，只要有别的肉可吃，是很少碰人的。

不过话说回来，宁可信其有不可信其无。既然它们如此贪得无厌地分享死鲸，那还是小心提防它们为妙。因此，除了这根猴索——我用它时时拽一下这个可怜的家伙，免得他太靠近一条看去似乎特别凶狠的鲨鱼的嘴巴，船上还提供了他另一重保护，塔希蒂格和达格俯身在脚手架边，不停地挥舞两把锋利的鲸铲，把凡是他们够得着的鲨鱼全部干掉。他们这种做法自然毫无私心而且是慈悲为本。他们是为了魁魁格好，我承认；可是，在他们过于热心，急于对他表示友好，却

---

① 所有的捕鲸船上都有猴索；不过，仅仅在"装廓德号"上，猴索和拉牵猴的人才捆在一起。就原有的惯例作这一改进的不是别人正是斯塔布，目的在于给处境危险的标枪手提供最让他放心的保证，既然牵索人跟他生死与共，自然对他的安危不敢有丝毫松懈。——原注。

忘了他和那些鲨鱼同样有时处于近乎为血污的海水所隐没，以致一不小心，他们的铲子很可能剁掉的是一条人腿而不是一条鲨鱼尾巴。但可怜的魁魁格，我想，在气喘吁吁吃力地鼓捣那大铁钩时只有祈求他的约约，把他的性命交给他的神祇了。

"好啦，好啦，我亲爱的伙伴和孪生兄弟，"我随着波浪的起伏把索子一收一放时，心里想道，"说到底，这有什么了不起？你跟我们捕鲸界里所有的人不是一模一样的吗？你所渴望的那个深不可测的海洋就是生命。那些鲨鱼是你的敌人；那些铲子则是你的朋友。在你这左右为难的险境中，鲨鱼跟铲子又有什么区别呢，可怜的伙伴。"

不过，还是鼓起勇气来吧！好多人在等着为你欢呼喝彩呢，魁魁格。因为，到了此刻，当这个精疲力竭的野人，嘴唇发青，两眼充血，终于攀着锚链，跨过船舷，站在甲板上，浑身淌水，不由自主地全身发抖时，那小厮走上前来，带着怜惜和安慰的眼神递给他一杯——一杯什么呀？热白兰地吗？不！天哪！递给他一杯温热的姜水！

"是姜水吗？我是不是闻到了姜味？"斯塔布将信将疑地问道，一边走了过来，"没错，这肯定是姜水。"他盯着那还没有上嘴的杯子直瞧。他接着站了一会儿，一副难以置信的样子，他沉住气，朝那个惊诧的小厮走过去，慢吞吞地说道："姜水？姜水？能不能劳驾告诉我，汤团先生，姜水有什么作用？汤团，难道它能在这筛糠似的哆嗦着的生番肚子里点起一把火吗？姜汤！——姜水究竟是什么东西？——是矿化煤？是木柴？——是安全火柴？——是火绒？——是火药？——喂，姜水究竟是什么东西，你竟端了一杯到这里来，给我们可怜的魁魁格？"

"是戒酒协会在暗地里搞鬼吧？才有了这事。"他突然又补上一句。这时，斯达巴克从船头走拢来了。"请您瞧瞧那小杯东西，先生；愿意的话，请您闻一闻。"然后，他瞧着大副脸上的表情又说，"斯达巴克先生，这小厮竟敢把那种泻药拿来给魁魁格。您瞧，他刚从鲸身上爬上来。难道这小厮是药剂师吗，先生？我倒要问问他，他是不是打算用这种辣货把一个淹得半死的人救活过来？"

"我看靠不住。"斯达巴克说，"这东西管不了什么用。"

"对啦，对啦，小厮，"斯塔布嚷道，"我们来教教你怎样把一个标枪手救活过来。这里完全用不着你这药剂师的药。你想毒死我们，是不是？你给我们都办了人寿保险，因此想把我们都害死，好独吞保险金，是不是？"

"别怪我，这不是我的主意！"汤团嚷道，"是慈善大婶把姜带上船来的，吩咐我千万不要给标枪手酒喝，只给姜汤喝——她就是这样吩咐的。"

"姜汤！姜你这个混蛋！拿走！赶紧去，赶快到橱柜里拿点好些的东西来。我想我没有做错，斯达巴克先生。这是船长的命令——拿烈酒给从鲸身上下来的标枪手喝。"

"好啦，"斯达巴克回答道，"别再打击他了，不过——"

"哦，我打击归打击，决不会伤害他，除非是揍鲸鱼或诸如此类的东西。而这个家伙却是只黄鼠狼。你刚才想说什么来着，先生？"

"没别的，你跟他一块儿到舱里去，要什么，你自己拿就是了。"

斯塔布再出现在甲板上时，一手拿着个黑瓶子，另一只手拿着个茶叶罐似的东西。并且装的是烈酒，他给了魁魁格；罐里放的是慈善大婶的礼物，他随手扔给了大海。

⚓ 第七十三章　斯塔布和弗拉斯克杀死了一条露脊鲸，接着就此谈话

我们必须记住：在这一段时间里，"裴廓德号"一侧一直挂着个巨大的抹香鲸头。但我们只好让它继续挂在那里，直到以后有工夫再处理。眼下有更紧急的事情要处理，我们只得祈祷上天，但愿那滑车能

吃得住。

经过一个晚上和一个上午,"裴廓德号"已逐渐漂入一处海域。从那偶尔出现的一片片黄色浮游生物来看,肯定附近就有露脊鲸。一般来说,在这一个特定的季节,很少有鲸鱼会潜伏在这一带。虽说水手们一般都不屑于捕捉这种二等货色;虽说"裴廓德号"这次的使命根本不是四处去逮它们,在克罗泽斯附近碰见过好多条,却连一条小艇都没有放下去过;然而,使大家大为惊奇的是,在捕获一条抹香鲸且将之砍头之后,居然下了通知,要是有机会的话,当天就要求捕到一条露脊鲸。

没过多久,机会果然出现了。在下风处就看到了高高的喷水,斯塔布和弗拉斯克奉命分别率领两只小艇去追击。小艇越追越远,最后连大船桅顶上的人都几乎看不见它们了。可是突然间,他们看到一大堆翻腾的白浪。不一会儿,桅顶上传下来消息说,有一只或者两只小艇都把鲸拴住了。又过了一阵,两只小艇都看得很清楚了,它们正被那拴住了的鲸拖着直奔大船而来。那怪物十分靠近大船,教人初眼一看,还当它是存心要来伤害大船。但突然在离船不到二十米处,它一个猛子,搅起了一个大旋涡,就整个消失得无影无踪,好像是钻到船底下去了。"快割绳子,快割绳子!"大船对小艇直喊,在这一刹那间小艇看来要对着船身撞过来,撞得两败俱伤。但是,索桶里的索子有的是。而这鲸又下潜得并不算太快,他们就尽量把索子放出去,又拼命划桨,好抢到大船前边去。有那么几分钟的工夫,情势万分危急;因为就在他们朝一个方向放松那绷紧的捕鲸索又朝另一个方向拼命划桨时,这两股紧张对峙的力量随时都有把他们拖下水去的危险。其实,他们所竭力争取的不过是往前几尺而已。他们咬紧牙关不放松,终于赢得了那几尺;于是,陡然之间,一阵震动闪电似的掠过龙骨,原来是那根绷得紧紧的捕鲸索,擦过船底,猛然从船头弹出,震颤有声;索上的水珠跟着四射开去,点点滴滴像碎玻璃片似的落在水面上。那条鲸也在老远的地方冒了出来。两只小艇再次可以自由地飞速前进。

但跑累了的鲸这时已减低了速度,并盲目地改变方向,拉着那两条小艇绕过船艄,这样,小艇兜了整整一个大圈子。

这时,两只小艇把捕鲸索收了又收,最后逼近到了鲸的两侧。斯塔布和弗拉斯克便紧密配合,你一枪我一枪地捅过去。战斗就这样围着"裴廓德号"在进行。而原先围在抹香鲸尸体周围的鲨鱼则都蜂拥到这新流血的鲸跟前来了。它们聚集在每个新的伤口前痛饮,犹如那以色列人一见到击破的岩石间喷发的山泉变急不可待地痛饮一般①。

终于,鲸鱼喷的水柱低而粗了,一阵猛滚猛喷之后,肚皮朝天,死了。

这两个指挥者一边用绳索拴住鲸尾,设法把这大东西弄得可以拖曳,一边在交谈。

"我真不懂老头子要这块臭肉干什么。"斯塔布说,他一想到要和这么瞧不上眼的大海兽打交道就有点恶心。

"干什么?"弗拉斯克一边把艇头多余的捕鲸索绕起来一边说,"难道你从来没听说过,船上右舷挂上了一只抹香鲸头,左舷就得挂上一只露脊鲸头;这样往后就绝不会翻船?斯塔布,难道你从来没说过?"

"为什么就不会翻船呢?"

"我也不知道,可我听到那黄鬼费达拉这样说过。有关船的一切斜门歪道他似乎全知道。可我有时觉得他那斜门歪道最终会把船断送的。我一点儿也不喜欢那家伙。斯塔布,你有没有注意到他那龅牙像个蛇头。"

"那该死的家伙!我从来也不瞧他一眼。要是我碰巧在哪天夜里赶上他正紧靠舷墙站着,而四下里又没有人;你瞧瞧那下边,弗拉斯克,"——他用双手做了个动作,指着海里——"对啦,我会干得出来的!弗拉斯克,我认为那个费达拉是个乔装打扮的魔鬼。你信不信他

---

① 见《圣经·旧约·民数记》第二十章。

是被偷偷弄上船藏起来这无稽之谈的故事呀？他就是个魔鬼。之所以看不到他的尾巴，是因为他把它卷起来了；他把它盘好藏在口袋里。该死的东西！我想。我也想起来了，他老是在找麻絮要填满他那双靴子里大拇指的空当。"

"那他穿着靴子睡觉，是不是？他又没有吊铺可睡。不过我看到他晚上经常躺在一盘索具上。"

"一点儿不错，那就是因为他那该死的尾巴。你明白吗，他把它卷起来，放在索具中间的孔眼里。"

"老头子干吗跟他这么密切？"

"我猜是在搞什么交易或者买卖。"

"买卖？——什么买卖？"

"咳，你还看不出来吧，老头子一心一意只想追捕白鲸，这恶魔就利用这一点跟他套近乎，做交易，要老头子把银表，或者灵魂，或者那一类的东西给他，那时候，他就给老头子莫比·迪克。"

"呸！斯塔布，你是在穷开心哩。费达拉怎么办得到？"

"这可说不准，弗拉斯克。不过，这魔鬼实在叫人好奇，而且我告诉你，他居心不良。咳，据说有一次他逛到一艘老旗舰上去了，一路摇着他的尾巴，装得像个绅士，问老司令官可在家。刚好，司令官在家，就问恶魔什么事。这恶魔就摇着它的爪子，起身说：'我找约翰。''找他干什么？'老司令官说。'关你什么事，'这恶魔说，一下子来了气，'我用得着他。''把他带走。'司令官说。老天在上，弗拉斯克，要是这恶魔不是先让约翰得上亚洲霍乱，再把他制伏，我就一口把这条鲸吞下去。可是，注意——你那儿是不是都弄好了？那好，往前划吧，让我们把鲸鱼靠到船边。"

"我想我听到过你刚提的故事了。"弗拉斯克说。这时，两只小艇终于拖着死鲸慢慢朝大船划去，"不过，我记不起是在什么地方听的了。"

"在《三个西班牙人》里？那三个嗜血成性的大兵历险记？你是

从那里看到的吧,弗拉斯克?我想你一定看过那本书吧?”

“没有,从没有看过这样一本书。倒是听说过。不过,斯塔布,老实告诉我,你认为你刚才说的那个恶魔就是咱们船上的这一个吗?”

“现在的我不就是刚才和你一起杀死这大鲸的我吗?难道恶魔不是永生的么?谁曾听说过魔鬼死了的?你几时见过牧师给魔鬼服丧?再说要是那魔鬼有司令官舱室的钥匙,你以为他会打舷窗里爬过去吗?你倒说说看,弗拉斯克先生?”

“你觉得费达拉有多大岁数了,斯塔布?”

“你看到那边那根主桅了吗?”他指着大船,“好,那就算数字‘1’;你再把‘裴廓德号’舱里所有的铁箍都拿出来,把它们当‘0’,跟那根桅杆排成一排①,弄清了吧;就那样子,还远远赶不上费达拉的岁数。哪怕普天之下所有的桶匠把他们的铁箍都拿出来当‘0’也不够。”

“不过,斯塔布,你刚才还说,你要有机会,一准把费达拉扔到海里去,我看你有点儿吹牛皮。按你说的,要是他真有把你所有的铁箍排成一长行那么大岁数,要是他长生不死,那把他推下海去又有什么用——你倒说说看?”

“不管怎么着,反正让他在水里好好泡一泡。”

“可他又会爬上来。”

“再让他在水里泡一次,没完没了地让他泡在水里。”

“不过,假如他也想起泡你呢——是呀,甚至把你淹死——那又会怎样呢?”

“我倒要看看他敢不敢;那我就会揍得他鼻青脸肿,叫他长时间都不敢再在司令官的舱室里露面,更别说到他住得最下一层甲板去了,或者像他经常干的那样,再偷偷摸摸溜到上层甲板附近来。老天收了这恶魔去才好,弗拉斯克。你以为我怕他?谁怕他呀,怕他的只有那老司令官。他不但不把他抓起来,给他戴上他该带的脚镣手铐,

---

① 主桅是一,箍是零,一之后有好多个零,那就是一个天文数字。

反而听任他四处绑架人。对啦，还跟他订有合同，凡是这恶魔绑架来的人，他就帮着烤熟。真是个好司令官！"

"你以为费达拉想绑架亚哈？"

"我以为？你很快就会知道的，弗拉斯克。不过，我现在就要去严密监视他；只要一发现有形迹可疑的事儿，我就会一把揪住他的衣领，对他说：'喂，你听着，恶魔，这可不行！要是他撒泼耍赖，老天在上，我就会到他口袋里一抓，攥住他的尾巴，把他拎到绞盘跟前，狠狠地绞一番，叫他的尾巴只剩个尾茬儿——你明白吧。我看，他发现自己的尾巴给截成了那么个怪模样，准会悄悄溜掉，再也臭美不起来了。"

"那你拿那截尾巴干什么去，斯塔布？"

"干什么去？等我们一到家，就把它当牛鞭子卖给人家。——还能干什么？"

"那么，你所说的，你这一路上所说的，是当真的吗，斯塔布？"

"当真也好，不当真也好，我们反正回到了大船边啦。"

这时，船上招呼小艇把死鲸拖到左舷去。那儿已经准备好了拴鲸鱼尾巴的链子和其他必需用品，好把鱼拴在船边。

"我说得不错吧？"弗拉斯克说，"一点都不错，你马上就会看到这条露脊鲸的头在那颗抹香鲸的头对面挂着。"

弗拉斯克的话果然很快就应验了。原先，"裴廓德号"朝挂抹香鲸头的那一边倾斜得很厉害，现在两个头一平衡，船身就又摆正了。当然，船很吃力，那是可想而知的。正如你在一边挂起洛克[1]的头，你就倒向那一边；你在另一边挂起康德[2]的头，你就恢复正常了；只是你的处境十分尴尬。因此，有些脑瓜永远在作调整，以使船走得平稳。唉，你这个蠢材啊，把这些大脑袋一股脑儿扔到海里，你不就轻松正常啦！

---

[1] 英国哲学家，十八世纪法兰西唯物主义学派的先导。
[2] 德国哲学家，德国古典唯心主义学派的创始人。

人们把露脊鲸拖到了船边，在处理它的身躯的时候，开头一些手续都跟处理抹香鲸一样；只是抹香鲸的头是整个儿砍下来的，而露脊鲸呢，则是把它的双唇和舌头分别割下来之后，连同那整块附着在人称之为"天灵盖"上的有名的黑色骨头一起挂在甲板下。但是，对于眼下这一头却没有这么办。两条鲸的尸体都甩在船后。这艘挂着两个头的船就像是一头驮着两个不胜其沉的货篓的驴子。

这一阵子，费达拉若无其事地望着露脊鲸的头，不时瞧瞧那头上深深的皱纹，又回过来瞧瞧自己手上的掌纹。亚哈也刚好站得那么巧，影子正好落在这个袄教徒身上。这袄教徒要是真有影子的话，那么他的影子就在亚哈的影子里并又加长了这个影子。那些水手一边忙着干活，一边就眼前发生的事七嘴八舌地议论开了。

第七十四章　抹香鲸头——对比观

现在，这儿有两条大鲸，它们的脑袋凑在了一起；我们也来凑个热闹，把我们自己的脑袋也凑在一起吧。

在对开本型大海兽的大小顺序上，抹香鲸和露脊鲸排在最前面。它们是人类经常猎捕的两种大鲸。对南塔开特人来说，它们代表所有已知鲸类中的两个极端。由于它们外表上的不同主要见于头部；鉴于此刻"裴廓德号"两边各挂着一颗它们的脑袋，所以只需跨过甲板，便可从这颗脑袋走到那颗脑袋跟前；——请问，您到哪儿去找比这儿更好的机会来实地研究鲸类学？

首先，把这两颗头作个一般性的对比，便会给你留下深刻的印象。两颗头确实都很大；但抹香鲸头有一种数学意义上的精密的对称美，可惜露脊鲸却没有。抹香鲸的头显得更有性格。你瞧着它，会不由自主地觉得，就整体的威严气概而论，它远远高踞露脊鲸头之上。就拿眼前这颗头来说，它头顶上的灰白色象征年事已高，阅历丰富，更增加了它的威严。总之，它就是捕鲸人所专门称之为的"白头鲸"。

现在我们且来看看这两颗头最为相近之处吧——那就是眼睛和耳朵这两个至关紧要的器官。如果你仔细寻找，在头的两边顶靠后，再往下，靠近这两类鲸鱼的嘴角处，你会找着一对没有睫毛的眼睛，你还会以为那是一匹小马的眼睛哩；小得跟那颗巨大的头实在太不成比例了。

再从鲸的眼睛这样格外偏在两侧的情况来看，显然它绝对看不见任何处于正前方的东西，正后方的东西也同样看不见。总之，鲸的眼睛的位置就相当于人的耳朵的位置。你可以设身处地想象一下，要是你用两边的耳朵来看东西，你会怎么样。你会发现你只能看到正斜方约三十度的东西；往后看则大概能看到三十多度。要是有一个跟你不共戴天的仇敌，在光天化日之下，举着匕首正面朝你走来，你会看不见他，正如从你背后偷袭你，你也看不见一样。总之，你可以说有两个后背；但同时，你也会有两个正面（侧前方）：因为构成一个人正面的是什么——其实不就是他的眼睛吗，否则还会有什么呢？

进一步说来，我现在所能想到的大多数其他动物，它们的两只眼睛的配置足以使它们的视力无形中合成一体，产生出一幅供大脑接受的画面，而不是两幅。而鲸的两只眼睛，位置生得那样奇特，中间隔着高高耸起的若干立方尺的头部，这部分头耸立在两只眼睛中间，仿佛一座大山分隔开了山谷中的两个湖泊；这样一来，两只眼睛作为各自独立器官所得出的印象自然也就各不相干。因此，鲸必然在这边看到一个清晰的画面，在那边又看到另一个清晰的画面，而在这两个画面之间的东西必然是一团漆黑，一无所见。人类实际上可以说是从有两个窗框的窗子向外看世界的。可是，对鲸来说，这两个窗框是分开安装的，明明白白是两个窗子，反而有损视力。大鲸双眼的这种与众不同之处是捕鲸人始终不可忘记的一件事，也是读者在以后的一些场景中必然会想起的。

由此，鲸鱼的这一视觉问题可能会引起一个古怪的令人困惑不解的问题。不过，我暂时只能点到为止。人的眼睛，只要在亮处一睁开，就自然而然地会看到东西；就是说，他必然会无意识地看到一切在他眼前的东西。尽管如此，经验告诉他，虽然他一眼望去便可将一切不分青红皂白尽收眼底，但要他同时专注地、完整地观察任何两样东西——不管它们有多大或多小，都完全不可能，哪怕它们是并排放着或互相挨着也好。但是，要是你把这两样东西分开来，并使它们的周围是一片伸手不见五指的黑暗，那么，为了看清其中一个，你把全部心思都集中在这一个上面，那另一个就暂时会排除在你的意识之外。那么，就大鲸而言，又会怎样呢？不错，鲸的两只眼睛，肯定都同时在看东西；可是，难道它的头脑会远比人类的更具有理解力，更合理而且更为敏感，能够同时专注地看到两样不同的东西：一件在它这边，一件却在正相反的一方吗？如果它做得到，那就犹如一个人能同时论证出欧几里得两道不同的难题一般，简直是奇迹了。这一比拟，即使加以严格考察，也没有不合适的。

说起来，这也许是个几近毫无根据的狂想。不过，我始终认为，有些鲸在受到三四只小艇围攻时，之所以在行动上格外地犹豫不决，经常显得很胆怯，动不动就莫明其妙地惊慌失措，我以为所有这些间接地出之于在意志上的不知所措，无所适从，它们的分割的截然相反的视觉功能必然导致以上这类现象。

但是，鲸鱼的耳朵之奇特绝不亚于它的眼睛。如果你对鲸类一无所知的话，可能你在这两颗头上搜索好几个钟头，也发现不了它们的耳朵在哪。它们的耳朵，在外形上没有任何可以称之为耳朵的东西；那耳孔也小得出奇，连一根鹅毛管也插不进。它就长在眼睛稍后一点的地方。就它们的耳朵而言，这是抹香鲸和露脊鲸之间可以看到的不容忽视的区别。抹香鲸的耳朵是个敞开的孔，露脊鲸则有一层薄膜将其完全而均匀地蒙住，从而外表上一点也看不出来。

鲸这样的庞然大物居然通过这么小的眼睛来看世界，通过比兔子耳朵还要小的耳朵来听霹雳惊雷,这不是很奇怪吗? 不过,如果它的眼睛长得跟老赫谢耳 ① 的大望远镜上的透镜那么大,耳朵长得跟大教堂的门廊一般宽,它是不是就看得更远、听得更清呢? 一点都不会。——那你又何必去扩大你的头脑呢? 使它更加清晰灵敏才是正道。

现在,让我们用手边随便什么杠杆和蒸汽机来把抹香鲸头翻个身,让它朝天躺着。然后,搬个梯子爬到顶上去,往下瞧瞧它的嘴巴。要不是此刻它已经身首异处的话,我们还可以拿个灯笼钻到它那犹如肯塔基州大钟乳洞 ② 般的肚子里去走一遭。不过,我们还是在这颗牙齿这儿停住,四下里瞧瞧。这嘴巴真够漂亮雅致的! 从地板到天花板都铺着,还不如说贴着一层闪闪发光的白膜,其光泽犹如新娘的婚纱。

不过,我们现在还是出来看看这个非同寻常的下巴。它看去像是个巨大的鼻烟盒狭长的盖子,只是那盖子开合的铰链是安在一头,而不是安在一边。要是把它撬起来,探进脑袋去瞧瞧,你就会发现,它那一排排的牙齿,就像是一道铁栅吊闸。那样的牙齿,哎哟! 捕鲸业中许多可怜虫亲身经受了吊门落下被利齿拦腰刺穿的大难。但更为可怕的是,在多少尺的海面下,你见到一条愠怒的鲸鱼悬浮在若干英尺深的海里,一只奇大的下巴有大约十五尺宽,笔直地耷拉着和身子成直角,活像一艘船撑开的第二斜桅。这鲸并没有死,它只是没有精神,也许是情绪不好,患了忧郁症,它懒洋洋地松开了下巴的铰链,显出一副落魄的难看模样,成了它的整个族类的耻辱,毫无疑问,这些同类肯定会祈求上天让它害牙关紧闭症。

在大多数情况下,这个下巴——一个熟练的工匠可以轻而易举地把它卸下来——卸下来之后,吊上甲板,拔下那些乳白色的牙齿,

---

① 英国天文学家,曾于1789年建成有四十八寸镜面、焦距为四十尺的天文望远镜。

② 该溶洞于1799年被去肯塔基州的移民所发现,是世界最大的一个洞穴。

并把又白又硬的鲸须供应给捕鲸人做出各种奇形怪状的物品，包括手杖、伞骨和马鞭柄等。

花了好长时间终于把这下巴吊上来，像铁锚一般拖上了甲板。等到一个合适的时间——其他工作完成之后没几天——魁魁格、达格和塔希蒂格这些熟练的牙科大夫便开始拔牙。魁魁格先用一把锋利的割脂铲割开牙龈，把下巴缚在一只只圆顶螺栓上，顶上已经装好了一部复滑车，就像密歇根州的公牛在野林中拔老橡树根似的，把鲸牙一颗颗拔出来。鲸通常有四十二颗牙。上了年纪的鲸虽然牙磨损得很厉害，不过没有蛀空；并没有模仿我们人为的做法来人工镶补。拔过牙后，他们就把下巴锯成一块块的厚板子，像准备盖房用的木料一样堆在一旁。

第七十五章 露脊鲸头——对比观

现在，让我们跨过甲板，花些时间来好好瞧瞧露脊鲸的头。

就总的形状来说，高贵的抹香鲸头可以比作一辆罗马战车（尤其是从正面看去，又宽又圆），而露脊鲸头则看来寒碜得很像一只前端狭长的大头鞋。两百年前，荷兰一个老航海家曾把它的模样比作鞋匠的鞋楦头。就在这只鞋楦头或者鞋子里，童话里那个儿女众多的老太太和她所有的子孙后代都可以住得很宽敞。

但是，当你再朝这只大头走近一点，根据你的观点的不同，它就有各种不同的外形。要是你站在它的头顶上，瞧着那两个 f 形的喷水孔，你会把这整个头当作一把低音大提琴，把这两个喷水孔当作共鸣板上的隙缝。然后，要是你再两眼盯住那大头顶上如鸡冠般奇特地隆起的外壳——这一簇绿色藤壶般的东西，格陵兰人把它叫作露脊鲸的"王冠"，南海捕鲸人称之为它的"无边帽"——要是你两眼只盯住这一件东西,你准会把这颗头当作是一株大橡树的树干,丫杈上筑了个鸟巢。总之,你要是看到那些活螃蟹舒舒服服地趴在这顶帽子里,恐怕你会有这样的想法;除非你一心想着它的另一个专有名称"王冠"。如果确是这样,你就会兴味盎然地想,这个大怪物的绿色王冠是怎么稀奇古怪地凑合起来的,它怎么就成了海上戴王冠的王。不过,这鲸要真是个国王的话,它那副脸色阴沉的尊容可真给王冠增了光。瞧它那耷拉着的下嘴唇!好阴沉好生气的样子!就是这阴沉、生气的东西,根据木匠的丈量法计算,前后大约有二十英尺长,上下约五英尺深。就是这阴沉、生气的东西,能给你产出五百多加仑的油。

这条不幸的鲸竟然是兔唇,嘿,这真是太遗憾了。那裂缝大约有一英尺阔。可能是它妈妈在关键时刻沿秘鲁海岸游去时,偏偏来了一场地震,把海滩震出了一个口子的缘故。跨过这片嘴唇,就像跨过一道滑溜的门槛一般。现在我们已经滑进了它的嘴里。我绝不说假话,如果这时候要是在密歇根州的马启诺的话,我准会以为是置身在印第安人的棚屋里。天哪!这就是约拿进入鲸腹走过的路吗?那屋顶大约有十二英尺高,角度很陡,好像有根正规的梁在那里;那弯成弓形、起棱、毛茸茸的两边呈现在我们眼前的是那些奇妙的、半垂直的、弯成弓形的须骨,一边有三百来根,从头的上部或者头顶骨垂挂下来,形成我们在别处曾着重提到过的那种威尼斯窗帘。这些鲸骨边上都长有绒毛般的纤维。露脊鲸张开大嘴,游过遍布游生物群的海面进食时,水从这些绒毛中间滤过,经过纤维的繁复结构,小生物则被它们拦住。按照天然长成的序列,那些位于中间的软百叶窗的鲸骨上有某些奇怪的标志:弧形、凹坑和山脊。有些捕鲸人据此可以推算出这鲸的年龄,犹如根据年轮可以知道一株橡树的树龄一样。虽然这一准则的可靠性远未得到证实,却也大致不差。总之,如果我们认为这种说法可以成立,那这条露脊鲸的年龄比我们乍一看上去所认为的还要大得多。在古代,对这些窗帘似乎流行过一些古怪至极的想象。在柏查斯①的著作中，有一个航海家称之为鲸嘴里奇妙的"胡须"②；另一个航海家则称之为"猪鬃"；在哈克鲁特的著作中，则还有一位老先生用如下的文雅的语言来描述它们："在它的上颚两边，各长着大约二百五十片鳍，交互弯拱在舌头之上。"

谁都知道，这东西叫它"猪鬃"也好，"鳍"也好，"胡须"也好，"窗帘"也好，或者随你怎么称呼，无非是给女士们做束腰带和其他硬衬装饰。不过，在这一方面，需求早就日趋衰落。鲸须骨风行一时，在安恩女王时代，当时最时髦的是用鲸骨箍来撑大女人的裙子。正如早先那些女士们快活地走来走去一般（虽然你们也许会说，她们是在鲸口里走动），假如今天我们赶上一场阵雨时，也会同样不假思索地飞奔到鲸口下去寻求庇护；因为雨伞也是用鲸骨撑开成一个帐篷的。

不过，我们现在暂且把什么窗帘啦、胡须啦都抛开，还是站在露脊鲸嘴里，重新打量打量四周吧。看到这些像廊柱般排列得井然有序的须骨，难道你不觉得宛如置身在哈尔雷姆③出的那种大风琴里，满眼尽是声管吗？我们还可以踏着土耳其最柔软的地毯向那些声管走过去，那地毯就是它的舌头，仿佛是黏着在那嘴巴的地板上似的，那舌头又肥又嫩，把它吊上甲板的时候很容易被撕成碎片。此刻这条与众不同的舌头就摊在我们面前，我眼睛一瞟，就知道它大概是位六桶先生；就是说，它大概能出六桶油。

至此，你肯定已经很清楚地看到我开头所说的不是假话了——即抹香鲸和露脊鲸的头几乎完全不同。那么，归纳起来说：在露脊鲸的头里，并没有大量的油源，根本没有牙骨一般的齿，也没有像抹香鲸一样的修长的下巴。抹香鲸头则没有那种窗帘似的须骨，没有巨大的下唇，也几乎没有可以称得上是舌头的东西。此外，露脊鲸

① 英国游记和探险作品编撰人，著有《柏查斯游记》5卷。

② 这倒提醒我们露脊鲸确实有点胡须，或者不如说有点小胡子。那是在下巴外端的上部稀稀落落长着几根白毛。有时，这几根白毛给它那本来很庄重的外貌带来一点匪气。——原注

③ 荷兰北荷兰省省会，据说那里曾造过一种五千个管的风琴。

有两个露在外面的喷水孔,抹香鲸只有一个。

最后,且让我们趁它们摆在一起的时候,最后瞧一眼这两颗年事已高、或有冠饰、或与身体颜色截然不同的头吧。因为不久,其中一颗便将沉入海中,不留一点儿记载,而另一颗要不了多久也会跟着下去。

你能领会那抹香鲸头的表情吗?它就是带着这副表情死去的,只是前额上有些皱纹现在似乎已经消失了。我感觉到,由于对死亡有如哲人般无所萦怀,它的宽广的额头洋溢着大草原般的静谧。可是再一看另一颗头的表情。它的下唇纯属偶然地被船壁碰得变了形而紧裹着下巴,看了令人惊讶。这整个的头不就像是在表示一种临死不屈的巨大决心?我认为这条露脊鲸生前一定是个禁欲主义者;这条抹香鲸则是个柏拉图主义者,晚年可能成了斯宾诺莎的信徒。

第七十六章　破城锤

在暂时搁下抹香鲸脑袋之前,我想请你暂且做一回通达的生理学家,专门——特别注意一下正面它长得紧凑集中的面貌,纯粹用个人的观点研究研究它,作出一个毫不夸张的客观的估计,看那颗头究竟潜伏有多大的破城锤似的力量。这是至关重要的一点,你必须亲自就此得出一个满意的答案,否则那就是对自有文字记载的历史以来所能见到的也许是最惊心动魄的,千真万确的事实抱有怀疑。

抹香鲸平常游动时,它的脑袋的正面几乎和水面完全垂直;它的面部的下端后斜得很厉害,因而衔接那桁似的下巴的长长的承口便更向后缩。它的嘴则整个儿在脑袋底下,就好像你自己的嘴全然长在你的下巴下面一样。此外,还可以看到它没有外露的鼻子。它的鼻子,也就是那喷水孔,是在头顶上,它的眼睛和耳朵则在头的两边,距离正面几乎远达全身长度的三分之一。因此，你现在应该已经明白，抹香鲸的正面是一道什么也看不见的死墙，上面没有一个器官或者任何敏感的软组织。而且，你要更进一步地想，只是在面部最底下、往后才稍稍倾斜的部分才有少许一点骨头的痕迹；并且你只有在距它前额近二十英尺的地方才能窥它头盖的全貌，所以这整个没有骨头的巨大一团就像是一大团棉絮。最后，正如你很快就会发现的，这一堆中间有一部分是很珍贵的鲸油，但是此刻要告诉你的是包裹着这看来很柔弱的头颅使之几乎刀枪不入的东西的性质。在前面某个章节里，我曾经描述过鲸脂之裹住鲸的全身犹如橘皮裹住橘瓣一般。鲸的脑袋也是如此，不同之处是：裹住头的这层东西，虽然没有鲸脂那么厚，又没有骨头，却极为坚韧，没有和它打过交道的人根本无法想象。哪怕是最尖锐的标枪，最锋利的鱼枪，由最有力的胳臂投出去，都会丝毫不起作用地弹开。抹香鲸的前额就像是用许多块马蹄铺就的，我认为它不可能有任何感觉。

请你再想想另一件事情。要是两艘满载的大型印度航线班轮碰巧在码头上互相冲撞起来，水手们怎么办？他们不是在两船将要撞上的部位挂上铁或者木头之类硬邦邦的东西从中拦隔它们。不，他们用的是裹在最厚最韧的牛皮里的一大团乱麻和软木。柔能克刚，那东西能丝毫无损地把两船相撞的挤压化解了，要不，这种挤压会把他们所有的橡木杠子和铁撬棍都给轧断。这个例子本身已足以说明我想要证明的显而易见的事实。不过，要补充的一点是，我有一个假设，普通的鱼身上都有一个可以胀缩自如的鱼鳔，而就我所知，抹香鲸身上并没有这种设备；但它仍能一会儿低头入水、一会儿又昂头出水，这如何解释呢？我的假设是，裹住鲸头的那层东西能自由伸缩，鲸头的内部结构又很是独特，那些神秘的肺细胞组成的海绵体，很可能跟外面的空气有一种至今尚未被发现且无人想到的联系，这才使它能吞吐空气，伸缩自如。如果这一假设能够成立，那就请你想象一下四大元素中那最难了解、最有破坏力的元素不可抗拒的威力吧。

现在,请注意。要形容准确无误地拖动这道平滑、坚固、刀枪不入的墙,和里面最有浮力的东西,以及后面活生生一大团前进,恐怕比之为绳索拖着一堆木头较为允当;而且它就像蝼蚁一般全然服从于一个意志的指挥。所以,等我以后详述这一庞然大物全身潜力的种种特点及其凝聚的威力时,等我向你展示它的某些比较起来略逊一筹的心计时,我相信那时你就会放弃一切出于无知的怀疑,即使听说抹香鲸打穿了德利英地峡,沟通了大西洋和太平洋,你也连一根眉毛都不会吃惊地耸动一下。因为除非你承认大鲸的价值,否则,你实际上只不过是个孤陋寡闻多愁善感的角色而已。然而,十足的真理只有历尽艰险的巨人才有望相遇;孤陋寡闻的人能有多少机会? 那个在舍易斯[1]揭起可怕女神面纱的柔弱少年[2],落了个什么下场呢?

🐋 第七十七章　海德堡大油桶

现在轮到取脑油了。但为了便于准确理解,你必须对所开刀的东西的奇特内部结构有所了解。

你可以把抹香鲸头看成一个实心椭圆体,在斜面上把它分成上下两个楔块[3],下面那一块是构成头盖骨和牙床骨的骨质结构,上面那一块是滑溜油腻的一团,不带半点骨头。它那宽阔的前端就是大鲸垂直伸展开的明显的前额。再在前额正中把上面这个楔块按水平方向一分为二,这样就成了差不多相等的两爿。它们原先是天然地被一

---

① 埃及西部省古城,位于尼罗河三角洲,是战争和织布女神的主神殿所在地。

② 德国诗人席勒的《舍易斯的戴面纱的神像》,写一青年去埃及探秘,偷偷跑到爱悉斯(司繁殖的女神)的庙里,揭开了女神的面纱,结果吓得倒地不起。

③ 楔块(Quoin)不是几何学上的术语,它纯属海洋数学上的用语。我不知道以前是否有人给它下过定义。楔块是个立方体,它跟尖楔不同之处是,它那个尖端是由一边一个斜面,而不是两个斜面构成的。楔块也用于印刷业。——原注

道厚腱质物质组成的内壁分隔开来的。

这经过再分割的下面那一片，叫作脂肪组织，是一个奇大无比的贮油的海绵体，那无数个渗透了油的小蜂房完全是由坚韧有弹性的白色纤维在整个空间来回穿梭反复交织而成。上面那一片，叫脑窝，可以看成是抹香鲸的海德堡人油桶。这只出了名的大油桶神秘地深嵌在脑袋前部，因此大鲸那起皱的巨大前额也形成了无数奇形怪状的图案，作为那个奇妙的大桶带有象征意义的装饰。而且，正如海德堡大桶常年装满了莱茵河谷酿造的头等葡萄酒一般，鲸的大桶里装的也是所有油脂中最珍贵的油，也就是最名贵的鲸脑油，它格外纯净，透明，且芳香扑鼻。这种名贵而纯净的东西在鲸的任何其他部分都找不到。在鲸活着的时候，这种东西全然是液体，但鲸死后，它一暴露在空气中就很快凝固起来，长出了美丽透明的嫩芽，犹如初冬水面上刚刚出现的悦目的薄冰一般。一条大鲸的脑窝一般大约能出五百加仑鲸脑油。不过，由于一些难以避免的情况，相当一部分溢出、漏掉了，或者在干把它取出来这件很棘手的活时，一心想多弄到点油，而造成无法挽救的损失。

我不知道海德堡大桶的内层是用什么昂贵的高级材料做成的，但是再高级，也无法跟抹香鲸脑窝中那层柔软的珍珠色泽的薄膜相比。后者就像是一件高贵的轻便女大衣的衬里。

你将看到抹香鲸的海德堡大桶包括了它的脑袋的整个顶部的全部长度；而既然——正如在前面已经提到的——它的脑袋占全身长度的三分之一，如果把一条中等大小鲸的长度定为八十英尺，那么，把这大桶垂直吊在船边，它的深度就是二十六英尺多了。

砍鲸头时，操作者下刀处距鲸脑油宝库的入口非常近，所以他得格外小心，以免一不留神，下手快了或是慢了就会侵入这一神圣不可侵犯的处所，使其中的宝物白白流失。砍下来的头，用那部巨大的切割复滑车悬在空中吊出水面。与复滑车配套的麻索在船舷边堆了一地。

说了这么多，现在，请你仔细看看，打开抹香鲸的海德堡大桶取油的操作过程是多么难以想象——特别是这一次——还几乎搭上一条人命。

🐋 第七十八章　水缸和水桶

塔希蒂格灵活得像猫一般爬上大桅，始终保持着笔挺的姿势，他踩着横空出世的大桅下桁桁臂走出去，来到正好吊着那大桶的部位。他随身带上去一件仅由两个部件组成、靠一个单轮滑车来移动的叫作小滑车的轻便器械。他把单轮滑车绑好，让它从桁臂上垂下。接着，他把绳子的一头一甩，甲板上一个人接过，牢牢抓住。然后，这个印第安人就双手交替地沿着绳子从空中下来，直到熟练地降落在鲸头顶上。他在那地方——高高在上地耸立在众人头顶，对大家兴高采烈地叫喊——有如土耳其寺院里的报时者，在塔顶上通知善男信女去做祷告。下面给他送上去一把锋利的短柄铲子。他便勤快地仔细寻找一个合适的地方来动手打开大桶。他在做这事情的时候，十分小心在意，有如一个在什么古屋里探宝的人，细心察看墙壁，看看黄金究竟埋在哪里。到这细致的查找工作告一段落时，下面的人给小滑车的一端挂上了一个挺结实的箍了铁箍的桶子，样子跟井边吊水的桶子一模一样；另一端则伸过甲板，由两三个机灵的水手把住。这几个人把桶子吊上去，吊到那印第安人伸手可及的地方，另一个人则递给他一根很长的竿子。塔希蒂格便把竿子插进桶里，把桶送下去，直到它完全消失在"大桶里"为止；然后发令给那几个把住小滑车的人，把桶子吊上来。桶里装满了油，泡沫翻滚，就像奶场女工刚刚挤出的一桶新鲜牛奶。这盛得满满的桶子给小心翼翼地从高处放下来，由专人接住，马上倒进一个大木桶里。如此再往上提，进行第二个回合，一直到这深深的油池被掏空为止。快到底的时候，塔希蒂格不得不使劲把长竿往鲸脑里顶，越顶越深，直到竿子进去二十来英尺左右。

这时候，"裴廓德号"上的人已经这样汲了好一阵子了。芳香的鲸脑油已经装满了几个大木桶。不料，猝然发生了一件古怪的事故。究竟是那个塔希蒂格，那个印第安野人过于粗心大意，不顾死活，竟把那只抓住悬在他头上的复滑车大缆的手松了一下呢，还是他脚下太湿太滑，或是魔鬼本人无事生非，故意捣乱，现在也说不清楚；反正到了十八回或是十九回提上那吊桶时，突然间——我的天，可怜的塔希蒂格——就像一口水井上交替上下的吊桶中的一只，一头栽进了海德堡大桶。只听到那油池里可怕的一声响，人登时无影无踪！

"人掉下去啦！"达格大喊道，在惊慌失措的人群中，他是第一个定过神来的人。"把桶子甩到这边来！"跟着他便把一只脚伸进桶里，以便他那滑溜的手能更好地抓牢小滑车，提升小滑车的人随即把他扯上了鲸头顶。这时塔希蒂格大概还没有沉到桶底。可这时，又是一阵大乱。原来船上的人看到船舷外边那原先了无生气的鲸头此刻在海平面地下起伏波动起来，好像这会儿它又想起了什么未了的大事似的；其实，那只不过是可怜的印第安人通过他的挣扎不自觉地显示了他已经沉没的危险深度而已。

正在这时，当达格站在鲸头顶上解开小滑车时——不知怎的它跟那部巨大的切割复滑车缠在一起了——传来呼啦啦一声响。让大家吓得面如土色的是，吊着鲸头的两个大钩子有一个脱钩了，这巨大的脑袋便天崩地裂般地一震，歪到了一边，弄得大船像喝醉了似的摇摆震动，好似撞上了一座冰山。剩下的那个钩子，现在承受着鲸鱼脑袋的全部重量，似乎每时每刻都到了脱钩的边缘；而从鲸头剧烈的摆动来看，这更是一件随时都可能发生的事。

"下来，下来！"水手们都对达格高声大喊，不过这黑人一只手抓住了那沉重的复滑车，这样，即使鲸鱼脑袋掉下去了，他还是会悬空吊着。达格把纠缠在一起的索子解开后，就把桶子使劲朝那"油井"里面捅,指望那陷在里面的标枪手能抓住它,随它被吊上来。

"怎么搞的, 你," 斯塔布嚷道, "你是在往炮筒里捅火药吗? ——住手! 你这是在用铁箍的桶撞他的脑袋啊, 这怎么救得了他? 住手, 听见没有! "

"躲开那复滑车!" 猛听到像火箭爆炸似的一声大喝。

话音刚落, 就听到轰的一声巨响, 那巨大的鲸头掉到海里去了, 就像尼亚加拉瀑布上的大石板轰然掉进了漩涡中一般。顿时卸去重负的船一阵摇晃, 侧了回来, 把它那皮肤锃亮的印第安人扔得远远的。大家都屏住了呼吸, 隐隐约约瞧见达格在浓雾般的浪花中, 死死抓住那摆来摆去的大复滑车, 高高地荡来荡去——一会儿到了水手们的头上, 一会儿又到了水面上, 而可怜的遭活埋的塔希蒂格则一个劲儿直往海底沉去! 哪知道, 那模糊视线的浪花刚刚散开, 就看到一个提着把船剑的人光着身子, 一眨眼间便飞过了舷墙。跟着, "扑通"一声大响, 宣告勇敢的魁魁格已经跳到海里救人去了。大家呼的一下拥到了船边, 每一只眼睛都盯住每一片涟漪, 可是, 时间一刻一刻地过去, 既看不见淹死者的踪影, 也看不到那个泅水者的踪迹。这时, 有几个水手跳进了靠在船边的一条小艇, 撑着离开了大船一点儿。

"哈! 哈! " 达格突然从大家头上已经静静地摆动着的踏板上喊了出来; 我们应声从船边向远处瞧去, 只见碧波中笔直地伸出了一条胳臂, 这看来叫人骇怪, 因为这只胳膊就像是从青草覆盖的坟墓中伸出来的。

"两个! 两个! ——是两个! " 达格又满腔高兴地叫嚷起来。转眼之间就看到魁魁格勇猛地一只手奋力划水, 一只手揪住那印第安人的长发。水手们把他俩拖上正在等着的小艇后, 立即送到了甲板上。但塔希蒂格过了好久才苏醒过来,魁魁格的样子也够呛。

那么, 这个了不起的营救工作是怎样完成的呢? 魁魁格手持利剑, 泅水钻到了缓缓沉下去的鲸鱼脑袋底下, 用他的快刀从侧面给脑袋底部捅开了一个大洞; 然后扔掉剑, 把他长长的胳臂尽量伸到洞里,上下一摸,抓住可怜的塔希蒂格的头,就把他硬拽出来了。魁魁格说,他第一次伸手进去摸时,只摸到一条腿;但是,他很清楚,应该拽的不是腿,那可能会出大乱子;——他便把那条腿推回去,巧妙地把身体拉起一翻,教那印第安人翻了个筋斗;这样,他第二次往外拽时,那印第安人就按照真正古老灵验的方式——头先脚后地出来了。至于那大鲸脑袋,反正它的油已经汲得差不多了。

就这样,通过魁魁格在助产术上所表现出的勇气和技巧,塔希蒂格才能成功地救活过来,或者还不如说,塔希蒂格才能像胎儿那样被接到世上来,尽管当时情势不利,重重障碍看来难以克服。这是一个应该好好记住的教训。接生婆同样应该接受击剑、拳击、骑马和划船方面的训练。

我知道,这个格黑特佬的这番奇特的冒险经历,在有些陆地人看来,一定会被认为不足信的,虽说他们自己也许曾经耳闻目睹到有人掉进了岸上的蓄水池里的事故。这样的事故并非罕见,但失足的理由远不如那个印第安人的充分,因为抹香鲸那口深井的井栏边毕竟滑溜到了极点。

不过,万一有精明的人紧迫着问,既然抹香鲸头的内部组织都薄如绢,且渗透了油,是它全身最轻、最像软木塞的部分,而你却叫它在一种比它本身比重大的多地物质里下沉,这是怎么回事?其实,他没有弄清楚。因为在可怜的塔希蒂格掉进去的时候,脑窝里面那些很轻的物质差不多都汲光了,只留下密度很大的腱质体井壁——那是一种仿佛双层焊合或是压在一起的双层物质,正如我前面说过的,比海水重得多,一团那样的东西几乎像铅一样快地往下沉。但是,这种物质迅速下沉的势头却被脑袋的其他未被割掉的部分所牵制而大大减弱了,因而事实上它下沉得很慢,可以说,真像特意给魁魁格提供一个大好机会,让他在游走不定的状态中随机应变地施行接生术。不错,这还真是一次游动中的接生。

话说回来,要是塔希蒂格真的死在那颗脑袋里,这倒真是一种十分稀奇的惨死:闷死在那么美、那么白的芬芳的鲸脑油里,装殓、棺葬在大鲸最隐秘的内室和它至为神圣的神殿之中。叫人立即联想到只有一个人的死比他更为甜美——俄亥俄州一个采蜜人美妙的死。这个采蜂蜜人,在一棵中空的大树桠里采蜜的时候,因为发觉里面蜂蜜不少,上身伸得太猛,竟让蜜把他汲了进去,因而满身香气地死了。你想想吧,有多少人也同样掉进了柏拉图那装满了蜂蜜的脑袋里,就此美美地葬身在那里面呢?

🐳 第七十九章　大草原

　　细看这大海兽的面纹,或者摸摸它脑袋上隆起的头骨,这可是没有哪个相面先生或是骨相学家干过的事。这种看相要看出点名堂来,正如相士拉瓦特①察看直布罗陀岩石的纹路,或者骨相家迦耳②爬上梯子,企图改变万神庙的穹隆顶一般毫无希望。但是,拉瓦特在他著名的著作中,不仅探讨了人各式各样的面孔,还仔细研究了马、鸟、蛇和鱼的面貌,并对其中各种可以辨认的表情变化都作了详细论述。迦耳和他的门徒斯柏深也并非不曾就人以外其他动物的骨相特征提出过一些看法。因此,虽然在对大鲸使用这两种半科学的方法上,我还远远不够个先驱者的资格,但自应全力以赴。我是什么事都想试试,至于能做成多少,就全凭本事了。

　　从观相术的角度来看,抹香鲸是种畸形动物。它连个正经八百的鼻子都没有。而鼻子处于面部中心最显著的部位,在面部表情上起着举足轻重最终控制全局的作用,因而全然没有了外部附加物的鼻子势必会对鲸鱼的面貌有很大的影响。正如在园林布置中,塔、亭、山、

① 瑞士神学家,曾企图发现人的性格与其面部特征之间的关系。
② 德国医生,曾在维也纳行医。

石之类均被视为构成整个景致不可或缺之物，从相貌上说，一张脸要是没有一个拱起的如透雕细工的钟楼般的鼻子，这张脸在面相上便是残缺不全的。要是把菲迪亚斯①的朱庇特大理石雕像上的鼻子敲掉，那会是一件多么可惜的残品！然而大鲸这大海兽是如此雄伟巨大，它全身各个部分是如此庄严匀称，没有鼻子这个缺陷在朱庇特的雕像上显得很难看，在它身上就连小毛病都算不上。不仅如此，反而更增加了它的威严。大鲸有了鼻子，反而不合适。当你坐着你那单座艇围着它那巨大的头绕一圈，替它看相时，你绝不会因为它没有鼻子而改变原先认为它很高贵的想法。想揪对方的鼻子，那是个坏念头，然而即使你面对着皇位，上面坐着那位无上威风的皇家小吏，你脑子里也往往会冒出这坏念头来。

从某些方面看，鲸的相貌给人印象最深之处，也许是从正面看去的全貌。这容貌真是超群脱俗。

一个优美的人额，在七思八想的时候，就跟朝阳初动的东方景色一样。一头大公牛在牧场上休憩时，它那纹路卷曲的前额自有一种宏伟的气概。大象在狭隘小道推着重炮上山时，它的前额是庄严的。无论是人是兽，那神秘的前额都如德意志皇帝盖在告示上的大金印一般。它象征的是——"主啊，这就是我今天亲手所做的。"但是，对大多数动物而言，甚至人类自己也是如此，前额常常只是雪线上的一长片高地。很少有人的前额跟莎士比亚和梅朗克吞②的一样，高高地隆起，深深地下陷，使得他们的眼睛就像是高山上的湖泊那般清澈、永恒、潮汐不生；而从满额的皱纹中，你似乎可以跟踪那多权鹿角的思想，看它们走下湖边来饮水，正如高原上的猎人跟踪雪地上的鹿脚印一般。但是，就大抹香鲸而言，它的额头所固有的那种气度非凡、天神一般的尊贵得到了如此大的发挥，以至于你从正面打量它整个的容貌，会从中更强有力地感觉到造物主的存在和可怕的威力。因为它没

① 希腊雕刻家。
② 德意志基督教新教神学家，教育家。

有任何一点可以让你看得非常精确，脸上没有哪个部位可以看得很清楚；它没有鼻子，没有眼睛，没有耳朵，也没有嘴巴，连面孔都没有；严格地说，所有正常的五官它都没有；有的只是一个广袤如苍穹的前额，皱纹里满是猜不透的谜。这前额不声不响一个猛子下去，小艇、大船、水手便会随之大祸临头。就是从侧面看去，这神奇的前额也毫不为之减色。虽然从那个角度看去，它的宏伟并不如从正面看那么咄咄逼人。不过，从侧面看去，人们却可以清晰地看到它前额正中那种横式的、半弯型的凹状。要是在人的前额上，按照拉瓦特相书上的说法，便是天才的标志。

但是这怎么说的通呢？难道抹香鲸也有天才吗？它是写过一本书还是作过一次讲演？不，它伟大的天才就表现在它的无所事事上。更有甚者，它以金字塔般的沉默来表现它的天才。这让我想起，如果大抹香鲸为发现不久的东方世界所知的话，在那些人童稚未开的思想中，它准会被供奉为神。他们把尼罗河的鳄鱼奉若神明，因为它没有舌头；而抹香鲸正好没有舌头，至少是它的舌头极小，小得伸不出来。今后要是哪个文化极高、富有诗意的民族诱使古代快活的五朔节诸神[1]重获与生俱来的权利，让他们生机勃勃地在已经自私自利的天上，在众神不再光临的卡彼托山上，重登高位，那么，可以肯定，威风凛凛的大抹香鲸将跃登朱庇特的宝座，君临一切。

尚波利翁[2]破译了皱褶起伏的花岗岩上的象形文字。可是却没有个尚波利翁能从一切人类、一切生物的面孔中辨认出埃及来。相面术这种东西，正如人间一切其他学问一样，也只不过是个风行一时的荒唐故事。如果懂得三十种语言的威廉·琼斯爵士[3]尚且读不懂最淳朴的农民脸上较为深奥奥妙的含义，又怎么可以指望不学无术的以实

---

① 五朔节在每年的五月一日，中古至现在欧洲传统春季节日。
② 法国历史学家，语言学家，科学的埃及学的奠基人，解读埃及象形文字的主要学者。
③ 英国的东方学家。

玛利读懂抹香鲸额上那令人望而却步的迦勒底人令人眼花缭乱的文字呢？我只好把那额头交给你，你有本事，就去读读看吧。

🐋 第八十章　脑　壳

如果从相面术上说，抹香鲸是个斯芬克司之谜，那对骨相家来说，它的脑袋就好像是无法弄成方形的几何学上的圆圈了。

一条充分发育成长的鲸，它的脑壳至少有二十英尺长。把它的下巴骨卸下以后，从侧面看去，这脑壳就像是一个角度不大的斜面体平放在一个水平底座上。不过，在活鲸身上——正如我们在别的地方已经见到的——这个斜面体的棱角都已经填平了，而且为大量重重压着的脑块和脑油几乎弄成了长方形。这脑壳的顶端有个陷口，就藏着那部分东西；在陷口长长的底板下面——在长宽都不超过十英寸的另一个洞穴里——盛着这个大海兽大小不过一捧的脑髓。鲸鱼的脑髓在它活着的时候至少离那明显可见的前额有二十英尺远；它隐蔽在巨大的外围工事后面，就像是魁北克那些加固的防御工事后面最深处的核心要塞一样。它很像一只精致的珠宝盒，密藏在鲸头里。以至于我知道有些捕鲸人断然否认抹香鲸除了那看起来很像脑子的有好几个立方码的鲸脑油外还有任何其他的脑子。按照他们的想法，把这个神秘的隐藏在奇形怪状的凹坑、断层和卷褶中的鲸脑油看作它的智力中枢的所在地，似乎与它给人的威力奇大的感觉更为协调。

那么，从骨相学的角度来说，这大海兽在活着并且毫无损伤的情况下，它的脑袋纯粹是个骗局。至于它真正的脑子，你既看不到，也感觉不到它的任何迹象。凡属伟大的事物，对外界总是戴着一副假面具，大鲸也不例外。

要是把它脑壳里大量的鲸脑油取出，再从后面看那高高在上的后脑勺儿，你会大为吃惊。因为它和从同样位置、同样角度看去的人的脑壳非常相似。确实，要是把这个倒过来的鲸脑壳（把它按人体比例缩小）放在一盘子人脑壳中间，你就会不由自主地把它和人脑壳混淆莫辨。再看那脑壳顶上的陷口，按照相面术的说法，你会说——这家伙不知自尊，也不尊重别人。根据这些否定的话，再结合它那巨大的身躯及威力这一铁的事实一块儿来考虑的话，你便能对它的神乎其神的威力为自己得出最真实虽然不是最令人欢欣鼓舞的概念来。

不过，如果你从原来的鲸脑的相当容积上，还认为不能对它获得适当的轮廓的话，那么，我给你另外出个主意。如果你仔细看看几乎所有四足动物的脊柱，你都会惊讶地发现它脊柱上的那些脊椎骨跟一串项链般串起来的缩小了的头盖骨极为相似，都非常像发育不全的正式的脑壳。德国人认为那些脊椎骨百分之百地就是没有充分发育的脑壳。但是我看最早注意到这种令人好奇的形似的未见得是德国人。有一回，有位外国朋友就从一个被他杀死了的敌人的骷髅中，指给我看那背脊骨，他把那背脊骨以一种半浮雕的式样，镶嵌在它独木舟的尖船头上。这里，我认为骨相学家漏掉了一件大事，他们没有把调查研究从小脑推向脊管。因为我深信一个人的人品在很大程度上可以从他的脊柱上见出端倪。不管是谁；我宁可摸摸他的脊柱，也不摸他的脑壳。一根细麻秆似的脊梁从来撑不起一颗堂堂正正的高贵的灵魂。我很为自己的脊梁高兴，它犹如坚定无畏的旗杆，挂着我那面半向世界伸展的旗子。

把骨相学的这个脊柱支配说应用到抹香鲸上看看。抹香鲸的头盖穴是跟第一节颈脊椎骨相连的。那节脊椎骨的脊管底横量为十英寸，高为八英寸，呈底朝下的三角形。脊管在通过其余的脊椎骨时越往上越尖，不过有相当长一段始终是相当的粗。那么，这根脊管里，当然充满了脊髓——跟脑髓大体相同的一种奇特的纤维状物质，并直接跟脑髓相通。而且，脊髓从脑髓窝处开始，循脊柱下行若干英尺之后，粗细并未稍减，几乎仍跟脑髓的粗细相等。在所有这些条件之下，按照骨相学上所说的来测绘出大鲸的脊柱，难道有什么不合情理之处吗？因为，从这个角度来观察，它那正式的头脑小得相当出奇，是远非那又大相当出奇的脊柱纤维质所能弥补的。

不过，还是听任骨相学家去跟这种迹象打交道吧。我只想借用一下这种脊柱理论，来说一说抹香鲸的背峰。要是我没有弄错的话，这令人敬畏的背峰是从一节较大的脊椎骨上冒出来的，因而可以说是脊椎骨的某种外露的凸出部。就与它有关的情况而言，我将称这高高的背峰为抹香鲸坚定不移或不屈不挠的器官。至于这大海兽是否不屈不挠，以后你自会明白。

第八十一章　"裴廓德号"遇见"处女号"

命中注定的日子到了，我们就在那一天遇见了"处女号"。船长德立克·德·第尔是布雷门人。

在全世界的捕鲸队伍中，荷兰人和德国人曾经显赫一时，如今却居于末位了；不过，每隔很长一段时间，还能偶尔在太平洋上看到他们的国旗。

不知什么缘故，"处女号"似乎急于拜访"裴廓德号"。它离"裴廓德号"还相当远时，就掉头迎风停下，放下一只小艇，送船长过来。它的船长像有什么事要找我们，他急不可待地站在艇头，而不是站在艇尾。

"他手里拿的什么？"斯达巴克嚷道，一边指着那德国船长拿在手里摇着的东西，"这不可能！——一把加油壶！"

"不是加油壶。"斯塔布说，"不是，不是，是把咖啡壶，斯达巴克先生。这德国佬是来给我们煮咖啡的；你没看到他旁边那个大洋铁罐吗？——那里头盛的是开水。哦！没有错，这个德国佬。"

"去你的吧，"弗拉斯克嚷道，"那是把加油壶，旁边是个油罐。他没油了，来跟我们讨点儿。"

不管这事看来来多么稀奇，鲸油船竟在捕鲸场跟人家借起油来了，也不管这件事反过来说明送煤送到纽卡尔斯①这句俗话有多站不住脚，其实这样的事有时还真会发生。就拿眼前的事来说，第尔船长还真像弗拉斯克说的拿了把加油壶在手里。

他登上甲板，亚哈跟他生硬地招呼了一下，压根儿没注意他手里拿的是什么。但是，从这德国人前言不搭后语的回答中，亚哈马上看出他对白鲸一无所知，便把话题转到他那把加油壶上。第尔说起他不得不摸黑上吊铺去睡觉——他从布雷门带出来的油连最后一滴都点光了，却还没逮着一条飞鱼来补充油料。说到最后他拐弯抹角地说，归纳他的意思，他那只船确实是捕鱼业所特称的一条"光"船了（就是说，一条空船）。"处女号"这个名称还真是名副其实。

德立克在需要得到满足后，就告辞了。但是，还没等他回到他的大船边，两艘船的桅顶上差不多就同时发起发现大鲸的呼号；德立克急于要去追捕，等不及把加油壶和油罐送回大船，就掉转船头，直奔那些活生生的灯油壶去了。

这时，那些猎物已经在下风处出现。他和其他三艘从后面飞快跟上来的德国艇子已经远远抢在"裴廓德号"的前头。露面的鲸总共八条，不大不小的一群。它们已经觉察到危险，便并排排成一列，顺风加速游去。它们的身子紧紧挤在一起，就像套在一起的八匹马似的，顺风疾游，留下一路又大又阔的浪花，好像一卷又大又阔的羊皮纸在海面上不停地展开一般。

在这急速展开的水迹之后好几十英尺的地方，游着一条拱起背峰的巨大的老雄鲸，从它那相当慢的游速和一身罕见的淡黄色外皮来看，它似乎得了黄疸症或什么别的病。究竟这条鲸是否跟前面的同

---

① 南非盛产煤的城市，把煤送到煤都去，本有"班门弄斧"的意思，这里说鲸油船竟要借油，那么煤都缺煤又有什么不可能！

群，似乎也成问题；因为像这样年高德劭的巨兽照例是很不合群的。不过，它始终紧紧跟着它们，虽然事实上，它们游过去后那回流的水肯定会影响它的速度。它喷的水缓而不高，很吃力，吐时像有什么阻塞似的，上升不久便散了，跟着体内便涌起一阵奇怪的骚动，似乎隐在水中的身子另一端还有个出口，使它身后的水面咕咕地直冒泡。

"谁有几片止痛药？"斯塔布说，"我看它是肚子痛。天哪，那么大的肚子痛起来，该多少药才止得住！逆风叫它闹肚子啦，伙伴们。逆风从后面吹过来我倒是有生以来头一回知道。可你瞧，什么时候鲸游起来这么摇摇晃晃过的吗？肯定是它把舵柄给弄丢了。"

正如一艘超载顺风驶向印度斯坦海岸的东印度公司商船，甲板上满是受惊的马匹，歪斜着身子勉强地颠簸起伏着，这条老鲸也拖着它那年迈的身躯，时不时翻过来侧过去。原来它的右鳍只剩下一截不自然的残桩，它这才东歪西拐地游。那鳍究竟是在战斗中丢掉的，还是生来就没有，就很难说了。

"稍等一下，老伙计，我来给你那受了伤的胳膊打一针。"铁石心肠的弗拉斯克指着身旁的捕鲸索嚷道。

"当心别让它把你吊起来。"斯达巴克喊道，"快划，要不，那德国佬就会把它逮走了。"

所有的小艇在争逐中联合起来，一心一意地盯在这条鲸身上，因为它不仅是最大最值钱的一头，而且也因为它离他们最近，而其他的鲸不仅隔得远些，还正在飞快逃走，不是一时半刻能追得上的。在这个节骨眼上，"裴廓德号"的小艇已经飞一般的抢在后来放下的三只德国小艇前面。只有德立克的小艇因为原先起跑占了很大的优势，仍然一马当先。不过，他的外国竞争者每时每刻都在赶上。他们唯一担心的是，因为德立克已经很接近目标，生怕他抢先投出标枪。至于德立克，他似乎颇有自信地认为一定会抢先下手，所以他还偶尔对其他小艇，晃着他的加油壶，做出嘲弄的姿势。

"这条忘恩负义的狗！"斯达巴克嚷道，"他竟拿我刚刚给他灌满的那不要脸的破罐子来嘲弄我，向我挑衅！"接着用他平常的低沉有力的声腔说，"快追，猎狗们！撵上去！"

"老实跟你们说吧，伙计们，"斯塔布朝他的水手嚷道，"我这个人不爱发火；可是我恨不得把那个恶棍德国佬吃了——使劲划呀——好不好？你们真想让那恶棍抢在前头？你们不是爱喝白兰地吗？我奖给立头功的人一大桶白兰地，干吧，干吗？不使上你吃奶的力气干？是谁把锚抛下去了——我们一点儿都没动——我们停下来啦。喂，这艇底都长草啦——我的天，那边船上的桅杆都发芽啦。这样划不行，伙计们。瞧瞧那个德国佬！伙计们，打开天窗说亮话，你们是拼还是不拼？"

"啊！瞧它吐的口沫！"弗拉斯克手舞足蹈地嚷道，"多大的驼峰——啊，快冲到那块牛肉上去吧——像根木头那样躺着哩！啊！伙伴们，使劲冲呀——晚饭薄煎饼加圆蛤，你们也知道，伙伴们——烤蛤肉加松饼——啊，加油，加油，冲呀——这鱼能出一百桶油——千万别错过了——千万别，啊，千万别！——瞧那德国佬——要吃布丁就赶紧划吧，伙伴们——好大一条鲸啊！好大一条鲸啊！难道你们不喜欢鲸脑油？那值三千大洋啊，弟兄们！——一个银行！——整整一个银行哩！英格兰银行——啊，划呀，划呀，划呀！那德国佬在干什么？"

就在这一刻，德立克正举起加油壶，还有油罐，朝冲上来的小艇扔过去。这个做法，也许还有一箭双雕的意图，既想使他的劲敌划得慢些，同时，又可以利用他这种向后猛仰的冲击力，一举两得地加速他自己的小艇的向前冲击力。

"这德国狗子简直不懂规矩！"斯塔布嚷道，"划吧，伙伴们，拿出像装着五万红毛鬼子的战船的劲头来。你说呢，塔希蒂格？你不是为了格黑特的名誉连命都可以不要吗？你说呢？"

"我说，豁出命去划。"这印第安人嚷道。

"裴廓德号"的三只小艇，在那个德国人一个劲儿地嘲弄刺激之

下，这时几乎在并排往前冲，眼见得已与德国佬十分接近。就在那个
指挥员快接近猎物摆出一副优雅潇洒、骑士般的派头时，这三个副手
毫不相让地站了起来，兴高采烈地为背后的桨手鼓劲，"它这下泄了
气啦！和风万岁，正好划桨！打倒德国佬！抢到他前头去！"

可是，德立克原先的优势实在太大了，以致说他们再怎么鼓劲加
油也白搭，哪知道天降报应，他的中间桨手一桨插到水里太深了，一
时拔不出来，桨片给风咬住了。这个笨手笨脚的水手极力拔桨，差一
点把小艇都弄翻，急得德立克大发雷霆。这正是斯达巴克、斯塔布和
弗拉斯克求之不得的良机。他们三人一声大喊，来了个全速冲刺，一
下子就跟德国人的艇尾并排了。片刻之后，四只小艇就并排紧追在那
大鲸后面了。而弥漫在这四只小艇中，在小艇的两侧的，就是那条大
鲸吐出来的泡沫飞溅的波涛。

那真是一个惊心动魄、既可怜又使人发狂的场面。鲸鱼此时已露
出了脑袋，残鳍在一阵痛哭的惊吓中拍打着它的一侧同时，它在前
头一路不停地难过地喷射着海水，它摇摇晃晃地仓皇逃窜，时而偏向
这边，时而偏向那边，每冲破一个巨浪，就抽搐地往下一沉，每划一下
水，那半边身子就翻一下。我看见过一只折翅的鸟儿惊慌地在空中圈
不成圈地乱飞，死命想逃出海盗船的鹰群的追逐却逃不掉。但是，鸟
儿毕竟还可以出声，还可以用哀鸣来表达恐惧；而这只大哑巴海兽的
恐惧却只能锁在心里。在那儿憋着，只有那喷水孔里出来的断断续续
的呼吸声，让人听了感到格外凄惨。然而，它那吓人的身躯，格子闸似
的嘴巴，和硕大无比的尾巴，可还是足以使最强健、而又怀有如此恻
隐之心的人丧胆的。

且说德立克这时看到要不了一会儿，"裴廓德号"的小艇就会占
上风，自然不愿意在这场追猎中就此失败，终于决定在最后一个好时
机从他手里溜走之前，冒一冒用远投枪的风险。

可是，等他的标枪手刚刚站起来，准备投枪的时候，那三只猛
虎——魁魁格、塔希蒂格、达格——也都本能地跳了起来，斜角似的

站成一行，同时瞄准他们的倒钩；三支南塔开特的标枪从那个德国标枪手头上飞过去，扎进了那条大鲸。好一阵遮天蔽日的雾气和白焰！三只小艇，在大鲸头一阵大发作向前猛冲中，把德国人的小艇狠狠地撞到了一边，把德立克和那个措手不及的标枪手都摔到了水里。三只如飞的小艇就径自向前划去了。

"别害怕，我的黄油罐子，"斯塔布嚷道，飞驶而过时还瞟了他们一眼，"马上会有人把你们捞上来的——放心好啦——我看到艇尾有几条鲨鱼——那是圣·伯纳的救援犬，你知道——专门搭救遇难的旅客。乌拉！这才是我们要驶的航路。每条小艇都是钱！乌拉！——我们现在就像一只发疯的美洲豹尾巴上拖着的三口铁锅！这倒叫我想起了在平原上坐着一只大象拖的双轮马车来——伙伴们，你们这么把车一套，那车轱辘的辐条就四下里飞啦；再说，从一座小山上冲下来的时候，你就有被摔出去的危险。好啊！这就是到海底去见海魔时的感觉——朝一个无穷无尽的斜坡一直冲下去！好啊！这条大鲸捎来了地狱里的信件！"

可是，这巨兽没跑多远就停下了。一阵急喘之后，便翻江倒海般地沉了下去。三根捕鲸索跟着嘎嘎作响地一冲，飞一般的在艇尾圆柱上转，劲道奇大，竟在三根圆柱上勒出了一道道深深的槽子来。三个标枪手给这迅雷不及掩耳的下潜吓慌了，怕这一下潜，曳鲸索很快会到了头，于是使尽了他们的巧劲儿拉住不断绕着圆柱转圈转的冒烟的索子，直到索子到了尽头，对艇艄的导缆钩（曳鲸索就是通过导缆钩笔直伸到海里去的）产生垂直的牵引力，三只小艇艇首船舷几乎都平着了水面，艇尾则高高地翘起。这鲸很快停止下潜。于是这三只小艇就这样地停住了一会儿，虽然这种姿势多少有点难耐。但是，他们都不敢再把绳索撒下去。这样做法，尽管会连小艇本身也给扯了下去，然而，正是这种拉扯，使锋利的倒钩钩住了鲸背上的肉，它经受不住，往往很快就浮出水面，来挨它的敌人掷来的尖利鱼枪。然而。且不说这样做是否危险，究竟这是不是最好的办法却还大可怀疑；因为这样的设想应该是很合乎情理的：一条中了枪的鲸在水下待的时间越长，消耗的力气便越大。因为，鲸面积很大——一条成年的抹香鲸平面将近二千平方英尺——水的压力相应的也必然很大。我们都知道，即使是站在陆地上空气之中，我们每一个人都要受到惊人的大气压力，何况一头鲸鱼背负着一千二百尺深的柱形海水，它的负担又有多大啊！那至少相当于五十个大气压的重量。一个捕鲸人曾估计过，那相当于二十艘包括全部大炮、给养和人员在内的战舰的重量。

当三只小艇躺在微微起伏的海面上，俯视着正午时分这片万古不变的蔚蓝时；当大海深处没有透出任何呻吟或叫喊，甚至连一个微波、一个气泡都没有时，在这样的沉寂和宁静之下，陆上的人有谁能想得到有一头无比巨大的海兽在痛苦地辗转翻腾呢！在艇首看到的垂直下垂的绳索还不到八英寸长。看来似乎一点不假，这样三根细绳子，就把这条大鲸像吊住一只八天大钟般吊起了。吊起来？吊在什么上面？三块木板上面。难道这就是耶和华一度百般夸赞的生物——"你能用倒钩枪扎它的皮？能用渔叉叉它的头吗？人若用刀，用枪，用标枪，用尖枪扎它，都是无用。它以铁为干草；箭不能恐吓它使它逃避，棍棒算为禾秸；它嘲笑短枪嗖的响声！①"说的就是这家伙吗？就是它吗？啊！先知的这些话注定是不能应验的了，因为那大海兽虽说尾巴有千钧之力，却一头扎进浪涌如山的深海中，以躲避"裴廓德号"的鱼枪！

在午后的斜晖中，这三只小艇落在海面上的影子肯定又阔又长，足以荫蔽波斯王瑟克西斯半支军队。对于这头受了伤的大鲸来说，那些在它头上晃来晃去的鬼魅般的影子有多可怕，谁又能说得上来！

"做好准备，伙伴们；它在动啦。"斯达巴克嚷道，三根捕鲸索在水中都突然抖动起来，分明是鲸鱼在生死之间的悸动仿佛通过许多根磁力线向上传到了索子上，连坐在各自座位上的每一个桨手都感觉

---

① 见《圣经·旧约·约伯记》第四十一章。

到了。一会儿后，那股把艇首往下拽的拉力便去了一大半，三只小艇一下子就弹了起来，好像一群白熊见了一大块浮冰吃了一惊，纷纷跳下来时，浮冰往上蹿的那样。

"往里拉！往里拉！"斯达巴克又喊道，"它浮起来了。"在这一刻之前，没有一个拉住索子的人敢松一口气，这时他们已经在把水淋淋的索子飞快地一长卷一长卷扔进艇子里，很快大鲸就露出了水面，距猎手们不到两条船的长度了。

鲸鱼的动作清楚地表明它已经筋疲力尽。大多数陆上动物，血管之中都有活瓣或者闸门，一旦受伤，借助它，至少可以在一定程度上遏止血液向某个方向流动。鲸可不是这样。它的特点之一是，它的血管里根本就没有活瓣这种结构，一旦被标枪尖这样小的东西扎了一下，整个动脉系统便立即会致命地流血不止。如果这发生在离水面很深的地方，那么，加上海水超常的压力，它的生命就可以说是像溪水一样不停地往外流了。然而因为它体内有这么许多血，体内那只喷水池又是这么长这么大，它就这样流呀流的流下去，简直有如一道源于遥远的千山万壑之间的河流，即使遇上大旱它也可以流个不尽似的。甚至就是现在，这三只小艇都划到它身边，冒险地靠拢它摇晃的尾巴，把鱼枪戳进它的身体时，也有血从这些新伤口里匀匀地冒出来，流个不停。至于它头上那个天生的喷水孔还只是隔三间四恐惧地喷水，虽说每次都喷得很急，但还没有喷出血来，因为至今还没有击中它的要害。按照人家饶有意味的说法，它的性命丝毫无损。

这时，三只小艇把它围得更紧了。它的身体上部连同那些通常没在水中的部分都暴露无遗。它的眼睛，或者说它的眼睛所在的地方也可以看得到了。正如一棵参天的橡树倒下以后，它的节孔里便反常地长出许多奇怪的块块一样，同样，那曾经是大鲸的眼睛的地方鼓出两个什么也看不见的包，看去真是触目惊心地悲惨。不过，也没有什么好可怜的，尽管它年纪很大，只有独臂，又是瞎眼，它却是该死该杀，该去照亮人类的快活的婚礼或者其他各种寻欢作乐的场面，也该去把庄严的教堂照得金碧辉煌，好让它永远向大家传布那绝对无害的福音。这时它还在自己的血泊中翻滚，最后终于部分地袒露出侧腹底下一个形状奇特、变了色的笆斗大的疙瘩。

"一个好地方，"弗拉斯克嚷道，"让我给那里扎一下。"

"住手！"斯达巴克喝道，"用不着这么干！"

可是，于心不忍的斯达巴克已经迟了一步。这一枪扎下去，便是一个重重的伤口，一股脓水从这残忍的伤口里应声喷出。鲸痛得要死，盛怒之下，边喷着浓血，边向三只小艇盲目地猛冲过去，对那些勇敢的水手合头合脑地射着阵阵的血雨，冲翻了弗拉斯克的小艇，撞坏了艇头。这是它临死前的挣扎。因为这时它已耗尽了这许多血液，所以它毫无办法地从那被它毁了的艇边滚开来后，便侧躺在那里，喘个不停，有气无力地击拍着它那只残鳍，接着慢慢地翻过来又转过去，像一只行将告终的地球。后来，它白肚皮朝上，把最隐私的部位都露了出来，像根木头一动不动地躺着，死了。它最后一次喷水，模样十分凄惨，仿佛有一只看不见的手把一个偌大的喷泉的开关一步步关死，那水柱发出半窒闷的咕噜声，越喷越低，终于低到了水平面——这是这头鲸死前喷的长长的最后一口水。

正当全体水手在等候大船开来的时候，立刻就发现那硕大的体躯已有连同它那些未被搜刮的宝藏一起下沉的迹象。斯达巴克下令用绳索把它不同的部位绑住，这一来，三只小艇登时就成了三个浮筒。下沉的鲸就靠这些绳索吊在小艇下面。等大船靠拢来后，大家使出了浑身解数，小心翼翼地把它移到了船边，用最结实的锚爪链把它紧紧绑住，因为很明显，要是不用人为的办法把它吊起来，它马上就会沉到海底去。

接着，稀罕事发生了：几乎用铁铲一剖开它的身子，就发现一支锈蚀了的标枪整个儿嵌在它的肉里，就在上面说过的那个大疙瘩的下半部。但是，在捕获的鲸鱼身体中发现标枪断头，断头周围的肉都已完全长好，没有任何鼓突之处来标明它们的位置，这是屡见不鲜的事。因此，非得有什么别的为人所未知的理由，才能充分解释出现在这条大鲸身上的脓疮。但更奇怪的是在鲸鱼体内竟发现一个石枪头，离那个嵌在肉里的铁枪头不远。石枪头周围的肉都长得很结实。那石标枪是什么人投的呢？又是什么时候投的呢？很可能还是在美洲被发现之前好久，西北部某个印第安人干的吧。

至于在这鲸鱼的体腔中，仔细搜寻起来还能发现什么宝贝，这谁也说不上来。但是，进一步的搜寻突然被迫中止了，因为，由于死鲸下沉的势头大增，大船被拽得空前地向一边倾斜。然而负责全盘事务的斯达巴克却坚持要挺住。可要是仍旧死抱住鲸尸不放，船就会翻掉。他只好下令把鲸尸卸下来，但是船舷之上肋骨顶端上拴紧的锚爪链和缆绳绷得太紧，根本解不下来。这时，"裴廓德号"都斜过来了。要横过甲板，就像是爬壁陡的斜屋顶一样。大船发出了呻吟声，透不过气来。镶嵌在船舷盒房舱壁上的鲸骨物件由于全船各部分的不自然的错位都从原来的位置脱落下来。用杠子和撬棍来撬那些纹丝不动的锚爪链，使它脱离那些木橛子已经无济于事。而在同时，每一分钟都在给这下沉的巨大尸体增加了成吨的分量，船已到了眼见就要底朝天的关头。

"顶住，顶住，成不成？"斯塔布朝鲸尸嚷道，"别这么奔丧似的急着下沉！真的，伙伴们，我们非得想点什么办法，要不然咱们就完蛋啦。撬不管用。喂，把杠子扔下，哪一个赶紧去拿本祈祷书和一把小刀来，割断那粗链子。"

"小刀？好，好。"魁魁格嚷道，他抓起一把木匠用的沉重的斧子，从一个舷窗口探出身去，用钢斧来对付铁链，对准那最粗的锚爪链一顿猛砍。有几下子，由于用力过猛，火星迸发。不过链索上那股极大的绷劲倒是给随后砍下去的斧子帮了大忙。只听到一声可怕的啪嗒声，所有的链索一下子全散开了。船正过来了；尸体沉下去了。

这种不得不把刚杀死的抹香鲸拿来沉掉的意外事件，倒真十分稀奇。至今还没有哪个捕鲸人对此能解释个透彻明白。死了的抹香鲸有极大的浮力，它的侧腹或是肚皮总会高高地浮在海面上。只有那些上了年纪、消瘦、伤透了心的鲸鱼才会下沉。它们的大片油脂收缩了，它们所有的骨头变重而且得了风湿病。你还可能有理由硬说，这样的鲸之所以下沉是由于一种不常见的比重所致，是它体内缺少有浮力的物质之故。可是，事实并不是这样。因为年轻的鲸，在其年富力强、趾高气扬的时候，如遇盛年夭折，却是浑身是油的！可是，哪怕这种结结实实、富有浮力的英雄，有时也不免要沉下去。

不过话又说回来，抹香鲸却远不如其他鲸那么容易发生这种意外。抹香鲸要沉下去一条，露脊鲸就会沉下去二十条。毫无疑问，它们之间的这种差别，在很大程度上要归咎于露脊鲸骨头的重量要大得多；单是它那威尼斯式的窗帘有时就重达一吨多。抹香鲸就完全没有这个累赘。但是也有这种情况，沉下去的鲸尸，经过好多个钟头或者几天之后，又重新浮了上来，并且比活着时更有浮力。这原因是显而易见的。它体内产生了大量气体，胀得鼓鼓的，像个气球似的。那时连一艘兵舰也很难把它压下去。在新西兰的海湾中，捕鲸船在近海搜索时，只要一见到有露脊鲸看样子要下沉时，人们就用浮标系在它身上，留下很长的索子，这样，有一天鱼浮上来以后，他们知道在什么地方可以找到它。

且说就在那抹香鲸尸沉下去不久，"裴廓德号"的桅顶上又大喊起来，宣告"处女号"又一次放下了小艇；虽然极目所及只看到一条脊鳍鲸在喷水。这种鲸属于很难追捕的各类鲸鱼中的一种，因为它泅水的速度快得不可思议。不过，它喷起水来很像抹香鲸，以致缺乏经验的捕鲸人往往把它误认为抹香鲸。因此，德立克和他的一伙子这时正铆足了劲儿在追这只无法追上的猛兽。"处女号"扯起满帆，紧跟在它那四只小艇崽子后面，就此消失在下风处，继续在做勇敢的、满怀希望的追击。

啊！我的朋友，世上有许多露脊鲸，世上也有许多德立克啊！

第八十二章　捕鲸业的声誉和荣耀

有些艰险的事业，在其得以完成的实际过程中，既需小心谨慎，又无一定之规可循。

我钻研捕鲸这个行业越深入，深入到它的源头，就对它的源远流长、地位显赫的印象越深刻；特别是当我发现有这么多伟大的半神和英雄人物及各式各样的先知们都曾以各种方式在此建立过丰功伟绩时，一想到我自己虽是个无名小卒，却为能跻身于这样一个备受赞颂的团体而深为激动。

朱庇特的儿子，英勇的柏修斯①，是捕鲸人的鼻祖。而且说起来真可称得上是咱们这一行的永久的光荣，咱们的老同行初次攻击，宰杀的一头鲸鱼并非出于任何贪婪的目的。那是咱们这一行业充满骑士情怀的时代，那时我们拿起武器只是为了救难济困，而不是为人们的加油壶去弄油。人人都知道柏修斯和安德萝美达②之间动人的传说；可爱的安德萝美达，一个国王的女儿，被捆在海边一块大石头上，正当大海兽要把她攫走时，柏修斯这位捕鲸者之王勇猛地冲去，用标枪把它杀死，解救了这个姑娘，并和她结婚。一标枪投出去，就干掉这只大海兽，那真是令人钦佩的技巧高超的一击。即使近代的最优秀的标枪手也是望其项背的。谁都无须怀疑阿基特人的这一传说；因为在

---

① 是希腊神话中杀死墨杜萨并把安德洛墨达从一头海怪口中解救出来的英雄。作者认为这头海怪是鲸鱼。

② 埃塞俄比亚公主，因其母夸她比海神漂亮，触怒了海神，给人们带来灾祸，要想消灾，需将安德萝美达投入海中。后柏修斯杀死海怪，救出安德萝美达，两人结为夫妻。

叙利亚海岸那个古代叫约帕、现在叫雅弗的地方，一个异教徒的寺庙里，多少年来保存有一条大鲸巨大的骨架，根据这个城市的传说及全体居民的众口一词，都认为那就是柏修斯杀死的那条大鲸。罗马人占领约帕时，就把这具骨架作为战利品运往意大利去了。这一传说最为奇特、值得寻味之处似乎是：当年《圣经》中的约拿也正是从约帕上船出逃的[①]。

柏修斯与安德萝美达的冒险经历和圣乔治[②]屠龙的著名传说很类似。有人认为前者就是后者的原型。那条龙，我认为就是条大鲸；因为在许多古代编年史中，鲸和龙总奇怪地混杂在一起，难分彼此。"你如同列国中的狮，你像海中的龙。"以西结[③]如是说。他这显然指的是鲸。实际上，《圣经》有些译本干脆用鲸这个词。再说，如果说圣乔治只是在陆地上遭遇了一条爬行动物，而不是与深海中的巨怪作殊死搏斗，那会使他彪炳青史的英雄业绩大为减色。谁都能宰一条蛇，可是只有柏修斯、圣乔治、科基才有一往无前地迎战一头鲸鱼的胆量。

千万别让描绘这一场面的现代绘画把我们引入歧途；因为虽然古代英勇的捕鲸人所攻击的动物给含糊地画成了鹫头飞狮般的模样，虽然画面上人兽之战是在陆地上进行，圣者是骑在马背上，然而，考虑到当时人们的孤陋寡闻，画家们对于大鲸的真实形象也一无所知；圣乔治遇上的鲸鱼，也许像柏修斯遇上的那样，从大海里爬出来到了海滩上；而圣乔治的坐骑也许只不过是一只大海豹或海马。考虑到这一切之后，你就不会觉得那些画这一场面的古老之极的草图与有关的神圣传说格格不入了，就会认定这所谓的龙无非是一头巨鲸而已。实际上，如果把这整个神话放到最严格、最苛刻的事实面前去检验，它似乎就像非利士人对鱼、兽、禽的崇拜一样，只不过是换上了"龙"的名称；把这龙竖在以色列人的方舟前，它那颗马头和两只手掌

① 见《圣经·旧约·约拿书》第一章。
② 殉教的基督教徒，传说他曾从恶龙爪下救出一女郎。
③ 希伯来预言家。

便会掉下来，只剩下残缺的鱼身。这样一来，我们自己的高贵标志之一，哪怕是身为捕鲸人，便成了英格兰名义上的保护神了；而我们南塔开特的标枪手也就理所当然地应该编入最高贵的圣乔治骑士团。因此，那个荣誉集团的骑士们（我敢说，他们中间没有一个曾经像他们的祖师爷那样和大鲸打过交道）休得用轻蔑的眼光瞧我们南塔开特人，哪怕我们穿的是粗呢衫子和黑油布裤子，也远比他们更有资格配得上圣乔治勋章。

究竟要不要接受大力神赫尔克里斯为我辈中人，对此我始终存在疑问。因为根据希腊神话，那个古代的克罗克特和基特·卡森[①]——那干出了不少令人欢欣鼓舞的漂亮活的孔武有力的汉子，曾被一条大鲸吞下去，又吐了出来。尽管如此，严格地说，他是否因此就算得上是个捕鲸人，还值得商榷。因为没有看到他在什么地方真正用标枪戳过大鲸，除非是在它肚子里。不过，不妨把他算作一个非自愿的捕鲸人。总之，如果他没有捉到大鲸，那么大鲸倒是捉过了他。我主张应该把他算作我们团体的一员。

但是，最有权威的专家们却持相反意见。他们认为，这个有关赫尔克里斯与大鲸的希腊神话是脱胎于更早的关于约拿与大鲸的希伯来传说。反过来说也是这样，这两个传说一定是十分相似的。这样说来，如果我认为是个半神半人，为什么就不能认为是个先知呢？

英雄人物、圣者、半神和先知还不是我们这个骑士团名单上的全体成员。我们的祖师爷还有待推举。因为就像古代的那些帝王一样，我们发现我们行会的祖师爷竟就是伟大的神明自己。印度教的圣典中一再讲起那个东方的神奇故事就向我们指明，那令人敬畏的毗湿奴，印度教的三位一体的三大神之一的毗湿奴就是我们的祖师爷。毗湿奴对大鲸始终是另眼相看，以他十大尘世化身的第一化身便永久选定了鲸鱼加以神化。据经书记载，当婆罗门，即众神之神，在这世界

---

① 戴维·克罗克特（1786—1836）和基特·卡森（1806—1868），美国两位功勋卓著的边疆开发者。

一次周期性的毁灭之后，决心重造世界时，他生下了毗湿奴来主持这一工程。但是毗湿奴在动手兴建这项工程之前，似乎必须仔细研读那神秘的经书《吠陀经》。由此可见，那部经书对于年轻的建筑师必然有些什么在实践中可资借鉴的东西。而这部《吠陀经》当时深藏在海底。于是，毗湿奴就化身为鲸，借大鲸之身潜入海底，把这神圣的经典打捞了上来。这样说来，这个毗湿奴难道还算不得个捕鲸人？正如一个骑在马上的人，难道人们不称他为骑手吗？

柏修斯、圣乔治、赫尔克里斯、约拿，还有毗湿奴！一份很有分量的会员录！除了捕鲸人俱乐部，还有哪个俱乐部有这样长的历史渊源呢？

第八十三章　从历史上看约拿

关于约拿与大鲸的传说，上一章已经有所提及。如今有些南塔开特人对这个关于约拿与大鲸的传说颇为怀疑。但还有些持怀疑论的希腊人和罗马人从他们那个时代正统的异教徒立场出发，对赫尔克里斯与大鲸及阿赖翁与海豚[1]的传说同样表示怀疑；然而，尽管如此，他们对那些传说的怀疑丝毫无损于这些传说之为事实。

萨格港一个老捕鲸人对这一希伯来传说持怀疑态度的主要理由是：他有一本怪模怪样的老式《圣经》，里面有许多稀奇古怪缺乏科学依据的插图；其中一幅画着吞没约拿的大鲸头上有两个喷水孔——只有一种鲸才有这种特征（露脊鲸及其变种）。捕鲸人对此向来有这么一种说法，"一个一便士的小面包卷就会噎住它"。可见它的

---

[1]　半传奇性的诗人和乐师。据说在一个从西西里到希腊的旅途中，水手们企图对他谋财害命，他请求死前唱一首弃世歌。唱完之后，被投入海中，后被一只陶醉于他歌声的海豚救起。

食管非常之小。但是,对这一点,哲布①主教早就准备好了答词。他说,我们以为约拿是被鲸鱼吞在肚腹之中,这未必,他倒是可能暂时栖身在它嘴里的哪个角落里而已。善良的主教这一说法也似乎很有道理。因为露脊鲸的大嘴里还真可以摆下两张牌桌,两桌牌友可以舒舒服服地坐在里面。也很可能约拿是平安无事地藏身在它一颗蛀空了的牙里;不过,再一想,露脊鲸是没有牙的。

这个萨格港佬(他就叫这个名字)提出他不大相信那位先知的故事的另一条理由听来有点含糊,涉及约拿被囚禁在鲸鱼体内以及鲸鱼的胃液问题。但是,这个反对意见也同样落了空,因为有一位德国的《圣经》注释家认为,约拿肯定是栖身在一条死鲸的浮尸肚子里,正如远征俄国的法国士兵曾用死马搭成帐篷,爬进去睡觉一样。此外,还有欧洲大陆其他一些注释家推测说,当约拿被人从约帕起航的船上抛入海中后,他随即逃生到邻近的另外一条有鲸鱼作船头雕饰的船上躲了起来。我还想补充一句的是,很可能那艘船就叫"大鲸",犹之如现在有些船取名"鲨鱼""海鸥""老鹰"一般。也不乏学识渊博的注释家认为《约拿书》中提到的大鲸实际上只不过是一种救生用具——一只充满了气的皮袋——这位命在顷刻的先知游过去用上了,才逃过溺水而死这一劫。因此,可怜的萨格港佬倒似乎成了众矢之的了,被驳得一无是处。不过,他还有个理由来支持他的不信,要是我没有记错的话,那个理由是这样的:约拿是在地中海被吞入鲸腹的,三日三夜之后,那大鲸就把他吐在旱地上,那地方离尼尼微(底格里斯河边一个城市)有三日路程。这段航程,如果从地中海的最近的海岸横渡过去,也远不止三天,这又怎么说得通呢?

但是,那大鲸有没有别的什么办法让这位先知在离尼尼微三日路程的地方上岸吗?有。它可以带着他绕道好望角。不过,这样一个假设,势必要环游整个非洲,更不用说要穿过整个地中海,或者取道

---

① 英国宗教家和社会改革家。

波斯湾，过红海，姑且不说靠近尼尼微的那一段底格里斯河水太浅，大鲸根本无法在其中游动。再说，在那样早的年代，约拿就驶过了好望角，那岂不是从著名的好望角的发现人巴塞洛缪·第亚士手中夺走他发现这一伟大海峡的那份荣誉，令现代史成了一片谎言了嘛。

但是，萨格港老头所有这些愚蠢的论点只不过表明了他自以为高人一筹、实则愚蠢之至的判断力而已——尤其应受到指责之处是，他除了道听途说以外，学识实在十分有限。我认为那只不过显示了他那种目中无神的狂妄自大，对理应敬重的牧师们的可恶可恨的叛逆心理。因为，按照一位葡萄牙天主教神甫的看法，约拿是绕过好望角到达尼尼微的这种说法无非是一个一般的奇迹被大大加以扩大而已。事实就是如此。再者，十分开化的土耳其人至今虔诚地信奉约拿的这一传说。大约三个世纪以前，一个英国旅行家在《赫黎斯老头游记》中提到过为纪念约拿而建立的一所土耳其清真寺，寺中有一盏神奇的灯，不用任何灯油，却照样有光。

🐋 第八十四章 投 杆

要让车轴转得又快又不费力，就给它们上点油；有些捕鲸人为了完全一样的目的，也对他们的小艇使用类似的办法。给艇底涂上油。油和水互不相容，油是种很滑的东西，抹油的目的是使船滑行得更快，因此，这种做法自不用担心有任何坏处，很可能好处还大得很。魁魁格就特别相信艇底抹油的好处。一天上午，就在德国人的"处女号"消失后不久，他比往常更起劲地干着这活儿；小艇吊起在船舷上，他趴在艇底下使劲往上擦油，好像要极力做到让光秃秃的艇底长出头发来似的。他好像是听凭一阵预感的支配在擦着，而且预感就是事实那样。

将近中午时分，又发现了大鲸。可是等大船朝它们驶过去，它们立即掉过头去，慌慌张张地逃跑了；一群乌合之众，就像克莉奥佩特拉的船队从亚克兴①溃不成军地四散逃窜一般。

虽然如此，几只小艇还是追了上去，斯塔布的小艇一马当先。费了好大的劲，塔希蒂格终于投中了一枪。可是那被击中的大鲸非但没有下潜，反而逃得更快了。捕鲸索老这样绷得紧紧的，那支插在它身上的标枪迟早免不了会拔出来。当务之急是在这飞奔的大鲸身上戳上几枪，要不然就只好任它跑掉。可是，又无法靠拢它，它游得太快太猛。那么，还有没有别的办法呢？

能征惯战的捕鲸人往往不得不使用的各种奇妙娴熟的手法、花招以及无数巧计之中，没有比采用俗称投杆的长矛更妙的绝招了。小剑也好，阔剑也好，在实际运用中都远不如它。它是专门对付疾游的大鲸的。它最足以令人信服之处和最大的特色就是从一只高速前进、剧烈摇晃颠簸的小艇上，极远地将一支长长的鱼枪精准地射中目标。整个鱼枪钢枪头带木杆大约十到十二英尺长；它的枪杆比标枪杆细得多，用的材料也轻些——松木。它系有一根叫作纤的细绳子，相当长，有了这样的绳子，抢投出去后，又能收得回来。

不过，在继续讲下去之前，有必要先在这里提一下的是，虽然标枪也可以像长矛一样作为投杆，但水手很少这样做；即使这样做了，其效果也不如长矛好，因为和鱼枪比起来，标枪分量太沉，长度不够，这两点就成了实际使用时严重的障碍。因此，一般说来，你必须首先用标枪拴住鲸鱼，不得已时才用投杆。

现在且瞧瞧斯塔布。像他这样在最危急关头能诙谐百出、胸有成竹、泰然镇定的人，是特别适宜于投杆而胜人一筹的。你瞧他在如飞的小艇颠簸的船头上站得笔直，周身裹在毛毛雨般的泡沫里，那拖着小艇飞奔的大鲸就在前方四十英尺处。他轻轻地摸了摸那长长的鱼

---

① 希腊阿卡纳尼亚北部海岬，现为圣尼古拉奥斯角。公元前三十一年，罗马大将屋大维大败对手安东尼与埃及女王的联军于此。

枪，瞟了两三眼枪身，看它是不是挺得笔直，飒飒地把一卷绞船索收在一只手里，紧握住索尾，不让余索受到任何干扰。然后，他握好投杆，抵住他的腰带中间，瞄准了鲸鱼，算准了距离，稳稳地按下杆子在自己手里的末梢，从而使铁尖翘得高高地，直到这件武器几乎直挺挺地竖立在自己手掌上有十五尺高。那模样叫人多少想起一个将一根长杆子稳稳地立在自己下巴上的魔术师来。紧接着，凭着一股敏捷的说不上来的冲劲，那明晃晃的钢枪高高地划了一个漂亮的弧，飞过那段泡沫弥漫的距离，颤悠悠地插进了大鲸的要害。这时，它喷出的就不再是闪亮的水，而是鲜红的血了。

"这可是把它身上的龙头打开了！"斯塔布嚷道，"这是不朽的七月四啦；所有的泉眼今天应该涌出酒来！但愿现在流出来的是奥尔良的陈年威士忌，或者俄亥俄州的陈酒，或者摩嫩加希拉河妙不可言的陈年老窖！那么，塔希蒂格，老弟呀，我可要你捧着一只小罐凑到喷水孔那边去，让咱们在它旁边喝个痛快啦！对啦，真的，哎哟，咱们干吗不到它喷水孔那边去酿起上等奔趣酒来，就着那源源不断的奔趣酒碗，把那刚酿出的好酒咕咚咕咚喝个痛快！"

在这种嘻嘻哈哈的玩笑话中，枪一次又一次得心应手地投了出去。那支长矛回到它的主人手里，犹如猎犬的主人灵巧地收紧皮带把狗拉回到身边一般。这条在痛苦中挣扎的鲸张皇失措。紧绷着的捕鲸索松弛下来了。这时投杆人退到艇尾，交叉起双臂，一声不吭地瞧着这大海兽死去。

第八十五章　喷　泉

六千年来——没人知道这之前还有多少万年——大鲸们就一直在所有海洋上喷水，就像许多喷水壶和喷雾罐似的在给那些深水花园浇水喷雾。而过去几个世纪以来，也该有成千上万的捕鲸人靠拢过大鲸的喷泉，观察过它们的喷洒——这一切应该不成问题，然而，一直到眼下这一刻（公元一八五一年十二月十六日下午一点十五分十五秒），这些喷水究竟是真的水，还是不过是些气，却依然是个问题——这肯定是件值得注意的事情。

既然如此，那么就让我们来琢磨琢磨这个问题以及一些随之而来的有趣的事吧。谁都知道，一般鳍类动物都有特别灵巧的鳃，它们在水中游动时，就是用鳃来呼吸和水结合在一起的空气。因此，鲱鱼和鳕鱼可以活上一百年而从来不用把头冒出水面。但是，大鲸却由于它们的有异于其他鱼类的体内结构（它们有正常的肺，和人类相同），因此，它只有靠吸进水面上与水游离的空气才能生活。这就是它要定期地冒上来看看水上世界的原因。可它们不管在多大程度上也无法通过嘴来呼吸，因为就抹香鲸平常在水中的姿势而言，它的嘴至少是深藏在水面八英尺以下；而且，它的气管跟嘴又不相通。是的，它只靠那只喷水孔呼吸，而那只喷水孔却长在头顶。

假如我说，对于任何动物来说，呼吸只不过是维持生命的一种不可或缺的功能，它从空气中吸进一种元素，随即使之与血液发生接触，使血液起一种产生活力的作用。我想我这样说大概没有什么错误，虽然我还可以用上一些多余的科学名词。假如确是这样，那由此可以得出，如果一口气能使一个人的全部血液充了气，那他就可以闭上他的鼻孔过上好长一段时间不需要吸第二口。换句话说，它可以随之不需呼吸而活着。尽管这事看起来有点荒唐，可大鲸却正好如此，它经常在海底待上一个多小时，而不需要吸一口气，或者说无须以任何方式吸进一丁点儿空气而照常生活；因为，请记住，它是没有鳃的。这是怎么回事呢？因为在它的肋骨之间以及脊柱两边，有像克里特岛上的迷宫一样极其复杂的、通心粉似的血管。当它离开水面时，这些血管就充满了饱含氧气的血液。所以，在上千英寸深的海底，它仍然有额外一份活力得储备，使它可以停留水下一小时有余，正如穿过无水大沙漠的骆驼在它那四个备用胃囊里携带了足够的水以备不时之需一样。这个在解剖学上有根有据的迷宫是不可争辩的；建立在这个迷宫之上的假设也是合理的，站得住脚的，当我想到鲸鱼像捕鲸人形容的那样，固执得难以理喻地要到水面上来喷气这一点，就更觉得这看法令人信服，这就是我所要说的。抹香鲸冒出水面，如果没有受到干扰的话，就会在水面上停留一段时间，而每次停留时间的长短，只要不受到干扰，都是完全一样的。比方说它在水面上待十一分钟，喷水七十次，就是说，呼吸了七十次；那么它每次升出水面的时间必然也是十一分钟，一分不多，一分不少，呼吸必然也是七十次。可是，如果它刚刚才呼吸了几次，你惊动了它，它就会潜入水中，随后它又总会偷偷地冒上来，补足它正常所需的那份空气。它不做完那七十次呼吸，决不会真正下去待足那一个多钟头时间。不过，请注意，不同的鲸有不同的呼吸次数；但呼吸总归是要的。可见，要不是为了在整个潜下去之前补足空气库存，大鲸为什么一定要把水都喷出去呢？原因无它，它需要补充它的空气储备，才能下沉较长一段时间。显而易见，由于鲸鱼必须不时升到水面上来，它才不得不面对追捕它的种种致命的危险。因为这个大海兽游到上千英寸深的海洋深处，无论钩钓网捕都是奈何不了它的。这样说来，猎人啊，使你获胜的，可不一定是由于你的技巧高明，而是由于它那必然的习惯！

　　人类是一刻也不停地在呼吸的——一次呼吸只不过供脉搏跳动两三次；所以不管他在做什么事，醒着也好，睡着也好，他总是在呼吸，要不然他就会死。但是抹香鲸呼吸的时间却只占它全部时间的七分之一，或者说，它只有星期天才呼吸。

　　前面已经说到，鲸鱼只通过它的喷水孔呼吸。如果再实事求是地补充一句，说它的呼吸里夹杂有水；那么，我们就不难理解为什么它没有嗅觉；因为它全身唯一可以称为鼻子的就是那个喷水孔；然而喷水孔里既然填满了水和空气两大元素，你就不能指望它会有嗅觉。不过，由于它喷出的东西让人摸不透——究竟是水还是空气——至今还没有得出绝对肯定的结论。但，可以肯定的是，抹香鲸没有正式的嗅觉器官。可是话说回来，它要嗅觉器官干什么呢？海洋里既没有玫瑰花，也没有紫罗兰，更没有科隆香水可闻。

进一步说，因为它的气管只和喷水道管子相通，也因为那长长的水道——就像伊利大运河一般——安装有几个可说是闸门样的东西（管开和关），扣留下行的空气，放走上行的水，因而鲸鱼没有发声器官，除非你用下面这种说法侮辱它：说每当它奇怪地叽里咕噜要说话时，它便用它的鼻子来说。不过话又说回来，大鲸有什么话要说呢？据我所知，凡是思想深邃的人面对这个世界大多无话可说，除非是为生活所迫，才不得不结结巴巴说点什么。啊！幸亏这个世界对他人的疾苦是如此善于倾听！

且说抹香鲸的喷水道，实际上主要是为了输送空气，其中有好几尺长是伸展在它的脑袋上部表层底下的一个平面上，稍稍偏向一边。这条古怪的管道很像铺设在城市街道一侧的煤气管道。但是，又回到了那个老问题，这根煤气管是不是也是自来水管；换句话说，抹香鲸所喷出的究竟仅仅是呼出的废气呢，还是呼出的气里夹杂有从嘴里吸进去的水，再从喷孔里排出来。有一点可以肯定：嘴和喷水通道是间接连通着的，然而却不能证明它是为了通过喷水孔排水。因为它进食时附带地也把水吸了进去，它似乎非这样把水排出去不可。不过，抹香鲸的食料都是在深水中，在那里，即使它想要喷水，也喷不出来。再说，如果你一边很仔细地注意它，一边用你的表来记数，那么，在正常情况下，你就可以发现，它的喷水期间和通常的呼吸期间都有一种毫无偏差的规律。

不过，在这个问题上，你干吗要拿这许多推理论证来伤脑筋呢？痛痛快快地说出来吧！你见过它喷水，就直截了当地说明它喷的是什么好啦；难道你连水和空气都分不清吗？我的老兄，在这个世界上，这些显而易见的事并不是那么容易弄清的。我就常发现你的所谓显而易见的事却偏偏最让人伤脑筋。至于大鲸喷出来的这玩意儿，就算你可以一头钻进去,也许也照样断定不了它究竟是什么东西。

当你靠近一头鲸鱼足以看清它的喷射时,它正处于异常的骚动之中,水如瀑布般地从它周身泻下来,它喷出的中心内容被一层雪亮的雾一般的外衣裹藏着,你怎么能说得清:从中是不是有水泻下来。假如在这种时候,你觉得你真看到喷出了水珠,它们也许仅仅是由水汽凝结而成,你又怎么知道就一定不是呢?或者它们是满满地蓄积在鲸头坑洼处的水,你又怎么知道那水就不是薄薄一层存在喷孔缝隙里的水呢?因为即使在一个风平浪静的日子,中午时分的海上,它安安静静地泅着,那隆起的背峰被太阳晒得跟沙漠里的驼峰一样干,即使在那种时候,它的脑袋上也总是带着一小盆水,那光景犹如在毒日头底下你有时会看到一块岩石的孔隙中注满了雨水一般。

再说,一个猎鲸人万不可粗心大意地对鲸鱼喷的究竟是什么过于好奇。他不可把脑袋探进去细查一番。你不可能提个大水罐到那喷泉跟前去,灌满一罐拎走。因为哪怕你只稍稍接触一点那喷出物外围的雾气(这种事是经常发生的),它的腐蚀性就会叫你的皮肤火烧火燎的痛。我还知道有这样一个人,他因为跟喷水靠得太拢,至于他究竟是怀着一种科学的目的,还是别有原因,我可说不上来,总之,他的脸上、臂上的皮肤都裂开来了。因此,捕鲸人都认为它喷出的东西是有毒的,避之唯恐不及。还有一件事,听人家说起过,我觉得也很有可能,说是那喷出物要是喷到眼睛里,眼睛就会瞎。因此依我看来,一个喜欢追根究底的人还是别去招惹那要命的喷射物为上。

不过,尽管我们既不能证实,也不能得出结论,我们也还可以假设一番。我的假设是这样的:这喷出物无非是些雾气。之所以促使我得出这一结论,除了其他理由外,是考虑到抹香鲸所固有的那种非同一般的尊严与气魄。我认为它绝非等闲、浅薄之辈,下面这一无可争辩的事实即可说明:它从不在水浅或靠岸的海域露面。那种地方,其他的鲸有时会去走走。它既稳重,又深沉。我确信所有稳重、深沉的人,诸如柏拉图、皮洛①、撒旦、朱庇特、但丁等,他们在深思时,头上都会冒起一股半隐半现的蒸气来。我在构思一篇论永恒的小文时,曾好奇地摆了一面镜子在面前;不久,我就在镜子里看到一缕古怪的烟雾在我头上缭绕起伏。盛夏八月的正午,我待在屋顶薄薄的阁楼里,喝了六大杯热茶后冥思苦索,我的头发照例要冒出潮气来;这似乎也给以上的假设提供了一个额外的论据。

当我们看到抹香鲸气度庄严地泅过热带的风平浪静的海洋,它的特大的和善的脑袋之上罩着由于它的无法与异己者沟通的沉思产生的一顶水汽的华盖,而你有时会看到,一有彩虹,这水汽便愈增其光华,仿佛上天对它的所思所想盖上了玉玺。因为,你可知道,彩虹从不光顾晴空;它只照耀雾气。因此,神圣的直觉不时穿透我心头的疑云,仿佛有道来自天国的光驱散了我的迷惘。为此我感谢上帝。因为人人都有疑惑,尽管许多人否认;不过,有也好,没有也好,有直觉的人却不多。对一切世俗的事情有疑惑,对某些神圣的事物有直觉;两者合在一起既不使人成为信徒,也不使人成为不信教的人,而是使他成为一个用毫无偏袒的眼光看待这两种人的人。

🐋 第八十六章　尾　巴

别的诗人讴歌羚羊温柔的眼睛,和飞鸟美丽的羽毛;我没那么高雅,我赞美尾巴。

最大的抹香鲸的尾巴要从它的躯干开始逐渐缩小至大约人的腰杆粗细的地方算起,单是它上面的平面,就至少有五十平方英尺。那结实浑圆的尾根伸展为两片又阔又坚实又平坦的巴掌或称尾翼,它

① 希腊奴隶制没落期的第二个哲学派别,曾追随亚历山大大帝远征印度,大概曾在印度研究印度和波斯哲学。

们越往后越薄,最后只有不足一英寸厚。两翼在分叉处或者会合处稍有重叠,然后像一对翅膀似的相互斜着展开,中间留下一个很宽的空当。在任何其他生物身上都找不到鲸鱼尾翼的边缘那勾勒的如此美妙动人,弯弯如娥眉月的线条。一条成年的鲸,两片尾翼展开的最阔处,远远超过二十英尺。

整个尾巴的构造似乎是密结着肌肉的网络状的矿层,不过一把它剖开来,就发现里边有性质不同的三层——上层、中层、下层。上下两层肌肉的纤维直而长,中层的则很短,交织在上下两层之中。这种三位一体的结构,给予尾巴的威力,一点也不比任何别的东西少。在研究古罗马城墙的专家看来,鲸尾的中层,跟那令人惊叹的古墙中和石头交错地砌在一起的那层薄薄的花砖奇特地相似。而这层花砖,毫无疑问,在加固这道石墙上出了大力。

然而似乎有了这么一条筋肉如此强而有力的尾巴还嫌不够,这大海兽的整个躯干是由筋肉纤维和丝状体作为经纬交织而成,它们穿过腰部两侧直达尾部,不知不觉地跟尾部的结构融合为一体,从而大大地增加了尾叶的威力;所以整个大鲸汇聚起来的那种无可估量的力量似乎集中在尾部一点上。要是什么物体遭到它毁灭性的打击,那就是这尾巴干出来的。

另一方面,这种惊人的力量却又完全不影响其动作之挥洒自如,优美有致,其自在处宛如婴儿,而其中又跃动着巨人的威力。正好相反,尾翼的挥摆所显示的那种令人惊心动魄的美正是从这力量得来。真正的力量绝不会破坏美或和谐,反而往往会赋予美;凡是美得令人叹为观止的东西,总是由于力量从中起了很大的作用。如果把赫尔克里斯雕像绷紧了的,几乎要从大理石中爆裂出来的筋肉除去,那么雕像的魅力就会烟消云散。忠心耿耿的爱克曼[1]掀起盖在歌德赤裸的尸体上的麻布床单时,死者的胸膛让他极为感动,因为那胸腔看去像罗

---

[1] 德国作家,歌德的朋友,著有《歌德谈话录》。

马凯旋拱门一样雄伟。安哲罗①甚至在把上帝画成人的模样时，把它画得多么强壮。而那些意大利油画在画圣子时，尽管在他身上表露了神性的爱，却显得柔软、卷曲，有如雌雄同体，极其成功地体现了圣子的意念；这些画，尽管没有画上一点结实的肌肉，显不出任何力量，可是就凭那种一味退让、崇尚顺从与忍耐的消极、柔弱的力量，形成了耶稣基督教导的独特的品德。

这就是我要谈的那个有微妙的伸缩力的器官，不管它在挥舞时是开玩笑，或是一本正经，还是发脾气，总之不管它的情绪怎样，他那柔韧灵活的动作总是有一种非常优雅的特色。在这一点上，连仙女的臂腕也望尘莫及。

鲸尾的习惯动作有五种。第一，前进时作鳍用；第二，战斗时作钉头锤用；第三，起横扫的作用；第四，用尾叶拍打水面；第五，翘起尾叶。

第一，由于大鲸的尾巴是扁平的，它起的作用与所有其他海中生物的尾巴不同。它从不扭动。无论是人或鱼，扭动就是相形见绌的标志。对鲸来说，尾巴是它唯一的推进工具。尾巴在下面向前一卷，然后迅速地向后弹起来，正是这种动作使大鲸以独特的前冲、跳跃的姿态飞速前进。它的侧鳍只是起导向的作用。

第二，稍微有点特色的是，只有在一条抹香鲸跟另外一条抹香鲸争斗的时候，它们才使用头和嘴，可是，在跟人类作战的时候，它主要是傲慢地用它的尾巴。在攻击一只小艇时，它迅速掉过头来把尾叶翘成弧形，然后一个反弹，就狠狠一记敲了下来。如果没有受到任何阻拦，正好击中目标的话，那一击简直势不可挡。没有哪个人哪只小艇经受得住。你唯一的生路就是躲开这一记。不过，要是这一记受到海水阻隔，横扫过来，那么，在一定程度上，由于捕鲸小艇轻巧而富有浮力，材料又有弹性，一般最严重的后果无非也就是断了一条艇肋，

---

① 意大利16世纪画家，即米开朗琪罗。

或者砸碎一两块船板，要在船侧做些修补，缝上一针而已。这些水下侧击在捕鲸业中司空见惯，他们把它视同儿戏。谁从外衣上撕下一块布，就把洞堵住了。

第三，我无法以实例说明，不过，据我看来，大鲸的触觉似乎集中在尾巴上，在这方面，鲸尾的敏感只有象鼻的轻巧才能与之媲美。这种敏感主要是通过摇尾的动作表现出来。大鲸像少女一般文雅，以一种柔顺、迟慢的动作，挥动它那巨大的裂片，在海面上摆来摆去的时候，如果它刚好碰上一个水手的腮帮子，那么那个水手可就惨了，络腮胡子和所有一切都完了蛋。你看，在最初的接触中它多么温柔啊！要是这尾巴抓得住东西，我会马上联想到达蒙诺德斯的大象。那只象经常光顾花市，跟姑娘们低声问候几句，献上芳香的花束，然后用鼻子轻轻抚摸她们的腰带。鲸鱼尾巴没有这种抓卷的本事，从不止一个方面来说，这都是一件憾事；因为我还听说过有一头大象，在战斗中负伤之后，用它的鼻子卷住击中身上的投枪，把它拔了出来。

第四，当鲸鱼徜徉于空无一人、自以为安全的大洋之中，你去偷偷靠近它，不让它察觉，你就会发现它虽然身躯肥硕，道貌岸然，但在放松的时候，它能像一只小猫崽火炉边似的在海洋中嬉戏。不过，它在嬉戏中，你仍然可以看到它的威力。它那阔大的尾叶高高举起，然后猛地打在水面上，那雷鸣似的冲击声，几英里路外都能听到。没准儿你还以为是放了一炮；要是你还注意到另一端那喷孔里冒出的一圈圈袅袅的雾气，你还会以为是从大炮火门里冒出的烟。

第五，在大鲸通常的游姿中，它的尾叶远在它背部水平线之下，完全没在水中，一点儿也看不见。而当它打算潜入深海时，它的全部尾翼加上至少三十尺的身躯就会笔直地伸向天空，这样晃动一阵子，然后直射下去，在视线中消失。除了雄伟的鲸跳——这以后将在别的地方说到——大鲸竖起尾叶的这种雄姿也许是整个动物界中最壮观的景象。那巨大的尾巴从无底的深渊中一跃而起，仿佛要把天扯一块下来似的。我也同样梦见过堂堂的撒旦从地狱的火海中伸出备受折磨的巨爪。不过，在凝望这样的场面时，想到什么完全决定于你所处的心情；如果是但丁式的，你想到的便全是魔鬼；如果是以赛亚式的，你想到的便全是天使。有一次，我站在我的船的桅顶上，旭日方升，照红了天空和海面。我发现东方有一大群鲸向着太阳的方向泅去，一时间，它们的尾翼一齐翘出海面摇着。当时我觉得，这样壮丽的对众神表示崇敬的场面，即使是在拜火教之家的波斯也是前所未见的。正如托雷密·非罗派德①为非洲的大象作证一样，我也为大鲸作证，宣称它是世界上最虔诚的动物。因为据朱巴王②说，古代的战象经常竖起它们的鼻子在万籁无声的寂静中向晨光礼拜。

在本章中，我拿鲸鱼尾巴的某些方面来与大象鼻子的某些方面做比较，这纯属偶然。其实不应该把它们的一前一后，位置完全相反的两个器官来等量齐观，更不要说这两种动物本身了。因为正如再大的象在大鲸看来只不过是一条小狗，同样，和鲸尾相比，象鼻只相当于一根百合花梗。象鼻最可怕的一击，和大鲸沉重的尾叶那无可估量的毁灭性力量比起来，就像是拿把扇子开玩笑地轻轻一敲。鲸尾那摧毁性的力量曾多次把一只又一只小艇整个地连人带桨扔到空中，就像是一个玩杂耍的印度人把小球接二连三地抛到空中一样③。

我越是想到这种巨尾，越痛恨我的能力薄弱，无法把它完全表达出来。它不时作出一些示意，却没人能懂。有时，一大群鲸在一起，作出的神秘的示意非常引人注意，我听到猎人们说，那跟共济会④的暗号和标志很相似。实际上，大鲸就是借助这些动作跟外在世界交往。

---

① 马其顿人，公元前221年至前205年为埃及国王，即托雷密五世。
② 北非古国努米底亚国王。
③ 就鲸与象的身材方面所作的各种比较都荒谬之至。因为就那方面而言，象之于鲸犹如狗之于象；不过，二者之间也不乏某些奇特的相似之处，喷射即其中之一。谁都知道，象经常用鼻子吸水或者尘土，然后高高举起鼻子，将水或尘土绵绵不断地喷出去。——原注
④ 旨在传播其秘密互助纲领的团体，起源于中世纪的石匠和教堂建筑工匠的行会。

鲸全身也不乏其他动作，即使在捕鲸老手看来，也是见所未见，说不出个所以然来。不管我怎么仔细推究，我所知仍极为肤浅；它这尾巴对我是个谜，永远都是。不过，假如我连这种鲸的尾巴都弄不明白，又怎能弄得清它的头呢？再说，既然它没有面孔，又让我怎样去理解它的面孔呢？它好像在说，你可以看我的背部，我的尾巴，却不能让你看见我的面孔。可它的背部我也无法完全弄清；那么，随它怎样去显现它的面孔吧，我还是要再说一遍，它是没有面孔的。

第八十七章　无敌舰队

　　狭长的马六甲半岛，延伸于缅甸东南方，位于亚洲本土的正南端。从这个半岛出发，排列着一串长长的岛屿，有苏门答腊、爪哇、巴里、帝汶岛，这些岛屿伸展出去，和许多其他岛屿一道，形成一道巨大的防波堤，或者说，城墙，纵向地连接亚洲和澳大利亚，把长长的浑然一体的印度洋和东方星罗棋布的群岛分割开来。这堵城墙，为了船只和大鲸的出入方便，开了几道暗门；其中最显眼的数巽他海峡与马六甲海峡。从西方去中国的船只主要打巽他海峡进入中国海。

　　那狭窄的巽他海峡把苏门答腊和爪哇分隔开，位于那道由岛屿链构成的巨大城墙的中部，而成为这城墙的支点是常年翠绿、被水手们称之为爪哇角的海岬，这巽他海峡很像是通向有围墙的幅员辽阔的帝国的一道大门。考虑到东方大洋中那无数岛屿得以富裕起来的取之不尽的香料、丝绸、珠宝、黄金和象牙，这种地理优势似乎是大自然别有深意的安排，来保护这些财富不受无所不用其极的西方世界的巧取豪夺，哪怕丝毫不起作用。巽他海峡的两岸并没有守卫地中海、波罗的海和普罗邦底斯海的入口处那些一夫当关万夫莫开的要塞。这些东方人不像丹麦人，并不要求那些顺风而来无尽无休的船队放下中桅帆，表示曲意逢迎的顺从，那些船队，多少世纪以来，满载着从东方掠夺来的财富，不分日夜地从苏门答腊与爪哇岛之间通过。不过，他们虽然自愿放弃如此的礼仪，可绝不会放弃更可靠的贡礼的要求。

很早很早以来，马来人的海盗就常年出没在苏门答腊灌木丛荫蔽的浅湾小岛间，袭击通过海峡的船只，挥舞着长矛，恶狠狠地勒索财物。虽然他们一再遭到欧洲巡洋舰的恶毒的惩罚，使得这些海盗的胆大妄为近来有所收敛；然而，即使是在今天，我们也时而听到有英美船只在那一带海域被强行登船，大肆掳掠的消息。

"裴廓德号"这时在迅疾的和风吹送下，快靠近异他海峡了，亚哈打算穿过海峡，进入爪哇海，然后往北巡弋到经常有抹香鲸出没的那一带海域，掠过菲律宾诸岛附近水面，到达遥远的日本沿海，以便及时赶上那儿的捕鲸好季节。走这样一条路线，环航世界的"裴廓德号"可以在到达太平洋的赤道线之前，走遍几乎全球所有已知的抹香鲸洄游场；即使在其他各处的追捕全以失败告终，亚哈仍坚定地指望在太平洋赤道线这据说是莫比·迪克最常去的海面跟它干上一仗。他有理由假定那时到了它最可能在那一带出没的季节了。

但是，在这种分区分片的搜索中，亚哈始终不靠岸，这是怎么回事？难道他的船员都喝西北风去吗？当然，他肯定会停船装淡水。可他不会靠岸。那在狂热的马戏场里跑圈圈跑了好长时间的太阳靠的是它自身的热量，并不需要任何给养。亚哈也一样。请记住，捕鲸船也是这种情况。当其他船只装满了奇怪的货物，准备运往外国码头去，浪游世界的捕鲸船除了它自己和水手、武器和给养之外什么也不装，它的货舱里有整整一个湖的装瓶的淡水。它装了一些有用的东西作压舱物，而不是无用的铅锭和生铁。它装有能用几年的饮水。清澈、优质的南塔开特淡水。南塔开特人在太平洋上漂泊的三年期间只要有这种水喝，就不喝新近从秘鲁或印第安溪流用木筏运来的装在大桶里略带咸味的水。因此，就出现了这种情况，当其他的船只从纽约出发到中国，又回到纽约，其间停靠过一二十个港口，而捕鲸船在同一时间段里，可能连一个土块都没有见着；它的水手除了在海上漂泊的同行之外，什么人也没见过。所以，假如你给他们捎信说，又发第二次洪水啦，他们的回答只会是："没事，伙伴们，这儿就是方舟！"

由于在爪哇西边的海面靠近巽他海峡处曾经捕到过许多抹香鲸，更由于大多数渔场附近一般都被捕鲸人认为是最好的游弋场所，所以"裴廓德号"在越来越靠近爪哇角时，船上便一再招呼瞭望的人要格外留神观察。但是，虽然爪哇角那棕榈荫遮的绿色悬崖不久便在大舷前方隐约出现，空气中也闻到了好闻的新鲜肉桂树的香味，却连一头喷水的鲸鱼都没有见到。大家差不多都不再指望在这一带碰到任何猎物，船也快要进海峡。这时突然听到桅顶上发出了惯常的欢呼声，不一会儿，一幅异常壮丽的景色呈现在我们面前。

不过，得在这里先交代一下之所以欢呼的原因，最近抹香鲸因为遭到四面八方不断的追击，所以它们现在不像以前那样：差不多总是一小群一小群地游着，而是让人们经常看到数目浩大的一群一群了，有时结集数目之大，简直叫人以为它们仿佛是许多国家聚在一起，在为互助互卫而歃血盟誓。抹香鲸集结成这样一支浩浩荡荡的队伍，也许正好说明了这种情况，即使在最有指望的巡游渔场，有时也可能一连转悠上几个星期，几个月，仍不见喷水的鲸鱼，而突然之间却恍如有成千上万道喷雾呈现在眼前。

在船头前两侧大约两三英里处，一条连绵不断的鲸鱼喷水的长链环抱着一半的水面，形成一个巨大的半圆形，它们喷得正欢，在正午的天空中闪闪发亮。露脊鲸喷的水是笔直的双股喷，水柱到了最高处便分开落下来，就像是分叉下垂的杨柳枝，而抹香鲸则不同，是单股斜着朝前喷出一片厚密的灌木丛一般的白雾，不断地向上冒，又朝下风头飘落。

这时从"裴廓德号"的甲板上看去，这艘船好像登上了海中一座小小的高山。这一股股喷射的水汽，各自袅袅地升入空中。透过那融合成一片的浅蓝色雾霭看去，就像是一个骑者站在山丘上，在一个芬芳的秋晨，突然发现了一个人烟稠密的大城市里无数自在地冒烟的烟囱一般。

正如大部队靠近一条地形复杂的峡谷时赶紧加速行进，急于通过这条危机四伏的过道，好再度舒畅地走在比较安全的平原上一样，这浩浩荡荡的鲸群这时也像是急于通过海峡；它们逐渐收拢那半圆形的两翼，排成一个个紧密但仍维持新月形的队列，向前游去。

"裴廓德号"扯起满帆，在后面紧迫。标枪手们边摆弄武器，边在还没放下的小艇头上大声鼓噪。他们都毫不怀疑，只要风势不减，他们就可以追过异他海峡，一等这一大群鲸在东方的海洋中散开，就可以逮上好几头。说不定莫比·迪克眼下也在这支密集的队伍中，跟它们在一起游，就像是暹罗人举行加冕式游行走在行列中的那只受人崇敬的白象一般！所以，我们把一张又一张补助帆全都扯起，全速前进，紧迫就在我们前头的这些大鲸。这时，突然听到了塔希蒂格的大声呼喊，要我们注意船后的什么东西。

和我们前面那一弯新月遥遥相对，后面也跟上来了另一弯新月。它像是由许多分散的白气聚成的东西，又有点像是大鲸的喷水在起起伏伏，所不同的是，它们不完全是在飘来飘去，因为它们老是不住地荡漾，始终不见消逝。亚哈拿起望远镜一瞧，鲸骨腿赶紧在钻孔里转了一百八十度，掉过头来大喊道："快爬上去，装上小滑车和提桶，提水上去泼湿帆篷。——老兄，马来人在追我们哩！"

这时，这些亚洲歹徒好像是发现自己埋伏在海岬后面的时间太长了，他们等到"裴廓德号"驶进了海峡，便急起直追，想弥补因过分谨慎而耽误的时间。但是"裴廓德号"自身乘着这股疾劲的顺风正跑得飞快，在拼命地猛追鲸鱼。这些黄皮肤的慈善家可真够好的，他们督促着"裴廓德号"快快追上它选中的目标——他们无非是起了个马鞭再加马刺的作用。这时，亚哈腋下夹着望远镜，在甲板上踱来踱去，身子朝前时就看到了他所追赶的巨兽，转身朝后时就看到了在追赶他的那些凶残的海盗。这时，他看到船只正驶进那两边是绿壁似的水路，他想起了通过那道门，就是他的报仇雪耻的去路，同时他也看到，正是在通过这道门时，他处于追击与被追击二者之间，正在把他赶上绝路；不仅如此，那伙凶残野蛮的海盗，毫无人性目无神明的魔鬼，还在穷凶极恶地咒骂起哄，为他鼓劲加油。当所有这些想法在亚哈脑子里一一闪过时，他眉头紧皱，脸色阴沉，就像狂潮冲刷过后的发黑的沙滩，潮水尽管咬呀、啃呀，却并不能动摇那坚定的东西。

但是，满不在乎的水手却没有几个为这样一些念头感到苦恼。随着"裴廓德号"越来越把那些海盗远远地甩在后面，终于如飞地掠过了苏门答腊这边青翠欲滴的科卡都小岬，出现在海峡外面辽阔的海面上。这时，标枪手们为没有撵上飞奔的鲸群所感到痛心疾首，至于他们的船顺利地摆脱了那些马来人却有些得意不起来。不过，他们还是继续跟在鲸群后面紧追。终于鲸群似乎放慢了速度。船离它们越来越近。这时风势也渐渐小了下来。上头发了话，让水手赶紧跳上小艇。但是，这一大群鲸，可能是出于抹香鲸一种奇妙的本能，刚一觉察到有三只小艇正在追逐它们的信息，虽然还远在后面一英里之外，马上又重新集结起来，列成密集的队形，它们的喷雾看去像是一排排高举的闪亮的刺刀，正以加倍的速度挺进。

我们脱得只剩下衬衣衬裤，跳上白蜡木小艇向那白雾冲去，划了几个钟头之后，我们几乎打算放弃这场追击了，哪知正在这时，鲸群中出现了一阵骚动，暂时都停止不动了，这生动地表明它们终于落入一种拿不定主意、不知下一步该如何是好的奇怪的惰性之中。捕鲸人一旦发现这种情况，就说大鲸吓破了胆。那一直迅速而井然有序地游在一起的密集的战斗纵队，这时已是一片混乱、溃不成军；它们就像是与亚历山大作战的印度波拉斯王的象队，惊慌失措，都快吓疯了[①]。它们散开成残缺不全的大圈圈，毫无目的地向四面八方逃窜，晕头转

---

① 公元前四世纪印度王公波罗斯奋力抵抗亚历山大大帝的入侵，在海达斯帕斯一战中，他的象队受惊乱窜，结果惨败。

向地东躲西藏，从它们那短促浓密的喷水来看，明显地透露出它们已是慌得像没头苍蝇一般。更为奇特的是，其中有些鲸仿佛完全瘫痪了，像是进了水、失去航驶能力的船只一般，毫无办法地漂在海里。就算这些大鲸是一群微不足道的羊，在牧场上被三条恶狼追赶，也不至于垂头丧气到这种超乎寻常的地步。不过，这种偶尔表现出的胆怯却差不多是所有成群动物的特征。那有狮子般鬃毛的西部水牛，哪怕是成千上万条聚在一起，都会在一个单身骑手面前落荒而逃。再不妨看看所有的人，当他们群集在羊圈似的剧场里，一听到有火警，哪怕火再小，都会手忙脚乱地朝出口拥去，推呀、踩呀、挤呀、冲呀，相互之间冷酷无情，谁也不管谁的死活。因此，面对这些奇怪地吓破了胆的大鲸，我们大可不必大惊小怪，因为普天之下再愚蠢的野兽所做出来的种种蠢事中，又有哪件是人发起疯来没有做过的，而且蠢得超越鲸鱼不知多少倍。

虽然许多大鲸，正如已经提到的那样，还在东逃西窜，然而可以看到，就整体而言，这一大群既未前进，也未后退，而是作为一个集体始终待在一起。正如在这种情况下历来的做法那样，小艇立即散开，各自盯上鲸群外围一条落单的大鲸。还不到三分钟，魁魁格的标枪就投出去了。那被击中的大鲸瞎喷一气，弄得我们满脸都是水雾，叫人睁不开眼来，然后它就快得像一道光一样拖着我们飞跑，直朝鲸群的中心奔去。虽然，被击中的大鲸在这种情况下会这样行动绝不是前所未见，并且实际上也差不多总在预料之中，然而这却是瞬息万变的捕鲸业中出现的一种甚为危险的情况。因为当那只狂奔直闯的巨兽把你越拖到如疯如狂的鲸群中心里去的时候，那你就只有跟这种战战兢兢的生活告别，去过那种心惊肉跳的生活了。

就在那又聋又瞎的大鲸一个劲儿往前冲，好像想单凭速度的力量来甩掉那牢牢地附着在它身上的铁蚂蟥时；就在我们跟着它飞奔，艇子在海面上划出一道白色的伤痕，前后左右都受到疯狂的大鲸冲来冲去的威胁时，我们被包围的小艇，就像是暴风雨中被无数大浮冰推来搡去的船只,拼命想把准方向,驶出那纠缠不清的水道和海峡脱险,谁也不知道什么时候会被冰山团团围住而撞个稀巴烂。

可是,这丝毫也没有吓到魁魁格。他果断地把着舵,为大家掌握好航向,一会儿绕过正好挡在我们前面的这条鲸,一会儿躲开高举在我们头上的那条鲸的巨大的尾叶。在整个这段时间里,斯达巴克则一直站在艇头上,手执鱼枪,用短距离投掷来对付他够得着的大鲸,借以开出一条路来。这时候他没有工夫来做远距离投掷。桨手们也没有怎么闲着,虽然他们的本职工作现在已经完全用不上了。现在他们主要干的是呐喊这份差事。"闪开,护航指挥官!"一个水手朝一只巨大的单峰骆驼大喊,那庞然大物突然整个身子冒出水面,大有马上就会把我们的小艇弄翻的势头。"喂,把你的尾巴全放下去!"又一个水手朝另一只巨大的单峰骆驼大喊,那庞然大物靠我们的舷缘很近,好像在若无其事地用它那扇子似的大尾巴给自己扇风。

所有的捕鲸小艇都携带有一种制作得很奇巧、并叫作"得拉格"的物件,是南塔开特的印第安人发明的。把两根同样大小的木头方子牢牢钉在一起,彼此的纹理成十字交叉;然后把一根相当长的绳子系在这块组合木中间,绳子的另一头打个活结,这样用时可立即拴在标枪上。这"得拉格"主要是用来捕猎吓破了胆的鲸鱼。因为那时候,紧紧围在你四周的鲸太多,你不可能同时追击它们。可是,抹香鲸又不是每天都能碰得到的;于是,一有这种机会,你必须竭尽全力,把你所能捕杀的全部捕杀。要是你一下子捕杀不完,你必须先叫它们受伤、游不动,等以后有工夫再来捕杀。因此,在眼前这种关键时候,"得拉格"就成了急需之物了。我们的小艇有三个这种东西。头两个很顺利地投出去了。我们看到有两条鲸被拖在后面的"得拉格"那股巨大的横力铸住了,跑得摇摇晃晃。它们就像是套上了带铁球的脚镣的歹徒,再也不能伸展自如。但是,投第三个时,这块笨重的组合木正巧挂住了小艇的一个座位,登时就把那个座位掀起,一块带到海里去了。那个桨手在座板从他屁股底下拉走时被掀到了艇底。海水从小艇两侧损坏了的船板处涌了进来。不过我们塞了两三件衬衣衬裤就暂时把漏洞堵住了。

　　要不是因为我们已经推进到鲸群中，和鲸的距离大大地缩短了，这些带"得拉格"的标枪就很难投出去。由于我们越来越远离那骚动的外圈，那种可怕的混乱似乎还减弱了。最后那支一抖一抖的标枪脱出了鱼身，原来曳着枪汹的鲸鱼也从斜刺里消失了。鱼和枪一分开，鱼带动艇子的那股冲力越来越小，我们就悄悄从两条大鲸之间滑进了鲸群的核心，仿佛从一道山洪急流一下子掉入了谷底一个宁静的湖泊。在这里，外围鲸群中那种有如峡谷山洪暴发的奔腾喧嚣声虽然还可以听见，却感觉不到了。在这个中心广场上，海面好似铺上了一层光滑的缎子一般。那得归功于大鲸在比较平静的心境下喷出的稀薄的水雾。据说，任何骚乱深处都隐藏着宁静。确实，当时我们就是置身在那样一种令人心醉神迷的宁静之中。而在乱哄哄的远处，我们看到最外围的同心圈仍然是一片喧嚣，一群群八条或十条一伙的大鲸在接连不断地迅速绕来绕去，就像是无数对共轭的马在兜圈子一般。它们肩并肩靠得如此之紧，以至一个身材高大的马戏团骑手可以很轻易地在游在中间的鲸身上架成圆拱形，就这样待在它们的背上绕圈子。由于那伙在休息的鲸比以前更为靠近那抱成团的整个鱼群的轴心，眼前我们要想突围而出暂时绝无可能。我们必须等待那堵把我们困在里面的活墙出现缺口时蹿出去。那堵墙是为了要把我们关在里面才放我们进去的。我们待在这大湖中心时，不时有些温顺的小母牛和牛犊——这支溃败的军队里的妇女和儿童，来看望我们。

　　现在，如果把外圈许多流动的鲸群间偶然出现的大空隙计算在内，把这些外圈的各个鲸群间的地位都计算在内的话，那么，这时，拥有这么许多鲸群的整个面积，至少一定有二三平方英里。无论如何——尽管在这样的时候作这样一个目测结论确实不大可靠——从我们低矮的小艇里看去，那喷雾简直像是铺天盖地一般。我之所以提到这种情况，是因为，那些母牛和牛犊好像是被特意关在这个最核心的牛圈里似的；而整个鱼群的范围之广使这些奶牛和牛犊完全无法了解鲸群停止不动的真正原因；或者也可能是因为它们太年轻，不懂世故，各方面都很幼稚，没有经验；不管是出于什么原因，这些不时从鲸湖边缘来探望我们这只无法前进的小艇的小鲸们却显示出令人惊奇的无畏和信心，要不然就是让恐惧给弄迷糊了，这也不能不令人感到惊讶。它们像一群家狗，在我们周围嗅来嗅去，把鼻子直伸到我们的舷壁，碰碰我们的舷壁，简直像有什么符咒突然把它们弄驯服了。魁魁格用手拍拍它们的前额；斯达巴克用鱼枪搔搔它们的背；他忍住了没把长矛扔出去，只因为怕后果难测，会闹出乱子来。

但是，当我们探身舷外，向下凝望时，远处在上面这个稀奇的世界的下边，却另有一个更为奇特的天地映入了我们的眼帘。因为倒悬在水底苍穹之上，漂浮着许多在哺乳的母鲸，和从巨大的腰围来看似乎即将做母亲的母鲸的身影。这个大湖，正如我提到过的：清澈透明，一直可以看到很深的地方。人的婴儿在吮着母奶时，总是一边安详地定睛望着别处，似乎此时此刻，他同时过着两种不同的生活，他一边吸着生命的养料，一边仿佛回想来到这个世界之前的往事，从中汲取精神的养料。婴儿如此，幼鲸更是如此。这些小家伙甚至在这样神游时，眼睛也似乎在朝上瞧着我们，可对我们又视而不见，仿佛在它们新生的眼光中，我们只不过是些马尾藻而已。它们的妈妈则侧浮着，好像也在静静地瞧着我们。其中有一个小家伙，从某些难以言喻的迹象来看，似乎生下来还不到一天，已经约莫有十四英尺长，腰围达六英尺左右。它已有了活蹦乱跳的迹象，虽然身体似乎还没有完全摆脱前不久在母腹中的那个极不自如的姿势；在母腹中时，它像鞑靼人的一把弓，尾巴和脑袋蜷在一起，随时准备作最后的一跃。它那娇嫩的边鳍和尾叶还新鲜地保留着新从异国他乡来的婴儿的耳朵那种皱皱巴巴的形状。

"绳子！绳子！"魁魁格望着艇舷外喊道，"快把它牢牢拴住！快把它牢牢拴住——谁用绳子拴住它？谁来投枪？——两条鲸；一条大的,一条小的!"

"你怎么啦,伙计?"斯达巴克嚷道。

"你瞧。"魁魁格指着水下说。

看来像是一条被打中的鲸。索桶里已经让它带出去了几百英寻长的绳索;仿佛它在深潜到海底后,又浮了起来,弄得那根又松又卷的绳索,成螺旋形地直向空中浮冒起来,斯达巴克这时也看到一位鲸太太的一大卷脐带,它似乎仍然联结着幼鲸和它的妈妈。在追捕中,情况瞬息万变,这种事并非罕见,脱离了母体的脐带和捕鲸麻绳缠结在一起,结果就把仔鲸也给拴住了。海洋中一些最隐秘的秘密似乎也在这个令人心醉神迷的鱼塘里向我们透露了。我们看到年轻的大鲸彼此在大海深处恋爱的场面①。

这样,这些置身在中央的不可思议的动物,尽管四下是一层一层的惊惶恐惧,却还悠游自在、无所畏惧地沉迷在太平生活里,不错,它们宁静地沉溺于纵情恣乐中。不过我也正是这样,虽然处于龙卷风肆虐似的大西洋中,内心却始终平静地欢娱自适;尽管我时运不济,命运多舛,我却仍然沉醉在欢乐的温柔乡里。

这时,就在我们这样神魂颠倒一动不动地待着时,远处不时出现的激动人心的场面,说明其他小艇还在对鲸群边缘的鲸使用"得拉格";也可能是在第一个鲸圈里继续追击,在那里,他们大有回旋的余地,退却也方便。但是,那些被"得拉格"铐住了的愤怒的鲸在鲸群的外圈里盲目地冲来冲去的情景,和最终进入我们眼帘的景象比起来,就简直不值一提了。有时候,在拴住了一条力气特别大、特别机灵的

---

① 抹香鲸生育不受季节限制,这一点和其他种类的鲸一样,但有别于大多数鱼类。它在大约九个月的怀孕期后,每次产下一息;也有极个别的时候一次产下双胞胎。为了应付这种意外,为哺乳方便,它长有两个乳头,位置很怪,分别在肛门两侧。不过,两个乳房都是向上扩充。一条哺乳期的母鲸这个要害部位一旦被鱼枪戳中,流出的奶和血会使好几平方杆(一平方杆为三十又四分之一平方码)的海水变色。鲸奶甜蜜芳香,有人尝过,就草莓吃味道很不错。彼此爱慕之至时,鲸也像人一样吻脸。——原注

大鲸时，通常要想方设法像割断人的脚筋似的，把它那巨尾上的筋腱切开，使之残疾。而要做到这点，就要对它投出一把短柄的砍鲸铲，这铲上系有一根绳子，投出后还可以收回来。有一条大鲸在这个部位受了伤（我们后来才知道），但好像并不严重，拖着半截标枪绳，摆脱了小艇泅走了；但由于伤处疼痛难忍，它便在那些转个不停的鲸圈圈里横冲直撞，就像是萨拉托加战役中单人匹马奋不顾身的阿洪德将军一般，冲到哪里，便令那里的敌人闻风丧胆。

尽管这头鲸鱼中枪后所感到的剧痛在任何情况下都足以构成一幅极为可怖的景象，然而它让整个鲸群感到格外恐怖的原因，却由于最初距离太远，我们一时没有看清楚，后来我们终于通过捕鲸业中一个难以想象的事故认识到了，原来这条大鲸被它拖着的捕鲸索缠住了。它逃跑时把插在它身上的砍鲸铲也带走了。而系在砍鲸铲上的那根绳子未固定的那一端，已经跟那卷绕在它尾巴上的标枪绳死死地纠缠在一起，一来二去，那插在它身上的砍鲸铲就松脱出来了。在痛得要发疯的情况下，这条鲸鱼在水中死命地翻腾，使劲拍打它那能活动的尾巴，吊在尾巴上的那把锋利的砍鲸铲就跟着一起乱甩，把周围自己的伙伴都给砍伤了。

这个可怕的家伙，似乎要把整个鲸群从它们那吓得一动不动的状态中给唤醒过来。首先是构成我们的湖边缘的那些鲸开始挤拢了一点儿，并互相碰撞，仿佛被远处涌来的将近强弩之末的大浪抬了起来。然后，这湖本身也微微起伏波动起来。水下的新人洞房和育儿室都不见了。鱼群的圈子越收越小，接近中央位置的那些鲸鱼开始挤成一堆堆地泅动。是的，那种长时间的安静不复存在了，很快就听到一种低沉的逐渐加大的嗡嗡声。然后就像冰封的哈得逊大河①在春天解冻时喧闹的大冰块一般，整个鲸群都你推我挤地往内圈中心拥来，好像要把自己堆成座大山似的。斯达巴克和魁魁格当即调换了位置；斯

---

① 位于美国纽约州境内，其下游城镇的人们早期依赖捕鲸业得以繁荣。

达巴克到艇尾去了。

"划呀！划呀！"他抓住舵柄，急切地悄声说，"握紧桨，死命地划，喂！天啊，伙计们，准备好！把它推开，你，魁魁格——就是那条鲸！——戳它！——捅它！——站起来，别动！把船划得飞起来，伙计们——使劲，伙计们。不要管它们的脊背——擦过它们！——擦过去！"

这只小艇这时简直就是夹在两个黝黑的庞然大物之间，它们长长的身躯之间只留下一道狭窄的达达尼尔海峡的夹缝。拼命一阵猛刮之后，我们总算冲进了一块暂时的空旷之处；于是又是一阵快划，同时又急迫地寻觅下一个出口。在多次类似的间不容发的侥幸脱险之后，我们终于迅速地驶进了刚刚还是个外圈、现在却成了群鲸奔赴内圈中心必经之地的地段。这一次得以侥幸逃脱，总算每人捡回了一条命，只有魁魁格损失了一顶帽子，当时他正站在艇头戳那些逃亡的鲸，旁边一对阔大的尾叶陡然一甩，掀起一股旋风，一下把他的帽子给卷走了。

现在尽管是一片大乱，闹腾腾乱哄哄，但不一会儿，又变得好像秩序井然了；因为鲸群终于结成了一个密集的整体，恢复了向前逃窜的阵势，并加快了速度。再追下去也没有什么用了。不过，这几只小艇仍跟在它们后面，指望能收拾一两头被"得拉格"铐住而可能掉在后面的大鲸，同时还要把弗拉斯克杀死的那条鲸缚好，插上旗标。这是一根插有细长三角旗的铁杆，每只小艇都带有两三根。每逢手边还有别的猎物要追捕时，就把一根旗标笔直地插在死鲸浮起的尸体上，一则用以标明它在海上的位置，再则也是在万一有别的船的小艇靠近它时用以表示此鲸已有主了。

这次小艇出击恰如捕鲸业中一句经验之谈：大鲸越多，到手越少[①]。在所有用"得拉格"铐住的大鲸中，只逮住了一条。其余的暂时都

---

① 意思是遇上的鲸越多，能捕到的反而越少。

逃脱了，不过正如以后会看到的，它们只是落入了"裴廓德号"以外的一些捕鲸船之手。

第八十八章　鲸队与队长

上一章说到了特大群的抹香鲸，也说到了出现那种特大群体的大致原因。

如今，虽说这样大的群体不时可以碰上，不过，正如我们看到过的那样，从二十条到五十条不等的分散的小群鲸也时有所见。这种小群人们称之为队。一般有两种：一种几乎全部是雌鲸，另一种则全部是年轻力壮的雄鲸，或者像人们亲热地称呼的那样——公牛。

雌鲸队总有一条体魄雄伟、正当壮年的雄鲸像骑士般地在一旁照顾；一有危险，它便英勇地殿后，掩护太太小姐们逃命，以显示其爱护女性的豪侠气概。其实，这位先生是个骄奢淫逸的奥托曼帝国的贵族，在水下世界游来游去，周围妻妾成群，享尽艳福。这个贵族和它的妻妾之间的对比非常鲜明；因为它在鲸鱼中体躯总是硕大无比，而那些女士们，即使充分发育了，身材也不到普通雄鲸的三分之一。相形之下，它们算得上是相当娇小的了；我想，腰围不会超过六码。不过，不容否认的是，总的来说，它们世代相传，都够得上体态丰腴的美誉。

看到这些妻妾同她们的王爷在懒散地漫步，可真有趣。它们像时髦人物一样，始终迁徙不定，无所事事地赶新鲜、换口味。它们也许刚刚从北海一带消夏归来，在那里打发了盛夏难耐的疲累和炎热，又在赤道食料丰富的旺季及时赶到赤道线。待到它们在赤道的散步场上荡来荡去地逍遥了一阵后，它们就动身到东方的海洋上，想在那里等候秋凉季节到来，以避掉一年中另一个酷寒的季候。

在每一次这种宁静的旅游途中，如果发现任何可疑情况，这位土爷会非常警惕地看好它的令人称羡的那群家属。如果哪条年轻的雄鲸，未经许可，冒失地游过来，想要擅自跟它一位太太套近乎，这位王爷便会大发雷霆地冲上去将它赶走！要是听任那样寡廉鲜耻的浪荡公子侵入这个神圣幸福的家庭，那还得了。但是不管这位王爷采取什么手段，它也无法把最最臭名昭著的浪子从它的床铺上赶走；因为，唉！所有的鱼类共用一床。正如岸上的太太们经常挑起追求她们的情敌进行可怕的决斗一样。大鲸也是如此，它们有时拼个你死我活，也无非是为了爱情。像大角鹿用它们的角抵着进行较量一样，鲸鱼用长长的下巴作武器，彼此顶着，舍命斗出个高低来。不少被捕获的大鲸身上便带着在这类冲突中留下的重创痕迹——头上开了沟，牙打断了，鳍成了锯齿形；有的连嘴巴都扭歪走样了。

但是，假如这个幸福家庭的侵入者在那群妻妾的王爷头一轮攻击之下便抽身逃走，你再观察观察那位王爷的神态，那可真有意思透了。它转来又把它那巨大的身躯在她们中间绕来绕去，跟她们温存一会儿，就像虔诚的所罗门王待在他无数的妃嫔中间专心致志地做礼拜一般。而且仍然离那个年轻浪子不远，叫它心痒难熬。假定同时还发现了其他的鲸的话，捕鲸人是很少追捕这些王爷的，因为它们在寻欢作乐上耗费了太多的精力，身上已没有多少油水了。至于这些王爷的子女，唉，它们得自己照顾自己，不过至少还有母亲的照料。因为这种王爷鲸像普天之下见一个爱一个、用情不专的浪荡公子一般，对闺房之乐情有独钟，对抚养儿女却是毫无兴趣；再加上它又是个大旅行家，到处播种，于是，它扔下的无父婴儿便遍布全世界，一个个全成了小杂种。然而，随着时间的推移，年轻时的热情衰退了。年事日高，烦恼日增，反思也使它渐渐绝迹闺房。总之，这个风流一时的王爷已经对声色之好感到厌倦了，于是，它爱的不再是女人，而是安闲与德行了；我们这位贵族老爷就此进入了体力衰弱、深自忏悔、劝人行善的人生阶段，它断然割舍并遣散所有妻妾，成了个堪为表率、悲天悯人的老头，孑然一身地游行四方，嘴里不停地做祷告，告诫年轻的鲸，不可重蹈他欠下一生风流债的覆辙。

至于鲸的闺房，捕鲸人管它叫学校①。这个鲸鱼王爷或者说一家之主就自然成为校长了。然而严格说来，这并不合乎道理，因为这个校长在那个学校里任教，而后周游世界去讲学，谆谆教诲的居然不是它在学校里所教的东西，而是在学校里作下的孽。它这个校长的称号似乎是自然而然地来自后宫这所学校。不过，却有人推测，给这种奥托曼贵族鲸想出这个称号的人一定看过维克多②的回忆录，熟悉那个著名的法国人年轻时候是个什么样的乡村教师，也知道那位先生对他的一些女学生灌输的那些不便公开的课程的性质。

这位校长在晚年所过的隐退独居的生活，也就是一切上了年纪的抹香鲸所过的生活。一条单身鲸鱼——人们这样称呼一条孤身漂泊的鲸——总是年事极高，这一点几乎放之四海而皆准。它就像年高德劭、一脸络腮胡的丹尼尔·布恩③一样，身边谁也不要，只以大自然为伴；在茫茫大海中，他以大自然为妻，而大自然也确实是最贤惠的妻子，虽然她有许多捉摸不透的秘密。

前面提到的单纯由年轻力壮的雄鲸组成的雄鲸队，和雌鲸队形成鲜明的对比。那些雌鲸的特点是羞怯胆小，而年轻的雄鲸，俗称能出四十桶油的公牛，却是所有的大鲸中间最好斗的。谁都知道，碰上了它们，就有生命危险。比这些雄鲸更危险的只有那些头发花白的鲸鱼，它们为痛风症所苦，容易发怒，遇上捕鲸人的时候，它们会像恶魔似的和你拼个死活。

四十大桶公牛队比雌鲸队规模要大。这些公牛犹如一伙年轻的大学生，爱好打架、寻欢作乐、使坏，在世上到处嘻嘻哈哈，满不在乎，横冲直撞。没有哪个谨慎的保险商会找他们揽生意，正如他们不愿意

① 英语中学校这个词也有"群"、"伙"的意思，一群鲸鱼可以称作一学校鲸鱼，在此，作者以诙谐的语气讽刺人世间的人情冷暖。

② 法国冒险家，曾被流放后越狱，著有《回忆录》，内容多为伪造，讲述他打着教书的幌子，实则干的却是勾引学生的无耻勾当。

③ 美国拓荒人，专门捕杀印第安人，后死于密苏里河中。

去找耶鲁或者哈佛那些酗酒滋事的小伙子一样。不过它们很快就会不再这么任性胡来，它们一长到成年鲸四分之三那么大就散伙了，分头去寻找自己的归宿，也就是雌鲸队。

雄鲸队与雌鲸队还有一个更具有性别特征的不同之处。比方说，你打中了一条四十大桶公牛——这个可怜的家伙！它的所有同伴都会躲它远远的，各自逃命。但是，你要是打中雌鲸队的一个成员，姊妹们就会非常关怀地围着它转，有时它们恋恋不忍离去，离它如此之近，为时如此之长，连她们自己也跟着成了牺牲品。

🐋 第八十九章　有主鲸和无主鲸

在第八十七章末，提到了旗标和标杆，这就有必要就捕鲸业中通行的行规作点说明。其中关于旗标一项还可以说是它们最大的象征和标志。

经常有这样的情况：几艘船在一起巡游，其中一艘可能打中了一条鲸，那条鲸又跑掉了，最后却被另一艘船所捕杀；这一过程中间间接地包含许多不大重要的情节，然而所有情节都有一个重要特点。例如，经过疲累危险的追击，终于捕获一条鲸后，尸体可能让猛烈的暴风雨从船舷边冲走了，漂到下风头老远的地方，落到了另一艘捕鲸船的手里。这艘船既不用冒生命危险，也不会损失捕鲸索，就在风平浪静的海面上轻而易举地把它拖到了船边。因此，如果没有一些可以适用于各种情况的成文的或不成文的、且是大家一致遵守、不必争辩的大法，那么两艘船的捕鲸人之间势必会经常大吵大闹，而问题仍然得不到解决。

也许唯一一部通过立法生效的正式捕鲸法典得数《荷兰法典》。那是荷兰国会于公元一六九五年颁布的。虽然别的国家没有制定过任何捕鲸的成文法,美国捕鲸者却在这一事务上自行担当起立法者和律师来。他们制定了一套制度,其简洁明了超过查士丁尼下令编纂的《学说汇纂》和《中国社会禁止干预他人事宜法细则》。说实在的,这一制度的条文简短到可以刻在安妮女王①的铜币法新上,或者标枪的倒钩上,由于这种铜币和倒钩体积极小,可以将之挂在脖子上作为装饰。

1.有主鲸属于将鲸拴住的一方。

2.无主鲸是谁先捉到就归谁的合法猎物。

可是,这个出色的法规的毛病正出在它可贵的简短上,要想把它解释清楚,需要有一大卷书加以评注。

首先,什么叫有主鲸? 一条鲸,无论死活,它连着一条有人的船或小艇,只要它受船上一个或多个人控制,不管用来控制的是什么——一根桅杆,一叶桨,一节九英寸长的缆索,一根电线,或者一块蛛网状织物都可以,那么,这条鲸,从专业角度上说,就是一条有主鲸。同样,一条鲸,如果身上插有旗标,或者任何其他足以辨认的已有归属的标志,只要插旗标的一方清楚地表明有能力在任何时候把它拖走,或者有拖走的打算,那么,从专业角度上说,这条鲸就是一条有主鲸。

这些都是有科学根据的史话;但是捕鲸人自己的说明有时却是诉诸粗话和武力的——打得赢的算数。不错,在一些正直本分的捕鲸人看来,有些特殊情况应该给予特殊考虑,如果一方把另一方先前追击的或杀死的鲸据为己有,那是一种不能容忍、道德败坏的侵权行为。不过,并不是其他的捕鲸人都会这么谨严。

大约五十年前,在英国曾发生过一桩颇为稀奇的诉讼案,原告因被告侵占自己所有的鲸鱼,要求赔偿损失。在这个案件中,原告说,他们在北海一带艰苦地追击一条大鲸后,他们(原告)一枪投中了它;但

---

① 英国女王,斯图亚特王朝最后一个君主。

最后由于有生命危险，他们被迫忍痛丢下了捕鲸索，甚至连小艇都抛弃了。可是，后来被告(另一艘捕鲸船的船员)当着原告的面撵上了这条鲸，打中了它，把它杀死，捕获了它，最后公然据为己有。等原告向被告提出抗议时，被告一方的船长竟然用手指头杆着原告的嘴巴，并向原告郑重宣布，在捕获这条大鲸时还附着在它身上的捕鲸索、标枪和小艇，他现在要全部予以扣留，借以表彰他的业绩。因此，原告现在要求赔偿他们在大鲸、捕鲸索、标枪和小艇上的损失。

厄斯金先生当时是被告的辩护律师。法官是埃伦巴勒勋爵。在辩护过程中，机智的厄斯金引用了当时刚刚发生的一件通奸案来说明他的观点。在那个案子中，有个老公在屡次制止他妻子的放荡行为无效之后，就把她抛弃了，听任她到茫茫人海中去漂流；但是，几年之后，这位仁兄又后悔了，于是提起诉讼，想重新把前妻据为己有。厄斯金那时是女方辩护人。他当时辩护说，尽管这位仁兄原先也用标枪投中了她，并且一度拴住了她，后来因为她芳心别属，绿帽子戴着太沉，就把她抛弃了；然而，既经抛弃了她，那她自然而然就成了一条无主鲸；因此，随后另一位仁兄用标枪第二次投中了她，那这位太太自然就成了这第二位仁兄的财产，她身上原先插上的标枪，自然也一并归他所有。

至于眼下这桩案子，厄斯金认为，大鲸和那位太太这两个例子正好可以互相说明。

这位学识渊博的法官，在充分听取了双方的答辩和反答辩之后，作出了明确的判决，那就是，那只小艇判归原告，因为原告仅仅是因为有生命危险才把它放弃的。至于大鲸、标枪和捕鲸索，他把它们判为被告所有；因为那条鲸在最后被捕到时是条无主鲸；就标枪和捕鲸索而言，因为大鲸是带着它们逃跑的，这些物品自然也就成了大鲸的财产，以后任何人逮住了那条大鲸，自然也就同时取得了那些物品的所有权。既然被告后来捕获了那条大鲸，所以，上述物品也是被告的。

一个普通人听到这位学识渊博的法官的判决可能会表示异议。

但是，就这一问题穷本溯源的话，埃伦巴勒勋爵在上述案件中所应用并加以说明的两大原则，也就是前引的两条捕鲸法律条文中制定的那两大原则；这两条涉及有主鲸与无主鲸的法律条文，仔细想想，原来就是所有人类执法的根本；因为，法律的圣殿也像腓利斯人的圣殿那样，尽管它那窗格花的透雕工艺十分复杂，却还是只有两个支柱。

不是有这样一句人人挂在嘴上的口头禅嘛：法律一半讲的是占有。这就是说，到了你手里就是你的，不管这东西是怎么到你手里的。但实际情况往往是，有了所有权，整个法律都向着你。俄罗斯的农奴和合众国的奴隶二者的精髓和灵魂不就是有主鲸么，谁对他们有所有权，法律就倒向谁吗？寡妇的最后一文钱[①]，在贪婪的地主看来，不也是一头有主鲸么？你看那边那个尚未暴露本来面目的恶棍所拥有的那栋用门牌充当旗标的大理石大厦，那不是有主鲸是什么？那个经纪人摩得开[②]借了一笔钱给那个走投无路的破产者，为此拿到一笔高得要人命的预付利息；那笔毁灭性的利息不是有主鲸是什么？那位以拯救灵魂为己任的大主教每年收益达十万镑，全是从千千万万累折了腰的劳动者那本来就不够吃的面包和乳酪上硬刮下来的（所有这些人死后都会升入天国，无须那位主教大人来帮忙），那一点一滴刮拢来的十万镑不是有主鲸是什么？丹达公爵世袭的村镇不是有主鲸是什么？对那个令人敬畏的标枪手约翰牛[③]来说，可怜的爱尔兰不是有主鲸是什么？对那个使徒似的鱼枪手美国佬来说，得克萨斯州不是有主鲸是什么？从这一切看来，不正好说明，谁有所有权，法律就整个儿向着谁吗？

不过，假如说有主鲸原则可以普遍地应用的话，那同出一源的无主鲸原理则可更为广泛地应用，那是全世界都通用的。

一四九二年的美洲不就是条无主鲸？当时哥伦布打出了西班牙

---

① 见《新约·马可福音》第十二章"主称赞寡妇捐钱"。

② 常见犹太人名。

③ 一般英国人的绰号。

国旗，为他的国王和娘娘在美洲插上旗标，表明它已有主。在沙皇看来。波兰是什么呢？在土耳其看来，希腊是什么呢？在英国看来，印度是什么呢？在美国看来，墨西哥归根结底又是什么呢？全都是无主鲸。

人权和普世自由不是无主鲸又是什么？所有的人的思想和见解不是无主鲸是什么？宗教信仰的原则就其本身来说不是无主鲸是什么？对那些洋洋得意善于剽窃的辞章家来说，思想家的思想不是无主鲸是什么？连这个巨大的地球本身不是无主鲸又是什么？还有你，亲爱的读者，不也无非是无主鲸和有主鲸二者兼于一身吗？

第九十章　头还是尾

De balena vero sufficit, si rex habeat

caput, et regina caudam.

布雷克顿[1]，第三卷第三章

这句引自英国法律典籍的拉丁文，根据上下文来理解，意思是：所有在该国海岸上为任何人所捕到的大鲸，鲸头必须献给伟大的名誉标枪手国王的，而鲸尾则必须献给王后。一条大鲸这样一分开，就等于是将一个苹果分成两半，头尾一去就没有什么剩下了。如今，由于这一法律略加修改之后在英国仍然有效，也由于它在各方面都跟有主鲸和无主鲸这两个法律条文总的精神大相径庭，所以在这里另辟一章来讨论，犹如出于同样的礼貌原则，英国铁路当局专门保留一个车厢供皇室使用。首先，我想把最近两年内发生的一件事说给你听听，作为上述法律至今仍然有效的最好证据。

---

[1]　英国大法学家，有"法律大师之大师"之称。

在多佛港，或者三维治港，还是辛格港，有几个老实的水手，经过千辛万苦的追逐之后杀死了他们原来在离岸很远的海上发现的一头上等鲸，并把它拖上了岸。且说那辛格港是部分管辖地，或者不管怎么说吧，反正在一个叫作"港口监督"的可说是警察或者小官吏的管辖范围之内。凡属辛格港地区的皇家收益指定都归他管。有些作者把这个职务叫作闲职。其实不然。因为这位港口监督经常忙于捞外快，中饱私囊，而这些外快经他一捞也真成了他的。

这些被太阳晒得黑黑的可怜的水手，赤着脚，裤腿高高地卷在鳝鱼似的大腿上，好不容易把那条肥鲸拖上岸来，指望从珍贵的鲸油和鲸骨中弄到足足一百五十镑，他们还想着用各自得的那份钱回去跟老婆喝上壶好茶，跟老朋友喝两杯好啤酒；哪知，半路上杀出一位很有学问、非常正派厚道的先生，胳肢窝里夹一本布雷克顿的法律书。他把书往鲸头上一搁，说道："请勿动手！先生们，这是条有主鲸。我以港口监督的名义把它没收。"一听这话，这些可怜的水手一个个全都傻了眼——这是典型英国人的反应——不知道说什么好，全都一个劲儿挠脑袋，一边可怜兮兮地瞧瞧大鲸，又瞧瞧这个陌生人。可这丝毫无济于事，也不能使这位胳肢窝下夹着本法律书的有学问的先生的心肠软下来。其中一个水手挠了半天脑袋想主意之后，终于鼓起勇气说：

"请问，老爷，港口监督是什么人？"

"公爵。"

"可是公爵大人不是没有来跟我们一块儿捕获这条鲸吗？"

"这鲸是他的。"

"我们费了好大的力气，冒着好大的危险，也花了一些钱，难道所有这些都给公爵大人得了好处？我们吃尽千辛万苦，除了两手血泡，就什么也没有落着？"

"这鲸是他的。"

"难道公爵人人就穷到这种地步，非得走上这条路，来弄口饭吃？”

“这鲸是他的。”

“我还想用分得的一份钱给病倒在床的老娘治病呢。”

“这鲸是他的。”

“公爵大人拿四分之一或者一半，行不行呢？”

“这鲸是他的。”

总之，这条鲸还是没收了，卖掉了，惠灵顿公爵大人得到了这笔钱。当地一位正直的牧师认为，从某些特殊的角度来考虑，在这种情况下，这件事再怎么说也未免有点过分，于是恭恭敬敬地给这位大人写了封信，请求他多多体恤那些不幸的水手。公爵大人的答复（两封信都发表了）大致是，他已经充分考虑过了，才收下了那笔钱，并说如果牧师先生不再干预他人事务，他将不胜感激。难道这就是脚跨三个王国边缘，强迫大家交纳穷人的救济金的，斗志不减当年的那位老人家吗？

从这一事件不难看出，公爵在这条大鲸上提出的权利就是国王所授予的。那么我们不禁要问，国王又是根据什么原则享有这一权利的。法律本身已经作了说明。不过，普洛顿① 还给我们举出了理由。普洛顿说，大鲸之所以捕获后要上交国王和王后，“乃因其超群出众”。从此以后，这一条就为那些最有见地的评注家所采纳，作为在这种事务上最有说服力的论据。但是，为什么国王就一定要头，王后又一定要尾呢？各位律师们，请说说理由！

一个叫威廉·普林② 的高等法院老作家，在他论“王后的钱”或者叫“王后的零用钱”的论文中，是这样说的：“你的尾巴该是王后的，王后的衣橱里才会有鲸骨哩。”他写这篇文章的时候，正是格陵兰鲸或露脊鲸的黑色软骨大量用来制作妇女的乳褡的时代。可是，这种软骨不是长在尾巴上，而是长在头上呀。聪明如普林的律师竟犯了这样一

---

① 英国法学家，有“伦敦法官”之称。

② 英国一个极端保守的清教徒，著有一些宗教论争的小册子。

个可悲的错误，令人惋惜。但是，难道王后是条美人鱼，这才要把鲸尾献给她？这里边也许还含有一种比喻的意义吧。

被英国的法律著作作者称为"皇家鱼"的有两种——鲸和鲟鱼；在一定的范围之内，二者均属皇家财产，名义上是皇室的第十项日常收入。我不知道是否有其他作者提及这一问题。不过，据我推断，鲟鱼肯定也像大鲸一样一分为二，国王拿鲟鱼所特有的非常紧密①而又富有弹性的头，就其象征意义来看，国王拿头，很可能是幽默地基于一种假定的相似性。这样一来，似乎任何事物都言之有理，甚至法律也不例外。

第九十一章 "裴廊德号"遇见"玫瑰蓓蕾号"

尽管难以忍受的恶臭挡不住寻宝的人，但谁要想在这大鲸肚子里找到龙涎香②却是徒劳的。

托马斯·布朗爵士阁下

在上面细述的那次捕鲸场景之后一两个星期，一天中午，我们正缓缓地行驶在令人昏昏欲睡、雾气弥漫的海面上，这时，甲板上的许多鼻子竟比桅顶上的三对眼睛还管事，闻到海里有一股特别的不大好闻的气味。

"我敢打赌，"斯塔布说，"附近什么地方有我们前些日子用'得拉格'铐上了的大鲸。我想它们用不了多久就会肚皮朝天翻上来的。"

---

① 头部似乎不应用紧密这个词来形容，作者用此词也许有呆头呆脑的意思。
② 巨头鲸肠道内不能被消化的东西周围集聚的分泌物，是香料中的极品，在西方作高级香精的定香剂。

　　不一会儿，前方的烟霭不知不觉地飘开了，而且远处还停有一艘船，从它那些卷起的风帆看来，说明它的船边一定拖有一条鲸。等我们逐渐驶近一些时，看到它的斜桁尖头上挂着一面法国旗。从那流云般海鸟旋风似的围着它盘旋、飞翔、伺机下扑的光景来看，船边拴着的那条鲸一定是捕鲸人所谓的瘟鲸，也就是说，这是一头在海上没有受到任何伤害而死、其无主的尸体自行在海上漂浮的鲸鱼。不难想象这样一个庞然大物会发出多么难闻的气味，甚至比遭瘟疫袭击过死掉的人多得埋不过来的亚述城的气味还要难闻。有些人认为，那难闻劲儿使再贪心的人也不会愿意靠着它停泊。不过，还是有人肯这样办的；尽管从这种鲸身上得到的油质量很次，也绝没有玫瑰油的香味。

　　在越来越小的微风伴送下，我们渐渐驶近那条法国船，看到这艘法国船船边还有第二条鲸；这一条似乎比原先那一条气味还要芬芳得多。实际上，它只不过是得了毛病的一条鲸，有些鲸似乎是因为非常严重的消化不良或者积食症，逐渐干瘦而死，这种死鲸留下的尸体几乎完全没有油可言。然而，我们将在合适的场合看到，一个老练的捕鲸人尽管对于一般的瘟鲸避之唯恐不及，对这样一条大鲸却不会嗤之以鼻。

　　"裴廓德号"这时直向前驶，已经跟那艘船很近了。斯塔布赌咒说他认出了他的砍鲸铲柄，就缠裹在其中一条鲸尾巴上捆绕的绳索中间。

　　"哼，真是好家伙，"他站在船头，哈哈大笑地嘲弄道，"那真是头下贱的豺狼！这些癞蛤蟆似的法国人在捕鲸这行中只不过是些可怜虫。有时他们把白浪当成抹香鲸在喷水，放下小艇去追。真的，有时他们离港出海，底舱里装满了整箱的牛油烛和成盒的烛花剪子，因为他们预先就料到了他们将来能挣得的鲸油还不够船长点灯的。是啊，这些事情我们都很有数。你们瞧，这儿就有只癞蛤蟆拿我们扔了不要的东西当宝贝，我说的是那边那条我们用'得拉格'铐住了的大鲸。他还会心满意足地去扒另一条宝贝鲸的干巴巴的骨头呢。可怜的家伙！

喂，你们哪位出面做点好事，递一顶帽子过来，让我们往帽子里捐一点油，作为礼物送给他。因为他从那用'得拉格'铐住的鲸身上弄到的油，连拿到监狱里去点都不配；不，连到死囚牢里去点都不配。至于另一条，嘿，我看把咱们船上这三根桅杆劈碎来熬一熬，也比他从那一大把鲸骨里熬出来的油还要多些。不过，说到这里，那条鲸也许有什么比油值钱得多的东西；对啦，龙涎香。不知道咱们的老头儿这会儿想到这点没有。这值得一试。对啦，我非得去试一下不可。"他一边说，一边就朝后甲板走去。

到了微风完全平息了以后，"裴廓德号"乐意也好，不乐意也好，反正已经完全陷在那股臭味的包围中了，除了再起风以外，根本无法摆脱。斯塔布走出船舱，招呼他的小艇成员，向那艘陌生船划去。等划到那艘船船头，斯塔布看到船头柱子上按照法国人奇特的口味雕着一枝漆成绿色的倒挂着的巨大的花梗模样，梗上到处是突起的铜尖尖，算是梗上长的刺；花梗低垂的尽头是个对称地收拢的鲜艳的花苞。船头舷板上写着几个挺大的烫金法文："Bouton de Rose"，——"玫瑰苞"或"玫瑰蓓蕾"；这就是这条香气袭人的船的充满浪漫情调的名字。

斯塔布虽然不认得 Bouton 这个词，但 Rose 这个词还是认得的，再加上球状的蓓蕾形的头，整个船名的意思就一目了然了。

"一朵木头的玫瑰蓓蕾，是不是？"他掩着鼻子喊道，"这倒挺不错。可是那股味儿实在呛人！"

这时，为了和船上的人直接交谈，他让艇子绕过船头，划到了右舷一侧，从而贴近那头瘟鲸，就隔着它向船上发话。

划到位之后，他仍然一手掩着鼻子大声喊道——"Bouton de Rose，你们好啊！你们船上有人会讲英语吗？"

"有。"舷墙边一个革恩齐①人回答道，后来知道这人就是船上的

① 英国海峡群岛中第二大岛。

大副。

"那好,玫瑰蓓蕾,你们见到过那头白鲸吗?"

"什么鲸?"

"白鲸——一条抹香鲸——叫莫比·迪克,你们见过它吗?"

"从来没听说过这么一条鲸。Cachalot Blanche![①] 白鲸——没见过。"

"好啦;那就再见啦,过会儿再来拜访。"

于是他迅速划回"裴廓德号",看到亚哈正倚在后甲板栏杆上等候报告,就两手窝成个喇叭大喊道——"没有,先生! 没有!"亚哈一听,就回到船长舱去了。跟着,斯塔布又回到这艘法国船旁。

这时,他看到那个革恩齐人用一只什么袋子罩在他的鼻子上,正钻在锚链里,拿把砍鲸铲在砍。

"喂,你那鼻子怎么啦?"斯塔布说,"弄破了?"

"我巴不得它破咧,或许根本没有这鼻子倒痛快些! "那个革恩齐人回答道,看来他不太喜欢他手上干的活,"可是,你为什么也捂着鼻子?"

"哦,没事儿! 那是只蜡鼻子;我得捂住它点儿。今天天气很好,是不是? 空气也好,简直像在花园里一样;给我们扔一束花下来,好吗,玫瑰蓓蕾?"

"你究竟来干什么?"那革恩齐人突然动了火,高声咆哮道。

"哦,冷静点——冷静? 对,没错。你为什么不把这两头鲸鱼搁在冰里再摆弄它们呢? 不过,玩笑归玩笑;玫瑰蓓蕾,你难道不知道,想从这种鲸身上榨出油来,纯粹是白费力气,就拿那条干瘪瘪的鲸来说,它整个尸身连一滴油也没有。"

"我清楚得很。可是,你知道吗,咱们的船长硬是不相信;这是他头一次出海捕鲸;以前他是个科隆香水制造商。不过,请上船来。他虽

---

① 法文:白鲸。

然不相信我的话，也许你说的他会听；这样，我就可以摆脱这份肮脏的差使啦。"

"愿意为您效劳，我亲爱的朋友。"斯塔布回答道，随即攀上了甲板。一个古怪的场面登时呈现眼前。戴着带流苏的红绒线帽子的水手们都在张罗那老沉的复滑车，准备吊这两条大鲸。不过，他们却是做得慢，说得多，似乎都兴致索然。他们的鼻子全像第二斜桅似的朝上竖着。不时有两三个人扔下手里的活，迫不及待地爬上桅顶去吸几口新鲜空气。有些水手生怕染上瘟疫，把麻絮浸在煤焦油里，隔一会儿便拿到鼻孔跟前闻一闻。还有些水手则把烟斗柄挨着烟斗扳断，叼在嘴里使劲地喷烟，这样，鼻孔里就老是有烟熏着。

这时，从船长的后甲板舱室里传来一阵劈头盖脸的叫嚷和咒骂声，让斯塔布吃了一惊。他朝船尾瞧去，看到那朝里半开着的门后面冒出一张怒不可遏的脸来。这就是那苦恼不堪的随船医生，他对眼前的搞法百般抗议无效之后，只好跑到船长的后甲板舱室（他管它叫门诊室）里去，以免染上瘟疫；然而，他还是禁不住不时大喊大叫一阵，表达他的恳求，发泄一下愤怒。

斯塔布把这一切看在眼里，心想自己的打算大有希望。他转过身来跟那个革恩齐人聊了聊，这素不相识的大副在言语之中表达了对船长这个自以为是、不学无术的家伙的憎恶，恨他把大家都推进了这么一个臭气熏天又无利可图的苦不堪言的困境里。斯塔布在仔细试探他之后，又进一步发现他根本没有想到龙涎香上去。于是，他在这方面绝口不提，在其他方面却非常坦诚，无所不谈，因此两人很快定下了一个小小的计划叫船长上当，还要出尽洋相，而且他做梦也不会怀疑他们的诚意。这个小小的阴谋是这样的：那个革恩齐人，以担任翻译为掩护，表面上像是在传斯塔布的话，事实上却是兴之所至对船长乱说一通；至于斯塔布，则在整个谈话过程中，也是想到什么就说什么，乱扯一气。

就在这个时候，那注定要上当的主也从船长舱出来了。他是个黑皮肤的小个子，不过作为一个与大海搏斗的船长来说，他显得柔弱了些，尽管他有一脸的络腮胡子，还有短髭。他穿一件红色平绒马甲，露出的印章表坠垂在腰间。那个革恩齐人彬彬有礼地把斯塔布介绍给这位先生之后，自己则装模作样，神气十足地拿出一副翻译的神态来。

"我先跟他说些什么好？"他说道。

"嗨，"斯塔布说，眼睛瞧着那平绒马甲和印章表坠，"你不妨先跟他说，我看他嫩了点儿，像个小娃娃，虽然我不想扮法官，随便下判语。"

"他说，先生，"那个革恩齐人转过脸来用法语对船长说，"就是昨天，他的船碰上了另一艘船，并且交谈过，那条船就因为船边拖着一条瘟鲸，结果船长、大副和六名水手都染上热病死了。"

船长一听吓了一跳，忙追着问，急于想多了解一点情况。

"再说些什么呢？"那革恩齐人对斯塔布说。

"嗨，既然他这么容易就上了钩，那么，就对他说，我已把他看得一清二楚了，我肯定他再也不配当捕鲸船的船长，他只不过是只圣·雅哥的猴子而已。你就老实跟他说，我看他像只狒狒。"

"先生，他赌咒发誓说，另外那条鲸，就是那条干巴巴的，比起那条瘟鲸来，更加要命。总之，他一再劝我们为了珍惜我们的生命，就该赶紧把这两头鲸鱼扔掉。"这船长当即跑到船边，高声命令水手们停止架复滑车，马上把那两条鲸捆在船边的缆索和锚链解开。

"现在说什么呢？"等船长一回来，那个革恩齐人问道。

"嗨，我想想看；对啦，你现在不妨告诉他，就说——就说——你就直截了当跟他说，他已经上了当（接着暗暗自言自语），受骗的也许还有一个哩。"

"先生，他说，他非常高兴，能为我们效劳。"

一听这话，船长信誓旦旦地说，感激不尽的是他们（指他自己和大副），最后还邀请斯塔布到船长室去喝瓶波尔多白葡萄酒。

"他邀请你跟他喝一杯。"那位翻译说。

"非常感谢他；不过你跟他说，跟一个上我当的人喝酒是有悖我做人的原则的。你直接告诉他，我得走啦。"

"先生，他说，喝酒不合他的原则。不过，如果先生您想多活一天好多喝酒的话，那最好把四只小艇都放下去，把船开得离那两头大鲸远远的，因为现在风平浪静，它们漂不走的。"

这时，斯塔布已经翻过了船舷，到了自己的小艇上，他高声交代那个革恩齐人，大意是说——他的小艇有根很长的拖索，他愿意尽力帮助他们，把那条小点的鲸从船边拉走。于是，那艘法国船的四只小艇忙着把大船往一边拖时，斯塔布则好心肠地把那条小点的鲸往另一边拖，卖弄地撒出一条异常长的拖索。

不一会儿，一阵和风吹来，斯塔布假装着扔下那条大鲸。那艘法国船则把小艇都吊了上去，立即急驰开去。这时，"裴廓德号"也正好驶到了那法国船和斯塔布的那条大鲸之间。斯塔布趁机赶紧划到那具浮尸旁边，高声招呼"裴廓德号"，通知船上他的意图，立刻着手收获他施歪门邪道弄来的不义果实。他抓起一把锐利的舟形铲，动手将死鲸开膛剖腹，从边鳍稍后处进刀。乍一看，你几乎会以为他是在海里挖地窖；他一铲接一铲，终于撞上那些瘦削的肋骨，就像是发掘出了深埋在英国肥沃的黏沙土里的古罗马砖瓦和瓷器一般。他小艇上的成员全都非常兴奋，起劲地帮着他们头儿的忙，那副急不可耐的神气活像是淘金人。

这时，无数飞鸟一直围着他们俯冲、入水、尖叫和争斗。斯塔布开始露出失望的神情，尤其是因为那股奇臭无比的味道越来越厉害。突然就从那臭味最重的正中心散发出一缕淡淡的清香，它从那潮水般涌来的臭气中流出来，就像一条河的水流入另一条河，然后和它并行流去，连一刻也不愿意与之融合为一。

"有啦，有啦，"斯塔布高兴得大叫起来，他的铲子在腹地深处碰到了什么东西，"一个钱袋！一个钱袋！"

他扔下铲子，把两只手都插了进去，掏出一把把像红润饱满的温莎香皂又像油腻斑驳的陈乳酪似的东西来，表面油滑，煞是好闻。大拇指轻轻一捏就会凹进去；色泽介于黄灰之间。而这个，朋友们，就是龙涎香，随便哪个药房老板都愿意出一个金畿尼一盎司。这时已经掏出了六把，然而不可避免地在海水中损失的要更多；要不是亚哈等得不耐烦，高声命令斯塔布停止，快点上船，要不然大船就会径自开走的话，他们也许还可以多弄一些。

🐋 第九十二章　龙涎香

龙涎香是一种非常稀罕的物质，也是一种很重要的商品。一七九一年，南塔开特人咖芬船长还为此受过英国下院法庭的审问。因为在那时候以及比较晚的时候，龙涎香的真正来源，也像琥珀一样，对学者们来说还是个谜。虽然，amber-gris（龙涎香）这个词只不过是 grey amber（灰色琥珀）的法文复合词，这两种物质却截然不同。就琥珀而言，有时可在海岸边找到，在远离大海的内陆土壤中也可以挖到；龙涎香则除了在海上，从来没有在别处找到过。再说，琥珀是种坚硬、透明、很脆、没有气味的物质，一般用来作烟斗的烟嘴，可制成念珠和各式各样的装饰品；而龙涎香则柔软如腊，芳香扑鼻，大多用于制作香水、香锭、贵重的蜡烛、发粉和润发香脂。土耳其人把它用于烹调，也把它带往麦加进香，正如为了同样的目的，人们把乳香带往罗马圣彼得大教堂一样。有些酒商往红葡萄酒里搁一点儿以增加香味。

那么，谁想得到，这么体面的太太先生们会把从一头病鲸的叫人恶心的肠道里掏出来的香精用在自己身上而扬扬自得呢！然而，事实就是如此。有些人认为龙涎香是大鲸得消化不良症的原因，有些人却认为是得了消化不良症的结果。要怎样才能治好这样一种消化不良症,那很难说,除非是一次给它服下三四小艇的布兰德雷思泻药丸,然后像工人在炸掉危石时那样跑到危险圈外。

我还忘了说了,在这龙涎香中还发现有某些又硬又圆的骨片,开头斯塔布还以为可能是水手们的裤纽扣,后来才知道只不过是在龙涎香里防腐保存下来的一片片小乌贼骨头。

在这样的腐烂物的中心竟然能发现不知朽坏的芬芳扑鼻的龙涎香,这难道是偶然的吗?请你想想圣保罗在《哥林多书》中说的有关朽坏与不朽坏的名言吧:我们种下去的是耻辱,长出来的却是光荣。同样地,也请你回忆起巴拉赛尔斯 ① 关于最好的麝香是什么制成的话。也请别忘了这个奇怪的事实:在所有难闻的气味中,在最初的制作阶段的科隆香水是顶顶难闻的。

我本想以上述的呼吁来结束这一章的,但是我不能,因为我急于驳斥世人经常对捕鲸人所作的指责,而一些有着先入为主的偏见的人可能认为,这种指责已经为关于那艘法国船的两条大鲸所说的一切所间接地证实了。这种毁谤中伤性的不实之词,说什么捕鲸这个职业纯粹是一种非常邋遢肮脏的话,本书在其他处已经将之驳倒。但还有一点有待批驳。所有鲸鱼在任何时候气味总是难闻的。现在我们来追究一下,这个恶名又是从哪里来的呢?

我以为这可以明显追溯到两百多年前首批到达伦敦的格陵兰捕鲸船。因为那些捕鲸船(现在也是一样)不像南海捕鲸船一直做的那样,在海上炼鲸油,而是把新鲜的鲸脂剁成小块,从桶孔里朝大桶口里塞,就那样带回家来。由于在那些冰冷的海洋中,捕鲸季节为时短促,再说他们又时常受到突如其来的暴风雪的袭击,他们只能采取这种做法。其结果是,一打开船舱,在格陵兰码头上卸下一个鲸脂桶时,你就会闻到一股气味,就跟为了给一个产科医院打地基而挖掘了城里的一块古坟地所发出的气味差不多。

---

① 出生于今瑞士的医师、炼金术师,曾发现多种新药,对现代医学很有贡献。

据我推测，对于捕鲸人的这种恶意攻击也多少与古时格陵兰海岸上的一个荷兰村庄有关。这个村子叫施梅伦堡或斯米伦堡，后一种叫法被博学的福戈·冯·斯拉克采用在他论气味的那部公认为这方面的教材的伟大著作中。正如那村子的名称所表明的那样（斯米——Smeer，意思是油脂；堡——berg，意思是贮藏），这个村子就是专门为了给荷兰捕鲸船队提供一个熬油的地方，这样就用不着将鲸膘运回到荷兰去熬了。那村子里满是炉灶、油锅和油库；等炉灶全部点火熬油时，那股气味肯定不大好闻。但是，一艘南海捕抹香鲸船的做法跟这种做法完全不同。它在一次也许长达四年的航程中，在船舱里装满了鲸膘之后，说不定只需花不到五十天的时间就能把船舱给装满油了，而且装进桶里的油几乎没有一点气味。事实是，鲸鱼作为一种动物，不管是死着还是活着，只要处理得当，是不会发出难闻的气味来的；捕鲸人也绝不是让人用鼻子一嗅就能认出来的，就像中世纪的人假装用鼻子一嗅就能在人群中把犹太人提出来一样。实际上，大鲸的气味是很好闻的，它不可能不是如此，因为，一般来说，它的身体得到充分锻炼，非常健康；它老是待在户外；虽然它很少在海面上露天生活。大概一条抹香鲸的尾叶在水面上一甩所发出的香气，犹如一位满身麝香气的太太在暖和的客厅里沙沙地抖动她的衣裳一般。考虑到抹香鲸身躯之庞大，我拿什么气味芬芳的东西来和它相比呢？怕是只有那长牙上缀着珠宝，浑身发出没药树脂的香气，从印度一个城市中被牵出来向亚历山大大帝致敬的那有名的巨象，才可约略想见其风采吧？

第九十三章　遭遗弃者

在遇到那艘法国船没几天之后，一件举足轻重的事落到了"装廓德号"一个无足轻重的水手身上。那是一件非常悲惨的事。这件事的结果正好为这条有时喜欢寻欢作乐近乎疯狂而其实命运已经注定的船提供了一条活生生的、始终如影随形的预言,预言等待着他的可能将是某种船毁人亡的结局。

说起来,在捕鲸船上,并不是每个人都要下小艇。总要留下几个人守船,他们的职责就是在小艇追击大鲸时照看好大船。一般来说,这些守船的人跟小艇上的成员一样地健壮结实,不过,要是船上刚好有个身子单薄、笨手笨脚、胆子又小的人,那个人肯定会被派来守船。"裴廓德号"那个绰号叫皮平、简称皮普的小黑人就正是这号人。可怜的小皮普!你们已经听说过他了;你们一定还记得那个富有戏剧性的午夜,他是多么强颜欢笑地敲着小手鼓。

外表上,皮普和汤团倒像是天生一对,就像一匹小黑马和一匹小白马,身材相若,肤色却不同,是驾在一个辕上却不同心的两匹马。不过,倒霉的汤团天生迟钝,皮普呢,虽然心肠太软,却是格外聪明,具有他那个种族所特有的愉快、亲切、快活爽朗的天性。这个种族,每逢节日喜庆,比任何别的种族都会过得更开心、更奔放。对黑人来说,一年三百六十五天就应该天天是国庆节,天天是过年才好。我说这个小个子黑人聪明,你听了别见笑,因为即使是黑色的东西,也不是没有它自身的光泽的;不信就请看看那镶嵌在国王家具上光彩照人的黑檀木细板。但皮普爱生活,爱一切使生活安宁可靠的东西,所以他不知怎的莫名其妙地陷进这令人惊惶不安的行业,给他快活爽朗的天性蒙上了一层可悲的阴影,虽然,正如不久就会看到的那样,在他身上一时被压抑下去的东西到头来注定要被一场奇异的野火照亮,使他人为地发出十倍于天然的光辉。他曾在康涅狄格州托兰郡老家的草地上用打手鼓为多少提琴手的狂欢倍加奔放热情,也曾在充满诗情画意的黄昏,以他快活的哈哈大笑使周遭一片化为一只声音清亮、引人入胜的铃鼓。因此,悬在青筋显露的脖子上的波光粼粼的钻石耳坠,虽然在大白天里也会发出正常的光辉,然而,狡猾的珠宝商为了要显出它夺目的光华，特意把它搁在一个阴暗的场所，然后不是借助太阳光，而是用非天然的煤气灯光把它照亮。那时，它发出的火焰般的光华，简直美得邪乎。于是，这曾是水晶一般的天空的最圣洁的象征的钻石，发出罪恶的光焰，看来像是从阎王爷处偷来的王冠上的宝石，但是闲话少说，让我们来讲这个故事。

话说在龙涎香事件中，斯塔布的后桨手碰巧扭伤了手，而且伤得不轻，一时还好不了，便暂时由皮普来顶替。

头一次斯塔布带他一起下艇的时候，皮普非常紧张。好在那次并没有逼近大鲸，总算还没有太丢人。不过，斯塔布还是看出来了，就在以后的日子里耐心鼓励他一定要拿出最大的勇气来，因为胆小害怕总归是不行的。

第二次下艇时，小艇逼到了大鲸紧跟前。那大鲸被投中了一枪时，像往常一样把尾巴甩了过来，而这次正好打在皮普的座位下面。他一时给吓得不由自主地握着桨就蹦出了小艇；这一蹦出去，那根松弛的捕鲸索正好兜住了他的胸部，他蹦出艇子时把索子也带了出去，于是在最后掉进海里去的时候人和索子绞到了一起。就在同一瞬间，那条中枪的大鲸开始狂奔，捕鲸索很快就绷紧了。也就一眨眼工夫！可怜的小皮普给无情的捕鲸索在脸部和脖子上绕了好几圈，给勒得满嘴泡沫地拖到了小艇的导缆钩跟前。

塔希蒂格站在艇头上。他追捕鲸鱼正追得浑身来了劲。看到皮普这个胆小鬼让他气不打一处来。他从刀鞘里拔出短刀，把锋利的刀刃搁在捕鲸索上，转过身来朝斯塔布问道："割不割断索子？"这时，皮普那窒息得发青的面孔明明白白地表示：割吧，看在上帝面上！这一切快如闪电，整个事情发生前后连半分钟都不到。

"混账东西，割！"斯塔布大吼道；于是，大鲸跑掉了，皮普得救了。

这可怜的小黑人刚刚清醒过来，就遭到了水手们的痛骂。斯塔布一声不作地等这阵非同寻常的咒骂发泄过之后，才直截了当、讲究实效而又不无幽默地训斥了他一通；之后，又非正式地给他许多忠告。大意是：千万别跳离小艇，除非——至于除非什么就不明确了。其实最好的忠告也往往不过如此。总之，干捕鲸这行你应该切实遵守的座右铭就是：钉牢在小艇上；不过，有时也会出现最好跳离小艇的情况。说到这里，他好像终于认识到了下面这一点：如果他不折不扣地本着良心教导皮普，它会给皮普将来再跳出去留下太大的余地；于是，斯塔布突然把一切忠告全撤在一边，以一项果断的命令结束说："钉牢在小艇上，皮普，你再跳，跟你实打实说，我绝不捞你；你好好记住。为你这号人老让大鲸跑掉可划不来。在阿拉巴马，一条大鲸能卖出的钱要比你高出三十倍，皮普。好好儿记住这一点，再也别跳了。"也许斯塔布是借此暗示，人类虽然爱他的伙伴，然而，人类毕竟是种唯利是图的动物，这种癖好往往要跟他的仁爱心发生冲突。

可是，我们大家全都掌握在上帝的手里，身不由己；因而皮普又跳出去了。这回的情况跟上回极为相似。不过，这一回捕鲸索没有兜住他胸部。因此，当那条鲸要狂奔出去的时候，皮普就像被慌忙的旅客丢下的一只箱子那样，给撇在后边的海上了。唉！斯塔布也太说一不二了。那是个美好的日子，天公似乎特别开恩，青天碧海，气候凉爽，风平浪静，水面私下里平铺开去，直到天变，一如金箔匠锤得最薄的金箔一般，平坦地从四面八方朝天边远远地伸展开去。皮普在海中忽沉忽浮，他那黑檀木的脑袋像一簇丁香花冠。他飞快地从艇尾掉下去时，没人举起短刀来割断捕鲸索。斯塔布无情地转过身去，背对着他；而大鲸这时已经飞也似的游走了。才三分钟工夫，无边的大海已经在皮普和斯塔布之间拉开足足有一英里。在大海的中央，可怜的皮普把那头发卷曲、黑糊糊的头转向太阳。又是一个孤零零被无情抛弃的人，虽然它至高无上，至亮无比。

话说回来，在风平浪静的天气里，在辽阔的大海里游泳，对一个熟悉水性的人来说，犹如在岸上乘坐弹簧马车一般轻松自如。不过，那种可怕的孤独感却真叫人受不了。置身于这样一片无情无义的汪洋大海中间,心里想的只能是自己,唯有自己,天哪,那种滋味谁能说得上来?你注意注意,在一片死寂的辽阔大海上,水手们是怎样洗澡的——注意注意他们是怎样紧挨着大船游,而且只在船边活动活动。

但是,斯塔布是不是真的扔下这个可怜的小黑人不管,让他听天由命了呢?那倒没有;起码他的本意不是这样的。因为在他后面还有两只小艇,他以为,毫无问题,他以为它们肯定会很快赶过去,把他捞上来。但是对一个因自身的心虚胆怯而遭到危险桨手的慈悲心肠并不总是体现在一切类似情况中的猎手身上;这种情况经常出现。在捕鲸业中,人们眼中的胆小鬼,几乎无一例外地会遭到犹如海陆军中所特有的那种同样无情的鄙视。

但是,偏偏那两只小艇没有看到皮普,而突然发现鲸群正紧靠在他们艇边,于是,一转身,都去追击了。而斯塔布的小艇这时已离得很远,他和小艇上其他成员又全都全神贯注在他们正追击中的大鲸上,于是皮普周围的天地变得越来越宽,宽得叫人心寒。完完全全是出于偶然,大船总算把他救了起来;可是,打那时起,这小黑人就成了个白痴在甲板上转悠;至少,大家当时是这么说的。大海嘲弄地放过了他有限的身体,却淹死了他无限的灵魂。不过也没有完全淹死。而是把他的灵魂活生生地带到了奇妙的深渊,在那儿,那个完好的原始世界中的奇异的生灵在他无神的眼前来来去去,那个吝啬的雄心人鱼,智慧之神,显示了他囤积的一堆堆财宝。而在快活、无情、永远年轻永恒不变的事物中,皮普看到了大群无所不在的珊瑚虫,看到巨大的天体从大海的苍穹中升起。他说,他看到上帝的脚踩在织布机的踏板上。于是他的伙伴都叫他疯子。所以,人的神经错乱就是天意;人一失去了所有的性命交关的理性,终于不免要有升天的念头,这心理就理性而言,既荒谬而又昏乱;但人一到了这般地步,便顾不上是祸是福,而是感到无牵无挂,像他的上帝一样坚定、冷漠。

至于其他方面,也别过分责怪斯塔布。这种事在捕鲸业中是司空见惯的;在本书的结尾将会看到我本人也落到了被抛弃的地步。

第九十四章　手的捏挤

斯塔布花了极大代价得到的那条大鲸被及时弄到了"裴廓德号"船边，前面已详细叙述过的所有那些切割、吊拉等工序，甚至在海德堡大桶或者脑窝里汲油，都已经按部就班地完成了。

一些人忙着在脑窝里汲油时，另一些人则把一个个大桶装满鲸脑油拖走。到了适当时分，这种鲸脂在经过仔细而巧妙的处理后，就立刻送到炼油间去。

等我和另外几个人在一个康斯坦丁①大浴桶的鲸脑油跟前坐下来时，它已经冷却凝结起来。我发现它奇异地凝固成一块一块的，在还没来得及凝固的油中晃荡。我们的任务就是把这些块块再挤捏成液体。这倒是一项又芳香又滑腻的任务！难怪在过去，鲸脑油是种风靡一时的化妆品。一种抢手的清洗剂！一种抢手的美容油！一种抢手的软化剂！一种可口的镇静剂！我的手搁在里面才几分钟的工夫，手指头就滑溜得像鳝鱼似的，而且能像蛇似的弯绕扭曲了。

我在绞盘上耗尽了力气之后盘着腿坐在甲板上休息。头上是宁静蔚蓝的天空，风帆懒洋洋地催动着船安然地向前滑行。我双手浸在那些柔和软软的捏碎了的小球中，这些小球差不多是在一个钟头之内形成的、渗透肌肤、滑腻轻柔；鲸油在我的手指间被捏碎时，释放出了扑鼻的浓香和肥腻的流质，正如熟透了的葡萄榨出了香甜的酒一般。我闻着那股纯净的香气——那股千真万确跟春天的紫罗兰一模一样的香气。跟你说吧，那会儿我就像是置身在麝香馥郁的草原上。

① 篡位的罗马皇帝，在4世纪建了一个大浴池，浴池在17世纪初被毁后建了两个大宫殿。

我忘了一切有关我们的可怕的誓言。我在那难以形容的鲸脂里洗心革面，从此再也不干这一行了。我几乎也信起古代巴拉赛尔塞斯的迷信来了，认为鲸脑油有祛心火的神奇功效。我沐浴在鲸油中时，感到种种敌对意气、暴躁情绪、邪恶念头顿时都化为乌有，感觉到达一种神圣的解脱境界。

捏呀！捏呀！捏呀！整整一个上午捏个不停；捏来捏去，捏得我自己都差不多融化在鲸脑油里了；捏来捏去，捏得我奇怪地神思恍惚起来了；我发觉自己不知不觉在油里捏起同伴的手来，把他们的手错当成了那些轻柔的小球。这行当能生出一种何等深厚真挚的友爱感情啊；于是，我索性继续捏下去，一边还充满感情地瞧着他们的眼睛，那神情等于在说——亲爱的伙伴们，我们干吗还要抱着对社会愤愤不平的情绪不放或者心里总有点不痛快或嫉妒呢！得啦，让咱们大家都捏捏手；而且，让咱们捏得再也不分彼此；让我们大家全都变成一个油乳交融的友善的共同体吧。

我要能把那鲸脑油捏上一辈子就好了！因为通过长期重复的经历，我现在终于看清了，在一切情况下，人类最终不得不降低或者至少是得转移对他所能达到的幸福的设想；不要把幸福寄托在智力或幻想上，而要寄托在妻子、内心、床铺、饭桌、马鞍、炉边、家乡上；既然我已经看清了这一切，我就只想这样永远捏下去。我想到在夜晚的幻影中，看到过天堂里一长列一长列的天使，一个个都把双手浸在一个鲸脑油罐子里。

在谈论鲸脑油的时候，应该谈谈跟它有关的其他事情，谈谈把抹香鲸往炼油间送的事。

首先要说的是鱼的后稍部分以及它的尾巴的较厚实部分得到的所谓白马。它有好些变硬了的筋腱——是一层层的肌肉叠成——很坚韧，但仍有些油。把这叫白马的东西从鲸身上切下来以后，先剁成便于搬运的长方形块，再交给绞肉机。这些切成块的白马看去很像是帕克郡出产的大理石。

鲸肉上某些零碎部分叫葡萄干布丁，因为挨着鲸膘，它们具有很大程度的油性。它是宴席上提神悦目的珍品。顾名思义，它的色彩鲜艳斑驳，底子是金黄与雪白相间的条纹，上面有最最深的红色和紫色的斑点。它是一幅幅柠檬的静物写生画上添上的红宝石般的葡萄干。明知不妥，却禁不住想吃吃看。我承认，有次我躲在前桅后面偷尝过它。那味道，按我的想象，有点像胖子路易[1]的大腿肉，假如路易在狩猎季节后的头一天被宰掉的话，而那个特定的狩猎季节又正好赶上是香槟省[2]葡萄园最好的收获季节。

在捏挤过程中还发现另外一种东西，一种非常奇特的东西，不过要加以适当的描述却很困难。它叫泥膜，是捕鲸人叫起来的，而这种东西的性质更只有捕鲸人知道。这东西也确实是种难以形容的滑腻腻黏糊糊的东西，在经过长时间的捏挤，把液体轻轻倒出后，就会发现它留在鲸脑油桶里。我认为它是一种鲸鱼颅腔的薄得出奇的破碎了重又愈合的黏膜。

所谓 Gurry(鲸的碎肉)这个词，本是专用于露脊鲸的，不过有时也偶尔用于抹香鲸。它指的是从格陵兰鲸或露脊鲸背上刮下来的那种黏质的黑东西，那些专捕这种劣等鲸的不入流的渔人的甲板上多的是这玩意儿。

刷子。严格说来，这个词儿不是属于鲸所固有的词条。不过因为捕鲸人这么用，它就也成了鲸鱼词汇之一罢了。捕鲸人的刷子是从鲸尾尖细处割下的一小块短而结实的腱肉：一般是一英寸厚，大小形状跟锄头的锄板差不多。把它的边缘朝前，在油腻腻的甲板上推过去，它可以起一个皮滚子的作用。它仿佛有魔法似的，以一种无以名之的诱惑力，一路上把甲板上所有不干净的东西全给吸住了。

但是，要把这些深奥难懂的东西全弄清楚，最好的办法还是马上

---

① 指法国国王路易六世。

② 法国历史上的一个省份，相当于现金法国马恩、奥布和埃纳诸省的一部分，以产"香槟酒"闻名。

下到鲸脂间去，跟里面干活的人好好聊聊。前面已经说过，这地方是个收受从鲸鱼身上剥下来再吊起来的大片的膘的所在。等到把这些毛毯片再切成小块的时候，特别是在夜里，这个房间就成了一处令一切生手不寒而栗的屠宰场。房间的一边点着一只昏暗的灯笼，给干活的人清出了一块地方。干活的人一般是两人一组，一个拿捕鲸枪和鱼钩，一个拿铲子。捕鲸枪很像以往战舰攻登敌船的武器，名称也一样。鱼钩则有点像小艇上用的钩子。那个拿枪和鱼钩的先用鱼钩死死钩住一块鲸脂，不让它在船身东倒西歪上下颠簸时滑脱。这时，那个拿铲子的则站在那块鲸脂上，铲子垂直地一上一下把它剁成便于搬运的小块。这把铲子磨得锋利无比。铲手光着脚，他脚下的鲸脂有时又难免会无可阻挡地像雪橇一样滑脱。要是他剁掉他自己一个脚趾，或者他助手的一个脚趾，你会奇怪吗？鲸脂间里的老手，一般都没有完整的十个脚趾。

第九十五章　黑袍法衣

你要是在解剖大鲸尸体的某个时刻登上"裴廓德号"，又溜达到绞车跟前，我敢相当肯定地说，你会非常好奇地看到，在背风的那一排排水孔处直挺挺地躺着一件非常奇特费解的东西。那不是鲸巨大的头颅里那奇妙的蓄水池，不是那卸下了的畸形下巴，不是它那奇迹般地对称的尾巴；这些东西都不会让你吃惊到那种程度，就像乍一瞧见这莫名其妙的圆锥物一样。这东西的长度超过一个高个子肯塔基人的身高，底盘直径将近一英尺，像魁魁格的黑檀木偶像约约一般乌黑发亮。说实在的，这东西也确实是个偶像，或者，还不如说，古代的偶像就是它。这样一个偶像，跟在犹大的玛迦太后的秘密园林里找到的偶像一个样。太后的儿子亚撒王因为她膜拜偶像废黜了她，还毁了她的偶像，作为一种可憎的物件在汲伦溪边烧掉，就像《列王纪上》第十五章中模糊地说到的那样。

再瞧瞧那个叫作剥肉手的水手。这时他走过来了，在两个同伴的帮助下，扛起那件水手们称之为大法衣的沉重的圆锥物，拱着肩膀，走得踉踉跄跄，就像个掷弹兵扛着战友的尸体从战场上下来一般。他把它放倒在船首楼甲板上，开始像滚圆筒似的剥下它黑色的皮毛，就像非洲的猎人剥下一条大蟒的皮一般。剥下来以后，就把皮毛的里子翻过来，像翻一条裤腿一样，把它挂起来，几乎把它的直径撑大了一倍，然后在索具上晾干。过一会儿把它取下来，在尖的那一头去掉三英尺左右，再在另一头开两个口子作袖筒口，然后将它从上到下套在自己身上。这个剥肉手现在就穿着他那行业的法衣站在你面前了。自古以来，干他这行的人，只要穿上这身打扮，它便足以在他执行他的特殊任务时保护好他了。

他的任务就是把业已剥成长方形块的鲸脂再剥碎，放到锅里去熬。操作是在一只样子古怪的木马上进行，那木马尾部顶着舷墙，下面放着一个大桶，剥成片片的鲸脂就落在木桶里，速度之快有如从一位滔滔不绝的演说家的讲台上纷纷飘落的讲稿。他穿着一身庄重的黑衣，站在一个众人瞩目的宣讲坛前，全神贯注在圣经纸[1]上，这个剥肉手多么像个大主教职位的候补人，多么像个教皇的侍从！

第九十六章　炼油间

识别一艘美国捕鲸船，除了它吊起的小艇，还可以从它的炼油间

---

[1]　圣经纸！圣经纸！这是伙伴们对这个剥肉手翻来覆去不变的喊声。要他小心，要他剥得越薄越好，因为这样就会大大加快出油速度，也会增加出油率，也许质量还能有所提高。——原注

辨认出来。它的炼油间是个怪模怪样非常坚固的砖石建筑，放在由泥石麻刀和橡木造成的船上，乍一看就像是从田野里搬上船来的一座砖窑。有了它，才算得上一艘设备齐全的捕鲸船。

炼油间设立在前桅与主桅之间，是甲板上最宽敞的一间房。它底下的方木有特别大的负荷力，正好承受一座约十英尺宽、八英尺长、五英尺高、灰浆砌成的几乎是实心的长方形砖头结构的重量。它的地基并未透过甲板，而是用笨重的角铁四面箍住，再用螺钉拧紧在方木上，牢牢地固定在甲板上。它的侧边都覆盖有木板，顶上有一个倾斜的钉有板条的大舱盖把舱口死死盖住。挪开这个盖，就看到两口大炼锅，每口都能炼出几桶油。不用的时候，锅洗刷得非常干净。有时还用皂石和沙子来打磨，把锅擦得像银子的五味酒大酒钵般发亮为止。有些吊儿郎当的老水手在值夜班的时候会爬到里面蜷起身子打打瞌睡。打磨油锅时，两人并肩干活儿，每人在一只锅里打磨，许多贴心话都在铁锅边上彼此交流。那也是作深奥的数学思考的地方。就是在"裴廓德号"左边的那口炼锅里，我拿着皂石不停地绕着圈儿擦时，首次间接地联想到这个值得注意的事实，即在几何学上，一切沿着圆滚线运动的物体（我手里的皂石便是一例），会在同一时间从任何一点上落下来。

拿开炼油间前面那块挡炉板，就可以看到泥水作物的那一面。它装有两扇铁灶门，锅子就安在这只铁炉上。这两个炉口都安装有沉重的铁门。整个箍起来的炼油间的底层下面是个浅蓄水池，用来阻止炉火的炽热传导到甲板上去。蓄水池后面装有管道，水由此注入池里，可以源源不断地补充冷水。它没有另外安烟囱。而是直接把后墙敞开。这里，且让我们回过头去说一说。

大约是晚上九点钟光景，"裴廓德号"的炼油间在这次航程中首次起用。这项工作归斯塔布监管。

"大家都准备好了吗？那就打开顶盖，开始炼油吧。你，厨子，烧火。"点火这事儿很容易，因为木匠把整个炉膛都塞满了刨花。这里要说明的是，在海上捕鲸期间，炼油间头一次生火，得先烧一会儿木柴。以后除非为了把正规燃料很快点燃之外，就再也不用木柴了。总之，炼过油后，鲸膘已经抽缩发脆，大家把它称为油渣，里面还含有不少油质。就拿这些油渣来做燃料。正像一个熊熊烈焰焚烧中的殉道者或自焚的厌世者一样，一旦点着了火，这大鲸便以自己的身体为燃料焚烧自己。要是它能吸收它燃烧时产生的烟，那就更好了！因为它那股烟特别难闻，可你又非闻不可，不但闻，还得暂时在那股烟中过日子。那烟有种说不出的刺鼻的印度人的气味，犹如潜伏在阴森森的火葬柴堆附近的气味一般。它闻起来就像是末日审判时左方被告席上①那股气味。这气味倒是有地狱存在的一个好论据。

到半夜，是炼油间最忙的时候。我们清除了鲸尸，扯起了帆，一阵阵好风令人神清气爽。茫茫的大海一片漆黑。可是，那片黑暗却让熊熊的火焰烧光了。火舌不时从乌黑的烟道里窜出来，像著名的希腊火药一般，把高处的索具照得通明。这艘着了火似的大船继续向前驶去，仿佛毫无悔恨地衔命去报一件不共戴天的大仇。正如勇敢的海德里沃特和凯纳里斯②驾着两艘满载松脂和硫黄的双桅船，半夜从港口出发，以大片的烈焰作为风帆向土耳其德战舰扑去，把它们吞没在大火之中。

炼油间顶上的舱口盖挪开之后，就露出了阔大的平炉。站在上面的是那几个异教徒标枪手的鞑靼人一般的身影，他们照例是这条捕鲸船的司炉。他们拿着巨大的木柄铁叉，把一团团咝咝发响的鲸脂拨到滚烫的炼锅里，或者拨拨炼锅下的火，那蛇似的火苗便轰然冲起，卷出炉门，直舔他们的脚边。那烟火像一股股怒气滚滚而去。船身每颠簸一下，沸腾的油也跟着颠簸起来，似乎全都急于要溅到他们脸上

①　传说末日审判时，罪人都在左侧受到严惩，因为左边相当于西边，即落日之意。

②　在1822年希腊独立战争中，希腊的爱国者利用火攻，一举摧毁了土耳其的多艘舰只。

去。正对着炼油间的炉门，远离呆笨的平炉的那一边，就是绞车所在。这绞车派上了海上沙发的用场。那些轮流值班的水手在不值班的时候就在这儿逛荡，瞪着眼望着那通红的热浪滚滚的炉火，一直望到两眼在脑袋里烤得发痛。他们茶褐色的脸这时给浓烟和汗水弄得一个个全成了大花脸。他们乱蓬蓬的胡子，以及在对比之下那亮得吓人的牙齿，在炼油间红色火焰的衬托下，全显得奇形怪状。他们相互讲述可怕的奇遇，一千个耸人听闻的故事讲得眉飞色舞，兴高采烈；他们放肆的大笑声此起彼伏，就像炉子里跳跃的火焰；在他们面前，标枪手们来来去去使劲挥舞着他们的铁叉和勺子彼此示意。风在吼，海在跳，船在呻吟在猛冲，却又坚定地把它邪恶的红色火光远远地射入大海和午夜无边的黑暗中。它满不在乎地破浪前进，恶狠狠地把浪花泼向四面八方。总之，这时候，这艘载着野人，负着大火，在烧死尸，正在冲进那黑暗的深渊里，向前奔赶的"裴廓德号"，似乎就是那个患偏热症的船长的心灵的具体副本。

我把着舵，一连几个钟头默默地为这条火船掌握着海上的航向时，就是这么想的。那时，只因我自己置身在黑暗中，炉前那些人在火光映照下通红、疯狂、可怖的身影反而看得更清楚。我不断地看着我面前的那些魅影，它们一半在烟中一半在火中欢呼雀跃。只要我半夜里站在舵旁，我就会开始有一种莫名其妙的睡意，睡意一来，以上这些景象就会最终在我灵魂中产生类似的幻想。

但是那天晚上特别，一件至今无法解释的怪事落到了我身上。我刚刚站着打了会儿瞌睡，猛地惊醒过来，便恐怖地发觉有什么致命的事不对头了。我身子抵着的牙床骨舵柄重重地撞击我的腰；我耳里听到的是刚刚开始在风中抖动的篷帆的低低的呜呜声。我以为我的眼睛是睁着的。我睡意蒙眬地把手指伸到眼皮上去，无意识地把它们更撑开一些。但是，这都不顶事，我根本看不到我面前那只掌握航向的罗盘；虽然我好像刚刚还在稳定的罗盘柜灯光下瞧过罗盘面。现在眼前似乎什么都没有，只有一片黑暗，时不时地被红红的火光照耀得阴森恐怖。首先浮上我心头的印象是，我是站在什么跑得又快又急的东西上面，与其说它是朝前方的任何港口奔，还不如说它是急于逃离后边的一切港口。我突然惊慌失措地僵住了，有一种等死的感觉。我双手痉挛地抓住舵柄，心里却有一个疯狂的想法，这舵柄不知中了什么魔法一般颠倒过来了。天哪！这是怎么回事？我心里在捉摸。哎哟，原来我在一阵小睡中，自己掉了一个转身，面孔朝着船艄，背脊却对着船头和那只罗盘了。我当即转过身来，及时阻止了让船飞起来卷到风中，很可能还会有翻船的下场。好悬哪，亏得摆脱了夜里这种不应有的错觉，没有因逆风而造成致命的意外事故，我是多么高兴和满心感激啊！

人们啊，眼睛直望着火的时间千万不要太长！切不可在把舵的时候打瞌睡！不要背朝罗盘；一有船柄被卡住的感觉，应该马上警觉起来；不要相信人烧的火，那红色的火光会把一切事物都渲染得阴森可怖。到了明天，阳光普照，恢复原貌，天空是明朗的；那些在火舌中像魔鬼般吹胡子瞪眼的家伙在晨曦中会一派慈眉善目，至少样子温和得多；那灿烂辉煌、令人欢欣鼓舞的金色的太阳，才是唯一的真正的明灯，其他的全是骗子！

然而，太阳并不隐瞒它普照之下还有弗吉尼亚州令人丧气的沼地，还有罗马郊区的坎佩纳沼泽，还有辽阔的撒哈拉大沙漠，还有世上举目皆是的不毛和苦难之地。太阳也不隐瞒它普照之下还有海洋，这是地球上最愚昧的部分，而它占了地球的三分之二。因此，那种生活中欢乐多于忧患的人，是不可以信赖的——是不可信赖，或是少不更事的。书籍也一样。人中最可信赖的是耶稣。书中最可信赖的是所罗门的书，《旧约·传道书》是出世之作中千锤百炼的精华，讲的是忧患。"凡事都是虚空[1]。"这个任性的世界迄今还没有掌握非基督徒的所罗门的智慧。但是，凡是见了医院和监狱就避开，遇上坟地就加快

---

[1] 见《圣经·旧约·传道书》第一章。

步子穿过，宁可大谈歌剧，避而不提地狱的人；凡是把考珀、扬、巴斯噶、卢梭都称为可怜虫的人，全都是有病的人；以及凡是终其一生深信拉伯雷是极其聪明的也是最快活的人——这种人不配在墓碑上坐下来，不配和无比神奇的所罗门一块儿去破那些长了绿毛的潮湿的模子。

但是，即使是所罗门，他也说："迷离通达道路的人必住在（就是说，即使在他活着的时候）阴魂的会中。[1]"因此，千万别让火给迷住了，以免它弄得你晕头转向，失去知觉；就像刚才它在我身上起的作用一样。有一种智慧，那是忧伤；但也有一种忧伤，那是疯狂。在某些人的心灵中，有一种卡茨基尔山的鹰，既能俯冲进最暗黑的峡谷之中，又能重新一飞冲天，消失得无影无踪。可是，即使它始终是飞翔在峡谷里，那还是处在群山包围的峡谷，因此，即使山鹰在低扑的时候，它还是比其他那些翱翔高飞在平原上的鸟类飞得高。

第九十七章　灯

你要是从"裴廓德号"的炼油间下来，到了值完班的人睡觉的水手舱去待上一小会儿，你几乎会以为自己是置身在入了教的国王和参议们的灯火辉煌的殿堂。每个水手都是一具沉默的雕像，躺在三角形的橡木窝里；二十盏灯光在每人罩住的眼睛上闪烁。

在商船上，对水手来说，灯油比王后的奶还要稀罕。摸黑穿衣，摸黑吃饭，摸黑跌跌撞撞地上床，已经是家常便饭。但捕鲸人干的是为世上的灯找吃的，过的自然就是光明的日子。他把床铺弄成一盏阿拉丁的神灯，就躺在灯光里。所以就是在伸手不见五指的夜里，黑糊糊

---

[1]　见《圣经·旧约·箴言》第二十一章。

的捕鲸船上仍然是满船明亮的灯光。

你瞧，捕鲸人是多么随心所欲地把他们手里的那些灯盏——不过往往只是些大大小小的旧瓶子——到炼油间的铜质冷却器那里去把它们灌满，就像在一个大桶里大杯大杯地舀麦酒一般。他烧的也是最纯的油，没有经过加工因而也是没有败坏的油。这是一种天底下、地上头以及岸上的人所制作的器皿都不曾装过的液体。它像四月里清晨的草浆一般芳香。他特地出海来猎取鲸油，自然讲究新鲜与纯净，甚至就像大草原上的游客，讲究自己打样野味来做晚餐。

第九十八章　装舱清扫

前面已经叙述过，怎样从桅顶上老远发现大鲸，怎样在茫茫大海上追逐它，怎样在它无法逃脱时杀死它，然后怎样把它拖到船边砍去头，怎样把它身上裹着的棉外套变成死刑执行人的财产（根据古代被砍头者身上的衣着归刽子手所有这个原则），怎样在适当的时候把它打入炼锅，又怎样像沙得拉、米煞、亚伯尼歌[1]一样，鲸脑、鲸油和鲸骨经过烈火熬炼而毫无伤损——不过，此刻已经到了写下最后一章的时刻——这一部分，我将以朗诵——可惜我不会歌唱——如何将鲸油注入大桶，又如何将大桶存放在底舱这个传奇式的过程来结束。因为一旦进了底舱，仿佛是大鲸再度回到了故乡深海中，又像原先一样在水面下活动，只是，唉！再也不能浮上来喷水了。

鲸油像热五味酒似的在还未冷却时被灌进有六琵琶桶容量的大桶里。万一碰上船在午夜的大海上上上下下左右颠簸时。这些巨大的油桶便会旋转，倒立，翻筋斗，有时还轰隆隆排山倒海一般，危险地猛

---

① 这三人曾被巴比伦王尼布甲尼撒投入烈火中而不死，见《圣经·旧约·但以理书》第三章。

滚过滑溜溜的甲板，好像发生了多处塌方似的，好不容易才能把它们控制住；于是四下里响起了多少榔头砰砰地敲打铁箍的声音，因为这时，按职务来说，每个水手都成了箍桶匠了。

终于，等最后一品脱油都灌进了大桶，又全都冷却了以后，就把大舱口都打开，大船的肚皮敞开了，于是一只只大桶在海中得到了最后的安息。装完舱以后，就关上舱口，又密封起来，像一间砌在墙里的密室一般。

在捕抹香鲸业中，下面这件事也许是整个捕鲸行当中最不常见的事件之一。有一天，船板上血与油汇流成河，连一贯视为禁区的后甲板上也大不敬地堆起了一大块一大块的鲸鱼脑袋；生锈的大桶到处都是，犹如酿酒厂的院子里一般；炼油间里冒出的浓烟把所有的舷墙都熏黑了；水手们浑身油腻腻地忙来忙去，整艘船仿佛成了大鲸自己；船上四处的嘈杂声震耳欲聋。

但是，一两天之后，你再登船四下打量，再侧耳细听；要不是有那些泄露天机的小艇和炼油间，你准会断定是走上了一艘冷清清的商船，还有位一丝不苟特别爱整洁的船长。未经加工的抹香鲸油具有一种极强的洁净功能。这就是为什么在刚刚干完他们所谓的油活之后，甲板会干净得分外白亮。再者，拿鲸油油渣烧剩下的灰烬可以很容易溶解成强有力的碱水。只要一发现有鲸背上的什么黏糊糊的东西还粘在船舷上，这种碱水可以马上把它消灭了。许多双辛勤的手，拿着水桶和抹布，擦遍舷墙四处，就可以使它恢复原来的洁净。低处索具上的烟垢全刷掉了，许多用过的工具也都同样一丝不苟地收拾干净搁好。那块大盖板也擦洗干净，盖在炼油间顶上，完全掩盖住炼锅。大桶一个也看不见了；所有的滑车都卷起来放在不打眼的角落里。由于几乎是全船人手通力协同的辛勤劳动，全部任务终于一丝不苟地完成，然后，船员们把自己全身洗干净，从头到脚换上干净衣服；最后容光焕发地拥到一尘不染的甲板上来，一个个活像是刚刚从有洁癖的荷兰国里蹦出来的新郎。

这时，他们昂首阔步，三三两两地在船板上走动，开心地聊客厅、沙发、地毯和精美的麻纱手帕之类的话题，建议给甲板铺上席子，给桅楼挂上挂毯之类的装饰品打扮打扮，也不反对在月光下到船首楼的外廊上喝喝茶。这时候，跟这些满身麝香气的水手先生们提起什么油啦，骨头啦，鲸脂啦，那简直是太不识相了。他们根本不知道你拐弯抹角地说的是什么。去，给我们把餐巾拿来。

不过，请注意：高高地在那三根桅顶上还站着三个在聚精会神地侦察是否有更多大鲸出现的人，一旦逮住了鲸鱼，势必又会弄脏那些古老的橡木家具，至少又会在什么地方弄上一点油渍。一点也不假；这样的时候有的是，他们不分昼夜，连续苦干，四天四夜连轴转之后；或是在回归线上划了一整天的桨，连手腕子都划肿了，刚刚从小艇上下来登上大船，接着又走到甲板上去搬运大铁链，去转动沉重的绞车，去砍去剁，再加上在汗流浃背中，还得去忍受赤道上的太阳和赤道上的炼油间烟熏火燎的夹攻；就紧跟在这一切之后，他们最后又动手竭尽全力来大搞卫生；把船洗刷得像间一尘不染的牛奶房；这样的时候有的是，这些可怜的汉子刚刚扣上干净的水手衫的领扣，一声"瞧，它在那儿喷水啦！"又把他们吓一跳。忙不迭地又投入和另一条鲸的搏斗中，而那整套令人厌倦的活儿又得从头到尾过一遍。啊！朋友们，这才叫要命哩！然而，生活就是这样。因为我们这些凡人刚刚通过长时间的劳累，好不容易从这个世界的庞然大物身上提取了小小一点十分珍贵的鲸脑油，然后不顾疲劳，万分耐心地洗掉满身的肮脏，并力求在灵魂的清洁的庇护所里享受一下生活；刚好就在这时候，一声"瞧，它在那儿喷水啦！"——那鬼家伙就喷水了，我们又飞速划着艇子，赶去展开一场殊死的战斗，年轻的生命又在老一套的常规里走上一遍。

啊！灵魂的轮回！啊！毕达哥拉斯，你这个这么善良，这么博学，这么温厚的人，在两千年前鼎盛的希腊你死了，上次航行，我还和你一起驶过了秘鲁沿海——并且，虽然我很笨，我还教过你这稚嫩的憨小子怎样接绳头呢!

🦅 第九十九章　古金币

先前我们已经说过,亚哈平素总习惯于在后甲板上走,喜欢在罗经柜与主桅之间踱来踱去。不过,在其他许多有待说到的事情中,还得补充一点的是,他在来回走动中,有时会心事重重地在一头或者另一头停下来,站在那里令人不解地盯着面前某样东西。他停留在罗经柜跟前时,眼睛盯在罗盘的指针上,目光像投枪一般射出去,好像奋力一击就会击中目标似的;等他又踱到主桅跟前停下来时,专注的目光又盯住了钉在主桅上的金币,此时他的面容依然有如板上钉钉,只是添了一种近乎狂热的渴望,如果不是满怀希望的话。

但是,有天上午,他转身经过那枚古金币时,那上面奇特的图案和铭文似乎重新引起了他的注意,仿佛此时他才初次入迷似的读懂了它们可能隐藏的含义。万物本来都有一定的含义的,否则所有事物便一文不值了,那圆圆的地球也就等于一堆毫无用处的废土,只有像处理波士顿周围的山土一般论车出卖,去填满银河的沼泽。

且说这古金币是用从崇山之中开凿出来,然后提炼成最纯净的沙金铸成的。这种沙金是在壮丽的群山深处搜集到的,好多条帕克托拉斯河①都发源于山里,从东西两面流经这片沙金地。这古金币现在虽是钉在一些浑身铁锈的螺钉和遍体铜绿的长钉中间,却没有受到任何污染,仍然灿烂如新,保持着来自首都基多的光彩。它虽然置身在铁石心肠的水手们中间,每时每刻都有无情的手来抚摸,而且经历

---

①　希腊神话中国王弥达斯从酒神狄俄尼索斯那里学得点铁成金的法术,直至贪心太盛把食物都变成了黄金快饿死时,才认识到自己的错误。于是狄俄尼索斯告诉他,在帕克托拉斯河里洗个澡才能获得解脱。

过许多个漆黑的足以掩护小偷小摸的行径的漫漫长夜，然而，每天太阳升起时都发现这金币仍然安然无恙地在前一天日落时它所在的地方。因为它是公认为能起到令人敬畏的作用而特意保留在那里的。不管这些水手的举止行为多么放肆，他们全都把它奉为制伏白鲸的护身符。有时，他们在夜晚值班疲累之余谈起它，猜它最后会归谁所有，它最后的主人能不能活着花了它。

如今，那些高贵的南美金币都成了太阳的纪念章和热带象征的纪念品。那上面满满的刻印着棕榈树、羊驼和大山、太阳和星星、黄道和许多动物的角，还有飘扬的鲜艳的旗帜。因而这些珍贵的金币，经过这么富有西班牙式的诗意地别出心裁地加工铸造之后，看去更抬高了身价，增加了迷人的光彩。

碰巧"裴廓德号"这块古金币上的这些图案特别丰富。它圆边上刻着的文字是，厄瓜多尔共和国：基多。可见这块光闪闪的金币是来自一个位于地球中部，正好在赤道大圆之下，并以赤道命名的国家[①]，而且是在气候稳定，不知有秋天的安第斯山脉中部铸造出来的。圈在那些文字里面的是安第斯山脉的三个高峰的缩影，一个峰巅上是熊熊火焰，另一个上面是一座高塔，第三个上面是一只打鸣的公鸡。在这三个山峰之上则拱着一条分格的弓形黄道带，黄道十二宫全都以它们通常的神秘色彩标出，作为拱顶石的太阳则正在走进昼夜平分点的天平宫。

这时，亚哈就在这枚满是赤道标志的金币前停住了脚步，所有的人都注意到了这一点。

"在这些山峰、高塔和一切宏伟高大的东西中间，好像有种永远自恃极高的气息。你瞧，——这三个高峰就像恶魔一样非常傲慢。这挺立的高塔，是亚哈；这火山，是亚哈；还有这勇敢无畏、打了胜仗的公鸡，也是亚哈。一切都是亚哈。而这枚圆圆的金币也无非是比它更

---

① 厄瓜多尔即西班牙文的赤道一词的音译。

圆的地球的缩影。它，就像一个魔术师手里的一面魔镜，神秘地挨个儿照出了每个人的本来面目。那些想请求世界给解决大灾小利的人，世界却连它自己也闹不清。现在，据我看来，这铸在金币上的太阳有一张红彤彤的脸；但是，你瞧！唉，它走进了风暴之宫那昼夜平分点去了！而仅仅六个月前它才从前一个昼夜平分点白羊宫驾车出来！从风暴走向风暴！那就随它去吧。人在阵痛中出生，在苦痛中生活，在痛苦中死去，那也没有什么可说的！也随它去吧！在这世界上，坚实的人正好接受忧患的磨炼，还是随它去吧。"

"仙女的手指没有碰过这枚金币，但是，打昨天起，魔鬼的爪子就在上面留下爪印了。"斯塔布靠在舷墙上喃喃自语，"老头子好像已经看到了写在伯沙撒王宫粉墙上可怕的文字[①]似的。我从没有过细瞧过这枚金币。他下舱去了，我不妨去看一看。一条幽暗的山谷在三座寿与天齐的高峰之间，这有点像三位一体在尘世的象征。原来上帝把我们围困在这死亡之谷里；而正义的太阳仍然给我们阴暗的生活投下了一线光明和希望。如果我们低头往下瞧，看到的尽是阴暗的山谷中发霉的泥土；可我们如果仰起头来，明亮的阳光半路上就会接住我们的视线，鼓舞我们。然而，唉，伟大的太阳并不是固定在那里不动的，我们要是半夜醒来，想从它那里得到点儿安慰的话，再怎么找也瞧不见它！这枚金币向我表达的是智慧、柔和、真挚，然而仍然是哀伤的。我得赶紧离开它，要不，真话我也会觉得是假的了。"

"那老家伙刚才还在那里，"斯塔布在炼油间旁边自言自语道，"他已经读懂了；斯达巴克也从这金币前走开了，两个人的脸，我敢说，都拉得有几尺长。而又都是因为瞧了一枚金币的缘故。我要是在黑人山[②]或者柯尔拉尔河湾[③]得到这么一枚金币，我看不了几眼就会把它花掉。哼！根据鄙人无足轻重的看法，我觉得这东西很怪；在以

①　见《圣经·旧约·但以理书》第五章。
②　指奴隶市场。
③　在纽约市曼哈顿的东河河滨。

前的航行中,我也见过好些古金币,有西班牙古金币、秘鲁古金币、智利古金币、玻利维亚古金币、波巴扬①古金币;还有葡萄牙旧金币、西班牙旧金币,还有四便士的、二便士的和四分之一便士的银币。那么这个赤道图案的古金币究竟有什么特别奇妙之处呢?真是天晓得!我还是亲自去看一看。啊呀!那上面有十二宫,还真有些稀罕的物什呢!那么,那就是波狄奇老头在他的《概论》②中叫作黄道的东西了。我放在舱里的那本天文历上也是这么叫的。我要去把天文历书拿来,听说用达波尔的数学教科书可以推算出魔鬼来,我倒要用马塞诸塞历书来推算推算金币上这些古怪的弯弯曲曲的标志,看究竟是什么含义。好啦,天文历拿来了。咱们瞧瞧看。十二宫和这些稀罕事;还有太阳,它总在这些符号里面。哼、哼、哼,找着了——就在这里开始——全部在这里——白羊座,或者叫白羊宫;金牛座,或者叫金牛宫!再就是双子座,或者双子宫了。对啦,太阳就在它们中间转动。啊呀,在这枚金币上,太阳正跨在它排列成一圆周的十二间起坐间中的两间之中的门槛上。天文历呀!你就说得不对头了;其实,你们这些书本子说话应该要有分寸。你们只要把话说明白,把事实摆出来就行了,我们自然会去思考。就马萨诸塞历书、波狄奇的航海书和达波尔的数学书来说,这是我自己的一点小体会。十二宫和那些稀罕事,呢?可惜,十二宫没有什么奇妙之处,那些稀罕物中间也没有什么名堂,这其间必然有个线索可以追寻。等一等。嘘——听!好家伙,我想出来啦!听着,你这古金币,你那上面的黄道十二宫图是代表人自始至终的一生;我现在就根据这本历书——指出来。来,历书,念吧。开始:先是白羊座,或者叫白羊宫——这只淫荡的母狗,它生下了我们;然后是金牛座,或者叫金牛宫——它首先顶伤我们;然后是双子座,或者叫双子宫——那就是善与恶;我们正要走到善心的时候,可是,哎哟!跑来了巨蟹——巨蟹宫,一家伙就把我们钳住拖回去了;而这

---

① 哥伦比亚南部考卡省省会。
② 指美国数学家、天文学家鲍迪奇所著《新美国实用航海学》。

里，一旦离开了善心，狮子宫，一只怒吼的狮子，躺在路当中，——它狠狠地咬了我们几口，还粗暴地给了我们几爪子，发泄它的脾气；我们赶紧逃命，向宝女座——宝女宫，呼救！这是我们生命中的第一次爱情；我们结了婚，想就此幸福地过一辈子，突然冒出来个天秤座，或者叫天秤宫——把幸福放上去称一称，原来分量并不足；正当我们非常伤心的时候，天哪！我们猛地蹦了起来，那天蝎座，或者叫天蝎宫，照我们的屁股蜇了一家伙；我们正在养伤时，又从四面八方射来一阵乱箭；原来人马宫，或者叫射手座，正为自己寻开心，在射着玩哩。正在我们拔出箭杆，站到一边时，那摩羯宫，或者叫山羊座，像破城锤一般全速冲过来了，把我们顶了个大跟头；等宝瓶宫，或者叫宝瓶座，把宝瓶里的洪水全倒出来，把我们淹了个半死；而后由双鱼宫，或者叫双鱼座，出来收场，我们就长眠了。当时，九天之上写下了一道圣谕，太阳每年都得在十二宫走一遍，走完之后便精神抖擞，欢天喜地。它快活地高高在上，历尽艰难困苦；满心快活的斯塔布在下界也一样。啊，说满心快活，真是一点儿不错！再见吧，古金币！可是，且慢，那个小家伙来了。他躲躲藏藏地从炼油间那边来，好的，咱们听听他说些什么。瞧，他到了古金币跟前；他马上就会说出点什么来了。唔，唔，他开口说啦。"

"我什么也看不出，只知道这是金子制的一块圆东西，谁要是能逮住一条特别的鲸，这圆东西就归谁。所以他们一瞧就是老半天，是怎么回事呢？它值十六块钱，这不假；要买两分钱一支的雪茄烟，那就是九百六十支（原文如此——译者）。我才不像斯塔布一样抽那种脏兮兮的烟斗，我喜欢抽雪茄，这里就是九百六十支。所以我还是打这里爬上去瞭望，去把那条鲸鱼找出来，好弄到手这一大堆雪茄。"

"那么，这种做法该算是聪明呢，还是愚蠢。要说聪明吧，看上去又很蠢；要说蠢吧，又好像有点儿聪明。不过，且慢。我们的老头过来了——这个赶灵车的老头，我是说，他在吃船上饭以前一定是干这个的。他顶着风到了古金币跟前；哎呀，又转到桅杆那一边去了。哦，那边钉有块马蹄铁。现在又转回来了。这是什么意思？听！他在嘟囔呢——声音就像一架磨坏了的咖啡豆磨具。侧起耳朵来，听吧！"

"要想那条白鲸真的被逮住了，那准是在太阳到了这十二宫的哪一宫中间的那一月，那一天。我研究过这些宫，懂得它们的标志；那是四十年前哥本哈根一个老巫婆教我的。那么，问题是太阳到底会在哪个宫里呢？在马蹄宫里；因为它正好就在这金币背后。那马蹄宫又代表什么呢？马蹄宫就是狮子座一下下那咆哮如雷张牙舞爪的狮子。船啊，老船啊！一想起你，我这白发苍苍的头就发晕啦。"

"这又是一种看法了；不过还是一个版本。你知道，世界只有一个式样，而人却是各式各样。赶紧再躲开！魁魁格过来了——一身的刺花——就像黄道十二宫搬到了他身上。这生番会说些什么呢？千真万确，他瞧着自己的大腿骨，在作比较哩；我看，他以为太阳就是在他的大腿上，或者小腿上，或者肚皮上，就像乡下老太婆谈论外科医生的天文学一般。天哪，他还真在大腿附近发现什么了——我估计是人马宫，或者叫射手座。不过，他压根儿弄不清那枚古金币是什么玩意儿；他还以为是国王裤子上掉下来的一颗旧纽扣呢。不过，赶紧再躲到一边去！费达拉那个魔鬼过来了，尾巴还是像平常一样盘起来了看不见，鞋子前端还是像平常一样塞了棉絮①。看他那副神气，他会说些什么呢？啊，他只朝十二宫做了个手势，鞠了一躬。这金币上有个太阳——他肯定是个拜火教徒。嗬！人越来越多了。这边过来了皮普——可怜的孩子！他不是死了吗？还是我死了怎么的；我还真有点儿怕他。他也一直在观察所有这些前来揣摩这枚金币的人——包括我自己在内——瞧，他一脸白痴般的可怕神气，过来看那上面的字啦。还是再站到一边去听听看。听！"

"I look, you look, he looks; we look, ye look, they look."②

---

① 魔鬼的脚是爪子，为了掩盖自己，它必须穿鞋子，可是穿了鞋子之后里面空空的，所以要填棉絮。

② "我看，你看，他看；我们看，你们看，他们看。"

"我的天哪,他一直在学习默里的《语法》哩!可怜的家伙,他要长点学问哩!不过他现在又在说什么呢——嘘!"

"I look,you look,he looks;we look,ye look,they look."

"嗨,他在背呢——嘘!再听。"

"I look,you look,he looks;we look,ye look,they look."

"嘿,这就怪啦。"

"我,你,他;我们,你们,他们,都是蝙蝠;我是只乌鸦,特别是我停在这棵松树顶上的时候。呱!呱!呱!呱!呱!呱!我难道不是只乌鸦吗?吓唬乌鸦的稻草人在哪里呢?就在那儿;两根骨头插在两只破裤脚管里,还有两根套在一件旧上衣的两只破袖筒里。"

"他是不是说我呢?——嘴真甜!——可怜的小兄弟!——我真没有面目见他。不管怎样,我暂时还是躲开他好。其他的人我都受得了,因为他们一个个都神志清楚,可他是个似疯非疯的人,我这个头脑正常的人受不了。好啦,随他嘟囔去吧。"

"这枚古金币,这是船上的命根子,而他们都像热锅上的蚂蚁一般想把它拧下来。可是,一旦把你们的命根子起下来,会是什么后果呢?话又说回来,要是老让它待在那里,那也不好看,因为不管什么东西钉在桅杆上,那都是大事不好的标志。哈哈!亚哈老头!白鲸;它会把你钉在那儿!这是棵松树。我的父亲从前在托兰郡老家砍下一棵松树,发现里面有枚银戒指;是枚老式的黑人结婚戒指。那是怎么到树里面去的?有一天,人家捞起这支旧桅杆,见到桅杆上钉着这金币,桅杆皮外面长着一层毛,裹着一些牡蛎,他们在复活过来以后也会这样问。啊,这金子!这多么贵重的金子啊!——没见过世面的守财奴还会马上把它当宝贝收藏起来哩!嘘!嘘!上帝在天地间采黑莓。煮吧!嗬,煮吧!给我们煮吧!詹妮!嘿,嘿,嘿,嘿,嘿,詹妮,詹妮!把我们的玉米饼做好吧!"①

---

① 皮普在这里用黑人民歌手唱的《老乌鸦王》中的词句来结束他对亚哈的预言。

第一〇〇章　腿和臂。南塔开特的"裴廓德号"遇见伦敦的"撒米耳·恩德比号"

"船呀,喂!看到过白鲸吗?"

亚哈看到一艘挂英国旗的船从后面驶过来,就又向它这样喊道。这老头,喇叭筒凑在嘴边,站在吊在后甲板边的小艇上,露出自己的那鲸骨腿让那个轻松地靠在自己小艇头上的陌生船长看得清清楚楚。那船长晒得黑黑的,身子骨挺壮实,面貌和蔼,仪表堂堂,六十岁左右年纪,穿一件宽敞的短上衣,仿佛周围挂着海员穿的蓝色粗呢做的窗帘,一只空袖筒向后面飘去,就像中世纪武士铠甲上披的外衣的绣花袖筒。

"看到过白鲸吗?"

"你看到这个了吗?"他把藏在上衣褶层下的用抹香鲸骨做的白色手臂伸出来,高高举起。假臂末端安着一块木槌样的木头。

"我的小艇就位!"亚哈感情冲动地嚷道,一边翻动手边的木桨——"准备下水!"

很快他和他的小艇成员就上了艇,连人带艇一齐下到海里,一会儿工夫,小艇就靠拢了那艘陌生船。可是,这时出现了一个意想不到的麻烦。原来刚才亚哈过于激动,竟忘了自从失掉一条腿以来,他在海上,除了自己的船,从没登上过别的船只,而且即使是登上"裴廓德号",他也总是借助船上所特备的一种构思精巧、使用方便的装置,这东西却不是一时半刻就能运送、安装到别的船上去的。说起来,在茫茫大海上,从小艇上攀登到一艘大船上去,这对任何人来说——除了像捕鲸人这样几乎无时不在攀登而习惯了的人以外——都绝不是件很容易的事；因为这时风浪正大，一会儿小艇就被高高地举起，朝大船的舷墙抛去，一会儿又突然从半路上把它甩下来，落得跟大船的内龙骨一般高。这样，既缺了一条腿，陌生船又不可能备有与人方便的新装置，亚哈便垂头丧气地发现自己竟又成了只笨拙的旱鸭子了；他绝望地瞧着那随海水时升时降变化不定的高度，实难指望能做这样的攀登。

前面也许提到过，亚哈一碰上什么由他那不幸的灾难间接引起的不称心的事，他差不多总是非常激动，甚至非常生气。而这一回，他看到陌生船上两名高级船员在一张笔直放下来的钉着楔形垫木的梯子边探出身来，把两根装饰雅致的作扶手用的舷梯索扔给他时，就更是火不打一处来；原来他们起先没有想到一个一条腿的人无法攀上他们的海上扶梯。不过，这种尴尬场面很快就过去了，因为那位陌生船长一眼就看出了怎么回事，当即大喊道："我明白，我明白！——别从那里上！快，伙伴们，把那大复滑车弄过来。"

说来也巧，刚好一两天前，他们在船边处理过一条大鲸，因此大复滑车还高高地挂着，而那只巨大的鲸脂钩如今洗得干干净净，还吊在滑车末端。那大钩很快朝亚哈放了下来。他登时就领悟了，于是把那条好腿伸到钩弯里（就像坐在锚钩里或者苹果树杈上一般），然后说了声"好啦"，他紧抱着钩子，同时腾出一只手，以便两手轮流拉一根滑车索，帮着提升自己的身子。一会儿工夫，他们就把他吊到了高高的舷墙里，轻轻地落在绞盘顶上。那位船长走上前来，真诚地伸出那只鲸骨胳臂表示欢迎，亚哈则伸出了那条鲸骨腿，让两条假肢像两条箭鱼喙一般交叉在一起，海象似的嚷道："哎呀，哎呀，老朋友！我们就握握骨吧！——一只胳臂和一条腿！——这可是一只决不会往回缩的胳膊，和一条决不会逃跑的腿。你是在哪儿看到白鲸的？——什么时候？"

"白鲸，"那英国人用鲸骨臂指着东方说，眼光也悲怆地顺着骨臂望去,仿佛那是架望远镜一般,"我是上个季度在赤道上看到它的。"

"它把那只胳膊咬掉了,是不是?"亚哈问道,一边搭着那英国人的肩膀,从绞盘上滑了下来。

"是呀,至少它是我失去一条胳膊的根本原因。你那条腿呢,也是?"

"从头到尾给我说说。"亚哈道,"这是怎么回事?"

"那是我有生以来头一回在赤道上巡游,"那英国人就开始讲,"那时我还没听说过什么白鲸。有一天,我们放下小艇去追四五条鲸,我的小艇已经拴上其中一条了。那家伙真称得上是正规的圆形马戏场里的马,跟我们一圈一圈地打转,害得我小艇上的水手屁股都挪到艇舷外缘来了。也就一会儿工夫,海底竟蹦起一条大鲸来,乳白色的头和背峰,满头满脸的皱纹。"

"就是它,就是它!"亚哈嚷道,一下子把屏住的气都吐了出来。

"它右鳍附近还插的有两三支标枪。"

"对,对——那是我的——我的标枪。"亚哈狂喜地嚷道,"不过,快往下说!"

"我这就如实交代,"这英国人和和气气地说,"好啦,这位白脑袋白背峰的老爷子,浑身泡沫地冲进那群鲸,恶狠狠地去咬我那根拴上了的捕鲸索。"

"对,我知道——它是要把它咬断,救那条鲸——这一招它搞惯了的——我很清楚它。"

"究竟是怎么搞的,我不明白。"那位独臂船长继续往下说,"不过,它在咬索子时,不知怎么一来,牙齿给那索子缠住了,就卡在那里。这情况我们当时并不知道。因此,等到后来我们拉绳索的时候,砰地一冲,我们就都扑通扑通落到它的背峰上!而不是落到我们拴住的那条鲸的背峰上。那条鲸倒侥幸朝上风跑掉了。我看到是这种情况,又看到确实是条很贵重很大的鲸——老兄,这是我一生中所看到的最贵重最大的鲸——于是,我不管它当时看来如何怒火冲天,打定主意要捕获它。考虑到那根碰巧拴上的索子会滑脱，或者那颗让索子缠住的牙齿会拔出来（因为我那小艇上的水手力大无穷，一个赛似一个，我让他们全来拽那根捕鲸索，那劲头可不是闹着玩的）；看到这种情况，嗨，我当即跳到我的蒙托普的小艇上——就是这位蒙托普先生的小艇（顺便介绍一下，船长，这是蒙托普；蒙托普，这位是船长）；我刚才说我跳到大副的小艇上，因为当时我俩的小艇紧挨着；我一跳上去，就顺手抓起一支标枪，对着这位老爷子给了一枪。可是，天啊，嗨，老兄——千真万确，喂——紧接着，我一下子什么也看不见啦，就像只蝙蝠似的——两只眼睛全瞎了——眼前尽是黑色的泡沫，雾蒙蒙的一片昏天黑地——那大鲸的尾巴从泡沫中浮现出来，直竖在空中，像一座大理石尖塔。当时，向后退已经不行了。我在中午时分竟然要暗中摸索，那太阳像皇冠上的宝石般炫得人睁不开眼睛，嗨，我正摸索到第二支标枪想往艇外投出去——轰的一家伙，那尾巴像利马宝塔一般砸了下来，把我的小艇劈成两半，成了两堆碎片；然后，尾叶朝前，白色的背峰从破艇下退出来，好像那是一堆木屑似的。我们都手脚并用使劲地游泳。为了躲开它那尾巴接二连三可怕的打击，我死死抓住了那根插在它身上的标枪杆，像条鲫鱼似的紧抱住它有好一阵子。可是，一个浪头把我冲开了。就在这时候，那大鲸朝前面猛地一冲，就闪电般地潜下去了。那该死的第二支标枪的倒钩让鲸鱼拽走了，倒钩挂住了我这里（他拍了拍他的胳膊和肩膀交接处）；对，正好挂住了我这个地方。嗨，当时我想，只怕要把我拖到地狱之火里去了。可是，哪知道，突然之间，感谢仁慈的上帝，那倒钩在我胳膊上撕开了一道口子——纯粹是顺着整个胳臂撕下来——直撕到手腕处才脱钩，我跟着就浮起来了。——其余的，那边那位先生会告诉你（顺便介绍一下，船长，这是我们的船医彭格大夫；彭格，老朋友，这是船长）。好吧，彭格老兄，请你接着说跟你有关的那一部分吧。"

这位专业人员一直站在他们旁边，外表很平常，看不出在船上属于上层人士的身份。这时经过了这番亲切介绍，他的身份才点明了。

他面孔很圆，显得很精明；穿一件褪了色的蓝毛绒卫生衣或者衬衣，一条打了补丁的裤子。迄今为止他的注意力分别停留在一只手里的穿索针和另一只手里的药丸盒上，偶尔也不以为然地望一眼这两位船长鲸骨制的残肢。但在听到他的上司把他介绍给亚哈之后，他很礼貌地鞠了一躬，马上就按照他的船长的吩咐说开了。

"那伤口叫人看了真是魂飞魄散，"那位捕鲸船上的医生说，"布默船长接受了我的劝告，把我们的老撒米耳——"

"我们的船叫撒米耳·恩德比。"独臂船长打断了他的话，朝亚哈插了一句，"继续讲吧，老兄。"

"把我们的老撒米耳朝北开，好避开赤道上那火热的高温。不过，毫无用处——我尽了最大的努力，整夜整夜地陪着他，严格限制他的饮食——"

"啊，确实非常严格！"这伤员自己也附和道；然后声调突然一变，"每天晚上陪我喝热柠檬罗姆酒，喝得人事不知，都没法儿给我上绷带了；我也喝得半醉了，凌晨三点左右才打发我上床，那时半个海洋都过去啦。啊，天哪！也确实夜夜陪着我，严格限制我的饮食。啊！彭格大夫真是个顶呱呱的看护人，饮食上也要求十分严格。（彭格，你这狗东西，痛痛快快地笑吧！干吗不笑？你真是个大活宝。）不过，还是继续说吧，老兄，我宁可被你治死，也不愿被别人救活。"

"尊敬的先生，你一定早就看出我们的船长，"这位不动声色的面容严肃的彭格朝亚哈微微点点头说，"有时很喜欢开开玩笑；他经常给我们编出许多诸如此类的奇闻来。不过，我要在这里像法国人说的那样，en passant（顺便说一句）——我本人——就是说，我杰克·彭格，卸任不久的牧师——是个在生活上非常有节制的人；我从不喝——"

"水！"那位船长嚷道，"他从不喝水。一喝水就发病。淡水会让他得恐水病。不过，还是继续说吧——继续说胳臂的事吧。"

"好的，我还是，"那大夫平静地说，"继续刚才让布默船长的玩笑打断的话。先生，当时尽管我尽了最大的努力，伤口却越来越恶化；事实上，先生，那是一个外科医生所能见到的最可怕的大裂口，有两尺好几寸长。我是用测量海水深度的索子量的。总之，伤口已经发黑了；我知道这样下去会有生命危险，就把它锯掉了。可是我没有给他安装那只鲸骨臂；那是违反常规的。"他用手上的穿索针指着那只骨手。"那是船长的主意，不是我干的，他命令木匠做的；他还让接上一个木榔头，好用来敲烂人家的脑袋。他就敲过一次我的脑袋。有时，他像魔鬼一样大发雷霆，能把人吓得魂不守舍。你瞧瞧这个凹下的伤痕，先生——他脱下帽子，拨开头发，头顶上露出一个碗状的坑来，可是丝毫看不出疤痕，也看不出是个伤口，——"唉，那是怎么来的，船长会告诉你；他心里明白。"

"不，我不明白，"船长说，"倒是他妈明白；他生下来就有那个穴，啊，你这个正经的无赖，你——好一个彭格！在海洋世界还找得出第二个像你这样的人来吗？彭格，你就是死，也应该死在泡菜水里，你这条恶狗；应该永远把你保存起来，让后世瞧瞧你这副流氓的嘴脸。"

"那白鲸怎么样了？"亚哈叫道，他对这两个英国人这场插科打诨的斗嘴已经听得很不耐烦了。

"哦！"独臂船长嚷道，"哦，真的！好啦；它潜进水里以后，我们有一段时间没有再见到它。实际上，正如我先前提及的，那时我还不知道是条什么鲸给我来了这么一手。直到好久以后，再回到赤道线上，我们听人说起莫比·迪克——有些人这样叫它——才知道原来就是它。"

"那以后你还碰到过它吗？"

"还碰到过两回。"

"两回都没有击中它？"

"不想再和它较劲了，丢了一只胳臂还不够？我要是连另一只胳臂也丢了怎么办？再说，我觉得莫比·迪克咬人倒也罢了，一口把你吞下那才要命呢。"

"那好，"彭格插嘴道，"那就把你的右臂作鱼饵，去把左臂找回来。你们要知道，先生们，"他非常严肃地一丝不苟地向两位船长各鞠了一躬，"你们要知道，先生们，鲸鱼的消化器官的构造是如此不可思议，简直是出于天意，因为它甚至连人的一只胳臂都不能整个儿消化。而且，大鲸自己也明白这点。所以，你们以为大鲸很凶狠，其实它只是笨口笨舌罢了。因为它从来就没有真想要吞下人的一臂一腿；它来这么一手，只不过是做做样子，吓唬吓唬你。它有时挺像我过去在锡兰的一个病人。那是个玩杂耍的老头，经常表演吞小刀的把戏，有一次一不小心还真吞下去了一把，那把刀在里面待了一年或者还不止；后来我给他服了催吐药，他才一小块一小块地吐出来，明白了吧。他根本消化不了那把小刀，他的整个身体组织也不能充分吸收得了它。真的，布默船长，假如你对此有足够的理解，并且为了那只胳膊享有厚葬的殊荣而想把这一只也搭上去的话，那你不妨试试，反正胳臂是你自己的；只不过再给鲸鱼一个机会来短时间攻击你一回，如此而已。"

"不，谢谢你，彭格。"英国船长说，"它到手的那只胳臂，它怎么处理都行，反正由不得我做主。再说当时我也不认识它，可我不想再丢掉第二条胳膊了。我再也不想跟白鲸打什么交道了。我已经跟它干了一架，心满意足了。我知道，要能杀死它，那面子可大啦；而且还可以到手足能装满一条船的宝贵的鲸脑油。不过，听着，最好别去惹它。你说是不是，船长？"他一边说，一边眼睛瞟着他那条鲸骨腿。

"它是不好惹。不过，不管怎么样，我还是要追捕它。最好别去招惹的东西，偏偏决不是不招人爱的东西。它简直就是块大磁石！你最后一次看见它是什么时候？它往哪个方向去了？"

"愿上帝保佑我，诅咒那丑恶的魔鬼，"彭格嚷道，一边躬着身子围着亚哈转，像条狗一般很奇怪地嗅，"这个人的血——拿只体温计来——到了沸点啦！——他的脉搏跳得连船板都震动了！——先生！"一边从口袋里掏出一根刺血针来，往亚哈胳臂上凑过去。

"住手！"亚哈吼道，一家伙把他推到舷墙边，"准备好艇子！向哪个方向去了？"

"天哪！"那英国船长嚷道，"你怎么啦？我想它是往东去了，我想——你们船长疯了吧？"他悄悄问费达拉。

可是，费达拉把一根手指搁在嘴唇上，不声不响地溜过舷墙，抄起了小艇上的舵桨，亚哈把复滑车摇过来，命令船上的水手把他放下去。

一会儿工夫，他就站在小艇艇尾了，那些马尼拉水手拼命划起桨来。那英国船长怎么招呼他都白搭。他笔直地站着，背朝那艘陌生船，板着脸朝着自己的大船，一直站到小艇靠上了"裴廓德号"。

第一〇一章 玻璃酒瓶

趁这艘英国船还没有从视野中消失之前，不妨在这里提一下，这船来自伦敦，是以该市的一位已故商人撒米耳·恩德比的名字命名的，它是有名的捕鲸家族的产业恩德比父子公司的创始人。这家公司，以我这个捕鲸人的浅见所及，就它真正的历史上的影响而言，它并不比都铎和波音联合王朝的崛起晚多少。这家大捕鲸公司是在公元一七七五年之前不久成立的，我查了许多有关文献都没有查出来；但是，在那一年（一七七五年），这家公司装备好了有史以来第一批正式猎捕抹香鲸的英国船队。虽然，几十年前（自一七二六年以来），我们英勇的南塔开特的咖芬家族和梅西家族以及维恩耶特人就已经组织了大船队追击那种大鲸，不过只限于南北大西洋一带，没有上过别处。因此，必须在这里毫不含糊地记上一笔，南塔开特人是人类首先使用文明社会的钢打成的标枪去猎捕大抹香鲸的人；而且在长达半个世纪之中，他们是整个地球上唯一使用标枪去猎捕抹香鲸的民族。

一七七八年，很有魄力的恩德比一家独立经营并装备了一艘漂亮的名为"阿美尼亚号"的船，勇敢地绕过了合恩角，在世界各国中头一个在浩瀚的南海放下了一只像模像样的捕鲸艇。这次航行表现了高超的技术，也很幸运；"阿美尼亚号"回到停泊地时，船舱里装满了珍贵的抹香鲸油。于是，在这个先例之后，其他英美船只纷纷起而效尤。从此太平洋上巨大的抹香鲸渔场就被打开了。但是，这个精力旺盛的家族并不满足于这个辉煌的业绩，仍继续努力开发；撒米耳和他所有的儿子——究竟有多少个，只有他们的母亲才知道——直接赞助，恐怕也出了大部分资金，终于使得英国政府动了心，派出大炮舰"响尾蛇号"深入南海作一次试探性的捕鲸航行。"响尾蛇号"由一位海军的舰长指挥，作了一次响叮当的航行，也多少作出了些成绩。但是，事情并未就此结束。一八一九年，这家公司又装备了一艘自己的捕鲸探险船，出发到遥远的日本海域去作一次试探性的巡游。这条船——取了个很贴切的名字，"海妖号"①——完成了一次顶呱呱的试验性巡游；自此以后，日本海的大捕鲸渔场就开始远近闻名了。"海妖号"这次著名的航行就是在一个南塔开特人，咖芬船长的指挥下完成的。

因此，一切荣耀应归于恩德比一家。他们的公司，我想，至今还存在。虽然那位创始人撒米耳肯定早就撒手到另一个世界浩瀚的南海捕鲸去了。

以他的名字命名的这条船，确实配得上这样的荣誉，它是一艘速度极快且各方面都很出色的船。有一次半夜里，我在离巴塔哥尼亚不远的洋面上登上过这条船，还在水手舱里喝过美味的调和酒。那是一次愉快的联欢，他们全是顶天立地的汉子——船上每一个人都是。他们活得短暂，死得无憾。我欣逢其会的那次联欢——是在亚哈老头用假腿点着船板走路以后很久很久——老让我想起那条船上的人那种高贵、实在、萨克逊式的殷勤好客。我要是连这个也忘了的话，那

---

① 希腊神话中半人半鸟的海妖，常用歌声诱惑航海者，使其失魂落魄，船只触礁，人船具殁。

天都不会容我，我只配与魔鬼为伍了。调和酒，我说过我们那次喝了调和酒吗？对，讲过的，而且是以每小时十加仑的进度喝的。等大风一来（靠近巴塔哥尼亚的洋面上经常有风暴），所有的人——包括客人——都被动员去放下中桅帆，这时我们一个个都喝得头重脚轻，只能把每一个人用单套结吊上去。当时我们昏头昏脑地把上衣的下摆也卷到帆里面去了，结果我们被牢牢勒住，挂在上面，在咆哮的狂风中缩作一团，这对所有醉酒的水手都是一个很好的警戒。幸好桅杆还没有翻到水里去；一会儿工夫，我们就都挣脱下来了，一个个都清醒得很，只好又去灌一通调和酒，但是愤怒的浪花扑进了水手舱的小舱口，把酒冲得太淡了一点，而且还有了又酸又咸的味道，很不合我的口味。

牛肉挺不错——虽然嚼起来费劲，肉味还是很浓。有人说是公牛肉，也有人说是单峰骆驼肉；究竟是什么肉，我也不敢肯定。他们也拿来了包子；个儿小，但馅儿大，整个呈球形，牢不可破。我想，把它们吞下去以后，准还能摸得出它们来，可以叫它们在你肚子里滚动，要是你身子朝前弯得太厉害，它们就有像台球似的从肚子里滚出来的危险。还有面包——那是无法可想的事。况且，它还有抗坏血病的功效。总之，面包是他们唯一的新鲜食品。好在水手舱里并不怎么亮，你吃面包的时候，要想走到一个黑角落里去也容易得很。不过，就这条船的总体来说，从桅冠打量到船舵，考虑到厨师用的锅炉的大小，包括他自己的大肚皮在内，从船头到船尾，嗨，"撒米耳·恩德比号"都是条棒极了的船：饭菜又好又多，调和酒出色、有劲儿，船既漂亮又结实，人手都是第一流的，从靴跟到帽圈都是顶呱呱的。

不过，你不免会想，为什么"撒米耳·恩德比号"和其他一些我所知道的英国船——虽然不是全部——会成为如此出名、如此好客的船？餐桌上，牛肉啦，面包啦，罐头啦，传来递去，笑话一个连着一个；而且宾主都乐此不疲，吃个没饱，喝个没够，笑个没停；这是怎么回事？我来告诉你。这些英国捕鲸船上开朗饱满的热情是个供历史研究的课题。只要情势有需要,我是绝不会吝惜力气来考证一番的。

英国人在捕鲸业上比荷兰人、西兰人和丹麦人起步都晚;英国人从他们的前辈那里接受了许多专用词语,至今仍在本业沿用,不仅如此,他们还把那种大吃大喝的阔绰古风也保存了下来。因为,一般说来,英国商船对待船员是很刻薄的,但英国捕鲸船却不是这样。因此,在英国人中间,捕鲸船上丰盛的吃喝这种现象既不正常又不自然,只是一种很偶然、很特殊的情况;所以,这种现象必然有它异乎寻常的渊源,我在这里就要指出这种渊源,而且以后还将作进一步的阐述。

我在研究捕鲸史时,偶然发现一本荷兰古书,从它那股霉臭的鲸味来看,我就知道它肯定是本有关捕鲸船的书。书名是 "Dan Coopman"[①],我断定这一定是捕鲸业中阿姆斯特丹一个桶匠在捕鲸船上所见所闻的无比珍贵的回忆录,因为每条捕鲸船都必须配备一名桶匠。等我看到该书是一个叫菲斯·斯瓦克哈姆玛[②]的人写的时候,就更加肯定了这一看法。于是我去请我的学识渊博的朋友,在山大·克劳斯大学和圣波特大学教授低地荷兰语及高地德语的教授斯诺黑特博士[③]把这本书翻译过来,并送给他一盒鲸油蜡烛作为酬谢。哪知他一看书名,就告诉我说,"Dan Coopman" 的意思不是"桶匠",而是"商人"。总之,这本用低地荷兰语写的古代学术著作讲的是荷兰的商业;它涉及的题目很多,其中也有一篇饶有趣味的关于荷兰捕鲸业的报导。题为《斯米尔》,即《油脂》,在这一章中我发现了一份很长的详细清单,记载了一百八十艘荷兰捕鲸船食品库和酒窖中所配备的实物。那份清单,经斯诺黑特博士翻译后,现抄录其中部分如下:

牛肉　　四十万磅

佛里斯兰猪肉　　六万磅

鳕鱼干等　　十五万磅

---

① 应为"商人记",但荷兰语中的 coopman 在英文中是箍桶匠的意思。

② 斯瓦克哈姆玛(Swackhammer),意译为"用榔头重击"。

③ 这是作者杜撰的人物。

硬面包　五十五万磅

软面包　七万二千磅

黄油　两千八百小桶①

泰克塞尔和来顿干酪　二万磅

干酪（大概是次等品）　十四万四千磅

杜松子酒　五百五十安克②

啤酒　一万零八百桶

　　大多数统计表看起来格外地枯燥乏味；而这张却不然，读者一看便沉浸在大桶小杯的上等杜松子酒以及随之而来的兴高采烈、酒酣耳热之中了。

　　当时，我花了整整三天时间专心致志地研究消化这些啤酒、牛肉和面包，在这一过程中也生出了许多深邃的、足以称得上是先验论和柏拉图学派的思想。而且，我还进一步补充了一些我自己编制的表，涉及每个低地荷兰标枪手先前在格陵兰和斯匹次卑尔根群岛捕鲸业中所消耗的鳕鱼干等的数量。首先，所消耗的黄油及泰克塞尔和来顿干酪的数量似乎就很惊人。不过，我把这归之于他们天性爱好油腻食品所致，他们所从事的行业更加强了这种天性，特别是他们得在酷寒的北极海域，在因纽特人住地的沿海一带追捕猎物。要知道那些快活的土著就是举着满杯的鲸油来彼此对饮、祝愿干杯的。

　　啤酒的数量也很大，一万零八百桶。由于北极捕鲸只能在那个地区短暂的夏季中进行，所以一艘荷兰捕鲸船整个的巡游时间，包括往返斯匹次卑尔根群岛短暂的航程在内，大概不会大大超过三个月。假如按每船三十人计算，那么，整个船队一百八十艘共是五千四百名荷兰捕鲸人；因此，计算下来，正好合每人两桶啤酒，十二个星期的定量，这还不包括那五百五十安克杜松子酒摊到每人名下相当可观的一份。那么，这些可想而知给杜松子酒和啤酒灌得迷迷怔怔的标枪

----

① 小桶(firkin)，容量为八至九磅。

② 安克(anker)，荷兰容量名，约十加仑。

手，是不是适合站在小艇头上，把标枪对准那些游得飞快的大鲸呢；这看来未必是。然而，事实上他们把鲸鱼瞄准了的，并且投中了。不过，应当记住的是，这是在极北的地区，在那儿，啤酒只会加强他们的体质；要是在赤道上，在我们的南海捕鲸作业中，啤酒只会使标枪手在桅顶上昏昏欲睡，醉倒在小艇上，可能还会使南塔开特和新贝德福蒙受惨重的损失。

好吧，不再说下去了，这已经足以表明，两三百年前的荷兰捕鲸人是些生活很奢侈的人；足以表明英国捕鲸人并没有忽略这样卓越的榜样。因为前人说过，他们空船巡游时，如果弄不到什么更好的东西，至少也要弄一顿像样的吃喝。于是，就把玻璃酒瓶都倒空了。

第一〇二章　在阿萨息斯的树荫处

到目前为止，我在描述抹香鲸时，主要着眼于它外表的许多特异之处，它的某些内部结构的特点我也曾单独细致地讲过。但为了对它有一个广泛而透彻的了解，我现在不得不进一步解开它的衣服，松开它紧身裤上的饰带，解下它的袜带，拆开它的核心骨骼的各个环节的扣和结，让它把自己的一切全部公开；就是说，让它把骨架一览无余地全部露出来。

但是，现在怎样着手呢，以实玛利？你，在捕鲸业中只不过是个微不足道的桨手而已，竟然自命对鲸鱼的个中秘密有所了解，这算怎么回事？难道是博学多才的斯塔布登上绞盘，给你讲解过鲸类动物的解剖学？并且用绞车吊起一根肋骨作标本让你观察过？你自己解释一下吧，以实玛利。你像厨子把烤猪搁到盘子里似的把一条健壮的大鲸弄到甲板上来对它考察一番吗？肯定不能。你一直是个现场目击者，以实玛利。不过，你得留神，你已经大大侵犯了约拿独享的特权，谈论起构成大鲸骨架的托梁和桁条、椽子、正梁、地梁和支柱，以及它大肚子里很可能有的脂油桶、牛奶棚、食品库、干酪厂来啦。

我承认，继约拿之后，极少有捕鲸人深入到一条成年大鲸皮肤下面很深很深的地方去过。然而，我却有幸解剖过一条小鲸。在一条我当过水手的船上，曾经把一条小抹香鲸崽子吊上甲板，好取它的鳔作标枪倒钩和鱼枪头的鞘套。你想我会放过那个机会，不使用船斧和折刀把它剖开，好好观察一番这小崽鲸整个的内部结构吗？

至于我怎么会对充分发育成长的大鲸的骨骼有如此准确而难能可贵的了解，这得归功于我那位已故的王室朋友托朗郭，他曾是托朗魁的国王，阿萨息斯王朝的一员。因为多年前，我在阿尔及尔的商船"德伊号"上干活儿期间，到过托朗魁，曾应托朗魁国王之邀，到他在蒲贝拉的幽静的棕榈别墅里度过几天阿萨息斯王朝的假日。那是个海滨幽谷，离他的首都——水手称之为"竹城"的地方，并不太远。

我这位王室朋友托朗郭，除了许多其他的高尚品质之外，还生来酷爱一切原始艺术品，凡是他的子民中的能工巧匠所创造发明的稀罕事物都给他集中到蒲贝拉来了；主要是一些绝妙的小件木雕、细雕细刻的贝壳、镶嵌精巧的枪矛、贵重的木桨和芳香的独木舟。所有这些珍品都散置在那进贡的海浪为他送上岸来的许多天然珍物之间。

天然珍物中最主要的是一条大抹香鲸，那是在刮了格外久的狂风之后，发现死了搁浅在海滩上的。它一头撞在一棵椰子树上，椰子树羽毛状下垂的叶丛就像是它翠绿色的喷水一般。它庞大的身躯上五六英尺厚的皮肉和脂膏最终已被剥尽，骨骼在阳光下晒得干如沙砾，整个骨架就被小心地运送到蒲贝拉幽谷，如今供奉在由参天的棕榈树形成的气象万千的庙堂之中。

它的肋骨上挂着各种战利品；脊椎骨上刻着奇形怪状的象形文字记载的阿萨息斯王朝的年表；它的脑壳里，祭司们点燃了一盏芬芳的长明灯，这样使它那神秘的头颅又重新喷出了烟雾；它可怕的下颚则悬挂在一根大树枝上，在礼拜的人群的头上颤动，就像那把用一根头发吊在达摩克利斯头上吓得他浑身发抖的利剑一般。

那真是奇观。树林绿得像冰谷里的苔藓;一棵棵树傲然挺立,洋溢着勃勃生机;树下辛勤的大地像织女手中的一架织机,织的是一幅华丽的地毯,匍匐在地上的葡萄藤卷须成了地毯的经纬线,朵朵鲜花是它的图案。所有的树连带果实累累的树枝,所有的灌木丛、羊齿丛和如茵的绿草,这一切在传递信息的和风轻拂下,都不停地翩翩起舞。那伟大庄严的太阳,透过交叉的树叶,宛如一只飞梭,在不停地织着那幅活的风景挂毯。啊,你这个忙个不停、不见身影的织工啊! ——请停一停! ——听我说一句话! ——你的织物将流向何方? 它会去装饰什么宫殿? 你这么劳作不息是为了什么? 说呀,织工! 停下你的手! ——就和你说一句话! 不——梭子照样飞——图案照样浮现在织机上;地毯像奔流不息的河水不停地在织机上滑走。纺织之神,他在不停地织。织机声把他的耳朵震聋了,他再也听不到凡人的声音。织机的嗡嗡声把我们这些目不转睛地把旁观者的耳朵也震聋了,我们只有躲开它,才能听到透过织机传来的万千声音。甚至在所有的生产厂里都是这样。在纱锭飞转的厂房里听不见人的说话声,然而这些话语从打开的窗户飞出去,叫墙外的人听得清清楚楚。因此,坏事会让人发现。啊,凡人啊! 可得小心啊;因为在这个大千世界织机的一片嘈杂声中,你最隐蔽的思想同样可能老远地被人偷听去。

话说回来,在阿萨息斯树林里那运转不息的绿色织机中,那备受崇敬的巨大的白色骨架懒洋洋地躺着——一个大懒汉! 然而, 由于那绿色的经纬线老在它周围一起一落地交织着,发出嗡嗡声,这个大懒汉似乎成了那个老练的织工。它自己浑身织满了葡萄藤,每过一个月它身上便添了些新绿;可它自己仍是一具骷髅架。生命裹住了死亡;死亡支撑起生命;死神和年轻的生命结为夫妇,生下了满头鬈发的娇儿。

当时,我跟托朗郭国王一道去参观这条令人惊奇的大鲸时,发现它的头盖骨成了香案，从前真正的喷水处升起了人工烟雾。我觉得非常奇怪，这位国王竟把一个小教堂看作一件艺术品了。他笑了起来。而当教士们向我赌咒发誓说它那雾蒙蒙的喷烟是真的，我更是惊讶不已。我在这个大骷髅架前踱来踱去——撩开葡萄藤——穿过它的肋骨——一手里拿着个阿萨息斯的麻线团，在它那许多曲折、荫蔽的柱廊和棚架之间转来转去地绕行。但不久我的麻线放完了，就循着原路打转，又从我进来的口子里钻出去。我在里面没有看到任何生物；除了骨头，什么都没有。

我砍了根碧绿的树枝作丈量作用，又一头钻进了那具骷髅架。教士们透过头盖骨上的箭杆似的裂口看到了我在量最末一根肋骨的长度。"哎哟！"他们都嚷了起来，"你竟敢量我们这个神！只有我们才能量。""哦，教士们——好的，那你们量着是多长？"于是，他们在这长度的尺寸上展开了一场激烈的争论，彼此用量尺敲对方的脑袋——那大骷髅头也跟着发出了回声——我则抓住这大好时机，很快做完了我自己的丈量工作。

我现在准备把这些量来的尺寸放在你们面前。不过，首先我要声明的是，在这件事上，丈量结果不是随我高兴就信口开河，乱说一气的。因为有的是鲸骨骼的权威，你可以去请教他们，看我说的是不是准确。据说，在英国的一个叫赫尔的捕鲸港，有个大鲸博物馆，里面有几条脊鳍鲸和其他鲸精致的标本。同样，据说在新罕布什尔州的曼彻斯特博物馆里，也有一个据物主称是"美国仅有的一个完美的格陵兰鲸或者河鲸的标本"。此外，在英国的约克郡一个叫伯顿·康斯特布尔的地方，有位克利福德·康斯特布尔爵士拥有一条抹香鲸的骨架，不过只是条中等大小的，绝对比不上我的朋友托朗郭国王那条长得十分健壮的庞然大物。

这两副属于搁浅在海滩上的鲸鱼的骨骼，原来的物主也是以类似的理由而据为己有的。托朗郭国王是因为想得到它便把它充公；克利福德爵士呢，则因为他是当地的领主。克利福德的那具鲸骨架完全

用枢轴连接起来了；这样一来，它就像一只巨大的五屉柜，它的所有
骨骼的空腔都可开可合，你也可以把它的肋骨摊开，摊成一把巨大的
扇子的形状——还可以整天在它的下颚上荡来摆去。它的有些活门
和百叶窗后来上了锁；从此一个仆役在带领参观者到处看看时，腰间
总是挂着一串钥匙。克利福德爵士还决定：谁要瞧一眼脊柱里的传声
廊得交费二便士；听听小脑洞里回声的，交费三便士；从脑子往后看，
得一无与伦比的全貌和印象，交费六便士。

　　我现在准备写下来的这骨架的尺寸是一字不易地从我的右臂上
照抄下来的，由于当年我到处流浪，只有把尺寸刺在那上面，否则实
在没有其他更妥善的办法来保存这么珍贵的统计数字。不过，由于身
上可以刺字的地方有限，而且我还想把身体的其他部位为我当时正
在构思的一首诗留出一点地方来——至少在还没有刺字的部位挤出
一小块地方——我就把尺寸中的零星寸数一概从略了；实际上，对一
条大鲸来说，谁也不会计较它在哪儿短了几英寸。

🐋 第一〇三章　　鲸鱼骨架的尺寸

　　首先，我想特别就这条大鲸活的躯体作一个简单的说明，然后简
明地展示它的骨架。这样一个说明在这里可能会很有帮助。

　　根据我仔细计算的结果，也参考了斯哥斯比船长对一头体重为
七十吨，身长为六十英尺的特大型格陵兰鲸的估计，我认为，一条身
长在八十五英尺到九十英尺之间，腰围将近四十英尺的特大型抹香
鲸，其体重至少达九十吨。如以十三人合一吨计，它的体重便大大超
过了一个有一千一百个居民的村子人口的总重量。

　　那么，你难道不认为这么个大海怪该有一副像上了套的牲口那
么大的脑子，才能使它的想象力不输于任何一个陆地上人的想象力

吗?

我已经用各种方式向你介绍过鲸鱼的头盖骨、喷孔、嘴、牙齿、尾巴、前额、鳍,以及若干其他部分,现在只准备指出它一览无余的骨骼整体中最令人感兴趣的东西。不过,由于这巨大的头盖骨在整个骨架中占很大的比例,且又远比其他部分要更复杂,并且不准备再在本章中有所涉及,所以你必须把它记在心头,或者夹在腋下,否则你们会对将要看到鲸鱼骨骼的整体结构得不到一个完整的概念。

托朗郭的那具抹香鲸骨架长七十二英尺;如果把它完全恢复到生前的肉身模样,它肯定有九十英尺长;因为连皮带肉的鲸鱼脑袋化为头盖骨时损失约五分之一左右。在这七十二英尺长的骨架中,它的头盖骨和下巴骨占去了约二十英尺,剩下约五十英尺是纯粹的脊骨。附着在这根脊骨上将近脊骨全长三分之一的,是那曾经裹住它的内脏的肋骨大圆筐。

在我看来,这个其大无比、象牙一般的肋骨围成的大胸腔,连带那由此成一条直线远远地引申开去的又长又平的脊骨,颇有点像一条新放到造船架上的大船船壳的雏形,不过这胸腔只安上了二十来根光秃秃的弓形肋材,而它的龙骨暂时只不过是一根长长的不相连接的木头。

肋骨是每边十根。从颈部数过来,第一根将近六英尺长;第二、第三、第四根,一根比一根长,到第五根,或者说中间的一根,便到了长度的顶峰,有八英尺零几英寸长。从那一根往下,则越来越短,到第十根,也就是最后一根,就只有五英尺零几英寸长了。一般肋骨的粗细看来与它们的长度有相应的关系。中间的几根弯得最厉害。在阿萨息斯的一些岛上,有些地方用它们作横木,搭起过小河的小桥。

在掂量这些肋骨时,我不禁重新想起本书中多次提到的情况,即鲸的骨架绝不是它原先皮肉俱在时的身体模样。托朗郭那条鲸最大的肋骨,也就是中间的一根,在活鲸身上所处的部位正是鲸身上最厚的地方。而这条鲸原先的身躯最厚的地方至少有十六英尺;可是其相应部位的这根肋骨长度却只有八英尺多一点。所以，这根肋骨仅仅体现活鲸的魁伟身躯原貌的一半而已。此外，在有些地方，我如今看到的只是一根光秃秃的脊骨，原先却裹有成吨重的筋肉、血液和脏腑。还有，原先那丰满的鳍，我在这里看到的却只是几根凌乱的骨节；而原先那很有分量且威风凛凛但没有骨头的尾叶，如今干脆渺无踪影！

于是，我不由得想到，那些胆小的没有出过远门的人，想要只凭反复研究躺在这个安静树林里的这具了无生气、今非昔比的鲸骨架，就想正确地了解这条令人叹为观止的大鲸，该是多么自欺欺人而又愚蠢。不，只有在千钧一发的危急关头，只有在它那愤怒的尾叶挥舞扫荡在大漩涡里时，只有在深不可测无边无际的大海上，你才能一睹有着血肉之躯的鲸鱼真正的活生生的风采。

但是，眼下这脊骨怎么办呢？我们所能想到的最好的办法是，用一架起重机把它的骨头一根接一根竖立起来。那可不是一蹴而就的事。不过，一旦完工，就很像是庞培大柱① 了。

脊椎骨总共有四十多根，它们在整副骨骼中并不是勾连在一起的。它们大多像哥特式尖塔上的圆疙瘩大木头一般躺着，形成一排排笨重结实的石造建筑。最大的那一节，即中间那一节，还不到三英尺阔，却有四英尺多厚。脊梁向尾部逐渐缩小，最后跟尾巴相连的那一块是最小的，只有两英寸阔，看去有点跟一只白色的台球相仿。他们告诉我还有几节更小的，可惜被几个吃人肉的小顽童——教士们的孩子偷去玩弹子游戏时弄丢了。由此可见，即使是世界上最雄伟的生物的脊骨也会渐趋缩小，终至落到成为无知小孩玩物的地步。

---

① 庞培大柱（Pompey 's Pillar），竖立于埃及亚历山大港的圆柱，高近百英尺，为纪念罗马达奥克利兴（284—305）于 296 年征服该港而建。可能是旅游者昧于史实而误称此名。

第一○四章　化石鲸

　　大鲸以它巨大无比的身躯给人提供了一个最合适不过的话题，可以让人短话长说，大加发挥，也可以一般的就事论事。你想压缩也压缩不了。它理所当然地应该用特大号的对开本书来加以讨论研究。用不着再提它从喷孔到尾巴有多长浪，它的腰围有多少码，只需想想它那巨大的盘来绕去的肠子就够了，它们就像盘卷在军舰最下层甲板里的锚链和缆索。

　　既然我自愿来全面阐述这条大鲸，我便理所应当地在这件艰巨任务上做到无所不知，无所不晓，哪怕是它血液中最细微的病原菌也不放过，还要探索到它最后一段肠子。关于它的居住环境和内部组织的特点，我大致都已经作了交代，现在着重从考古学的、化石的和原始的角度来谈，这样一些煞有介事的提法，如果用之于大鲸以外的其他任何生物——诸如蚂蚁或者跳蚤——完全可以认为是不切实际地过分夸大其词。可是，对象是大鲸，情况就完全不同了。我勉强从事这一壮举，就不得不动用词典中分量最重的词汇。应该在这里先说明一下，每逢我在论述过程中要查找一个合适的词时，我总是无例外地去查专为这一目的而购置的约翰逊博士编著的大四开本词典；因为这位著名的词典编纂者本身奇肥的身躯使他自然更适合于编出一本供我这样的大鲸作者使用的词典。

　　人们常听说有些作家抓住一个题目就滔滔不绝，洋洋洒洒写起来，尽管他们的题目看起来也许很平常，那么，我又该怎样来写这条大鲸呢？我总不自觉地把字写得跟招牌上的字一般大。给我一支南美神鹰翎做的笔吧！把维苏威火山口给我做墨水瓶！朋友们，把住我的胳臂吧！因为我一提起笔来写我关于这条大鲸的种种想法时，便觉得劳累不堪，头昏脑涨，因为这些想法远远超出了我的理解范围，仿佛包括了整个科学体系、涉及过去、现在和未来所有各个时代的鲸鱼、人、乳齿象类的地球上不停地改朝换代的帝国全貌，以及整个宇宙，连它的近邻也不排除。这样一想，人便晕了过去。一个博大丰富的题材的特点就是这样地包罗万象！我们要把它写得跟鲸鱼的躯体一般大！要写出一本巨著，就必须选择一个大题材。以跳蚤为题材是绝不可能写出任何经得起时间考验的巨著来的，尽管有很多人做过这样的尝试。

在着手探讨化石鲸这个话题之前，我先交代一下我作为一个地质学家的资历。我有段时间，干过好多杂活，做过石匠，做过挖掘沟渠、运河、水井、酒窖及水槽等工程的头头。同样，作为开场白，我想提醒读者，在早期地质层中发现的化石巨兽现在差不多都绝迹了；随后在所谓第三纪地层中发现的残遗体，似乎是介于史前生物与那些进入诺亚方舟的人的始祖之间的衔接物或者说是截获物；迄今所发现的所有的化石鲸都属于第三纪，那是表层地岩形成之前的最后一个地质层。虽然那些化石鲸没有一个和现存的任何已知的鲸类完全吻合，但却在概貌上彼此颇为相像，已经足以证明它们确是鲸类的化石。

有人类以前的大鲸的零碎化石，它们的骨头和骨架的残片，在过去三十年中，陆陆续续在下列地区有所发现：阿尔卑斯山麓、伦巴底、法国、英格兰、苏格兰、美国的路易斯安那州、密西西比州及亚拉巴马州。这些化石中最为稀奇的是一块头骨，那是一七七九年从巴黎多芬纳街（一条差不多直接通向杜伊勒利宫①的短街）发掘出来的；再就是在拿破仑时代开掘安特卫普大码头时出土的一些鲸骨。居维叶宣称这些残片属于一种尚不为人知的鲸。

① 法国王亨利二世之后卡特林·德美迪西的宫室，在巴黎卢浮宫旁，法国大革命时被烧毁。

　　但是，所有的鲸类动物残遗物中最令人惊奇的是一八四二年在亚拉巴马州的克雷法官种植园发现的一具已经绝种的巨兽几乎完整的巨大骨架。附近那些惊骇莫名、老实巴交的黑奴把它当作是一个贬谪人世的天使的骨骸。亚拉巴马州的医生们认定它是一种巨大的爬行动物，把它起了一个学名：巴西洛梭鲁斯。但是，后来它的一些骨头被人远涉重洋，送给英国解剖学家欧文去鉴定，才发现这所谓的爬行动物原来是一条鲸；不过这个种类的鲸早已绝迹了。这个例子很能说明本书中一再申明的一个事实，即鲸的骨架并没有提供多少可据以认出其本来面目的线索。因此，欧文又重新命名这一巨兽为宙格洛东，并在伦敦地质学会上宣读的论文中宣称，这实际上是由于地球的变迁而灭绝了的一种非凡的动物①。

　　当我置身于这些大鲸的骨架、脑壳、长牙、嘴巴、肋骨和椎骨中时，所有这一切部分近似体现了现存的这些海怪的一个族类的特点。同时另一方面，它们又具有与已被消灭了的，在有纪年的时代以前的鲸种即现有鲸种的忘年的先辈之间的相同之处。我仿佛被一阵洪水冲回到那个难以想象的时期，一个不妨说时间开始之前的时代；因为时间，是随着人类的出现开始的。这时，一片灰蒙蒙浑浊世界的土星在我头上滚动，我颤抖地模模糊糊地朝永恒的北极天地溜了几眼，只见一个个楔形棱堡似的冰山紧压着现在的所谓热带地区。在这整个世界二万五千英里的圆周中，竟然看不见一小片可以住人的地方。那时整个世界是大鲸的世界；作为万物之王，它在安第斯山脉和喜马拉雅山脉的航线上留下了自己行进的踪迹。谁拿得出像大鲸这样的生物的家谱来呢？亚哈②标枪上的血比法老标枪上流过的年代更久远的血，玛土撒拉③就像个小学生。我举目四顾，想和闪④握握手。这种

---

① 这一段讲的大体上都是史实。
② 指以色列王亚哈（公元前875—前853）。
③ 玛土撒拉，活了969岁。见《圣经·旧约·创世记》第五章。
④ 闪，诺亚的长子。见《圣经·旧约·创世记》第五章。

摩西以前的、从无穷的时间起就存在的大鲸难以言喻的恐怖把我吓坏了，它既然在有人类之前早就存在，在人类灭绝之后肯定还会继续存在下去。

但是，这种大鲸不仅在人类存在以前大自然的版图上留下了它的踪迹，也在石灰石和泥灰岩上留下了它古老的半身像，而且在埃及人的书板上（这种书板的古老程度似乎具备了被称为化石的资格），我们还准确无误地发现了大鲸的鳍印。大约五十年前，在伟大的丹德拉大庙的一个内室里，花岗岩的天花板上发现了一副既有刻又有画的平面球体图，上面满是半人牛马的怪物、鹫头飞狮和海豚，跟现代人的天球仪上奇形怪状的图案很相似。图上的百兽之中还有大鲸在游动。所罗门呱呱坠地的时候，它就已经在那里游了若干个世纪了。

远古的大鲸存在于大洪水之后的时代还有个不可忽略的奇特的证据，那就是巴伯利的老旅行家，可敬的约翰·里奥[1]的记载：

"离海边不远，有座古庙，庙的椽子和横梁都是鲸骨做的；因为特大的死鲸经常给冲上岸来。当地土人猜想是上天赋予了这座大庙一种神秘的力量，因此鲸一经过这里无不立即死亡。但事实的真相是，在庙的两旁都有暗礁伸入海中两英里之遥，大鲸误触其石，伤重而死。庙里有一根长得难以置信的鲸肋作为奇迹保存下来，凸面向上放在地上，形如拱门。人站在骆驼背上也够不着它的顶端。这根肋骨（据约翰·里奥说）在我看到之前，已经在这庙里待了一百年了。当地的历史学家们断言，有个曾预言穆罕默德将降临人世的先知就是从这座庙里出去的，有人则揣测，先知约拿就是给这条鲸吐在庙脚下的。"

亲爱的读者，你就在这座北非古庙里陪大鲸多待一会儿吧。要是你是南塔开特人，又是个捕鲸人，你会对这根肋骨默默地膜拜一番的。

---

① 十六世纪早期的旅行家，其游踪遍及北非和中东，著有《非洲游记》一书。

🐋 第一〇五章　鲸的庞大身躯会缩小吗?

——它会绝种吗?

既然这种大海兽摇摇晃晃地从时间的源头来到了我们眼前,我们也许可以适当地打听一下,在它世代相传的漫长过程中,它是否比它的先辈原先的魁伟身躯有所退化呢?

但是,经过调查研究,我们发现现今的鲸鱼之魁梧胜过其化石的遗骸还留在第三纪地质中的先祖(包括人类出现之前的一个独特的地质时期),而且就是同属于第三纪的鲸,后期的也比早期的来得大。

到目前为止,所有已发掘的存在于人类以前的大鲸中,最大的得数上一章提到的亚拉巴马州那一条,可它的骨架长度还不到七十英尺。而我们已经知道,现代一条大型鲸的骨架经过丈量,其长度达七十二英尺。我还听到捕鲸人说,他们曾经捕获过的抹香鲸在被捕获时,身长有将近一百英尺。

但会不会有这样的情况,就是今天的鲸在身躯上虽然超过以前所有地质时期的鲸,但自从有人类以来,它们都是在退化吗?

但假如我们相信像普利尼以及古代所有的博物学家的说法的话,那我们就只好下肯定的结论了。因为普利尼告诉我们说,活鲸的身躯有好几亩大;阿德罗凡提[①]则说,有些鲸长达八百英尺——如此说来,鲸鱼简直有制索厂和泰晤士河隧道那么长了!甚至在库克手下的博物学家班克斯和棱兰德[②]的时代,我们还发现科学院一位丹麦院士写道,某些冰岛鲸(列丹·西斯库或者叫皱腹鲸)有一百二十码

---

① 意大利博洛尼亚的博物学家。
② 班克斯和棱兰德曾于1768至1771年随库克船长周游世界。

长,就是说,长达三百六十英尺。还有法国博物学家拉塞佩德[1],在他那本严肃认真的大鲸史中,一开头(第三页)就写道,露脊鲸有一百公尺长,合三百二十八英尺。而这部著作出版时已是一八二五年了。

但是,可有任何一个捕鲸人相信这些说法呢?没有。今天的鲸跟它在普利尼时代的鲸一般大。我要是到普利尼那里去的话,我,作为一个捕鲸人(我比他更有资格作为一个捕鲸人),一定会坦率地跟他这样说。因为我不能理解那怎么可能,既然在普利尼出生之前就已经埋葬了几千年的埃及木乃伊,在棺材里量起来,身高还赶不上一个脱了鞋子的现代肯塔基人;既然刻在埃及和尼尼微的最古老的书板上的牛及其他动物,就它们在画中的比例来说,正好清楚不过地证明了,斯密斯非尔德纯种的、关起来养肥的头等牛不仅在身躯上和法老最肥的牛相等,而且还远远超过它们;面对这一切,我绝不承认,在所有的动物中,唯独鲸居然就退化了。

不过,仍然有一件事要弄明白;一件经常让比较深沉的南塔开特人争论得面红耳赤的问题,如今捕鲸船帆樯林立,樯顶的瞭望哨随处可见,它们的目光所到之处远至白令海峡,并且深入到天涯海角的各个角落,而成千支标枪长矛在各大洲的海岸外四处飞舞,在这种情形之下,值得深思的问题是:大鲸能长期忍受这样大面积的追击,这样无情的屠戮吗?它们是不是注定会受到种族灭绝的荼毒从而从海洋上绝迹?而最后一条鲸,是否就像最后一个人一样,吸完最后一袋烟,就随着最后一缕青烟消失了呢?

把长有背峰的鲸群和长有背峰的野牛群作个对比。后者在四十年前成千上万地遍布在伊利诺伊州和密苏里州的大草原,在人烟稠密的河畔大城市的原址上抖动刚劲的鬃毛,皱起雷霆万钧一触即发的前额,如今,那儿的地皮,殷勤的代理商要卖你一百块钱一英尺。这样一比,似乎就得出了一个无可抗辩的论据,足以证明出这些被猎击

---

① 法国博物学家,政治家,著有《鲸类志》,对鱼类和爬虫类有独到研究。

的大鲸,现在是逃不了要迅速灭种的命运了。

不过,你应该从各个角度来看这个问题。虽然在很短一个时期以前——这个时期还没有一个正常人的寿命长——伊利诺伊州的野牛数已超过了现在伦敦的人口数,虽然今天整个伊利诺伊州连一只野牛角或野牛蹄都见不着,虽然这种难以想象的种族灭绝是人类的枪矛造成的;但是,人猎捕鲸鱼的性质与此远远不同,因而断然否定了大鲸会落个如此不光彩的下场。四十个人乘一艘船,出海捕鲸四十八个月,如果返航时能满载四十条抹香鲸的油回去,那他们就谢天谢地,自认为这趟船走得上上大吉了,相形之下,当年在极西地区(那儿该沉落的太阳并不下沉)还是一片荒野的处女地的时候,同样是四十个穿着鹿皮靴的加拿大和印第安猎户,用枪和用陷阱,骑在马上而不是驾船出海干上四个年头,那他们捕杀的野牛可不是四十头,而是四万头,甚至更多。如果必要的话,这是可以用统计数字来说明的问题。

任何认为抹香鲸会逐渐灭绝的论点,似乎也不见得正确,例如,过去(比如说,十八世纪后期)经常会碰到鲸群,而现在碰上的次数要少得多,因而以前每艘船的航期不如现在那么长,所得的报酬却比现在多得多。因为,一如在其他场合已经看到的,那些鲸,从安全上着眼,现在都是一大群一大群地游过海面,以致早先那些放单的、成对的、三五成群的、三十五十一伙的鲸,现在都在很大程度上集结成一支支巨大的但相距很远的队伍,捕鲸船自然也就难得碰上。情况就是这样。还有一种看法是,因为所谓的须鲸不再光顾它们早年群集的许多渔场,因而认为它们也在逐渐消亡,这种看法似乎也同样是错误的。因为它们只不过是从这个岬给驱赶到那个角而已;而如果在这个地方不再发现到它们的喷水,那么,在另外一些遥远的海岸边,一定还有人因为刚刚看到这种不常有的光景而大吃一惊的。

而且,就上面最后提到的这些大鲸而言,它们还有两个坚固的堡垒,大概永远也不会为人类所攻破。正如冷淡的瑞士人,一遇外族入侵他们的河谷，便都撤到他们的大山上去一般，须鲸在大草原和沼泽地般的海洋中央受到追捕时，最后也能撤退到它们的北极城堡中去，钻到最远的玻璃壁垒和围墙下面，在满是大块浮冰的冰原上冒出来，在这个永远是严冬、远离危险的天地里，公然藐视一切来自人类的追击。

但是，也许是因为要打到五十头须鲸之后才会打到一头抹香鲸的缘故，水手舱中一些思想家就据此断定说，这种大杀戮已经使须鲸队伍严重减员了。虽然早些时候，在西北沿海一带，单是美国捕鲸船捕杀的须鲸，每年就不下于一万三千条，然而，有些需考虑到的实际事实使得这一情况作为一个反驳的论据变得无足轻重甚至毫无意义。

尽管对地球上巨大型生物之稠密颇为怀疑再自然不过，然而，我们对于果阿的历史学家哈托①的话又该怎样看呢？他说，暹罗国王有一次出猎就捕获了四千头象；并说那些地方的象跟温带地方的牛羊一般多。因此，如果这些象，几千年来一直受到塞密拉密斯②、波拉斯③、汉尼拔④以及东方一个接一个的君主大肆猎捕——如果它们今天仍然大量存在的话，那就似乎没有理由怀疑，大鲸更能经受住来自四面八方长期的猎捕，因为它们有个可供漫游的大草原，那个大草原有整个亚洲、南北美洲、欧洲和非洲、新荷兰加起来再添上海洋中所有的岛屿的两倍大。

而且，根据一般认为大鲸是长寿的看法，我们还得考虑一下它们很可能活上一个世纪或更长，因此在任何一段时间里，必然有好几代成年鲸是同时并存。这是一种什么情景，我们很快就可以有些概念，只需想象一下所有的墓地、坟场和家族墓室中那些死了七十五年的

---

① 果阿在印度西海岸，哈托曾任葡属果阿总督的私人医生。
② 传说中建立巴比伦和尼尼微两城的亚述皇后，以美貌、智慧、妖娆著称。
③ 骁勇善战的印度王子，后被亚历山大大帝所败。
④ 迦太基名将。

男女老幼尸体全部复活，再把这支浩浩荡荡的队伍加上地球上现有的人口就行了。这么一想，你对鲸鱼的处境心里就有个数了。

因此，尽管有这些情况，不论这种鲸会有个别的死亡，我们还是应该把鲸类看作是一种不朽的动物。它在大陆冒出水面之前就在一片汪洋中浮游；它曾在杜依勒利宫、温莎宫和克里姆林宫的所在地上游过。它们在大洪水中，对诺亚的方舟不屑一顾；即使这个世界再度洪水泛滥，像荷兰发大水那样，连老鼠都淹个精光，永存的大鲸照样会活下来，而且会在赤道洪峰的顶尖抬起头来，傲视苍天，喷他们的白沫。

第一〇六章　亚哈的腿

亚哈船长离开伦敦的"撒米耳·恩德比号"时走得那么急，结果是他本人因此受了点伤，并不是没有给他个人带来什么伤害。他这么使劲地突然跳落到他小艇的坐板上，使他的鲸骨腿受到了要裂开来似的猛然一震。等到登上自己大船的甲板，鲸骨腿又插进那只老钻孔后，他猛地一下转过身来，给舵手下一道紧急命令（照例是斥责这个舵手掌舵不够稳定），结果，那已经震得够呛的鲸骨腿，又加上这么突如其来的一拧一扭，骨腿虽然还是完整的，外表看来也挺结实，然而亚哈却觉得它有点靠不住了。

其实，这并不足为奇。亚哈尽管看来处处鲁莽之至，一股全不顾死活的劲儿，可对支撑他半边身子的那根无感觉的骨头的状况却是密切注意的。因为就在"裴廓德号"从南塔开特出航之前不太久，有天晚上，有人发现他倒在地上人事不知。由于某种真相不明，看来难以解释也难以想象的偶然事件，他的鲸骨腿整个儿杵了出来，像桩子似的一击，差点儿扎穿了他的大腿沟，想尽了办法才算把那伤透了脑筋的伤口完全治好。

当时，他的头脑尽管充满了复仇的狂热，却没有忘了眼下受的伤痛无非是以前吃的亏的直接后果。正如沼泽中最凶猛的毒蛇必然像丛林中歌喉最美的鸣禽一样，要使自己的家族永远延续下去，同样，所有的不幸，跟所有的幸福一模一样，自然而然地会孕育出同样的东西来。只是程度上要差一点，亚哈想道；因为无论是悲伤的因还是悲伤的果，都比欢乐的因和欢乐的果走得更远。讲起这一点来大可不必吞吞吐吐，说什么这是由某些教会法规的教导得出的一个推论，其实，尘世一些出乎本性的享乐在另一世界不会延续下去，而且，恰恰相反，紧跟着的将是与欢乐绝缘的灰心绝望；而一些罪孽深重的苦难却会在另一个世界将悲痛永远地繁衍下去。还是痛快点说吧，把这个问题再作进一步的分析，你就会觉得祸与福是各异其趣的。亚哈又想道，即使是尘世最高的幸福也难免隐藏有百无聊赖的卑微，而一切内心的痛苦，本质上，都隐藏有一种神秘的意义，在有些人身上，这些痛苦更显出一种天使长般的伟大的美；因此对这种痛苦，随你如何辛勤探究也推翻不了那一目了然的推断。追溯这些深重苦难的根源，最终会把我们卷到众神毫无来由的家务纠纷中去；因此，哪怕天天是喜洋洋的红火大太阳，夜夜是小钹般圆圆的中秋月，我们也必须承认这一点：众神也并不永远是快活的。人类额上那抹不掉的阴郁的黑斑胎记只不过是司天命者自己身上的愁苦的印记。

这里无意中公开了一个秘密，这秘密也许以前就应该按照旧例向大家透露。这一秘密和许多其他有关亚哈的事情对有些人来说始终显得神秘莫测，其中之一是，为什么在"裴廓德号"出海前后他都有一段时间像个孤傲的大喇嘛独自一人藏身不露？而且，在那段时间里，仿佛在死者的大理石元老院里找到了个无言的藏身处。皮勒船长为这事编造的理由根本站不住脚。实际上，凡是涉及亚哈的内心隐秘，所显示出来的一切只让人越发糊涂，而能够说明情况的恍然大悟太少。但是，到头来，还是真相大白；至少在这件事情上是如此。原来他暂时的退隐，其根源是失掉一条腿那个大不幸的事故。而且不仅在船上是这样，连对他岸上那个越来越小、交往日疏的亲友圈子也是如此。不管怎么说，他们总应该不在戒备之列吧。对那个胆小的亲友圈子来说，上述灾难——实际上，郁郁不乐的亚哈未做任何说明——充满了恐怖，因为它完全是来自那个充满妖魔鬼怪与悲号哭泣的世界。所以他们出自对他的关切爱护之情，不约而同地对其他人闭口不谈这件事的真相。因此，过了好长一段时间以后，这事才在"裴廓德号"上传开来。

但是这一切就算是如此，那些看不见、摸不透的教会中人或者是那些炙手可热有仇必报的权势人物，他们跟亚哈这个世俗中人到底有没有关系且不去管它，眼下在这条腿的问题上，他却采取了明确的实际行动；——他喊木匠来。

等那木匠到他跟前，他就吩咐他马上动手做一只新腿，并指示三个副手负责供应他材料，从一路上积累下来的那些大大小小的颚骨（抹香鲸）中仔细挑选出最结实、纹理最清晰的来。材料备齐之后，木匠接到命令，要当天晚上就把新腿做好，并配好所有的附件，那条已经靠不住了的鲸骨腿上的附件一概不用。此外，亚哈还让把暂时搁在舱里不用的熔炉抬出来，要铁匠马上动手打出所需的零部件。

🐋 第一〇七章　木　匠

如果你像个君王一般高高地坐在土星的卫星丛之中，把人类单个儿看，那人类看去就是个奇迹，很伟大，也有自己的苦恼。但是，从同样的角度，把人类作个整体来看，那他们绝大多数就是一群多余的复制品，古往今来概莫能外。但"裴廓德号"上的这个木匠，虽然出身卑微，又远不是高度分离的人类的一个典范，他却绝不是件什么复制品,所以,他现在亲自登台了。

像所有出海航行的船上,尤其是捕鲸船上的木匠一样,他实际上可以勉强算得个除木匠这当家活之外门门手艺都来得的多面手。木匠这行当像是株老树,由它生发出许多枝杈来,那便是多多少少要用木材来做辅助用材的手艺。不过,"裴廓德号"的这个木匠除了对上述一般的提法当之无愧之外,还格外善于应付那些层出不穷、无以名之的习惯性的突然事件,那对一艘要在荒僻遥远的海洋上航行三四年的大船来说是经常的事。且不说他随时能手到擒来的一些日常任务——修理破艇及裂桅断桁,改进桨叶笨拙的式样,在甲板上嵌装小圆盘厚玻璃,或者在舷板上安上新木栓,以及其他许多跟他的本行挨边搭界的杂活。就连各种各样牛头不对马嘴的手艺,正经的和随意消遣的,他全都毫不踌躇地干得十分地道。

供他扮演如此多种多样的角色的一个大舞台便是他的老虎钳工作台。那是一张粗糙笨重的长桌,装备有几套大小不一的老虎钳,有铁打的,也有木制的。一年到头,除了船旁系有大鲸时以外,这条长桌总是打横固定在炼油间背壁上。

要是一根缅索栓大了点,插到栓孔里去时很费劲。这木匠便随手把它卡在老虎钳里,把它锉小一点。要是岸上一只羽毛奇特的鸟迷了路闯到船上来给逮住了,这木匠就用削得光溜溜的露脊鲸骨作直杆,用抹香鲸牙作横桁,给它做个宝塔形的笼子。赶上一个桨手扭伤了手腕,这木匠就给他配好止痛消肿的药水。斯塔布很想把所有的桨叶都漆上朱红色的星星,这木匠便把一支支桨拧紧在那套木制的大老虎钳里,给对称地漆上了星星。有个水手喜欢戴鲨鱼骨耳环,这木匠就给他耳朵上钻孔。还有个水手牙痛,这木匠就拿出把钳子,一只手拍拍工作台,让他坐到那里;可是手术还没做完,这可怜的家伙已经痛得乱弹乱动,按都按不住了;这木匠摇着木制老虎钳的手柄,示意他把下巴夹在钳子里,如果他想拔掉那颗牙的话。

因此,这位木匠不论在什么节骨眼儿上都准备动手,同时对什么也不在乎，对什么也不买账。牙齿在他眼里不过是一块块小骨头，脑袋无非是块顶木，人本身也被他轻描淡写地看作绞盘。像他这样在许多方面都各有建树，手艺又出神入化，似乎应该足以证明他聪明绝顶。但也不尽然。因为这个人身上最显著之处似乎莫过于那种不为个人情感所左右的迟钝。我说，不为个人情感所左右，是因为他这种迟钝自然隐没在周围的万事万物中，似乎与看得分明的整个大千世界的普遍愚钝合而为一。这种迟钝，尽管不停地以各种各样的方式表现得非常活跃，却始终无动于衷，并且哪怕你在给大教堂挖地基，它也根本不把你放在眼里。他身上这种迟钝还处处显得冷漠无情——可有时候他又偏喜欢说些陈谷子烂芝麻，老掉了牙的笑话，其中时不时地还有些陈腐不堪的俏皮话。在诺亚方舟古老的船首楼里值夜班时，这倒还是满可以消遣时光的。难道这个老木匠曾经长期漂泊在外，他的颠沛流离不但没有在他身上积满征尘，反而把他原来外表所有的星星点点的污垢都抹了个精光？他是个赤条条的抽象体，一个没有零头的整数，不开窍有如新生的婴儿，今生与来世概不考虑地活着。你满可以说他这种不开窍的性格有点蠢里蠢气；因为他干起各式各样的手艺活来，似乎与其说是凭理智或本能，或者只因为他拜师学过艺，或者是比重或等或不等以上三种成分都有，还不如说是一种不闻不问、自发的实事求是的过程而已。他纯粹是个手艺人；他的头脑，假如说他有过头脑的话，肯定早就顺流而下渗透到他的十个手指头里去了。他像是英国设菲尔德[①]出的那种"麻雀虽小，五脏齐全"的奇巧的制作物，设计不合情理，但很管用，外表——虽然还稍微大一点——像把普通的小折刀，但里面不仅有各种型号的刀头，还有改锥、螺丝锥、镊子、锥子、鹅毛笔、尺子、指甲锉、埋头钻。要是上头想把这木匠当改锥使，只需把这把刀子的螺丝起子转出来，拧上几下，就可以把螺丝拧得紧紧的；要是想把他当镊子用，抓起他的两条腿就成

---

① 英国著名的钢铁工业中心，以钢制的袖珍小刀闻名世界。

了。

然而，正如前面已经提到的，这个多功能的、开合随意的木匠到底不是一个机器人。如果他没有一个普通人的灵魂，那他总有某种微妙的东西在起着灵魂的作用。那东西究竟是什么，是水银的精华，还是几滴鹿茸精，那就不得而知了。但是，确实有这么个东西在那里，而且在他身上至今已存在六十多个年头了。这东西也就是他身上那难以解释的机灵的生命要素。正是它，使他在大部分时间一直在自言自语，不过只是像一只不按常规设计因而老发出嗡嗡声的轮子。或者还不如说，他的躯壳是个岗亭，这个自言自语者则在站岗里面，并且老在跟自己说话，好让自己不至于睡着了。

第一〇八章　亚哈和木匠甲板上——头更

（木匠站在老虎钳工作台边，借着两盏灯的亮光，正在忙碌地锉着骨腿上用的小梁骨。这块骨头已经牢牢地固定在老虎钳上。工作台上摆满了一块块骨头、一根根皮带、衬垫、螺丝和各式各样的工具摊。前边，熔炉火光熊熊，铁匠正在那里干活。）

可恶的锉子，可恶的骨头！该软的东西偏偏硬，该硬的偏偏又软。这一来可苦了我们，锉硬邦邦的颚骨和胫骨。换一块试试吧。哦，对啦，这块就好多了（打喷嚏）。嗨，这块骨头锉起来真（打喷嚏）——嘿，真（打喷嚏）——这灰还真（打喷嚏）——哎呀，它硬不让我说话！这就是一个老家伙专门对付这种死木头的报应。要是锯一棵活树，就不会有这种灰了；锯断一根新鲜骨头，也不会有这种灰（打喷嚏）。喂，喂，您老是不是帮我一把，快把铁箍和带扣螺丝打好；我等着用啦。还算走运（打喷嚏），用不着做膝关节。那才使人伤脑筋。只不过是做根胫骨——那就跟做跳杆一般容易了；只是我想把它好好儿抛光一下。时间啊时间；我只要有时间就行啦，我就能给他做出一条灵巧的腿来（打喷嚏），叫他能像从前一样向客厅里的太太一面鞠躬一面右脚往后退。我在橱窗里看到的那些鹿皮腿和小牛皮腿，休想跟这条腿比。那些腿泡过水的，真是这样；这样就会得风湿病，还得去看大夫（打喷嚏）。又得用药水擦洗，就像对待真腿一样。哦，在下锯之前，我得去找一下老船长，看看长短合适不；我猜多半是短了点儿。哈！那正好做脚后跟。真巧，他过来了。要不就是别人，反正有人过来了。

亚哈（正走过来）

（在下一场里，木匠仍不时打喷嚏。）

弄好啦，造人师傅！

来得正是时候，先生。劳您船长驾，我现在要定长短了。让我量一下，先生。

量尺寸！很好。行，反正也不是头一回啦。量吧！喂，用你的手指按住了。你这里倒有一把很管用的老虎钳，木匠；让我试试它的夹劲看看。唔，唔，夹起来还很有点劲儿哩。

啊，先生，它会夹碎你的骨头的——小心，小心！

有什么可怕的。我就喜欢夹劲大。在这个活力活落的世界上，我就是喜欢碰碰钳得住的东西。我正想体验体验看有什么东西能帮我抓住，老兄，普罗米修斯① 在那里干什么啦？——我说的是那铁匠——他在那里干什么？

一定是在那里打带扣螺丝，先生。

对，你们这是通力合作；他提供筋腱部分。他那炉火烧得好旺啊！

是呀，他想要出这种好活儿，炉火不烧到白热的程度不行。

嗯，嗯。他是非得有高温不行。我如今想来，这事情确实十分在

---

① 这里暗喻铁匠。

理,那个古希腊人普罗米修斯。据说是他创造了人类,他一定做过铁匠,这才使人类火气十足;因为凡是火做得东西,当然就一定属于火;地狱可能也是这样。那煤烟飞得好高啊!那一定是那个希腊人造完非洲人后剩下来的。木匠,等他打好了带扣螺丝之后,要他打一副钢肩胛骨;船上有个小贩被一副重担压垮了。

你说什么,先生?

等一下。趁普罗米修斯正忙着,我倒要他按照我合意的样式做个完整的人来。首先,要有五十英尺高;其次,胸膛要仿照泰晤士河隧道的式样那么宽;第三,双腿要生根,固定在一个地方;再就是胳臂,一直到手腕,三英尺长;心完全不要,前额要铜打的,一副出色的大脑要占四分之一亩;我再想想——要不要定做一对眼睛好朝外看?不要,只在头顶上开个天窗,让光线进去就行了。好啦,拿着这张定单,去吧。

嗨,他在说些什么,又是在跟谁说?真把我弄糊涂了。我还要待在这里吗?(旁白)

只有差劲的建筑物才弄个不透光的圆顶;这儿就是一个。不,不,不,我得有个灯笼。

嚯,嚯!是这东西吗,嘿?这儿有两个,先生;我有一个就够了。

喂,你把那逮小偷的玩意儿杵到我脸上来干什么?用灯光对着人家比用手枪比着人家更叫人恼火。

我想,先生,您是在跟木匠说话。

木匠?唔,那是——可是,不;——是一种十分整齐的,哼,我得说,你在这里干的是一种非常文雅的营生,木匠;——或者你宁愿跟泥巴打交道?

您说什么,先生?——泥巴?泥巴,先生。那是烂泥;还是让挖沟的跟泥巴打交道去吧,先生。

这家伙真不信上帝,你干吗老打喷嚏?

骨头锯末有点呛人,先生。

那你就记住这一点；等你死的时候，可千万别当着活人的脸下土啊。

先生？啊！哦！——我也这么想；——是的——啊，天哪！

喂，木匠，也许你自称是个规规矩矩、正正派派的、有本领的匠人吧，呢？那么，如果我一跨上你给我做的这条腿，是不是就可以充分表现出你的能耐，使我觉得在这个地方又长上了一条腿呢？就是说，木匠，又有了我原先失掉的那条腿，那条有血有肉的腿，那就充分说明你的活确实干得地道。能不能让我不想那丢失了的家伙？

真的，先生，我现在开始有点明白了。不错，在那一点上，我听说过一些很稀奇的事，先生；说是一个断了桅杆的人总无法完全忘掉对旧桅杆的感情，它还经常刺痛他的心。我斗胆地问一句，真的是这样吗，先生？

是这样，老兄。喂，试把你那条活腿安到我从前也有一条腿的地方上看，所以，虽然现在看来明明只有一条腿，心里记着的却是一双。在那个地方，你感觉到生命在跳动；那里，就是在那里，丝毫不差，我就是这样想。这是个谜吗？

据我看，只怕还是个难解的谜哩，先生。

去你的，你怎么知道，此刻在你站着的地方，不会有某种完整的、有生气、有思想的东西正站在那里，既不让你看见也不和你彼此有所沟通，使得，尽管有你站在那里，它却照样站在这同一个地方？那么，在你独自一人的时候，你就不怕有人偷听吗？等一等，你先别说！如果我毁了一条腿，至今仍然感到疼痛，虽然它应该早就消失了，那么，木匠，你怎么就能断定在你这副臭皮囊已不在的时候，你永远不会感到地狱之火烧灼的痛楚呢？

天啊！真的，先生，要是那样的话，那我还得重新做个打算。我想我还没有铸成大错，先生。

唉，真是木头脑袋，连打个比方都听不懂。——这腿还要多久才能做好？

大概还得一个钟头，先生。

那就草草把它弄好算了，弄好以后给我送来（转身走开）。生命啊！我这人，高傲得像个希腊神，却为了一根腿骨欠了这木头脑袋一份人情债。这笔该死的勾销不了的欠来欠去的人情账。要不，我会像空气一般自由自在；如今我到处欠了人情。我有的是钱，足可以和罗马帝国（那就是全世界的帝国）最富有的执政官在拍卖场上竞争抬价；但我少了根自吹自擂的舌头。老天在上！我要弄个溶罐来，跳进去，把自己溶缩成一节小小的脊椎骨。就是这样。

木匠（重新开始干活）

唔，唔，唔！斯塔布最了解他，可他总说他是个怪物。别的什么都不说，就那么简短不过的一个词儿就够啦：怪；他怪，斯塔布说；他怪——怪，怪；而且老没完没了地把这个词往斯达巴克耳朵里灌——怪，先生——怪，怪，很怪。他的假腿还在这里！对啦，既然说到他的腿啦，这假腿就是和他同床共枕的伴儿！真亏他拿根鲸嘴骨做老婆！这就是他的腿；他就要靠它支撑着。他说的什么一条腿要站在三个地方，而三个地方都归结到地狱——这是怎么回事？哦，难怪他这么瞧不起我！他们说，我有时候有点想入非非；不过那也只是偶尔如此。那么，像我这么个又矮又小的老头千万别跟苍鹭般的高个子船长们到深水里去蹚，水用不了一会就到你的下巴底下，只好大喊救命，而这就是条苍鹭腿！又细又长，一点不假！对大多数人来说，一双腿能用上一辈子，那肯定能行，因为他们不会过分劳累双腿，就像心软的老太太不会过分劳累她们圆胖的驾车老马一般。但是，亚哈，他可是个心肠特狠的马车夫。你瞧，一条腿已经给他赶死了，另一条也落了个终身残疾，如今一条假腿已经磨耗地不能用了。喂，喂，烟黑子！帮帮忙，快把那些带扣螺丝打好，好赶在那位催人上工的朋友吹起号角来催之前把腿做好。那位朋友是真腿假腿都要，就像酿酒人到处收旧啤酒桶来装酒一般。这是一条多好的腿啊！样子很像条真的腿，已经锉得只剩下芯子了。他明天就要靠它来撑住啦。就会趾高气扬了。哦，我差点儿忘了这块椭圆形的小石板，这块要打磨光滑的牙骨，他要在上面计算船所在的纬度哩。好，好；凿子，锉子，和砂纸，上吧！

第一〇九章　亚哈和斯达巴克在船长舱里

第二天上午，大家按照惯例抽船舱里的水。有不少油跟水一起抽上来了。底舱里的油桶一定漏得很厉害。人人都担心起来。斯达巴克马上到船长舱里报告这件很不妙的事[①]。

这时，"裴廓德号"正从西南方向驶近台湾和巴士群岛，在这二者之间是一条从中国海域通向太平洋的热带出口。因此，斯达巴克进去时，亚哈面前正摊着一张东方群岛的总图，还有一张日本岛屿——日本本土、松前、四国长长的东边海岸分图[②]。这怪老头雪白的新骨腿顶住用螺丝固定的桌腿，手里拿着把修枝用的小刀，背朝舷梯门，皱着眉头，又在按图索骥地琢磨他过去走过的航线。

"谁？"他听到了门口的脚步声，可是没有回过头来，"到甲板上去！滚！"

"亚哈船长，是我。舱里在漏油，先生。我们必须吊起复滑车把油桶起出来。"

"吊起复滑车，把油桶起出来？我们就要到日本了，难道在这里待上一个星期来毛手毛脚地修补一堆破桶箍？"

"先生，要不修补的话，那一天里漏掉的油可能比我们一年里弄到的还要多。我们漂洋过海好不容易到手的东西应该珍惜呀，先生。"

---

① 在装有大量鲸油的捕抹香鲸船上，每隔三四天就要引一根水龙带到底舱里，灌进海水把油桶浸湿。过一定的时候，再把水抽出来。这样，一方面使油桶保持湿润，不致开裂。另一方面，根据抽出的水，水手们可以很快发现底舱里宝贵的货物渗漏的程度。——原注

② 日本应为九州岛，松前指的是北海道，只有四国这个岛名是正确的。

"是呀,是呀,只要我们找到它就好。"

"我说的是已经在舱里的油,先生。"

"而我说的想的根本就不是那个。走开!让它漏去!我自己还浑身都在漏哩。哼!我看是漏上加漏!不仅那些油桶在漏,船也在漏;这就是我自身的处境,这是比'裴廓德号'眼下的处境更糟,老兄。不过我不准备停下来堵漏。因为有谁能查得清装得满满的船体上的漏洞?即使找着了,在这没完没了呼啸的狂风中,又怎么个补法?斯达巴克!我不同意吊复滑车。"

"船东们会怎么说呢,先生。"

"让他们站在南塔开特岸上去吼吧。看他们和飓风谁吼得过谁。干亚哈什么事?船东,船东?你老拿那些要钱如命的船东来跟我纠缠,斯达巴克,好像他们就是我的良心似的。但是你听好了,这艘船唯一真正的船东是船长;你也听着,我的良心就在这艘船的龙骨里。——到甲板上去!"

"亚哈船长,"脸涨得通红的大副边说,边往船长舱里边走,胆子之大,出人意料,但他表现得既毕恭毕敬,又小心谨慎,以致几乎使人觉得不仅在各方面他都力求避免在表面上流露任何一点儿自己的恼怒,而且在内心他也对自己的情绪很不放心,"一个脾气比我好的人对您这样子大概会忍着不去计较,不过面前要是个年纪比你小的人,那是立刻会发作的。亚哈船长。"

"该死的东西!你竟敢挖苦起我来了?——到甲板上去!"

"不,先生,等一下。我坚决请求你考虑。我这人就是不信邪,先生,沉得住气!难道我们到现在彼此还不了解吗,亚哈船长?"

亚哈从枪架(这是大多数南海捕鲸船船长舱家具之一)上抄起一支上了膛的滑膛枪,对准了斯达巴克大喝道:"主宰人间的只有一个上帝,主宰'裴廓德号'的也只有一个船长。——到甲板上去!"

在这个大副那双眨个不停的眼睛里,那张火红的脸上,一时间叫人简直以为他真的挨到了那根瞄准的枪管的一枪了。但是他控制住了自己的激动，勉强装得从容自若地往外撤，在离开船长舱时停了一下，说："你不光侮辱我，还对我施加暴力，先生。不过我请你不必为此提防斯达巴克。你尽可一笑置之。不过，亚哈得提防亚哈；得提防你自己，老头。"

"他装出一副勇敢的样子，可到底还是服从了。这才是胆大心细！"斯达巴克走开后，亚哈喃喃自语道，"他刚才说什么来着——亚哈提防亚哈——这话里有话！"他不知不觉把滑膛枪当拐杖，紧皱眉头，在小小的船长舱里踱来踱去；可是，他前额的密集的皱纹立刻又平服了，他把枪放回网架上，走上了甲板。

"你这家伙还真是好样儿的，斯达巴克。"他低声对大副说；然后提高嗓门对水手们说："大家注意，把上桅帆都卷起，中桅帆都收紧；装上大桅下桁；吊起复滑车，把主舱中的油桶起出来。"

亚哈究竟为什么要这般做法，斯达巴克也许是无从猜测的。那可能是他一念之善，或者仅仅是为了谨慎行事。在这种情况下，千万不要让船上举足轻重的高级船员公开表露出任何一点愤懑的迹象，哪怕是暂时的也要避免。不管出于什么动机，他的命令都——执行了；复滑车吊起来了。

🐳 第一一〇章　魁魁格待在棺材里

经过检查，发现最后放进舱里去的一批油桶完好无损，看来漏桶一定在船舱的下层。好在风平浪静，大家便逐步深入，把底舱的大桶也起出来，连底层的那些特大号桶也睡不安稳了。这些大鼹鼠从漆黑的午夜般的船舱里赶到光天化日的甲板上来了。这些最下层打底的桶当初下得那么深，年长月久、腐蚀严重、杂草丛生，你几乎以为跟着就会出现一只长了绿毛的基石桶，里面装着诺亚船长的钱币，和许多份徒然警告失去理智的旧世界洪水即将到来的传单。此外一桶又一桶的淡水、面包、牛肉，成套的桶板和成捆的铁箍也都被吊出来了。甲板上堆得满满的，连走动都很困难。而掏空了的船体则在脚下发出回声，仿佛空无一物的地下墓窟，在海上摇晃起伏，像只装满空气的大瓶子。这艘头重脚轻的船就像一个脑子里装满了亚里士多德的学说，肚子却空空如也的学者。亏得当时天公作美，台风没有来袭击他们。

而这时，我那可怜的异教伙伴，我最要好的朋友——魁魁格，却得了热病，已经临近生命的尽头了。

应当说明一下，在捕鲸这个行业中，是没有什么挂名差使这一说的。职位跟危险并驾齐驱。在当上船长之前，你职位越高，活就越累越危险。所以对魁魁格来说，作为一名标枪手，不仅必须承受鲸鱼无所不至的威力，而且——正如我们在别的地方已经看到的那样——还得在翻腾的大海中登上死鲸的背；最后还得钻进阴暗的底舱里去，整天汗流浃背地待在那地下牢房里，使劲搬动那些笨重的油桶，负责把它们储藏好。总之，标枪手是捕鲸人中所谓的台柱子。

可怜的魁魁格！在船舱大约掏空了一半的时候，你只要俯身，从舱口往下望，便会看见，这个文身的野人脱得精光，只穿了条羊毛衬裤，在潮湿黏腻的舱里爬来爬去，就像是井底一只绿色斑点的蜥蜴。不知怎的，这货舱对这可怜的异教徒来说还真成了一口井或者一间冰屋，尽管他在里面干得浑身大汗，却中了很厉害的寒气，又转成了热病，这样病了一些日子以后，他被放进了吊床，就要跨过死亡之门的门槛了。在那度日如年的几天折磨里，他越来越瘦，瘦得脱了形，仿佛就只剩下一张满身刺花的皮了。但是，尽管他全身消瘦，颧骨突出，他的眼睛却似乎越来越炯炯有神，双眼透出一种奇特的柔和的光。他从病床上温和而深情地望着你，这双眼睛真是一个绝好的证明，证明他身上有一种死亡夺不走、疾病拖不垮的不朽的生命力。犹如水面上的图纹，水纹越来越浅淡，圈儿却一个比一个大，他的眼睛也是如此，似乎越来越圆了，就像永恒之环，环环相套，绵绵不绝。坐在这个垂危的野人床边,一种无以名之的敬畏感会悄悄袭上心头,望着他脸上出现的奇特的表情,就像旁观者眼看着佐罗亚斯德①临终时的样子一样。一个人身上真正令他人惊讶害怕的东西不管是什么,它还从不曾被人用言语来形容或记载在典籍中。当死亡临近时,它毫无差别地使人平等,也毫无差别地向人人传递一个最后的启示,这个启示是什么,只有死者中的作家才能充分传达。所以——且让我们再重复一遍——当可怜的魁魁格静静地躺在荡来荡去的吊床上,翻腾的大海似乎在摇晃他进入最后的安息,暗暗地上涨的潮水越来越高地把他拥入命中注定的天国归宿地时,悄悄掠过他脸上的那些神秘的阴影,比任何一个临终的迦勒底人②或希腊人的思想更为崇高,更为圣洁。

没有一个水手愿意听任他死去。至于魁魁格自己,他对自己病情的看法从他提出的一项古怪的要求上就充分显示出来了。在一个天刚破晓,灰蒙蒙的晨班时分,他叫了一个人到他跟前,握住那人的手说,他在南塔开特偶然看见过用黑色木料做成的小独木舟,那黑色木料很像他老家岛上那种颜色很深的作武器用的木料;追问之下,他才知道,原来凡是死在南塔开特的捕鲸人都给放进这样的黑色独木舟里;他说一想到自己死后会被这样殓葬,心里就特别高兴;因为那很像他自己种族的风俗习惯,他族里把一个死去的武士浑身涂上香料后,便把他平放在他自己的独木舟里,然后听任它漂到星光灿烂的群岛那边去;因为他们不仅相信星星就是岛屿,而且相信远在四望可见的地平线外,他们自己温和的无边无际的海洋和蓝天交接在一起,形成了银河中的滔滔白浪。他还说,他一想到自己将被收殓在他的吊床里,然后按照海上的惯例,扔给鲨鱼去大嚼一顿。仿佛自己是件邪恶的东西一般,就浑身直颤。不,他想要葬在一只在南塔开特见到的那种独木舟里,而且作为一个捕鲸人,这种棺材似的独木舟也像捕鲸小艇一样没有龙骨,就更中他的意了;虽然那会没有个准航向,更不知

---

① 公元前六、七世纪之间的波斯宗教改革家和先知。
② 在现今的伊拉克南部。

要漂到何年何月了。

船艄的人得知这一奇特的情况之后，就立刻命木匠按魁魁格的要求办，不管这样办需要些什么。刚好船上有些带异教色彩的、棺材色的旧木头，那还是上一次长途航行中在拉加德岛的原始丛林中砍伐来的，于是这些黑木板就被挑来做棺材。木匠接到命令，马上拿起尺子，以他素有的那种例行公事式的敏捷，匆匆走进水手舱，一丝不苟地量魁魁格的身长。他一边移动尺子，一边用粉笔有条不紊地记下魁魁格的身材尺寸。

"啊！可怜的家伙！他眼看就要死啦。"那长岛水手突然喊道。

这时，木匠走到他的老虎钳工作台前，为了方便及总体规划，他把这具未来棺材的精确长度转量在工作台上，然后又在两端砍了两道印子把这个移植的长度固定下来。之后，他就整理木板和工具，动手做起来了。

等敲进最后一枚钉子，盖子刨好装妥，他就轻巧地扛起棺材朝船首走去，一边还打听是不是已经等着要用了。

正当甲板上的人又好气又好笑地嚷嚷，轰他赶紧把棺材扛走时，魁魁格却命令赶紧把那玩意儿拿到他跟前来，谁劝阻都不听，这让大家吃了一惊。谁都知道，在所有的人中，要数有些临死的人最专横不可理喻了，可既然这些人怎么折腾也折腾不了几天啦，大家自然也就由着这些可怜虫的性子办了。

魁魁格趴在吊铺上，目不转睛地瞧着那具棺材看了好一阵。然后他吩咐把他的标枪拿来，去掉木柄，把枪头和他小艇上的一叶桨一起放到棺材里。一切都按他的要求照办。棺材里四周还放上一圈硬面包，头部搁一壶淡水，脚头是一小袋从货舱里刮拢来的含木屑的泥土，一块帆布卷起来做枕头，这时，魁魁格恳求把他抬到他最后的床铺里去，他好试试看舒服不舒服。他在里面一动不动地躺了几分钟，然后让人到他的大帆布袋里把他的小神像约约拿来。随后，他交叉双臂，把约约抱在胸前，随即吩咐把棺材盖（他管它叫舱盖）给他盖上。

棺材盖正当头顶上的那一小截装有皮铰链，可以把盖翻过来盖上，魁魁格躺在里面，只露出他平静安详的面容。"拉米（这就行了；很舒服）。"他终于喃喃道，然后打手势，要人把他搬回吊铺上去。

但是，在放回去之前，在这段时间一直乘人不备地躲在近旁的皮普走道他的棺材边，轻轻地啜泣，一只手抓住魁魁格的手，另一只手里拿着小手鼓。

"可怜的漂泊者！你是不是再也不愿过这劳累的漂泊生涯了？你现在又上哪儿？不过，如果水流把你送到美丽的安的列斯群岛，那儿只有睡莲拍击着海滩，你能帮我办一件小事吗？替我去好好找个叫皮普的，他已经失踪很久了，我想他是在那遥远的安的列斯群岛。万一你找着了他，好好安慰安慰他。他一定伤心得很；瞧，他连小手鼓都落下了——我发现的。里——咯——哒，哒，哒！好，魁魁格，你去吧。我来给你敲起死亡进行曲。"

"我曾听说过，"斯达巴克望着下面的小舱口喃喃地说，"有些人得了很厉害的热病后，会烧得神志不清，尽说些听不懂的话，后来对这些怪事加以研究，才知道那些听不懂的话都是他们早已忘记的童年时代听一些伟大学者说过的古代语言。所以，我衷心相信，可怜的皮普在他的既奇怪又美妙的疯癫状态中说出了所有我们这些人的神圣家庭的神圣的证词，他要不是从那里来又怎么会知道呢？——听！他又说上了；不过，这会儿更没有谱了。"

"两个一队排好！让我们尊他为将军！嗬，他的标枪在哪儿？把它横搁在这里。——里——咯——哒，哒，哒！乌拉！啊，他头上这会儿应该有只斗鸡，并且引吭高啼才是！魁魁格死得英勇！嘿，英勇，英勇，英勇！可是，卑贱的小皮普，他临死都是个胆小鬼；死时浑身发抖。——把皮普扔出去！你们听着：要是找着了皮普，就对所有的安的列斯人说，他是个逃兵，是个胆小鬼，胆小鬼，胆小鬼！告诉他们，他是从捕鲸小艇里跳到海里去的！我绝不为卑贱的皮普敲我的手鼓，他要是在这儿再死一次的话，我也绝不会称他为将军。绝不，绝不！胆小鬼真可耻——可耻！让那些从捕鲸小艇上跳出去的人都像皮普一样淹死在海里。可耻！可耻！"

这段时间，魁魁格闭上眼睛躺着，仿佛在梦中一般。皮普给带走了，病人又给搬回了吊铺。

到了这时，魁魁格很明显地做好了一切死的准备，他的棺材已经证明非常合适，他的病突然有了转机，似乎马上就用不着木匠的这口箱子了。于是，当有人高兴地向他表示惊奇时，他说，他正要走的时候，刚好想起了岸上他还有件小小的未了的心愿，因此他改变了主意，不死了。暂时他还不能死，他坚决地说。人家接着就问他，死还是不死这事是不是完全由他自己作主，随他高兴。他回答说，当然啰。总之，这是魁魁格的想法，他认为一个人要是决心活下去，单是生病是死不了的；除非是一头大鲸，或者一场狂风，或者某些人力所不能控制又不可理喻的毁灭性的暴力才能置人于死地。

而这就是野蛮人与文明人之间一个显著的差别：一个病倒的文明人，一般说来，可能要躺上半年才能康复，而一个病倒的野蛮人也许在一天之内几乎就可以好了一大半。所以，我的魁魁格很快就恢复了体力；他在绞盘上懒洋洋地坐了几天（不过吃起饭来胃口大得很），终于突然一跃而起，甩甩胳臂踢踢腿，伸了个大懒腰，还打了几个呵欠，就跳进他那吊起的小艇，往艇头上一站，标枪一举，宣称自己完全可以出征了。

这时，他一时野性大发，想把他那具棺材作柜子用，把帆布袋里的衣服全倒在里面，弄得整整齐齐。闲下来的时候，他花上许多个钟头在棺材盖上雕刻各式各样古怪的图形和花纹；他似乎是在极力以他拙劣的手法把他身上弯弯曲曲的文身复制一部分在棺材盖上。这文身是他岛上一位已经去世的先知的作品，这位先知用那些象形符号在他身上刺下了一个关于天和地的完整的故事，和一篇阐述如何认识真理的高深难懂的论文。所以，魁魁格本身就是一个有待解开的谜，一个可以写成一部书的神奇的作品。不过，这作品的秘密连他自己也闹不清,虽然他那颗活生生的心就在这天书背后跳动。因而这些秘密注定会随着那张刻着它们的活羊皮纸一起腐烂,而不会被人解开。准是这一思想使亚哈有天上午仔细看过可怜的魁魁格之后便转身走开,心中生出了那一声荒唐的感叹:"啊,天上的神真能把人急死!"

第一一一章　太平洋

我们驶过巴士群岛后,终于来到了浩瀚的南海,要不是因为一些别的事情,我真会对亲爱的太平洋千恩万谢,因为我青年时代的夙愿终于实现了;宁静的大洋浩浩荡荡地从我身边向东流去,数千里的汪洋蔚蓝一色。

这大洋有一种说不上来的愉快的神秘味道,它那不怒而威的波动起伏似乎在表明下面有个深藏不露的灵魂;就像埋着《福音书》著者圣约翰的以弗所①草地,在传说中波动起伏一般。而与之相应和的是,在这些海上大牧场上、绵延起伏的水上大草原和五洲四海的公共墓地,在滚滚流动、波涛忽起忽落,潮水时涨时退,永不停息;因为在这里无数幻影幽灵、沉迷的梦想家、梦游者、幻梦者,以及一切我们称之为生命与灵魂的,都在这里做梦,做梦,一直做下去,就像睡得不深的人在床上辗转反侧,正是他们的烦躁不安使得波涛汹涌不息。

这宁静的太平洋,一旦让古代一个沉思默想的祆教②行脚僧看到了,从此以后必然成为他万念归一的大海。它浩浩荡荡,属于世界大洋的中心,印度洋与大西洋只不过是它的两只胳臂。它的潮水拍击

---

① 希腊爱奥尼亚城市,如今土耳其伊兹密尔省内。

② 古代流行于伊朗和中亚西亚一带的宗教。南北朝时流入中国,以礼拜圣火为主要仪式。

着加利福尼亚新建城镇新近才来的人修造的防波堤，冲洗着比亚伯拉罕还要古老的亚洲各个国度的虽已失去昔日的繁华但仍华丽的郊区，而在北美和亚洲之间浮动着由珊瑚小岛和低洼的看不见尽头的不知名的群岛组成的一道道银河，还有那闭关锁国的日本。这样，这不可思议的神圣的太平洋便箍住了整个世界的身躯，使各海沿岸都成了它的海湾；它似乎是整个地球潮涨潮落力量的源泉。当汹涌不息的波涛把你高高举起，你不得不顺从这富有魅力的牧神，向好色的潘①低下头来。

　　但是，当亚哈像尊铁像一样往后桅索具旁的老地方一站时，脑子里却很少想到什么牧神，他一只鼻孔漫不经心地嗅着从巴士群岛（卿卿我我的情侣准在那些可爱的树林中散步）飘来的带甜味的麝香气，另一只鼻孔则聚精会神地吸着这新发现的海洋带盐味的气息。这可恨的白鲸这时甚至很可能正在这海里游着哩。这个老人终于进入了差不多是航程中的最后一个大洋了。船朝日本海的巡游渔场缓缓前进，老人的决心越发加强了。他的两片坚毅的嘴唇闭得紧紧的，就像老虎钳咬合的那一对钳片一般。他额头上那三角形的血管像满溢的溪流一般鼓了起来。即使在睡梦中，他那翻来覆去的喊叫也在有拱顶的船壳中回响："大家向后划呀！白鲸在喷浓血啦！"

☞ 第一一二章　铁　匠

　　珀斯，这个满身烟污、双手起泡的老铁匠，趁这地区夏天气候温和凉爽，为了给即将开始的特别繁忙的猎捕做好准备，在协助做好亚哈的骨腿后，并没有把轻便熔炉搬回舱里去，而是让它仍旧留在甲板

---

　　① 希腊神话中的丰产神，长着山羊的角、腿和耳朵，常被描绘成精力旺盛的好色之徒。

上，紧紧地系在前桅旁的环端螺栓上。眼下，不断有小艇指挥啦，标枪手啦，前桨手啦，拿些零碎活来麻烦他；或是改造、或是修理、或是新打各式各样的武器和艇上用具。他经常给一丛迫不及待的人围着，要他马上动手；有些人手里拿着小艇铲刀，长矛头，标枪，鱼枪，全都眼红地瞧着他干活时搅起阵阵煤烟的每个动作。然而，这老头干的无非是用两只胳膊抡起锤子敲敲打打，只是胳膊也好，锤子也好，都得要有耐力。他从不嘀咕，从不急躁，从不发火。他总是一声不吭、有条不紊、一丝不苟、早已佝偻的背更向前弯地干着，好像干活就是他全部生命之所在，他的锤子重重地捶打，他的心重重地跳动。他的生活就是如此——真够惨的！

这老头走起路来与众不同，步子稍稍有点偏斜，显得很痛苦的样子，一开头大家都觉得很奇怪。在大伙的一再追问之下，他终于和盘托出；因此现在大家都知道了他充满羞愧感的悲惨的命运中这段难堪的故事：

一个严冬的晚上，已经半夜了，这铁匠还执意向一个城镇赶路。他虽然感觉迟钝，却也模模糊糊感到一阵致命的麻木悄悄袭上身来，于是便走进一个歪歪斜斜、破败不堪的马厩钻了进去。结果把十个脚指头全冻坏了。从这件事曝光开始，终于逐渐展开了他一生戏剧充满喜悦的前四幕和长长的尚未落下帷幕、充满悲痛的第五幕。

他已经是个老头了，在年近花甲的晚年，却遭到了在灾难的专用词语上称之为家破人亡的惨事。他曾经是个远近闻名的手艺人，从来不愁没有活干，有栋带园子的房子，有个年轻得像女儿般的爱妻，和三个活泼健康的孩子。每个星期天他都上一所丛林环抱、赏心悦目的教堂去做礼拜。可是，一天夜里，一个恶贼，凭借黑夜的掩护，再加上格外巧妙的伪装，溜进了他美满幸福的家，把他家偷了个精光。说起来更冤的是，还是铁匠自己一时糊涂把贼引进门来的。这贼和《天方夜谭》中那瓶中的恶魔没有什么两样！那要命的瓶塞一拔，魔鬼就出来了，他的家就跟着完蛋了。且说这个铁匠出于谨慎、精明与节约，把他的作坊安在房子的地下室里，不过有个单独的门出入。这样一来，他年轻漂亮、身体健壮的妻子听着她年老的丈夫用依然年轻有力的胳臂抡起榔头连连不断地使劲敲击着时，总不免感到几分胆怯，可又非常高兴。那猛烈的敲击声在空中回荡，透过上层地板和墙壁的消音作用，传到育儿室中她的耳边时已大为减弱，听来不叫人厌烦了；铁匠的几个小不点儿就是在这壮健的劳动之神的钢铁催眠声中，由妈妈摇啊摇地入睡了。

啊，祸不单行！死神啊，为什么有时你又不及时赶来呢？你要是赶在这老铁匠彻底家破人亡之前就把他带走了，那年轻的寡妇还能在丧夫之痛中有些安慰，她的几个孤儿还能在以后的岁月里有位真正值得尊敬、神化了的老父亲供他们梦想一番；还能培养孤儿寡母在忧伤中挺起腰来的能力。可是死神却偏偏弄走了善良的哥哥，也不管另外还有个家庭指望他终日紧张的劳动来养家糊口，却留下了这个百无一用的老头在世上，非得要等他作尸臭了更容易下手才来收拾他。

何必再往下说呢？地下室里榔头的响声每天越来越密，一记比一记轻。妻子僵坐在窗前，无泪的眼睛出神地凝望着孩子们哭泣的面孔。风箱不动了，熔炉塞满了煤渣。房子卖掉了。母亲一头扎进了教堂墓地深深的青草丛中。她的孩子跟着又去了两个。于是，这无家可归、无依无靠的老头便戴着黑纱脚步蹒跚地四处流浪去了。他的悲痛没人理会。他的苍苍白发成了儿童嘲弄的对象。

一个人过了这么一辈子，死亡似乎是唯一可以向往的结局。可是，死亡无非是闯进一个"未曾身历"的异域。只不过是你向那无穷尽的"遥远"、"荒凉"、"汪洋"、"无际"的地方打的第一声招呼。因此，对那些一心想死而又不肯寻短路的人来说，慷慨大方一视同仁的海洋便富有魅力地展开了一片难以想象、凶险难测、充满神奇的新生活的广阔天地；而无边无际的太平洋中心，成千上万的人鱼在朝他们唱道"到这儿来吧，伤心的人们。这儿有另一种生活，无须通过自杀这种犯罪手段便能死亡。这儿有永生的超自然的奇迹。到这儿来吧！把你自己埋葬在这样一种生活中，对你们目前既嫌恶人又同样遭人嫌恶的陆上世界来说，这种生活比死亡更能忘却一切。到这儿来吧！把你教堂墓地里的基石搁一边去。到这儿来吧，直到我们和你结合在一起。"

无分东西，不论早晚，总是这些话在铁匠的耳边回响，于是他的灵魂作出了答复，好，我来了！于是，珀斯就这样出海捕鲸去了。

第一一三章　熔　炉

正午时分，胡子蓬乱的珀斯，系一条翘起的鲨鱼皮围裙，站在熔炉与铁砧之间，一只手拿着个长矛头在炭火中烧，另一只手拉着炉子的风箱。这时，亚哈船长过来了，手里拿着个铁锈色的小皮袋。心事重重的亚哈离熔炉还有几步远就停住了脚步，一直等到珀斯从炭火中夹出了矛头，在铁砧上锤打起来才说话——那烧得通红的矛头给锤打得火星飞溅，有的飞到了亚哈跟前。

"珀斯，这些火花就是你的海燕吗？它们老跟着你飞。而且这些鸟儿带来的是好兆头①，不过并不是对每个人都如此。——瞧这儿，给它们烧了个洞。——可你——你成天跟它们打交道，却一个伤疤都没有。"

"因为我浑身都是伤疤，亚哈船长。"珀斯回答道，他支着他的榔头歇了歇气，"我已经久经考验了，要再烧一回，留下个伤疤可不容易啦。"

"好啦，好啦；咱们不扯这个了。你那小心谨慎的声音在我听来简直太平稳、太冷静了。我不是什么天使，别人会冷静对待的不幸，我可

---

① 海燕在海上飞舞，之后必是狂风大作，因此对于航海的人来说，它们是凶兆。亚哈说的是反话。

是沉不住气。你应该发狂才是，铁匠。喂，你应该拿出点恼怒的劲头来？你不发狂怎么受得了？是不是上天整得你还不够惨，你才不发狂？——你在做什么？"

"在熔合一只旧矛头，先生；上面有好些裂缝和缺口。"

"使得这么狠，弄成这模样了，还能把它弄得挺光滑吗，铁匠？"

"我想可以，先生。"

"我猜不管材料有多硬，随便有什么裂缝和缺口，你都能把它们修复得很光滑，是不是，铁匠？"

"是的，先生，我想我能做到。所有的裂缝和缺口都能修复，只有一样东西除外。"

"那你瞧瞧这里，"亚哈激动地走上前去，两手平放在珀斯的两个肩头上，"你瞧瞧这里——这里——你能把这样的裂缝修平吗，铁匠？"说时一只手往自己满是沟沟坎坎的前额上一抹，"你要做得到，铁匠，那我很乐意把我的头搁到你的铁砧上，让你的榔头在我两眼之间狠狠地锤上一通。回答我！你能把这条缝修平吗？"

"啊！这正是我说的那一种，先生！我不是说过所有的裂缝和缺口都能修复，只有一样东西除外吗？"

"对，铁匠，就是这样东西。对，老兄，这是无法修复的，因为我这额头上的伤痕，你看到的还只是皮肉上的，实际上已经深入到脑骨上去了——那里全是皱纹，好啦，别逗闷子了。今天不打什么渔叉长矛了。你瞧瞧这个！"他一边把皮袋子摇晃得叮当作响，好像里面全是金币似的，"我，也要定做一根标枪；一根上千个魔鬼齐心合力也弄不断的标枪，珀斯。一支扎到大鲸身上，就像长在它身上的鳍骨一般的标枪。这就是打标枪的材料，"他把皮袋子往铁砧上一扔，"你瞧，铁匠，这都是特意收集的给赛马上马掌的钢钉头。"

"先生，上马掌的钢钉头？嗬，亚哈船长，那你算是弄到打铁货的最好最硬的材料了。"

"那不假，老头；这些钉头能化在一起，像用杀人犯的骨头熬成的胶粘合的一样结实。要快!给我把标枪打出来。先打好十二根铁条作标枪底子;再把它们绞拧在一起像一根十二股绳的拖缆似的,然后锤成标枪头。要快!我来给你拉风箱。"

等十二根铁条都打好以后,亚哈便一根根检验,亲手把它们绕着一只又长又粗的铁螺栓,一一拧成螺旋形;"这根有裂缝!"他把最后的一根剔出来,"把这根重新打过,珀斯。"

珀斯把最后一根重新打过之后,正准备把十二根铁条锻打成一个整体时,亚哈突然让他住手,说他要来亲自锻打自己的标枪。于是,亚哈便有规律地一喘一哼地在铁砧上锻打开了。珀斯则把烧得通红的铁条一根一根递给他。熔炉在风箱被一拉一推,把风使劲吹到炉里,窜起笔直的烈焰。这时,那沃教徒悄悄地走了过来,俯看着炉火,看来不是求上天诅咒便是求上天保佑这活儿。但等亚哈抬起头来时,他却又闪到了一边。

"那蓬火星在那边闪闪烁烁的,是干什么哪?"斯塔布从船首楼望过来,嘟囔道,"那沃教徒只要一闻到火就像闻到了什么信号似的;他这下亲自闻到了,就像发烫的毛瑟枪的火药池一样带火味。"

最后,铁棒已经打成了一根整枪头,送到炉子里去回火。当珀斯把它嗤的一声整个儿投进旁边的一桶水中去淬硬时,灼人的蒸气冲到了亚哈低头瞧着的脸上。

"你是想给我烫个火印吗,珀斯?"他痛得把脸缩回去了一会儿,"这不成了自己给自己打烙铁吗?"

"上帝作证,那倒不是;不过我是有点儿怕,亚哈船长。这标枪是不是拿来对付白鲸的?"

"是拿来对付那白魔的!不过现在要打的是倒钩,你务必亲自打,老兄。这是我的几块刀片——都是最好的钢。喂,要把倒钩打得像冰海里的冰凌一般锋利。"

老铁匠瞧了瞧那些刀片一阵子,没有吱声,好像很不乐意用它们来做倒钩。

"拿去吧，老兄，我用不着它们了。因为我现在既不刮胡子，不吃晚饭，也不做祷告，非得等——不过，嘿——拿去，还是干活吧！"

珀斯终于把这些刀片打成了个箭头模样，又把它锻接在枪头上，这钢倒钩登时就指向标枪尾了。这时，铁匠准备给倒钩回最后的火，再淬一次完成它们的锻造，他喊亚哈把水桶挪近些。

"不，不——水不行；我要用真正的独一无二的淬火剂来淬。啊嗬，喂！塔希蒂格，魁魁格，达格！你们说呢，你们这些异教徒！你们愿意给我点儿鲜血来淬淬这倒钩吗？"他边说边把那标枪头高高举起。三颗黑脑袋点了点，表示同意。三个异教徒各自刺破了皮肉，那专用来对付白鲸的标枪上的倒刺便在流出的血中淬火。

"我不是以上帝的名义，而是以魔鬼的名义为你洗礼！"恶毒的倒钩在咝咝地吸干洗礼的血时，亚哈极度兴奋地号道。

于是，亚哈把舱里备用的枪杆都搜集拢来，挑了一根还没有去皮的山核桃木杆，把标枪头装上。然后打开一盘新拖缆，牵出二三十英尺，系在绞车上，把索子拉得死紧。他把脚踩上去，等缆索绷得像竖琴弦嗡嗡作响时，才迫不及待地俯下身去，看到索子没有散股，便大喊道："好得很！现在可以缠上哩。"

随后，他们把索子的一头一股股拆散，把散开的绳股编织缠绕在标枪头的承口处，把枪杆狠狠地往里敲紧，再把索子从枪杆下端一路交叉缠绕到杆子半中间，扎得严严实实。这样，枪杆、枪头和绳索——就像命运三女神——成了一个不可分离的整体。亚哈像是生着闷气似的板着脸挂着标枪大步走开了；他的骨腿和山核桃木枪杆在船板上一路上发出空洞的响声。可是，他还没有走进船长舱，就听到了一种轻轻的、不自然的、半开玩笑的、却又非常可怜的声音。啊，皮普！是你凄惨的笑声，你无所事事但毫不安定的眼神；你那些奇特的哑剧动作意味深长地比画着这艘忧郁的船的黑色悲剧，对它们加以嘲弄！

第一一四章　镀金工

"裴廓德号"越来越深入日本海巡游渔场中心，全船跟着就忙起来了。在风和日暖的天气里，他们经常在小艇里一连待上十二、十五、十八或者二十个小时，不断地或紧划，或扬帆，或慢划，追击鲸群，或者中间歇上个六七十分钟，沉住气等着它们重新冒出水面；然而尽管辛苦异常，收获却不大。

有时候，太阳的威力有所收敛，人坐在犹如一叶桦木小舟般轻便的艇子里，整天在平稳的微波荡漾的海面上行驶，人和轻柔的浪仿佛交上了朋友，而浪贴着船舷就像偎依在火炉边的猫咪呜咪呜地叫着。这是梦一般宁静的时光，极目所及，海面上是一派美不胜收的静谧辉煌，人们常会忘记大洋在风平浪静的下面跳动的是一颗猛虎的心，也不愿意想起这毛茸茸的肉掌里隐藏的是只无情的利爪。

也正是在这种时候，漂泊者坐在捕鲸小艇里，会温情地对大海产生一种孝顺、信赖、宛如置身陆地的感情，它会把大海看成鲜花盛开的大地。那遥远的只有桅顶隐约可见的大船，似乎不是在山涌的巨浪中拼搏前行，而是在青草深茂、翻腾起伏的大草原上时隐时现地前进：犹如西方移民的马群只露出竖起的耳朵、而遮没了的身躯正在一望无际茂密的碧绿中吃力地举步。

那杳无人迹的逶迤山谷，那郁郁苍苍的缓缓山坡，笼罩在一片寂静和勃勃生气之中；置身其间，你几乎可以起誓说，是一个快活的五月天，一群在林中嬉戏、采摘鲜花、玩倦了的孩子，在这幽静的仙境中倒头大睡。而这一切跟你最神秘的心情交织在一起；于是，真实与幻想不期而遇，相互渗透，形成一个天衣无缝的整体。

这些令人心醉神迷的景色，尽管短暂，至少也使亚哈受到了短暂的影响。然而，假如这些神秘的金钥匙果真能开启他身上秘密的金库，这金库一经他的气息的吹拂，也会失去黄金的光泽。

啊，绿草如茵的林中空地！啊，常驻心头的四季常春的景色，在你这草地上虽然人际间的冷漠犹如炎旱早就烤干了你们，人们还可以一如马驹子在清晨的三叶草上打滚一般在你们身上打滚；尽管为时短促，仍然可以在草地上感受到不朽的生命之露珠的凉爽。但愿这种神圣的宁静能永远持续下去。但生命之线混杂交错，无所不在：宁静与风暴交错，有宁静便会有风暴。人生绝不是个从不走回头路一直向前的过程；我们并不是循着固定的阶段前进，走到最后一个阶段就停顿下来——从孩提时期无意识的着迷，到少年时期盲目的信仰，到成年时期的疑惑（普遍如此），接着是怀疑一切，否定一切，最后以成年期静静地沉思默想，从"假定"中求解脱。可是如此走了一遭之后，一切又周而复始：又是孩提，少年，成人和永恒的"假定"。哪里才是我们最终的港口，从此不再拔锚出航？这世界要在什么令人着迷的气氛中航行，才会使对这世界最感到厌倦的人永远不会厌倦？这弃儿的父亲究竟躲在哪里？我们的灵魂就像是那些无父的孤儿，在襁褓中就失去了没有正式名分的母亲：我们①的父亲到底是谁，这秘密早已随她们一道埋葬在她们的坟墓里了，我们只有到那里去打听才会知道。

也就在那一天，斯塔布俯身艇舷，望着金色的大海深处，嘴里低声念叨：

"美的东西是深不可测的，情人在他新娘的眼睛里所看到的始终都是如此！——别跟我说你有鲨鱼般锐利的牙齿，你的行为与绑架勒索的恶人一般无二。且让信念取代事实，让想象取代记忆；我直往深处看，深信不疑。"

---

① 在本书第十六章已经交代过亚哈是孤儿。至于以实玛利，书中虽未明说，但看来也是孤儿。

于是，斯塔布，像鱼一样，披着满身灿烂的鱼鳞，在闪闪金光中跳了起来：

"我是斯塔布。斯塔布有自己的经历。不过斯塔布可以在这里起誓说，他一直很快活！"

第一一五章　　"裴廓德号"遇见"单身汉号"

亚哈的标枪打好以后的几个星期，船顺风顺水航行，所见所闻，真是够叫人开心的。

那是一艘南塔开特船，叫"单身汉号"，它刚刚把最后一桶油硬塞到舱里去，把快要胀破的舱口盖上闩好。这时，像过节似的收拾得焕然一新，正兴高采烈又不免有些得意扬扬地正要赶在返航之前，在渔场上一艘艘相距甚远的捕鲸船中间兜上一圈。

"单身汉号"桅顶上三个水手帽子上垂着狭长的红色飘带。船尾吊着一只底朝下的捕鲸艇。船首斜桁上牢牢挂着他们最后捕杀的一条大鲸的长长的下巴骨。两侧的索具上飘扬着五颜六色的信号旗、船别信和国别旗。它那三个篮子形状的桅楼旁各横捆着两桶鲸脑油。鲸脑油桶上方，中桅桅顶横桁上也捆有装着同样珍贵液体的细长小桶。主桅桅冠上钉有一盏黄铜灯。

后来我们才知道，原来"单身汉号"获得了特大丰收，令人惊奇。更不可思议的是，有许多捕鲸船也在那一带海域巡游，却整月整月地一无所获。"单身汉号"不仅把整桶整桶的牛肉和面包送人，好腾出木桶来装贵重得多的鲸脑油，而且还跟遇见的捕鲸船交换来许多木桶以补自己的不足。这些木桶都堆放在甲板上、船长和头目们的单间卧室里。甚至船长舱里的餐桌都劈了作引火柴。于是这些长官们只得在固定在地板中央的一只大油桶的宽大的桶面上进餐。水手舱里，水手们竟把他们的箱子用麻丝和沥青堵缝防漏后，也装满了油。实际上，不管什么东西，全拿来装满了鲸脑油。有人说笑话，说是厨子把他的最大的烧锅安上个盖子来装油。又说管家堵上了备用咖啡壶的嘴，也灌了油，标枪手去了木枪柄，把标枪倒过来往口袋里装了油，说是一切的一切其实都装了抹香鲸油，只有船长裤子上的两个口袋除外，那是他专门保留下来插手的，好显示显示他心满意足扬扬自得的心情。

当这艘快活的幸运之船朝郁郁寡欢的"装廓德号"飞速逼近时，船首楼上几面大鼓响起了粗犷狂放的咚咚声。等靠得更拢一些时，便看见它那特大的炼锅四周站着一群水手。锅上绷着那黑鲸的羊皮纸似的鱼鳔和肚皮，水手们握起拳头在上面每敲一下，便发出咚咚的巨响。后甲板上，三个副手和标枪手们正和从玻利尼西亚群岛私奔出来的橄榄肤色的女郎跳着舞。而在一艘稳稳地高悬在前桅和主桅之间的装饰得漂漂亮亮的小艇上，三个从长岛来的黑人拉着用光闪闪的鲸骨做成的提琴弓，主持这场热闹轻快的舞会。这时，船上其他的人都在乱哄哄地忙着拆炼油间，两口大锅已经移去，他们把这时已经毫无用处的砖头和灰泥往海里扔时，狂热地大喊大叫，让人几乎以为他们是在推倒那可恶的巴士底狱。

主宰这整个场面的船长腰杆笔直地站在高于船面的后甲板上，这整个戏剧性的欢庆场面便一览无余地展现在他眼前，好像是单为他个人娱乐举行的专场演出似的。

而此时，亚哈也站在自己的后甲板上，须发蓬乱，衣着邋遢，脸色阴沉，神情固执。两船交错而过时——一个为辉煌的收获欢呼雀跃，另一个则为未卜的前途惴惴不安——这两位船长正好在各自身上表现出了这一场面的异常鲜明的反差。

"上船来，上船来！""单身汉号"那位兴致极高的船长一手举着酒杯，一手举着酒瓶高声喊道。

"看到过白鲸吗？"这是亚哈回的话，他牙齿咬得咯咯响。

"没有。只听人说起过。不过,我根本就不相信有这么一头鲸。"那一位愉快地说,"上船来干一杯吧!"

"你们还真开心呀,你们请吧,船上没有死人?"

"不值一提——总共才损失了两个岛民。——还是上船来吧,老朋友,来呀。我很快就会把你的灰暗脸色一扫而光。来呀,好不好(高高兴兴玩一玩)?我们是满载而归哩。"

"只有傻瓜才会这么异乎寻常地亲热!"亚哈喃喃道;然后提高嗓门,"你说你们是地地道道的满载而归,正往回走;好吧,你不妨说我这条是空船,正往前奔。所以,还是你走你的,我走我的好。前进呀!把帆都扯起来,尽量顺着风行驶!"

就这样,两条船分了手,一条船高高兴兴地乘风而去,另一条则顽强地顶风而行。"裴廓德号"的水手们用沉重而又依依不舍的眼神注视着逐渐远去的"单身汉号","单身汉号"上的人则全沉醉在狂欢中,根本没注意到他们殷切的目光。亚哈这时倚在船尾栏杆上,望着那条驶上归程的船,从口袋里掏出一小瓶沙子,眼光从那条船上移到瓶子上,似乎就此把这两件风马牛不相及的东西联系到一起来了,原来那瓶子里装的就是来自南塔开特海底的泥沙。

第一一六章　垂死的鲸

生活中经常有这样的情况,正当我们陷入困境一筹莫展时,幸运儿打我们身边擦过,带起一股疾风,让我们也多少沾了点光。于是,我们惊喜地发现我们松弛的帆鼓起来了。"裴廓德号"眼前正是这种情况。在遇到快活的"单身汉号"后的第二天,我们就发现了鲸群,并捕杀了四条。其中一条是亚哈亲自捕杀的。

那时已近黄昏了。所有刀枪砍杀的血战已经结束。船漂浮在落日残照下水天一色的可爱的大海上，太阳和大鲸已经一块儿悄悄咽了气。这时，一种异常甜美的情调和分外哀伤的气氛，以及宛如在花圈围绕中做的祈祷声，全都袅袅升上玫瑰色的天空，那光景几乎有点儿像从老远的马尼拉群岛幽深葱翠的女修道院的谷地吹来的西班牙陆地的和风，它放肆地居然化作水手，满载着这些晚祷的赞美诗声，飘然出海去了。

杀了一条鲸，虽然又出了一口气，可是亚哈却觉得更加深了心头的郁闷。他让这时已是安安静静的小艇倒退着离开了那头鲸鱼，全神贯注地望着它最后的挣扎。因为在所有垂死的抹香鲸身上都会出现那种奇异情景——头朝太阳方向转过去，然后慢慢地咽气——可是在一个如此静谧的黄昏目睹这一景象，不知怎的总给予亚哈一种前所未知的神奇的感受。

"它转呀转的，把自己转向太阳——转得好慢，但是很坚定。瞧瞧它那一脸表示崇敬和祈求保佑的神情，它那最后垂死时的动作。原来它也敬奉火；它是太阳最忠诚最明显最有身份的子民！——啊，那一对过于和善的眼睛自然应该看到这些过于和善的景象。你瞧！在这里，深锁在水下，远离人世祸福的喧嚣，在这最正直无私的海洋上，没有岩石提供书板以记载传说，历经漫长的中国朝代，汹涌澎湃的浪涛始终无言，也无人向它们诉说，一如照耀尼罗河那不为人知的源头的星星。在这里，生命也是满怀忠诚地头朝太阳死去。可是，你瞧！刚一断气，死神就立刻围着尸体打转转，结果它头朝向了别的方向。

"啊，你这狠毒的印度神，你用淹死者的骸骨在这光秃秃的大海深处建起了你独自的宝座；你是个异教徒，你这女王[1]，你用大肆杀戮的飓风和事后销声匿迹这种方式很真实地告诉我了。你的大鲸临死时头向太阳，然后又转过去，连一个教训都不给我留下。

"啊，加了三道箍、焊得牢牢的有力的髋部！啊，高耸如虹的喷

---

[1] 黑人的神话中大神西瓦之妻卡立为死亡女神。

水！——前者在拼命地扭摆，后者在徒劳地喷出！大鲸啊，你向那边那生气勃勃的太阳求情，纯粹是白费力气，它只能唤起生命，却不能重新赋予生命。然而你，还有更难理解的一半，却以一种更难理解却也更为自豪的信念使我震惊。所有你的无可名状的百感交集的感情都在我足下浮动，我为一度曾是有生命的东西的气息，它们所呼出的空气所托起，但是这气息消失了，如今代替它的是水。

"大海啊，且让我向你致敬，永远致敬。野性的海鸟在你永恒的汹涌中寻找到它唯一的栖身之处。生于大地，却为海洋所哺育；虽然山冈和峡谷抚养了我，你的波涛却是我的干兄弟！"

第一一七章　看守死鲸

那天傍晚捕杀的四条大鲸彼此相距很远：一条远在上风处；一条在下风处，略近一点；一条在船前方；一条在船后方。后面提到的那三条在天黑之前就拖到船边来了。可是在上风处那一条要到第二天早晨才能去拖。捕杀它的那只小艇就整夜在一旁守着。就是亚哈的那一只小艇。

旗标杆笔直地插在死鲸的喷水孔里。顶上挂着一盏灯笼，在那黑得发亮的鱼脊背上投下昏暗的闪烁不定的灯光，远处，午夜的波浪轻轻地冲洗大鲸巨大的身躯，就像浪花轻柔地拍击海滩一般。

亚哈和他小艇的全体成员似乎都睡着了；只有那个袄教徒，裹紧身子，坐在艇首，瞧着一群鲨鱼鬼怪似的在死鲸周围嬉戏，还用它们的尾巴轻轻拍打薄薄的杉木艇板。忽然空中传来一阵发颤的好似呻吟的声音，就像是蛾摩拉[1]城罪孽深重的鬼魂成群结队地走在死海上

---

[1]　因其居民罪恶深重而与另一古城所多玛同遭毁灭，见《圣经·旧约·创世记》。

发出的呻吟。

亚哈从睡梦中惊醒过来，发现那个袄教徒就坐在自己对面。在阴沉的夜色笼罩下，他俩就像是洪荒世界里仅有的两个幸存者。"我又梦见它了。"他说。

"梦见灵车了？我不是说过吗，老头儿，无论是灵车还是棺材，都没有你的份？"

"死在海上的人还用得着灵车吗？"

"可是我说过，老头儿，你在这次航行中送命之前，一定会在海上清清楚楚地看到两部灵车；头一部不是凡人做的，另一部用的人间的木料一定是来自美国的。"

"唔，唔！那倒真是个奇观，师父，一部扎羽毛的灵车在海上漂，波浪充当抬棺的人。哈！这样的奇事可惜我们眼下看不到。"

"信不信由你，反正你要看到它才会死，老头儿。"

"你自己怎么样呢？"

"虽然全都完蛋，我还是走在你前头，做你的带路人。"

"既然你会走在我前头——果真如此的话——那么在我跟你走之前，你一定还会现身，还会来给我带路，对不对？——你刚才是不是这么说的？那好，就算你说的都是真的，我的带路人啊！我在这里发两个誓，我迟早要干掉莫比·迪克，要叫它死在我前头。"

"你再发一个誓，老头儿，"那袄教徒说，这时他的眼睛像萤火虫似的在黑暗中闪闪发光，"只有绞索才杀得了你。"

"你指的是绞架吧。——那我就死不了了，无论是在陆上还是在海上。"亚哈发出了嘲笑声，高声嚷道，"无论在陆上还是在海上，我都死不了！"

两人又不约而同地默不作声了。天蒙蒙亮了，睡在艇底的水手都起来了，他们赶在正午之前，就把死鲸拖到了大船边。

第一一八章　象限仪

　　赤道上的捕猎旺季终于迫近了。每天当亚哈从船长舱出来，抬头望天时，提高了警惕的舵手便装模作样地掌起舵柄，急于表现的水手赶紧跑到转帆索跟前，站在那里。大家全部定睛望着那枚古金币，急切地等着把船头指向赤道的命令。这道命令终于及时下达了。那时逼近正午；亚哈坐在高高吊起的小艇艇头，正在对太阳作每天例行的观察以判断他所在的方位。

　　如今，在日本海上，有时夏季的白昼有如一道光闪闪的流水。那一眨也不眨的神采奕奕的太阳，就像是这玻璃般的大海自身这面巨大的凸透镜炎炎灼人的焦点。天空像是涂上了一层漆，没有一丝云彩。水天交接处动荡不定。这种赤裸裸的令人无处藏身的照射，就像是上帝的宝座夺目的光华一般令人难以忍受。好在亚哈的象限仪上装的是彩色镜片，可以用它来观察火一般的太阳。就这样，亚哈随着船身的颠簸时起时伏地坐着，眼睛凑近他那观察星象的仪器，一动不动地呆了好一会儿，想抓住太阳刚好达到最高点时的确切瞬间。当他全神贯注在太阳上时，那袄教徒在他下面的甲板上跪着，像亚哈一样仰面朝天，也在观察太阳；只是他的眼睛半眯着，他那充满野性的脸上大大收敛了往日世俗的热情。终于亚哈获得了他盼望的观察结果，随即拿起铅笔在鲸骨腿上计算起来，很快便得出了那一瞬间他所处的方位应有的准确数据。然后，他沉入幻想之中，片刻之后，又抬起头来仰望太阳，并喃喃自语道："你这海上的测标呀！你这高高在上的引路人呀！你真实地告诉了我，我现在在哪儿——可是你能不能稍稍给我一点儿暗示，我将来会在哪儿呢？或者你能不能说说，我之外的另一个生灵此刻在何处？莫比·迪克在哪里？此刻你一定看见它了。我这双眼睛看出了你那只眼睛此刻甚至正在瞧着它；而且我这双眼睛还看出了你那只眼睛此刻同样也正瞅着你那一边的未知之物的眼睛！"

然后他凝望着象限仪，用手一个又一个地触摸那许多神秘的部件，又沉思起来，并喃喃道："可笑的小玩意儿！你不过是件傲慢的海军大将，舰队司令和船长们手中的小娃娃玩具，人们把你吹得神乎其神，说你如何灵巧，如何神通广大，其实，充其量你最大的能耐无非是能指明一个点，鸡毛蒜皮的一个点，在这大千世界上，你自己还有拿着你的这只手碰巧瞄准了这个点。仅此而已！再要多一丝一毫的用处都数不上了！你连此时此地一滴水或者一粒沙明天中午会在什么地方都说不上来。然而，你的无能为力却使太阳受到了侮辱！还美其名曰科学！见鬼去吧你，你这虚有其表的玩意儿。所有使人仰望上苍的东西都该死，凡仰望上苍的，天上那强烈的亮光势必会把人们的眼睛灼伤，就像我这双昏花老眼现在就已经被你的亮光灼伤了一般！太阳啊，人眼的视线生来就是跟地平线平行，而并非如上帝所期望的那样，从头顶上射出去。见你的鬼去吧，你这象限仪！"他把象限仪往甲板上一摔，"我再也不要你来引路啦。船上的水平罗盘，和根据测程仪及航线推算的稳定的船位推测法，这些将指引着我，指出我在海上的位置。"他跨下小艇，来到甲板上，"因此我要把你踩在脚下，你这装模作样地指向天空的蹩脚货。我要把你踩烂，把你毁了！"

当这处于疯狂状态的老人这样边说边用一只好脚一只假脚交替踩着那象限仪时，那默不作声一动不动的袄教徒脸上掠过的神情，似乎既有对亚哈胜利的嘲笑，又有对自己认命的绝望。他悄悄地起身溜开了。那些水手则都为船长那疯疯癫癫的模样弄得不知所措，在船首楼里挤作一团，一直到烦躁不安的亚哈在甲板上踱来踱去，大声叫喊："到转帆索跟前去！转舵迎风！——扬帆直航！"

登时，帆桁都转过来了。它的三根稳稳地矗立在长长的用肋木加固的船体之上的高雅的桅杆，以后艄为基点随着船转了半圈，像是那荷拉第三兄弟[1]同骑在一匹足能当此重载的骏马上一般，急转了过来。

亚哈在甲板上东倒西歪地走着。斯达巴克站在船首斜桁的支撑杆之间，瞧着"裴廓德号"上急速忙乱的调度，也瞧着亚哈那激动不已的样子。

"我曾经坐在煤炭满膛的炉火前，瞧着它烧得通红，充满了备受熬煎的炽烈的生命力；可是我已经看到它的火力逐渐衰微下去，越来越小，最后只剩下一膛死灰。你这个以海洋为生的老头儿啊！在你这整个火一般的生命中，最后剩下的也只不过是一小堆灰烬！"

"喂，"斯塔布嚷道，"一堆海上的煤灰而已——请注意，斯达巴克先生——是海上的煤，不是那种普通的木炭。好啦，好啦，我听到亚哈在嘟囔，'有人把这些牌塞到我这双老手里来了；还强调非由我来玩这把牌不可，别人谁都不行。'说真的，亚哈，你干得对；为这场赌博而活，为这场赌博而死！"

第一一九章　蜡　烛

最热的气候哺育出最凶残的毒蛇猛兽。孟加拉虎就蹲在芳香常绿的丛林里；最灿烂的蓝天孕育着致命的惊雷骇电；艳丽多姿的古巴就饱尝那从不袭击单调平淡的北部地区的大旋风肆虐之苦；同样，在光辉灿烂的日本海域，水手们也会遇上最可怕的风暴——台风。这台风有时会从一碧如洗的天空中爆发出来，仿佛一颗炸弹在一座昏昏欲睡的城镇头上爆炸一般。

---

[1]　罗马野史中荷拉第之子。传说在阿尔巴和罗马的战争中，罗马的荷拉第三兄弟与库利亚提三兄弟对战，用计战胜了库利亚提三弟兄。

那天天快黑时，一股台风劈头盖脸地袭来，把"裴廓德号"上的帆布撕个精光，只剩下光秃秃的桅杆和它奋战。入夜时，海天齐吼，雷鸣电闪，只见那形同虚设的桅杆上到处是破布片在狂风中翻飞。这是大风暴初施淫威后为它未尽的余兴留下的东西。

斯达巴克抓住一根护桅索，站在后甲板上；每亮起一道闪电，他便朝上望望，看是不是又有什么新的灾难落到了那边互相纠缠的索具上。斯塔布和弗拉斯克则在指挥人手把小艇吊得更高些，捆得更牢些。可是他们的努力似乎全是白搭。尽管已经到了吊车的尽头处，亚哈的那艘在上风头的艇子还是没能逃过厄运。一个大浪高高卷起，猛地扑向摇摇摆摆的大船高高翘起的船侧，把那小艇艇尾处的艇底冲破了。使得艇子里的人就像筛子似的掉下来。

"不妙，不妙，斯达巴克先生。"斯塔布瞧着那只破艇说，"不过大海想干什么，谁又阻挡得了。就拿我斯塔布来说，简直拿它没有办法。你瞧，斯达巴克先生，一个浪头在跃起之前，总是老远老远就做好准备。它先要跑不知多远，然后才猛地一跳！可是我呢，跟它对抗的全部助跑距离仅仅是横过这甲板。不过，不要紧；这都是说着玩的。就像那老曲子唱的那样（他唱道）：

　　啊！大风真快活，

　　大鲸作小丑，

　　把尾巴来挥舞，──

　　十足一个滑稽、直爽、好斗、开心、诙谐、爱闹、愚弄人的家

　　伙啊，这海洋！

　　浪花四面飞溅，

　　这只是它在搅香料，

　　它的香啤酒大喷泡沫；

　　──十足一个滑稽、直爽、好斗、开心、诙谐、爱闹、愚弄人

　　的家伙啊，这海洋！

　　迅雷劈开了船只，

但它只咂咂嘴唇，

尝一尝它的香啤酒，

——十足一个滑稽、直爽、好斗、开心、诙谐、爱闹、愚弄人

的家伙啊，这海洋！

"住嘴，斯塔布。"斯达巴克喝道，"随那台风唱它的歌，拨弄咱们的索具当竖琴演奏。你要是条汉子的话，就会保持沉默。"

"可我不是条什么汉子呀。我从来没有说过我是条汉子。我是个懦夫，唱歌无非是给自己壮胆。我挑明了跟你说吧，斯达巴克先生，没有什么法子能不让我在这个世界上唱，除非割断我的喉咙。而且就算割断我的喉咙，十有八九我还要给你唱首赞美诗来收场。"

"疯子！要是你的两眼瞎了，那就把我的眼睛借给你瞧瞧吧。"

"什么！这么漆黑的夜里，你怎么能比随便一个别的什么人看得更清楚些，不管那个人有多蠢？"

"听着！"斯达巴克一把抓住斯塔布的肩膀，用手指着迎风的船头，嚷道，"你注意到了没有，这大风是从东边刮来的，是从亚哈正要去追踪莫比·迪克的那个航向来的？那不是他今天中午转过去的航向吗？你再瞧瞧那边他那只小艇；破在哪里？就在艇尾座那里，老兄；那是他站惯了的老地方——他的立脚处给打穿了，老兄！好啦，你硬要唱的话，那你跳到海里去唱个够吧！"

"我简直不明白你说的什么，会出什么事吗？"

"我说得不错，不错，绕过好望角是回南塔开特的最短航线。"斯达巴克没有理睬斯塔布的问话，突然自言自语起来："那正在狠狠地抽击我们要弄沉我们的大风，我们满可以把它转成顺风送我们回家去。那边，朝上风走，前途一片黑暗；可是顺风走呢，却是回家的路——我瞧见那边亮起来了，那可不是闪电迸发的光。"

就在这时，正逢闪电过后漆黑一片的一段间歇时刻，他的耳边响起一个人的声音。几乎就在这同一瞬间，一阵降隆的雷声在他头上滚过。

"谁？"

"老雷公！"亚哈应道，一边扶着舷墙一路摸索着到他那个钻孔那儿去；一道长矛似的火光擦身而过，正好把他要走的道照得一清二楚。

原来正如陆上建筑物的尖顶要安装避雷针，以便把危险的电流引到地下去一样，海上有些船只每根桅杆上也装有类似的避雷针，以便把电流引到水里去。但是，这避雷针必须插到水中很深的地方，才能使它的末端触及船壳；更有甚者，要是老让它在水中拖着走，除了很可能跟索具缠上，以及多少会影响船的航速外，还很容易发生许多意外事故。出于这种种考虑，海船避雷针的底下一截并不老插在水里，而一般是做成长长的细链条模样，以便更易于收起来搭在外面的锚链上，或者按情况需要，抛到海里去。

"避雷针！避雷针！"斯达巴克朝水手们喊道，那一道电光像投来的一把火炬照亮了亚哈到他岗位上的路，同时也突然唤醒了他的警惕，"它们都在水里了吗？把它们扔到水里去。船头船尾都扔出去。快！"

"慢着！"亚哈嚷道，"尽管我们是弱者，可还是要讲个公道。我还要把这些避雷针都贡献出去，安在喜马拉雅山和安第斯山上，好让全世界都平安无事；我们可不需要特殊照顾！随它去，老弟。"

"你瞧瞧桅杆上！"斯达巴克嚷道，"那些桅顶上的电光！那些桅顶上的电光！"

所有的帆桁尖上都闪着一股苍白的火；每根避雷针顶端的三叉尖上都闪动着三支尖细的白焰。那三根高高的桅杆都不声不响地燃着，发出一股硫黄味，就像是插在祭坛前三支奇大无比的蜡烛的烛芯。

"该死的小艇！顾不上它啦！"这时，斯塔布正在用一堆索子把他的那艘小艇紧绑在船上，可是汹涌的海浪猛地从他的小艇底下涌了上来，艇舷的上缘狠狠地夹住了他的手，夹得他生疼。"该死！"

——可是他在甲板上往后一滑，仰起的头正好看到了桅顶上的白焰，登时变了声调，喊道——"那桅顶的电火，饶了我们大伙吧！"

对水手们来说，粗话脏话是常用语，张嘴就来。他们能在风平浪静时，昏昏欲睡中咒骂，自然更会在与暴风雨搏斗时咒骂，站在中帆桁臂上冲着汹涌奔腾的大海咒骂。可是，在我经历的航程中，每当上帝炽热的手指已经按在船上，每当他用指头写的文字"弥尼，弥尼，提客勒，乌法珥新"①已经和护桅索和索具交织在一起时，我却很少听到他们随口而出的咒骂。

这苍白色的火高高地在桅顶上燃烧时，那些像中了魔法的水手也不怎么说话了。他们扎成密密层层的一堆，站在船首楼上。他们的眼睛在那股苍白的磷火照耀下都闪闪发亮，仿佛一个遥远的星座中的星群。那个魁梧伟岸乌黑发亮的黑人达格，在那鬼火的衬托下，显得比他原来的个儿增大了三倍，像是一块从中发出声声响雷的黑云。塔希蒂格张开的嘴露出了一口雪白的鲨鱼牙齿，奇特地闪闪发亮，仿佛上面也有一层电火光。魁魁格身上的文身，在这股奇异的亮光照耀之下，像恶魔的蓝色火焰一般在他身上燃烧。

这一惊心动魄的场面终于随着桅顶上苍白色的火光一道完全消逝了。"裴廓德号"以及它的甲板上所有的人又一次为夜幕所吞食。过了一会儿，斯达巴克往船头走去时和一个人撞上了。那人正好是斯塔布。"你现在在想些什么，老兄？我听见你喊来着，那可跟你唱歌的声调不一样。"

"是的，是的，是不一样。我说求那桅顶电火饶了咱们大伙吧；我至今仍旧希望它大发慈悲。但是，电火只会对愁眉苦脸的人大发慈悲？——对笑容满面的人就没有怜悯之心？你看，斯达巴克先生——不过天太黑了，你也看不见。那你就听我说吧：我认为我们看到的那桅顶上的火光是好兆头。因为那些桅杆直达舱底，就是说，

---

① 见《圣经·旧约·但以理书》第五章。

货舱里将会装满鲸油，鲸油会渗透到桅杆里去往上流，就像树身充满了树液一般。对啦，我们这三根桅杆到时候就会成为三支鲸油蜡烛——那就是我们刚才看到的好兆头。"

这时，斯达巴克看到斯塔布脸上开始慢慢有了点儿光，可以看得见了。他抬头一瞧，不禁喊道："瞧！瞧！"桅顶上那细长的苍白色火苗又出现了，而且透露出一种更加强烈的神秘感。

"桅顶电火发发慈悲吧。"斯塔布再一次喊道。

在主桅基座处，正好在古金币和火苗的下方，那个袄教徒跪在亚哈前面，只是他的埋下的脑袋拧向一边，不冲着亚哈。附近，在垂拱的索具跟前，刚刚有几个水手忙着绑住了一根帆桁，这时被那亮光吸引住了，都聚在一起，手搭着悬垂的索具，就像一小群落在下垂的果枝上失去感觉的黄蜂。这些仿佛中了魔法的水手在甲板上像生了根似的，着迷的姿态各异，活像从火山灰覆盖下的赫鸠娄尼恩①古城发掘出来的骷髅，或站，或走，或奔，但一个个都抬头仰望着上方。

"对，对，伙伴们！"亚哈嚷道，"往上瞧。好好记住，那白色的火焰只不过给我们照亮追捕白鲸的道路！把主桅上的那些链环递给我；我要摸摸它的脉搏，让我的脉搏和它的一起跳动。血与火在一起，正合适。"

说完，他转过身来——左手紧紧握住最后一节链环，脚踏在那袄教徒背上；他目不转睛地朝上望着，右手高高扬起，笔直站在那三位一体的桅顶三叉火光之前。

"啊，你这明亮之火的真神，在这些海洋上，我曾经像波斯人一样在海面上礼拜过你。后来在行圣餐礼时，你把我烧得好厉害，至今伤疤还在。现在我看透你了，你这火神，现在我看透了对你最好的崇拜莫过于反抗。反正爱戴也好，崇敬也好，你都不会领情。甚至因为厌恶，你就能大开杀戒，将大家赶尽杀绝。现在没有哪个无所畏惧的傻

---

① 意大利南部古城，公元79年维苏威火山爆发，全城居民顷刻之间全被活埋。

瓜敢于和你对抗。我承认你有无法表达的无处不在的威力。可是在我充满大动乱的一生中，只要我一息尚存，我决不允许这种威力在任何方面无条件地控制我。在那些似人非人之中，有一个有个性的人站在这儿。虽然这充其量只不过是个点滴。不管我是从哪里来的，朝什么地方去，只要我在这世界上活一天，凛然不可侵犯的个性便在我身上存在一天，而且我有享有它的至高无上的权力。可是，战争带来的是痛苦，憎恨导致灾难。哪怕你以最低限度的爱的形式出现，我也会匍匐在地吻你的脚。可是如果你仅仅以至高无上超凡的威力露面，即便你出动全副武装的海军，这里还是会有人不把它当回事。啊，你这火神，你的火造就了我，我就要真正像个火神的孩子，把火给你吹回去。"

（突然，电光一闪而过；三根桅杆顶上的九股火焰蹿了起来，比原先高了三倍。亚哈，跟其他人一样，闭上了眼睛，用右手紧紧蒙住自己的眼睛。）

"我承认你有无法表达的无处不在的威力；难道我没有这样说过吗？这并不是你逼我说的。现在我也不准备扔下这些链环。你可以弄瞎我的双眼，但那时我还可以摸索着走路。你可以把我烧光，但那时我还可以成为一堆灰烬。请接受这双可怜的眼睛和蒙住眼睛的这双手的敬意吧。我可消受不起。闪电射穿了我的脑壳。我的眼球疼痛不已。我的整个麻木的脑袋像被割下来了在地上滚，脑浆流了一地。啊，啊！尽管眼睛蒙住了，我还是要走到你跟前来。你固然是光明，你已跳出了黑暗，可我是跳出了光明，跳出了你掌握的黑暗！那些标枪不再飞来。张开眼睛，看见了没有？火焰在燃烧！啊，你真宽宏大量！现在我可为我的家族增了光。可是，你只不过是我的火热的父亲；我亲爱的母亲，我却一无所知。啊，真残酷！你把她怎么样了？这就是让我感到困惑的事。可是你的困惑比我的更大。你不知道自己的出身，所以称自己无父无母；你肯定不知道自己的来头，才称自己为无始。我知道我的根，而你却不知道你的根，你这有无限威力的神啊！

在你之外，还有某种虚空的东西。对你来说，你的永恒只表现在时间上，你的创造力都是刻板的。通过我，通过你那燃烧的自我，我被灼伤的眼睛还是隐约看到了这一点。啊，你这犹如弃儿的火神，你这远古的隐士，你也有你说不出来的谜团，你的无人分担的伤痛。我在这里再次怀着一种傲慢的痛苦，了解了先辈的苦衷。跳吧！高高跳起，让你的火舌去舔青天！我和你一块儿跳起来；我和你一块儿燃烧；我甘愿和你熔合在一起，我既和你抗争，又不顾一切地崇拜你！"

"那小艇！那小艇！"斯达巴克嚷道，"瞧瞧你那小艇，老兄！"

亚哈请珀斯打出的那一支标枪，还牢牢地缚在它那显眼的枪架上，因而它一直伸到艇头外面去了。但是，那洞穿艇底的大浪把那松松地套在枪头上的皮鞘弄脱了，这时，从那精钢打就的锐利的倒钩上平平地射过来一道苍白的分叉的火焰。就在那支标枪上的火焰像蛇舌似的不声不响地在燃烧时，斯达巴克一把抓住亚哈的胳膊——"上帝，上帝已经在怪罪你啦，老兄；还是克制一点吧！这趟航行很不吉利！一路都不吉利，接下来现在又不吉利。趁现在还来得及，让我调整帆桁，老兄，顺着风儿返航吧，以后再来一次，会比这次吉利。"

那些惊慌失措的水手，无意中听到了斯达巴克这番话，赶紧跑到转帆索跟前——虽然这时桅帆连一张都没有剩下。一时之间，那惊惶的大副的想法似乎也就是他们的想法；他们发出了一阵近乎叛变的鼓噪声。可是亚哈把避雷针上的那串链环哗啦啦地朝甲板上一摔，抓起那支起火的标枪，把它当火把一样在水手们中间挥舞，发誓说谁敢头一个解开绳头，他就要把谁扎个透心过。大伙儿给他那神气吓愣了。他手里那支在燃烧的标枪更让他们害怕。于是他们全都垂头丧气地缩回去了。这时，亚哈接着又说：

"你们跟我一样都发了誓，要追捕白鲸，我们说话要算数。我亚哈是把心、灵魂、身体、五脏六腑和这条老命都跟我的誓言捆在一起了。这样，你们就可以想到我这颗心是为了什么在跳动。我现在吹灭这最后的一分恐惧！"他随即一口气就吹灭了枪头上的火焰。

在横扫平原的飓风中，只要哪儿有一棵孤零零的特大榆树，人们便飞也似的逃得离它远远的，因为它越高大，便越容易成为雷击的目标，待在它附近便越不安全。同样，许多水手在听了亚哈最后的话以后，都吓得惊慌失措，赶紧离他远远地跑开。

第一二○章　头更行将结束的甲板上

［亚哈站在舵旁。斯达巴克走上前去。］

"我们必须把主桅中帆下桁落下来，先生。牵引绳松动了，背风面的帆桁吊索也散了一半。我是不是把它扯下来，先生？"

"不扯；把它缚好。我要是有第三层帆桅杆，我现在就把它们全升上去。"

"先生？——看在上帝份儿上！——先生？"

"唔。"

"锚都活动了，先生。是不是把它们收上来？"

"不收，什么都不要动，把样样东西都缚好就成。起风了，不过刮得还没有我的台面高。快，去照看一下。——天哪！它把我看作个沿海渔船的驼背船长了。要落下我的主桅中帆下桁！最高处的桅杆帽自然要经得起最狂暴的风，可我这脑壳上的帽子此刻正在狂风驱赶下的白云中跑哩。我是不是也把它扯下来呢？啊，只有胆小鬼才在风狂雨骤的时候把自己的帽子扯下来。那上边吹得呼噜噜的！我才不在乎它呢，我还不知道肚子痛的人总是大呼小叫？啊，吃药吧，吃药吧！"

第一二一章　午夜——船首楼舷墙

　　[斯塔布和弗拉斯克爬上舷墙，把挂在上面的锚又加捆上几道绳索。]

　　"不，斯塔布，你爱怎么鼓捣那个绳结都可以，可是你别指望把你刚才说的鼓捣进我心里去。而且，几天以前，你才说了和这完全相反的话。你不是说过，无论亚哈乘哪条船，那条船就得在保险单上额外多付一笔保险费，就像它船尾装满了火药桶，船头装满了火柴？停一停，喂，你说过这话没有？"

　　"唔，就算我说过，那又怎么样？说过那番话以来，我身体上多少起了点变化，难道我的脑子就不能变？再说，就算我们船尾装的是火药桶，船头装的是火柴，在眼下这种浪沫洗得人浑身湿透的天气里，火柴怎么划得着？喂，老弟，你倒是有一头好红头发，可你也没能让火柴着起来呀。振作起来，弗拉斯克，你是宝瓶星座①，或者运水人②；你可以往你脖领子里灌水。难道你不知道，为了这些额外的风险，保险公司就有额外的保证吗？这就是给你的取水龙头，弗拉斯克。不过，你再好听着，我还要回答你另一个问题。你先把脚从这锚顶上挪开，我好扯根绳子过去；现在，听我说。假设有两种情况，一种是在暴风雨中手里握着一根桅杆的避雷针，另一种也是在暴风雨中，挨着一根根本就没有装避雷针的桅杆站着，这二者之间有什么重大的区别？难道你看不出来，你这榆木脑袋？那个手握避雷针的人根本不会有什么危险，除非那根桅杆先给雷击中。所以你还唠叨个什么呢？

---

　　① 弗拉斯克，原文 Flask，意译为"瓶"。
　　② 宝瓶星座是以一个男子持水瓶倒水为象征。

一百艘船里难得有一艘是安装避雷针的，而亚哈，不，老兄，还有我们大家——据在下看来，跟现在正在海洋中航行的千千万万艘船上所有的人一样，都没有危险。嗨，你这中柱，你呀，我看你是想让世界上每个人都在帽檐上架起一根小避雷针走来走去，就像国民军军官帽子上插的翎毛，像他的绶带那样拖在背后。你为什么就不明白点事理，弗拉斯克？明白事理一点儿也不难；既然这样，那为什么你就做不到？任何人，哪怕只是长半只眼睛的人，都会明白的。"

"我就是不知道，斯塔布。有时候觉得那挺难懂的。"

"是呀，一个浑身湿透了的人是很难明白事理的，那倒是事实。这浪花也快把我全身打湿了。不要紧，抓住关键，就行了。看来现在我们把这些锚捆得结结实实的，好像再也不准备派用场了。把这两只锚捆起来，弗拉斯克，等于把一个人的两只手绑在背后似的。而那可是一双多么乐于助人的大手啊。这是你的铁拳头，对吗？它们还抓得好有劲啊！弗拉斯克，我怀疑这世界是不是在什么地方抛了锚；真是那样的话，那可要一根非常非常长的锚链来吊着。喂，把那个绳结敲好了，我们就完事了。行啦；除了靠岸之外，就数在甲板上待一会儿最叫人心满意足了。喂，给我拧一拧外套下摆，好吗？谢谢。他们把水手上岸穿的外衣说得一无是处，大加嘲笑，弗拉斯克。不过，在我看来，在海上赶上暴风雨，就应该老穿燕尾服。燕尾服那拖在背后的尖子正好让水顺着衣尖淌下来，你看是不是。那种两端尖的三角帽也一样；那卷边就像山墙端的屋檐槽，正好排水，弗拉斯克。我再也不要穿什么紧身短上衣和雨衣了。我非穿件燕尾服，齐眉毛戴顶高帽不可。就这样。喂！哎呀！我的雨衣给刮到海里去了。天哪，天哪，想不到从天上吹来的风竟这么不讲礼貌！这可真是个难熬的夜晚啦，老朋友。"

第一二二章　午夜上空——雷电交加

[主桅中帆下桁。——塔希蒂格正在重新给它捆上几道。]

"唔,唔,唔。别打雷啦! 这上面的雷打得够多的啦。老打雷有什么用? 唔,唔,唔。我们不要打雷;我们要朗姆酒。给我们一杯朗姆酒吧。唔,唔,唔! "

第一二三章　滑膛枪

在台风一次次最猛烈的冲击下,"裴廓德号"上那个掌着牙骨舵柄的舵手, 好几次给舵柄抽风似的猛弹打到甲板上, 摔得头晕眼花。尽管舵柄上系上了防震索来拉住它,可那些防震索系得松松的, 而且既然是舵柄,就免不了有所转动。

在这样厉害的狂风中, 连船只都只不过是一只随风翻飞的羽毛球, 看到罗盘的指针隔三间四地转个不停, 就丝毫不足为奇了。此刻, "裴廓德号"的罗盘针就是这种情况。几乎每一阵暴风袭来, 舵手总会看到指针在罗盘面上旋转得飞快。这种情景, 没有哪个看了不感到几分情绪的波动。

午夜后几个钟头, 台风已经减弱了很多。斯达巴克和斯塔布经过顽强的努力——一个张罗船头, 一个张罗船尾——终于把三角帆、前桅中帆和主桅中帆的残片从桅桁上割下来, 让它们随风飞扬, 打着旋儿向下风头飘去，就像在暴风雨颠簸中飞行的信天翁，被风吹刮得连羽毛都掉下来了。

三张换上去的新帆，这时还卷着没有打开。在尽靠船尾处扯起了一张风暴中用的斜桁纵帆。所以，这艘船不一会儿又比较准确地破浪前进了。船的航向——暂时是东南东——又下达给了舵手，如果行得通的话，他是要执行的。因为在狂风大施淫威之下，他只能随机应变把握航向，哪知就在他尽可能按照原定的航向走，同时观察着罗盘的时候，嗬！好兆头！风似乎转到船尾去了；哈，逆风转顺风了！

水手们高兴得唱起来："嗬！顺风啦！哦——嗨——哟，使劲哟，弟兄们！"一边和着这轻快的歌声马上就把帆桁调整到和桅杆成直角。他们高兴的是，原来大祸快要临头的光景竟然这么快地化成如此称心如意的局面。

按照船长始终有效的命令：一天二十四小时，不管在什么时候，凡是甲板上的事务有了肯定无疑的变化，便要即时报告，尽管斯达巴克自己心里老大不乐意，却仍然勉强把横桁调正到顺风的位置，然后立刻照章办事地下舱去告诉亚哈船长所发生的情况。

在敲船长室门之前，他不由自主地在门前停了一会儿。舱室里那盏灯——大幅度地来回摆动——灯焰闪烁不定，投在老头儿那上了闩的门上的影子也随之闪烁不定——那门薄薄的，上部没有镶嵌板，装的是固定的百叶窗。这个孤寂得像地穴般的舱室，叫人觉得那里面有一种静寂得像是嗡嗡作响的声息，而且这种声息是给各种噪音包围住的。靠前舱壁立着的几支装了火药的枪，在枪架上闪闪发亮。斯达巴克是个诚实正直的人，可是在看到那些枪的一瞬间，心里奇怪地涌起了行凶的恶念。但是这念头跟许多随之而来的不好不坏的或者好的想法紧紧混杂在一起，以致一时之间他几乎没有意识到它的存在。

"他有一次本想朝我开枪的，"他喃喃道，"是啊，那边就是他曾经瞄准我的那支滑膛枪——就是枪托有饰钉的那支；让我摸摸它——举起它来。真怪，我，一个跟不知多少支致命的鱼枪打过交道的人，现在居然哆嗦得这等模样，真是怪事。装上火药啦？我倒要看看。一点儿不错，药池里装了火药——这可不妙。最好倒掉？——等一下。我要先治好我的哆嗦。我要勇敢地握住这支枪，好好想一想。——我是来向他报告顺风消息的。可是，怎么个顺法？顺到要送我们去见阎王爷的地步——那可顺了莫比·迪克的意。这只不过是一股顺了那该死的鲸的意的顺风——他比着我的就是这支枪！——就是这支。这支枪——现在握在我手里。他本想用现在握在我手里的这玩意儿干掉我的。——而且他还想把他所有的水手都干掉才好。他不是说，不管刮多大的风，他都不让任何人把帆桁扯下来吗？他不是把他宝贝似的象限仪都摔了吗？他不是在这般险象环生的洋面上要只凭死板地计算那错误百出的航海日志摸索着行驶吗？而且就在这场台风中，他不是还赌咒发誓说不用避雷针吗？但是，是不是就此俯首帖耳地听任这个发了疯的老家伙拖着整船的人跟他一起走向毁灭呢？——是的，只要这条船碰上什么要命的劫难，那他就成了三十多个人的蓄意谋杀犯。凭良心说，要是亚哈一意孤行下去，这艘船肯定会出事。要是此时此刻把他干掉，这谋杀罪他就犯不成了。哈！他是不是在说梦话？不错，他就在那里——在那里边，他睡着了。睡着了？对，不过没死，而且一会儿就会醒来。老头儿，我真受不了你。说理也好，规劝也好，恳求也好，你全听不进去；你反而破口大骂。决无二话地服从你那决无二话的命令，这就是你所要求的一切。对啦，你还说，这些水手都是发过誓的，说我们大家都心甘情愿是你亚哈的。绝没有那样的事！——不过，是不是就没有别的法子可想呢？合法的方式？——要是把他囚禁起来，带回家去呢？什么！指望从这老头自己活生生的双手里把他的权力活生生地夺走？只有傻瓜才会这样试。甚至就算绑起他的双臂，大大小小的绳索捆住他全身，用铁链子把他锁在这舱室地板的环端螺栓上，他也比关在铁笼子里的老虎还要可怕。我见不得他那副模样，听不得他的号叫。在这趟漫长的难以忍受的航行中，我会坐卧不安，转侧难眠，心烦意乱。那么，还有什么法子呢？陆地在几百英里以外，离得最近的却是四面环水、闭关锁国的日本。我现在孤立无援地待在辽阔的大海上，在我和法律之间横亘着两个大洋和整整一个大陆。——唉，唉，就是这样。——如果天雷劈死了一个睡在床上的未来的谋杀犯，把他的身体连同被褥一起烧了，那上苍是不是成了杀人犯呢？这么说那我是不是也成了杀人犯，如果——"他慢慢地、偷偷地、稍稍转过身来望了望，便用那支装了火药的滑膛枪顶着门。

"就在枪口的水平线上，亚哈的吊铺在里边摇来摆去。他的头在这边。只要一扣扳机，我斯达巴克就可以保住这条命，回老家拥抱老婆孩子去了。——啊，玛丽！玛丽！——我的宝贝儿子！我的宝贝儿子！——可是，我要是把你弄醒了，没把你打死，老家伙，谁知道下个星期的今天，斯达巴克的尸体和全体水手会葬身在哪个无底的深渊。我的好上帝啊，您在哪儿啊？我动不动手？我动不动手？——台风已经减弱并且转向了，先生，前桅和主桅的中帆扯下来又升上去了；船正按航向行驶。"

"往后划！莫比·迪克啊，我总算揪住你的心脏了。"

这就是这个老人从不安稳的梦中冒出的声音，仿佛是斯达巴克的声音使这个久久无声的梦开口说起话来了似的。

那支还平端着顶着门板的滑膛枪像醉汉的手臂一般发抖。斯达巴克似乎在和一个天使较劲。可是他到底从门前转过身去，把那要命的家伙搁回到枪架上，离开了这个地方。

"他睡得太死了，斯塔布先生。你下去叫醒他，把情况告诉他。我要照料这儿甲板上的事。你知道该说些什么。"

第一二四章　罗盘针

第二天早晨，还没有完全平静的海洋，在大片大片的浪涛里徐徐翻腾着，像一个个巨人摊开的手掌，极力推着"裴廓德号"在它汩汩有声的航迹中前进。强劲的风漫天连绵不断地刮来，使得天空和空气有如鼓起肚子的篷帆，整个世界被风吹得轰轰隆隆地响。太阳裹在大白天的亮光里看不见了，只能根据它所在位置四散的强光才知道它的存在；彩霞满天，好像戴着王冠的巴比伦国王与王后的纹章，主宰了一切。大海就像是一口熬炼着黄金溶液的坩埚，沸腾冒泡，散发出光和热。

亚哈离开众人站着，着了迷一般久久地默不出声；每当那艘起伏不息的船只的牙墙往下一潜，他就望一会儿前方那灿烂的阳光；而一到太阳落到船后头的时候，他便转朝后面，瞧着太阳在后方的位置，瞧着金黄色的阳光怎样和那不歪不斜的航迹搅和在一起。

"哈，哈，我的船啊！现在满可以把你看作太阳在海上的四轮马车了。嗬，嗬！你们这些在我船头前方的国家呀，我给你们把太阳带来了！给往前的浪头套上辕，嗨！让浪头像马匹一样前后串联起来，我驾着它在海上急驶。"

但是，他突然想起了什么事情不对头，便一勒马缰，急忙朝舵轮奔去，嗓门嘶哑地质问船在朝哪个方向走。

"东——南——东，先生。"那惊慌失措的舵手答道。

"你撒谎！"他握紧了拳头，给了他一拳，"大清早的太阳在船后头，你却说在朝东行驶？"

听他一说，在场的人都慌了神。因为亚哈刚才观察到的现象，不知怎的，旁人都没有注意到；不过，原因肯定是阳光照得人睁不开眼来。

亚哈把头半伸到罗经柜里，瞧了一下罗盘，举起的胳膊慢慢放了下来。有一阵子，他几乎有点站立不稳。斯达巴克站在他后面一瞧，哎哟！两个罗盘都指着东方，而"裴廓德号"却丝毫不容怀疑地是在朝西走。

可是还没等最初的惊慌失态在水手中传散开来，这老人发出一声生硬的笑声，高声喊道："我知道啦！这种事以前也发生过，斯达巴克先生。昨天晚上的雷电把我们两个罗盘的指针都反过来了——就是这么回事。我想，你以前也听到过这样的事。"

"是的，听是听说过，可是我从来没有碰到过，先生。"脸色苍白的大副沮丧地说。

这里，应该说明一下，在猛烈的暴风雨里，曾不止一次发生过类似事故。大家知道，船上的罗盘针经过磁化处理的磁能本质上和天上的闪电是一回事；因此，出现这类情况就没有什么可大惊小怪的。闪电击中了船只，毁掉了一些帆桁和索具，在这种情况下，闪电对罗盘针带来的危害却更为严重；它那种天然磁石的特性完全给破坏了，于是，原来的磁针就无异于老太婆的缝衣针，失去了作用。而且，罗盘针受到破坏或者丧失磁性之后，再也无法自行恢复了。要是罗经柜里的罗盘受到了影响，船上即使还有其他罗盘针，也都逃不脱同样的命运，哪怕是安装在内龙骨最深处的罗盘也不例外。

这老人胸有成竹地站在罗经柜前，瞧着那指针起了变化的罗盘，一边举起手中的标枪，对准太阳准确的方向，确信指针正好转反了，便发出他的照此改变船的航向的口令。帆桁都转过来了；"裴廓德号"那毫无畏惧的船头又朝逆风里猛插进去。原来刚才罗盘针上指示的顺风方向只不过是骗人的。

这时，斯达巴克尽管暗自有些什么想法，都没有说出来，只是不声张地发出一切必要的命令。而斯塔布和弗拉斯克——他们当时似乎也多少有些同感，也不做一声地表示默契。至于那些水手，虽然有些人在低声嘀咕，但他们对亚哈的恐惧都超出了对命运的恐惧。而那些异教徒标枪手呢，却跟以往一样，几乎完全无动于衷；即使有所动心的话，也无非是亚哈刚毅顽强的性格通过某一种磁力传递到了他们的意气相投的心中。

这老人思潮起伏地在甲板上踱了一会儿，他的假腿脚跟偶然一滑，刚好瞧见了他前天摔碎在甲板上的象限仪的砸坏了的铜制瞭望筒。

"你这可怜而高傲的望天的家伙兼太阳的领港人呵！昨天我毁了你，今天这两个罗盘就想毁了我。好呀，好呀。不过，这种恒定的天然磁石还得听我的。斯达巴克先生——给我拿一支去掉木柄的鱼枪、一个大木槌和一根最细的缝帆针来。快！"

他之所以冲动地交代他马上要做的事，也许还附带有某些考虑周密的动机，其目的是想在罗盘针倒转这件怪异非常的事情上一展他莫测高深的本事，好重新振奋水手们的信心。此外，这老人非常清楚，靠倒转的罗盘针来掌舵，虽然勉强也可以对付，但难以为迷信的水手所接受，他们会觉得其中隐含种种凶兆而惶惶不可终日。

"伙计们，"等大副把他要的东西递给他后，他从容地朝水手们转过身来说，"我的伙计们，雷电把我亚哈老头的罗盘针转了向；可是亚哈能用这一根小钢针，自己制一根罗盘针，跟任何罗盘针一样准确。"

他说这番话时，水手们带着一种顺从成习的惊奇感，难为情地相互望了望，然后饶有兴味地盯着他，看跟着会变出什么魔术来。只有斯达巴克却把脸转过去，望着别处。

亚哈举起大木槌，砰地一敲，把那支捕鲸枪的钢尖峭了下来，然后把长长的铁枪头递给大副，要他悬空竖拿着，不要碰着甲板。然后，他再拿起大锤，反复重敲长枪尖后，便把这弄钝了的针竖立在枪头上，再轻轻锤几下。大副还是像刚才那样把长枪笔直地拿着。他再对这根针做了几个诡异的小动作——究竟是为了使那钢针磁化所必需

的呢，还是仅仅用以加强水手们惊愕的程度，这就很难说了——他要
了些亚麻线，来到罗经柜前，取出里边那两根倒转的罗针，再在那根
缝帆针中间系上亚麻线，平悬在一个罗盘面上。起先那根钢针转个不
停，两头都在微微震颤；可最后它定住不动了。这时，亚哈全神贯注地
看到了这个结果后，便堂而皇之地往后倒退一步，离开那罗盘盒子，
手臂伸得长长地指着那盒子，叫了起来："你们自己瞧瞧，看这恒定的
天然磁石是不是还得听亚哈的！现在太阳在东方，那罗盘指的一点
不错！"

水手们挨个儿凑上去瞧，因为只有亲眼所见的东西才能使他们
这样无知的脑袋瓜信服。瞧过之后，他们便一个跟着一个地溜开了。

只有这时，你才能从亚哈那冒得出火来的充满蔑视与胜利的眼
睛里，看得出那副致命的骄矜自信的狂态。

第一二五章　测程仪和测量绳

在这次航程中，这在劫难逃的"裴廓德号"还很少使用测程仪和
测量绳。有些商船，以及许多在巡游中的捕鲸船，由于过分信赖其他
方法来测定船只的方位，根本不考虑使用测程仪，尽管在同时，往往
为了做做样子而不是为了别的，它们按时在常备的石板上记下船只
行驶的航向以及每小时航行的估换出的平均速度。"裴廓德号"也是
这种情况。那只和木制的绕线筒连在一起的测程仪，就挂在后舷墙的
栏杆下面，长期闲置。雨打浪溅使它浑身湿淋淋的；风吹日晒使它干
裂走样；霜雪雨露一起来侵蚀这老挂着不用的东西。亚哈尽管对这一
切毫不在意，但在磁石事件发生几个小时后，他偶然看到了那个绕线
筒，猛然记起，又回忆起他就水平测程仪和测量绳所发的狂热的誓
言。这时，船正在前后摇荡地驶去，船艄的波涛汹涌地滚着。

"喂,前头的人! 投下测程仪! "

过来了两个水手。金黄色头发的塔希提人和灰白色头发的人岛人。"你们两人中一个抓住绕线筒,我来投。"

他们朝船尾尽头走去,在船的背风一面的甲板,由于打斜里过来的一股风,这时都快要浸到打横里冲过来的奶油状的海水里去了。

那人岛人拿着绕线筒,抓住卷轴上突出的柄端,高高举起。卷轴上绕着个线卷,下面吊着测程仪。他就这样站着,直到亚哈走到他跟前。

亚哈站在他面前,轻轻地松开了大约三十圈或四十圈的绳子,以便事先团在手里,才好往海里投。这时全神贯注地瞧着他和测量绳的老人岛人,突然鼓起勇气说:

"先生,我有点儿担心;这测量绳看来已经不行了,长期的日晒雨淋已经把它给毁了。"

"它顶得住,老先生。长期的日晒雨淋,有没有把你给毁了呢? 你的手也顶得住。表面看来,是你在掌握,其实,说真格的,也许是命掌握着你,而不是你掌握着命。"

"我抓住的是线卷呀,先生。不过,我的船长说的总没错,像我着一大把年纪,是不配争辩的,尤其是不该跟个上司争辩,上司是决不会错的。"

"你说什么来着? 这儿倒来了个给自然皇后用花岗石盖的学院帮闲的教授。不过,我看他奴才气太重了。你是哪里人? "

"我是那小小的遍地岩石的人岛人,先生。"

"太妙了! 你就靠那岩石来跟世界碰的。"

"我不知道,先生,不过我是那地方人。"

"人岛人,是不? 唔,倒过来说也不错。这儿有个从人里来的人,一个为一度独立的人所生的人,而今却成了一个非人的人。人给吞掉了——被什么呢? 举起绕线筒! 一些无知无识的下贱货居然质问起头儿来了。举高点儿! 好。"

测程仪投下去了。本来是松松的绳圈，立刻就伸直了，成为拖在船尾的一条曳长的绳子，接着，那绕线轮就马上转动起来。测程仪在翻腾的波涛中抽风般地忽起忽落，拉动的力量使得拿着绕线筒的老人的身子古怪地摇晃起来。

"拿紧！"

啪的一声！绷得过紧的测绳成了个长长的弧形，拖着测程仪被海水冲走。

"我砸了象限仪，雷电使罗盘针转了向，如今这发疯的大海又把测程仪绳给弄断了。但是，亚哈什么都能修好。拉上来，塔希提佬；卷起线轴，人岛佬。听着，叫木匠再做一个测程仪，你修理测绳，负责把它弄好。"

"他这就抬腿走了。对他来说，好像什么事也没发生；可是对我来说，这线轴就像变戏法似的突如其来地松了。拉上来，拉上来，塔希提佬！这些绳子出去是整的，飞快地放出去的，回来却是断的，还得悠着拽。嘿，皮普吗？来帮帮忙；好吗，皮普？"

"皮普？你叫谁皮普？皮普早就从小艇里跳进海里去了。皮普失踪了。老渔翁，让咱们瞧瞧，看你是不是在这儿把他打捞上来了。拽得好费劲；我看是他拉住了。抖动抖动他，塔希提佬！抖得他松手；我们是不把胆小鬼拉上来的。嗬！他的胳膊刚刚露出了水面。斧子！斧子！砍断它——我们是不把胆小鬼拉上来的。亚哈船长！先生，先生！你看皮普来了，又想上船来。"

"安静点，你这疯子。"人岛人嚷道，一把抓住他的胳膊，"滚开，这后甲板不是你待的地方！"

"大傻瓜总是拿小傻瓜出气。"亚哈喃喃道，一边走上前去，"别碰那无辜的孩子！你说皮普在哪里，孩子？"

"在船尾那边，先生，在船尾！瞧，瞧！"

"那你是谁，孩子？我从你的失神的瞳仁里看不见我的影子。天啊！人竟然成了一件为不朽的灵魂所视而不见的东西！你到底是谁,孩子?"

"我是钟童,先生;船上报时的。叮,当,叮!皮普!皮普!皮普!我出一百磅泥土的赏金找皮普。五尺高——样子怯生生的——一看就认得!叮,当,叮!有谁看见了胆小鬼皮普?"

"在雪线上边的,是不会有善心人的。你这冷冰冰的上苍啊!低头瞧瞧这里吧。是你生下了这个不幸的孩子,又抛弃了他,你这只会生不会养的浪子。喂,孩子,从此以后,只要亚哈在世一天,他的舱室就是皮普的家。你打动了我的心,孩子;我的心弦织成的绳索已经把你和我捆在一起了。喂,咱们下舱去吧。"

"这是什么?这是柔软的鲨鱼皮。"皮普凝神瞧着亚哈的手,还摸摸它,"唉,可怜的皮普要是早摸到了这样一件柔软的东西,也许他就不至于失踪了!这东西在我看来,先生,就像是作扶手用的舷梯索;是胆子小的人可以抓住壮胆的东西。啊,先生,你让珀斯老头来,把你我这两只手铆在一起吧;这只黑手跟这只白手,因为我不愿意松开它。"

"啊,孩子,我也不愿意松开你的手,除非我是拉你去比这儿更糟的地方。那就到我的舱室里来吧。瞧呀,你们这些深信神明就一切都好人类就一切都坏的人,你们瞧呀!这些无所不知的神明的人以为凡是神都是善的,凡是人都是恶的。而人类,虽一无所知,连自己在做什么都不知道,却充满了爱和感激这样的美好的情愫。来吧!我牵着你的黑手,领着你走,比拉着一个皇帝的手更为自豪。"

"这两个呆子走到一起去了。"那人岛老头喃喃道,"一个痴人是个强人,一个痴人是个弱者。啊,这根烂绳子头终于到了头了——还水淋淋的哩。修好它?我看最好还是换根新的。我找斯塔布先生去。"

第一二六章　救生器

"裴廓德号"靠了亚哈亲自校准的罗盘针，又完全靠了亚哈所设计的测程仪来记录航速，现在正向着东南方，继续往赤道驶去。在这样人迹罕至的水域，作这样长途的航行，见不到一艘船，而且不久打斜里吹来一股不变的贸易风，推着船在波浪平缓单调的海面上前行。所有这些都像是将要出现一些险恶危急的场面前的平静得令人奇怪的凶兆。

终于，当船快靠近似乎是赤道渔场的边缘，在黎明前的一片漆黑中驶过一群岩石重叠的小岛时，由弗拉斯克带领的一伙值班水手听到了一声叫喊，大家吃了一惊，那叫声好不凄厉，令人毛骨悚然，活像是被犹太王赫罗德所杀害的所有无辜百姓的冤魂的听来含混不清的哭喊。水手们一个个都从似睡非睡的状态中醒了过来。好一阵子，一个个或站，或坐，或倚，全都凝神谛听，像木雕的罗马奴隶一般。那凄厉的叫声则仍在继续传来。那些信基督教的或者文明些的水手说，那是人鱼的叫声，说着便颤抖起来；可是那些异教徒标枪手却根本不把它当回事。只有那个白发苍苍的人岛人——全体水手中年纪最大的一个——却肯定说，刚才所听到的这种叫人心惊肉跳的狂叫声，是刚掉进海里的人的叫声。

躺在舱里吊铺上的亚哈，并没有听到这叫声，直到天蒙蒙亮走上甲板时才听弗拉斯克详细地向他讲述这件事，还加油添醋地暗示是不祥的预兆。亚哈听之哈哈一笑，随即对这件怪事作了如下的解释。

原来他们前些时候经过的那些尽是石头的岛屿乃是大群海豹栖息的场所。一些失去了母亲的幼豹，或者一些失去了幼豹的母亲，总会游到船只附近，跟着船，因为不见了亲人而用它们那有点像人的哀哭声，不停地哭叫抽泣。可是，这种解释只是越发影响了一些水手的心情，因为大多数水手都对海豹怀有一种非常迷信的感情，这不仅因为它们在危难中会发出一种独特的声音，也因为它们圆圆的头颅和有几分灵气的面孔都和人的很相似，特别是当它们在船边露出身子来抬眼望时更是如此。在海上，在某些情况下，海豹曾不止一次被错当作人。

但是，解释归解释，那天上午水手们预感到的凶兆，却注定要在他们的一个同伴的遭遇上得到似乎是无可争辩的证实。太阳刚出来，这人从吊铺上起来，爬上前桅桅顶。究竟是他还没有睡醒呢（因为水手们有时是半睡半醒就爬上桅顶的），还是命该如此，现在也不得而知了；反正，他在上面没有待多久，下面就听到一声大叫——一个倒栽葱的呼呼声——大家往上一瞧，看见空中有个跌下来的幽灵，再往下面一看，大海里已冒起一小堆翻来翻去的白色泡沫了。

救生器——一个细长的木桶——从船尾放了下去。那桶子一直挂在那里，乖乖地听一个安置得很巧妙的弹簧支配。可是却没看到有手伸出来抓住它，而这只桶由于长期曝晒，已经干缩了，所以它在水里泡了一段时间后，慢慢灌满了水，那干透了的木板也吃足了水；于是，这个带饰钉的铁箍桶便随着那个水手一块儿沉到海底去了，好像是供他当枕头用似的，虽然实际上只是个硬邦邦的枕头。

"裴廓德号"上头一个爬上桅杆去搜寻白鲸的人，就这样在白鲸的私人渔场上葬身海底。但是，当时也许很少有人想到这一点。实际上，这种事情，他们并不感到怎么悲伤，甚至也不把它当成一种凶兆，因为他们并不把它看作应验了一件早已料到的灾难。他们说，他们现在终于明白前天晚上听到的叫声如此凄厉的原因了。可是那个人岛老头又不同意这种说法。

丢失了的救生器现在得重新换上一个。斯达巴克奉命处理这事。可是一时找不到分量这样轻的木桶，再加上眼下正临近这次航行的关键时刻,大家都处于一片狂热的气氛中,除了与这次航行的最终目的直接关联的事情外,谁也不耐烦去干别的活儿,不管那活儿可能有什么意义;因此,大家准备就让船尾空着,不要救生器算了。没想到魁魁格却用一些奇怪的手势和拐弯抹角的提法,暗示可以利用他的棺材。

"用棺材做救生圈!"斯达巴克吃惊地嚷道。

"是有点古怪,我看。"斯塔布说。

"那可以做个挺棒的救生器。"弗拉斯克说,"木匠办这事儿一点也不难。"

"把它拿上来吧,反正也找不到别的东西好做了。"斯达巴克忧心忡忡地停了一会儿才说,"干吧,木匠,别这样瞧着我——我说的是棺材。你听见我的话了吗?把它改装好。"

"要不要把棺材盖钉牢,先生?"他手里像拿着把锤子似的上下挥动。

"嗯。"

"是不是把缝都堵上,先生?"手里像拿着支捻缝凿似的左右摆动。

"嗯。"

"是不是再在缝上抹上一层沥青,先生?"手里像拿着个沥青罐子似的晃动。

"走开!你是中了邪还是怎的,这么没完没了?把这棺材做个救生器,就这么个活儿。——斯塔布先生,弗拉斯克先生,跟我一起到前头去。"

"他气冲冲地走了。他就是这么个人,大事他沉得住气,小事他不管。我可不喜欢这种派头。我给亚哈船长做了条腿,他装上体面得很;可是我给魁魁格做个帽盒子,他却不肯把头搁进去。难道我费那么大劲做棺材所花的力气都白费啦?现在又让我把它改成个救生器。这就像把一件旧外套翻新,把里子翻成面子。我不喜欢这种修修补补的活儿——我一点儿都不喜欢；这很不体面，不是我分内的事。让那些打杂的臭娃娃去干这活儿吧；干我们这一行的可比他们强得多。除了干干净净、从头干起的、正经八百的、要动动脑子的活儿，别的我一概看不上眼。我看得上的是那种像模像样有头有尾的活儿：从头开始，干到中间是一半，干到末了是收场；我可不接补锅匠的差使：在中间收场，在末了开始。给人家零七八碎的活儿干，那是老太婆想出来的馊主意。天啊！没有哪个老太婆不爱死了补锅匠。我知道有个六十五岁的老太婆就跟个秃顶的年轻补锅匠跑了。所以从前我在岸上，在维因耶德自己有个门面的时候，从来不给岸上孤零零的老寡妇干活；这些寡妇说不定在她们的老脑瓜中会转出和我私奔的念头来。不过，嗨嗬！在海上没有这么多讲究。让我想想看。把盖钉牢，把缝堵上，再涂上一层沥青，弄得严严实实，再套上按簧，挂在船尾。有谁以前拿口棺材这么干的吗？有些迷信的老木匠宁可让你给捆在索具上也不肯揽这种活。不过，我是用阿卢斯图克河边节疤累累的铁杉树做的；我不信这一套。船屁股上吊具棺材？拖着口墓地里的箱子满世界开来开去！不过，无所谓。我们做木匠的，新婚的床架子和牌桌要做，棺材和棺架也同样要做。我们这些做长工的，做零活的，挣钱的人，对我们的活儿是挨不上问为什么和什么理由的，除非实在真是太混蛋的补补弄弄的差使，那么，如果搪塞的了，我们还是不干的。哼！这活儿我接啦，而且要把它干好。我得计算一下人数——让我想想看——船上总共有多少人来着？可是，我忘了。不管怎么着，我要弄上三十根分开来的土耳其头巾结式的救生绳，每根三英尺长，吊在棺材四周。这样，万一船沉了，就会有三十个身强力壮的家伙争那一口棺材。这倒是这世界上很不常见的奇观！来吧，锤子，捻缝凿，沥青罐和穿索针！咱们开始吧。"

第一二七章 甲板上

[棺材搁在老虎钳工作台和敞开的舱口之间的两个索桶上。木匠在塞棺材缝。搓好的麻絮绳从他工作服胸兜里的老大绳团上慢慢散开来。——亚哈从容地从舱室舷梯口走过来,他听到皮普跟在后面。]

"回去,孩子;我待会儿就再来陪你。他走了! 这个木匠还没有那个孩子跟我合得来。——这儿像是教堂里的中间通道 ①! 这是什么? "

"救生器,先生。斯达巴克先生让做的。啊,留神,先生! 当心这舱口! "

"谢谢你,老兄。你的棺材放在这儿,进墓穴挺方便。"

"先生,你是说舱口吗? 哦! 是呀,先生,是呀。"

"你不是那个做腿的吗? 瞧,这条腿不是你作坊里出来的吗? "

"是的,先生。你觉得这套圈成吗? 先生? "

"挺好。不过,你不也是个棺材商吗? "

"是的,先生。我曾经拼凑起这玩意儿给魁魁格做棺材;可是,他们现在又要我把它改成别的东西。"

"那我倒要问问你,你前一天造假腿,第二天做棺材把人装进去,接着又把同一口棺材改成救生器,你难道不是个臭名远扬、什么都抓、样样都爱插一手、大包大揽的邪教徒老恶棍? 你跟那些神一样地没有原则,也是个什么活儿都能来两下的角色!

---

① 教堂中间的通道一般都很宽敞,婚礼丧礼都在那里举行。文中的意思是:既然这里放着口棺材,那地方就像教堂中间的大通道。

"可是这全都不是我的本意,先生。我只管做。"

"这一点又跟那些神一样。喂,你做棺材的时候,从来不唱点儿什么吗?据说,神话中的那些巨人给火山凿开喷火口时还哼上几句小曲儿哩,还有那戏里的挖墓人拿着铲子干活时还哼哼唱唱呢。你从来不唱?"

"唱歌儿,先生?我唱不唱?哦,先生,我对那玩意儿没有什么兴趣。不过,挖墓的为什么唱,那肯定是因为他的铲子干起活来没有一点声音,先生。可是,我这只补缝的锤子就全是歌子呀。你听。"

"嗯,那是因为那棺材盖是块共鸣板。形成共鸣板的原因是棺材盖下面是空的。然而,里边装有死尸的棺材也同样会响出很中听的声音来,木匠。你有没有帮人抬过棺材架,在抬进教堂墓地时,听到棺材撞在门上发出的响声?"

"真的,先生,我听——"

"真的?那是什么声音?"

"咳,真的,先生,只是一种感叹的口气——没有别的,先生。"

"唔,唔;说下去。"

"我刚要说,先生,那——"

"你是条蚕吗?难道你拿自己的身子织你自己的裹尸布?瞧瞧你的胸兜!快!快把那些乱七八糟的东西收走。"

"他往船尾去了。咳,这真是搞突然袭击。不过,在热带地区,风暴总是说来就来。听说加拉帕戈斯群岛①之一的亚伯马里小岛正好被赤道拦腰砍断。在我看来,好像也有个什么赤道把那边那个老家伙拦腰砍断啦。他老待在赤道上游转,脾气暴躁得不得了,真的!他看来真像被赤道切啦,麻絮呀,快点。这里我们再来一遍。这个木槌是软木塞,我就是叫玻璃瓶唱歌的专家——嗒,嗒!"

(亚哈自言自语。)

---

① 在厄瓜多尔以西六百里处,捕鲸船常在此补充淡水。

"多好看的场面！多好听的声音！那只老啄木鸟在啄那中空的树身哩！我现在还真不如又聋又哑了才好。瞧！那玩意儿搁在两个索桶上，身上尽是拖绳。那家伙是个坏透了的小丑。嘞——特——嗒！这是下等人在出声！啊！一切有形之物是多么虚无缥缈！除了无法估量的思想以外，还有什么东西称得上真实！现在，冷酷的死神那最可怕的象征，纯粹出于偶然，在这里成了处于极度危险中的生命得救与希望之意味深长的标志。一具棺材做的救生圈！还有什么更深的意义吗？在精神意义上说，棺材会不会只是一种使永生得以长存之物呢！我得好好想一想。可是，不可能。我已经在人间的阴暗面里陷得太深了；人间的另一面，理论上的光明面，在我眼中只是捉摸不定的苍茫夜色而已。木匠，你那该死的敲打声还有完没完？我要下去了；等我再上来的时候，别再让我看到那东西在这里。喂，皮普，还是我们俩来扯一扯这事吧；我还真从你那里吸取了顶顶奇妙的哲理！一定是来自未知世界的一些不为人知的导管灌输给你的！"

第一二八章　　"裴廓德号"遇见
"拉结号"

第二天，发现一艘大船，"拉结号"，直朝"裴廓德号"驶来，桅桁上密密麻麻的尽是人。当时，"裴廓德号"正以很高的速度向前驶去；但是，当这艘乘风鼓翼而来的陌生船飞快地向它靠拢时，饱满的风帆全部落了下来，像是炸了的气球瘪缩在一起，遍体伤痕的船身连一点儿生气都没有了。

"坏消息；它带来了坏消息。"人岛老头喃喃道。可是，还没等那个喇叭筒凑在嘴边的船长在他的小艇里站起来开口打招呼，亚哈先开腔了。

"看到白鲸了吗？"

"看到啦，就是昨天。你们看到一只随风漂流的捕鲸小艇吗？"

亚哈克制住心中的喜悦，对那个意想不到的问题作了否定的回答。他本想亲自登上这艘陌生船去问个究竟。可是，这时，那陌生船船长却已经把船停下了，正从船舷边下来。只使劲扳了几桨，小艇的艇钩就搭上了"裴廓德号"的大锚链，这位船长随即跳上了"裴廓德号"的甲板。亚哈一眼就认出他是自己熟悉的一个南塔开特人。他们彼此没有做什么例行的问候。

"它在哪里？——竟然没有干掉它！——没有干掉它！"亚哈嚷道，一边靠拢过去，"当时的经过怎样？"

原来在前天下午稍晚一点的时候，这艘陌生船有三只小艇在和一群大鲸周旋，小艇已经离开大船追出去有四五英里远了；正当他们还在朝上风头猛追时，莫比·迪克白色的背峰和白色的头忽然隐隐约约从蔚蓝的海水中冒了出来，就在下风头不远处。于是，临时装备起来的第四只小艇——一只备用小艇——马上放下去去追捕。在顺风猛赶了一程之后，这第四只小艇——速度最快的一只——似乎已经击中了莫比·迪克——至少就桅顶上那个瞭望的人极目所见的情况来说是如此。他看到那只小艇在老远的地方缩成了一个小点；然后，只见喷着雪白的浪沫在海上飞快地闪了一闪，就什么都看不到了。据此得出的结论是，那条中了枪的鲸，像过去经常发生的那样，拖着追捕它的人不知跑到哪里去了。大家不免有些担心，不过至今还没有到惊慌失措的地步。大船索具上挂起了好些召唤小艇归队的信号旗。这时天黑下来了，它只好先去把远在上风头的三只小艇收回来——然后再朝相反的方向去找那第四只小艇——这样，大船不仅在午夜之前顾不上那只小艇，只能听之任之，而且还和它拉开了更远的距离。幸好三只小艇上的人后来都平安地上了大船。于是，大船扯起所有的帆——连所有的翼帆都搭上——去寻找那只失踪的小艇；还在炼油

锅里点起一把火作为烽火信号；而且每两个人中间就有一个人爬上
桅桁去瞭望。可是尽管大船全力赶了不少的路，算来应该已经到最后
见到那失踪了的小艇的假想地点，尽管它停了下来，放下它剩下的三
只小艇，在周围到处找，却仍然什么也没有找到，只得再赶紧往前驶，
然后又停下来，又放下小艇搜索，就这样一直找到天亮，那失踪的小
艇却连半点影子也没见到。

陌生船的船长讲完这一情况之后，跟着就透露了他登上"裴廓德
号"的意图。他希望"裴廓德号"能和他自己那艘船一道去寻找那只失
踪的小艇；两艘船在海面上拉开四五英里的距离，平行前进，这样就
等于把搜索的范围扩大了一倍。

"现在我敢打赌，"斯塔布悄悄对弗拉斯克说，"我看那只失踪的
小艇上一定有人穿走了那位船长最好的大衣；或许是拿走了他的
表——他急于要把它追回来。在如今这种捕鲸季节的高峰期，谁听
说过两艘捕鲸船大发善心，一起巡游，去寻找一只失踪的小艇？你
瞧，弗拉斯克，你只消瞧瞧他那副苍白的脸色——连眼珠子都变色
了——你瞧——只怕还不是大衣——那肯定是——"

"我的孩子，我自己的孩子在那艘艇子上。看在上帝份儿
上——我请求你，我恳求你。"——这时，这陌生船的船长不禁朝亚
哈大声哀求起来，亚哈一直到这会儿始终是冷冰冰地听着他的呼吁。
"要不，你就把船租给我四十八个小时——我情愿付船租，你要多少
我照付——仅仅四十八个小时——只要这么长时间——你一定，啊，
你一定要答应，你非这样做不可。"

"他的儿子！"斯塔布叫了起来，"啊，原来是他的儿子不见了！
我不该说什么大衣和表的——亚哈怎么说？我们应当去救那个孩
子。"

"昨晚上，他跟小艇上其他的人一道淹死了。"站在他俩后面的那
个人岛老水手说，"我听到了；你们也都听到了他们的鬼魂的哀号。"

不久，大家就弄清楚了，原来"拉结号"遭的难之所以特别令人感

到沮丧，是因为：不仅在失踪小艇的船员中间有这位船长的一个儿子，而且在相反的方向，在吉凶难测、变化多端的追击中脱离大船的另一只小艇中，还有他另一个儿子。这可怜的父亲一时之间陷入了最痛苦的慌乱不安的深渊之中；亏得他的大副本能地采取了一艘捕鲸船在这种紧急情况下通常的做法，才帮他脱离了困境，那就是，在救援危难中的分散的艇子时，无例外地先救多数。可是，这位船长由于某种未知的心理上的原因，闭口不提这一切，后来实在是为亚哈冷冰冰的态度所迫，才不得不提到失踪的人中还有他一个儿子；一个只有十二岁的小孩。做父亲的出自南塔开特人对孩子的一种热切而又固执的父爱的严酷性，老早就把他送到几乎自古以来就是他整个家族命定的职业中，去接受种种危险和奇观的启蒙教育。至于南塔开特的船长们把自己年纪尚幼的儿子送到别人的船上，而不是自己的船上，去过上长达三四年的海上生活，这也不是稀罕事。这样，他们在捕鲸生涯上所受到的最早的锻炼就不会因为父亲难免流露的但不合时宜的偏爱或过分的担心和关怀而有所削弱。

这时，这个陌生船的船长仍在苦苦哀求亚哈帮帮他的忙。可亚哈却仍旧像个铁砧般站着，随你怎么敲，怎么锤，他丝毫不为所动。

"你不答应，"这个陌生人说，"我就不走。帮帮我的忙，就像你在类似情况下要我帮你的忙一样。你也有儿子，亚哈船长——虽然还很小，并且现在平平安安地待在家里——你也是老年得子——好，好，你发慈悲心了；我看出来了——快，快，伙伴们，喂，准备调整帆桁。"

"站住，"亚哈嚷道，"一根桅子都不许碰！"然后以毫无商量余地的口气，拉长了声腔一词一顿地说，"加迪纳船长，我不插手。就这样我已经耽误了时间。再见，再见。愿上帝保佑你，老兄，但愿我能宽恕自己，但我非走不可。斯达巴克先生，你看着罗经柜上的钟，从现在起三分钟之内，请外人一律离船；然后再把帆桁转直朝前，仍照原先的方向行驶。"

他随即背过脸来，匆匆转身朝他下面的舱室走去，对方船长看到自己如此迫切的请求断然遭到拒绝而目瞪口呆,不知所措。不过,他马上从这种昏迷状态中清醒过来,匆匆走到船边,连滚带爬地上了自己的小艇,回到了自己的船上。

这两艘船旋即分道扬镳。只见那条陌生船只要见海上有哪怕是极小的黑点儿便东一处西一处地赶去,直到最后越出了视线以前,它的帆桁始终转过来转过去;它的舵柄时而转向右,时而转向左,不断曲折行进;一会儿冲向迎面而来的大浪,一会儿又随着海浪前进。这段时间里,它的帆桁上始终密密麻麻地攀满了人,就像是三株高高的樱桃树,男孩们在树枝中间采摘樱桃。

不过,从它那仍然一拐一拐的走法和迂回前进悲伤的样子看,可以明显地看出这艘裹在浪花中的船仍然没有得到半点安慰。它就是拉结,在为她的儿女哭泣,因为他们都不在了[1]。

第一二九章　船长室

[亚哈准备上甲板;皮普抓住他的一只手要跟他上去。]

"孩子,孩子,我跟你说,你现在一定不要跟亚哈了。关键的时刻到了,这会儿,亚哈不会吓跑你,可也不要你待在他身边。可怜的孩子,我觉得,在你身上有种东西最能治我的病。以毒攻毒咧;就这次追捕来说,我的病成了我最期望的身体状态。你就待在这舱里,我要他们像伺候船长一样伺候你。喂,孩子,你就在这儿坐着,坐在我这把用螺丝拧紧的椅子上;你就算是另外拧上去的一颗螺丝,千万不要动。"

"不,不,不!您走路不方便,先生。您就拿小的做您那条失去的腿,只管踩在我身上,先生。我不要求别的,只求成为您身体的一部

---

① 见《圣经·旧约·耶利米书》第三十一章。

分。"

"啊！尽管这世上到处是恶棍，你这话却使我深信人间永远有忠诚在！——而且还是个黑人！还疯疯癫癫的！——不过我觉得，以毒攻毒这道理也适合他；他现在又变得神志清醒了。"

"他们告诉我，先生，说斯塔布过去抛弃了可怜的小皮普，他的沉没海底的尸骨如今已变白了，尽管他生前皮肤墨黑。不过，我决不像斯塔布抛弃他那样抛弃您，先生。先生，我一定要跟您走。"

"你要再这样唠叨下去，亚哈的决心就要完蛋啦。我跟你说不行；这绝对不行。"

"啊，好主人，主人，主人呀！"

"你再这么哭哭啼啼的，我真要杀了你！你留点神，因为亚哈也是个疯子。听着，你只要始终听到我的牙骨腿在甲板上走动的声音，你就知道我还活着。现在我要离开你了。伸出你的手来！——握一握！孩子，你真像圆周围绕圆心一般忠诚。愿上帝永远保佑你。真到了关键时刻——要来的就让它来吧。愿上帝永远保护你。"

〔亚哈走了；皮普上前一步。〕

"他刚才就站在这里；我现在就站在他站过的地方——可是，我是孤零零的。现在哪怕是可怜的皮普在这里，我也好受一点，可是，他失踪了。皮普！皮普！叮，当，叮！有谁看到皮普了？他准是在那上头；让我开门试一试。怎么？既没有锁，也没有上插销，也没有闩；可就是开不开。一定是有什么魔法。他要我待在这里，还说这把用螺丝拧紧的椅子是我的。那好，我就坐在这里，靠着门的横档，在船的正中央，整个龙骨和三根桅杆都在我前面。我们那些老水手说，海军大将在他们的有七十四门大炮的黑色兵舰上，有时坐在桌子前，向一排排的上校和中校发号施令。哈，这是什么？肩章！肩章！来了这么多戴肩章的！把酒瓶挨个儿传吧。很高兴看到你们。斟满，先生们！嗬，这是种多么奇妙的感觉，一个黑小鬼成了主人，宴请起穿金边上衣的白人来了！——先生们，你们看到一个叫皮普的吗？——一个黑小鬼，五英尺高，面貌猥琐，胆小如鼠！是从一只捕鲸小艇上跳下海去的——看到过他吗？没有！算了，再斟满吧，长官们。让我们喝上一口以表示对所有胆小鬼的羞辱！我不指名道姓。他们真可耻！坍了大伙的台。所有的胆小鬼真可耻。——嘘！我听到了头上有牙骨腿的声音——啊，主人！主人！听到您在我头上走动，我心里真不是滋味。不过，即使船尾触了礁，暗礁撞穿了船底，牡蛎来和我做伴，我也照样待在这里。"

第一三〇章　帽　子

如今，在经历了如此漫长而广泛的初步巡航、去过了其他所有的捕鲸渔场之后，亚哈已经在合理的时间和适当的地点，将他的冤家对头赶进了海洋中的一个栏里，好更有把握地在那里宰了它。同时，他发现自己已经逼近了当初使他蒙受重创的事发地点的经纬度上。加上他曾和另一艘船通过话，得知他们在前一天确实遇到了莫比·迪克；——更由于他相继碰到的许多船只都从正反两方面不约而同地证明：白鲸对于猎捕它的人，不论是蓄意行凶还是以牙还牙，都是魔鬼般的冷酷；现在看来，老人的眼中似乎隐藏着某种东西，对于脆弱的灵魂来说，这几乎是无法忍受的。正如不落的北极星，在历经北极圈六个月的漫漫长夜之后，依然闪烁着穿透一切、恒久明亮的光芒；亚哈也一样，他的目标如今正坚定地照亮着心情犹如午夜般阴沉的水手身上。它居高临下地支配着他们，以至于所有的凶兆、预感、疑虑、不安和恐惧都恨不得躲进他们的灵魂深处，连一根幼芽或一片嫩叶都不让冒出来。

在这段阴云密布的时间里，所有勉强的或者自然的说笑都统统消失了。斯塔布已无心强作欢颜，斯达巴克也无须努力做到不苟言笑。欢乐与忧伤，希望与恐惧，似乎暂时都在亚哈钢铁意志铸成的研钵里，不加区分地被碾成了粉末。他们像机器一样，一声不响地在甲板上走来走去，无时无刻不感觉到那老头儿的专制暴君般的目光在盯着他们。

不过，要是你有机会在他闭门独处、自以为只有一个人的目光注视时仔细地端详他，你就会发现，亚哈的眼神固然使水手们望而生畏，可是那种不可思议的祆教徒的眼神同样让他感到望而生畏，或者至少有时会以某种野性的方式使他心神不宁。如今，这个瘦瘦的费达拉身上开始增添一种飘忽不定的奇异劲儿，他不停地颤抖着，以至于水手们看他的眼神都充满了疑惑，似乎有点难以确定他究竟是个有着血肉之躯的凡夫俗子，还是某个看不见的存在的躯体投在甲板上的一个哆哆嗦嗦的影子。这个影子无时无刻不在那里徘徊。因为即使在晚上，你也无从得知费达拉是在熟睡，还是到水手舱里去了。他能一动不动地站上几个钟头，但从来不坐一坐或靠一靠；他那双苍白而奇异的眼睛分明地在说——我们这两个守望人从不休息。

如今，无论是白天还是晚上，水手们一跨上甲板，总会看到亚哈就在面前，他不是站在那个插孔里，便是不偏不倚地在主桅和后桅之间的船板上踱来踱去，再不然就是站在自己舱室的门口——他那只真腿踏在甲板上，仿佛就要跨上去；他的帽子低低地压在眉眼间；因此，不管是他一动不动站着，不管过了多少个日日夜夜，他都不曾在吊床上躺过，而是藏在那顶扣到脑门的帽子里，这样水手们谁也无法确切分辨，他的眼睛是否有时候真的闭上了，还是仍在毫不松懈地盯着他们。有时候他就这样站在舱口，一站就是整整一个钟头，任凭夜间的湿气在他那石雕似的外套和帽子上凝成了露珠。反正头天晚上打湿了的衣衫，第二天的太阳又会把它们晒干。就这样，日复一日，夜复一夜，他再也没有去过下的面舱室了。他需要什么，就打发人从船长舱给他取来。

他吃饭的时候也在露天甲板上。每天只吃两顿——早饭和中饭，晚饭从来不吃。胡子也不刮，听任它们黑黢黢地纠结在一起，活像被狂风刮倒了的树，尽管它的根部已暴露在外，上面青翠的叶子都已枯萎，枝丫却还在随意乱长。然而，虽说他现在的全部生活就是日日夜夜在甲板上守望，虽说那个袄教徒神秘的守望也和他一样不分日夜，这两个人除了间或没话找话地说上两句，似乎从不交谈。虽然在这种吉凶难卜的时刻，似乎有一种无法抗拒的魔力把这两人悄悄地联在一起，但在公众场合，在那些惊恐万分的水手们看来，他们却像南北两极一般，毫不相干。假如在白天，他们碰巧说上一两句话；到了晚上，两人便都成了哑巴，彼此之间不通一点声气。有的时候，两人隔得远远地站在星空下，好多个钟头一句话都不说；亚哈站在舱口，那袄教徒则站在主桅旁，他们偏又目不转睛地望向彼此。仿佛在袄教徒身上，亚哈看到了自己投在他身上的影子；而在亚哈身上，袄教徒则看到了自己被抛弃了的实体。

　　不知怎的，亚哈每日、每时、每刻都在下属面前显示着他那唯我独尊的气派——亚哈似乎是位万人之上的君主，袄教徒则只是他的奴隶。然而，这两人又像套在一个轭上的两匹马，另有一位看不见的暴君在驱赶着他们，而他们就如同瘦瘦的身影依傍在结实的肋材上。不管这个袄教徒是块什么料，结实的亚哈都充当了肋材和龙骨。

　　每当晨曦在天边隐现，船尾就会传来他钢铁一般的声音："上桅顶去！"于是，整整这一天，直到太阳落山、暮光降临，每个小时舵手的钟声一响，就会听到他那同样的声音："你们看到什么了？——留神看着！留神看着！"

　　然而，自从遇上寻找儿子的"拉结号"之后，三四天又过去了，还是一直没有看到有鲸鱼喷水。这个想报仇想疯了的老人似乎不大相信他的水手们的忠诚了，他几乎已经开始怀疑除了那几个异教徒标枪手以外的所有人了；他甚至怀疑斯塔布和弗拉斯克会故意忽略他所搜索的目标。不过，即使他心里真这么想，嘴上却很机灵，半点口风都没有露，不曾他的行动是否会表现出来。

"我自己会第一个找到那头大鲸的。"他说,"对了,亚哈一定会赢得那枚古金币!"于是,他亲自动手用索子编成了一只蝴蝶结式的篮筐,打发一个人上去把一只带有槽轮的辘轳固定在主桅顶上。他接住从辘轳槽里放下来的绳子两头,把一个绳头系在篮筐上,为另一个绳头准备了一个栓子,以便把它固定在栏杆上。然后,他攥着那个绳头,站在栓子旁边,望着周围的水手,一个个地打量他们,目光久久地停留在达格、魁魁格和塔希蒂格身上,却避而不看费达拉。最后,他把坚决而信赖的目光落在了大副身上,说:"拿住这根绳子,先生——我把它交到你的手里,斯达巴克。"接着,他坐到了篮筐里,下令让他们把自己吊到主桅顶上的瞭望岗去;斯达巴克就是被指定为最后系牢绳索的人,随后他就守在绳索旁边。亚哈就这样一手抱住顶桅,远眺几海里甚至几十海里之外的海面——向前看,向后看,左看,右看——他站在如此之高的高度上统率全船,巡视着好大的一片洋面。

每当水手要在四面几乎全无依靠的高空用双手在索具上忙活,脚下碰巧又没有落脚的地方时,就会用一根绳子把他升上去,依靠着绳子将他吊在半空中。在这种情况下,拴在甲板上的那一头的绳子都会交给一个专人严加看管。因为头上那些摇晃不定的索具,以及它们错综复杂的关系,在甲板上是很难辨别清楚的;有时,过不了几分钟便会有一根绳子的一头从上面的固定处抛下来,要拴到甲板上。此时,如果不配备专人看守,碰上哪个水手疏忽大意,把它解开了,吊在上面的那个水手便会一头栽进海里。因此,亚哈在这件事情上如此慎重行事并不奇怪;唯一令人感到奇怪的是,斯达巴克几乎是唯一一个敢于站出来反对他的人,虽然这种反对一点儿也不坚决;还有一点,斯达巴克还是亚哈怀疑的对象之一,他的瞭望所得是否忠实可靠,在亚哈看来,多少还是有所保留的。所以说,他竟然挑选斯达巴克成为看守人,放心大胆地把自己的一条性命交到这样一个在其他方面自己并不完全信任的人手上,这就不免令人觉得奇怪了。

且说亚哈有生以来头一回待在这么高的地方,他刚上去还不到十分钟，就飞来了一只凶猛的红喙海鹰。在这一带海上出没的这种鸟儿，一看到捕鲸船上有人在桅顶瞭望，便会在其四周飞来飞去，近得让人胆战心惊。此刻，就有一只鸟儿盘旋着飞来，发出尖厉的叫声，在亚哈的头顶上飞快地转着圈。它一会儿直冲上一千英尺的高空，一会儿又盘旋而下，接着又围着他的脑袋打转。

不过，亚哈只是定睛眺望着远处隐约可见的海面，似乎并没有注意到这只野鹰。事实上，这种情况并不稀罕，换了别人也不会去操这份心，有这种鸟来打扰，那是家常便饭；只是此刻，哪怕是最不经心的目光都会从鸟儿的几乎每一个动作中发现它的某种奸诈的企图。

"您的帽子，您的帽子，先生！"那个西西里水手突然大喊道。因为他正好守在后桅顶上，就站在亚哈的正后方，只是比他的高度稍低一些，彼此隔着一段距离。

此时，那黑黑的翅膀已经掠到了老人的眼前，长长的钩喙已经到了他的头上，只听到一声尖叫，那只黑鹰就叼着它的战利品呼地飞走了。

相传有一只鹰曾经绕着塔昆的头转了三圈，衔去他的帽子，又重新给他戴上。因此，他的妻子丹娜魁说，塔昆将成为罗马国王。然而，帽子被衔走又送回来，才被认为是好兆头。亚哈的帽子却一去不复返了。那只野鹰衔着帽子一直朝着船头前方远远地飞去，最后消失得无影无踪。而就在那只野鹰即将在视野里完全消失的那一瞬间，可以隐约看见一个极小的黑点从高空中坠落，掉进了大海里。

第一三一章　"裴廓德号"与"喜悦号"

"裴廓德号"犹如箭在弦上继续前行，在波涛起伏中，日子一天天过去了。那口棺材改成的救生器仍然在轻轻地摇晃。这时，另一条船

"喜悦号"出现在人们眼前，起这么个船名实在是个极大的错误。当它驶近时，所有的目光都定在了那被称为人字起重架的宽大的横梁上。这人字起重架横跨在某些捕鲸船的后甲板上，高八九英尺，用来起吊各种备用的、没有装备好的，或者已损坏不能再用的小艇。

在这艘陌生船的人字起重架上，吊着的原来是一艘捕鲸艇破碎的白色肋材和几片碎船板。这破艇的残骸一览无余，就像一具剥了皮、散了架、发了白的马骷髅摆在面前一般。

"看到白鲸了吗？"

"你瞧！"那位两颊凹陷的船长站在船栏杆边回答，同时用手里的话筒指着那只破艇的残骸。

"有没有宰了它？"

"能做到这一点的标枪还没有锻造出来呢。"对方回答说，眼神阴郁地望向甲板上一张被人团团围起的吊床，几个闷声不响的水手正围在那里忙着把它缝好。

"还没有锻造出来！"亚哈从枪架上抄起珀斯为他打造的那支标枪，往前一举，大喊道，"你瞧，南塔开特老乡，我手里操着要他命的家伙！这些倒钩全是用鲜血回火、雷电锻炼出来的。我发誓，要在白鲸的致命处，它的鳍后面那个热乎乎的地方，捅它三枪，再回三次火！"

"但愿上帝保护你，老兄——你瞧瞧那东西，"他指着那吊床，"我是在收殓我手下五位壮士之一的尸骨，这五个人昨天白天还是生龙活虎的，可没到晚上就都送了性命。只有那一个我能收殓，其余四个还没死就被它收殓了。你是在他们的坟墓上驶过来的。"接着他转身对他的水手说，"你们缝好了吗？那就把木板搁到栏杆上，抬起尸体；好，准备——啊，上帝！"他举起双手，朝那吊床走去，"愿你复活，再获生命。"

"升帆！转舵迎风！"亚哈以闪电雷鸣般的速度向他的水手们连连下令。

可是，突然启动的"裴廓德号"还是没有来得及躲过尸体撞击海面时发出的扑通声——实在是来不及，那些溅起来的浪花说不定还有些落在了它的船体上，给它来了个鬼魂所施的洗礼。

就在"裴廓德号"离开垂头丧气的"喜悦号"时，吊在船尾的那只奇形怪状的救生器就显得格外刺眼。

"哈！那边！瞧那边，伙计们！"一个预兆不祥的声音在它后面呼喊。"啊，你们这些陌生人，你们这是枉费心机，你们为了躲开让人伤心落泪的葬礼，掉转了船头，却让我们瞧见了你们船尾栏杆上的棺材！"

第一三二章　交响乐章

这一天天空湛蓝如洗。在那无边无际的蔚蓝中，天海一色，融为一体。这凄清的空气纯净而柔和，颇有一种女人的风韵；而大海则健壮粗犷如男子汉，吞吐之间，形成绵绵不断、长而有力的波涛，像极了参孙①酣睡中的胸膛。

扑棱着雪白翅膀的没有斑点的鸟儿在高空忽东忽西地滑翔而过，那是女性的天空涌动着的温柔的思绪。但是在大海里，在那深不见底的蔚蓝深处，来回奔突着强而有力的大鲸、剑鱼和鲨鱼，这些都是男性海洋中暴烈、动荡不安、透着一股杀气的思想。

然而，虽然二者在内部对比如此鲜明，但在外表上，它们的区别只有细微的明暗浓淡之分。海与天的浑然一体，仿佛区别它们的只是性别而已。

高高在上的太阳，有如万乘之尊，似乎把这柔和的天空交给了自信无畏、奔腾不息的大海，甚至像把天空当作新娘，嫁给了大海。而在

---

①《圣经·旧约》中力大无比的勇士。

那环绕天际的地平线上，有一种轻柔的颤动——这是赤道上最为常见的一种景象——像这位可怜的新娘在献出自己时，既含情脉脉又心怀悸动的信任，又惊又喜的心情。

亚哈心事重重，眉头紧锁，脸上的皱纹都打了结。然而，他那憔悴的面容里却流露着坚毅不屈的神色。一双眼睛像将灭的余烬中，依然闪着亮光的火炭。他稳稳地站在清晨的晴空下，抬起他那破盔似的额头，仰望着如俊美女子前额般的天空。

啊，不朽的天真无邪的蓝天！一些看不见的有翼的精灵在我们周围到处嬉戏！天空的美好的童年！你们对亚哈老头愁肠百结的苦恼多么漠不关心！不过，我也同样看到了可爱的米丽亚姆和玛莎，这两个整日笑眯眯的精灵，无拘无束地缠着她们的老主人嬉闹，拨弄他那圈长在喷发过的火山口似的脑袋周围的烧焦了的头发。

亚哈从舱口上来，慢慢横过甲板，靠在船舷上。他凝望水中，瞧着自己的影子一点一点地往下沉，他越是想看透它有多深，影子便沉得越来越快。不过，那迷人天空中散发的怡人的芳香，似乎暂时驱散了他灵魂深处的痼疾。这令人愉悦的长空，这迷人的天空，终于来抚慰他了；这个继母心肠的世界，多年来一直如此残忍地对待他，如此难以亲近，这时却也伸出了慈爱的双臂搂住了他倔强的脖子，终于对他发出了快乐的呜咽，仿佛抱住了迷途的浪子，不管他曾经多么任性胡为、误入歧途，她仍然能以发自内心的慈爱来拯救他，为他祝福。于是，借着压到他眉眼边的帽子的掩护，亚哈让自己的一滴眼泪掉进了海里。整个浩渺的太平洋也难以盛下这一颗如此珍贵的小小泪珠。

斯达巴克看到了这位老人，看到了他心事重重地从船舷上探出头去。他似乎在自己内心深处听到了从周遭的静谧中悄悄传来的无尽呜咽声。他小心翼翼地走近他，不去触到他，也不想让亚哈看到。然而，他终究还是走到了他的身边去，站在了那里。

亚哈转过身来。

"斯达巴克！"

"在,船长。"

"啊,斯达巴克!这风多温和,天空看上去也是一副温和的模样。就是在这样的日子,也像眼前一样美好的日子——我捕到了我人生中的第一头鲸——那时我还是一个十八岁的娃娃标枪手!四十——四十——那是四十年前的事情了!连续不断捕鲸四十年!四十年的缺衣少食,出生入死,风里来雨里去!四十年生活在无情的大海上!四十年来,我亚哈舍弃了平平安安的故土,一直与深不可测的大海凶险开战!真是这样,斯达巴克,四十年来,我在岸上的时间不到三年。想起我这一生,想起这一生所经受的寂寞凄凉,想起这与世隔绝的像待在石头围墙里的船长生活,几乎得不到外面这个年轻世界的一点同情——好累啊!好压抑啊!孤家寡人式的首领其实是几内亚海岸孤独的奴隶主!——我以前只是半信半疑,没有像今天这样深刻的体会——四十年来我吃的尽是些干透了的腌制品——这正是我灵魂的干涸的象征!——而陆地上最贫穷的人都能每天吃到新鲜水果、新鲜面包,而不是我吃的那种发霉的面包干——我过了五十岁才娶到了一位年轻姑娘做妻子,结婚第二天就上船去合恩角,我在新婚的枕上仅留下了一圈凹形,如今两人远隔重洋——妻子?那也算是妻子?——丈夫健在,却等于没有,还不如说是守活寡!唉!斯达巴克,我头一天和那可怜的姑娘结婚,第二天就让她独守空房!随后是如疯如狂、热血沸腾、额头冒烟的生活。在这样的生活中,我无数次地放下小艇,口吐白沫,拼命追捕着猎物——与其说是人,还不如说是个魔鬼!——唉。唉!四十年来,我亚哈老头是个多大的傻瓜——傻瓜——老傻瓜啊,这就是我亚哈!这豁出命去追捕,手扳长桨,扔标枪长矛,有多累啊,胳膊都快瘫啦,这都为的是什么?如今我亚哈又发了多大的财,得了多大的好处?你瞧瞧吧。啊,斯达巴克!我背负着这沉重负担,换来的却是一条腿从我身子底下给咬掉了,这容易吗?咳,帮我把这绺白发撩到一边,它挡住了我的眼睛,弄得我好像要哭似的。这样花白的头发,只有从某些灰烬中才长得出来！但是，我是不是看起来很老，非常非常老了吧，斯达巴克？我已经到了精疲力竭的地步，弯腰驼背。仿佛我就是亚当，从进入伊甸园的第一天起，多少个世纪，就是这么踉踉跄跄地一路走来。上帝啊！上帝啊！上帝啊！——打得我心破碎！打得我脑浆迸裂！——嘲弄吧！嘲弄吧！对我花白的头发尽情地嘲弄吧，难道是因为我活得幸福才长出了这满头白发，才显得如此衰老、感到如此力不从心？靠近些！站到我跟前来，斯达巴克；让我好好看看人的眼睛，这要比望着大海或天空强，比望着上帝强。葱翠的故乡啊，温馨的家庭生活啊，人的眼睛是面神奇的镜子，老兄；我在你的眼睛里看到了我的妻子和孩子。不，不，你留在甲板上，留在甲板上！——我下去的时候，你千万别去，让额上打了烙印的亚哈去追击莫比·迪克，你不要去追。你不该去冒那个险。不，不！我从你的眼睛里看到了我远在天边的家，就因为这个，你也不能下去！"

"啊，我的船长！我的船长！你是个好人！是一个伟大的好老头儿！为什么非得有人去追击那头可恨的鲸呢？跟我一块儿走吧！让我们远远逃离这片致命的水域！让我们回家去吧！我斯达巴克也有老婆和孩子——那些我年轻时亲如兄弟姐妹的玩伴也有老婆孩子，甚至你也一样，你到老年时是你的老婆孩子的知疼知爱、眠思梦想，犹如他们的父亲一般的亲人！走吧！我们走吧！——请让我马上改变航向！啊，我的船长，让我们稳稳当当、太太平平地驶回南塔开特老家吧！这有多快活、多开心啊！我想，先生，在南塔开特也有这样柔和晴朗的好天气。

"有的，有的。我见过这种天气——一些夏日的清晨就是这样。大概就是这个时候——对，现在是孩子的午睡时间——这孩子愉快地醒来，从床上坐起来；于是，他妈妈就给他讲起了我这个食人生番的老头儿，说我怎么离家远去在大海上漂流，不过有一天他的父亲就会回去再教他跳舞。

"这是我的玛丽，我的玛丽！她答应过我，每天早晨把儿子抱到山上，让他第一个看到父亲的船帆在远处出现！好了，好了，不多说了！就这么定了！我们改朝南塔开特走！来，我的船长，研究研究，定好航向，让我们出发吧！瞧，瞧！我儿子的脸从窗口露出来了！我的儿子在山上向我招手！"

可是，亚哈的目光移开了，就像一棵遭了病虫害的苹果树，经他一摇，便把那最后一个蛀空了的苹果抖落在地上。

"这是什么，这是什么难以形容、不可思议的神秘东西，是什么招摇撞骗、没露过面的主人以及残酷无情的暴君在命令我，才使得我放弃一切出自天性的爱与渴望，始终如此横冲直撞，不顾一切地迫使自己去做就我自己本心来说想也不敢想的事情？是亚哈吗，亚哈？是我，还是上帝，还是别的什么人，在操纵这只胳臂？然而，如果伟大的太阳不是自己凭着自己的意愿在运转，而只不过是天上一个跑腿的小厮；如果没有一颗星星能够自己转动，而是靠某种看不见的力量驱使；那么，我这颗小小的心怎么会跳动，我这颗小小的脑袋又怎么能够思想？除非跳动的不是我的心，思考的不是我的脑子，生活的不是我这个人，而是上帝？天哪，老兄，我们在这世界上给弄得团团转，就像那边的绞车一样，而命运之神便是那根推杆。与此同时，天空却始终在微笑，海洋始终深不可测。看哪！瞧那边那条金枪鱼！是谁叫它去追那条飞鱼，去咬死它？杀人凶手都上哪儿去了，老兄！连法官自己都被拖上了被告席，谁来判决？不过，这风好柔和，天空看上去也好柔和；空气中弥漫着一股淡淡的香味，好像从遥远的草原吹来的。准是有人在安第斯山脉的哪一个山坡底翻晒干草哩，斯达巴克，割草人在新割倒的干草堆里睡觉。睡觉？是啊，不管我们如何辛苦劳作，到头来我们都要睡在田野上。睡觉？是啊，斯达巴克，在青草丛中生锈，就像去年扔下的镰刀，遗留在没割完的草丛中一般！"

那位大副，由于绝望，脸色苍白得像个死人，此时已趁他不注意溜走了。

亚哈横过甲板，靠在对面船舷上凝望大海；可是，却让水里倒映的一双定定的眼睛吓了一跳。原来，费达拉也一动不动地靠在同一边的栏杆上。

第一三三章　追击——第一天

那天夜里，午夜班的时候，这个老人——像他往常那样——从他靠着的舱口上来，朝他的钻孔走去时，猛地恶狠狠地伸出头去，像船上的机灵的狗一到船只驶近了某一个蛮人的小岛那样，猛吸了一口海上的空气。他宣布附近肯定有条大鲸。不久，所有值班的人都闻到了活蹦乱跳的抹香鲸发出的有时老远都能让人闻到的独特的气味。因此，亚哈在仔细看过罗盘，观察桅上的风向指示器，再尽可能精确地弄清那股气味的准确方向之后，便迅速下令稍稍改变船的航向，并收缩风帆，水手们对他这样办并不觉得奇怪。

第二天一亮，便充分证明转向收帆的英明决策是完全正确的，因为大家发现有一个长长的滑溜的东西横亘在正前方的海面上，光滑如油，在它周围还有皱褶绵延的水纹，像在一条急流的出口，那种锃亮的金器般的湍急的浪潮那样。

"上桅顶！全体集合。"

达格用三根大头棒像打雷似的在水手舱甲板上使劲擂，那种大难临头的隆隆声把睡觉的人都惊醒了，他们像是从舱口给抽了出来，连衣服都来不及穿，拿在手上就拥出来了。

"你们看见什么了？"亚哈仰脸朝上问桅顶上的人。

"什么也没有看见，什么也没有，先生！"上面大声回答道。

"上桅帆！——翼帆！上上下下，两边，全扯上去！"

所有的帆都扯上去了。这时他解开了专门为把他扯到主桅最上桅桅顶上去准备的救生索。随即水手们便把他吊到了那顶上，可是，还只升到三分之二的高度，当他从主中桅帆和上桅帆之间的空隙向前方望时，就像海鸥似的叫了起来："它在那儿喷水！——它在那儿喷水！一个雪山似的背峰！那是莫比·迪克！"

这叫声几乎在同时得到了三个瞭望者的响应。甲板上顿时轰动了。所有的人争先恐后地向索具跟前拥去，都想要看一眼这么久他们一直在追击的这条名震遐迩的大鲸。这时亚哈已经升到了主桅顶上，比那三个瞭望者还高出几英尺。塔希蒂格正好站在他下面的上桅顶的粗木块上，所以这个印第安人的脑袋差不多跟亚哈的脚后跟一般高。从这个高度看去，那大鲸大约在前方几英里处，波涛每一次起伏之际，便露出了它那高耸的晶莹如玉的驼峰，它有规律地向空中默无声息的喷水。对那些容易轻信的水手来说，这无声的喷水似乎跟他们很久以前在月光下的太平洋和印度洋里所见到的喷水没有什么两样。

"难道你们之中有人在我之前见过它？"亚哈朝他周围爬在帆桁上的人喊道。

"我几乎就在您亚哈船长发现它的时候也发现它了，并且跟着就喊了。"塔希蒂格说。

"不是跟我同时发现的；不是同时——不，那枚金币是我的，命运之神为我保存了那只金币。只有我；你们谁都不可能第一个发现白鲸。它在那里喷水啦！它在那里喷水啦！——它在那里喷水啦！它又在喷——又在喷！"他高声叫喊，声音悠长且富有节奏，跟那条鲸慢悠悠迸射出来的明显的喷水遥相配合，"它要潜下去啦！翼帆挺住！收下上桅帆！准备好三只小艇。斯达巴克先生，请记住，你留在船上，接管全船。喂，舵手注意！抢风，抢风，转一个罗经点！好，稳住，老兄，稳住！鲸鱼尾巴下去啦！不，不，只不过是一团黑水！小艇都准备好了吗？随时准备行动，随时准备行动！把我放下来，斯达巴克先生；放下来，快点，再快点！"于是，他抓住绳子，从半空中一下子滑落到了甲板上。

"它直奔下风去啦,先生。"斯塔布喊道,"它掉头从我们这边泅走了;可能还没有发现我们的船。"

"别嚷嚷,老兄!转帆索准备!转舵背风!——帆桁扯直!撵上它!——撵上它!好的;行啦!小艇,小艇!"

不一会,除了斯达巴克的小艇,其他的小艇都放下去了。小艇上的帆都扯起来了——所有的桨都拼命地划起来了。小艇飞快地搅起一路浪花,直奔下风头而去。亚哈一马当先。费达拉深陷的眼睛发出了一种苍白的、死灰色的光,嘴巴极其可怕地抽搐着。

三艘小艇轻快的艇头,像悄无声息的鹦鹉螺壳,飞快地穿过海面,只在接近对手的时候才放慢速度。这时,洋面上变得越发平静,像一张地毯平铺在波浪上;像是正午时的草原,安静地铺展开去。终于,屏息敛气的猎手离那似乎毫无觉察的猎物已是如此之近,以至连它那整个白得耀眼的驼峰都看得清清楚楚,它在海里独自向前滑行,不断地在身后划出一道精细之极、羊毛般的稍带绿色的打转的圆圈。猎手也看到了更远一些它的微微突起的脑袋上的巨大纠结的皲裂。在它前面,远映在那柔软的土耳其地毯似的水面上的,是它那乳白色的阔大额头闪闪发光的白色影子。微波伴着这影子发出顽皮悦耳的淙淙声。在它后面,蔚蓝的海水交替流过,涌进它那稳定的航迹形成的活动深谷。它的两侧鼓起了明亮的水泡,仿佛在它身旁跳舞。可是,给大海披上一身柔软的羽毛盛装的成百上千只快活的飞禽,在时起时落的飞行中,轻飘的趾尖又把这些水泡泡给弄破了。而且,像只金碧辉煌的大商船上升起一支旗杆似的,这只白鲸背上矗立有一支新近插进的捕鲸枪,枪杆子高高地晃来晃去。这群白云似的软爪飞禽围着这条大鲸盘旋,来回掠过,像个华盖一般,不时地会有一只栖止在这根枪杆上,不停地摇晃,长长的尾羽像枪旗般飘垂下来。

这头像在水中滑翔的鲸鱼,动作迅疾,气势非凡,同时却又显得从容不迫,温文儒雅,全身透出一种不动声色的欢快情绪。那化作白牛的朱庇特驮着被他劫走、紧紧抱着他优美双角的欧罗巴公主,他那双可爱的狡黠的眼睛专注地瞟着这个美女，以平稳醉人的高速，搅起一路涟波，直奔克里特岛的新房时，也比不上这条令人赞叹的大鲸如此神妙的游姿；不，即使那位众神之王的朱庇特就在眼前，也绝对比不上。

大鲸劈浪前游，汹涌的波涛随之敞开，它两侧柔软的肋腹也同时露了出来，发出明亮迷人的光彩。难怪有些猎手为这种平和安静，静如处子的气度所迷惑，轻率地去攻击它，而在他们毙命前方才明白这种沉静不过是暴风骤雨般的回击的伪装而已。然而这派宁静，撩人的宁静，你这鲸鱼啊！尽管你已多少次用这同一招数欺骗过、消灭了你的对手，而在今天初次向你打量的人眼里，你依然泅得如此安详、多么撩人的安详啊。

莫比·迪克就这样在宁静的热带海洋中穿行，在悄无声息的波浪中前进，由于高兴得过了头，波浪都忘了鼓掌。它那令人恐怖的巨大身躯仍然不露在水面上，它那丑恶之至的扭歪的下巴仍然深藏不露。但不久，它的上半身便慢慢浮出了水面；片刻之间，它那整个大理石花纹的身躯便形成了一个高高的拱门，像弗吉尼亚州的天然桥[1]，在空中摇着它的犹如旗帜的尾巴，像是在警告世人，这伟大的神略一现身，又潜了下去不见。白色的海鸟依依不舍地逗留在它下潜时激起的水窝上，时而原地盘旋，时而低飞点水。

这时，三只小艇都竖起了大桨，放下了小浆，风帆则听其自然，它们此刻只是静静地浮在水面上，等待莫比·迪克重新出现。

"等一个小时。"亚哈像生了根似的站在小艇艇尾说。他的目光越过大鲸下潜处，伸向朦朦胧胧的蓝色水面和下风头那一大片招人前往的空旷处。那只有短短一瞬间；因为他的目光在海面上扫了一圈以后，似乎又头晕眼花了。这时，风加强了，海浪开始汹涌起来。

"瞧那些鸟！——那些鸟！"塔希蒂格嚷道。

---

① 位于弗吉尼亚州的蓝岭山脉。

这时，那些白鸟，像飞行的苍鹭一般，排成长长的一字纵队，遥向亚哈的小艇飞去；等相距只有几码远时，便开始在那一块水面的上空拍击翅膀盘旋，发出愉快的有所期待的叫声。它们的视力比人的要犀利；亚哈这时并没有在海里发现什么迹象。但是，当他一个劲儿往大海深处瞧时，真切地看到了一个活动的白点，大约一只白鼬鼠大小，正飞快地上升，越来越大。等它一翻身，就清清楚楚地露出两排又长又弯闪光的白牙，从那难以发现的海底浮了上来。那是莫比·迪克张开的嘴和涡卷形的下颚。它那巨大无比的隐蔽着的身躯还有大半和蔚蓝的海水融在一起。那白牙森森的大嘴，在小艇下面张开来打了个呵欠，活像是一座敞开了大门的大理石坟墓。亚哈把舵桨猛地往斜刺里一划，小艇便转向一边，躲开了这个可怕的怪物。然后，他叫费达拉跟他交换位置，他来到艇首，抄起珀斯专给他打的那支标枪，命令他的水手握紧桨，准备倒划。

这时，由于小艇这及时的一旋，艇首正好按照预先设想的那样正对着还没在水中的鲸头。可是，莫比·迪克真是个人人称道的鬼精灵，它好似识破了这一意图，登时把身子一横，它那打褶的头就直向艇底冲来。

在一刹那间，艇子一下子整个儿发起抖来，连每一块船板、每一根肋材都抖起来。这大鲸半侧身仰卧着，有如一条要噬咬的鲨鱼，慢慢地颇有感情地把整个艇头填进了它的大嘴。这样一来，它那狭长的涡卷形的下颚便高拱在空中，一根长牙还卡在桨架上。它的珍珠似的白里透青的下巴内侧离亚哈的脑袋不到六寸，而且比他的脑袋还高。这时，白鲸就保持这种姿势，摇晃起这脆弱的杉木小艇，活像一头装出一副和善神气的恶猫戏弄它逮住的耗子。费达拉处变不惊地抱着两条胳膊注视着它；可是那几个虎皮黄肤色的水手却跌跌撞撞地互相挤压着，想抢到艇尾尽头去。

就在这条大鲸尽情地戏弄这只大限将到的小艇时，那有弹性的艇舷便也跟着一鼓一吸地动着。它的身躯还浸在艇底下的水中，无法从艇首用标枪扎它，因为艇首可说差不多都在它嘴里。其他两只小艇，面对这骤然发生的变故，一时无法应付，束手无策，都不由自主地愣住了。这时，这个一心想要报仇的亚哈，看到自己的死敌逗弄人地近在眼前，自己偏又活生生地一筹莫展地陷身在这死敌的可恨的嘴巴里，不禁大发雷霆。暴怒之余，他竟赤手空拳抓住了那长长的颚骨，死命要把它拧下来。正当他这么白费力气时，那下颚一滑落；脆弱的艇舷经不住折腾，凹了进去，碎了，断了，同时，鲸鱼的犹如一把大剪刀似的上下颚更向艇尾一挤，便把小艇整个儿剪成两截。接着上下颚又在海中紧紧闭上了，把浮着的小艇残骸的一半关在了上下颚之外。破碎的零星物件在下沉。那半截艇尾上的水手紧紧攀住艇舷，极力想抓住木桨，好划着它们回到艇头跟前去。

在这只小艇将断未断、眼看就要出事之际，亚哈头一个看出了大鲸的意图，便机灵地一抬头，暂时松开了抓下巴骨的那只手。在那一瞬间，他作了最后一次努力，想把小艇从鲸嘴里推出来。可是，这一下只不过使小艇往鲸嘴里滑进得更深了些，还翻向了一侧。但小艇到底使它松开了抓下巴骨的手。就在他俯身去推时，把他摔出了鲸口。于是，他整个儿跌落在海面上。

莫比·迪克缓缓地游开了一点儿，抛下了它的猎物，此时停留在不远处，在波涛中竖起它正方形的白头，慢悠悠地滚动它整个纺锤形的身子。于是，当它那巨大的满是皱纹的额头一冒出来——高出水面约二十多英尺——那正往上涌的波涛，和所有汇合扰来的水浪一道，都炫目地撞碎在它的额头上，转而把它们的浪沫迸射到更高的空中好一泄它们心头之恨[1]。这正如在狂风中，英吉利海峡中的巨浪打在涡石灯塔[2]的底座上受挫后反弹回来，却将它们的浪沫飞溅到灯塔的

----

[1]　这种动作是抹香鲸所特有的。因为这动作和我们前面描述过的投掷鱼枪那一起一伏的预备动作很相似。依靠这一动作，这种大鲸肯定能把它周围的事物看得清清楚楚。——原注

[2]　在英格兰的普利茅斯港十四里的英吉利海峡中的涡石礁上，在民谣和海员

顶上而自鸣得意。

不过，莫比·迪克很快又恢复了平时的姿势，把身子放平，迅速地围着落水的水手兜圈子，从旁边搅起一路复仇的水花，仿佛在激励自己再进行一次更厉害的攻击。它一看到这碎裂的小艇，就似乎怒火中烧，狂性大发，正如《马卡如父子书》①中所描写的，把血红的葡萄汁和桑葚汁泼洒在安泰奥卡斯的象群前一样。这时，那蛮横的鲸尾所搅起的泡沫快把亚哈闷得几乎闭过气去，加之他又只有一条腿，无法游泳——不过，哪怕是处于这样一个漩涡中心，他仍然挣扎着浮在水面上。远远望去，亚哈的有气无力的脑袋好像撒在水面上的一个气泡，稍有震动就能使它破裂。费达拉则从碎裂的艇尾上漠不关心、不慌不忙地瞧着他。那些攀附在漂浮的另一端残片上的水手自顾不暇，实在没法子救他。因为打着转的白鲸模样儿着实吓人，也由于它飞快地转的圈子越来越小，使它看上去像是要横扫他们。其他小艇虽然都平安无事，仍在附近转悠；也不敢划到漩涡中心去进攻它，生怕这样一来，那些处于危险中的遇难者，亚哈和所有落水的人，马上就会完蛋。再说那样做，他们自己也难望逃此厄运。于是，他们只好眼睁睁地停在这个可怕的地带的外围。而亚哈老头的脑袋此时已经成了这一地带的中心。

这一切，大船桅顶上的人从一开始就全看到了。于是，大船赶紧调整帆桁，直奔出事地点而来。等它靠得很近时，亚哈在水里朝它招呼："驶过来——"但话还没说完，从莫比·迪克那边打过来一个大浪，登时把他的声音淹没了。可他随即又挣扎出来，碰巧落在一个高高的浪峰上，他趁机大喊道，"驶到大鲸那边去！——把它撵走！"

"裴廓德号"的船头是尖的，它冲破了那像中了魔法似的圈子，顺利地把白鲸跟那些遭难者分隔开来。白鲸很不痛快地游开了，那两只小艇也飞也似的赶紧去援救同伴。

传说中非常有名。

① 是《圣经》中的伪经。

亚哈被拖上斯塔布的小艇。他两眼充血，眼花缭乱，脸上的皱纹都黏着白花花的泪水。由于长时间地处于紧张状态，他的体力完全衰竭，身体遭此大难，他只好暂时听凭摆布，有一段时间，他一团泥似的躺在斯塔布的小艇里，像一个被象群践踏过的人。他那发自内心深处难以形容的哀号，犹如来自远方深谷凄凉的声音。

然而这种体力虚脱到了极点，往往正因为来得猛去得也快。伟大人物有时把常人毕生经历的肤浅的痛苦的总和浓缩为一瞬间深沉的剧痛。因此这些非常人物每一次经受的苦痛虽然短暂，但如果上天有意使然，则他们终其一生所受、全都由无数片刻的大悲痛所加起来的总和，足以与一个时代的苦难相当而无愧，因为这些伟人的中心一点即包含了碌碌无为的庸人的整个圆周。

"我的标枪，"亚哈慢吞吞地曲起一支胳臂支撑着，抬起了半拉身子，"没有出毛病啊？"

"在，先生，因为没有投出去。你看。"斯塔布说，把标枪举起来给他看。

"放到我面前。——人都回来了吧？"

"一、二、三、四、五；一共五支桨，先生，五个人都回来了。"

"好极了。——拉我一把，老兄；我想站起来。唔，唔，我看到它啦！你看！你看！还在朝下风游去；那水喷得多有气势啊！——放开我！亚哈骨头里那股永不衰竭的元气又在周身运行开了！扬帆；划桨；转舵！"

每当一艘小艇被毁，它的水手被另一艘小艇救起以后，通常就帮着那艘艇子的水手们一块儿干；因此追击就用所谓双排座桨继续进行下去。眼下就是这种情况。不过，这小艇上增加的力量和大鲸所增加的力量并不相等，因为它的鳍好像翻了三番；游速之快，分明在告诉他们：在这种情况下，如果继续追下去，那么，这次追击即使不是毫无希望，也会无限期地拖下去。桨手们谁也无法如此长久地不歇气地使足了劲儿坚持下去。这种事只能在短时间内勉为其难。于是，正如有时出现的情况那样，大船本身成了最有希望追上这一猎物的工具。因此，这些小艇这时就都向大船划去，很快就吊起在吊柱上——那两截破艇已经打捞上来了——再把所有的东西都吊在船侧，船帆全部扯起，翼帆往斜刺里展开，很像信天翁的一对长的翅膀。这样，"裴廓德号"就奔下风头紧追莫比·迪克去了。桅顶上的人按着众所周知的办法，有规律地定时报告着大鲸闪闪发亮的喷水情况。每逢报告它刚刚潜下去时，亚哈就把时间记下，然后在甲板上踱来踱去，手里拿着罗盘表，等预定的时间最后一秒刚过，他就马上说道。"这会儿古金币归谁啦？你们看到它了吗？"如果回答是没有，他马上就吩咐他们把他升到他的瞭望筐里去。这一天就这么慢慢过去了；亚哈一会儿高高在上，一动不动，一会儿不安地在船板上踱来踱去。

他在甲板上走的时候，一句话不说，除非向桅顶的人发问，或是吩咐水手把某一张帆升得更高些，或是把某一张帆张得更开些——就这样踱来踱去，帽子压得低低的，每一次转身，都要经过自己那只破艇。这破艇给扔在后甲板上，破损的艇首和粉碎的艇尾相互倒置地挨着躺在那里。后来，他终于在这破艇前站住了；就像是已经乌云密布的天空偶尔还会有新的乌云掠过一般，此时老人的脸上也正是如此，他的神情显得更加阴沉了。

斯塔布看到他停住了脚步，也许是有意（可是并非枉费心机地）显示一下自己丝毫未因这次意外而减弱的坚强精神，从而继续在船长的脑海中留下一个勇士的形象，就走上前去，瞧着破艇喊道："这是驴子不吃的蓟；刺扎伤了它的嘴，先生。哈！哈！"

"对着这残骸发笑，这未免有点没有心肝了吧？嗬！嗬！要不是我早知道你勇敢得（也没头没脑的）像无畏的火神，我敢断定你是个胆小鬼。面对破艇，既不应该抽声叹气，也不应该笑。"

"是，先生，"斯达巴克靠拢去说道，"这个情景非同小可。这是个预兆，而且是个很不吉利的预兆。"

"预兆？预兆？——这是辞典上的说法！如果老天爷有意向人

有所交代，那它就该光明正大地说出来，而不是摇摇脑袋，像个老太婆似的给个含糊其辞的暗示。——滚开！你们两人是一件东西的两个极端。斯达巴克是斯塔布的极端，斯塔布则是斯达巴克的极端。你们俩都很有男子气概。而亚哈却孤零零地置身在熙熙攘攘的人间，神也好，人也好，都不是他的邻居！真冷，真冷——我浑身直抖！——上头的人听着，现在怎么样啦？看到它了吗？它喷一次水你们报一次，哪怕它每秒钟喷十次，也都给我喊出来！"

这一天快过去了，只有太阳那金色长袍的边边还在沙沙作响。天快黑了，可是瞭望的人仍旧待在上面，没有下来。

"现在看不见喷水啦，先生；——天太黑了。"听到半空中喊道。

"最后看到它是奔哪个方向去了？"

"跟原先一样，先生，——直奔下风头。"

"很好！到了晚上，它会游得慢些。把最上桅帆和上桅翼帆放下来，斯达巴克先生。天亮之前，我们千万别追过了头。它正在移栖中，可能会停下来歇一歇。掌好舵！让船吃满风！——桅顶上的人！下来吧！——斯塔布先生，换个体力充沛的人到前桅顶上去，大亮之前，你负责轮流换人上去。"然后他朝钉在主桅上的古金币走去，"弟兄们，这枚金币是我的啦，因为我头一个发现它。不过，我还是要让它继续待在上面，到白鲸死那天再取下来。那时候，你们中间谁在它送命的那一天发现了它，这金币就归谁；要是在那一天，还是我先发现它，那我就拿出十倍的钱来分给你们大伙！现在散了吧！——甲板上的事就归你啦，先生。"

说这话的时候他人已经一半下到了舱口，然后，他压低了帽子，在那里一直站到天亮，只间或提醒自己观观天象，察看这一晚有什么动静。

第一三四章　追击——第二天

破晓时分,三个桅顶上都准时换上了新的看守人。

"你们看到它了吗?"待天稍稍亮了一些,亚哈大声问道。

"什么也没有看见,先生。"

"把所有的人都召集到甲板上来,扯足帆! 它游得比我想象得要快。——上桅帆! ——唉,这些船帆本该通宵张着的。不过,不要紧——休息是为了更好地追击。"

应该在这里交代一下,像这样夜以继日、坚持不懈地专门追捕一头大鲸的事,在南海捕鲸业中绝非先例。因为南塔开特船长中所出的那些天才人物,他们有了不起的能耐、丰富的经验和战无不胜的信心;通过对上一次发现的一头大鲸所作的简单观察,他们可以在某种特定的情况下,在大鲸消失得无影无踪时,相当精确地预知它在一段时间内继续前游的方向,以及在此期间它前进的速度大概是多少。在这方面,他们颇有些像一个领航员,在出发的海岸(这海岸是他在到达前方某一点后便将重新回去的基地)快要看不见然而其大体方位了然于胸时,他站在罗盘前,指点航向,使船能精确地到达此刻已经在望的地峡,以便更有把握地在最后能正确地到达那遥远的、看不见的、最终要去向的目标。守着罗盘的捕鲸人也是如此,白天他们追捕大鲸,不厌其烦地做着详细的记录,一干就是好几个小时;到了晚上看不见它的时候,这生灵在黑暗中的行踪全凭猎手睿智的头脑来确定,这几乎就跟领航员的海岸之于领航员一般,具有同样的把握。大鲸如何在海中消失的情景众人皆知,而它的踪迹对于一个技艺高超的猎手，从任何方面来说，都如同稳固的陆地般可靠。现代铁道上运行的那种大力神般的钢铁巨兽，它每走一步，大家都很熟悉，只要手里拿只表，就能像医生数婴儿脉搏一样，计算出它的运行速度，可以轻而易举地说出这趟上行车或下行车将于何时到达何地；几乎跟这一模一样的是，这些南塔开特人也可以根据所观察到的那深海中巨兽的游水速度，来告诉自己：这么长时间过去了，大鲸要走出二百英里了，它大约处于某一经度或纬度上。但是，只有风和海水愿意与捕鲸人合力同心，他的这种本事才能最终显现出它的灵验来；因为一个捕鲸人固然有本事测算出他的猎物离目的地刚好还有九十三又四分之一英里，但如果赶上风停或者逆风，无法前行，这种本领又有何用处？由此可见，追捕大鲸这件事儿牵涉许多微妙的因素。

大船继续向前行，在海面上留下一道深深的垄沟，如同一发没瞄准的炮弹，落下来变成了犁头，在平地翻出了一道沟壑。

"我的天！"斯塔布嚷道，"甲板这么急速的抖动搞得我的两条腿都抖起来了，它还挠着我的心。这条船和我都是勇士！——哈！哈！谁把我托了起来，脊梁贴着海面推出去，——因为我的脊梁就是龙骨，我发誓！哈，哈！我们行驶得这样轻快，身后连一粒灰尘也没有扬起。"

"它在那儿喷水啦——喷水啦！——喷水啦！——就在前面！"桅顶上的人喊道。

"好，好！"斯塔布嚷道，"我知道——你逃不掉的——喷吧，尽管喷吧，大鲸啊！有个疯狂的恶魔在追你哩！吹起你的喇叭——鼓起你的肺吧！——亚哈会让你的血流止住，就像磨坊主关上溪流上的闸门一样！"

斯塔布正好说出了那些水手心里的话。这发狂似的追击到了这个时候已经在大家身上鼓起了一股疯劲儿，好像肚里的陈年老酒的劲儿上来了一样。无论他们中的一些人曾经有过什么样隐隐约约的恐惧和不祥的预感，此时它们已经因为人们对亚哈日益增长的敬畏而被抛之脑后了，就像草原上胆小的兔子遇到了狂奔的野牛一样四散奔逃、无影无踪。命运之神似乎已紧紧攫住了他们的灵魂。况且，经历了头一天出生入死的经历、昨天夜里的提心吊胆，以及他们的船在拼命追击那条飞快移动的目标时，那种坚定不移、无所畏惧、不顾死活的盲目劲头，他们的心也被带动起来了。风把帆吹得鼓起个大肚子，像用看不见、挡不住的臂膀推着船前进，而这风正是冥冥之中那股驱使着他们去进行这次较量的力量的一个象征。

他们三十个人已经成为一个人。正像这条载着他们所有人的船一样，尽管它是由许多不同的材料拼凑起来的——橡木、枫木、松木，铁、沥青和苎麻——然而，这些东西已经相互紧密结合成为一艘具体的船，在长长的主龙骨的平衡与控制下，飞速行驶；同样，这些水手秉性各不相同，这个勇敢，那个胆怯，有的犯了罪，有的心存恶念，形形色色不一而足，全都融为一体，全部听命于亚哈——他们唯一的主子兼龙骨的指挥，一起向那个致命的目标前进。

索具活动自如。桅顶就像高高的棕榈树的冠，枝叶纷披，像长着胳膊和腿。有些人一手攀住一根桅杆，另一只手伸出去急不可耐地挥着；另一些人用手遮住眼睛，躲避耀眼的阳光，坐在晃来晃去的帆桁外端上。所有的桅桁上都站满了人，准备好迎接他们的命运。唉！他们还在使劲搜索那无边无际的蓝色海洋，要找出那说不定会要他们的命的死对头。

"你们既然看到它，为什么不喊出来？"亚哈在听到第一声叫喊之后，又过了几分钟后，还是没有下文了，就嚷道。"喂，把我升上去。你们都上当了。莫比·迪克绝不会只喷一回水就不见的。"

还真给他说中了。这些人在急赶直追中，竟把别的什么现象错当成大鲸喷水了。事实很快就证明了这一点。因为亚哈一登上他的瞭望岗，那根吊绳刚扣到甲板的铁栓上，他就向全体船员发出了号令，使得空气中像有多支步枪齐射般震荡起来。三十个壮实的肺发出了胜利的欢呼声，原来莫比·迪克蹿出了水面！比想象中白鲸喷水的地方要近得多，就在前面不到一英里处！白鲸是这样近在眼前，它这一次出现不是通过任何平静而慵懒的喷水，也不是从脑袋里安分地涌出一股神秘的喷泉，而是出现了远比喷水奇妙的现象——鲸跳。这条抹香鲸以异乎寻常的速度，从海底最深处一跃而起，轰隆一声把整个身子腾跃到空中，把晶亮耀眼的泡沫堆成了一座小山，让人看出它是在离船七八英里的地方。这时，被它搅得汹涌澎湃的波涛宛如鬃毛一般，从它身上抖落下来；有时候，这种跳跃是它要一决雌雄的宣战。

"它在跳咧！它在跳咧！"随着白鲸大张声势，把自己的身体像鲑鱼一般抛向空中时，船上响起了一片喊声。在这蔚蓝的海平面上，突然看到了白鲸的身影，它激起的一团浪沫，在比海水还要蓝的天空的映衬下，好似闪闪发光的冰河，让人睁不开眼。然后，这浪沫从最初令人难以逼视的亮度一点点黯淡下去，最后化为山谷中一阵倾盆大雨后留下的蒙蒙水雾。

"嘿，莫比·迪克，朝着太阳跳你最后的一跳吧！"亚哈嚷道，"你的大限到了，你的标枪就在手边！——下来！你们统统下来，留一个人在前桅上。小艇——准备！"

那些水手不顾桅绳上那些碍手碍脚的绳梯，一个个流星似的顺着孤零零的后支索和升降索迅速滑到了甲板上。亚哈虽没有如此急躁，却也很快从他的瞭望筐里下来了。

"放艇子。"他一走到小艇旁边——一只昨天下午才匆匆装备好的备用艇，就嚷道。"斯达巴克先生，大船由你负责——要和小艇拉开一段距离，不过不要隔得太远。把艇子全都放下去！"

莫比·迪克这回像要给他们一个下马威，首先发起进攻。它调转身子，朝着这三艘艇子上的水手扑了过来。亚哈的小艇就在中间。为了鼓舞士气，他说他要迎上去和这头恶鲸一决高下，让小艇正面向鲸的脑门冲上去。这种做法并不罕见，因为在一定的距离内，这一举动可以不让大鲸斜向两侧的眼睛发现小艇扑面而来的进攻。然而，在还没有接近白鲸之前，在它眼里这三艘小艇就如同大船上的三根桅杆一样清楚的时候，白鲸就猛地加速，一眨眼工夫它就冲到了三条小艇中间，张大嘴巴，甩着尾巴，展开了一场全方位的恶战。它毫不理睬这些小艇投向它的标枪，似乎一心只想把这些小艇的每一块船板都统统粉碎。它就像一个训练有素的冲锋好手，灵活机动，不停地转动着身子。三只小艇暂时还能避开它的攻击，尽管有时只差一块船板的距离。在整个过程中，亚哈那撕心裂肺的叫喊声把其他人的喊杀声都盖得听不见了。

此时，白鲸在令人眼花缭乱的变化中翻来覆去，最后以种种方式把扎在它身上的三根曳鲸索牢牢地搅到了一起，使它们缩短了，从而使曳着索子的艇子歪歪斜斜，不由得被拉向鲸身上中的枪。亏得这时这白鲸暂时往一边缩了缩，仿佛要先松一口气，然后集中力量来做一次更猛烈的冲击。亚哈抓住了这个时机，先是放出了更多的捕鲸索，然后快速地又拽又抖——想借此解开纠缠在一起的活结——谁知就在这一刻出现了一番比鲨鱼那满口利齿还要可怕的景象！

那些有着一簇簇的倒钩和尖刺的竖立着的标枪和长矛与大团的索子绞缠在一起，经鲸鱼一退一拉，把枪和索子一齐甩到亚哈艇子头部的导索口。此时只有一个办法。亚哈抓起艇刀，小心地把塞到导索口艇内的一头的索子割断，又通过导索口割断了艇外的，把外面的索子拉进来，经过导索口到了艇内递给艇头的水手，再把靠近导缆器的绳索割了两刀——把截断了的钢枪扔到海里。于是，一切又恢复正常了。而在这一刻，白鲸猛地一下冲进了其他缠成一团的绳索中。从而以不可阻挡之势把斯塔布和弗拉斯克的两只更难分难解的小艇拖到它的尾部。这两艘小艇像碎浪冲刷的海滩上两片翻滚的贝壳似的彼此相撞。然后白鲸一个猛子，消失在一个沸腾的大漩涡里。有一段时间，艇子残骸的杉木板碎片在旋涡里蹦来跳去，好像浮在一大碗快速搅动着的五味酒上的肉豆蔻末。

与此同时，两艘小艇的水手还在水中打转，伸出手去够那些转动着的索桶、木桨和其他漂浮的用具时，小弗拉斯克像一只斜浮在海面的空瓶子，忽起忽落，两条腿一次次地往上抽着，以躲开鲨鱼那可怕的嘴巴的袭击；斯塔布拼命大叫，要人把他从水里捞起来；而这老头的捕鲸索——此时已经断成两截——还能派上用场，让他钻到奶油色的深潭里去搭救他所能救的人——就在险象环生的危急时刻，亚哈那尚未被击中的小艇似乎被些什么看不见的线直往天上拽，——白鲸箭一般笔直地从水里蹿出来，它宽大的额头撞在了亚哈艇子的底部，让艇子晃动着飞到了空中，像有根无形的钢丝牵引着他到天国去。然后艇舷朝下落了下来——亚哈和艇上的几个人奋力从艇底下钻出来，就像海豹从海边的岩洞里钻出来一般。

这大鲸最初上冲的势头——冲破水面时方向起了点变化——使它不由自主地顺着海面射出去，落到离它造成的破坏中心不远的地方。这时，它背对着事发中心点，稍稍停了停，用它的尾巴试探性地左右摆动；只要有一支桨，一块碎木板，或者一星半点小艇的残骸碰到了它的身子，它的尾巴便会迅速缩回，然后用力斜扫过去。但是，不一会儿，它好像认为自己这番做法可以到此为止了；它将打褶的前额往海里一冲，后边拖着一串纠缠着的绳索，像个旅客那样，拖着慢条斯理的步子，继续向下风头游去。

跟先前一样。那艘聚精会神的大船，看到了整个战斗场面后，又赶紧过来救援。它放下了一只小艇，打捞起浮在水面上的水手、索桶、木桨以及其他一切能够打捞到的东西。有的水手扭了肩膀、手腕、脚脖子，有的受了挫伤皮肤发青。拧弯了的标枪和鱼枪，解不开的乱麻似的绳索，破碎的桨叶和船板，所有这些全都陈列在甲板上。幸好，似乎没有一个人受了致命伤或者重伤。至于亚哈，则跟昨天的费达拉一样，正脸色阴沉地攀住他的半拉破艇，不怎么费力就浮起来了，不像前一天遇难时那样精疲力竭。

待把他扶上甲板后，大家的眼睛都盯住了他；他已经站不起来了，半边身子靠在斯达巴克的肩膀上，斯达巴克总是带头照顾他的人。他的假腿被折断了，只剩下短短一截尖茬。

"唉，唉，斯达巴克，有时候靠一靠真舒服，不管靠在谁身上；亚哈老头过去要是多靠一靠别人就好了。

"假腿上那铁箍吃不住劲，先生。"木匠这时走了过来说，"那条腿我还真下了工夫。"

"不过，没有伤着骨头吧，先生。"斯塔布衷心关切地说。

"唉！骨头都碎成片片了，斯塔布！——你瞧。——不过，即使断了一根骨头，亚哈老头也毫不动摇；我对我身上的真骨头，就跟对我那只失掉了的坏腿一样，一点也不放在心上。白鲸也好，人类也好，魔鬼也好，都伤不了我亚哈的本身和本性一根毫毛。这世界难道有什么子弹能射得到海底，有什么桅杆能够得着天？——喂，上边的！它奔向哪儿去了？"

"直奔下风头去了，先生。"

"那就转舵迎风，把所有的帆都扯起来。各位管事的，把其他的备用艇都放下来，装备好——斯达巴克先生，你去，把小艇的水手都召集起来。"

"让我先扶你到船舷那边去吧，先生。"

"啊，啊，啊！这会儿这碎骨头还真刺得我好痛啊！我的命真苦！一个灵魂不可征服的船长竟然有这么一个胆小怕死的大副！"

"先生，你说什么？"

"说的是我的身体，老兄，不是说你。给我找个什么东西来当拐杖使——喂，那根晃悠悠的长矛就行。把人手召集起来。我到现在肯定还没有看到他。失踪了？——天哪，这不可能！——快！把大家都叫来。"

这老人心中的怀疑还真被证实了。大家集合后，那个袄教徒果真不在其中。

"袄教徒！"斯塔布嚷道，"他肯定是被什么给绊住了。"

"绊你的鬼去吧！——你们赶紧给我去找，上上下下、舱里、船头楼——全部给我找——他不会死——不会死的！"

但是,去找的人都回来报告,哪儿都没有看到袄教徒。

"没错,先生,"斯塔布说,"是让你的绳索给绊住了,我好像看到他给拖下去了。"

"我的绳索!我的绳索!没了? ——没了?这个简简单单的词儿什么意思? ——这个词儿敲响了什么样的丧钟,连亚哈老头都浑身发抖,仿佛他就是那钟楼似的。还有我那支标枪!把那一堆乱七八糟的东西好好翻一翻,——你看见了吗? ——喂,那支专为白鲸打造的标枪——不,不,不,——我这该死的蠢货!这只手确实把它投出去了! ——它扎在那鲸身上! ——喂,上边的!盯住它——快!——大家都去把艇子装备好——把桨收拢来——标枪手呀!把标枪找来,标枪! ——把最上桅升高些——把所有的帆都扯得高高的!喂,掌舵的!稳住,拼命稳住!哪怕我要把这无法测量的地球转上十圈;哪怕我从地球这一头到那一头对穿过去,我非把它宰了不可!"

"伟大的上帝呀!您显灵吧,哪怕一次也好。"斯达巴克嚷道,"你永远,永远逮不住它的,老兄——以基督的名义,不要再蛮干了,这样闹下去,比魔鬼发疯还要糟。追了两天,两天都艇碎人翻;你那条腿又被它搞掉了。你那个邪恶的影子也死了——好心的天使在纷纷向你发出警告。——你还想要什么? ——难道我们还要继续追击这条凶残的大鲸,直到最后一个人送命才收场吗?难道我们非得让它拽到海底去不可吗?难道我们非得都让它拖到地狱里去?啊,啊,——再要追捕下去,就是造孽,这是对神的大不敬!"

"斯达巴克,近些日子我很奇怪地对你感到特别亲切,我俩上次在彼此的眼睛里都看到了什么——你知道我说的是什么。但是,在有关这条大鲸的问题上,哪怕你正对我的脸,对我来说,犹如这只手掌——一片没有嘴、没有面貌特征的空白。亚哈永远是亚哈,老兄。这幕戏是命中注定、无法改变的。这是你我在海洋滚动之前的无数年代就已经预演过了的。傻瓜!我是命运的执行官;我只不过是奉命行事。注意，你这副手！你得听从我的命令。——站到我周围来，弟兄们。你们眼前所见的是一个被咬掉一条腿的老头，拄着根颤颤巍巍的长矛，靠着孤零零的一条腿支撑着。这就是我亚哈——身子已经残缺；但亚哈的灵魂却像条蜈蚣，用一百只脚走路。我感到心力交瘁，几乎动弹不得，就像被大风牵引着的绳索，拖着折断了桅杆的舰船。我现在看起来就是这副模样。可是，在我这根绳子绷断之前，你们会首先听到我身子开裂的声音。只要还没有听到那一响，你们就知道亚哈这根粗绳还在拖着他的目的物。弟兄们，你们相信所谓预兆这种玩意儿吗？那就大笑一阵，再大哭一场吧！因为凡是要淹死的东西，在淹死之前会两次浮出水面，接着再浮上来之后，就永远沉下去了。莫比·迪克也一样——两天它都浮上来了，明天是第三天。对，弟兄们，明天它还会浮上来——不过，只是上来喷最后一次水罢了！你们都有这个胆量，这个胆量吗？"

"我们都像火神一样大胆。"斯塔布嚷道。

"也一样没有头脑。"亚哈喃喃道。等大伙都一个个走上前来时，他还在那里喃喃不休："竟然有预兆这种东西！昨天，在谈到我那毁了的小艇时，我还就此跟斯达巴克说过同样的话。啊！当时我说得多么慷慨激昂，只想从别人心里撵走那紧紧揪住我自己的心的东西！——那袄教徒——那袄教徒！——他死了吗，是死了吗？他早就要走的——不过，在我完蛋之前，你们还是会见到他的——那是怎么回事？——这会儿还是个谜，它大概会叫所有的律师伤透脑筋，这些律师还有故去的长长一列法官的阴魂做后盾。这谜像老鹰的喙，把我的脑袋都啄痛了。不过，我一定，一定要把它解开！"

夜幕降临时，仍看到那大鲸往下风头游去。

于是，风帆又收缩了一些，其余的部署几乎跟前一个晚上一模一样。只是榔头敲击声和磨刀霍霍声响了一夜，直到快天亮时才停。那是大伙挑着灯为明天那一仗，周到细致地装备好那些后备艇，磨快他们的新武器。同时，木匠也用亚哈那只破艇折断的龙骨为亚哈重新做了一条假腿。亚哈本人则仍跟前一天夜里一样,帽子压得低低的,定定地站在舱口舷梯上。他那隐蔽的宛如从回光仪反射来的目光,有所期待地回到了它正对着东方的日晷上,等待着第一抹朝阳。

第一三五章　追击——第三天

第三天的早晨来得天朗气清。又一批白天瞭望的水手上去接替了晚上在前桅顶上守望的人了。他们站在每根桅杆上和几乎所有的帆桁上。

"看到它了吗?"亚哈高声喊道,可是还是不见白鲸的踪影。

"不过,我们就在它后面,只要盯住了就行。喂,掌舵的,稳住,就照这样走。又是一个多美妙的日子啊!这是个新开辟的世界,是专为天使们开辟的消夏别墅,而今天早晨就是别墅首次向天使们开放的时间。那么,这世上绝不会有比今天更美好的日子了。要是亚哈有时间思考的话,这倒是值得思考的。可惜亚哈从不思考;他只凭感觉行事。对凡人来说已经很够了!思考就是冒犯。只有上帝才有这种权利,这也是他的特权。思考是,或者应该说是一种冷静、一种沉着的表现;而我们可怜的心在怦怦直跳,我们可怜的脑子也动得飞快,所以做不到这一点。偏偏我有时还自以为我的头脑十分镇静——镇静得像冻结了似的;这颗老脑壳都快要裂开了,好似一只玻璃杯,杯内的水结成了冰,叫它直打哆嗦。可是这把头发现在还在长,此刻就在长,准是热力在催它长。它就像那种到处都会生长的青草,在格陵兰冰雪覆盖的地缝里,在维苏威火山的熔岩里也会生长。狂风把它吹得呼呼作响,就像撕碎了的风帆鞭打着它们所依附的那东摇西晃的船一般。在这之前,一场穷凶极恶的风无疑已先刮过监狱的过道和牢房、医院的病房,好让它们通风。然后它刮到了这里,变得像雪白的羊毛一般纯洁无瑕。可是走出去迎着它一闻——原来是污染了的风。我要是风的话，我决不会在这个卑鄙龌龊的世界上吹来吹去。我会爬到哪个洞穴里，偷偷地藏起来。不过，话又说回来，风实在是一种无上高贵而英勇盖世的东西！有谁征服过它？在每一次战斗中，最后最狠的一击总是出自它手。你朝它冲过去，结果却扑了个空。哈！只有那种怯懦的风才会吹打在赤身裸体、连一拳都吃不消的人们身上，甚至连亚哈也比它勇敢，比它高贵。风要是有它的躯体就好了。然而，所有那些最让寻常人恼怒生气的东西，都是没有形体的，但并非作为神明无体无形，只是作为普通物体无体无形。其中有一种非常特殊、非常狡诈，啊，非常恶毒的区别！不过话又说回来，我再说一遍，而且这回还要郑重其事地说，风里有某种光明正大、宽厚仁慈的东西。起码，拿温暖的贸易风来说，它在万里晴空中直直往前吹，强劲有力，坚定不移，让你觉得很舒服；不管那卑劣的海里的暗流怎样改变方向，不管陆地上最强大的密西西比河怎样转折变化，摸不准最后流向何方，风却从来不偏离自己的目标。老天在上，就是这股贸易风直接吹送着我的宝贝船前进！这股贸易风，或者什么类似它的东西——一种坚定不移、强劲有力的东西吹着我宁折不弯的灵魂前进！向着它前进！喂，上边的人！看见什么了吗？"

"什么也没有看到，先生。"

"什么也没有看到！眼看着就到中午了！那金币正在找得主哩！瞧瞧太阳！唉，唉，肯定是这样。我已经驶过头了。怎么会，我怎么会先他一步呢？唉，现在是它在追我，而不是我追它了——这可不妙。我早该料到了。真笨！它还拖着那么些索子，还有那些标枪。唉，唉，昨天夜里就追过头了。调头！调头！都下来，你们大伙儿，只留下正式的瞭望人！站住，准备转帆！"

改变航向以后，风似乎多少在"裴廓德号"的船侧后边吹，此刻这艘转了帆的船，重新激起刚才被它留在身后的白色浪花，朝着相反的方向逆风前进。

"他现在是顶着风,往鲸鱼那大张着的嘴里送。"斯达巴克一边把刚拉过来的主桅转帆索绕到栏杆上,一边喃喃地自言自语道,"愿上帝保佑我们,不过我已经觉得内里有股潮气直侵骨髓,从里到外湿透了我的肌肤。我曾经怀疑自己听他的号令,就是违背上帝的旨意,是我怀疑错了!"

"准备好把我升上去!"亚哈嚷道,一边朝瞭望筐走去,"我们很快就会跟它见面了。"

"是,是,先生。"斯达巴克马上照办了。于是亚哈又一次被吊上了高空。

整整一个小时过去了,太阳仍斜挂在天边。时间老人现在也紧张得不敢呼吸了。终于,在距迎风侧船头约34度的方向,亚哈看到了白鲸喷水。顿时,三根桅顶上发出了三声尖叫,像从三条火舌发出的声音。

"莫比·迪克,这是我第三次脑门子顶着跟你交锋了!到甲板上去!——转帆,角度再小一点;让船迎面顶着风。它隔得太远,不到下小艇的时候,斯达巴克。帆在抖!拿把木槌站在他旁边!唔,唔;它游得很快,我得下去了。不过,下去之前,且让我在这高处再好好看看四周的大海;还有的是时间哩。一幅非常非常熟悉的景色,可不知怎的,怎么也看不厌。唉,一点儿都没有变,跟我小时候从南塔开特的沙丘上头一次看到它时一模一样!一模一样——一模一样!——从诺亚的洪荒时代到今天,一切照旧。下风头下起了一场小雨。多可爱的下风头啊!这风一定会在什么地方落脚——在一个非同一般的地方,那儿的棕榈树都格外高大茂盛。下风头!白鲸就是奔那个方向去了。那么,看看上风头吧。船尾部越吃紧就越好。不过,再见吧,再见吧,老桅顶!这是什么?——绿的?哦,倾斜的裂缝中长起了小小的苔藓。亚哈头上可没有这种岁月留下的绿色斑点!人和物都老了,可两者之间就是有区别。可是,唉,老桅杆,我们两个都老了;不过,我们的身子骨都还硬朗,你说对吗,我的船呀?对,只不过是少了一条腿，这算不了什么。老天作证，这块死木头处处都比我身上的血肉之躯强。我没法跟它比。据我所知，有些用死木头做成的船，比起爹娘给得一副好身板的人的寿命还要长。他说什么来着，我的那位领航员。他还应该引导我才是。然而，还能见着他吗？要是还能见着的话，又是在哪里呢？假如我走下那些无穷尽的阶梯，来到海底，我的眼睛还看得见吗？不管他究竟沉没在哪里，我都甩下了他，整夜一直在赶路。唉，唉，我的袄教徒啊，正如你讲的许多关于你自己可怕的大实话一样。可是，亚哈啊，你那一枪没有投中啊。再见啦，桅顶楼上的人——我下来之后要留神盯着鲸鱼。我们明天再聊，不，是今天晚上，到那时，白鲸会从头到脚都捆得结结实实地躺在那里。"

他许下诺言；一边环顾四周，一边穿过蔚蓝的天空，被稳稳地降下到甲板上。

几只小艇都在适当的时候放下去了。亚哈此时站在艇艄，在正要放下去的当儿，他向抓着甲板上一根滑车索的大副挥挥手，要他停一停。

"斯达巴克！"

"先生，有什么事？"

"这是这次航程中我的灵魂之舟第三次出发，斯达巴克。"

"是的，先生。是您非要这么干的呀。"

"有些船开出它们的港口以后就再也不见回来了，斯达巴克！"

"这是实话，先生，很让人伤心的实话。"

"有些人死在退潮里，有些人死在浅水里；有些人死在白浪滔天的潮水里——我现在觉得自己就像凌空腾起的一排巨浪，斯达巴克。我老了；——跟我握握手吧，老兄。"

他们的手握在一起；他们的目光交织在一起；斯达巴克眼泪粘在脸上。

"啊，我的船长，我的船长！——好心的人——别去——别去啊！——瞧，一个硬汉子都哭啦，想想看，要说服你有多痛苦！"

"放下去！"亚哈嚷道，一边甩脱了大副的手，"船员准备！"

顿时，这小艇就紧绕着船艄划开了。

"鲨鱼！有鲨鱼！"从船艄处的舷窗口传来一阵喊声，"船长啊，我的船长，快回来！"

但是，亚哈什么也没有听到，此刻他正敞开了嗓门说话，小艇飞速前进。

然而，那个人说得一点儿不错；亚哈的小艇刚一离开大船，就有一群的鲨鱼，仿佛从船底下深色的水里冒出来，恶狠狠地啮起了桨板。它们往水里钻一次，便恶毒地咬一下桨板，就这样它们跟着小艇，边游边咬。在鲨鱼聚居的那些海域里，捕鲸艇遇上这种麻烦是常有的事；鲨鱼有时显然具有先见之明地紧紧跟着捕鲸小艇，犹如秃鹫盘旋在东方的行军团队的军旗上一般。不过，这是"裴廓德号"从第一天发现白鲸以来头一次看到鲨鱼。究竟是不是因为亚哈小艇上的水手都是虎皮黄肤色的蛮子，因而他们的肌肉在鲨鱼闻起来麝香味更重了——气味据说有时很吸引它们——不管是不是这个原因，反正它们看来已跟定了这只小艇，而不去打其他小艇的主意。

"真是铁打的心肠啊！"斯达巴克喃喃道。眼睛遥望远方，目送着这些艇子远去。"你见到这番景象，还敢把艇子落在恨不得一口吞下你的鲨鱼群中，任由它们张着大嘴跟在身后，自己去追击白鲸吗？而这已是生死攸关的第三天了，如果把这三天连在一起，算作一次总追击，那第一天自然就是早晨，第二天就是中午，第三天就是傍晚，然后宣告结束——不管是个什么样的收场。啊！我的上帝！是什么在我心头掠过，使我这船镇静自若，却又有所期待，——是一个寒战，它使我定住了！未来的事在我眼前晃动，却徒具轮廓，空有骨架；过去的一切，却不知怎么变得模糊了。玛丽，亲爱的！你逐渐隐没在我身后黯淡的荣光中；我的孩子！我似乎只看到你的眼睛蓝得出奇。生命中最奇怪的问题似乎都明朗了，可是片片乌云又从中掠过——是我旅程的终点快到了吗？我的双腿发软，就像一整天都在赶路似的。

摸摸你的心——还在跳——振作起来,斯达巴克!——及时阻止它——行动,行动!大声说!——喂,桅顶上的!你们看到山冈上我的孩子在招手吗?——掉了魂了吗——喂,上边的!——紧紧盯住那些小艇——密切注意那条大鲸!——嗬!又来啦!——把那头鹰赶走!瞧!它在啄哩——它在啄风信旗!"他指着飘扬在主桅杆帽上的红旗,"它叼着风信旗飞走了!——现在这老头儿在哪儿呢?你看看那个景象吧,亚哈啊!——真让人浑身发抖,浑身发抖!"

艇子还没有走多远就见到桅顶上的人发出信号——一只胳膊朝下指,亚哈知道那大鲸下潜了。但他偏离大船一点儿继续往前驶,这样等它冒出水来时正好在它近旁。水手们像中了魔法似的一直默不作声。劈头盖脸的大浪一榔头又一榔头地迎面敲击着艇头。

"你们这些大浪啊,敲吧,把你们的钉子敲进去!敲到只露出钉头为止!你们只不过是在钉一件没有盖的东西罢了。棺材和灵车都没我的份——杀得了我的只有绞索!哈!哈!"

突然,艇子四周的海水慢慢地冒起了一个个大圆圈,接着急速波动,仿佛有一座沉在水下的冰山飞快地冒出水面时,水从它四面流下来。响起了一阵低沉的隆隆声,一种发自地下的嗡嗡声;于是大家都屏住了呼吸。这时,一个硕大的身躯,拖着一串绳索、标枪和鱼枪,纵身斜着跃出了海面。一层纱一般的水雾包裹着它,在艳若彩虹的天空里稍作停留后,便扑通一声跌入深海里,海水哗啦一下腾空三十英尺,一瞬间有如万泉齐喷,旋即化为无数碎片,阵雨似的落了下来,在荡漾的水面上搅起一层泡沫,像新鲜的牛奶一样,团团围住了白鲸那大理石般的身躯。

"使劲划呀!"亚哈冲着桨手们喊道。于是几只小艇都纷纷冲上前去发起攻击。莫比·迪克昨天新受了伤,伤痛使得它要发疯,好似所有的天使都来到这里,用尽办法去制服它,这使它野性大发。透明的皮肤下,它那宽阔的白色额头里布满了一重重拧在一起的筋腱;它边往前游,边用尾巴在小艇中间一阵搅动,把它们再度抽打得四散分开，二副、三副艇里的标枪全给泼到了海里，两艇头部的一侧也被撞坏了，只有亚哈的小艇几乎完好无损。

达格和魁魁格忙于修补撞坏了的船板。这时，那大鲸已远远离开了他们，却突然一转身，在再度掠过他们时，露出了它的整个一面侧腹。就在这时，只听到猛的一声喊叫。原来昨天夜里，在它一次又一次的翻滚中，那头鲸让索子随着它的翻滚把它的身子一道又一道地捆了个结结实实，那个袄教徒的伤残的身子清晰可见，他的黑色衣服被撕成了碎片，他的泡得鼓胀的眼睛直瞪瞪地正对着亚哈。

那支标枪从他手中掉了下来。

"上当了，上当了！"——他倒吸了一口长长的冷气说——"唉，袄教徒！我又见到你啦。——唉，你还是走在了前头；而这个，这个就是你答应为自己预备的灵车。不过，你说的话我是字字当真的，第二辆灵车又在哪里呢？去吧，两位副手，你们都上大船去吧！这些小艇这会儿已经没有用了。如果你们还来得及，把它们修好后，就再回到我这里来。要是来不及，亚哈一个人去死也足够了——往下风头划，弟兄们！哪个家伙想临阵脱逃，就先尝尝我这标枪的滋味。你们不是别的什么人，而是我的手足，所以要听我的吩咐。——大鲸在哪里？又下去了？"

可是它看起来离小艇太近了；它仿佛一心一意想驮着那具尸体逃走，而对它来说，今天这场遭遇战所在之处似乎只是它朝下风头的航程中的一个站头，因而它现在又坚定地往前游。它几乎就从大船跟前游了过去，——大船一直跟它背道而驰，不过，船的去路暂时给挡住了。那条大鲸似乎在以最高速度往前游，而且现在只是一心一意地在海里沿着自己的路线前进。

"啊！亚哈，"斯达巴克嚷道，"哪怕现在，第三天，罢手吧，还不算太晚。你瞧！莫比·迪克并没有找你一决输赢。是你，是你在疯狂地找它算账！"

那孤零零的小艇迎着新刮起来的风扯起了帆，借助桨和帆，迅速地朝下风头驶去。当亚哈终于掠过大船时，彼此离得如此之近，以致他可以清楚地看到趴在栏杆上的斯达巴克的脸。他招呼斯达巴克把船掉过头来跟着他，不要驶得太快，要保持适当的距离。他抬头望去，看到塔希蒂格、魁魁格和达格正迫不及待地爬上桅顶；两条撞破了的小艇则刚被吊到船侧，那些还在艇里摇摇晃晃的桨手忙着进行修补。他迅速前行时，目光穿过大船舷窗，飞速地瞥见了斯塔布和弗拉斯克正在甲板上的一捆新标枪和鱼枪中挑忙活。就在他看到这一切，又听到榔头在破艇里敲敲打打的声音时，他仿佛觉得有一把大为不同的榔头在把一枚铁钉往他心里敲。不过，他硬着头皮摆脱了这种幻觉。这时他发现主桅顶上的风信旗不见了，于是朝刚刚爬上桅顶的塔希蒂格大喊，让他再下去拿一面风信旗、一个榔头和几枚钉子，好把旗钉在桅杆上。

　　究竟是三天来连续遭到追击而感到的疲倦和背上纠缠不清的绳索阻碍了它的游动，还是由于心怀叵测，定下了一条诡计？不管是哪个原因，从那只小艇又如此之快地逼近来看，这时白鲸的游速已经慢下来了；虽说这一次白鲸抢在艇子前头的距离本来就没有如先前两次那么长。而亚哈的小艇在波浪上滑行时，那些毫无怜悯之心的鲨鱼也并没有放过他。它们死死盯住了小艇，不断地咬着那些在使劲划动的桨，把桨叶咬得吱吱作响，咬下一个个牙印，几乎每划一桨，水面上就要留下一些细碎的木片。

　　"别理它们！那些牙齿印正好给你们的桨提供了一批新桨架。接着划！鲨鱼的嘴巴终究比这种软绵绵的海水厉害。"

　　"可是，先生，这么咬下去，薄薄的桨叶就会越来越小啦！"

　　"它们还是够使的！只管划！——可是谁知道呢！"——他喃喃道——"究竟这些鲨鱼是赶来饱餐一顿大鲸呢，还是来饱餐一顿亚哈？——不过，继续划吧！喂，大家留神了，现在——我们靠近它了。掌舵的！接过舵；让我过去。"——跟着就有两个桨手把他扶到这只仍在飞速前进的小艇艇首去了。

最后，艇子转向一边，跟白鲸的侧腹平行前进，令人奇怪的是它似乎不知道小艇已经来到了跟前——大鲸有时就是这样——此时，亚哈已经置身于白鲸喷水口中冒出的萦绕在那摩那德诺克山一般巨大驼峰周围的水雾里。他已和鲸鱼近在咫尺。突然，他身子往后一仰，双臂高举，做了个投掷姿势，唰的一下把他那支凶狠的标枪，连同更加凶狠的咒骂，一起投向了那头可恨的大鲸身上。标枪和诅咒一道插进了它的喷水口，仿佛陷进了泥沼之中。莫比·迪克痛得把身子往斜里一扭，抽风似的一滚，靠小艇这边的肋腹撞在艇头上。猛一下把艇子打得掀了过去，却连一个窟窿也没有捅破。亚哈要不是早已抓住了那竖起的艇舷，只怕又要被抛到海里去了。事实上，有三个桨手——他们事先都不知道标枪会在哪个瞬间投出，因此对鲸鱼的反应毫无思想准备——就给抛了出去；不过，往下落的时候，两人一下子又抓住了艇舷，借着浪头一推一送，升到与小艇齐平，一翻身便又进了艇里；另外一个则无能为力地落到了艇尾后面，但还在水面上漂着。

几乎与此同时，白鲸以迅雷不及掩耳之势迅速冲进了波涛汹涌的大海里。亚哈大声叫舵手再把曳鲸索转上几圈，然后死命卡住，又命令两个水手在他们的座位上转过身来，借拉紧索子的劲，让艇子冲向目标。哪知就在这一刻，不争气的曳鲸索受到舵手和水手两边的拉力，啪的一声绷断在了半空中！

"我身上什么东西断了？有根筋断掉了！——还是完好如初的呀。划呀！划呀！冲到它跟前去！"

大鲸一听到那艘小艇劈波踏浪朝自己猛冲过来，便霍地转过身来，抬起白色的额头来准备迎战。可是，就在转身的时候，它正好瞧见了正在靠近的大船黑色的船身，似乎明白了这才是它所遭受追击的根源，认为它——很可能是——一个更大更值得一拼的仇敌，便出其不意地扑向迎面而来的船头，大嘴在阵雨般愤怒的浪沫掩护下展开了攻击。

亚哈在艇上脚步踉跄,他用手捶打自己的前额:"我看不见了;你们的手啊!快伸出来,好让我摸着走。是到了晚上了吗?"

"大鲸!大船!"桨手们战战兢兢地喊道。

"划呀!划呀!大海啊,它想头朝下溜进你的怀抱,好让亚哈最后、最后一次偷袭他的目标,否则就会永远来不及了!我看到啦;大船!大船!冲呀,弟兄们!难道你们不想救救我的船吗?"

可是,当桨手们拼命划着小艇冲进那浪头如大铁锤般的海面时,先前被大鲸袭击过的两块船板突然裂开了,顷刻之间,这暂时动弹不得的小艇已经沉得差不多跟海浪齐平了。它的那几个水手半身陷在水里,稀里哗啦地死命堵那口子,把涌进艇里的水舀出去。

这时,桅顶上的塔希蒂格手里的锤子悬在空中不动了。那面红旗半裹着他的身子,像披着一件格子呢风衣,可是,一眨眼工夫,旗子就从他身上笔直张开,好似他那颗奋勇前进的心。斯达巴克和斯塔布站在主桅下的第一斜桁上,正好和塔希蒂格同时看到了那巨兽向大船扑下来。

"大鲸扑来啦,大鲸扑来啦!转舵迎风,转舵迎风!啊,你这可爱的万能的风,大发慈悲,帮我一下吧!千万别让斯达巴克死去,如果他非死不可,那就让他像个女人般晕死。转舵迎风,喂——你们这些傻瓜,没看见那张大嘴!那张大嘴!难道所有我从心里蹦出来的祈祷,我这一辈子的虔诚信仰就落这么个结果吗?啊,亚哈,亚哈,瞧,都是你干的好事。稳住!舵手,稳住。不,不!再转舵迎风!它转过身向我们扑来了!它那毫不留情的额头正朝一个职责所在不能离开的人冲了过来。我的上帝,帮帮我吧!"

"别帮我,扔下我,不管是谁,现在都去救斯塔布;因为斯塔布也坚守在这里。我向你挑战,你这龇牙咧嘴的大鲸!又有谁帮过斯塔布,或者让他保持清醒,还不是他自己那双眨都不眨一下的眼睛?而现在可怜的斯塔布躺在一张柔软的垫子上睡了;但愿这床垫里装的是些小树枝!我向你挑战,你这龇牙咧嘴的大鲸!你们听着,太阳、月亮和星辰！我把你们跟那个置他于死地的家伙一样叫作杀人犯，你们杀了这么一个好人，他穷得连自己的鬼魂都典当出去了。尽管如此，我还是愿意跟你们碰杯，只要你们还举得起杯来！啊，啊！啊，啊！你这龇牙咧嘴的大鲸，很快就有的是让你狼吞虎咽的哩！亚哈啊，你为什么不逃？要是我，早就剥光衣服脱掉鞋子溜之大吉了，就让斯塔布在他的橱柜里安息吧！虽然，这种死法又霉又咸。——樱桃酒！樱桃酒！樱桃酒！啊，弗拉斯克，我们在死去之前，要有一颗红樱桃该多好！"

"樱桃酒？但愿我们现在是在樱桃生长的地方。啊，斯塔布，我希望我那可怜的母亲会在我死前去领我的股金；要是没有的话，那她就拿不到几个子儿了，因为这趟航程已经到头了。"

船头上，几乎所有的水手都呆呆地站在那儿，手里都还茫然地拿着榔头、船板碎片、鱼枪和标枪，好像他们一撂下手头的活儿，就直奔这儿来了。他们着了魔似的眼睛都死死盯着那条大鲸。它的可怕的脑袋奇怪地摇过来摆过去，它在东冲西撞时把一大片散成半圆形的浪沫从一边洒到另一边。它一副看起来恨不能迅速一雪前耻的凶狠模样。不管这些凡人想尽了什么办法，它一概不放在眼里。它用结实的白色脑门朝着桅杆撞击右舷船头，撞得上面的人和船骨直摇晃。有的人脸朝下摔倒在甲板上。那几个在桅顶上的标枪手的脑袋，像散了架的桅杆帽，在他们那公牛般的脖子上摇晃。大家听到海水从缺口处涌进来，犹如山洪从峡谷中倾泻而下。

"这船成了灵车了！——第二部灵车！"亚哈在小艇上嚷道，"它的木料只可能是美国的！"

那大鲸潜入沉船下方，沿着龙骨窸窸窣窣地游了一阵，然后在水下一个转身，又迅速浮出水面，远在船头的另一侧，距亚哈的小艇只有几码。此刻，大鲸静静地躺在那里。

"我转过身子，不再朝着太阳了。喂，塔希蒂格！让我听听你的榔头的敲击声。啊！你们是我的三个威武不屈的尖子。你们是无裂缝的龙骨。唯有大神才能却步的船壳。你们是坚定的甲板，高贵的舵和朝向北极星的船头——啊，这条虽死犹荣的船！难道你就此丢下我而宣告灭亡吗？难道我连那些闹得船毁人亡、不值一提的船长们最后一点引以自慰的骄傲都轮不上吗？啊，孤寂地生，然后孤寂地死！啊，我现在才感到我绝顶的伟大就寓于我最深沉的悲痛之中。嗬，嗬！你们这些在我毕生中和我打过交道的勇敢的巨浪啊，现在都从四面八方涌来吧，把这置我于死地的高头大浪盖过来！你这摧毁一切然而并不能征服一切的大鲸，我摇摇晃晃地朝你走来，我要和你拼到底；我从地狱深处，将标枪刺向你；为了心头的仇恨，我要和你拼到最后一息。让所有的棺材和灵车都沉到一个公共的水葬场！至于我，既享受不到棺材，也享受不到柩架，那就让我在追击你的时候被撕成碎片吧。说是追击，其实是和你绑在一起，难解难分，你这头该死的鲸！好，我就此放弃我的长矛！

标枪投出去了，中枪的大鲸飞也似的往前狂奔。捕鲸索像着了火一般飞快地穿过细槽——结果拧在了一起。亚哈俯身去解，果然解开了。谁知索圈飞起来一下子兜住了他的脖子，就像被沉默的土耳其人一言不发地勒死的受害者一样，他像箭一般被射出了艇子，甚至水手们还没意识到他已经不在了。不一会儿，捕鲸索末端沉重的索眼从空空的索桶里飞出来，把一个桨手打倒在地，跌到海里，便消失了。

小艇上的水手们被吓呆了，他们一动不动地站着，半晌才回过神来。"大船呢？老天爷呀，大船哪去了？"

随即他们透过一种冥冥之中的感应似乎隐隐约约看到大船的侧影逐渐消失在虚幻的海市蜃楼之中，只剩下桅杆尖杆在了水面。那几个异教徒标枪手，不知是出于依依不舍的情感，还是忠于职守，抑或命运使然，还死守在那高耸云中的瞭望岗上。最后，那只孤零零的小艇连同所有它的水手，每一支漂着的桨，每一根长矛杆，都像陀螺似的打起转来，活的死的，全都转成了一个涡流，把"裴廓德号"的最小的碎片也卷了进去，不见了。

当汹涌的浪潮漫过主桅上那个印第安人沉下去的头时，水面上只剩下几英寸笔直的桅顶和几码长的风信旗。那面从容起伏的旗子与毁灭这一切的巨浪碰在一起，颇具嘲讽意味。这时候，只见一支红胳臂和一把往后抡的榔头高高举起在空中，扔想把那面风信往那下沉的桅杆上钉得更牢一些。一只苍鹰从群星之中的老家向着主桅飞了下来，仿佛斥责似的啄着那面旗，使就在那儿的塔希蒂格难堪。这时，这只鹰碰巧把它那展开的宽阔的翅膀杵到了榔头和桅杆之间；已经沉下去了的那个野蛮人，在水中顿时感到了那微妙的颤动，便在他弥留之际，把手中的榔头死死地定在那里不动了。于是，这只来自天上的鸟发出天使长般的尖叫声，它那不可一世的嘴探出了水面。而它的整个被活捉住的身子裹在亚哈那面旗子里，跟他的船一道沉下去了。那艘船跟撒旦一样，它不抓住什么上天的活物给它做头盔，和它一起同归于尽，是决不肯沉到地狱里去的。

现在小小的水鸟依然在这张着大口般的海湾之上飞翔。幽暗的白色碎浪拍打着陡峭的岩壁，随后，一切都归于平静。那片望不到尽头的裹尸布似的大海依然像它五千年前的那样奔腾不息。

✍ 尾声 "唯有我一人逃脱，来报信给你。"约伯

戏已收场。为什么现在还有人出场呢？——因为还有一个幸运之人。

真是无巧不成书。那个袄教徒失踪以后，亚哈小艇上缺了一名前桨手，命运之神指定我去接替了那个位置。最后那天有三个水手从颠簸的小艇上给抛到海里，其中有个人落到了艇艄后面，这个人正好是我。我因此成了这场事件的局外人并亲眼见证了一切，后来大船下沉

时引发的那股吸力，到达我身边的时候已经消耗了一半，于是我被拖向漩涡边。当我到达漩涡边缘时，它已经缩成了个奶酪似的水坑。于是，我就成了第二个伊克塞翁。我在这慢慢旋转的圈圈里一个劲地旋转，逐渐靠近轴心那个纽扣似的黑色气泡。当我来到那个生死攸关的中心时，那颗黑泡泡向上炸开了。这时，那只棺材的救生圈像装有巧妙的弹簧似的弹了开来，加上它本来就有极大的浮力，所以它猛地笔直从海面上腾空而起，漂在我的旁边。借助那口棺材的浮力，我漂在了这柔和的像唱着挽歌的海面上漂浮了将近一天一夜。鲨鱼也不来伤害我，它们像嘴上挂了把锁似的打我身边游过；凶猛的海鹰也像嘴套上了鞘似的从我头上飞过。第二天，一艘船驶了过来，离我越来越近，终于把我捞起。原来，那就是那艘一直绕来绕去搜寻的"拉结号"，在返回来搜寻失踪的孩子时，他们找到了另一个孤儿。